DAWCA PRZYSIĘGI

BRANDON SANDERSON

DAWCA PRZYSIĘGI

KSIĘGA TRZECIA
CYKLU
„ARCHIWUM BURZOWEGO ŚWIATŁA"
TOM I

PRZEŁOŻYŁA
ANNA STUDNIAREK

WYDAWNICTWO MAG
WARSZAWA 2017

Tytuł oryginału: *Oathbringer*

Redakcja: Urszula Okrzeja

Korekta: Magdalena Górnicka

Ilustracja na okładce: Tomasz Maroński

Opracowanie graficzne okładki: Piotr Chyliński

Ilustracje wewnętrzne: Kelley Harris, Howard Lyon, Ben McSweeney,
Miranda Meeks, Dan dos Santos i Isaac Stewart

Projekt typograficzny, skład i łamanie: Tomek Laisar Fruń

ISBN 978-83-7480-891-0
Wydanie I

Wydawca: Wydawnictwo MAG
ul. Krypska 21 m. 63, 04-082 Warszawa
tel./fax 22 813 47 43
www.mag.com.pl

Wyłączny dystrybutor: Firma Księgarska Jacek Olesiejuk
Spółka z ograniczoną odpowiedzialnością S.K.A.
ul. Poznańska 91, 05-850 Ożarów Maz.
tel. 22 721 30 00
www.olesiejuk.pl

Druk i oprawa: biuro@drukarnia-katarzyna.pl

Alanowi Laytonowi
który kibicował Dalinarowi
(i mnie)
zanim Burzowe Światło w ogóle powstało.

Przedmowa i podziękowania

Witajcie w *Dawcy Przysięgi*! Ta książka powstawała długo. Dziękuję Wam za cierpliwość. Kolejne tomy *Burzowego Światła* to wielkie przedsięwzięcie – o czym może świadczyć długa lista poniżej.

Jeśli nie mieliście okazji przeczytać *Tancerki Krawędzi* – mikropowieści ze świata Burzowego Światła, dziejącej się między drugim a trzecim tomem – radzę, byście zrobili to teraz. Jest sprzedawana osobno albo w zbiorze *Bezkres magii*, zawierającym opowiadania i mikropowieści z całego cosmere. (Uniwersum, w którym dzieje się ta seria, *Z Mgły Zrodzony*, *Elantris*, *Rozjemca* i inne).

Zawsze jednak powtarzam, że każdą serię piszę tak, by można ją było czytać osobno, bez znajomości innych cykli i powieści, i czerpać z tego przyjemność. Jeśli czujecie się zaintrygowani, dłuższe wyjaśnienie znajduje się na mojej stronie brandonsanderson.org/cosmere.

A teraz kolej na paradę nazwisk! Jak często powtarzam, choć na okładce pojawia się moje nazwisko, te książki trafiają do Was dzięki bardzo wielu ludziom. Zasługują oni na najserdeczniejsze podziękowania ode mnie, i od Was też, za niezmordowaną pracę przez trzy lata, które zajęło napisanie tego tomu.

Moim głównym agentem zajmującym się tymi książkami (i całą resztą) jest cudowny Joshua Bilmes z JABberwocky. Pracowały nad nimi również inne osoby z agencji: Brady McReynolds, Krystyna Lopez i Rebecca Esklidsen. Specjalne podziękowania dla Johna Berlyne'a, mojego brytyjskiego agenta z Zeno – jak również wszystkich innych agentów współpracujących z nami na całym świecie.

Naszym agentem spedycyjnym (oraz osobą, która wysyła Wam wszystkie podpisane książki i podkoszulki ze sklepu na brandonsanderson.org) jest Kara Stewart. Zachowania spójności – i naszej wewnętrznej wiki – pilnuje Karen Ahlstrom. Adam Horne to mój asystent i specjalista od reklamy i marketingu. Asystentką Emily jest Kathleen Dorsey Sanderson, a jej pomocnikiem Emily „Mem" Grange.

Audiobooka czytali moi ulubieni narratorzy, Michael Kramer i Kate Reading. Jeszcze raz dziękuję, że znaleźliście czas, by to zrobić!

Dawca Przysięgi kontynuuje tradycje wypełniania „Archiwum Burzowego Światła" pięknymi ilustracjami. Znów mamy fantastyczną okładkę Michaela Whelana, którego nacisk na szczegóły sprawił, że dostaliśmy niezwykle dokładny portret Jasnah Kholin. Bardzo mi się podoba, że mogła zabłysnąć na okładce tej książki, i wciąż czuję się wdzięczny i zaszczycony, że Michael odrywa się od pracy w galerii, by malować Roshar.

Potrzeba wielu artystów, by odtworzyć różne style obecne w innym świecie, więc tym razem pracowaliśmy z jeszcze większą liczbą ilustratorów. Dan dos Santos i Howard Lyon odpowiadają za obrazy Heroldów na wyklejkach. Chciałem, by przypominały stylem klasyczne obrazy z okresu renesansu i romantyzmu – zarówno Dan, jak i Howard przeszli moje najśmielsze oczekiwania. Te obrazy są nie tylko wspaniałymi ilustracjami książki, ale też dziełami sztuki zasługującymi na miejsce w galerii. Powinienem dodać, że Dan i Howard stworzyli również niektóre ilustracje wewnątrz książki, za co także jestem wdzięczny. Przedstawienia mody autorstwa Dana nadawałyby się na okładkę, mam też nadzieję zobaczyć kolejne symbole dla rozdziałów narysowane przez Howarda.

Ben McSweeney stworzył dziewięć rysunków z ze szkicownika Shallan. Mimo przeprowadzki na drugi koniec kontynentu, wymagającej pracy etatowej i rosnącej rodziny, Ben zawsze dostarcza wspaniałe ilustracje. Jest wielkim artystą i wspaniałym człowiekiem.

W tym tomie pojawiają się również ilustracje Mirandy Meeks i Kelley Harris. Obie pracowały już dla nas w przeszłości i sądzę, że tym razem ich prace też wam się spodobają.

Oprócz tego grupa wspaniałych ludzi pomagała mi za kulisami jako konsultanci lub w inny sposób ułatwiała pracę: The David Rumsey Map Collection, Brent z Woodsounds Flutes, Angie i Michelle z Two Tone Press, Emily Dunlay, David i Doris Stewart, Shari Lyon, Payden McRoberts i Greg Davidson.

Do mojej grupy pisarskiej dla *Dawcy Przysięgi* (a często musieli czytać tygodniowo 5-8 razy więcej niż zwykle) należeli Karen Ahlstrom, Peter Ahlstrom, Emily Sanderson, Eric James Stone, Darci Stone, Ben Olsen, Kaylynn ZoBell, Kathleen Dorsey Sanderson, Alan „Leyten z mostu czwartego" Layton, Ethan „Blizna z mostu czwartego" Skarstedt i Ben „Nie umieszczaj mnie w moście czwartym" Olsen.

Szczególne podziękowania dla Chrisa „Jona" Kinga za komentarze przy pewnych szczególnie trudnych scenach z udziałem Tefta, Willa Hoyuma za rady dotyczące osób sparaliżowanych od pasa w dół, oraz Mi'chelle Walker za pomoc przy pewnych scenach dotyczących określonych zaburzeń psychicznych.

Do czytelników beta zaliczali się (weźcie głęboki oddech) Aaron Biggs, Aaron Ford, Adam Hussey, Austin Hussey, Alice Arneson, Alyx Hoge, Aubree Pham, Bao Pham, Becca Horn Reppert, Bob Kluttz, Brandon Cole, Darci Cole, Brian T. Hill, Chris „Jon" King, Chris Kluwe, Cory Aitchison, David Behrens, Deana Covel Whitney, Eric Lake, Gary Singer, Ian McNatt, Jessica Ashcraft, Joel Phillips, Jory Phillips, Josh Walker, Mi'chelle Walker, Kalyani Poluri, Rahul Pantula, Kellyn Neumann, Kristina Kugler, Lyndsey „Lyn" Luther, Mark Lindberg, Marnie Peterson, Matt Wiens, Megan Kanne, Nathan „Natam" Goodrich, Nikki Ramsay, Paige Vest, Paul Christopher, Randy MacKay, Ravi Persaud, Richard Fife, Ross Newberry, Ryan „Drehy" Dreher Scott, Sarah „Saphy" Hansen, Sarah Fletcher, Shivam Bhatt, Steve Godecke, Ted Herman, Trae Cooper i William Juan.

Koordynatorami czytelników beta były Kristina Kugler i Kellyn Neumann.

Do czytelników gamma zaliczało się wielu czytelników beta, a poza tym: Benjamin R. Black, Chris „Gunner" McGrath, Christi Jacobsen, Corbett Rubert, Richard

Rubert, dr Daniel Stange, David Han-Ting Chow, Donald Mustard III, Eric Warrington, Jared Gerlach, Jareth Greeff, Jesse Y. Horne, Joshua Combs, Justin Koford, Kendra Wilson, Kerry Morgan, Lindsey Andrus, Lingting Xu, Loggins Merrill, Marci Stringham, Matt Hatch, Scott Escujuri, Stephen Stinnett i Tyson Thorpe.

Jak widzicie, tego rodzaju powieść to ogromne przedsięwzięcie. Bez wysiłku wielu z tych ludzi trzymalibyście w ręku o wiele gorszą książkę.

Jak zawsze ostatnie podziękowania kieruję do rodziny: Emily Sanderson, Joela Sandersona, Dallina Sandersona i Oliver Sandersona. Wytrzymują z mężem i ojcem, który często przebywa w innym świecie, rozmyślając o arcybyrzach i Świetlistych Rycerzach.

A na koniec dziękuję Wam wszystkim, za wsparcie dla tych książek! Nie zawsze wychodzą tak szybko, jak bym chciał, przynajmniej w części dlatego, że chciałbym, by były jak najlepsze. Trzymacie w dłoniach tom, który przygotowywałem i szkicowałem od dwóch dziesięcioleci. Obyście miło spędzili czas w Rosharze.

Podróż ponad celem.

Spis treści

Księga trzecia: Dawca przysięgi / 13
Prolog / 17
Część pierwsza: Zjednoczeni / 25
Interludia / 309
Część druga: Nowe początki śpiewają / 323
Interludia / 523

Spis ilustracji

Mapa Rosharu / 14
Mapa lokalizacji Bram Przysięgi / 26
Mapa Alethkaru / 61
Szkicownik Shallan: Wieża / 85
Szkicownik Shallan: Korytarz / 144
Szkicownik Shallan: Konie / 237
Szkicownik Shallan: Spren w murze / 258
Szkicownik Shallan: Urithiru / 324
Folio: Voryńska havah / 386
Notatnik Navani: Projekty statku / 420
Alethyjskie glify strona 1 / 489

DAWCA PRZYSIĘGI

Roshar
Nieskończony Ocean
Rall Elorim
Quili
Abri
Kadrix
Wyspy
Kasitor
Iri
Rira
Kurth
Morze
Eila
Babatharnam
Marabethia
Panatham
Czyste Jezioro
Mgliste Góry
Shinovar
Yulay
Fu Namir
Desh
Azir
Morze Aimiańskie
Aimia
Alm
Yezier
Azimir
Dolina
Liafor
Tashikk
Emul
Większe Hexi
Steen
Sesemalex Dar
Tukar
Marat
Lodowoda
N
Zawietrzna
Nawietrzna
S
Południowe Głębie

Parujący Ocean
Reshi
Reshi
Akak
Sumi
Akak
Uścisk Północy
Herdaz
Skarbiec Żałobnika
Varikev
Ru Parat
Elanar
Jah Keved
Tu Bayla
Valath
Szczyty Rogożerców
Kholinar
Shulin
Alethkar
Niczyje Wzgórza
Bavland
Rathalas
Cień Świtu
Silnasen
Tu Fallia
Triax
Vedenar
Dumadari
Morze Tarat
Karanak
Strzaskane Równiny
Nowe Natanan
Kharbranth
Krainy Lodu
Cieśnina Długobrewych
Płytkie Krypty
Thaylenah
Ocean Pochodzenia
Jego Królewskiej Mości Gavilar Kholin
Jego Naczelny Królewski Kartograf Isasik Shulin
1167

PROLOG

PŁAKAĆ

SZEŚĆ LAT WCZEŚNIEJ

Eshonai zawsze powtarzała siostrze, że za następnym wzgórzem na pewno kryje się coś cudownego. Aż pewnego dnia zeszła ze wzgórza i znalazła ludzi.

Zawsze wyobrażała sobie ludzi takimi, jak opisywały ich pieśni – jako mroczne, bezkształtne potwory. Tymczasem byli cudownymi, dziwacznymi istotami. Ich mowie brakowało wyraźnego rytmu. Nosili stroje o wiele barwniejsze od skorup, ale nie umieli wyhodować sobie własnego pancerza. Tak bali się burz, że nawet w podróży kryli się w pojazdach.

Co najdziwniejsze, mieli tylko jedną formę.

Z początku zakładała, że ludzie musieli zapomnieć o swoich formach, jak kiedyś słuchacze. To od razu sprawiło, że narodziła się między nimi więź.

Teraz, po wielu miesiącach, Eshonai nuciła w Rytmie Podziwu, kiedy pomagała wyładować bębny z wozu. Przybyli z daleka, by zobaczyć ojczyznę ludzi, a każdy kolejny krok przytłaczał ją coraz bardziej. Kulminacją doświadczenia było to miejsce, niewiarygodne miasto Kholinar i wspaniały pałac.

Przepastne miejsce rozładunku po zachodniej stronie pałacu było tak wielkie, że po przybyciu zmieściły się w nim dwie setki słuchaczy, a i tak nie zajęli go w całości. Większość słuchaczy nie mogła wziąć udziału w uczcie na górze – gdzie podpisywano traktat między dwoma narodami – ale Alethyjczycy i tak się o nich zatroszczyli, przynosząc im całe góry jedzenia i napitków.

Wyszła z wozu i spojrzała w górę, nucąc z Podekscytowaniem. Kiedy powiedziała Venli, że zamierza stworzyć mapę świata, myślała o odkrywaniu natury. Kaniony i wzgórza, lasy i laity wypełnione życiem. A przez ten cały czas to coś było w tym miejscu. Czekało tuż poza ich zasięgiem.

Razem z kolejnymi słuchaczami.

Kiedy Eshonai po raz pierwszy spotkała ludzi, widziała z nimi nielicznych słuchaczy. Nieszczęsne plemię uwięzione w tępoformie. Eshonai zakładała, że ludzie opiekują się biedakami pozbawionymi pieśni.

Ach, jakże niewinne były te pierwsze spotkania.

Ci uwięzieni słuchacze nie byli małym plemieniem, lecz ogromnym zbiorowiskiem. A ludzie się nimi nie opiekowali.

Ludzie byli ich właścicielami.

Grupka parshmenów, jak ich nazywano, zgromadziła się na zewnątrz kręgu robotników Eshonai.

– Ciągle przychodzą i chcą pomóc – powiedział Gitgeth do Ciekawości. Potrząsnął głową, a w jego brodzie zamigotały rubiny pasujące odcieniem do jego w większości czerwonej skóry. – Ci mali, pozbawieni rytmu, chcą być blisko nas. Mówię ci, oni wyczuwają, że coś jest nie w porządku z ich umysłami.

Eshonai podała bęben z tyłu wozu, po czym sama zanuciła z Ciekawością. Zeskoczyła i podeszła do grupki parshmenów.

– Nie jesteście potrzebni – powiedziała z Pokojem i rozłożyła szeroko ręce. – Wolimy sami zająć się swoimi bębnami.

Pozbawieni pieśni patrzyli na nią tępo.

– Odejdźcie – dodała z Błaganiem i machnęła w stronę pobliskich uroczystości, gdzie słuchacze i ludzcy służący śmiali się razem mimo bariery językowej. Ludzie klaskali słuchaczom śpiewającym stare pieśni. – Bawcie się.

Kilku spojrzało w stronę śpiewaków i przechyliło głowy, ale się nie ruszyło.

– Nie zadziała – stwierdziła Brianlia ze Sceptycyzmem i oparła ręce na pobliskim bębnie. – Oni po prostu nie umieją sobie wyobrazić, co to znaczy żyć. Są własnością, kupowaną i sprzedawaną.

Co miała o tym myśleć? Niewolnicy? Klade, jeden z Piątki, udał się do handlarzy niewolników w Kholinarze i dokonał zakupu, żeby sprawdzić, czy to w ogóle możliwe. Nie kupił parshmena – na sprzedaż byli również Alethyjczycy. Najwyraźniej parshmeni dużo kosztowali i uważano ich za wysokiej jakości niewolników. Słuchaczom powiedziano o tym tak, jakby to miało wzbudzić ich dumę.

Zanuciła z Ciekawością i skinęła w bok, spoglądając na pozostałych. Gitgeth uśmiechnął się i nucąc z Pokojem machnął ręką. Wszyscy już się przyzwyczaili, że Eshonai przerywała pracę w połowie. Nie chodziło o to, że nie można było na niej polegać... Cóż, może i nie, ale przynajmniej była w tym konsekwentna.

Tak czy inaczej, i tak wkrótce chciała się udać na królewskie uroczystości – spośród wszystkich słuchaczy najlepiej posługiwała się monotonnym ludzkim językiem. Przychodził jej naturalnie, co było korzystne – gdyż dzięki temu zasłużyła na udział w tej wyprawie – ale jednocześnie sprawiało kłopoty. Posługiwanie się ludzkim językiem czyniło ją ważną, a ci, którzy robili się zbyt ważni, nie mogli wędrować swobodnie w stronę horyzontu.

Zostawiła miejsce rozładunku i weszła po schodach do pałacu, próbując objąć wzrokiem ozdoby, dzieła sztuki, przytłaczającą wspaniałość budynku. Był piękny i straszliwy. Ci, których kupowano i sprzedawano, utrzymywali to miejsce w czystości, ale czy to właśnie dzięki temu ludzie mogli tworzyć wielkie dzieła w rodzaju płaskorzeźb na kolumnach czy inkrustowanych wzorów na marmurowej posadzce?

Mijała żołnierzy w metalowych skorupach. Sama nie miała w tej chwili własnego pancerza – nosiła pracoformę zamiast wojnoformy, gdyż lubiła jej elastyczność.

Ludzie nie mieli wyboru. Nie utracili swoich form, jak z początku zakładała – mieli tylko jedną. Zawsze byli w paroformie, pracoformie i wojnoformie jednocześnie. Ich twarze zdradzały emocje bardziej niż u słuchaczy. Oczywiście lud Eshonai też się uśmiechał, śmiał, płakał. Ale nie tak, jak ci Alethyjczycy.

Niższy poziom pałacu wypełniały szerokie korytarze i galerie oświetlone starannie oszlifowanymi klejnotami, które sprawiały, że światło migotało. Nad jej głową wisiały żyrandole, pęknięte słońca zalewały blaskiem całe otoczenie. Być może prostota ludzkich ciał – monotonna skóra w różnych odcieniach beżu – była kolejnym powodem, dlaczego tak wszystko ozdabiali, od ubrań po te kolumny.

Czy my moglibyśmy tego dokonać? – pomyślała, nucąc z Uznaniem. Gdybyśmy znali właściwą formę do tworzenia sztuki?

Górne piętra pałacu przypominały tunele. Wąskie kamienne korytarze, komnaty jak bunkry wykute w zboczu góry. Ruszyła w stronę sali uczt, żeby sprawdzić, czy jest potrzebna, ale zatrzymała się, żeby zajrzeć do komnat. Powiedziano jej, że może wędrować swobodnie, że pałac jest otwarty za wyjątkiem tych miejsc, których pilnowali strażnicy.

Minęła komnatę o ścianach obwieszonych obrazami, a później następną, z łóżkiem i innymi meblami. Za kolejnymi drzwiami ukazała się wygódka z bieżącą wodą – cud, którego wciąż nie rozumiała.

Zajrzała do kilku komnat. Jeśli zdąży dotrzeć na królewskie uroczystości przed muzyką, Klade i pozostali z Piątki nie będą mieć do niej pretensji. Znali jej zwyczaje równie dobrze, jak pozostali. Zawsze gdzieś się włóczyła, macała rzeczy, zaglądała za drzwi...

I znajdowała króla?

Eshonai znieruchomiała, stojąc w uchylonych drzwiach i patrząc na bogato wyposażoną komnatę z grubym czerwonym dywanem i regałami wzdłuż ścian. Tak wiele informacji po prostu leżących dookoła i ignorowanych. Wstrząsające. Sam król Gavilar wskazywał palcem na coś na stole, a otaczało go pięcioro innych – dwóch oficerów, dwie kobiety w długich sukniach i jeden starzec w szatach.

Dlaczego Gavilar nie brał udziału w uczcie? Dlaczego przy drzwiach nie było straży? Eshonai dostroiła się do Niepokoju i cofnęła, lecz wtedy właśnie jedna z kobiet trąciła króla Gavilara w ramię i wskazała na Eshonai, która z dudnieniem Niepokoju w głowie zamknęła drzwi.

Po chwili ze środka wyszedł wysoki mężczyzna w mundurze.

– Król chce cię widzieć, Parshendi.

Udała zmieszanie.

– Panie? Słowa?

– Nie udawaj – powiedział żołnierz. – Jesteś jedną z tłumaczy. Wejdź. Nie masz kłopotów.

Trzęsąc się z Niepokoju, pozwoliła, by zaprowadził ją do środka.

– Dziękuję, Meridasie – stwierdził Gavilar. – Zostawcie nas na chwilę samych.

Zebrani wyszli pojedynczo. Stojąca przy drzwiach Eshonai dostroiła się do Pocieszenia i nuciła głośno – choć ludzie i tak nie rozumieli, co to oznaczało.

– Eshonai – odezwał się król. – Chciałbym ci coś pokazać.

Znał jej imię? Weszła głębiej do niewielkiej, ciepłej komnaty, ręce trzymała założone na piersi. Nie rozumiała tego mężczyzny. Chodziło o coś więcej niż jego obcy, martwy sposób mówienia. Więcej niż nieumiejętność przewidzenia, jakie emocje mogły kryć się w jego wnętrzu, w którym walczyły ze sobą wojnoforma i paroforma.

Ten mężczyzna zbijał ją z tropu bardziej niż inni ludzie. Dlaczego zaproponował im tak korzystny traktat? Z początku wydawało jej się, że to ugoda między plemionami. Później jednak przybyła tutaj, zobaczyła miasto i alethyjskie armie. Jej lud niegdyś miał własne miasta i armie godne pozazdroszczenia. Wiedzieli to z pieśni.

Jednakże od tego czasu minęło wiele lat. Byli odłamkiem zaginionego ludu. Zdrajcami, którzy porzucili swoich bogów, by żyć swobodnie. Ten człowiek mógłby zmiażdżyć słuchaczy. Kiedyś zakładali, że ich Odpryski – bronie, które do tej pory ukrywali przed ludźmi – by ich ochroniły. Teraz jednak u Alethyjczyków zobaczyła ponad tuzin Ostrzy i Pancerzy Odprysku.

Dlaczego tak się do niej uśmiechał? Co ukrywał, nie śpiewając żadnych rytmów, by ją uspokoić?

– Usiądź, Eshonai. Nie bój się tak, mała zwiadowczyni. Chciałem z tobą porozmawiać. Wyjątkowo opanowałaś nasz język!

Usadowiła się na krześle, a Gavilar pochylił się i wyjął coś z małej teczki. Pięknie zaprojektowana konstrukcja z metalu i klejnotów emanowała czerwonym Burzowym Światłem.

Delikatnie popchnął ją w stronę Eshonai.

– Wiesz, co to jest?

– Nie, Wasza Wysokość.

– Urządzenie napędzane Burzowym Światłem, nazywamy je fabrialem. Ten tutaj daje ciepło. Niestety, jedynie odrobinę. Moja żona jest pewna, że jej uczone mogą stworzyć taki, który ogrzeje komnatę. Czy to nie byłoby cudowne? Koniec z dymiącym ogniem w paleniskach.

Eshonai wydawało się to bezduszne, ale nie powiedziała tego na głos. Zanuciła Pochwałę, by poczuł się szczęśliwy, że jej to powiedział, i oddała mu przedmiot.

– Przyjrzyj się uważnie – powiedział król Gavilar. – Zajrzyj głęboko. Widzisz, co porusza się w środku? To spren. Tak działa urządzenie.

Uwięziony jak w sercu klejnotu, pomyślała, dostrajając się do Podziwu. Stworzyli urządzenia, które naśladują sposób, w jaki przybieramy formy? Ludzie dokonali tak wiele mimo swoich ograniczeń!

– Przepastne bestie nie są waszymi bogami, czyż nie? – zapytał.

– Co takiego? – Dostroiła się do Sceptycyzmu. – Dlaczego o to pytasz?

Cóż za dziwny kierunek przybrała rozmowa.

– Po prostu się nad tym zastanawiałem. – Wziął fabrial z powrotem. – Moi oficerowie wywyższają się, bo myślą, że was zrozumieli. Sądzą, że jesteście dzikusami, ale tak bardzo się mylą. Nie jesteście dzikusami, lecz enklawą wspomnień. Oknem do przeszłości.

Pochylił się. Światło rubinu przenikało między jego palcami.

– Musisz przekazać wiadomość swoim przywódcom. Piątce? Jesteś z nimi blisko, a mnie obserwują. Potrzebuję ich pomocy, żeby coś osiągnąć.

Zanuciła z Niepokojem.

– Spokojnie. Pomogę wam, Eshonai. Wiesz, że odkryłem sposób, jak sprowadzić waszych bogów z powrotem?

Nie. Zanuciła Rytm Grozy. Nie...

– Moi przodkowie – uniósł fabrial – nauczyli się zamykać spreny w klejnocie. A bardzo szczególny klejnot może utrzymać nawet boga.

– Wasza Wysokość. – Odważyła się wziąć go za rękę. Nie czuł rytmów. Nie wiedział. – Proszę. Już nie oddajemy czci tym bogom. Zostawiliśmy ich. Porzuciliśmy.

– Ale to dla waszego dobra, i naszego też. – Wstał. – Żyjemy bez honoru, gdyż wasi bogowie niegdyś sprowadzali naszych. Bez nich nie mamy mocy. Ten świat jest uwięziony, Eshonai! Utknął podczas monotonnego, bezdusznego przejścia. – Uniósł wzrok ku sklepieniu. – Zjednoczyć ich. Potrzebuję zagrożenia. Jedynie groźba ich zjednoczy.

– O czym... – zaczęła z Niepokojem. – O czym ty mówisz?

– Nasi zniewoleni parshmeni kiedyś byli tacy jak wy. Później jakimś sposobem odebraliśmy im zdolność przeobrażenia. Zrobiliśmy to, więżąc sprena. Starożytnego, kluczowego sprena. – Spojrzał na nią błyszczącymi zielonymi oczyma. – Wiem, jak to odwrócić. Nowa burza, która sprawi, że Heroldowie wyjdą z ukrycia. Nowa wojna.

– Szaleństwo. – Podniosła się. – Nasi bogowie próbowali was zniszczyć.

– Stare Słowa muszą znów zostać wypowiedziane.

– Nie możesz...

Urwała, gdyż po raz pierwszy zobaczyła mapę pokrywającą pobliski stolik. Była obszerna i ukazywała ląd otoczony oceanami –jej mistrzostwo zaś sprawiało, że mogła się schować ze swoimi próbami.

Z otwartymi ustami podeszła do stołu, a w jej umyśle grał Rytm Podziwu. To wspaniałe, pomyślała. Nawet ogromne żyrandole i rzeźbione ściany były niczym w porównaniu z tym. To były wiedza i piękno złączone w jednym.

– Spodziewałem się, że się ucieszysz, mając w nas sojuszników w dążeniu do powrotu waszych bogów. – Eshonai niemal słyszała Rytm Reprymendy w jego martwych słowach. – Twierdzisz, że się ich boicie, ale dlaczego mielibyście się bać tego, co dało wam życie? Mój lud musi się zjednoczyć, a ja muszę stworzyć imperium, w którym po moim odejściu nie zacznie się konflikt wewnętrzny.

– Dlatego pragniesz wojny?

– Pragnę dokończyć coś, co nie zostało ukończone. Mój lud niegdyś był Świetlistymi, a twój... parshmen... był pełen życia. Komu służy ten ponury świat, w którym mój lud walczy w niekończących się przepychankach, bez światła, które by ich prowadziło, a twój lud to chodzące trupy?

Znów spojrzała na mapę.

– Gdzie... gdzie są Strzaskane Równiny? Ta część tutaj?

– Wskazujesz na cały Natanan, Eshonai! To są Strzaskane Równiny.

Wskazał na fragment niewiele większy od jego kciuka, choć cała mapa przykrywała stół.

Nagle wypełniło ją przerażające poczucie perspektywy. To był świat? Zakładała, że w drodze do Kholinaru przebyli jego większość. Dlaczego nie pokazali jej tego wcześniej?

Nogi ugięły się pod nią. Dostroiła się do Żałoby i opadła znów na krzesło niezdolna ustać.

Jest taki ogromny, pomyślała.

Gavilar wyjął coś z kieszeni. Kulę? Była ciemna, a jednak jakimś sposobem wciąż emanowała blaskiem. Jakby miała... aurę czerni, widmowe światło, które nie było światłem. Lekko fioletowe. Wydawało się, że pochłania blask z otoczenia.

Postawił ją na stole przed nią.

– Zabierz ją do Piątki i przekaż, co ci powiedziałem. Powiedz im, żeby przypomnieli sobie, kim był kiedyś twój lud. Obudźcie się, Eshonai.

Poklepał ją po ramieniu i wyszedł. Eshonai wpatrywała się w to przerażające światło, a pieśni podpowiadały jej, czym było. Formy mocy wiązały się z mrocznym światłem, światłem króla bogów.

Zdjęła kulę ze stołu i ruszyła biegiem.

***

Kiedy rozstawiono bębny, Eshonai upierała się, że do nich dołączy, by znaleźć ujście dla swojego niepokoju. Bębniła zgodnie z rytmem dudniącym w jej głowie, najgłośniej jak umiała, próbując – z każdym uderzeniem – odepchnąć od siebie słowa króla.

I to, co przed chwilą zrobiła.

Piątka siedziała na honorowym miejscu, a przed nią stało nietknięte ostatnie danie posiłku.

„On zamierza sprowadzić z powrotem naszych bogów", powiedziała Piątce.

Zamknij oczy. Skup się na rytmach.

„Może to zrobić. Wie tak wiele".

Gorączkowe bębnienie pulsujące w jej duszy.

„Musimy coś zrobić".

Niewolnik Klade'a był zabójcą. Klade twierdził, że głos – mówiący w rytmach – doprowadził go do mężczyzny, który pod naciskiem wyjawił, jakie umiejętności posiada. Najwyraźniej towarzyszyła mu Venli, choć Eshonai tego dnia nie widziała swojej siostry.

Po gorączkowej debacie Piątka uznała, że to znak, co mają zrobić. Przed laty słuchacze zebrali odwagę, by przyjąć tępoformę i uciec bogom. Pragnęli wolności za wszelką cenę.

Dziś koszt zachowania tej wolności będzie bardzo wysoki.

Grała na bębnach. Czuła rytmy. Płakała cicho i nie widziała, że dziwny skrytobójca – w białych szatach, które dostarczył mu Klade – wyszedł z sali. Razem z innymi zagłosowała za tym rozwiązaniem.

„Znajdź pokój w muzyce". Jak zawsze powtarzała jej matka. „Szukaj rytmów. Szukaj pieśni".

Opierała się, kiedy inni ją odciągali. Płakała, że musi porzucić muzykę. Płakała nad swoim ludem, który mógł zostać zniszczony przez działania tej nocy. Płakała nad światem, który mógł się nigdy nie dowiedzieć, co zrobili dla niego słuchacze.

Płakała nad królem, którego skazała na śmierć.

Bębny wokół niej ucichły, a korytarze wypełniły echa umierającej muzyki.

CZĘŚĆ PIERWSZA

ZJEDNOCZENI

Dalinar • Shallan • Kaladin • Adolin

Lokalizacja dziesięciu Bram Przysięgi.

1
ZŁAMANI I PODZIELENI

Niektórzy z pewnością poczują się zagrożeni tą kroniką. Nieliczni mogą się poczuć wyzwoleni. Większość bez wątpienia będzie czuła, że nie powinna powstać.

– Z przedmowy *Dawcy Przysięgi*

Dalinar Kholin pojawił się w wizji, stojąc obok wspomnienia martwego boga.

Minęło sześć dni od przybycia jego sił do Urithiru, starożytnego świętego miasta Świetlistych Rycerzy. Poprzez starożytny portal umknęli przed nadejściem niszczycielskiej nowej burzy, a teraz zasiedlali nowy dom w górach.

A jednak Dalinar czuł się tak, jakby niczego nie wiedział. Nie rozumiał siły, przeciwko której walczył, a tym bardziej nie miał pojęcia, jak ją pokonać. Ledwie pojmował burzę i to, co oznaczał powrót Pustkowców, starożytnych wrogów ludzi.

Dlatego przybył tutaj, do swoich wizji. Próbował wydobyć tajemnice od boga – zwanego Honorem lub Wszechmocnym – który ich opuścił. Ta szczególna wizja była pierwszą, której Dalinar doświadczył. Na początku stał obok obrazu boga w ludzkiej postaci na szczycie urwiska wznoszącego się nad Kholinarem. Dom Dalinara, siedziba władz. W jego wizji miasto zostało zniszczone przez nieznaną siłę.

Wszechmocny zaczął mówić, ale Dalinar go zignorował. Został Świetlistym Rycerzem, wiążąc się z samym Ojcem Burz – duszą arcyburzy, najpotężniejszym sprenem na Rosharze – i odkrył, że może teraz w dowolnie wybranej chwili odtwarzać te wizje. Trzy razy słyszał ten monolog i powtórzył go słowo w słowo Navani, by go zapisała.

Tym razem Dalinar podszedł do krawędzi urwiska i ukląkł, by spojrzeć na ruiny Kholinaru. Powietrze wydawało się suche, zakurzone i ciepłe. Zmrużył oczy, próbując dostrzec jakieś znaczące szczegóły pośród chaosu zniszczonych budynków. Nawet ostrza wiatru – niegdyś oszałamiające, smukłe formacje skalne odsłaniające niezliczone i niezmiernie różnorodne warstwy – zostały strzaskane.

Wszechmocny kontynuował przemowę. Te wizje były jak dziennik, zbiór pochłaniających wiadomości, które bóg zostawił po sobie. Dalinar doceniał pomoc, ale w tej chwili potrzebował szczegółów.

Wpatrzył się w niebo i ujrzał falowanie w powietrzu – jak gorąco wznoszące się nad odległymi skałami. Migotanie rozmiarów budynku.

– Ojcze Burz – powiedział. – Czy mógłbyś mnie zabrać na dół, do gruzów?

Nie powinieneś tam schodzić. To nie jest część wizji.

– Na chwilę zignoruj to, co powinienem. Możesz to zrobić? Możesz mnie przenieść do tych ruin?

Ojciec Burz zagrzmiał. Był dziwną istotą, w jakiś sposób związaną z martwym bogiem, jednak nie była ona równoznaczna z Wszechmocnym. Przynajmniej dziś nie używał głosu, który wstrząsał kośćmi Dalinara.

Arcyksiążę w mgnieniu oka został przeniesiony. Już nie stał na szczycie urwiska, ale na równinie przed ruinami miasta.

– Dziękuję – powiedział i przebył krótką odległość dzielącą go od zniszczeń.

Minęło zaledwie sześć dni od odnalezienia Urithiru. Sześć dni od przebudzenia Parshendich, którzy zyskali dziwne moce i świecące czerwienią oczy. Sześć dni od przybycia nowej burzy – Wiecznej Burzy, nawałnicy ciemnych chmur i czerwonych błyskawic.

Niektórzy z jego armii sądzili, że już się skończyła, że burza była tylko pojedynczym kataklizmem. Dalinar wiedział, że jest inaczej. Wieczna Burza powróci i wkrótce uderzy w Shinovar na dalekim zachodzie. A później przejdzie nad lądem.

Nikt nie wierzył w jego ostrzeżenia. Władcy krain takich jak Azir i Thaylenah przyznali, że na wschodzie pojawiła się dziwna burza, ale nie wierzyli, że powróci.

Nawet się nie domyślali, jak niszczycielski będzie powrót tej burzy. Kiedy pojawiła się po raz pierwszy, zderzyła się z arcyburzą, tworząc wyjątkową katastrofę. Mogli mieć nadzieję, że samotna nie będzie aż tak zła – ale wciąż pozostawała burzą wiejącą w przeciwną stronę. Do tego obudzi służących parshmenów i uczyni z nich Pustkowców.

Czego spodziewasz się dowiedzieć? – zapytał Ojciec Burz, kiedy Dalinar dotarł do ruin miasta. *Ta wizja została stworzona, by ściągnąć cię na krawędź urwiska, byś porozmawiał z Honorem. Reszta jest tłem, obrazem.*

– Te gruzy umieścił tu Honor. – Dalinar objął szerokim gestem zniszczone mury. – Nawet jeśli to jedynie tło, jego znajomość tego świata i naszego wroga musiała wpłynąć na sposób, w jaki stworzył tę wizję.

Wspiął się po ruinach zewnętrznych murów. Kholinar było kiedyś... niech to burza, wciąż było... wspaniałym miastem, któremu mogły dorównać nieliczne metropolie. Nie kryło się w cieniu urwiska ani wewnątrz osłoniętego wąwozu, lecz ufało, że ogromne mury ochronią je przed arcyburzą. Rzucało wyzwanie wichrom i nie kłaniało się burzom.

W wizji coś i tak je zniszczyło. Dalinar wspiął się na szczyt rumowiska i rozejrzał po okolicy, próbując sobie wyobrazić, jakie to było uczucie, osiąść tu przed wieloma tysiącleciami. W czasach, kiedy nie było murów. Ci, którzy stworzyli to miejsce, byli wytrwali i uparci.

Jego uwagę zwróciły zadrapania i wyżłobienia na kamieniach, wyglądające jak pozostawione przez drapieżnika w ciele ofiary. Ostrza wiatru zostały strzaskane, a z bliska dostrzegał na nich te same znaki.

– Widziałem stwory, które mogły tego dokonać. – Dalinar ukląkł obok jednego z kamieni i pomacał nierówne wyżłobienie w jego powierzchni. – W wizjach ujrzałem potwora, który wyrwał się z otaczających go skał.

– Nie ma trupów, ale pewnie dlatego że w tej wizji Wszechmocny nie zaludnił miasta. Potrzebował jedynie symbolu nadchodzącego zniszczenia. Nie wierzył, by Kholinar padł pod naporem Wiecznej Burzy, tylko Pustkowców.

Tak. Burza będzie katastrofą, ale nieporównywalną z tym, co nadejdzie. Można znaleźć schronienie przed burzą, Synu Honoru. Ale nie przed naszymi wrogami.

Teraz, gdy monarchowie Rosharu odmówili wysłuchania jego ostrzeżeń, że wkrótce uderzy w nich Wieczna Burza, cóż jeszcze mógł zrobić? W prawdziwym Kholinarze podobno trwały zamieszki – a królowa umilkła. Armie Dalinara były osłabione po pierwszej konfrontacji z Pustkowcami, a wielu z jego arcyksiążąt w ogóle nie wzięło w niej udziału.

Nadchodziła wojna. Przebudziwszy Spustoszenie, wróg znów rozpalił konflikt sprzed tysiącleci, ze starożytnymi istotami o niepojętych motywacjach i nieznanych mocach. Heroldowie mieli się pojawić i poprowadzić natarcie na Pustkowców. Świetliści Rycerze powinni już być na miejscu, przygotowani i wyszkoleni, gotowi stawić czoło wrogowi. Mieli ufać we wskazówki Wszechmocnego.

Tymczasem Dalinar dysponował jedynie garstką nowych Świetlistych i nie miał żadnych znaków ze strony Heroldów. Poza tym Wszechmocny – Bóg we własnej osobie – nie żył.

A Dalinar i tak miał ocalić świat.

Grunt zaczął się trząść – wizję kończyła zapadająca się ziemia. Na szczycie urwiska Wszechmocny właśnie skończył przemowę.

Ostatnia fala zniszczenia przetoczyła się nad ziemią jak arcyburza. Metafora stworzona przez Wszechmocnego, by przedstawić ciemność i zniszczenie, które miały spaść na ludzkość.

„Nasze legendy mówią, że zwyciężyliście", powiedział. „Ale prawda jest taka, że przegraliśmy. I przegrywamy".

Ojciec Burz zadudnił.

Pora iść.

– Nie. – Dalinar stał na szczycie gruzów. – Zostaw mnie.

Ale...

– Pozwól mi to poczuć.

Fala zniszczenia uderzyła o Dalinara, a on krzyknął wyzywająco. Nie kłaniał się arcyburzy, nie ukłoni się i przed tym! Stanął z nią twarzą w twarz, a w fali mocy, która rozerwała ziemię, zobaczył coś.

Złociste światło – jasne, lecz straszliwe. Przed nim stała ciemna postać w czarnym Pancerzu Odprysku. Miała dziewięć cieni, każdy padał w inną stronę, a jej oczy emanowały jaskrawoczerwonym blaskiem.

Dalinar wpatrzył się w te oczy i poczuł, że przeszywa go dreszcz. Choć wokół niego szalało zniszczenie unicestwiające skały, te oczy przerażały go bardziej. Widział w nich coś straszliwie znajomego.

Niebezpieczeństwo wykraczające poza burze.

To był czempion wroga. I nadchodził.

„Zjednocz ich. Szybko".

Dalinar westchnął, gdy wizja się rozpadła. Odkrył, że siedzi obok Navani w cichej kamiennej komnacie w Urithiru. Już nie musiał być wiązany na czas wizji, panował nad nimi w takim stopniu, że przestawał je odgrywać, kiedy je przeżywał.

Oddychał głęboko, pot płynął mu po twarzy, a serce biło szybko. Navani coś powiedziała, ale on jej nie słyszał. Wydawała się odległa w porównaniu z szumem w uszach.

– Co to za światło? – szepnął.

Nie widziałem światła, stwierdził Ojciec Burz.

– Było jasne i złociste, a jednak przerażające. Wszystko kąpało się w jego gorącu.

Odium, zadudnił Ojciec Burz. *Wróg.*

Bóg, który zabił Wszechmocnego. Siła stojąca za Spustoszeniami.

Dalinar drżał.

– Dziewięć cieni.

Dziewięć cieni? Niestworzeni. Jego słudzy, starożytne spreny.

Na burze. Dalinar znał je jedynie z legendy. Straszliwe spreny, które wypaczały umysły ludzi.

Najbardziej jednak dręczyły go te oczy. Choć myśl o Niestworzonych go przerażała, najbardziej bał się postaci o czerwonych oczach. Czempion Odium.

Dalinar zamrugał i spojrzał na ukochaną Navani. Trzymała go za rękę, a na jej twarzy malowała się troska. W tym dziwnym miejscu, i jeszcze dziwniejszym czasie, była czymś prawdziwym. Czymś, czego mógł się trzymać. Dojrzała piękność – i w pewnym sensie uosobienie vorińskiego ideału kobiety: pełne wargi, jasnofioletowe oczy, siwiejące czarne włosy zaplecione w idealne warkocze, obcisła jedwabna havah podkreślająca krągłości. Żaden mężczyzna nie mógłby zarzucić Navani wychudzenia.

– Dalinarze? – spytała. – Dalinarze, co się stało? Dobrze się czujesz?

Odetchnął głęboko.

– Nic mi nie jest, Navani. I wiem, co musimy zrobić.

Zmarszczyła czoło jeszcze bardziej.

– Co?

– Muszę zjednoczyć świat przeciwko wrogowi szybciej, niż on zdoła go zniszczyć.

Musiał wymyślić, jak skłonić innych władców, by go wysłuchali. Musiał przygotować ich na nową burzę i Pustkowców. A gdyby mu się to nie udało, musiał im pomóc przetrwać skutki.

Ale gdyby mu się udało, nie musiałby samotnie stawiać czoła Spustoszeniu. Tu nie chodziło o jeden naród przeciwko Pustkowcom. Królestwa świata musiały do niego dołączyć i musiał odnaleźć Świetlistych Rycerzy, którzy pojawiali się wśród innych narodów.

Zjednoczyć ich.

– Dalinarze. Sądzę, że to godny cel... ale, na burze, co z nami? Ta okolica jest pustkowiem... Jak nakarmimy nasze armie?

– Dusznicy...

– Prędzej czy później skończą im się klejnoty. Poza tym oni tworzą jedynie najbardziej podstawowe rzeczy. Dalinarze, jesteśmy tu na wpół zamarznięci, złamani i podzieleni. Struktura dowodzenia się rozpadła i...

– Spokojnie, Navani. – Dalinar wstał i podniósł ją za sobą. – Wiem. I tak musimy walczyć.

Objęła go. Trzymał ją w ramionach, czując jej ciepło i woń perfum. Wolała mniej kwiatowe zapachy niż inne kobiety – aromat z korzenną nutą, jakby świeżo porąbanego drewna.

– Uda nam się – powiedział. – Moja nieustępliwość. Twoja błyskotliwość. Razem przekonamy inne królestwa, by do nas dołączyły. Kiedy burza powróci, zobaczą, że nasze ostrzeżenia były słuszne, i zjednoczą się przeciwko wrogowi. Możemy wykorzystać Bramy Przysięgi, by przenosić wojska i wspierać się nawzajem.

Bramy Przysięgi. Dziesięć portali, starożytnych fabriali, bram do Urithiru. Kiedy Świetlisty Rycerz aktywował jedno z urządzeń, ludzie stojący wokół niego przenosili się do Urithiru i pojawiali na podobnym urządzeniu w wieży.

Na razie aktywna była tylko jedna para Bram Przysięgi – przenosząca ludzi między Urithiru i Strzaskanymi Równinami. Dziewięć pozostałych można było teoretycznie zmusić do działania – ale niestety, badania wykazały, że mechanizm wewnątrz każdej z nich musiał najpierw zostać odblokowany z obu stron.

Gdyby chciał udać się do Vedenaru, Thaylenu, Azimiru albo innych miejsc, najpierw jeden z ich Świetlistych musiałby dotrzeć do miasta i odblokować urządzenie.

– W porządku – powiedziała. – Zrobimy to. Jakimś sposobem zmusimy ich, by nas posłuchali... nawet jeśli wciskają palce w uszy. Zastanawiam się, jak w ogóle są do tego zdolni, skoro jednocześnie cały czas trzymają głowy głęboko między pośladkami.

Uśmiechnął się i nagle poczuł się głupio, że przed chwilą tak ją idealizował. Navani Kholin nie była nieśmiałym, perfekcyjnym ideałem – była burzową kobietą z różnymi nawykami, upartą jak głaz toczący się w dół zbocza i z coraz mniejszym zapasem cierpliwości do rzeczy, które uważała za głupie.

Kochał ją. Za to, że była otwarta i prawdziwa w społeczeństwie, które z tajemnic uczyniło powód do dumy. Od czasu ich młodości łamała tabu i serca. Czasami myśl, że ona też go kochała, wydawała się równie nierealna, jak jedna z jego wizji.

Rozległo się pukanie do drzwi. Navani kazała wejść. Do środka zajrzała jedna ze zwiadowczyń Dalinara. Arcyksiążę odwrócił się i zmarszczył czoło, kiedy zauważył nerwowość kobiety i jej przyspieszony oddech.

– O co chodzi? – spytał.

– Panie. – Kobieta zasalutowała, ale jej twarz była blada. – Doszło do... wypadku. W jednym z korytarzy znaleziono ciało.

Dalinar poczuł, jak coś narasta, powietrze wypełnia energia przypominająca nadchodzącą błyskawicę.

– Kto?

– Arcyksiążę Torol Sadeas, panie. Został zamordowany.

I tak musiała powstać.
– Z przedmowy *Dawcy Przysięgi*

– Stać! Co wy wyprawiacie?

Adolin Kholin podszedł do grupki robotników w poplamionych kremem ubraniach roboczych, którzy rozładowywali skrzynie z tyłu wozu. Ich chull kręcił się, próbując znaleźć skałopąki, które mógłby zjeść. Bezowocnie. Choć ta jaskinia miała wielkość małego miasteczka, znajdowali się daleko w głębi wieży.

Robotnicy zachowali dość przyzwoitości, by zrobić skonsternowane miny, choć pewnie nie wiedzieli, o co chodzi. Stadko skryb towarzyszące Adolinowi sprawdziło zawartość wozu. Lampki oliwne ustawione na ziemi słabo rozpraszały mrok wielkiej sali, której sklepienie wznosiło się na wysokości czterech kondygnacji.

– Oświecony? – Jeden z robotników podrapał się po głowie pod czapką. – My tylko żeśmy rozładowywali. To właśnie żeśmy wyprawiali.

– Zgodnie z listem przewozowym to piwo – powiedziała Adolinowi młoda żarliwczyni imieniem Rushu.

– Dział drugi. – Adolin postukał kostkami palców lewej dłoni o wóz. – Gospody powstają wzdłuż centralnego korytarza z windami, sześć skrzyżowań w głąb. Moja ciotka wyraźnie to powiedziała waszym lordom.

Mężczyźni patrzyli na niego tępo.

– Wyślę z wami skrybę, żeby wam pokazała. Załadujcie te skrzynie z powrotem.

Mężczyźni westchnęli, ale zabrali się za ładowanie wozu. Wiedzieli, że nie należy się kłócić z synem arcyksięcia.

Adolin rozejrzał się po głębokiej jaskini, w której trwał rozładunek towarów i ludzi. Obok przebiegały grupki dzieci. Robotnicy rozstawiali namioty. Kobiety czerpały wodę ze studni na środku. Ludzie z czterech obozów przekroczyli w panice Strzaskane Równiny, by dotrzeć do Urithiru, a Navani starała się znaleźć właściwe miejsce dla nich wszystkich.

Mimo panującego chaosu Adolin cieszył się z obecności tych ludzi. Byli świeży, nie ucierpieli podczas bitwy Parshendich, ataku Skrytobójcy w Bieli i straszliwego zderzenia dwóch burz.

Żołnierze Kholinów byli w kiepskim stanie. Adolina bolał złamany w czasie walki prawy nadgarstek, na którym nadal nosił opatrunek. Na twarzy miał wielki siniec, a i tak był jednym z większych szczęściarzy.

– Oświecony. – Rushu wskazała na kolejny wóz. – To mi wygląda na wino.

– Cudownie.

Czy nikt nie zwracał uwagi na polecenia ciotki Navani?

Zajął się tym wozem, a później musiał przerwać kłótnię mężczyzn, rozwścieczonych, że kazano im czerpać wodę. Twierdzili, że to praca dla parshmenów, poniżej ich nahnu. Niestety, parshmenów już nie było.

Adolin uspokoił ich i zasugerował, że jeśli będą zmuszeni robić to nadal, mogą założyć gildię czerpiących wodę. Ojciec z pewnością by to zaaprobował, choć Adolin się martwił. Czy mają dość funduszy, by zapłacić tym wszystkim ludziom? Wysokość wypłaty zależała od nahnu, a ludzi nie można było tak po prostu przymusić.

Cieszył się jednak z tego zadania, bo odwracało jego uwagę. Choć nie musiał osobiście zajmować się każdym wozem – miał jedynie nadzorować pracę – natychmiast wziął się do roboty. Z uszkodzonym nadgarstkiem nie mógł ćwiczyć fechtunku, ale jeśli zbyt długo siedział w samotności, zaczynał myśleć o tym, co zdarzyło się poprzedniego dnia.

Naprawdę to zrobił?

Naprawdę zamordował Torola Sadeasa?

Niemal poczuł ulgę, kiedy przyszedł do niego goniec i szepnął mu do ucha, że w korytarzach na drugim piętrze coś znaleziono.

Adolin był przekonany, że wie, o co chodzi.

***

Dalinar usłyszał krzyki na długo przed przybyciem na miejsce. Odbijały się echem w tunelach. Znał ten ton. Zwiastował konflikt.

Zostawił Navani i ruszył biegiem. Spocony wpadł na szerokie skrzyżowanie tuneli. Mężczyźni w niebieskich mundurach, zalani ostrym blaskiem latarni, stali naprzeciwko innych w zieleni. Między nimi z podłogi wyrastały złościospreny przypominające kałuże krwi.

Na ziemi leżał trup z twarzą zakrytą zieloną kurtką.

– Cofnąć się! – ryknął Dalinar, wbiegając w przestrzeń między dwiema grupami żołnierzy. Szarpnął do tyłu mostowego, który stał niemal twarzą w twarz z jednym z żołnierzy Sadeasa. – Cofnąć się, albo wpakuję was wszystkich do ciupy, co do jednego!

Jego głos uderzył w mężczyzn jak burzowe wiatry, przyciągając spojrzenia ze wszystkich stron. Dalinar popchnął mostowego w stronę towarzyszy, później podobnie odepchnął jednego z żołnierzy Sadeasa. Modlił się, by mężczyzna zachował dość rozsądku i powstrzymał się przed zaatakowaniem arcyksięcia.

Navani i zwiadowczyni zatrzymały się na obrzeżach konfliktu. Mężczyźni z mostu czwartego w końcu wycofali się do jednego korytarza, a ludzie Sadeasa do drugiego. Wystarczająco blisko, by mogli nadal piorunować się wzrokiem.

– Lepiej bądźcie gotowi na grzmot Potępienia! – krzyknął oficer Sadeasa do Dalinara. – Wasi ludzie zamordowali arcyksięcia!

– Tak go znaleźliśmy! – odkrzyknął Teft z mostu czwartego. – Pewnie się nadział na własny nóż. I dobrze mu tak, burzowemu sukinsynowi.

– Teft, cofnij się! – krzyknął do niego Dalinar.

Mostowy zrobił zmieszaną minę i zasalutował sztywno.

Dalinar ukląkł i zdjął kurtkę z twarzy Sadeasa.

– Krew zaschła. Leży tu od jakiegoś czasu.

– Szukaliśmy go – przyznał oficer w zielonym.

– Szukaliście go? Zgubiliście własnego arcyksięcia?

– Te tunele są dezorientujące! – stwierdził mężczyzna. – Nie biegną w naturalnym kierunku. Skręciliśmy w złą stronę i...

– Pomyśleliśmy, że mógł wrócić do innej części wieży – dodał kolejny mężczyzna. – Szukaliśmy go przez całą ostatnią noc. Niektórzy mówili, że go chyba widzieli, ale się mylili i...

I arcyksiążę przez pół dnia leżał tu we własnej krwi, pomyślał Dalinar. *Krwi ojców moich.*

– Nie mogliśmy go znaleźć – powiedział oficer – bo twoi ludzie go zamordowali i przenieśli ciało...

– Ta krew zbierała się tutaj od wielu godzin. Nikt nie poruszył ciała. – Dalinar pokazał palcem. – Przenieście księcia do tamtej bocznej komnaty i poślijcie po Ialai, jeśli jeszcze tego nie zrobiliście. Chciałbym mu się przyjrzeć.

***

Dalinar był koneserem śmierci.

Nawet w młodości wygląd trupów był dla niego znajomym widokiem. Wystarczy spędzić dość czasu na polu bitwy, by zaznajomić się z jego panem.

Dlatego zakrwawiona, zniszczona twarz Sadeasa nim nie wstrząsnęła. Przekłute oko, wbite w oczodół ostrzem, które dosięgło mózgu. Płyn i krew wysączyły się na zewnątrz, po czym zaschły.

Cios nożem w oczodół zabijał wojownika w pancerzu i hełmie z zasłoną. Taki manewr ćwiczono na polu bitwy. Ale Sadeas nie miał na sobie pancerza i nie był na polu bitwy.

Dalinar pochylił się i w blasku migoczących lampek oliwnych przyjrzał się ciału leżącemu na stole.

– Skrytobójca. – Navani kląsnęła językiem i pokręciła głową. – Niedobrze.

Za nim stali Adolin i Renarin, wraz z Shallan i kilkoma mostowymi. Naprzeciwko Dalinar miał Kalami – chuda kobieta o pomarańczowych oczach była jedną z jego najstarszych skryb. W bitwie przeciwko Pustkowcom stracili jej męża Teleba. Nie chciał jej wzywać w czasie żałoby, ale kobieta uparła się, że nie porzuci swoich obowiązków.

Na burze, zostało mu tak niewielu wyższych oficerów. Cael zginął w zderzeniu Wiecznej Burzy i arcyburzy, niewiele brakowało, by udało mu się uciec. Ilamara i Perethoma stracił, gdy Sadeas zdradził go na Wieży. Pozostał mu jedynie Khal, który wciąż leczył ranę odniesioną podczas starcia z Pustkowcami – ranę, którą ukrywał do chwili, gdy wszyscy znaleźli się w bezpiecznym miejscu.

Nawet król Elhokar został raniony przez skrytobójców w pałacu, kiedy armie walczyły na Naraku. Od tego czasu wciąż nie wrócił do siebie. Dalinar nie był pewien, czy przyjdzie zobaczyć ciało Sadeasa.

Tak czy inaczej, braki wśród oficerów wyjaśniały obecność arcyksięcia Sebariala i jego metresy Palony. Sebarial mógł być niesympatyczny, ale odpowiedział na wezwanie Dalinara, by pomaszerować na Narak, i jako jeden z dwóch arcyksiążąt pozostał przy życiu. Dalinar musiał komuś zaufać, a większości arcyksiążąt nie ufał dalej, niż mógł ich rzucić wiatr.

Sebarial – wraz z Aladarem, który został wezwany, ale jeszcze nie dotarł – miał stworzyć fundament nowego Alethkaru. I niech Wszechmocny im wszystkim pomoże.

– Cóż! – Palona oparła dłonie na biodrach i wpatrywała się w trupa Sadeasa. – Wygląda na to, że jeden problem mamy rozwiązany!

Wszyscy odwrócili się w jej stronę.

– Co takiego? Nie mówcie mi, że sami o tym nie myśleliście.

– To nie będzie wyglądać dobrze, oświecony – powiedziała Kalami. – Wszyscy będą się zachowywać jak ci żołnierze na zewnątrz i zakładać, że kazaliście go zamordować.

– Ktoś znalazł jego Ostrze Odprysku? – spytał Dalinar.

– Nie, panie – odparł jeden z mostowych. – Ktokolwiek go zabił, pewnie je zabrał.

Navani pomasowała ramię Dalinara.

– Powiedziałabym to w inny sposób niż Palona, ale on rzeczywiście próbował cię zabić. Może tak jest najlepiej.

– Nie. – Głos Dalinara brzmiał chrapliwie. – Potrzebowaliśmy go.

– Wiem, że jesteś zdesperowany, Dalinarze – odezwał się Sebarial. – Wyraźnie świadczy o tym moja obecność w tym miejscu. Ale z pewnością nasza sytuacja nie jest aż tak zła, by obecność Sadeasa mogła ją poprawić. Zgadzam się z Paloną. Nie będę po nim płakał.

Dalinar podniósł wzrok i rozejrzał się po zebranych. Sebarial i Palona. Teft i Sigzil, porucznicy z mostu czwartego. Garstka innych żołnierzy, w tym młoda zwiadowczyni, która go tu sprowadziła. Jego synowie, opanowany Adolin i nieprzenikniony Renarin. Navani trzymająca rękę na jego ramieniu. Nawet starzejąca się Kalami, z rękami na piersiach, spojrzała mu w oczy i pokiwała głową.

– Wszyscy się zgadzacie, prawda? – spytał Dalinar.

Nikt się nie sprzeciwił. Tak, to morderstwo szkodziło reputacji Dalinara i z pewnością żadne z nich nie posunęło się tak daleko, by osobiście zabić Sadeasa. Ale teraz, kiedy odszedł... dlaczego mieliby go opłakiwać?

Umysł Dalinara wypełniły wspomnienia. Dni spędzone z Sadeasem, gdy słuchali wielkich planów Gavilara. Noc przed ślubem Dalinara, gdy pili razem wino na hałaśliwej uczcie zorganizowanej w jego imieniu przez Sadeasa.

Trudno było pogodzić tego młodszego mężczyznę, tego przyjaciela, z nalaną, starszą twarzą na stole przed nim. Dorosły Sadeas był mordercą, którego zdrada kosztowała życie ludzi lepszych od niego. Z powodu tych mężczyzn, porzuconych podczas bitwy na Wieży, Dalinar mógł czuć jedynie satysfakcję na widok zabitego Sadeasa.

To go niepokoiło. Doskonale wiedział, co czują pozostali.

– Chodźcie ze mną.

Pozostawił ciało i wyszedł z komnaty. Minął strażników Sadeasa, którzy pospiesznie weszli do środka. Zajmą się trupem – miał nadzieję, że uspokoił sytuację na tyle, by nie dopuścić do bitwy między dwiema grupami żołnierzy. Jak na razie najlepszym, co mógł zrobić, było zabranie mostu czwartego z tego miejsca.

Orszak Dalinara podążył za nim korytarzami ogromnej wieży, w rękach nieśli lampki oliwne. Ściany pokrywały wijące się linie – naturalne pasma w barwach ziemi, jakby pozostawione przez wysychające warstwy kremu. Nie miał pretensji do żołnierzy, że zgubili Sadeasa – w tym miejscu składającym się z niekończących się przejść wiodących w mrok można było zadziwiająco łatwo stracić orientację.

Całe szczęście miał pojęcie, gdzie byli, i doprowadził swoich ludzi na zewnętrzną krawędź wieży. Przeszedłszy pustą komnatę, znalazł się na balkonie, jednym z wielu przypominających szerokie ganki.

Nad nim wznosiła się ogromna wieża Urithiru, uderzająco wysoka konstrukcja wybudowana wśród gór. Miasto składało się z dziesięciu przypominających kręgi poziomów – każdy z nich miał osiemnaście kondygnacji – a zdobiły je akwedukty, okna i balkony, tak jak ten.

Najniższy poziom otaczały szerokie występy – duże płaszczyzny kamienia wielkości płaskowyżu. Wzdłuż ich krawędzi wznosiły się kamienne balustrady chroniące przed upadkiem do głębokich rozpadlin między szczytami gór. Z początku nie rozumieli ich sensu. Ale wyżłobienia w kamieniu i skrzynki na rozsadę wzdłuż wewnętrznych krawędzi wyjawiły ich cel. Jakimś sposobem to były pola. Podobnie jak w dużych ogrodach na szczycie każdego poziomu, tak i tutaj jakimś sposobem niegdyś uprawiano żywność, mimo zimna. Jedno z tych pól rozciągało się pod tym balkonem, dwa poziomy niżej.

Dalinar podszedł do krawędzi balkonu i oparł dłonie na gładkim kamiennym murze oporowym. Pozostali zebrali się za nim. Po drodze spotkali arcyksięcia Aladara, dystyngowanego łysego Alethyjczyka o brązowej skórze. Towarzyszyła mu jego córka May, niska, ładna dwudziestolatka o beżowych oczach, krągłej twarzy i krótko przyciętych, całkowicie czarnych włosach otaczających twarz. Navani szeptem opowiedziała im o śmierci Sadeasa.

Dalinar wyciągnął rękę w chłodnym powietrzu i wskazał poza balkon.

– Co widzicie?

Mostowi zebrali się, by wyjrzeć z balkonu. Był wśród nich Herdaz, który po uzdrowieniu Burzowym Światłem miał teraz obie ręce. Ludzie Kaladina zaczęli objawiać moce Wiatrowych – choć najwyraźniej byli jedynie „giermkami". Navani mówiła, że ten rodzaj Świetlistych kiedyś występował dość często – mężczyźni i kobiety, których moce wiązały się z ich panem, pełnym Świetlistym.

Mężczyźni z mostu czwartego nie związali się z własnymi sprenami, a – choć wcześniej zaczęli objawiać moce – utracili zdolności, kiedy Kaladin poleciał do Alethkaru, by ostrzec rodzinę przed Wieczną Burzą.

– Co widzę? – powtórzył Herdaz. – Widzę chmury.

– Mnóstwo chmur – dodał inny mostowy.

– I jakieś góry – stwierdził kolejny. – Wyglądają jak zęby.

– Nie, rogi – sprzeciwił się Herdaz.

Dalinar przerwał ich sprzeczkę.

– Znajdujemy się ponad burzami. Łatwo będzie zapomnieć o nawałnicy, jakiej musi stawiać czoło reszta świata. Wieczna Burza powróci, niosąc Pustkowców. Musimy założyć, że to miasto... nasze armie... wkrótce pozostanie jedynym bastionem porządku na świecie. Naszym powołaniem, naszym obowiązkiem jest przejąć przywództwo.

– Porządku? – odezwał się Aladar. – Dalinarze, widziałeś nasze armie? Zaledwie przed sześcioma dniami walczyli w niemożliwej bitwie. I choć zostaliśmy ocaleni, to, formalnie rzecz biorąc, przegraliśmy. Syn Roiona jest żałośnie nieprzygotowany do zajęcia się resztkami swojego księstwa. Niektóre z najpotężniejszych oddziałów, te należące do Thanadala i Vamaha, pozostały w obozach!

– A ci, którzy przybyli, już zaczęli się sprzeczać – dodała Palona. – Śmierć starego Torola da im jedynie kolejny powód do konfliktów.

Dalinar odwrócił się i ścisnął szczyt muru obiema rękami. Marzły mu palce. Uderzył w niego chłodny podmuch i minęło go kilka wiatrosprenów przypominających przezroczystych ludzi unoszących się na podmuchach.

– Jasności Kalami – odezwał się. – Co wiesz o Spustoszeniach?

– Oświecony? – spytała z wahaniem kobieta.

– Spustoszenia. Jako uczona badałaś teorię vorinizmu, prawda? Możesz nam powiedzieć o Spustoszeniach?

Kalami odchrząknęła.

– Były ucieleśnieniem zniszczenia, oświecony. Każde było tak druzgocące, że rujnowało ludzkość. Zdziesiątkowane narody, zniszczone struktury społeczne, zabici uczeni. Po każdym ludzie poświęcali pokolenia na odbudowę. Wedle pieśni straty nakładały się na siebie, przez co za każdym razem osuwaliśmy się odrobinę głębiej, aż pewnego razu Heroldowie zostawili ludzi z mieczami i fabrialami, a kiedy powrócili, tamci mieli tylko kije i kamienne topory.

– A Pustkowcy? – spytał Dalinar.

– Przybywali, by unicestwiać. Ich celem było starcie ludzkości z powierzchni Rosharu. Byli widmami, pozbawionymi postaci... niektórzy mówią, że to duchy zabitych, wedle innych spreny z Potępienia.

– Musimy znaleźć sposób, by to się nie powtórzyło – powiedział cicho Dalinar i odwrócił się z powrotem do swoich towarzyszy. – Jesteśmy tymi, których ten świat powinien traktować jako wzór. Musimy zapewnić stabilność i miejsce, w którym mogliby się zgromadzić.

– Dlatego nie mogę się radować śmiercią Sadeasa. Był mi solą w oku, ale był też dobrym generałem i miał błyskotliwy umysł. Potrzebowaliśmy go. Nim to się skończy, będziemy potrzebować każdego zdolnego do walki.

– Dalinarze – powiedział Aladar. – Kiedyś się sprzeczałem. Byłem jak inni arcyksiążęta. Ale to, co zobaczyłem na tamtym polu bitwy... te czerwone oczy... Panie, jestem z wami i pójdę za wami choćby na koniec burz. Czego ode mnie chcecie?

– Nie mamy dużo czasu. Aladarze, mianuję cię nowym Arcyksięciem Informacji, odpowiedzialnym za sądy i prawo w tym mieście. Zaprowadź ład w Urithiru i dopilnuj, by arcyksiążęta mieli wyraźnie odgraniczone tereny, nad którymi będą panować. Stwórz siły porządkowe i patroluj te korytarze. Strzeż spokoju i nie dopuszczaj do konfliktów między żołnierzami, w rodzaju tego, któremu wcześniej zapobiegliśmy.

– Sebarialu, mianuję cię Arcyksięciem Handlu. Sporządź spis naszych zapasów i zorganizuj targi w Urithiru. Chcę, żeby ta wieża stała się w pełni działającym miastem, nie zaś jedynie tymczasowym postojem.

– Adolinie, dopilnuj, by armie zajęły się szkoleniem. Policz oddziały, które mamy, należące do wszystkich arcyksiążąt, i przekaż im, że ich włócznie będą potrzebne do obrony Rosharu. Póki tu przebywają, pozostają pod moim dowództwem jako Arcyksięcia Wojny. Zmiażdżymy ich konflikty wewnętrzne pod ciężarem ćwiczeń. Dusznikowie i żywność należą do nas. Jeśli chcą dostać swoje racje, będą musieli posłuchać.

– A my? – spytał zaniedbany porucznik z mostu czwartego.

– Dalej badajcie Urithiru z moimi zwiadowcami i skrybami – odparł Dalinar. – I powiadomcie mnie w chwili, kiedy powróci wasz kapitan. Miejmy nadzieję, że przyniesie dobre wieści z Alethkaru.

Odetchnął głęboko. W jego umyśle odbijał się głos dochodzący jakby z wielkiej odległości.

„Zjednocz ich.

Bądź gotów na chwilę, gdy przybędzie czempion wroga".

– Naszym celem jest zachowanie całego Rosharu – powiedział cicho Dalinar. – Widzieliśmy cenę podziałów w naszych szeregach. Z ich powodu nie udało się nam powstrzymać Wiecznej Burzy. Ale to była jedynie próba, ćwiczenia przed prawdziwą walką. Aby stawić czoło Spustoszeniu, znajdę sposób, by dokonać tego, co mojemu przodkowi Słonecznemu nie udało się przez podbój. Zjednoczę Roshar.

Kalami westchnęła cicho. Nikomu nie udało się zjednoczyć całego kontynentu – ani w trakcie najazdów Shinów, ani w szczycie Hierokracji, ani podczas podbojów Słonecznego. Zyskiwał coraz większą pewność, że na tym polega jego zadanie. Wróg wypuści na nich swoją największą grozę: Niestworzonych i Pustkowców. Tego widmowego czempiona w ciemnym pancerzu.

Dalinar przeciwstawi im zjednoczony Roshar. Jaka szkoda, że nie udało mu się znaleźć sposobu, by przekonać Sadeasa do swojej sprawy.

Ach, Torolu, pomyślał. Co moglibyśmy osiągnąć razem, gdybyśmy nie byli tak podzieleni...

– Ojcze? – Jego uwagę przyciągnął cichy głos. Renarin, który stał obok Shallan i Adolina. – O nas nie wspomniałeś. O mnie i jasności Shallan. Jakie jest nasze zadanie?

– Ćwiczyć. Przybędą do nas inni Świetliści, a wy dwoje będziecie musieli ich poprowadzić. Rycerze byli kiedyś naszą najpotężniejszą bronią przeciwko Pustkowcom. Wkrótce znów będą musieli się nią stać.

– Ojcze, ja... – Renarin zaczął się jąkać. – Po prostu... Ja? Nie mogę. Nie wiem jak... nie wspominając już...

– Synu. – Dalinar podszedł bliżej i wziął Renarina za rękę. – Ufam ci. Wszechmocny i spreny dali ci moce, by bronić i chronić tych ludzi. Wykorzystaj je. Zapanuj nad nimi, a później powiedz mi, czego możesz dokonać. Sądzę, że wszyscy chcielibyśmy się tego dowiedzieć.

Renarin odetchnął głęboko i pokiwał głową.

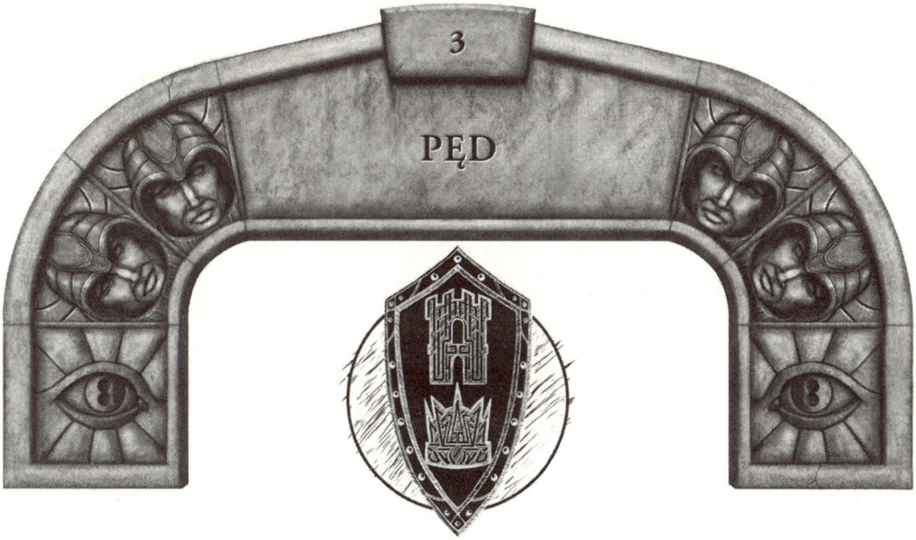

TRZYDZIEŚCI CZTERY LATA WCZEŚNIEJ

Skałopąki pękały jak czaszki, miażdżone butami Dalinara, kiedy nacierał przez płonące pole. Za nim podążały jego elitarne oddziały, starannie dobrani żołnierze, jasnoocy i ciemnoocy. Nie byli strażą honorową. Dalinar nie potrzebował straży. Wybrał ludzi, których uznał za dość kompetentnych, by nie przynieśli mu wstydu.

Wokół niego tliły się skałopąki. Mech – wysuszony przez letnie upały i typowe dla tej pory roku długie przerwy między burzami – stawał w płomieniach, podpalając skorupy skałopąków. Wśród nich tańczyły ogniospreny. Dalinar, sam niczym spren, rzucił się przez dym, ufając, że pancerz i grube buty go ochronią.

Wróg – zepchnięty od północy przez jego armie – tuż przed nim wycofał się do tego miasteczka. Dalinar zmusił się, żeby zaczekać na swoje elitarne oddziały, które miały oskrzydlić przeciwnika.

Nie spodziewał się, że wróg podpali tę równinę, w akcie desperacji spali własne plony, by zablokować podejście od południa. Cóż, ogień mógł iść do Potępienia. Choć niektórzy z jego ludzi nie wytrzymali dymu lub gorąca, większość pozostała ze swoim dowódcą. Wbiją się we wroga i zepchną go z powrotem na główne siły.

Młot i kowadło. Jego ulubiona taktyka nie pozwalała, by wrogowie przed nim uciekli.

Kiedy Dalinar wypadł spośród dymu, ujrzał kilka szeregów włóczników pospiesznie ustawiających się w szyku. Wokół nich zbierały się niecierpliwospreny, przypominające czerwone wstęgi wyrastające z ziemi i kołyszące się na wietrze. Niskie mury miasta przed kilku laty zostały zburzone podczas innego konfliktu, więc jedynymi umocnieniami tych żołnierzy były gruzy – choć spora grań na wschodzie tworzyła naturalny wiatrochron osłaniający przed burzą, dzięki czemu osada mogła się rozrastać.

Dalinar ryknął na wrogich żołnierzy i uderzył ostrzem – zwyczajnym długim mieczem – o tarczę. Miał na sobie gruby napierśnik, otwarty hełm i okute żelazem buty. Włócznicy przed nim zawahali się, kiedy jego żołnierze wypadli spośród dymu i płomieni, rycząc w morderczej kakofonii.

Kilku włóczników rzuciło broń i uciekło. Dalinar uśmiechnął się, ukazując zęby. Nie potrzebował Odprysków, by zastraszyć.

Uderzył we włóczników jak głaz toczący się przez zarośla, jego miecz wyrzucał w powietrze kropelki krwi. W dobrej walce chodziło o pęd. Nie zatrzymywać się. Nie myśleć. Nacierać i przekonać wrogów, że już są martwi. Wtedy stawiali mniejszy opór, gdy posyłało się ich na pogrzebowy stos.

Włócznicy gorączkowo uderzali włóczniami – nawet nie po to, by zabijać, ale raczej, by odepchnąć na bok tego szaleńca. Ich szeregi się załamały, gdy zbyt wielu skierowało swoją uwagę na niego.

Dalinar się roześmiał, tarczą odepchnął na bok parę włóczni, a mieczem wypatroszył jednego z żołnierzy. Mężczyzna upuścił broń, a jego sąsiedzi cofnęli się na ten przerażający widok. Dalinar zaatakował z rykiem, zabijając ich mieczem niosącym ślady krwi ich przyjaciela.

Elitarne oddziały uderzyły w przerwane szeregi i zaczęła się prawdziwa rzeź. Dalinar nacierał, zachowując pęd, przebijając się przez włóczników, aż dotarł na tyły, dopiero wtedy odetchnął głęboko i otarł popiół z twarzy. W pobliżu młody włócznik czołgał się po skałach, pozostawiając ślady krwi, i wzywał swoją matkę. Strachospreny mieszały się z pomarańczowymi, przypominającymi ścięgna bólosprenami. Dalinar pokręcił głową i mijając chłopaka, wbił miecz w jego plecy.

Ludzie często wzywali rodziców, kiedy umierali. Niezależnie od wieku. Siwobrodzi mężczyźni robili to na równi z dzieciakami takimi jak ten. Nie jest wiele młodszy ode mnie, pomyślał Dalinar. Miał może siedemnaście lat. Ale z drugiej strony Dalinar nigdy nie czuł się młody, niezależnie od wieku.

Jego elitarne oddziały podzieliły szeregi wroga na dwie części. Dalinar zatańczył, otrząsając zakrwawione ostrze, czuł się pełen energii, podekscytowany, ale jeszcze nie żywy. Gdzie on był?

Chodź...

Większa grupa wrogich żołnierzy biegła ulicą w jego stronę prowadzona przez kilku oficerów w biało-czerwonych mundurach. Nagle się zatrzymali, wyraźnie przerażeni faktem, że ich włócznicy tak szybko ginęli.

Dalinar natarł. Jego ludzie umieli obserwować przebieg walki, więc szybko dołączyło do niego pięćdziesięciu żołnierzy – reszta musiała dobić nieszczęsnych włóczników. Pięćdziesięciu wystarczy. Na ciasnych uliczkach miasteczka nie powinien potrzebować więcej.

Skupił się na jedynym konnym. Mężczyzna miał na sobie zbroję wyraźnie naśladującą Pancerz Odprysku, choć była ze zwyczajnej stali. Brakowało jej urody i mocy prawdziwego Odprysku. Mimo wszystko sprawiał wrażenie najważniejszej osoby w okolicy. Dalinar mógł jedynie mieć nadzieję, że oznaczało to również, iż jest najlepszy.

Straż honorowa mężczyzny ruszyła do ataku, a wtedy Dalinar poczuł, że coś się w nim budzi. Jak pragnienie, fizyczna potrzeba.

Wyzwanie. Potrzebował wyzwania!

Zwarł się z pierwszym członkiem straży, zaatakował go szybko i brutalnie. Walka na polu bitwy nie przypominała areny pojedynkowej – Dalinar nie tańczył wokół mężczyzny, sprawdzając jego umiejętności. Gdyby tu spróbował czegoś takiego, skończyłby z ostrzem wbitym w plecy przez kogoś innego. Dlatego uderzył mieczem, a wróg uniósł tarczę, by zatrzymać klingę. Dalinar zadał serię kilku szybkich, potężnych ciosów, jakby wygrywał gorączkowy rytm na bębnie. Bum, bum, bum, bum!

Wrogi żołnierz ściskał tarczę nad głową, oddając Dalinarowi panowanie nad sytuacją. Dalinar uniósł własną tarczę i pchnął nią mężczyznę, zmuszając go do cofania się, aż w końcu się potknął i odsłonił.

Ten żołnierz nie zdążył nawet zawołać matki.

Ciało osunęło się na ziemię. Dalinar pozwolił, by jego ludzie zajęli się pozostałymi – miał już otwartą drogę do oświeconego. Kim był? Arcyksiążę walczył na północy. Czy to był jakiś inny ważny jasnooki? Albo... czy podczas niekończących się narad u Gavilara nie słyszał jakiejś wzmianki o synu?

Cóż, mężczyzna z całą pewnością robił wrażenie na tej białej klaczy, gdy przyglądał się przebiegowi bitwy zza zasłony hełmu, z peleryną falującą na wietrze. Wróg uniósł miecz do hełmu, przyjmując wyzwanie Dalinara.

Idiota.

Dalinar wskazał lewą ręką, licząc, że pozostał przy nim przynajmniej jeden z jego ludzi. I rzeczywiście, Jenin zrobił krok do przodu, zdjął z pleców krótki łuk i – przy akompaniamencie zaskoczonego okrzyku oświeconego – strzelił koniowi w pierś.

– Nienawidzę strzelać do koni – mruknął Jenin, kiedy zwierzę stanęło dęba. – Jakbym wrzucał tysiąc broamów do burzowego oceanu, oświecony.

– Kiedy to skończymy, kupię ci dwa.

Dalinar patrzył, jak oświecony spada z konia. Uchylił się przed wierzgającymi kopytami i zignorował rżenie bólu, szukając powalonego mężczyzny. Ku jego zadowoleniu wróg już się podnosił.

Zwarli się, gorączkowo zadając ciosy. W życiu chodziło o pęd. Należało wybrać kierunek i nie pozwolić, by cokolwiek – człowiek lub burza – zmieniło ten kurs. Dalinar nacierał na oświeconego, odpychał go do tyłu, zażarcie i wytrwale.

Czuł, że zwycięża w tej walce, panuje nad nią, aż do chwili, gdy wbił tarczę we wroga i – w chwili nacisku – poczuł, że coś pęka. Jeden z pasów przytrzymujących tarczę na jego ramieniu się rozpadł.

Wróg zareagował natychmiast. Pchnął tarczę i okręcił ją wokół ramienia Dalinara, zrywając drugi pasek. Tarcza poleciała na bok.

Dalinar potknął się i zamachnął mieczem, próbując sparować cios, który nie nadszedł. Tymczasem oświecony zbliżył się i uderzył go swoją tarczą.

Dalinar uchylił się przed cięciem, ale kolejny cios trafił go w bok głowy. Zatoczył się, a wgnieciony metal hełmu przebił jego skórę. Miał zawroty głowy i wszystko widział podwójnie.

On zaraz spróbuje mnie dobić, pomyślał.

Dalinar ryknął i zamachnął się swoją klingą. Jego gwałtowny, szaleńczy cios trafił w miecz oświeconego i wyrwał mu go z rąk.

Mężczyzna uderzył Dalinara pancerną rękawicą w twarz, miażdżąc mu nos.

Dalinar osunął się na kolana, miecz wyślizgnął mu się z palców. Jego przeciwnik z trudem łapał oddech i przeklinał, zdyszany tą krótką, gorączkową walką. Sięgnął do pasa po nóż. Poczuł, że coś się w nim budzi.

To był ogień, który wypełnił wewnętrzne palenisko. Przepłynął przez niego i obudził go, przynosząc jasność umysłu. Odgłosy walki jego elitarnych oddziałów ze strażą honorową oświeconego przycichły, łoskot metalu o metal stał się cichym brzękiem, a krzyki były już odległym mruczeniem.

Dalinar się uśmiechnął, a po chwili wyszczerzył zęby. Znów widział wszystko wyraźnie. Oświecony – z nożem w dłoni – podniósł wzrok, wzdrygnął się i zatoczył do tyłu. Wydawał się przerażony.

Dalinar ryknął, splunął krwią i rzucił się na wroga. Cios skierowany w jego stronę wydawał się żałosny. Dalinar uchylił się przed nim i wbił ramię w brzuch przeciwnika. Coś dudniło w jego wnętrzu, puls bitwy, rytm zabijania i umierania.

Dreszcz.

Wytrącił przeciwnika z równowagi i zaczął rozglądać się za swoim mieczem. Wtedy jednak Dym wykrzyknął jego imię i rzucił mu halabardę z hakiem po jednej stronie, a szerokim, cienkim ostrzem po drugiej. Dalinar złapał ją w powietrzu, obrócił się, zahaczył ostrze o kostkę oświeconego i szarpnął.

Oświecony padł na ziemię z brzękiem stali. Zanim jednak Dalinar zdążył to wykorzystać, dwaj członkowie straży honorowej wyplątali się z walki z jego ludźmi i ruszyli na pomoc swojemu panu.

Dalinar zamachnął się i wbił halabardę w bok jednego ze strażników. Wyrwał ją i znów się zamachnął – uderzył w hełm podnoszącego się oświeconego, rzucając go na kolana – po czym cofnął się i w ostatniej chwili zatrzymał cios drugiego strażnika drzewcem halabardy.

Trzymając halabardę obiema rękami, szarpnął do góry, unosząc klingę strażnika ponad jego głowę. Zrobił krok do przodu, aż znalazł się twarzą w twarz z mężczyzną. Czuł jego oddech.

Splunął krwią ze zmiażdżonego nosa w oczy żołnierza, po czym kopnął go w brzuch. Odwrócił się do oświeconego, który próbował uciec. Dalinar warknął przepełniony Dreszczem. Zamachnął się halabardą trzymaną w jednej ręce, wbił hak w bok oświeconego i szarpnął, znów obalając go na ziemię.

Oświecony przetoczył się na plecy.

Przywitał go widok Dalinara opuszczającego halabardę obiema rękami, wbijającego hak w napierśnik i pierś. Rozległ się satysfakcjonujący trzask, a ostrze splamiła krew.

Jakby ten cios był sygnałem, jego elitarne oddziały w końcu złamały opór straży honorowej. Dalinar patrzył z uśmiechem, jak uciekają, a w powietrzu wokół niego pojawiały się chwałospreny jak świetliste złote kule. Jego ludzie zdjęli krótkie łuki i zastrzelili dobry tuzin uciekających wrogów. Na Potępienie, to wspaniałe uczucie pokonać liczniejszego wroga.

Powalony oświecony jęknął cicho.

– Dlaczego... – powiedział spod hełmu. – Dlaczego my?

Dalinar odrzucił halabardę Dymowi.

– Nie wiem.

– Ty... ty nie wiesz? – wykrztusił umierający.

– Mój brat wybiera. Ja jedynie idę tam, gdzie mi wskaże.

Machnął w stronę umierającego, a wtedy Dym wbił miecz w pachę mężczyzny, dobijając go. Oświecony walczył całkiem dobrze, nie miało sensu przedłużanie jego cierpienia.

Podszedł kolejny żołnierz, w ręku trzymał miecz Dalinara. W ostrzu była szczerba wielkości palca, wydawał się też wygięty.

– Powinniście go wbijać w miękkie części, oświecony – zauważył Dym – a nie walić w te twarde.

– Będę o tym pamiętał. – Dalinar odrzucił miecz na bok, widząc, jak jeden z jego ludzi szuka wśród zabitych nowej broni.

– Dobrze się czujecie, oświecony?

– Nigdy nie czułem się lepiej. – Głos Dalinara brzmiał trochę niewyraźnie z powodu zapchanego nosa. Bolało jak Potępienie, a z ziemi zaczęła się podnosić gromadka bólosprenów, malutkich rąk ze ścięgien.

Jego ludzie zebrali się wokół niego, a Dalinar poprowadził ich dalej ulicą. Wkrótce zobaczył główne siły przeciwnika wciąż walczące przed nimi, atakowane przez jego armię. Zatrzymał swoich ludzi, rozważając możliwości.

Thakka, kapitan jego elitarnych oddziałów, odwrócił się w jego stronę.

– Jakieś rozkazy, panie?

– Wejdźcie do tych budynków. – Dalinar wskazał na szereg domów. – Zobaczymy, jak dobrze będą walczyć, kiedy otoczymy ich rodziny.

– Żołnierze będą chcieli plądrować – zauważył Thakka.

– A co jest do splądrowania w takich chałupach? Mokre skóry i miski ze skałopąków? – Zdjął hełm, żeby otrzeć krew z twarzy. – Plądrować mogą później. Teraz potrzebuję zakładników. Gdzieś w tym burzowym mieście są cywile. Znajdźcie ich.

Thakka pokiwał głową, wykrzykując rozkazy. Dalinar sięgnął po wodę. Musiał się spotkać z Sadeasem i...

Coś wbiło się w jego ramię. Zauważył to kątem oka, rozmazany czarny kształt, który uderzył w niego z siłą kopnięcia. Stracił równowagę i poczuł ból w boku.

Zamrugał, nie wiedząc, jakim sposobem znalazł się na ziemi. Z jego prawego ramienia wystawała burzowa strzała z długim, grubym drzewcem. Przebiła czysto kolczugę tuż obok miejsca, w którym kończył się napierśnik.

– Oświecony! – Thakka ukląkł i osłonił Dalinara własnym ciałem. – Na Keleka! Oświecony, czy...

– Kto to wystrzelił, na Potępienie? – spytał ostro Dalinar.

– Tam – odparł jeden z jego ludzi, wskazując grań nad miastem.

– Ale to musi być ponad trzysta jardów! – Dalinar odepchnął Thakkę na bok i wstał. – To nie...

Tym razem patrzył, więc udało mu się uskoczyć przed kolejną strzałą, która wbiła się w ziemię zaledwie stopę od niego i roztrzaskała o kamienie. Zapatrzył się na nią, po czym zaczął krzyczeć.

– Konie! Gdzie są burzowe konie?!

Niewielka grupka żołnierzy podbiegła, prowadząc wszystkie jedenaście koni, które wcześniej przeprowadzili ostrożnie przez pole. Dalinar musiał uchylić się przed kolejną strzałą, zanim chwycił wodze Nocy, swojego karego wałacha, i wspiął się na siodło. Czuł przeszywający ból w ramieniu, ale coś bardziej dojmującego popychało go do przodu. Pomagało mu się skupić.

Pogalopował w stronę, z której przybyli, dzięki czemu znalazł się poza zasięgiem łucznika, a za nim podążało dziesięciu jego najlepszych ludzi. Musiała istnieć jakaś droga w górę tego zbocza... Tam! Skalisty szlak wijący się zakosami, na tyle łagodny, że nie bał się pogalopować na Nocy.

Martwił się, że zanim dotrze na szczyt, jego cel ucieknie. Jednak kiedy w końcu dotarł na grań, w jego tors po lewej stronie uderzyła strzała, przebiła napierśnik w pobliżu ramienia i prawie zrzuciła go z siodła.

Na Potępienie! Dalinar jakimś sposobem się utrzymał, ściskając wodze w jednej dłoni. Pochylił się nad końskim grzbietem i patrzył, jak łucznik – wciąż odległa postać stojąca na kamiennym występie – wypuszcza następną strzałę. I kolejną. Na burze, szybki był!

Dalinar szarpnął Noc w bok, później w drugą stronę. Czuł, jak Dreszcz wypełnia go swoim pulsowaniem. Odpędzał ból, pomagał mu się skupić.

Łucznik w końcu się zaniepokoił, zeskoczył ze swojego wzniesienia i zaczął uciekać.

Dalinar chwilę później przejechał nad występem. Łucznik okazał się mężczyzną około dwudziestki w obszarpanym ubraniu. Ręce i ramiona miał tak umięśnione, że wyglądał, jakby mógł podnieść chulla. Dalinar mógł go stratować, ale przegalopował obok, kopnął go w plecy i przewrócił.

Zatrzymał konia, a ruch ten sprawił, że jego ramię przeszył ból. Zwalczył go, choć łzawiły mu oczy, i odwrócił się do łucznika, który leżał skulony wśród rozsypanych strzał.

W chwili gdy dogonili go jego ludzie, niezgrabnie zeskoczył z siodła. Złapał łucznika i podniósł go szarpnięciem, jego wzrok przyciągnął niebieski tatuaż na policzku mężczyzny. Łucznik sapnął i wpatrzył się w Dalinara. Spodziewał się, że musi robić duże wrażenie pokryty warstwą popiołu z pożarów, z twarzą zalaną krwią ze złamanego nosa i rany na głowie, przebity nie jedną, ale dwiema strzałami.

– Zaczekałeś, aż zdejmę hełm – powiedział ostro Dalinar. – Jesteś zabójcą. Zostałeś przysłany tutaj, by mnie zabić.

Mężczyzna skrzywił się, po czym pokiwał głową.

– Zadziwiające! – Dalinar puścił łucznika. – Pokaż mi, jak strzelasz. Jaka to odległość, Thakko? Mam rację, prawda? Ponad trzysta jardów?

– Prawie czterysta. – Thakka podjechał bliżej. – Ale ma przewagę wysokości.

– Mimo wszystko. – Dalinar podszedł do krawędzi grani. Odwrócił się do oszołomionego łucznika. – I co? Bierz swój łuk!

– Mój... łuk?

– Głuchy jesteś, człowieku? – warknął Dalinar. – Bierz go!

Łucznik spojrzał na dziesięciu żołnierzy, ponurych i niebezpiecznych, po czym rozsądnie postanowił wypełnić polecenie. Podniósł strzałę, a później swój łuk – wykonany z gładkiego, czarnego drewna, którego Dalinar nie rozpoznawał.

– Przeszły przez mój burzowy pancerz – mruknął Dalinar, macając strzałę, która trafiła go z lewej.

Ta nie była taka zła – przebiła stal, ale wytraciła większość pędu. Ta po prawej z kolei przecięła kolczugę, a z rany płynęła krew.

Pokręcił głową i osłonił oczy lewą dłonią, przyglądając się polu bitwy. Po jego prawej walczyły armie, a elitarne oddziały atakowały od flanki. Tylna straż znalazła cywilów i właśnie wyprowadzała ich na ulicę.

– Wybierz trupa. – Dalinar wskazał na pusty plac, na którym wcześniej trwała potyczka. – Wbij strzałę w jednego z tych tam, jeśli potrafisz.

Łucznik oblizał wargi wciąż wyraźnie zdezorientowany. W końcu wyjął lunetę zza pasa i przyjrzał się okolicy.

– Ten w niebieskim, obok przewróconego wozu.

Dalinar zmrużył oczy i pokiwał głową. Thakka tymczasem zsiadł z konia, wyjął miecz i oparł go o ramię. Niezbyt subtelne ostrzeżenie. Łucznik naciągnął łuk i wypuścił strzałę z czarnym pierzyskiem. Poleciała prosto do celu i wbiła się w wybranego trupa.

Obok Dalinara pojawił się samotny podziwospren, podobny do kręgu niebieskiego dymu.

– Na Ojca Burz! Thakko, przed dzisiejszym dniem postawiłbym pół księstwa na to, że taki strzał jest niemożliwy. – Odwrócił się do łucznika. – Jak cię zwą, zabójco?

Mężczyzna uniósł brodę, ale nie odpowiedział.

– Tak czy inaczej, witam w moich elitarnych oddziałach – stwierdził Dalinar. – Niech ktoś znajdzie mu konia.

– Że co? Próbowałem was zabić!

– Tak, z dużej odległości. Co świadczy, że masz wyjątkowo dużo zdrowego rozsądku. Przyda mi się ktoś o twoich umiejętnościach.

– Jesteśmy wrogami!

Dalinar skinął na miasto poniżej, gdzie otoczona armia – w końcu – się poddawała.

– Już nie. Wygląda na to, że teraz jesteśmy sojusznikami!

Łucznik splunął na ziemię.

– Niewolnikami tego tyrana, waszego brata!

Dalinar pozwolił, by jeden z żołnierzy pomógł mu wspiąć się na siodło.

– Jeśli wolisz zginąć, uszanuję to. Możesz też do mnie dołączyć i podać cenę.

– Życie mojego oświeconego Yezriara. Dziedzica.

Dalinar spojrzał na Thakkę.

– Czy to ten...?

– ...Którego zabiliście tam na dole? Tak, panie.

– Ma dziurę w piersi. – Dalinar znów spojrzał na zabójcę. – Co za pech.

– Ty... ty potworze! Nie mogliście go pojmać?

– Nie. Inne arcyksięstwa się zaparły. Nie chcą uznać władzy mojego brata. Zabawy w berka z wysoko urodzonymi jasnookimi jeszcze ich zachęcają. Jeśli zrozumieją, że pragniemy ich krwi, zastanowią się. – Dalinar wzruszył ramionami. – Co powiesz na to? Przyłącz się do mnie, a nie złupimy miasteczka. A w każdym razie tego, co z niego pozostało.

Mężczyzna spojrzał na poddającą się armię.

– Wchodzisz czy nie? Obiecuję, że nie zmuszę cię do zastrzelenia nikogo, kogo darzysz sympatią.

– Ja...

– Wspaniale!

Dalinar zawrócił konia i odjechał.

Jakiś czas później, kiedy elitarni żołnierze Dalinara go dogonili, ponury łucznik siedział na koniu razem z pozostałymi. Kiedy Dreszcz przycichł, Dalinar czuł przeszywający ból prawego ramienia, ale dało się go wytrzymać. Musiał znaleźć jakiegoś chirurga, żeby obejrzał ranę.

Po powrocie do miasta wydał rozkaz zakończenia grabieży. Wiedział, że jego ludziom się to nie spodoba, ale miasteczko i tak nie było wiele warte. Bogactwa zaczną się pojawiać, kiedy dotrą do centrów księstw.

Pozwolił, by koń niósł go spokojnym krokiem przez miasto, mijał żołnierzy, którzy usiedli, by się napić i odpocząć po długiej walce. Nos wciąż go bolał i Dalinar musiał się powstrzymywać przed wydmuchiwaniem krwi. Jeśli rzeczywiście był złamany, to by mu zaszkodziło.

Nie zatrzymywał się, walcząc z tępym poczuciem... nicości, które często następowało po walce. To była najgorsza chwila. Wciąż pamiętał, jak to jest żyć, ale teraz musiał stawić czoło powrotowi do codzienności.

Przegapił egzekucje. Sadeas już nabił na włócznie głowę miejscowego arcyksięcia i jego oficerów. Zawsze lubił się popisywać. Dalinar minął ponury szereg, kręcąc głową, i usłyszał stłumione przekleństwo nowego łucznika. Będzie musiał z nim porozmawiać, podkreślić, że kiedy wcześniej zaatakował Dalinara, strzelał do wroga. Czyn, który należało uszanować. Ale gdyby teraz spróbował zaatakować Dalinara lub Sadeasa, sytuacja wyglądałaby inaczej i Thakka od razu zabrałby się do poszukiwania jego rodziny.

– Dalinarze?! – zawołał ktoś.

Dalinar zatrzymał się i odwrócił w stronę źródła dźwięku. Torol Sadeas – olśniewający w swoim złocistym Pancerzu Odprysku, który został już nawet umyty – przeciskał się między gromadką oficerów. Młodzieniec o czerwonej twarzy wydawał się dużo starszy niż przed rokiem. Kiedy zaczęli to wszystko, wciąż wyglądał jak niezgrabny młodzik. Już nie.

– Dalinarze, czy to strzały? Na Ojca Burz, wyglądasz jak ciernisty krzew! Co ci się stało w twarz?

– Pięść. – Wskazał brodą na głowy na włóczniach. – Dobra robota.

– Książę dziedzic nam uciekł. Zorganizuje opór.

– To by było imponujące, jeśli wziąć pod uwagę, co mu zrobiłem.

Sadeas wyraźnie się rozluźnił.

– Och, Dalinarze. Co my byśmy zrobili bez ciebie?

– Przegralibyście. Niech mi ktoś przyniesie coś do pica i sprowadzi chirurgów. W tej kolejności. Poza tym, Sadeasie, obiecałem, że nie złupimy miasta. Żadnej grabieży i żadnych niewolników.

– Że co? – spytał ostro Sadeas. – Komu obiecałeś?

Dalinar wskazał ponad ramieniem na łucznika.

Sadeas jęknął.

– Kolejny?

– Doskonale celuje. I jest lojalny.

Spojrzał w bok, gdzie żołnierze Sadeasa zebrali gromadkę zapłakanych kobiet, by ich dowódca mógł sobie jakąś wybrać.

– Spodziewałem się rozrywki dzisiejszej nocy – zauważył Sadeas.

– A ja spodziewałem się, że będę oddychał przez nos. Przeżyjemy. O dzieciakach, z którymi dziś walczyliśmy, nie da się tego powiedzieć.

– Dobrze już, dobrze. – Sadeas westchnął. – Jedno miasteczko pewnie możemy zostawić w spokoju. Jako symbol, że nie jesteśmy pozbawieni miłosierdzia. – Znów spojrzał na Dalinara. – Musimy ci zdobyć jakieś Odpryski.

– Żeby mnie chroniły?

– Chroniły? Na burze, Dalinarze, w tej chwili nie jestem pewien, czy mogłaby cię zabić nawet lawina. Nie, po prostu w porównaniu z tobą wydajemy się słabi, skoro ty osiągasz tak wiele właściwie nieuzbrojony!

Dalinar wzruszył ramionami. Nie zaczekał na wino ani chirurgów. Poprowadził konia z powrotem, zebrał swoje elitarne oddziały i wydał im rozkazy, by ochronili miasteczko przed splądrowaniem. Kiedy skończył, poprowadził konia przez dymiącą ziemię do obozu.

Skończył żyć na ten dzień. Następna okazja miała się pojawić za kilka tygodni, a może miesięcy.

4
PRZYSIĘGI

Wiem, że wiele kobiet, które ją przeczytają, uzna ją za kolejny dowód na moją bezbożność, jak wszyscy twierdzą.
– Z przedmowy *Dawcy Przysięgi*

Dwa dni po znalezieniu zabitego Sadeasa znów przybyła Wieczna Burza.

Dalinar chodził po swoich komnatach w Urithiru przyciągany przez nienaturalną burzę. Bose stopy na zimnym kamieniu. Minął Navani – która siedziała przy biurku i znów pracowała nad wspomnieniami – i wyszedł na balkon wznoszący się bezpośrednio nad urwiskami pod miastem.

Coś czuł, ściskanie w uszach, zimno – większe niż zazwyczaj – nadchodzące z zachodu. I coś jeszcze. Wewnętrzny chłód.

– Czy to ty, Ojcze Burz? – szepnął Dalinar. – To uczucie grozy?

To coś nienaturalnego, odparł Ojciec Burz. *Nieznane.*

– Nie pojawiało się wcześniej, podczas poprzednich spustoszeń?

Nie. Jest nowe.

Głos Ojca Burz wydawał się daleki, jak bardzo odległa burza. Ojciec Burz nie zawsze odpowiadał Dalinarowi i nie trzymał się blisko niego. Czego mogli się spodziewać – był duszą burzy. Nie dawało się go – i nie powinno – ograniczać.

A jednak zdarzało mu się niemal dziecinnie ignorować pytania Dalinara. Wydawało się, że czasem robi to wyłącznie po to, by arcyksiążę nie uznał, że przybędzie na każde jego żądanie.

Na horyzoncie pojawiła się Wieczna Burza, czarne chmury rozświetlane od wewnątrz czerwonymi błyskawicami. Wisiała na tyle nisko na niebie, że – i całe szczęście –

jej szczyt nie mógł dosięgnąć Urithiru. Natarła jak kawaleria, tratując spokojne zwyczajne chmury poniżej.

Dalinar zmusił się, by patrzeć, jak ta fala ciemności opływa płaskowyż Urithiru. Wkrótce miał wrażenie, że ich samotna wieża jest latarnią morską wznoszącą się nad czarnym, śmiertelnie niebezpiecznym morzem.

Panowała niepokojąca cisza. Te czerwone błyskawice nie dudniły grzmotami, jak powinny. Od czasu do czasu dobiegał go trzask, ostry i wstrząsający, jak setka gałęzi łamiących się w jednej chwili. Ale dźwięki nie pasowały do czerwonych błysków wewnątrz chmur.

Burza była tak cicha, że usłyszał nawet szelest tkaniny, kiedy Navani podkradła się do niego. Objęła go i przycisnęła się do jego pleców, opierając mu głowę na ramieniu. Spuścił wzrok i zauważył, że zsunęła rękawiczkę z bezpiecznej dłoni. Ledwie rysowała się w ciemnościach – smukłe, cudowne palce, delikatne, z pomalowanymi na czerwono paznokciami. Widział je w blasku pierwszego księżyca nad głową i błyskawic z dołu.

– Jakieś dalsze wieści z zachodu? – szepnął Dalinar.

Wieczna Burza była wolniejsza niż arcyburza i już przed wieloma godzinami uderzyła w Shinovar. Nie napełniała kul, nawet jeśli przez cały czas jej trwania pozostawały na zewnątrz.

– Łączotrzciny aż się nagrzewają. Monarchowie zwlekają z odpowiedzią, ale pewnie wkrótce zorientują się, że będą musieli nas posłuchać.

– Sądzę, że nie doceniasz uporu, jaki pojawia się w umysłach mężczyzn i kobiet wraz z koroną, Navani.

Dalinar przeżył wiele arcyburz poza budynkami, zwłaszcza w młodości. Patrzył, jak ściana burzy popycha przed sobą kamienie i odpadki, błyskawice przeszywają niebo, słyszał dudnienie grzmotów. Arcyburze były najpotężniejszym wyrazem mocy natury – dzikie, nieposkromione, wysłane, by przypominać ludziom, jak bardzo mało znaczą.

Jednakże arcyburze nigdy nie wydawały się nienawistne. Ta burza była inna. Sprawiała wrażenie mściwej.

Wpatrując się w ciemność poniżej, Dalinar czuł, że widzi jej dzieła. Kilka wrażeń, rzuconych w gniewie w jego stronę. Doświadczenia burzy, gdy powoli przemierzała Roshar.

Rozerwane domy, krzyki mieszkańców ginących w nawałnicy.

Ludzie pochwyceni na polach, uciekający w panice przed niespodziewaną burzą.

Miasta zasypywane błyskawicami. Miasteczka spowijane cieniem. Zniszczone pola.

I potężne morza świecących czerwonych oczu, budzące się jak kule nagle napełnione Burzowym Światłem.

Dalinar wypuścił powoli powietrze, a obrazy znikły.

– Czy to była prawda? – szepnął.

Tak, odparł Ojciec Burz. *Wróg dosiada tej burzy. Wie o tobie, Dalinarze.*

Nie wizja przeszłości. Nie jakaś możliwa przyszłość. Jego królestwo, jego poddani, cały świat był atakowany. Odetchnął głęboko. Przynajmniej nie była to wyjątkowa nawałnica, której doświadczyli, kiedy Wieczna Burza po raz pierwszy zderzyła się z arcyburzą. Ta wydawała się mniej potężna. Nie mogła zrównać całych miast z ziemią, ale siała zniszczenie – a wiatr uderzał falami, wrogo, wręcz z rozmysłem.

Wróg wydawał się bardziej zainteresowany małymi miasteczkami. Polami. Nieświadomymi ludźmi.

Choć nawałnica nie była tak niszczycielska, jak się obawiał, i tak z pewnością pozostawi tysiące zabitych. Uszkodzi miasta, zwłaszcza te nieosłonięte od zachodu. Co ważniejsze, ukradnie robotników parshmenów i zmieni ich w Pustkowców, atakujących ludzi.

W sumie Roshar zapłaci cenę krwi, jakiej nie widziano od czasów... cóż, od czasów Spustoszeń.

Uniósł dłoń, by złapać Navani za rękę. Przytrzymała go.

– Zrobiłeś, co mogłeś, Dalinarze – szepnęła po jakimś czasie. – Nie upieraj się przy dźwiganiu ciężaru porażki.

– Nie zrobię tego.

Puściła go i odwróciła ku sobie. Jej szlafrok, choć nie nadawał się do pokazania w miejscu publicznym, nie był też do końca nieskromny.

Jeśli zapomnieć o dłoni, którą głaskała go po brodzie.

– Nie wierzę ci, Dalinarze Kholinie – szepnęła. – Czytam prawdę w napięciu twoich mięśni, w zaciśniętych zębach. Wiem, że choćby miażdżył cię głaz, utrzymywałbyś, że panujesz nad sytuacją, i prosił o raporty od swoich ludzi.

Jej zapach był upajający. I te urzekające fioletowe oczy.

– Musisz się rozluźnić, Dalinarze.

– Navani...

Spojrzała na niego pytająco. Była taka piękna. Mógłby przysiąc, że wiele bardziej olśniewająca, niż kiedy byli młodzi. Bo jak ktoś mógł być tak piękny, jak ona teraz?

Chwycił ją za tył głowy i przysunął jej wargi do swoich. Poczuł, jak budzi się w nim namiętność. Przylgnęła do niego całym ciałem, przez cienką tkaninę czuł jej piersi. Upajał się jej ustami, jej zapachem. Wokół nich krążyły namiętnościospreny jak kryształowe płatki śniegu.

Dalinar się powstrzymał i zrobił krok do tyłu.

– Dalinarze – powiedziała, gdy wysunął się z jej objęć. – Twój upór, by nie dać się uwieść, każe mi kwestionować moje kobiece sztuczki.

– Panowanie nad sobą jest dla mnie ważne, Navani. – Głos Dalinara znów brzmiał chrapliwie. Ścisnął kamienną balustradę balkonu, aż zbielały mu kostki palców. – Wiesz, jaki byłem, czym się stałem, kiedy nie panowałem nad sobą. Nie poddam się teraz.

Westchnęła i podeszła do niego, zdjęła jego rękę z kamienia i wsunęła się pod nią.

– Nie będę cię naciskać, ale muszę wiedzieć. Czy tak będzie ciągle? Droczenie się, taniec na krawędzi?

– Nie. – Spojrzał ponad ciemnością burzy. – To by nie miało sensu. Generał nie przygotowuje się do bitew, w których nie ma szansy zwyciężyć.

– W takim razie co?

– Znajdę sposób, by zrobić to właściwie. Z przysięgami.

Przysięgi były kluczowe. Obietnica, akt związania się ze sobą nawzajem.

– Jak? – Dźgnęła go palcem w pierś. – Jestem religijna jak wszyscy... a nawet bardziej niż większość. Ale Kadash nas odesłał, podobnie jak Ladent, a nawet Rushu. Pisnęła, kiedy o tym wspomniałam i dosłownie uciekła.

– Chanada. – Dalinar wypowiedział imię najstarszej żarliwczyni w obozach. – Rozmawiała z Kadashem i kazała mu pójść do pozostałych żarliwców. Pewnie zrobiła to w chwili, gdy dowiedziała się o naszych zalotach.

– Czyli żaden żarliwiec nie udzieli nam ślubu. Uważają nas za rodzeństwo. Stawiasz niemożliwe warunki. Jeszcze chwila, a dama może zacząć się zastanawiać, czy rzeczywiście ci na niej zależy.

– Naprawdę kiedyś tak pomyślałaś? Ale szczerze.

– Cóż... nie.

– Jesteś kobietą, którą kocham. – Dalinar przyciągnął ją do siebie. – Kobietą, którą zawsze kochałem.

– W takim razie kogo to obchodzi? Niech żarliwcy idą do Potępienia, ze wstążeczkami wokół kostek.

– Bluźnierstwo.

– To nie ja mówię wszystkim, że Bóg nie żyje.

– Nie wszystkim.

Dalinar westchnął, wypuścił ją niechętnie i wrócił do swoich komnat. Węgle na piecyku emanowały przyjemnym ciepłem, a jednocześnie stanowiły jedyne źródło światła. Udało im się wydostać z obozu fabrialowe urządzenie grzewcze, ale nie mieli jeszcze Burzowego Światła, by z niego skorzystać. Uczone odkryły długie łańcuchy i klatki, najwyraźniej służące do opuszczania kul w burze, więc będą mogli ponownie napełnić kule – o ile arcyburze powrócą. W innych częściach świata powrócił Płacz, a później znów się zatrzymał. Mógł znów się zacząć. Albo mogły się zacząć prawdziwe burze. Nikt nie wiedział, a Ojciec Burz nie chciał ich oświecić.

Navani weszła do środka, zaciągnęła grube zasłony nad wejściem i mocno je przywiązała. Komnatę wypełniały meble, wzdłuż ścian stały krzesła, a na nich leżały sterty zwiniętych dywanów. Było nawet duże, stojące zwierciadło. Rama rzeźbiona w splątane wiatrospreny miała charakterystyczne obłości przedmiotu, który najpierw wyrzeźbiono w wołkowosku, a później Dusznikowano w drewno.

Pozostawili to wszystko dla niego, jakby się martwili, że ich arcyksiążę mieszka w prostej kamiennej kwaterze.

– Znajdźmy kogoś, kto to wszystko jutro uprzątnie – stwierdził Dalinar. – W sąsiednim pomieszczeniu jest wystarczająco dużo miejsca, możemy przerobić je na salon albo salę spotkań.

Navani pokiwała głową i usiadła na jednej z kanap – widział jej odbicie w lustrze – z dłonią wciąż swobodnie odsłoniętą. Jej szlafrok zsunął się na bok, odsłaniając szyję, obojczyk i trochę z tego, co znajdowało się poniżej. Nie próbowała go teraz uwodzić, po prostu czuła się swobodnie w jego obecności. Byli sobie tak bliscy, że nie czuła się już zawstydzona, kiedy widział ją odsłoniętą.

Dobrze, że jedno z nich chciało przejąć inicjatywę w ich związku. Mimo całej niecierpliwości na polu bitwy w tym jednym aspekcie zawsze potrzebował zachęty. Tak samo jak przed wieloma laty...

– Kiedy w końcu się ożeniłem – powiedział Dalinar cicho – tak wiele rzeczy zrobiłem źle. Źle zacząłem.

– Wątpię. Poślubiłeś *Szszszsz* z powodu Pancerza Odprysku, ale wiele małżeństw zawiera się z przyczyn politycznych. To nie znaczy, że popełniłeś błąd. Jeśli sobie przypomnisz, wszyscy cię do tego zachęcaliśmy.

Jak zawsze, kiedy słyszał imię zmarłej żony, w jego uszach słowo zastępował szum powietrza – imię nie mogło się zakotwiczyć w jego umyśle, podobnie jak człowiek nie mógł złapać podmuchu wiatru.

– Nie próbuję jej zastąpić, Dalinarze. – Navani wydawała się zaniepokojona. – Wiem, że wciąż darzysz *Szszszsz* sympatią. To nic takiego. Mogę cię dzielić z jej wspomnieniem.

Och, jakże niewiele rozumieli. Odwrócił się w stronę Navani, zacisnął zęby i wypowiedział te słowa.

– Nie pamiętam jej, Navani.

Popatrzyła na niego ze zmarszczonym czołem, jakby myślała, że źle zrozumiała jego słowa.

– W ogóle nie pamiętam swojej żony. Nie znam jej twarzy. W moich oczach jej portrety są rozmazanymi plamami. Jej imię jest mi odbierane za każdym razem, kiedy ktoś je wypowiada. Nie pamiętam, o czym rozmawialiśmy, kiedy się poznaliśmy, nie pamiętam nawet, jak zobaczyłem ją na uczcie tamtego wieczoru po jej przyjeździe. Wszystko się rozmywa. Pamiętam niektóre wydarzenia związane z moją żoną, ale żadnych szczegółów. Wszystko... zniknęło.

Navani uniosła palce bezpiecznej dłoni do ust, a jej zmarszczone z troską czoło kazało mu sądzić, że wygląda, jakby był w udręce.

Opadł na krzesło naprzeciwko niej.

– Alkohol? – spytała cicho.

– Coś więcej.

Navani westchnęła.

– Stara Magia. Powiedziałeś, że znasz swoją łaskę i przekleństwo.

Przytaknął.

– Och, Dalinarze.

– Ludzie spoglądają na mnie, kiedy ktoś wypowiada jej imię, i patrzą na mnie z litością. Widzą moją sztywną minę i zakładają, że to objaw stoicyzmu. Wnioskują, że ukrywam ból, choć ja jedynie próbuję się skupić. Trudno nadążać za rozmową, której połowa wymyka się z umysłu.

– Navani, być może rzeczywiście w końcu ją pokochałem. Nie pamiętam. Ani jednej chwili bliskości, ani jednej kłótni, ani jednego słowa, które do mnie wypowiedziała.

Odeszła, zostawiając szczątki, które szpecą moją pamięć. Nie pamiętam, jak umarła. To mnie dręczy, bo są części tego dnia, o których wiem, że powinienem je pamiętać. Coś o mieście zbuntowanym przeciwko mojemu bratu, w którym moja żona została zakładniczką...

To... i długi samotny marsz, w towarzystwie jedynie nienawiści i Dreszczu. Doskonale pamiętał te uczucia. Zemścił się na tych, którzy odebrali mu żonę.

Navani usiadła na krześle obok Dalinara i oparła głowę na jego ramieniu.

– Ile bym dała, by móc stworzyć fabrial – szepnęła – który uśmierzyłby taki ból.

– Myślę... myślę, że jej śmierć straszliwie mnie bolała, z powodu tego, do czego mnie doprowadziła. Pozostały mi tylko blizny. W każdym razie, Navani, chcę, żeby z nami było tak, jak trzeba. Żadnych błędów. Właściwe przysięgi wypowiedziane przed obliczem kogoś.

– To tylko słowa.

– Obecnie w moim życiu słowa są najważniejszą rzeczą.

Z namysłem otworzyła usta.

– Elhokar?

– Nie chciałbym go postawić w takiej sytuacji.

– Obcy kapłan? Może z Aziru? Oni są prawie voryńscy.

– To by było równoznaczne z ogłoszeniem, że jestem heretykiem. Posunąłbym się zbyt daleko. Nie sprzeciwię się kościołowi voryńskiemu. – Zawahał się. – Ale byłbym skłonny go obejść...

– Co?

Podniósł wzrok na sklepienie.

– Może moglibyśmy się udać do kogoś o większym autorytecie?

– Chcesz, żeby ślubu udzielił nam spren? – Navani wydawała się rozbawiona. – Użycie cudzoziemskiego kapłana byłoby herezją, ale nie sprena?

– Ojciec Burz jest największą pozostałością Honoru. Jest skrawkiem samego Wszechmocnego... i najbliżej boga z tego, co nam pozostało.

– Ależ ja się nie sprzeciwiam. Pozwoliłabym, żeby ślubu udzieliła nam słaba na umyśle pomywaczka. Po prostu sądzę, że to trochę niezwykłe.

– Najlepsze, co dostaniemy, zakładając, że on się zgodzi.

Popatrzył na Navani, po czym uniósł brwi i wzruszył ramionami.

– Czy to oświadczyny?

– ...Tak.

– Dalinarze Kholinie. Z pewnością mógłbyś się bardziej postarać.

Oparł dłonie na tyle jej głowy, dotykając czarnych rozpuszczonych włosów.

– Bardziej niż ty, Navani? Nie sądzę. Wątpię, by jakikolwiek mężczyzna mógł zrobić coś więcej.

Uśmiechnęła się, a jej jedyną odpowiedzią był pocałunek.

***

Dalinar był zaskakująco zdenerwowany, kiedy kilka godzin później jechał jedną z dziwnych fabrialowych wind Urithiru w stronę szczytu wieży. Przypominająca balkon winda była jedną z wielu zawieszonych wokół potężnego szybu pośrodku miasta – przestrzeni wielkości sali balowej, która rozciągała się od parteru do najwyższego piętra. Kolejne poziomy miasta, choć od frontu wydawały się okrągłe, były raczej półkolami zwróconymi płaską stroną na wschód. Krawędzie niższych kondygnacji łączyły się z górami po obu stronach, ale środek był otwarty na wschód. Pomieszczenia po tej stronie miały okna pozwalające spojrzeć w stronę Źródła.

A w tym miejscu, w centralnym szybie, okna te tworzyły jedną ze ścian. Pojedyncza, nieprzerwana tafla szkła wysoka na setki stóp. W ciągu dnia wypełniała szyb jaskrawym słonecznym blaskiem. Teraz jednak była ciemna od mroku nocy.

Balkon wspinał się wzdłuż pionowego zagłębienia w ścianie. Dalinarowi towarzyszyli Adolin i Renarin, jak również kilku strażników oraz Shallan Davar. Navani już czekała na górze. Cała grupka stała po drugiej stronie balkonu, pozwalając mu swobodnie myśleć. I denerwować się.

Dlaczego się denerwował? Z trudem powstrzymywał ręce przed drżeniem. Na burze. Można by pomyśleć, że jest dziewicą w jedwabnej sukni, a nie generałem w średnim wieku.

Poczuł w trzewiach dudnienie. Tym razem Ojciec Burz reagował, za co Dalinar był wdzięczny.

– Jestem zaskoczony – szepnął do sprena – że tak chętnie się na to zgodziłeś. Wdzięczny, ale mimo wszystko zaskoczony.

Szanuję wszelkie przysięgi, odparł Ojciec Burz.

– Nawet te głupie? Składane pochopnie lub bezmyślnie?

Nie ma głupich przysiąg. Wszystkie odróżniają ludzi i prawdziwe spreny od podsprenów. To oznaka inteligencji, wolnej woli i wyboru.

Dalinar rozważył te słowa i odkrył, że wcale go nie zaskakuje ów skrajny pogląd. Spreny powinny być skrajne, w końcu były siłami natury. Ale czy tak właśnie myślał sam Honor, Wszechmocny?

Balkon unosił się nieubłaganie w stronę szczytu wieży. Działała jedynie garstka z dziesiątek wind – w czasach, gdy Urithiru rozkwitało, wszystkie poruszały się jednocześnie. Mijali kolejne niezbadane poziomy, co niepokoiło Dalinara. Uczynienie tego miejsca fortecą było jak rozbicie obozu w nieznanej krainie.

Winda w końcu dotarła na szczyt, a jego strażnicy zerwali się, by otworzyć bramę. Byli z mostu trzynastego – mostowi czwartemu wyznaczył inne zadania. Znajdowali się tak blisko zostania Świetlistymi, że uznał ich za zbyt ważnych, by pełnili straż jak zwykli żołnierze.

Czując coraz większy niepokój, Dalinar przeszedł wraz ze swym orszakiem obok kilku kolumn zdobionych symbolicznymi przedstawieniami zakonów Świetlistych. Wspiął się po schodach i znalazł na dachu wieży.

Choć każdy poziom był mniejszy niż ten poniżej, dach wciąż miał ponad sto jardów szerokości. Było zimno, ale ktoś już rozstawił piecyki dla ciepła i pochodnie, by zapewnić światło. Noc była uderzająco jasna, a wysoko nad nimi tańczyły gwiazdospreny.

Dalinar nie był pewien, co sądzić o fakcie, że nikt, nawet synowie, nie próbował kwestionować jego decyzji, kiedy ogłosił, że zamierza wziąć ślub w środku nocy, na szczycie wieży. Odnalazł wzrokiem Navani i wstrząśnięty dostrzegł, że gdzieś znalazła tradycyjną ślubną koronę. Skomplikowana ozdoba z jadeitów i turkusów pasowała do jej ślubnej sukni, czerwonej na szczęście, haftowanej złotem i o wiele luźniejszej od havah, z szerokimi rękawami i starannie udrapowanej.

Może sam powinien znaleźć jakiś bardziej tradycyjny strój? Nagle poczuł się jak zakurzona, pusta rama obok wspaniałego obrazu, jakim była Navani w ślubnych szatach.

Obok niej stał sztywno Elhokar w oficjalnym złotym płaszczu i luźnej takamie. Był bledszy niż zwykle – mimo że zamach na jego życie w czasie Płaczu był nieudany, prawie się wykrwawił. Ostatnio dużo odpoczywał.

Choć postanowili zrezygnować z ekstrawagancji towarzyszących tradycyjnemu alethyjskiemu weselu, zaprosili kilkoro gości. Oświecony Aladar z córką, Sebarial z metresą. Kalami i Teshav w roli świadków. Czuł ulgę na ich widok – obawiał się, że Navani nie znajdzie kobiet gotowych potwierdzić zawarcie ślubu.

W niewielkiej procesji znajdowała się również grupka oficerów i skryb Dalinara. Na tyłach gromadki zebranej między piecykami zobaczył kogoś, kogo właściwie się nie spodziewał. Żarliwiec Kadash mimo wszystko przybył na jego prośbę. Na jego pobliźnionej, brodatej twarzy malowało się niezadowolenie, ale przyszedł. Dobry znak. Może w obliczu wszystkiego, co działo się na świecie, ślub arcyksięcia z owdowiałą szwagierką nie wywoła aż tak wielkiego zamieszania.

Dalinar podszedł do Navani i wziął ją za ręce, jedną osłoniętą rękawem, a drugą ciepłą w dotyku.

– Wyglądasz oszałamiająco. Skąd to wzięłaś?

– Dama musi być przygotowana na wszystko.

Spojrzał na Elhokara, który skinął mu głową. To jeszcze bardziej skomplikuje nasze stosunki, pomyślał Dalinar, odczytując to samo uczucie w twarzy bratanka.

Gavilarowi nie spodobałoby się, jak potraktował jego syna. Mimo najlepszych intencji Dalinar stłamsił chłopaka i przejął władzę. Długa rekonwalescencja Elhokara jeszcze pogorszyła sytuację, bo Dalinar przyzwyczaił się do samodzielnego podejmowania decyzji.

Oszukiwałby się jednak, gdyby twierdził, że wtedy się to zaczęło. Działał dla dobra Alethkaru, dla dobra całego Rosharu, ale nie mógł zaprzeczyć, że – krok po kroku – uzurpował sobie władzę, mimo że przez cały czas twierdził, że wcale nie ma takiego zamiaru.

Dalinar jedną ręką puścił Navani i położył dłoń na ramieniu bratanka.

– Przykro mi, synu.

– Zawsze ci jest, wuju. To cię nie powstrzymuje, ale sądzę też, że nie powinno. Sensem twojego życia jest decydowanie, czego pragniesz, a później zdobywanie tego.

My wszyscy moglibyśmy się od ciebie uczyć, gdybyśmy tylko wiedzieli, jak ci dotrzymać kroku.

Dalinar się skrzywił.

– Mam z tobą kilka spraw do omówienia. Plany, które mogą ci się spodobać. Dziś jednak proszę cię o błogosławieństwo, jeśli potrafisz mi je dać.

– To uszczęśliwi moją matkę. Dlatego się zgadzam.

Elkohar pocałował matkę w czoło, po czym opuścił ich i ruszył przez dach. Dalinar z początku martwił się, że król zejdzie na dół, ale on zatrzymał się przy jednym z dalszych piecyków i zaczął grzać dłonie.

– Cóż – odezwała się Navani. – Brakuje już tylko twojego sprena, Dalinarze. Jeśli on zamierza...

W szczyt wieży uderzył podmuch wiatru, niosąc ze sobą woń niedawnego deszczu, mokrego kamienia i połamanych gałęzi. Navani sapnęła i przycisnęła się do Dalinara.

Na niebie pojawiła się obecność. Ojciec Burz obejmował wszystko, jego twarz rozciągała się od horyzontu po horyzont, i władczo spoglądał na ludzi. Powietrze dziwnie znieruchomiało i wszystko poza szczytem wieży wyglądało jak rozmyte. Zupełnie jakby znaleźli się w miejscu poza czasem.

Jasnoocy i strażnicy mamrotali lub wykrzykiwali. Nawet Dalinar, który się tego spodziewał, zrobił krok do tyłu – i musiał ze sobą walczyć, by się nie skulić przed sprenem.

PRZYSIĘGI, zadudnił Ojciec Burz, SĄ DUSZĄ PRAWOŚCI. JEŚLI MACIE PRZEŻYĆ NADCHODZĄCĄ BURZĘ, MUSICIE KIEROWAĆ SIĘ PRZYSIĘGAMI.

– Przysięgi mnie nie przerażają, Ojcze Burz! – zawołał do niego Dalinar. – Sam o tym wiesz.

TAK. PIERWSZY OD TYSIĄCLECI, KTÓRY MNIE ZWIĄZAŁ. Dalinar jakimś sposobem poczuł, że spren przenosi uwagę na Navani. A TY? CZY PRZYSIĘGI MAJĄ DLA CIEBIE ZNACZENIE?

– Właściwe przysięgi – odparła Navani.

A TWOJA PRZYSIĘGA WOBEC TEGO MĘŻCZYZNY?

– Przysięgam to jemu, tobie i wszystkim, którzy zechcą mnie wysłuchać. Dalinar Kholin jest mój, a ja jestem jego.

WCZEŚNIEJ ŁAMAŁAŚ PRZYSIĘGI.

– Jak wszyscy ludzie. – Navani była nieugięta. – Jesteśmy słabi i głupi. Tej nie złamię. Ślubuję to.

Ojciec Burz wydawał się zadowolony, choć słowa wcale nie przypominały tradycyjnej alethyjskiej przysięgi małżeńskiej.

KOWALU WIĘZI?

– Ja również przysięgam. – Mocno trzymał kobietę. – Navani Kholin jest moja, a ja jestem jej. Kocham ją.

NIECH TAK SIĘ STANIE.

Dalinar spodziewał się grzmotu, błyskawicy, jakiegoś niebiańskiego triumfu. Tymczasem poczucie bezczasowości znikło. Wiatr ucichł. Ojciec Burz znikł. Nad wszystkimi zebranymi pojawiły się dymne niebieskie podziwospreny. Ale nie nad Navani. Ją otaczały chwałospreny, złociste światełka krążyły wokół jej głowy. Sebarial rozmasowywał skroń, jakby próbował zrozumieć, co właściwe zobaczył. Nowi strażnicy Dalinara nagle się pochylili wyraźnie wyczerpani.

Adolin, jak to Adolin, zaczął wiwatować. Podbiegł bliżej, ciągnąc za sobą radościospreny w postaci niebieskich liści, które z trudem za nim nadążały. Objął mocno Dalinara, a później Navani. Za nim podążył Renarin. Zachowywał się z większą rezerwą, ale jeśli oceniać po szerokim uśmiechu na twarzy, był równie zadowolony.

Reszta rozmyła się w jego oczach. Ściskał ręce, wypowiadał słowa podziękowania. Upierał się, że nie trzeba prezentów, bo pominęli tę część tradycyjnej ceremonii. Słowa Ojca Burz wywarły tak ogromne wrażenie, ze wszyscy najwyraźniej je zaakceptowali. Nawet Elhokar, mimo wcześniejszej irytacji, objął matkę i ścisnął ramię Dalinara, zanim zszedł na dół.

Pozostał tylko Kadash. Żarliwiec czekał do samego końca. Stał z rękami za plecami, gdy dach pustoszał.

W oczach Dalinara Kadash wyglądał niewłaściwie w tym stroju. Choć nosił tradycyjnie przyciętą brodę i szaty, arcyksiążę nie widział żarliwca, lecz żołnierza o szczupłej sylwetce, niebezpiecznej postawie i przenikliwych jasnofioletowych oczach. Wokół jego ogolonej głowy wiła się stara blizna. Kadash mógł obecnie żyć w pokoju i służyć, ale młodość spędził na wojnie.

Dalinar wyszeptał Navani kilka obietnic, a wtedy zostawiła go i zeszła na dolne piętro, gdzie kazała przygotować jedzenie i wino. Dalinar z dużą pewnością siebie podszedł do Kadasha. Przepełniało go zadowolenie, że w końcu zrobił to, co odkładał przez tak długi czas. Poślubił Navani. Od czasów młodości zakładał, że tę radość utracił, i nie pozwalał sobie nawet marzyć, że do tego dojdzie.

Nie zamierzał za to przepraszać. Ani za nią.

– Oświecony – powiedział cicho Kadash.

– Skąd ta oficjalność, stary przyjacielu?

– Żałuję, że nie mogłem tu przyjść jako stary przyjaciel. Muszę o tym donieść. Żarliwcy nie będą zadowoleni.

– Z pewnością nie mogą zaprzeczać mojemu małżeństwu, skoro pobłogosławił je sam Ojciec Burz.

– Spren? Spodziewasz się, że uznamy autorytet sprena?

– Pozostałości Wszechmocnego.

– Dalinarze, to bluźnierstwo. – W głosie Kadasha brzmiał ból.

– Kadashu. Wiesz, że nie jestem heretykiem. Walczyłeś u mojego boku.

– I to ma mnie uspokoić? Wspomnienia tego, co robiliśmy razem, Dalinarze? Szanuję mężczyznę, którym się stałeś, i lepiej nie przypominaj mi mężczyzny, którym kiedyś byłeś.

Dalinar zawahał się, a w jego głowie nagle pojawiło się wspomnienie, o którym nie myślał przez całe lata. Które go zaskoczyło. Skąd się wzięło?

Przypomniał sobie Kadasha, zakrwawionego, klęczącego na ziemi i wymiotującego, aż jego żołądek się opróżnił. Twardego żołnierza, który napotkał coś tak ohydnego, że nawet on był wstrząśnięty.

Następnego dnia odszedł, by zostać żarliwcem.

– Szczelina – szepnął Dalinar. – Rathalas.

– Nie musimy przypominać mrocznych czasów. Nie chodzi o... tamten dzień, Dalinarze. Chodzi o dzisiaj i o to, co rozpowiadałeś wśród skryb. O tych rzeczach, które widziałeś w wizjach.

– Świętych wiadomościach. – Dalinarowi zrobiło się zimno. – Wysłanych przez Wszechmocnego.

– Świętych wiadomościach, które twierdzą, że Wszechmocny jest martwy? Które pojawiły się tuż przed przybyciem Pustkowców? Dalinarze, nie widzisz, jak to wygląda? Jestem twoim żarliwcem, a formalnie rzecz biorąc, twoim niewolnikiem. I owszem, może nadal twoim przyjacielem. Próbowałem wyjaśniać na zgromadzeniach w Kharbranth i Jah Keved, że masz dobre intencje. Mówię żarliwcom w Świętej Enklawie, że wracasz myślami do czasów, gdy Świetliści Rycerze byli czyści, nie do ich późniejszego zepsucia. Mówię im, że nie panujesz nad tymi wizjami.

– Ale Dalinarze, to było nim zacząłeś nauczać, że Wszechmocny nie żyje. Są i tak dość wściekli, a teraz rzuciłeś wyzwanie zasadom, plując żarliwcom w twarz! Osobiście sądzę, że nie ma znaczenia, czy poślubisz Navani. Ten zakaz jest przestarzały. Ale to, co zrobiłeś dzisiaj...

Dalinar wyciągnął rękę, by położyć ją na ramieniu Kadasha, ale mężczyzna się cofnął.

– Stary przyjacielu – powiedział cicho arcyksiążę – Honor nie żyje, ale ja poczułem... coś jeszcze. Coś poza. Ciepło i światło. Nie chodzi o to, że Bóg umarł, ale że Wszechmocny nigdy nie był Bogiem. Robił wszystko, co mógł, by nami kierować, ale był oszustem. A może jedynie pośrednikiem. Istotą całkiem podobną do sprena... miał moc boga, ale nie jego pochodzenie.

Kadash patrzył na niego szeroko otwartymi oczyma.

– Proszę, Dalinarze, nigdy nie powtarzaj tego, co właśnie powiedziałeś. Uda mi się wyjaśnić to, co się dziś wydarzyło. Może. Ale najwyraźniej nie uświadamiasz sobie, że znajdujesz się na pokładzie statku, który ledwie unosi się wśród burzy, a upierasz się, by zatańczyć na dziobie!

– Nie będę ukrywał prawdy, jeśli ją poznam, Kadashu. Właśnie zobaczyłeś, że jestem dosłownie związany ze sprenem przysiąg. Nie odważę się kłamać.

– Nie wierzę, byś skłamał, Dalinarze. Ale wiem, że możesz popełnić błąd. Nie zapominaj, że tam byłem. Nie jesteś nieomylny.

Tam? – pomyślał Dalinar, kiedy Kadash się cofnął, ukłonił, odwrócił i odszedł. Co on pamięta, czego ja nie mogę sobie przypomnieć?

Odprowadzał go wzrokiem. W końcu pokręcił głową i udał się na nocną ucztę. Zamierzał skończyć ją najszybciej, jak to stosowne. Chciał być z Navani.

Swoją żoną.

Nocne Morze
Akak
Zatoka Elibath
HERDAZ
Dalilak
Zatoka Hoel
Varikev
Relanas
Skarbiec Załobnika
Palenisko
Sadeas
Aladar
Roion
ALETHKAR
Tomat
Wietrzna Rzeka
Vamah
Danidan
Revolar
Shulin
Daleki Brzeg
Kholinar
NICZYJE WZGÓRZA
Ruthar
Kholin
Kelathar
JAH KEVED
Góry Słonecznego
Savalashi
Rathalas
Thanadal
Davinar
do Szczytów Rogożerców
Shamel
Morze Włóczni
Wschodnie Królewskie Ziemie
Strzaskane Równiny
Hatham
Sebarial
Mroczne Wzgórze
Rashir
Śmiertelna Rzeka
N
Bethab
KRAINY LODU
MAPA ALETHKARU zorientowana wzdłuż najdłuższego przekroju od morza na północy do morza na południu
Dumadari
Karanak
Zatoka Mevon
0
100
200
300
Uwagi dla ułatwienia.

5 PALENISKO

Mogę wskazać na moment podjęcia przeze mnie decyzji, że ta relacja musi zostać zapisana. Wisiałem między krainami, patrząc na Cieniomorze – krainę sprenów – i poza nie.

– Z przedmowy *Dawcy Przysięgi*

Kaladin wlókł się przez pole cichych skałopąków, w pełni świadom, że przybył za późno, by zapobiec katastrofie. Porażka przytłaczała go niemal fizycznie, jak ciężar mostu, który musiał dźwigać samotnie.

Po tak długim czasie spędzonym we wschodniej części krain burz prawie już zapomniał, jak wygląda żyzny krajobraz. Skałopąki były tu wielkie jak beczki, a ich pędy – grube jak jego nadgarstek – wysuwały się na zewnątrz i chłeptały wodę z kałuż na kamieniu. Całe połacie jaskrawozielonej trawy cofały się przed nim do jam, w pełni wzniesione miały dobre trzy stopy wysokości. Nad polem unosiły się świetliste życiospreny, jak zielone pyłki. Trawa w pobliżu Strzaskanych Równin ledwie sięgała mu do kostki i zwykle wyrastała żółtawymi kępkami po zawietrznej wzgórz.

Z zaskoczeniem stwierdził, że nie ufa tej wyższej, bujniejszej trawie. Ktoś mógł się w niej ukryć, skulić i zaczekać, aż trawa znów się podniesie. Jak to możliwe, że Kaladin nigdy wcześniej tego nie dostrzegł? Biegał przez te pola z bratem, sprawdzali, który z nich jest na tyle szybki, by złapać garść trawy, zanim ta się schowa.

Czuł się wyczerpany. Zużyty. Cztery dni wcześniej przeszedł przez Bramę Przysięgi na Strzaskane Równiny, po czym poleciał na północny zachód. Wypełniony po brzegi Burzowym Światłem – i niosąc o wiele więcej w klejnotach – był zdeterminowany dotrzeć do domu, Paleniska, przed powrotem Wiecznej Burzy.

Zaledwie pół dnia później, gdzieś w księstwie Aladara, skończyło mu się Burzowe Światło. Od tego czasu szedł pieszo. Być może doleciałby do Paleniska, gdyby więcej ćwiczył swoje moce. Tymczasem przebył ponad tysiąc mil w pół dnia, ale ten ostatni odcinek – około dziewięćdziesięciu mil – zajął mu niekończące się trzy dni.

Nie przegonił Wiecznej Burzy. Uderzyła około południa poprzedniego dnia.

Kaladin zauważył coś wystającego wśród trawy i ruszył w tę stronę. Źdźbła uprzejmie się cofnęły, ukazując zniszczoną maselnicę do ubijania świńskiego mleka. Kaladin kucnął i oparł palce na popękanym drewnie, a później spojrzał na kolejne szczątki wystające ponad trawę.

Syl opadła w postaci wstęgi światła, minęła jego głowę i okrążyła kawał drewna.

– To fragment dachu – wyjaśnił Kaladin. – Okap, który wisi po zawietrznej budynku.

Oceniając po innych fragmentach, pewnie był to magazyn.

Alethkar nie leżał w sercu krain burzy, ale nie był też wydelikaconą krainą zachodu. Tutejsze budowle były niskie i przysadziste, zwrócone mocnymi ścianami w stronę Źródła, jak mężczyzna z ramieniem nadstawionym na przyjęcie ciosu. Okna znajdowały się jedynie po zawietrznej – od zachodu. Podobnie jak trawa i drzewa ludzkość nauczyła się znosić burze.

Ale tylko jeśli burze zawsze uderzały z tego samego kierunku. Kaladin zrobił, co mógł, by przygotować mijane wioski i miasteczka na Wieczną Burzę, która nadchodziła z przeciwnej strony i zmieniała parshmenów w niszczycielskich Pustkowców. Ale w tych osadach nikt nie miał działających łączotrzcin, więc nie udało mu się skontaktować z domem.

Nie był dość szybki. Ranek tego dnia spędził w grobowcu, który wykuł w skale za pomocą Ostrza Odprysku – Syl, która mogła przybrać postać dowolnej broni. Jak się okazało, burza nie była aż tak paskudna jak ta, w czasie której walczył ze Skrytobójcą w Bieli. Ale szczątki, jakie znajdował, świadczyły, że i tak wystarczyła.

Samo wspomnienie tamtej czerwonej burzy nad jego kryjówką sprawiało, że wypełniała go panika. Wieczna Burza była tak niewłaściwa, nienaturalna – jak dziecko urodzone bez twarzy. Niektóre rzeczy po prostu nie powinny istnieć.

Wstał i ruszył dalej. Przed wyruszeniem w drogę musiał się przebrać – jego stary mundur był zakrwawiony i poszarpany. Miał teraz na sobie zapasowy mundur Kholinów. Czuł się niewłaściwie bez symbolu mostu czwartego.

Wspiął się na szczyt wzgórza, a wtedy po prawej zauważył rzeczkę. Wzdłuż jej brzegów rosły drzewa spragnione dodatkowej wody. To był strumień Hobble'a. Czyli jeśli spojrzałby na zachód... Osłoniwszy oczy dłonią, widział wzgórza oczyszczone z trawy i skałopąków. Wkrótce zostaną pokryte kremem z nasionami i zaczną się na nich rozwijać lawisowe polipy. Ale jeszcze nie, w końcu powinien trwać Płacz. Powinien padać spokojny, łagodny deszczyk.

Syl przeleciała przed jego twarzą jak świetlista wstęga.

– Twoje oczy są znów brązowe – zauważyła.

Wystarczyło kilka godzin bez przywoływania Ostrza Odprysku. Kiedy to zrobił, jego oczy stawały się szklistobłękitne, prawie świecące. Syl uważała tę zmianę za fascynującą, Kaladin jednak nadal nie zdecydował, co o tym sądzi.

– Jesteśmy blisko. – Wskazał palcem. – Te pola należą do Hobblekenów. Znajdujemy się może dwie godziny od Paleniska.

– Czyli zaraz będziesz w domu!

Wstęga światła Syl zawirowała i przybrała postać młodej kobiety w falującej na wietrze havah, powyżej pasa dopasowanej i zapinanej na guziki, z osłoniętą bezpieczną dłonią.

Kaladin sapnął i ruszył w górę zbocza, tęskniąc za Burzowym Światłem. Jego brak po tym, jak miał go w sobie tak dużo, był jak pustka w jego wnętrzu. Czy tak miało być za każdym razem, kiedy się wyczerpie?

Wieczna Burza, rzecz jasna, nie napełniła ponownie jego kul. Ani Burzowym Światłem, ani inną energią, czego się trochę obawiał.

Syl stanęła w powietrzu i pomachała osłoniętą bezpieczną dłonią.

– Podoba ci się moja nowa sukienka?

– Dziwnie na tobie wygląda.

– Musisz wiedzieć, że włożyłam w nią mnóstwo namysłu. Całymi godzinami myślałam o tym, jak... Och! Co to?

Zmieniła się w malutką burzową chmurę, która wystrzeliła w stronę lurga trzymającego się kamienia. Przyjrzała się płazowi wielkości pięści najpierw z jednej strony, a później z drugiej, po czym pisnęła z radości i zmieniła się w jego doskonałą imitację – tyle tylko że niebieskawą. Zaskoczony stwór uciekł, a Syl zachichotała i wróciła do Kaladina w postaci wstęgi światła.

Przybrała postać młodej kobiety i usiadła na jego ramieniu.

– O czym my rozmawialiśmy?

– Niczym ważnym.

– Z całą pewnością cię łajałam. Ach, tak, jesteś w domu! Nie jesteś podekscytowany?

Nie rozumiała tego... nie pojmowała. Czasami, mimo całej swojej ciekawości, bywała zupełnie nieświadoma.

– Ale... to twój dom... – Syl się skuliła. – Co się stało?

– Wieczna Burza, Syl. Mieliśmy dotrzeć przed nią.

Musiał dotrzeć przed nią.

Z całą pewnością ktoś przeżył, prawda? Wściekłość burzy, a później jeszcze gorszą wściekłość. Szaleństwo sług zmienionych w potwory.

Ojcze Burz. Dlaczego nie był szybszy?

Przerzucił torbę przez ramię i zmusił się do szybkiego marszu. Wciąż przytłaczał go straszliwy ciężar, ale odkrył, że musiał wiedzieć. Musiał zobaczyć.

Ktoś musiał zaświadczyć, co stało się z jego domem.

***

Deszcz zaczął znów padać godzinę drogi od Paleniska, więc przynajmniej pogoda nie została całkowicie rozregulowana. Niestety znaczyło to, że resztę drogi musiał przebyć mokry. Brodził przez kałuże, w których wyrastały deszczospreny, niebieskie świece z oczami na szczycie.

– Będzie dobrze, Kaladinie – obiecała Syl, wciąż siedząc na jego ramieniu. Stworzyła dla siebie parasol i wciąż nosiła tradycyjną vorińską suknię zamiast zwyczajowej dziewczęcej spódnicy. – Zobaczysz.

Zanim wspiął się na szczyt ostatniego lawisowego wzgórza i spojrzał z góry na Palenisko, niebo pociemniało. Przygotowywał się na widok zniszczenia, ale i tak nim wstrząsnęło. Część z budynków, które pamiętał, po prostu... znikła. Inne nie miały dachów. Z tego miejsca nie widział całego miasteczka, nie w półmroku Płaczu, ale z wielu budowli pozostały jedynie skorupy.

Przez długi czas stał na szczycie, a wokół niego zapadała noc. Nie zauważył ani jednego błysku światła w miasteczku. Było puste.

Martwe.

Część jego duszy skuliła się wewnątrz, ukryła w środku zmęczona tak częstymi ciosami. Przyjął swoją moc, ruszył ścieżką Świetlistego. Dlaczego to nie wystarczyło?

Natychmiast odszukał wzrokiem swój dom w pobliżu środka miasteczka. Ale nie. Nawet gdyby zobaczył go w mroku deszczowego wieczoru, nie chciał tam iść. Jeszcze nie. Nie umiał stawić czoła śmierci, którą mógł tam odnaleźć.

Miast tego okrążył Palenisko od północnego zachodu, kierując się w stronę położonej na wzgórzu rezydencji pana miasta. Takie większe miasteczka służyły jako swego rodzaju ośrodki dla otaczających je gospodarstw rolnych. Z tego powodu Palenisko zostało przeklęte obecnością jasnookiego władcy o dość wysokiej pozycji. Oświecony Roshone, którego chciwość zniszczyła więcej niż jedno życie.

Moash... – pomyślał Kaladin, wlokąc się po zboczu wzgórza w stronę rezydencji. Drżał w chłodzie i ciemności. Prędzej czy później musiał pogodzić się ze zdradą przyjaciela – i nieudanym zamachem na życie Elhokara. Teraz jednak inne rany wymagały pilniejszego opatrzenia.

W rezydencji trzymano miejscowych parshmenów – to tam z pewnością zaczęli mordować. Kaladin był pewien, że gdyby natrafił na zmasakrowane ciało Roshone'a, nie przejąłby się tym zbytnio.

– A niech mnie – powiedziała Syl. – Ponurospreny.

Kaladin podniósł wzrok i zauważył krążące wokół niezwykłe spreny. Długie, szare, jak poszarpane pasma tkaniny targane wiatrem. Otaczały go i łopotały. Widział je wcześniej zaledwie kilka razy.

– Dlaczego są takie rzadkie? – spytał Kaladin. – Ludzie ciągle są ponurzy.

– Któż to wie? Niektóre spreny są częste. Niektóre rzadkie. – Postukała jego ramię. – Wydaje mi się, że jedna z moich ciotek lubiła na nie polować.

– Polować? To znaczy, że starała się je odnaleźć?

– Nie. Tak, jak wy polujecie na wielkoskorupy. Nie pamiętam jej imienia... – Syl przechyliła głowę zupełnie nieświadoma, że deszcz przepływa przez jej postać. – Tak naprawdę wcale nie była moją ciotką, tylko honorsprenem, o którym tak mówiłam. Co za dziwne wspomnienie.

– Wydaje się, że wraca ci ich coraz więcej.

– Im dłużej z tobą jestem, tym częściej tak się dzieje. Zakładając, że nie spróbujesz znów mnie zabić.

Spojrzała na niego z ukosa. Choć było ciemno, emanowała wystarczającym blaskiem, by dostrzegł jej minę.

– Jak często będziesz mnie zmuszała, żebym cię za to przepraszał?

– A ile razy dotychczas to zrobiłam?

– Co najmniej pięćdziesiąt.

– Kłamiesz. Na pewno nie więcej niż dwadzieścia.

– Przepraszam.

Chwileczkę. Co to było za światło przed nim?

Kaladin zatrzymał się na ścieżce. Z rezydencji rzeczywiście dochodziło światło. Ogień? Czyżby budynek płonął? Nie, wydawało się, że to świece albo latarnie w jego wnętrzu. Najwyraźniej ktoś przeżył. Ludzie czy Pustkowcy?

Musiał być ostrożny, choć kiedy się zbliżał, odkrył, że wcale nie ma na to ochoty. Pragnął być lekkomyślny, wściekły, niszczycielski. Jeśli znajdzie stwory, które odebrały mu dom...

– Bądź gotów – mruknął do Syl.

Zszedł ze ścieżki, którą oczyszczano ze skałopąków i innych roślin, i podkradł się ostrożnie do rezydencji. Blask sączył się spomiędzy desek, którymi zabito okna, zastępując szkło bez wątpienia wybite przez Wieczną Burzę. Zaskoczyło go, że rezydencja przetrwała w tak dobrym stanie. Ganek oderwał się od budynku, ale dach pozostał na miejscu.

Deszcz zagłuszał inne dźwięki i nie pozwalał zobaczyć wiele więcej, ale w środku ktoś był. Albo coś. Poruszające się cienie od czasu do czasu zasłaniały światło.

Kaladin z bijącym sercem obszedł budynek od północy. Tam znajdowało się wejście dla służby i stały czworaki parshmenów. Z wnętrza rezydencji dochodził nietypowy zgiełk. Łoskot. Poruszenia. Jak z gniazda pełnego szczurów.

Musiał wymacać sobie drogę przez ogrody. Parshmeni mieszkali w niedużym budynku w cieniu rezydencji, jednej izbie z ławami do spania. Dotarł do niego i wymacał duży otwór wyrwany w ścianie.

Z tyłu usłyszał szelest.

Obrócił się gwałtownie, kiedy tylne drzwi rezydencji się otworzyły, a ich wypaczona futryna zazgrzytała o kamień. Spróbował ukryć się za stertą łupkokory, ale zalało go światło przecinające deszcz. Latarnia.

Kaladin wyciągnął rękę w bok gotów przywołać Syl, ale tym, kto wyszedł z rezydencji, nie był Pustkowiec, lecz ludzki strażnik w starym, pordzewiałym hełmie.

Mężczyzna uniósł latarnię.

– Ej ty! – krzyknął do Kaladina, sięgając do maczugi u pasa. – Ej, ty tam! – Wyciągnął broń i trzymał ją drżącą dłonią. – Kim jesteś? Dezerterem? Wyjdź na światło i daj mi się obejrzeć.

Kaladin wstał ostrożnie. Nie rozpoznał żołnierza – ale albo ktoś przeżył atak Pustkowców, albo ten mężczyzna był częścią ekspedycji badającej następstwa. Tak czy inaczej, po raz pierwszy od przybycia Kaladin poczuł trochę nadziei.

Uniósł ręce – poza Syl był nieuzbrojony – i pozwolił, by strażnik zapędził go do środka.

6

CZTERY ŻYCIA

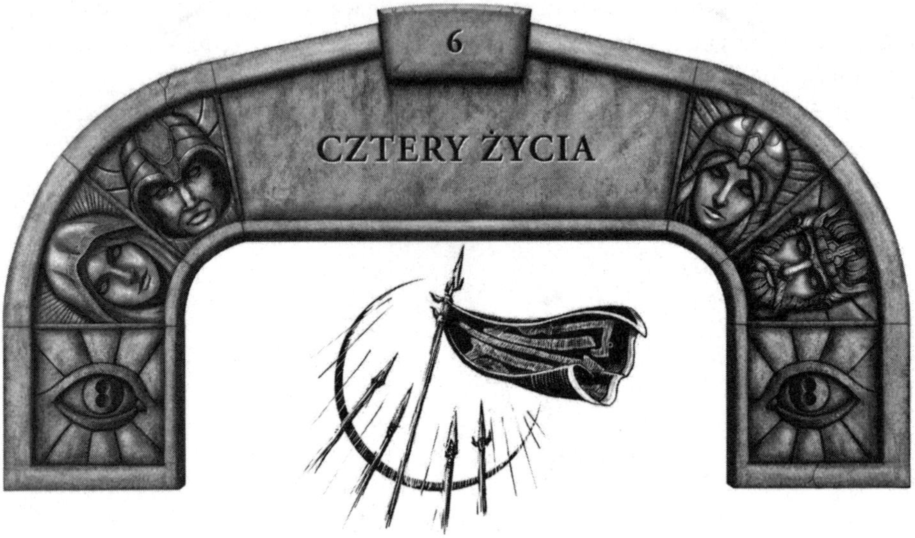

Wydawało mi się, że nie żyję. Ci, którzy widzieli dalej niż ja, z pewnością byli przekonani o moim upadku.

– Z przedmowy *Dawcy Przysięgi*

Kaladin wszedł do rezydencji Roshone'a i jego apokaliptyczne wizje śmierci i straty zaczęły blaknąć, kiedy rozpoznawał kolejnych ludzi. W korytarzu minął Toraviego, jednego z licznych miejscowych rolników. Pamiętał go jako potężnego mężczyznę z muskularnymi ramionami. W rzeczywistości był niższy od Kaladina o pół dłoni, a umięśnieniem nie dorównywał większości mostu czwartego.

Toravi nie rozpoznał Kaladina. Wszedł do bocznej izby, w której tłoczyli się ciemnoocy.

Żołnierz prowadził go korytarzem oświetlonym blaskiem świec. Minęli kuchnie, a Kaladin dostrzegł dziesiątki innych znajomych twarzy. Mieszkańcy miasteczka zajmowali wszystkie komnaty rezydencji. Większość siedziała na podłodze w grupkach składających się z rodzin i choć wydawali się zmęczeni i rozchełstani, żyli. Czyżby udało im się odeprzeć atak Pustkowców?

Moi rodzice, pomyślał Kaladin, przeciskając się między grupką mieszkańców miasteczka i ruszając szybkim krokiem. Gdzie są jego rodzice?

– Spokojnie! – powiedział żołnierz z tyłu i chwycił go za ramię. Przycisnął maczugę do krzyża Kaladina. – Nie zmuszaj mnie, żebym cię powalił, synu.

Kaladin odwrócił się do strażnika, starannie ogolonego mężczyzny, którego brązowe oczy wydawały się osadzone odrobinę za blisko siebie. Ten zardzewiały hełm przynosił mu wstyd.

– Teraz odnajdziemy oświeconego Roshone'a, a ty wyjaśnisz, dlaczego czaiłeś się w okolicy. Zachowuj się naprawdę grzecznie, a może cię nie powiesi. Zrozumiano?

Ludzie w kuchniach w końcu zauważyli Kaladina i zaczęli się cofać. Wielu szeptało między sobą, oczy mieli szeroko otwarte, przestraszone. Słyszał słowa „dezerter", „piętno niewolnika", „niebezpieczny".

Nikt nie wypowiedział jego imienia.

– Nie rozpoznali cię? – spytała Syl, spacerując po kuchennym blacie.

A dlaczego mieliby rozpoznać mężczyznę, którym się stał? Kaladin widział swoje odbicie w rondlu wiszącym obok ceglanego pieca. Sięgające ramion lekko kręcone włosy. Prosty mundur, trochę dla niego za mały, twarz porośnięta niechlujną brodą po kilku tygodniach bez golenia. Przemoczony i wyczerpany wyglądał jak włóczęga.

Nie taki powrót do domu wyobrażał sobie podczas pierwszych miesięcy na wojnie. Chwalebne ponowne spotkanie, kiedy wracał jako bohater z węzłami sierżanta, bezpiecznie odprowadzając brata do rodziny. W jego fantazjach ludzie go wychwalali, klepali po plecach i akceptowali.

Głupota. Ci ludzie nigdy nie traktowali jego ani jego rodziny z jakąkolwiek życzliwością.

– Chodźmy – powiedział żołnierz i popchnął jego ramię.

Kaladin się nie poruszył. Kiedy mężczyzna popchnął go mocniej, Kaladin poddał się naciskowi, a zmiana środka ciężkości sprawiła, że strażnik zatoczył się do przodu. Odwrócił się wyraźnie rozzłoszczony. Kaladin spojrzał mu w oczy. Po chwili wahania mężczyzna cofnął się o krok i mocniej ścisnął maczugę.

– A niech mnie! – Syl podleciała do ramienia Kaladina. – Niezłe spojrzenie mu posłałeś.

– Stara sztuczka sierżanta – szepnął Kaladin, odwrócił się i wyszedł z kuchni.

Strażnik ruszył za nim, ale Kaladin zignorował jego rozkazy.

Każdy krok w rezydencji był jak spacer wśród wspomnień. Jadalnia, w której pokłócił się z Rillirem i Laral tamtej nocy, kiedy odkrył, że jego ojciec jest złodziejem. Za nią rozciągał się korytarz obwieszony portretami nieznanych mu ludzi, w którym bawił się jako dziecko. Roshone nie zmienił portretów.

Musiał porozmawiać z rodzicami o Tienie. Dlatego właśnie nie próbował skontaktować się z nimi po wyzwoleniu. Czy umiał stawić im czoła? Na burze, miał nadzieję, że przeżyli. Ale czy umiał przed nimi stanąć?

Usłyszał jęk. Cichy, zagłuszany przez rozmowy, ale wciąż zwracał jego uwagę.

– Byli jacyś ranni? – spytał, odwracając się do strażnika.

– Tak. Ale...

Kaladin zignorował go i ruszył korytarzem, a Syl leciała obok jego głowy. Przepychał się między ludźmi, kierując się w stronę krzyków udręczonych, i w końcu stanął w drzwiach do salonu. Przekształcono go w poczekalnię chirurga, ranni leżeli na matach na podłodze.

Obok jednego z sienników klęczał mężczyzna i starannie nastawiał złamaną rękę. W chwili gdy Kaladin usłyszał jęki bólu, wiedział, gdzie znajdzie swojego ojca.

Lirin spojrzał na niego. Na burze. Ojciec Kaladina wydawał się wyczerpany, miał worki pod ciemnobrązowymi oczami. Więcej siwizny we włosach, niż Kaladin pamiętał, chudsza twarz. Ale nic się nie zmienił. Łysiejący, drobny, chudy, w okularach... i niesamowity.

– O co chodzi? – Lirin wrócił do pracy. – Czyżby arcyksiążę już przysłał żołnierzy? Wcześniej, niż się spodziewaliśmy. Ilu masz ze sobą? Z pewnością przyda się nam...

Lirin zawahał się i znów spojrzał na Kaladina.

I szeroko otworzył oczy.

– Witaj, ojcze – powiedział Kaladin.

Strażnik w końcu go dogonił, przecisnął się wśród gapiących się ludzi i zamachnął się maczugą jak pałką. Kaladin w roztargnieniu zrobił krok w bok i odepchnął mężczyznę tak, że ten zatoczył się w głąb korytarza.

– To ty! – Lirin podszedł bliżej i objął syna. – Och, Kal. Mój chłopak. Mój synek. Hesino! HESINO!

Po chwili w wejściu pojawiła się matka Kaladina z tacą świeżo wygotowanych bandaży. Pewnie myślała, że Lirin potrzebował jej pomocy z pacjentem. Wyższa od męża o kilka palców nosiła włosy upięte pod chustką, tak jak Kaladin pamiętał.

Uniosła okrytą rękawiczką bezpieczną dłoń do ust i zapatrzyła się, a bandaże zsunęły się na ziemię z przechylonej tacy. Za jej plecami pojawiły się wstrząsospreny jak bladożółte trójkąty, które rozpadały się i znów składały. Upuściła tacę i delikatnie dotknęła boku twarzy Kaladina. Syl krążyła w postaci świetlistej wstęgi i śmiała się.

Kaladin nie mógł się roześmiać. Przynajmniej dopóki tego nie powiedział. Odetchnął głęboko, przy pierwszej próbie się zakrztusił, w końcu wydusił z siebie słowa.

– Przepraszam, ojcze, matko – szepnął. – Wstąpiłem do wojska, by go chronić, ale ledwie zdołałem ochronić sam siebie. – Uświadomił sobie, że drży, więc oparł się o ścianę i osunął po niej, aż usiadł na ziemi. – Pozwoliłem, żeby Tien umarł. Przepraszam. To moja wina...

– Och, Kaladinie. – Hesina uklękła i objęła go. – Dostaliśmy twój list, ale ponad rok temu powiedzieli nam, że ty również nie żyjesz.

– Powinienem go ocalić – szepnął Kaladin.

– W ogóle nie powinieneś tam iść – sprzeciwił się Lirin. – Ale teraz... na Wszechmocnego, teraz wróciłeś. – Lirin wstał, po jego policzkach płynęły łzy. – Mój syn! Mój syn żyje!

***

Chwilę później Kaladin siedział wśród rannych z kubkiem gorącej zupy w ręku. Nie jadł nic ciepłego od... kiedy?

– To jest z całą pewnością piętno niewolnika, Lirinie – mówił żołnierz rozmawiający z ojcem Kaladina w pobliżu wejścia. – Glif *sas*, więc nastąpiło to w tym księstwie. Pewnie powiedzieli ci, że umarł, żeby oszczędzić ci wstydu. I jeszcze piętno *shash*, tego się nie dostaje za zwykłą niesubordynację.

Kaladin popijał zupę. Matka klęczała obok niego i obronnym gestem trzymała dłoń na jego ramieniu. Zupa smakowała domem. Wywar z warzyw z dodanym duszonym lawisem, doprawiony tak, jak to zawsze robiła matka.

Nie odzywał się zbyt wiele w ciągu pół godziny od przybycia. Jak na razie chciał po prostu być tu z nimi.

Co dziwne, wracały do niego przyjemne wspomnienia. Pamiętał śmiech Tiena rozjaśniający najbardziej ponure dni. Pamiętał naukę medycyny u boku ojca albo sprzątanie razem z matką.

Syl unosiła się przed kobietą, wciąż w swojej malutkiej havah, niewidzialna dla wszystkich poza Kaladinem. Na twarzy sprena malowało się zmieszanie.

– Arcyburza uderzająca z przeciwnej strony zniszczyła wiele budynków w mieście – wyjaśniła mu cicho Hesina. – Na szczęście nasz dom wciąż stoi. Musieliśmy przeznaczyć twoją część na inne cele, Kal, ale możemy zrobić dla ciebie miejsce.

Spojrzał na żołnierza. Kapitan straży Roshone'a – Kaladin miał wrażenie, że go pamięta. Wydawał się niemal za ładny jak na żołnierza, ale też był jasnooki.

– Tym się nie przejmuj – stwierdziła Hesina. – Poradzimy sobie, niezależnie od tego, na czym polega... problem. Z okolicznych wiosek wciąż przybywają ranni, więc Roshone będzie potrzebował umiejętności twojego ojca. Nie wywoła burzy, ryzykując niezadowolenie Lirina... a ciebie już nikt nam nie odbierze.

Zwracała się do niego, jakby był dzieckiem.

Cóż za dziwaczne wrażenie, powrót tutaj i bycie traktowanym, jakby pozostał tym chłopcem, który przed pięciu laty wyruszył na wojnę. W tym czasie trzej mężczyźni noszący imię ich syna żyli i umarli. Żołnierz wykuty w armii Amarama. Niewolnik, rozgoryczony i wściekły. Jego rodzice nigdy nie poznali kapitana Kaladina, strażnika najpotężniejszego człowieka na Rosharze.

A później... kolejny mężczyzna, ten, którym się stawał. Mężczyzna, do którego należały niebiosa i który wypowiadał starożytne przysięgi. Minęło pięć lat. I cztery życia.

– Pewnie jest zbiegłym niewolnikiem – wysyczał kapitan straży. – Nie możemy tak po prostu tego zignorować, chirurgu. Pewnie ukradł mundur. A nawet jeśli z jakiegoś powodu mimo piętna pozwolili mu wziąć do ręki włócznię, jest dezerterem. Spojrzyj w te udręczone oczy i powiedz mi, że nie widzisz człowieka, który zrobił straszliwe rzeczy.

– Jest moim synem. Wykupię go. Nie zabierzecie go. Powiedz Roshone'owi, że albo spojrzy na to przez palce, albo będzie sobie musiał radzić bez chirurga. Chyba że zakłada, iż Mara poradzi sobie po zaledwie kilku latach nauki.

Naprawdę sądzili, że mówią dość cicho, by ich nie słyszał.

Popatrz na tych rannych w komnacie, Kaladinie. Czegoś nie dostrzegasz, pomyślał.

Ranni... widział złamania. Stłuczenia. Bardzo nieliczne rany cięte. To nie były skutki bitwy, ale katastrofy naturalnej. Co więc stało się z Pustkowcami? Kto ich odpędził?

– Od czasu twojego odejścia sytuacja się poprawiła. – Hesina ścisnęła ramię Kaladina. – Roshone nie jest tak zły jak kiedyś. Chyba czuje się winny. Możemy wszystko odbudować, znów stać się rodziną. I powinieneś wiedzieć coś jeszcze. My...

– Hesino... – Lirin podniósł ręce.

– Tak?

– Napisz list do zarządców arcyksięcia. Wyjaśnij sytuację i dowiedz się, czy możemy liczyć na wyrozumiałość, a przynajmniej uzyskać wyjaśnienie. – Spojrzał na żołnierza. – Czy to zadowoli twojego pana? Zaczekamy na decyzję władzy wyższej, a tymczasem ja odzyskam syna.

– Zobaczymy. – Żołnierz założył ręce na piersi. – Nie jestem pewien, czy podoba mi się wizja mężczyzny z piętnem *shash* chodzącego swobodnie po moim mieście.

Hesina wstała i dołączyła do Lirina, zaczęli rozmawiać przyciszonymi głosami. Tymczasem strażnik oparł się o wejście i ostentacyjnie obserwował Kaladina. Czy wiedział, jak mało przypomina żołnierza? Nie poruszał się jak mężczyzna mający doświadczenie w walce. Kroczył zbyt sztywno i stał ze zbyt wyprostowanymi kolanami. Jego napierśnik nie był wyszczerbiony, a pochwa miecza uderzała o uda, kiedy się odwracał.

Kaladin popijał zupę. Nic dziwnego, że rodzice wciąż uważali go za dziecko. Przyszedł obszarpany i opuszczony, a później zaczął opłakiwać śmierć Tiena. Wydawało się, że powrót do domu obudził jego wewnętrzne dziecko.

Może w końcu nadszedł czas, by deszcz przestał dyktować mu nastrój. Nie mógł się pozbyć nasienia ciemności w swoim wnętrzu, ale, na Ojca Burz, nie musiał też pozwalać, by nim rządziło.

Syl przeszła do niego przez powietrze.

– Są tacy, jak ich pamiętam.

– Pamiętasz? – powtórzył szeptem Kaladin. – Syl, nie znałaś mnie, kiedy tu mieszkałem.

– Prawda.

– W takim razie jak możesz ich pamiętać? – Zmarszczył czoło.

– Bo tak jest. – Syl fruwała wokół niego. – Wszyscy są połączeni, Kaladinie. Wszystko jest połączone. Nie znałam cię wtedy, ale wiatry tak, a ja należę do wiatru.

– Jesteś honorsprenem.

– Wiatr należy do Honoru. – Roześmiała się, jakby powiedział coś absurdalnego. – Mamy wspólną krew.

– Przecież wy nie macie krwi.

– A ty najwyraźniej nie masz wyobraźni. – Wylądowała w powietrzu przed nim i stała się młodą kobietą. – Poza tym był... inny głos. Czysty, z pieśnią jak potrącony kryształ, odległy, lecz władczy... – Uśmiechnęła się i odleciała.

Cóż, świat może i stanął na głowie, ale Syl była równie nieprzenikniona, jak wcześniej. Kaladin odstawił zupę i wstał. Przeciągnął się z jednej strony, później z drugiej, czując satysfakcjonujący trzask stawów. Ruszył w stronę rodziców. Na burze, wszyscy w tym mieście wydawali się mniejsi, niż pamiętał. Chyba nie był aż o tyle niższy, kiedy wyjeżdżał z Paleniska, prawda?

Na zewnątrz ktoś rozmawiał ze strażnikiem w zardzewiałym hełmie. Roshone miał na sobie płaszcz jasnookiego, który wyszedł z mody przed kilkoma sezonami – Adolin pokręciłby głową na ten widok. Pan miasta nosił drewnianą stopę na kikucie prawej nogi i od czasu gdy Kaladin widział go po raz ostatni, bardzo schudł. Skóra wisiała na nim jak stopiony wosk, zbierając się na szyi.

Mimo wszystko Roshone wciąż nosił się tak samo władczo i miał tę samą wściekłą minę – spojrzenie jego jasnożółtych oczu obarczało wszystkich i wszystko w tym mało znaczącym miasteczku winą za swoje wygnanie. Kiedyś mieszkał w Kholinarze, ale był zamieszany w śmierć kilku obywateli – dziadków Moasha – i za karę został wysłany tutaj.

Odwrócił się w stronę Kaladina oświetlany blaskiem świec.

– Czyli jednak żyjesz. Jak widzę, w armii nie nauczyli cię, jak się zachowywać. Pozwól, że spojrzę na te twoje piętna. – Wyciągnął rękę i uniósł włosy znad czoła Kaladina. – Na burze, chłopcze. Coś ty zrobił? Uderzyłeś jasnookiego?

– Tak – odparł Kaladin.

I uderzył Roshone'a.

Trafił go prosto w twarz, mocno, jak go uczył Hav. Trzymając kciuk na zewnątrz pięści, uderzył dwiema kostkami dłoni w policzek Roshone'a, po czym prześlizgnął się do przodu. Rzadko mu się zdarzało zadać tak doskonały cios. Właściwie nie czuł bólu pięści.

Roshone padł jak powalone drzewo.

– To było za mojego przyjaciela Moasha.

7
STRAŻNIK NA BRZEGU

Nie umarłem.
Doświadczyłem czegoś gorszego.
– Z przedmowy *Dawcy Przysięgi*

– Kaladinie! – wykrzyknął Lirin, chwytając go za ramię. – Co ty wyprawiasz, synu?

Roshone leżał na ziemi, z jego nosa płynęła krew.

– Strażnicy, bierzcie go! Słyszycie mnie?!

Syl wylądowała na ramieniu Kaladina z dłońmi opartymi na biodrach. Zaczęła postukiwać stopą.

– Pewnie na to zasłużył.

Ciemnooki strażnik podszedł, by pomóc Roshone'owi wstać, a kapitan uniósł miecz w stronę Kaladina. Z innej komnaty wybiegł trzeci żołnierz, by do nich dołączyć.

Kaladin cofnął stopę do tyłu i przyjął pozycję obronną.

– No dalej! – Roshone uniósł chusteczkę do nosa. – Obezwładnijcie go!

Na ziemi pojawiły się gotujące się kałuże złościosprenów.

– Proszę, nie. – Hesina mocno obejmowała męża. – On oszalał z rozpaczy. On...

Kaladin wyciągnął dłoń w jej stronę, uciszając ją.

– Nic się nie stało, matko. Odbierałem jedynie niespłacony dług, który miał wobec mnie Roshone.

Spojrzał strażnikom w oczy, każdemu po kolei, a oni przestąpili niepewnie z nogi na nogę. Roshone się wściekał. Kaladin niespodziewanie poczuł, że całkowicie panuje nad sytuacją i... no cóż, był również bardziej niż odrobinę zawstydzony.

Nagle spojrzał na wszystko z zupełnie innej perspektywy. Od czasu opuszczenia Paleniska poznał prawdziwe zło, a Roshone nie mógł się z nim równać. Czyż nie przysięgał, że będzie chronić nawet tych, których nie lubił? Czy sensem wszystkiego, czego się nauczył, nie było powstrzymywanie się przed takimi zachowaniami? Spojrzał na Syl, a ona pokiwała głową.

Postaraj się.

Przez krótką chwilę dobrze się czuł, będąc znów Kalem. Całe szczęście nie był już tym młodzikiem. Stał się nowym człowiekiem – i po raz pierwszy od bardzo długiego czasu czuł się z tym dobrze.

– Cofnijcie się – powiedział Kaladin do żołnierzy. – Obiecuję, że już więcej nie uderzę waszego jasnookiego. Przepraszam za to, na chwilę rozproszyły mnie wspomnienia. Coś, o czym obaj powinniśmy zapomnieć. Powiedzcie mi, co się stało z parshmenami? Zaatakowali miasteczko?

Żołnierze poruszyli się niepewnie i spojrzeli na Roshone'a.

– Powiedziałem, że macie się cofnąć – warknął Kaladin. – Na miłość burzy, człowieku. Trzymasz ten miecz, jakbyś miał zamiar zrąbać karlaka. A ty? Rdza na hełmie? Wiem, że Amaram zwerbował najsprawniejszych mężczyzn w okolicy, ale widziałem gońców lepiej nadających się do walki niż wy.

Żołnierze popatrzyli po sobie. Później jasnooki, czerwony na twarzy, wsunął miecz do pochwy.

– Co wy wyprawiacie? – spytał ostro Roshone. – Zaatakujcie go!

– Oświecony, panie. – Mężczyzna spuścił wzrok. – Może nie jestem najlepszym żołnierzem w okolicy, ale... cóż, uwierzcie mi, panie. Powinniśmy udawać, że tego ciosu nie było.

Pozostali dwaj żołnierze pokiwali głowami.

Roshone zmierzył Kaladina wzrokiem i wytarł nos, który nawet za bardzo nie krwawił.

– Cóż, jednak w armii coś z ciebie zrobili.

– Nie wiesz, o czym mówisz. Musimy porozmawiać. Czy jest tu jakaś komnata, która nie będzie pełna ludzi?

– Kal – odezwał się Lirin. – Głupio gadasz. Nie wydawaj rozkazów oświeconemu Roshone'owi!

Przecisnąwszy się obok żołnierzy i pana miasta, Kaladin ruszył dalej korytarzem.

– I jak? – warknął. – Pusta komnata?

– Na piętrze, panie – odpowiedział jeden z żołnierzy. – Biblioteka jest pusta.

– Doskonale. – Kaladin uśmiechnął się, usłyszawszy „panie". – Dołączcie tam do mnie.

Ruszył w stronę schodów. Niestety, władcze zachowanie miało swoje ograniczenia. Nikt nie ruszył za nim, nawet jego rodzice.

– Wydałem wam rozkaz – stwierdził Kaladin. – Nie lubię się powtarzać.

– A co takiego – odezwał się Roshone – każe ci myśleć, że możesz komukolwiek rozkazywać, chłopcze?

Kaladin odwrócił się i wyciągnął rękę przed siebie, przywołując Syl. Z mgły uformowało się błyszczące, pokryte rosą Ostrze Odprysku. Zakręcił Ostrzem i jednym płynnym ruchem wbił je w podłogę. Trzymał je mocno, czując, jak jego oczy stają się niebieskie.

Wszystko znieruchomiało. Mieszkańcy miasteczka zesztywnieli i patrzyli na niego z otwartymi ustami. Roshone wybałuszył oczy. Co ciekawe, ojciec Kaladina jedynie opuścił głowę i zamknął oczy.

– Jeszcze jakieś pytania?

***

– Zniknęli, kiedy wróciliśmy, żeby sprawdzić, co z nimi, yyy... oświecony – powiedział Aric, niski strażnik w zardzewiałym hełmie. – Zamknęliśmy drzwi na klucz, ale wyrwali otwór w ścianie.

– Nie zaatakowali nikogo? – spytał Kaladin.

– Nie, oświecony.

Kaladin chodził po bibliotece. Komnata była niewielka, ale dobrze zorganizowana, z rzędami półek i eleganckim pulpitem do czytania. Wszystkie książki stały idealnie równo – albo pokojówki były wyjątkowo dokładne, albo książki rzadko poruszano. Syl usiadła na jednej z półek, plecami do książek, i machała nogami jak dziewczynka.

Roshone siedział z boku i co jakiś czas dziwnie nerwowym gestem przeciągał dłońmi po zarumienionych policzkach w stronę tyłu głowy. Nos przestał mu krwawić, choć z pewnością zostanie spory siniec. Był to ułamek kary, na którą zasługiwał mężczyzna, ale Kaladin odkrył, że nie ma ochoty dręczyć Roshone'a. Musiał być lepszy.

– Jak wyglądali parshmeni? – spytał jednego ze strażników. – Zmienili się po niezwykłej burzy?

– Pewnie – odparł Aric. – Wyjrzałem, kiedy usłyszałem, że się wyrywają, po przejściu burzy. Wyglądali jak Pustkowcy, mówię wam, ze skóry wystawały im kawały kości.

– Byli wyżsi – dodał kapitan straży. – Wyżsi ode mnie, pewnie równie wysocy, co wy, oświecony. Z nogami grubymi jak karlaki i rękami, którymi mogliby udusić białogrzbieta, mówię wam.

– W takim razie dlaczego nie zaatakowali? – spytał Kaladin.

Mogli bez trudu zdobyć rezydencję, a jednak uciekli w noc. Świadczyło to o bardziej niepokojącym celu. Może Palenisko było zbyt małe, by się nim przejmować.

– Pewnie nie śledziliście, dokąd się udali?

Kaladin spojrzał w stronę strażników, a później Roshone'a.

– Yyy, nie, oświecony – odparł kapitan. – Szczerze mówiąc, chcieliśmy tylko przeżyć.

– Powiecie królowi? – spytał Aric. – Ta burza zniszczyła cztery nasze spichlerze. Wkrótce zaczniemy głodować, z tymi wszystkimi uciekinierami i bez jedzenia. Kiedy znów zaczną nadchodzić arcyburze, nie będziemy mieć nawet połowy potrzebnych domów.

– Powiem Elhokarowi.

Ale, na Ojca Burz, sytuacja w reszcie królestwa była równie ciężka.

Musiał skupić się na Pustkowcach. Nie mógł wrócić do Dalinara, dopóki nie zdobędzie Burzowego Światła niezbędnego, by polecieć do domu, uznał więc, że na razie powinien w miarę możliwości zorientować się, gdzie gromadzą się wrogowie. Co planowali Pustkowcy? Kaladin nie doświadczył osobiście ich dziwnych mocy, choć słyszał raporty z bitwy na Naraku. Parshendi o świecących czerwienią oczach i władający błyskawicami, bezlitośni i przerażający.

– Będę potrzebował map. Map Alethkaru, najbardziej szczegółowych, jakie macie, i czegoś, w czym mógłbym je przenieść, żeby się nie zniszczyły. – Skrzywił się. – I konia. Kilka, najlepszych, jakie macie.

– Teraz mnie okradasz? – spytał cicho Roshone, wpatrując się w podłogę.

– Okradam? Nazwijmy to raczej wynajmem. – Kaladin wyjął z kieszeni garść kul i położył je na stole. Spojrzał na żołnierzy. – I jak? Mapy? Z pewnością Roshone ma mapy okolicy.

Roshone nie był dość ważny, by zarządzać ziemiami arcyksięcia – wcześniej, kiedy jeszcze mieszkał w Palenisku, Kaladin nie był tego świadom. Tych ziem strzegli o wiele ważniejsi jasnoocy, pan miasta był jedynie pośrednikiem w ich kontaktach z okolicznymi wioskami.

– Musimy zaczekać na zgodę pani – stwierdził kapitan. – Panie.

Kaladin uniósł brew. Byli skłonni sprzeciwić się rozkazom Roshone'a, ale nie pani tej rezydencji?

– Idźcie do żarliwców i powiedzcie im, żeby przygotowali rzeczy, o które proszę. Wkrótce dostaniecie pozwolenie. I znajdźcie łączotrzcinę do Tashikku, jeśli żarliwcy jakąś mają. Kiedy będę miał już Burzowe Światło, żeby jej użyć, chciałbym wysłać wiadomość Dalinarowi.

Strażnicy zasalutowali i wyszli.

Kaladin założył ręce na piersi.

– Roshone, muszę wyruszyć za tymi parshmenami i sprawdzić, czy uda mi się zorientować, co planują. Wątpię, żeby któryś z twoich strażników miał doświadczenie tropiciela. Podążanie za nimi byłoby trudne nawet bez deszczu, który topi wszystko.

Roshone wciąż wpatrywał się w podłogę.

– Dlaczego oni są tak ważni?

– Z pewnością już się domyśliłeś. – Kaladin skinął głową Syl, kiedy jej wstęga światła podleciała do jego ramienia. – Pogoda szaleje, a zwykli słudzy zmieniają się w przerażające stwory? Ta burza z czerwonymi błyskawicami nadchodząca z przeciwnej strony? Nadeszło Spustoszenie, Roshone. Pustkowcy powrócili.

Mężczyzna jęknął i pochylił się z rękami na brzuchu, jakby miał zwymiotować.

– Syl! – szepnął Kaladin. – Mogę cię znów potrzebować.

– Brzmisz przepraszająco – odparła, przechylając głowę.

– Bo tak jest. Nie podoba mi się, że miałbym tobą machać i walić w różne rzeczy.

Prychnęła.

– Po pierwsze, ja nie walę w różne rzeczy. Jestem elegancką i pełną wdzięku bronią, głupi. Po drugie, czemu się przejmujesz?

– To mi się wydaje niestosowne – odparł Kaladin, wciąż szeptem. – Jesteś kobietą, nie bronią.

– Chwileczkę... chodzi o to, że jestem dziewczyną?

– Nie – stwierdził natychmiast Kaladin, zaraz jednak się zawahał. – Może. Po prostu czuję się dziwnie.

Parsknęła.

– Swoich pozostałych broni nie pytasz, jak się czują z tym, że nimi machasz.

– Moje pozostałe bronie nie są osobami. – Znów się zawahał. – Prawda?

Popatrzyła na niego z przechyloną głową i uniesionymi brwiami, jakby powiedział coś bardzo głupiego.

„Wszystko ma sprena". Matka uczyła go tego od dzieciństwa.

– Czyli... niektóre z moich sprenów były kobietami, tak?

– A w każdym razie były płci żeńskiej. Mniej więcej połowa, jak to zwykle bywa. – Syl unosiła się przed jego twarzą. – To wasza wina, że nas personifikowaliście. Oczywiście niektóre ze starych sprenów mają cztery płcie zamiast dwóch.

– Co? Dlaczego?

Postukała go w nos.

– Bo to nie ludzie je sobie wyobrazili, głuptasie.

Wystrzeliła sprzed niego i zmieniła się w pole mgły. Kiedy uniósł dłoń, pojawiło się w niej Ostrze Odprysku.

Podszedł do Roshone'a, pochylił się i ustawił Ostrze przed mężczyzną, sztychem do dołu. Mężczyzna podniósł wzrok urzeczony widokiem klingi, czego Kaladin się spodziewał. Nie można było przebywać w ich pobliżu i nie czuć ich przyciągania. Miały w sobie magnetyzm.

– Skąd je wziąłeś? – spytał Roshone.

– A czy to ma znaczenie?

Nie odpowiedział, ale obaj znali prawdę. Posiadanie Ostrza Odprysku wystarczało – jeśli ktoś je zdobył i nie dał go sobie odebrać, należało do niego. Kiedy trzymał je w dłoni, piętna na jego czole przestawały się liczyć. Nikt, nawet Roshone, nie odważyłby się zasugerować czegoś innego.

– Ty – powiedział Kaladin – jesteś oszustem, szczurem i mordercą. Ale choć bardzo mi się to nie podoba, nie mamy czasu, by obalić klasę rządzącą Alethkaru i ustanowić coś lepszego. Atakuje nas wróg, którego nie rozumiemy i którego nie mogliśmy się spodziewać. Dlatego musisz wstać i poprowadzić tych ludzi.

Roshone wpatrywał się w swoje odbicie w klindze.

– Nie jesteśmy bezbronni – mówił dalej Kaladin. – Możemy i musimy walczyć, ale najpierw musimy przeżyć. Wieczna Burza będzie powracać. Regularnie, choć jeszcze nie wiem co ile czasu. Musicie się przygotować.

– Jak? – wyszeptał Roshone.

– Wybudować domy nachylone w obie strony. Jeśli nie ma na to czasu, znaleźć osłonięte miejsce i ukryć się w nim. Ja nie mogę zostać. Ten kryzys jest większy niż jedno miasteczko, jedna grupa ludzi, nawet jeśli to moje miasteczko i moi ludzie. Muszę polegać na tobie. Niech Wszechmocny ma nas w swojej opiece, mam tylko ciebie.

Roshone osunął się głębiej na fotelu. Wspaniale. Kaladin wyprostował się i odesłał Syl.

– Zrobimy to – powiedział ktoś z tyłu.

Kaladin znieruchomiał. Głos Laral sprawił, że przeszedł go dreszcz. Odwrócił się powoli i zobaczył kobietę, która zupełnie nie pasowała do obrazu w jego głowie. Kiedy widział ją po raz ostatni, miała na sobie idealną suknię jasnookiej, była młoda i piękna, jednak jej jasnozielone oczy wydawały się puste. Utraciła narzeczonego, syna Roshone'a, a w zamian została zaręczona z jego ojcem, mężczyzną ponad dwa razy od niej starszym.

Kobieta, naprzeciwko której stał, nie była już dziewczyną. Twarz miała szczupłą i stanowczą, a włosy związane w wygodny czarny kucyk przetykany jasnymi pasmami. Nosiła buty na grubej podeszwie i prostą havah wilgotną od deszczu.

Obejrzała go od góry do dołu i prychnęła.

– Wygląda na to, że dorosłeś, Kal. Ze smutkiem przyjęłam wiadomość o twoim bracie. Chodź. Potrzebujesz łączotrzciny? Mam jedną do królowej regentki w Kholinarze, ale ona ostatnio nie odpowiada. Całe szczęście mamy też jedną do Tashikku, jak prosiłeś. Jeśli sądzisz, że król ci odpowie, możemy porozumieć się przez pośrednika.

Wyszła z biblioteki. Ruszył za nią.

– Laral...

– Słyszałam, że przebiłeś moją podłogę – zauważyła. – Musisz wiedzieć, że to porządne drewno. Naprawdę. Mężczyźni i ich broń.

– Marzyłem o powrocie. – Kaladin wyszedł na korytarz przed biblioteką. – Wyobrażałem sobie, że wracam tutaj jako bohater wojenny i rzucam wyzwanie Roshone'owi. Chciałem cię ocalić, Laral.

– Ach tak? – Odwróciła się do niego. – A dlaczego sądziłeś, że potrzebuję, by ktoś mnie ocalił?

– Nie powiesz mi chyba – Kaladin machnął ręką w stronę biblioteki – że jesteś z tym szczęśliwa.

– Jak widać, samo bycie jasnookim nie gwarantuje jeszcze ogłady. Przestań ubliżać mojemu mężowi, Kaladinie. Może i jesteś Odpryskowym, ale jeszcze jedno takie słowo, a każę cię wyrzucić ze swojego domu.

– Laral...

– Jestem tu całkiem szczęśliwa. A w każdym razie byłam do chwili, gdy wiatry zaczęły wiać z niewłaściwego kierunku. – Potrząsnęła głową. – Przypominasz swojego ojca. Zawsze czujesz, że musisz wszystkich ratować, nawet tych, którzy woleliby, żebyś się nie wtrącał.

– Roshone skrzywdził moją rodzinę. Posłał mojego brata na śmierć i zrobił wszystko, co w jego mocy, by zniszczyć mojego ojca!

– A twój ojciec otwarcie krytykował mojego męża, dyskredytował go w obecności innych mieszkańców miasta. Jak byś się czuł, jako nowo przybyły oświecony wygnany z dala od domu, gdyby najważniejszy obywatel miasta otwarcie cię krytykował?

Jej perspektywa była, rzecz jasna, skrzywiona. Lirin z początku próbował się zaprzyjaźnić z Roshonem, prawda? Ale Kaladin nie miał ochoty kłócić się dalej. Co go to obchodziło? I tak zamierzał dopilnować, by jego rodzice wyprowadzili się z tego miasta.

– Przygotuję łączotrzcinę – powiedziała Laral. – Na odpowiedź możemy trochę poczekać. Tymczasem żarliwcy powinni już zebrać mapy.

– Wspaniale. – Kaladin przecisnął się obok niej. – Pójdę porozmawiać z rodzicami.

Kiedy ruszył w dół po schodach, Syl przeleciała nad jego ramieniem.

– Czyli to jest dziewczyna, którą miałeś poślubić.

– Nie – odparł Kaladin szeptem. – To dziewczyna, której nigdy bym nie poślubił, niezależnie od sytuacji.

– Lubię ją.

– Tego się mogłem spodziewać.

Dotarł na parter i spojrzał w górę. Roshone dołączył do Laral na szczycie schodów, niosąc klejnoty, które Kaladin zostawił na stole. Ile to było?

Pięć albo sześć rubinowych broamów, pomyślał, i może szafir albo dwa. Policzył w głowie. Na burze... to była absurdalna kwota – więcej niż kielich pełen kul, o który przez tyle lat walczyli Roshone i Lirin. Dla Kaladina były to teraz drobniaki.

Zawsze uważał jasnookich za bogaczy, ale pomniejszy oświecony w mało znaczącym miasteczku... Cóż, Roshone był tak naprawdę biedny, choć innym rodzajem ubóstwa.

Ruszył przez dom, mijając ludzi, których kiedyś znał – ludzi, którzy teraz szeptali „Odpryskowy" i pospiesznie schodzili mu z drogi. Niech i tak będzie. Zaakceptował swoje miejsce w chwili, gdy wyjął Syl z powietrza i wypowiedział Słowa.

Lirin wrócił do salonu i znów zajmował się rannymi. Kaladin zatrzymał się w wejściu, po czym z westchnieniem ukląkł obok ojca. Kiedy mężczyzna sięgnął do tacy z narzędziami, Kaladin ją uniósł. Jego stare miejsce jako asystenta chirurga. Nowy uczeń pomagał rannym w innym pomieszczeniu.

Lirin spojrzał na syna, po czym znów odwrócił się do pacjenta, chłopca z ramieniem owiniętym zakrwawionym bandażem.

– Nożyczki.

Kaladin podał narzędzie, a ojciec je wziął, nie patrząc, i ostrożnie rozciął bandaż. Rękę chłopca przebił kawał drewna. Dziecko jęczało, kiedy Lirin obmacywał ciało wokół rany pokryte zaschniętą krwią. To nie wyglądało dobrze.

– Wytnij drewno – powiedział Kaladin – i martwe ciało. Kauteryzuj.

– To dość skrajne, nie sądzisz?

– Może i tak powinieneś odciąć ją w łokciu. Z całą pewnością wda się zakażenie, popatrz tylko, jak brudne jest drewno. Zostaną drzazgi.

Chłopiec znów zajęczał. Lirin poklepał go lekko.

– Nic ci nie będzie. Nie widzę jeszcze żadnych zgniłosprenów, więc nie utniemy ci ręki. Porozmawiam z twoimi rodzicami. Na razie pogryź to.

Dał chłopcu trochę kory dla rozluźnienia.

Lirin i Kaladin ruszyli dalej – chłopcu nic bezpośrednio nie zagrażało, a Lirin zamierzał operować dopiero, kiedy zacznie działać środek przeciwbólowy.

– Stwardniałeś – powiedział ojciec do Kaladina, jednocześnie badając stopę kolejnego pacjenta. – Martwiłem się, że nigdy do tego nie dojdzie.

Kaladin nie odpowiedział. W rzeczywistości nie stwardniał tak bardzo, jak mógł mieć nadzieję jego ojciec.

– Ale stałeś się też jednym z nich.

– Mój kolor oczu niczego nie zmienia.

– Nie mówiłem o twoim kolorze oczu, synu. Nie daję dwóch odłamków za to, czy człowiek jest jasnooki, czy nie.

Machnął ręką, a wtedy Kaladin podał mu szmatkę do oczyszczenia palca i zaczął przygotowywać małe łubki.

– To, czym się stałeś – mówił dalej Lirin – to zabójca. Rozwiązujesz problemy pięścią i mieczem. Miałem nadzieję, że znajdziesz sobie miejsce wśród chirurgów armii.

– Nie dali mi zbyt wielkiego wyboru. – Kaladin podał łubki i zaczął przygotowywać bandaże do owinięcia palca u nogi. – Długa historia. Kiedyś ci ją opowiem.

A przynajmniej te części, które nie miażdżą duszy, dodał w myślach.

– Pewnie nie zamierzasz zostać.

– Nie. Muszę podążyć za tymi parshmenami.

– Więcej zabijania.

– A ty naprawdę myślisz, że nie powinniśmy walczyć z Pustkowcami, ojcze?

Lirin się zawahał.

– Nie – szepnął. – Wiem, że ta wojna jest nieunikniona. Po prostu nie chciałem, żebyś ty był jej częścią. Widziałem, co robi z ludźmi. Wojna obdziera ich dusze, a takich ran nie umiem uleczyć. – Zabezpieczył łubki i odwrócił się do syna. – Jesteśmy chirurgami. Niech inni rozszarpują i łamią, nam nie wolno krzywdzić innych.

– Nie. Ty jesteś chirurgiem, ojcze, ale ja jestem kimś innym. Strażnikiem na brzegu. – Słowa Dalinara Kholina. Kaladin wstał. – Będę chronił tych, którzy tego potrzebują. Dziś oznacza to polowanie na Pustkowców.

Lirin odwrócił wzrok.

– Dobrze. Ja... cieszę się, że wróciłeś, synu. Cieszę się, że jesteś bezpieczny.

Kaladin położył dłoń na jego ramieniu.

– Życie ponad śmiercią, ojcze.

– Przed odejściem zajrzyj do matki. Ma ci coś do pokazania.

Kaladin zmarszczył czoło, ale wyszedł z sali do kuchni. Cały budynek oświetlały świece, i to nieliczne. Dokądkolwiek się udał, widział cienie i niepewne światło.

Napełnił manierkę świeżą wodą i znalazł niewielki parasol. Będzie go potrzebował do czytania map w tym deszczu. Następnie ruszył do biblioteki w poszukiwaniu Laral. Roshone wycofał się do swojej komnaty, ale ona siedziała przy stoliku do pisania, a przed sobą miała łączotrzcinę.

Zaraz. Ta łączotrzcina działała. Jej rubin świecił.

– Burzowe Światło! – Kaladin wskazał palcem.

– Ależ oczywiście. – Kobieta zmarszczyła czoło. – Fabriale go wymagają.

– Skąd masz napełnione kule?

– Arcyburza. Kilka dni temu.

Podczas walki z Pustkowcami Ojciec Burz przywołał nadzwyczajną arcyburzę, która dorównywała mocą Wiecznej Burzy. Kaladin leciał przed jej ścianą, walcząc ze Skrytobójcą w Bieli.

– Ta burza była niespodziewana. Skąd wiedzieliście, że macie wystawić kule?

– Kal, nie jest tak trudno wywiesić na zewnątrz kule, kiedy zaczyna wiać wiatr!

– Ile macie?

– Trochę. Żarliwcy mają kilka... nie tylko ja o tym pomyślałam. Posłuchaj, mam kogoś w Tashikku, kto może przekazać wiadomość Navani Kholin, matce króla. Tego właśnie chciałeś, prawda? Naprawdę sądzisz, że ci odpowie?

Na szczęście odpowiedź pojawiła się, gdy łączotrzcina zaczęła pisać.

– „Kapitanie?" – czytała Laral. – „Tu Navani Kholin. To naprawdę ty?".

Laral zamrugała i podniosła na niego wzrok.

– To ja. Ostatnim, co zrobiłem przed odejściem, była rozmowa z Dalinarem na szczycie wieży.

Miał nadzieję, że to wystarczy, by potwierdzić jego tożsamość.

Laral podskoczyła, po czym zapisała jego słowa.

– „Kaladinie, tu Dalinar". – Laral odczytała wiadomość zwrotną. – „Jak wygląda sytuacja, żołnierzu?".

– Lepiej, niż się spodziewano, panie. – Kaladin krótko opisał swoje odkrycia. Zakończył słowami: – Martwię się, że odeszli, bo Palenisko nie było dość ważne, by je zniszczyć. Zamówiłem konia i mapy. Udam się na zwiad i dowiem się jak najwięcej na temat wroga.

– „Ostrożnie" – odpisał Dalinar. – „Nie masz już Burzowego Światła".

– Może uda mi się trochę znaleźć. Wątpię, by było go dość na powrót do domu, ale pomoże.

Minęło kilka minut, zanim Dalinar odpowiedział. Laral wykorzystała tę okazję, by zmienić papier.

– „Masz dobre wyczucie, żołnierzu" – napisał w końcu Dalinar. – „W wieży czuję się ślepy. Zbliż się na tyle, by odkryć, co robi wróg, ale nie podejmuj niepotrzebnego ryzyka. Weź łączotrzcinę. Każdego wieczoru wysyłaj nam glif, byśmy wiedzieli, że jesteś bezpieczny".

– Zrozumiano, panie. Życie ponad śmiercią.

– „Życie ponad śmiercią".

Laral spojrzała na niego, a on skinieniem głowy potwierdził, że rozmowa się skończyła. Kobieta bez słowa zapakowała dla niego łączotrzcinę, a on przyjął ją z wdzięcznością, po czym pospiesznie wyszedł z biblioteki i zbiegł po schodach.

Jego działania przyciągnęły spory tłumek, który zebrał się w niedużym przedsionku przed schodami. Zamierzał spytać, czy ktokolwiek ma napełnione kule, kiedy jego wzrok przyciągnął widok matki. Rozmawiała z kilkoma dziewczynami, a na rękach trzymała niemowlaka. Co ona robiła z...

Zatrzymał się u stóp schodów. Chłopiec miał może rok, trzymał palce w buzi i gaworzył.

– Kaladinie, poznaj swojego brata. – Hesina odwróciła się w jego stronę. – Dziewczęta się nim zajmowały, kiedy ja byłam z rannymi.

– Brat – szepnął Kaladin.

Nigdy nie przyszło mu to na myśl. Matka w tym roku kończyła czterdzieści jeden lat i...

Brat.

Wyciągnął ręce. Matka pozwoliła mu wziąć chłopczyka, trzymać go w rękach, które wydawały się zbyt szorstkie, by dotykać tak miękkiej skóry. Kaladin zadrżał i przytulił dziecko. Wspomnienia tego miejsca go nie złamały, widok rodziców go nie przytłoczył, ale...

Nie mógł powstrzymać łez. Czuł się jak głupiec. To przecież niczego nie zmieniało... mężczyźni z mostu czwartego byli teraz jego braćmi, równie bliskimi jak krewni.

A jednak płakał.

– Jak ma na imię?

– Oroden.

– Dziecko pokoju – szepnął Kaladin. – Dobre imię. Bardzo dobre imię.

Za nim pojawił się żarliwiec ze skrzynką na zwoje. Na burze, czy to Zeheb? Wciąż żył, choć jak zawsze wydawał się starszy od skał. Kaladin oddał małego Orodena matce, otarł oczy i przyjął skrzynkę.

Ludzie tłoczyli się pod ścianami. Był dużym wydarzeniem – syn chirurga, który został niewolnikiem, który został Odpryskowym. W Palenisku przez następne sto lat nie wydarzy się nic tak ekscytującego.

A przynajmniej jeśli Kaladin będzie miał coś do powiedzenia na ten temat. Skinął głową ojcu – który wyszedł z salonu – i odwrócił się do tłumów.

– Czy ktoś tu ma napełnione kule? Wymienię się, dwa odłamki za jeden. Przynieście je.

Syl krążyła wokół niego podczas trwania zbiórki, a matka Kaladina dokonywała wymiany. Zgromadził zaledwie sakiewkę, ale wydawało mu się, że to niezmierzone bogactwa. Przynajmniej nie będzie już potrzebował tych koni.

Zawiązał sakiewkę i obejrzał się przez ramię, kiedy podszedł jego ojciec. Lirin wyjął z kieszeni świecący diamentowy odłamek i podał go synowi.

Kaladin przyjął go, po czym spojrzał na matkę i chłopczyka w jej ramionach. Jego brata.

– Chcę was zabrać w bezpieczne miejsce – powiedział ojcu. – Teraz muszę wyruszyć w drogę, ale wkrótce powrócę. Żeby zabrać was do...

– Nie – sprzeciwił się Lirin.

– Ojcze, to Spustoszenie.

Otaczający ich ludzie westchnęli, ich oczy były udręczone. Na burze, powinien to zrobić w cztery oczy. Nachylił się do Lirina.

– Znam miejsce, które jest bezpieczne. Dla ciebie i matki. Dla małego Orodena. Proszę, choć raz w życiu nie bądź uparty.

– Możesz ich zabrać, jeśli będą chcieli odejść – stwierdził Lirin. – Ale ja zostanę tutaj. Szczególnie jeśli... to, co powiedziałeś, jest prawdą. Ci ludzie będą mnie potrzebować.

– Zobaczymy. Wrócę najszybciej, jak to będzie możliwe.

Kaladin zacisnął zęby i ruszył w stronę wejścia do rezydencji. Otworzył je, wpuszczając do środka odgłosy deszczu i zapachy zatopionej ziemi.

Zatrzymał się i obejrzał na salę pełną brudnych mieszkańców miasteczka, bezdomnych i przerażonych. Podsłuchali go, ale tak naprawdę wiedzieli już wcześniej. Słyszał ich szepty. Pustkowcy. Spustoszenie.

Nie mógł ich tak zostawić.

– Dobrze słyszeliście – powiedział Kaladin głośno do setki ludzi zebranych w dużym przedsionku rezydencji, w tym Roshone'a i Laral, którzy stali na schodach prowadzących na piętro. – Pustkowcy powrócili.

Szepty. Przerażenie.

Kaladin wciągnął trochę Burzowego Światła ze swojej sakiewki. Z jego skóry zaczął się wznosić czysty, świetlisty dym, wyraźnie widoczny w półmroku. Przywiązał się w górę, by wznieść się w powietrze, po czym dodał Wiązanie w dół, dzięki czemu unosił się dwie stopy nad podłogą i świecił. Syl uformowała się z mgły jako Włócznia Odprysku w jego dłoni.

– Arcyksiążę Dalinar Kholin – powiedział, wypuszczając z ust Burzowe Światło – znów utworzył Świetlistych Rycerzy. I tym razem was nie zawiedziemy.

Na twarzach zgromadzonych malowały się wszelkie uczucia, od uwielbienia po grozę. Kaladin spojrzał na ojca. Lirin stał z otwartymi ustami. Hesina trzymała niemowlę w rękach, na jej twarzy malował się czysty zachwyt, a jej głowę otaczał niebieski krąg podziwosprena.

Ciebie ochronię, maleńki, pomyślał Kaladin do dziecka. *Ochronię ich wszystkich.*

Skinął głową rodzicom, po czym odwrócił się i Przywiązał na zewnątrz, wypadając w deszczową noc. Zamierzał zatrzymać się w Stringken, około pół dnia marszu – albo kilka chwil lotu – na południe, i sprawdzić, czy uda mu się tam napełnić kule.

A później zamierzał zapolować na Pustkowców.

8 POTĘŻNE KŁAMSTWO

Pomijając jednakowoż tę chwilę, mogę szczerze stwierdzić, że książka ta rodziła się we mnie od czasów młodości.

– Z przedmowy *Dawcy Przysięgi*

Shallan rysowała.

Drapała papier pełnymi napięcia, zuchwałymi pociągnięciami węgla. Co kilka linijek obracała pałeczkę węgla w palcach, szukając najostrzejszych krawędzi, by nadać liniom najczarniejszy odcień.

– Mmm... – powiedział Wzór z miejsca w pobliżu jej łydek, gdzie zdobił jej spódnicę jak haft. – Shallan?

Nie przerywała rysowania, zapełniając kartkę czarnymi pociągnięciami.

– Shallan? Rozumiem, dlaczego mnie nienawidzisz, Shallan. Nie chciałem ci pomóc zabić matki, ale to właśnie zrobiłem. To właśnie zrobiłem...

Shallan zacisnęła zęby i wciąż rysowała. Siedziała na zewnątrz Urithiru oparta plecami o lodowaty kamień, jej palce u stóp zdrętwiały, a zimnospreny wyrastały wokół niej jak kolce. Podmuch powietrza szarpnął jej rozczochranymi włosami, musiała przytrzymać papier kciukami, w tym jednym ukrytym w lewym rękawie.

– Shallan...

– Nic się nie stało – powiedziała stłumionym głosem, kiedy ucichł wiatr. – Po prostu... po prostu daj mi rysować.

– Mmm... – powiedział Wzór. – Potężne kłamstwo.

Prosty krajobraz, powinna umieć narysować prosty, uspokajający krajobraz. Siedziała na krawędzi jednej z dziesięciu platform Bramy Przysięgi, które wznosiły się dziesięć stóp nad głównym płaskowyżem. Wcześniej tego dnia uruchomiła tę Bramę, sprowadzając kolejne kilka setek z tysięcy, które czekały na Naraku. I na razie skończyła – urządzenie zużywało ogromne ilości Burzowego Światła. Nawet z klejnotami dostarczonymi przez nowo przybyłych nie było go zbyt wiele.

To samo dotyczyło i jej. Jedynie pełny Świetlisty Rycerz mógł obsługiwać budynki sterujące pośrodku każdej platformy, inicjując przeniesienie. Jak na razie oznaczało to tylko Shallan.

Oznaczało, że musi za każdym razem przywoływać Ostrze. To samo, którym zabiła swoją matkę. Prawda, którą wypowiedziała jako Ideał swojego zakonu Świetlistych.

Prawda, której w związku z tym nie mogła znów ukryć w głębokich zakamarkach umysłu i zapomnieć.

Po prostu rysuj, pomyślała.

Miasto zajmowało większość jej pola widzenia. Sięgało niewiarygodnie wysoko, miała problem z pomieszczeniem ogromnej wieży na kartce. Jasnah szukała tego miejsca z nadzieją, że znajdzie księgi i zapiski z dawnych czasów – jak na razie nie odnaleźli niczego takiego. Tymczasem Shallan starała się pojąć wieżę.

Czy jeśli zamknie ją w rysunku, w końcu zdoła uchwycić jej niewiarygodny ogrom? Nie znalazła miejsca, z którego mogłaby zobaczyć całą wieżę, więc skupiała się na drobiazgach. Balkonach, kształtach pól, wielkich jak jaskinie otworach – paszczach, które pochłaniały, pożerały, przytłaczały.

Skończyła z rysunkiem nie samej wieży, ale przecinających się linii na polu zamazanym bardziej miękkim węglem. Wpatrywała się w szkic, a wiatrospreny przelatywały obok i poruszały kartki. Z westchnieniem wrzuciła węgiel do teczki i wyjęła wilgotną ściereczkę, żeby otrzeć palce swobodnej dłoni.

Na płaskowyżu żołnierze prowadzili musztrę. Myśl, że wszyscy mieszkali w jednym miejscu, niepokoiła Shallan. Co było głupie. To tylko budynek.

Ale taki, którego nie umiała narysować.

– Shallan...

– Poradzimy sobie. – Wpatrywała się w roztaczający się przed nią krajobraz. – To nie twoja wina, że moi rodzice nie żyją. Nie ty to spowodowałeś.

– Możesz mnie nienawidzić. Rozumiem.

Shallan zamknęła oczy. Nie chciała, żeby rozumiał. Chciała, by przekonał ją, że się myli. Musiała się mylić.

– Nie czuję nienawiści do ciebie, Wzorze. Nienawidzę miecza.

– Ale...

– Miecz nie jest tobą. Miecz jest mną, moim ojcem, życiem, jakie prowadziliśmy, i sposobem, w jaki całkiem się wypaczyło.

– Ja... – Wzór zabrzęczał cicho. – Ja nie rozumiem.

Byłabym wstrząśnięta, gdybyś rozumiał, pomyślała Shallan. Bo ja z całą pewnością nie rozumiem. Całe szczęście w jej stronę kierowała się odmiana pod postacią zwiadowczyni wspinającej się po rampie na podwyższenie, na którym siedziała Shallan.

Ciemnooka kobieta nosiła biało-niebieski mundur, ze spodniami pod spódniczką gońca, i miała długie ciemne alethyjskie włosy.

Ukłoniła się.

– Yyy, jasności Świetlista? Arcyksiążę prosi o wasze przybycie.

– A niech to! – mruknęła Shallan, choć w duchu poczuła ulgę, że ma coś do roboty.

Podała zwiadowczyni szkicownik i zaczęła pakować teczkę.

Bure kule, pomyślała.

Choć trzech arcyksiążąt dołączyło do wyprawy Dalinara do centrum Strzaskanych Równin, większość pozostała w obozach. Kiedy nadeszła niespodziewana arcyburza, Hatham dostał wieści przez łączotrzcinę od zwiadowców na równinach.

Jego obóz zdążył wystawić większość kul do naładowania, zanim uderzyła burza, dzięki czemu w porównaniu z pozostałymi miał mnóstwo Burzowego Światła. Stawał się bogaczem, kiedy Dalinar wymieniał się na napełnione kule, by uruchamiać Bramę Przysięgi i sprowadzać zapasy.

W porównaniu z tym dostarczanie jej kul, by mogła ćwiczyć Tkanie Światła, nie było straszliwym wydatkiem – ale i tak czuła się winna, że opróżniła dwie z nich, pochłaniając Burzowe Światło, by nie marznąć. Musiała zachować ostrożność.

Spakowała wszystko, ale kiedy sięgnęła po szkicownik, odkryła, że zwiadowczyni przerzuca kartki, wpatrując się w nie szeroko otwartymi oczyma.

– Jasności... One są zadziwiające.

Kilka było szkicami z perspektywy kogoś stojącego u podnóża wieży, w pewnym stopniu odzwierciedlającymi dostojność Urithiru, ale jednocześnie wywołującymi zawroty głowy. Shallan dostrzegła z niezadowoleniem, że podkreśliła surrealistyczną naturę szkiców niemożliwymi punktami zbiegu i perspektywą.

– Próbowałam narysować wieżę – wyjaśniła Shallan – ale nie mogę zobaczyć jej z właściwej perspektywy.

Może kiedy oświecony Ponure Spojrzenie powróci, mógłby zanieść ją na jeden ze szczytów łańcucha górskiego.

– Nigdy nie widziałam niczego podobnego. – Zwiadowczyni nadal przerzucała kartki. – Jak to nazywacie?

– Surrealizm. – Shallan odebrała szkicownik i wepchnęła go pod pachę. – Stary ruch artystyczny. Przypuszczam, że nieświadomie odwołałam się do niego, kiedy nie mogłam sprawić, by rysunek wyglądał tak, jak tego chciałam. Mało kto już się nim zajmuje, poza uczennicami.

– Moje oczy kazały mojemu mózgowi pomyśleć, że zapomniał się obudzić.

Shallan wskazała ręką, a wtedy zwiadowczyni poprowadziła ją z powrotem na płaskowyż. Tam zaś, jak zauważyła dziewczyna, więcej niż kilku żołnierzy przerwało ćwiczenia i ją obserwowało. A niech to. Już nigdy nie powróci do bycia po prostu Shallan, mało ważną dziewczyną z prowincjonalnego miasteczka. Była teraz „oświeconą Świetlistą", rzekomo z zakonu Przenosicieli. Przekonała Dalinara, by udawał –

przynajmniej wśród ludzi – że Shallan nie jest z zakonu, który mógł tworzyć iluzje. Gdyby wieści się rozeszły, jej skuteczność znacznie by się zmniejszyła.

Spojrzała na żołnierza w czerwono-złotych barwach armii Hathama. Natychmiast spuścił wzrok i potarł glif strażniczy obwiązany wokół jego prawego przedramienia. Dalinar starał się ze wszystkich sił poprawić reputację Świetlistych, ale, na burze, nie da się zmienić w ciągu kilku miesięcy poglądów całego narodu. Starożytni Świetliści Rycerze zdradzili ludzkość i choć wielu Alethyjczyków wydawało się skłonnych dać zakonom drugą szansę, inni nie byli tak miłosierni.

Mimo to próbowała trzymać wysoko uniesioną głowę, wyprostowane plecy i iść tak, jak ją uczono. Siła była iluzją percepcji, jak powiedziała Jasnah. Pierwszym krokiem, by przejąć kontrolę, było postrzeganie siebie jako zdolnej do przejęcia kontroli.

Zwiadowczyni zaprowadziła ją do wieży i po schodach w stronę zabezpieczonych kwater Dalinara.

– Oświecona? – spytała, kiedy szły. – Mogę wam zadać pytanie?

– Ponieważ to było pytanie, jest oczywiste, że możesz.

– Yyy, no. Hmm...

– W porządku. Co chcesz wiedzieć?

– Jesteś... Świetlistą.

– To było stwierdzenie, co każe mi wątpić w moją wcześniejszą opinię.

– Przepraszam. Ja tylko... jestem ciekawa, oświecona. Jak to działa? Bycie Świetlistym? Macie Ostrze Odprysku?

O to chodziło.

– Zapewniam cię, że jest całkiem możliwe, by zachowywać się, jak przystoi kobiecie, jednocześnie wypełniając obowiązki rycerza.

– Och! – Zwiadowczyni sprawiała wrażenie dziwnie rozczarowanej tą odpowiedzią. – Oczywiście, oświecona.

Urithiru wydawało się wykute bezpośrednio w skałach, jak rzeźba. Nie było żadnych złączeń w rogach pomieszczeń ani widocznych zarysów cegieł czy bloków w ścianach. Skały odsłaniały warstwy – piękne wąskie pasma w różnych odcieniach, jak tkaniny ułożone na stercie w kupieckim kramie.

Korytarze często skręcały pod dziwnymi kątami, rzadko biegły prosto do skrzyżowania. Dalinar zasugerował, że być może miało to na celu oszukanie najeźdźców, jak umocnienia zamku. Liczne zakręty i brak złączeń sprawiały, że korytarze wyglądały jak tunele.

Shallan nie potrzebowała przewodnika – warstwy przecinające ściany miały charakterystyczne wzory. Inni najwyraźniej mieli problemy z ich odróżnieniem i zaczęli malować wskazówki na podłodze. Nie mogli odróżnić tego wzorca szerokich czerwonych warstw na przemian z mniejszymi żółtymi? Wystarczyło pójść w stronę, w którą linie nieco się wznosiły, by znaleźć się w kwaterach Dalinara.

Wkrótce dotarły do celu, zwiadowczyni pozostała przed wejściem, na wypadek gdyby znów była potrzebna. Shallan weszła do komnaty, która jeszcze dzień wcześniej była pusta, ale teraz wypełniały ją meble, tworząc duże miejsce spotkań tuż obok prywatnych komnat Dalinara i Navani.

Adolin, Renarin i Navani siedzieli przed Dalinarem, który stał z rękami na biodrach i wpatrywał się w wiszącą na ścianie mapę Rosharu. Choć pomieszczenie wypełniały dywany i miękkie meble, cały ten luksus pasował do ponurej komnaty jak havah do świni.

– Nie wiem, jak dotrzeć do Azirczyków, ojcze – mówił Renarin, kiedy weszła. – Ich nowy cesarz sprawia, że są nieprzewidywalni.

– Są Azirczykami. – Adolin machnął do Shallan zdrową ręką. – Jak mogą nie być przewidywalni? Czyż ich rząd nie dyktuje, jak należy obierać owoce?

– To stereotyp – sprzeciwił się Renarin. Nosił swój mundur mostu czwartego, ale na ramiona zarzucił koc i trzymał w dłoni kubek gorącej herbaty, choć w komnacie nie było szczególnie zimno. – Tak, mają rozbudowaną biurokrację. Zmiana rządu i tak wywoła spore zamieszanie. Właściwie temu nowemu cesarzowi Aziru może być łatwiej zmienić zasady, bo zasady są zdefiniowane wystarczająco szczegółowo, by je zmieniać.

– Ja bym się nie martwiła Azirczykami. – Navani postukała piórem w notatnik i coś zapisała. – Posłuchają głosu rozsądku, zawsze to robią. A co z Tukarem i Emulem? Wcale by mnie nie zdziwiło, gdyby ta ich wojna odwróciła ich uwagę nawet od powrotu Spustoszeń.

Dalinar chrząknął i podrapał się po brodzie.

– W Tukarze jest ten nowy przywódca. Jak on ma na imię?

– Tezim – odparła Navani. – Twierdzi, że jest aspektem Wszechmocnego.

Shallan prychnęła, wślizgnęła się na miejsce obok Adolina, a teczkę i szkicownik odłożyła na podłogę.

– Aspekt Wszechmocnego? Przynajmniej jest skromny.

Dalinar odwrócił się w jej stronę, po czym splótł ręce za plecami. Na burze. Zawsze wydawał się tak... wielki. Potężniejszy niż każda komnata, w której się znajdował, z wiecznie zmarszczonym w namyśle czołem. Dalinar Kholin umiał sprawić, by wybór śniadania wydawał się najważniejszą decyzją na całym Rosharze.

– Oświecona Shallan. Powiedz mi, co ty byś zrobiła z królestwami Makabaków? Teraz, kiedy burza nadeszła zgodnie z naszym ostrzeżeniem, mamy okazję zwrócić się do nich z pozycji siły. Azir jest najważniejszy, ale dopiero co wyszli z kryzysu związanego z sukcesją. Emul i Tukar, rzecz jasna, walczą ze sobą, jak zauważyła Navani. Z pewnością przydałyby się nam sieci komunikacyjne Tashikku, ale oni są wielkimi izolacjonistami. Pozostaje nam Yezier i Liafor. Może ich udział przekonałby sąsiadów?

Odwrócił się do niej.

– Tak, tak... – powiedziała Shallan z namysłem. – Słyszałam o kilku z tych miejsc.

Dalinar zacisnął wargi, a Wzór zabrzęczał z troską na jej spódnicy. Arcyksiążę wyraźnie nie był człowiekiem, z którym można było pożartować.

– Przepraszam, oświecony. – Shallan odchyliła się do tyłu. – Ale nie rozumiem, dlaczego chcesz usłyszeć moje zdanie. Rzecz jasna, słyszałam o tych miejscach, ale moja wiedza ma charakter akademicki. Pewnie umiałabym wymienić ich główne towary eksportowe, ale co się tyczy polityki zagranicznej... ja przed opuszczeniem ojczyzny nawet nie rozmawiałam z nikim z Alethkaru. A jesteśmy sąsiadami!

– Rozumiem – odparł cicho Dalinar. – Czy twój spren mógłby udzielić jakiejś rady? Czy mogłabyś go sprowadzić, by z nami porozmawiał?

– Wzór? On nie ma zbyt wielkiej wiedzy na temat naszego gatunku, właściwie dlatego się tutaj znalazł. – Poruszyła się na krześle. – I jeśli mam być szczera, oświecony, sądzę, że się ciebie boi.

– Cóż, bez wątpienia nie jest głupi – zauważył Adolin.

Dalinar posłał synowi spojrzenie.

– Ojcze, nie bądź taki. Jeśli ktokolwiek byłby zdolny zastraszyć siły natury, to właśnie ty.

Arcyksiążę westchnął, odwrócił się i położył dłoń na mapie. Co ciekawe, to Renarin wstał, odłożył na bok koc i kubek, po czym podszedł i oparł dłoń na ramieniu ojca. Obok Dalinara chłopak wydawał się jeszcze bardziej patykowaty niż zwykle, a choć jego włosy nie były tak jasne jak u Adolina, wciąż przetykały je blond pasma. Wydawało się, że dziwnie kontrastuje z Dalinarem, jakby ulepiono go z zupełnie innej gliny.

– On jest tak wielki, synu. – Dalinar patrzył na mapę. – Jak mogę zjednoczyć cały Roshar, skoro nawet nie odwiedziłem wielu z tych królestw? Młoda Shallan wypowiedziała słowa mądrości, nawet jeśli sama tego nie dostrzegła. Nie znamy tych ludzi. A ja mam być za nich odpowiedzialny? Chciałbym móc zobaczyć to wszystko...

Shallan poruszyła się na krześle, czując, że została zapomniana. Może posłał po nią, bo pragnął wsparcia wszystkich Świetlistych? Ale Kholinowie zawsze trzymali się blisko jako rodzina. W tym sensie była wśród nich intruzem.

Dalinar odwrócił się i ruszył w stronę stojącego przy drzwiach dzbana z podgrzanym winem. Kiedy mijał Shallan, poczuła coś niezwykłego. Szarpnięcie w trzewiach, jakby jakaś część jej osoby była przez niego przyciągana.

Znów przeszedł obok z kubkiem w ręku, a wtedy Shallan wstała i ruszyła za nim w stronę mapy na ścianie. Odetchnęła, wciągając Burzowe Światło, które popłynęło świetlistym strumieniem z teczki. Napełniło ją, emanując blaskiem z jej skóry.

Oparła swobodną dłoń na mapie. Burzowe Światło się z niej wylewało, rozświetlając mapę w wirującej burzy blasku. Nie do końca rozumiała, co właściwie robi, co zdarzało się dość często. W sztuce nie chodziło o zrozumienie, ale o świadomość.

Burzowe Światło spłynęło z mapy, błyskawicznie rozprzestrzeniło się od niej do Dalinara, aż Navani zerwała się z miejsca i cofnęła. Światło zawirowało i przeobraziło się w inną, większą mapę, unoszącą się pośrodku komnaty, na wysokości stołu. Góry wzrastały jak załamania w tkaninie. Potężne równiny świeciły zielonym blaskiem pędów i pól trawy. Jałowe zbocza od nawietrznej przechodziły w bogactwo życia po zawietrznej. Ojcze Burz... na jej oczach topografia krajobrazu stawał się prawdziwa.

Shallan zaparło dech w piersi. Ona to zrobiła? Jak? Iluzje zwykle wymagały wcześniejszego rysunku, który mogła naśladować.

Mapa sięgnęła aż do ścian komnaty i migotała na krawędziach. Adolin wstał z krzesła i przebił się przez środek iluzji gdzieś w okolicach Kharbranth. Otoczyły go pasma Burzowego Światła, ale kiedy się poruszał, obraz się zniekształcał, po czym znów pojawiał za jego plecami.

– Jak... – Dalinar pochylił się nad częścią, która przedstawiała Wyspy Reshi. – Szczegóły są niesamowite. Niemal widzę miasta. Co zrobiłaś?

– Nie wiem, czy zrobiłam cokolwiek. – Shallan weszła w iluzję i poczuła, jak wiruje wokół niej Burzowe Światło. Mimo szczegółowości patrzyła z bardzo daleka i góry były niższe od jej paznokci. – Nie umiałabym tego stworzyć, oświecony. Brak mi wiedzy.

– Ja tego nie zrobiłem – powiedział Renarin. – Burzowe Światło z całą pewnością pochodziło od ciebie, jasności.

– No tak, ale w tym czasie twój ojciec mnie przyciągał.

– Przyciągał? – powtórzył Adolin.

– Ojciec Burz – stwierdził Dalinar. – To jego wpływ... to właśnie widzi za każdym razem, kiedy burza szaleje nad Rosharem. To nie było dzieło moje ani twoje, lecz nasze. Jakimś sposobem.

– Cóż – zauważyła Shallan – to ty narzekałeś, że nie możesz tego wszystkiego objąć.

– Jak wiele Burzowego Światła wymagało to coś? – spytała Navani, obchodząc tę nową, świetlistą mapę.

Shallan zajrzała do teczki.

– Yyy... całego.

Navani westchnęła.

– Dostaniesz więcej.

– Przepraszam za...

– Nie – przerwał jej Dalinar. – Umożliwienie moim Świetlistym ćwiczenia mocy jest jednym z najcenniejszych zasobów, jaki mogę teraz kupić. Nawet jeśli Hatham każe nam płacić majątek za kule.

Dalinar ruszył przez obraz, sprawiając, że ten zawirował. Zatrzymał się w pobliżu środka, obok Urithiru. Powoli i z namysłem przyjrzał się mapie od ściany do ściany.

– Dziesięć miast – szepnął. – Dziesięć królestw. Dziesięć Bram Przysięgi, które dawno temu je łączyły. Tak będziemy walczyć. Tak zaczniemy. Nie zaczniemy od ratowania świata, ale od tego prostego kroku. Ochronimy miasta z Bramami Przysięgi.

– Pustkowcy są wszędzie, ale my możemy poruszać się szybciej. Możemy połączyć stolice, bez zwłoki dostarczać żywność albo Duszników między królestwami. Możemy uczynić te dziesięć miast bastionami światła i siły. Ale musimy się pospieszyć. On nadchodzi. Mężczyzna o dziewięciu cieniach...

Shallan nadstawiła uszu.

– O co chodzi?

– Czempion wroga. – Dalinar zmrużył oczy. – W wizjach Honor powiedział mi, że naszą największą szansą na przetrwanie jest zmuszenie Odium do zgody na walkę czempionów. Widziałem czempiona wroga... istotę w czarnym pancerzu, o czerwonych oczach. Może parshmena. Miał dziewięć cieni.

Stojący w pobliżu Renarin odwrócił się w stronę ojca, oczy miał szeroko otwarte, podobnie jak usta. Wydawało się, że pozostali tego nie zauważają.

– Azimir, stolica Aziru – Dalinar skierował się w stronę centrum Aziru na zachodzie – mieści Bramę Przysięgi. Musimy ją otworzyć i skłonić Azirczyków, by nam zaufali. Będą ważni dla naszej sprawy.

Ruszył dalej na zachód.

– Jedna Brama Przysięgi jest ukryta w Shinovarze. Kolejna w stolicy Babatharnamu, a czwarta w dalekim Rall Elorim, Mieście Cieni.

Dołączyła do niego Navani.

– Następna w Rirze. Jasnah uważała, że w Kurth. Szósta została utracona wraz z Aimią, wyspą, która jest zniszczona.

Dalinar chrząknął i skierował się na wschód.

– Vedenar ma siódmą. – Wkroczył na ojczyznę Shallan. – Miasto Thaylen ósmą. Później ta na Strzaskanych Równinach, która należy do nas.

– A ostatnia jest w Kholinarze – powiedział cicho Adolin. – Naszym domu.

Shallan podeszła i położyła mu dłoń na ramieniu. Komunikacja łączotrzcinami z miastem przestała działać. Nikt nie wiedział, co się dzieje w Kholinarze – jedyną wskazówką była wiadomość od Kaladina.

– Zaczniemy od małych kroków – stwierdził Dalinar – najważniejszych do utrzymania świata. Azir. Jah Keved. Thaylenah. Skontaktujemy się z innymi nacjami, ale skupiamy się na tych trzech potęgach. Azir ma organizację i wpływy polityczne. Jah Keved ludzi. Jasności Davar, przyda się nam wszystko, co możesz powiedzieć nam o swojej ojczyźnie i sytuacji po zakończeniu wojny domowej.

– A Kholinar? – spytał Adolin.

Odpowiedź Dalinara przerwało pukanie do drzwi. Odpowiedział twierdząco i do środka zajrzała ta sama zwiadowczyni, co wcześniej.

– Oświecony – powiedziała z wyraźnym niepokojem. – Musicie coś zobaczyć.

– O co chodzi, Lyn?

– Oświecony, panie. Doszło... doszło do kolejnego morderstwa.

9
GWINTY ŚRUBY

Suma moich doświadczeń prowadziła do tej chwili. Tej decyzji.
– Z przedmowy *Dawcy Przysięgi*

Fakt, że stała się „jasnością Świetlistą" miał jedną zaletę – choć raz wszyscy wręcz oczekiwali, że będzie uczestniczyła w ważnych wydarzeniach. Nikt nie kwestionował jej obecności, gdy spieszyli korytarzami w blasku latarni oliwnych niesionych przez strażników. Nikt nie uważał, że to nie miejsce dla niej, nikt też nie zaczął się zastanawiać, czy wypada zaprowadzić młodą kobietę na miejsce brutalnego mordu. Zmiana na lepsze.

Z tego, co zdołała podsłuchać z wyjaśnień zwiadowczyni, zabitym był jasnooki oficer, niejaki Vedekar Perel. Należał do armii Sebariala, ale Shallan nie znała go osobiście. Ciało znalazła grupa zwiadowców w odległym zakątku drugiego poziomu.

Kiedy zbliżyli się do celu, Dalinar i jego strażnicy ruszyli biegiem, wyprzedzając Shallan. Burzowe alethyjskie nogi. Próbowała wciągnąć trochę Burzowego Światła – ale zużyła całe na tę przeklętą mapę, która rozpadła się w chmurze Światła, kiedy wyszli.

Ona sama była wyczerpana i zirytowana. Idący przodem, Adolin zatrzymał się i obejrzał. Przez chwilę się kręcił, jakby zniecierpliwiony, po czym pospieszył do niej, zamiast pobiec przed siebie.

– Dziękuję – powiedziała Shallan, kiedy dostosował swój krok do niej.

– On już bardziej nie umrze, nie? – powiedział i zaśmiał się niezręcznie.

Coś w tej sytuacji wyraźnie go zaniepokoiło.

Sięgnął po jej dłoń ranną ręką wciąż usztywnioną w nadgarstku. Na jego twarzy pojawił się grymas. Shallan wzięła go pod ramię, a on unosił wysoko lampkę oliwną.

Warstwy w tym miejscu tworzyły spiralę, wijąc się po podłodze, sklepieniu i ścianach jak gwinty śruby. Było to tak obrazowe, że Shallan stworzyła Wspomnienie, by później je narysować.

W końcu dogonili pozostałych, mijając grupkę strażników patrolujących okolicę. Choć trup został odnaleziony przez most czwarty, poprosili o wsparcie, by zabezpieczyć teren.

Chronili średniej wielkości komnatę, obecnie oświetloną licznymi lampami oliwnymi. Shallan zatrzymała się w wejściu tuż przed półką, która otaczała wykutą w podłodze komnaty dużą kwadratową nieckę, głęboką na może cztery stopy. W tym miejscu warstwy wciąż tworzyły spirale w odcieniach pomarańczu, czerwieni i brązu – szerokie na bokach pomieszczenia, a później zwężające się i biegnące dalej korytarzem po przeciwnej stronie.

Zabity spoczywał na dnie zagłębienia. Shallan próbowała się przygotować, ale i tak zrobiło jej się niedobrze. Leżał na plecach i został dźgnięty prosto w oko. Twarz miał zakrwawioną, a ubranie w nieładzie po długiej walce.

Dalinar i Navani stali na półce nad zagłębieniem. Jego twarz była nieruchoma, jak wykuta z kamienia. Ona unosiła bezpieczną dłoń do warg.

– Tak go znaleźliśmy, oświecony – powiedział mostowy Peet. – Natychmiast po was posłaliśmy. Niech mnie burza, jeśli to nie wygląda dokładnie tak, jak to, co przytrafiło się arcyksięciu Sadeasowi.

– Nawet leży w tej samej pozycji – zauważyła Navani, uniosła spódnicę i zeszła po schodkach na niższy poziom, który zajmował prawie całe pomieszczenie. Właściwie...

Shallan uniosła wzrok i dostrzegła wystające ze ściany kamienne rzeźby w kształcie końskich łbów z otwartymi pyskami. Wyloty wody, pomyślała. To była łaźnia.

Navani uklękła obok ciała, z dala od krwi płynącej w stronę odpływu po przeciwnej stronie zagłębienia.

– Zadziwiające... ułożenie, przebicie oka... Dokładnie tak, jak to, co przytrafiło się Sadeasowi. To musi być ten sam zabójca.

Nikt nie próbował chronić Navani przed tym widokiem – jakby było zupełnie właściwe, że matka króla obmacuje trupa. Kto wie? Może w Alethkarze oczekiwano od dam takich rzeczy. Shallan wciąż zadziwiało, z jaką śmiałością Alethyjczycy ciągnęli swoje kobiety na wojnę, gdzie służyły jako skryby, gońcy i zwiadowczynie.

Popatrzyła na Adolina, by zorientować się, co on sądzi o tej całej sytuacji – i odkryła, że stoi wstrząśnięty z otwartymi ustami.

– Adolinie? Znałeś go?

Wydawało się, że jej nie słyszy.

– To niemożliwe – wymamrotał. – Niemożliwe.

– Adolinie?

– Ja... Nie, nie znałem go, Shallan. Ale zakładałem... to znaczy, spodziewałem się, że śmierć Sadeasa była pojedynczą zbrodnią. Sama go znalaś. Pewnie wpakował się w tarapaty. Wielu ludzi mogło pragnąć jego śmierci, prawda?

– Wygląda na to, że chodzi o coś więcej.

Shallan założyła ręce na piersi, gdy Dalinar zszedł po stopniach w stronę Navani. Za nim podążali Peet, Lopen i – co zadziwiające – Rlain z mostu czwartego. Ten ostatni zwracał uwagę innych żołnierzy, kilku dyskretnie przesunęło się tak, by chronić Dalinara przed Parshendim. Uważali go za zagrożenie, niezależnie od munduru, który nosił.

– Colot? – Dalinar spojrzał na jasnookiego kapitana, który przyprowadził żołnierzy. – Jesteś łucznikiem, prawda? Piąty batalion?

– Tak, panie!

– I badasz wieżę z mostem czwartym?

– Wiatrowi potrzebowali dodatkowych ludzi, panie, i większej grupy zwiadowczyń i skryb do rysowania map. Moi łucznicy są szybcy. Uznałem, że to lepsze niż musztra paradna na tym zimnie, więc zgłosiłem swoją kompanię.

Dalinar chrząknął.

– Piąty batalion... kto zajmował się u was porządkiem?

– Ósma kompania. Kapitan Tallan. Mój bliski przyjaciel. On... nie udało mu się, panie.

– Bardzo mi przykro, kapitanie. Czy mógłbyś się wycofać ze swoimi ludźmi, bym mógł naradzić się z synem? Patrolujcie okolicę, dopóki nie każę wam przestać, ale poinformujcie również króla Elhokara i wyślijcie posłańca do Sebariala. Odwiedzę go i opowiem mu o tym osobiście, ale lepiej, żeby został ostrzeżony.

– Tak, panie.

Tyczkowaty łucznik zaczął wykrzykiwać rozkazy. Żołnierze wyszli, włączając w to mostowych. Kiedy się poruszali, Shallan poczuła mrowienie na karku. Zadrżała i obejrzała się przez ramię – nie znosiła uczucia, jakie wzbudzał w niej ten niezgłębiony budynek.

Tuż za nią stał Renarin. Podskoczyła i pisnęła żałośnie. Na jej twarzy pojawił się rumieniec – w ogóle zapomniała o jego obecności. W powietrzu wokół niej pojawiło się kilka wstydosprenów, białych i czerwonych płatków. Rzadko je przyciągała, co było zadziwiające. Można by się spodziewać, że na stałe zamieszkają w jej okolicy.

– Przepraszam – mruknął Renarin. – Nie chciałem się do ciebie podkradać.

Adolin zszedł do zagłębienia, wciąż wydawał się rozproszony. Aż tak zaniepokoiło go odkrycie mordercy pośród nich? Ludzie prawie codziennie próbowali go zabić. Shallan chwyciła za spódnicę havah i podążyła za nim, ostrożnie omijając kałuże krwi.

– To niepokojące – stwierdził Dalinar. – Stawiamy czoło straszliwemu zagrożeniu, które może zetrzeć nasz gatunek z powierzchni Rosharu jak ściana burzy liście. Nie mam czasu przejmować się mordercą nawiedzającym te tunele. – Spojrzał na Adolina. – Większość mężczyzn, których mógłbym wyznaczyć do takiego śledztwa, nie żyje. Niter, Malan... Gwardia Królewska też jest w kiepskim stanie, a mostowym, choć mają wiele zalet, brakuje doświadczenia w tego rodzaju pracy. Muszę pozostawić to tobie, synu.

– Mnie?

– Dobrze sobie poradziłeś, badając incydent z królewskim siodłem, nawet jeśli okazało się to polowaniem na wiatr. Aladar jest arcyksięciem informacji. Udaj się do niego, wyjaśnij, co się stało, i wyślij jeden z jego oddziałów porządkowych do prowadzenia śledztwa. Później współpracuj z nimi jako mój łącznik.

– Chcesz, żebym zbadał, kto zabił Sadeasa.

Dalinar przytaknął i kucnął obok trupa, choć Shallan nie miała pojęcia, co spodziewał się zobaczyć. Mężczyzna był bardzo martwy.

– Może jeśli wyznaczę to zadanie swojemu synowi, przekonam ludzi, że naprawdę chcę znaleźć zabójcę. Może nie... równie dobrze mogą uznać, że przekazałem je komuś, kto umie dotrzymać tajemnicy. Na burze, brakuje mi Jasnah. Ona wiedziałaby, jak to ubrać w słowa, żeby opinia dworu nie zwróciła się przeciwko nam.

– Tak czy inaczej, synu, zajmij się tą sprawą. Dopilnuj, by pozostali arcyksiążęta dowiedzieli się, że uważamy te morderstwa za priorytet i jesteśmy zdecydowani znaleźć tego, kto je popełnił.

Adolin przełknął ślinę.

– Rozumiem.

Shallan zmrużyła oczy. Co w niego wstąpiło? Spojrzała na Renarina, który wciąż stał na górze, na półce otaczającej pusty basen. Wpatrywał się w Adolina szafirowymi oczyma. Zawsze był trochę dziwny, ale wydawało się, że wie coś, o czym ona nie miała pojęcia.

Wzór na jej spódnicy zabrzęczał cicho.

Dalinar i Navani w końcu odeszli, by porozmawiać z Sebarialem. Kiedy zniknęli, Shallan chwyciła Adolina za ramię.

– Co się stało? – wysyczała. – Znałeś tego zabitego, prawda? Wiesz, kto go zabił?

Spojrzał jej w oczy.

– Nie mam pojęcia, kto to zrobił, Shallan. Ale dowiem się.

Patrzyła w jego jasnoniebieskie oczy. Na burze, co sobie myślała? Adolin był wspaniałym mężczyzną, ale oszukiwać umiał nie lepiej od noworodka.

Odszedł, a Shallan ruszyła za nim. Renarin pozostał w komnacie i odprowadzał ich wzrokiem do chwili, gdy Shallan znalazła się tak daleko, że oglądając się przez ramię, już go nie widziała.

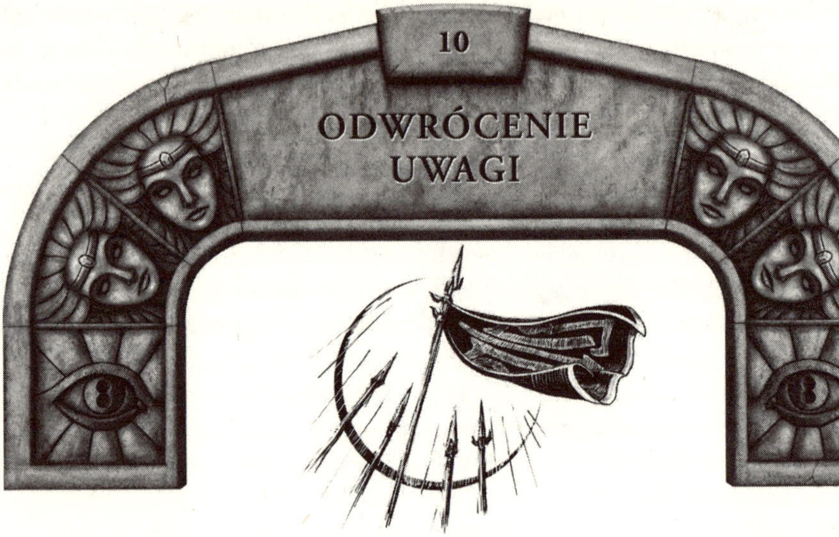

10 ODWRÓCENIE UWAGI

Być może moja herezja sięga czasów mojego dzieciństwa, gdy te idee pojawiły się po raz pierwszy.

– Z przedmowy *Dawcy Przysięgi*

Kaladin zeskoczył ze szczytu wzgórza, oszczędzając Burzowe Światło w ten sposób, że Przywiązał się w górę jedynie na tyle, by odrobinę się unieść.

Szybował przez deszcz, kierując się w stronę kolejnego wzgórza. Dolinę poniżej porastały drzewa vivim, które splatały swoje długie gałęzie w taki sposób, że tworzyły niemal nieprzeniknioną ścianę lasu.

Wylądował lekko, ślizgając się na wilgotnych skałach obok błękitnych świec deszczosprenów. Odesłał Wiązanie, a gdy powróciło przyciąganie ziemi, ruszył szybkim marszem. Nauczył się maszerować, zanim jeszcze nauczył się posługiwać włócznią i tarczą. Uśmiechnął się. Niemal słyszał głos Hava wykrzykującego rozkazy z tyłu szeregu, gdzie pomagał maruderom. Hav zawsze powtarzał, że kiedy mężczyźni umieli razem maszerować, nauka walki była prosta.

– Uśmiechasz się?

Syl przybrała kształt dużej kropli deszczu unoszącej się w powietrzu obok niego, spadającej w niewłaściwym kierunku. Kształt był naturalny, a jednocześnie całkowicie niewłaściwy. Prawdopodobna niemożliwość.

– Masz rację. – Po twarzy Kaladina spływał deszcz. – Powinienem być poważniejszy. Polujemy na Pustkowców.

Na burze, jak to dziwacznie brzmiało.

– To nie miała być reprymenda.

– Z tobą czasem trudno powiedzieć.

– A co to miało znaczyć?

– Dwa dni temu dowiedziałem się, że moja matka wciąż żyje, więc na tym stanowisku nie ma luki. Możesz już nie próbować jej zapełniać.

Przywiązał się lekko w górę, ustawił bokiem i ześlizgnął po mokrych skałach stromego wzgórza. Mijał otwarte skałopąki i wijące się pędy, nasycone i tłuste od ciągłego deszczu. Po Płaczu często znajdowali w okolicy miasteczka tyle samo martwych roślin, co po silnej arcyburzy.

– Wcale nie próbuję ci matkować. – Syl wciąż miała postać kropli deszczu. Rozmowy z nią bywały surrealistycznym doświadczeniem. – Choć pewnie czasem cię besztam, kiedy się dąsasz.

Chrząknął.

– Albo kiedy nie chcesz rozmawiać. – Przybrała postać młodej kobiety w havah, usiadła w powietrzu i unosząc parasol nad głową, poruszała się obok niego. – Moim świętym obowiązkiem jest przynosić szczęście, światło i radość do twojego świata, kiedy jesteś ponurym idiotą. Czyli przez większość czasu. I tyle.

Kaladin roześmiał się i trzymając w sobie odrobinę Burzowego Światła, wbiegł po zboczu kolejnego wzgórza i ześlizgnął się do następnej doliny. To były doskonałe tereny rolnicze – nic dziwnego, że Sadeas cenił region Akanny. Może i prowincjonalne, jeśli chodzi o kulturę, ale te falujące pola pewnie karmiły pół królestwa lawisem i tallewem. Inne wioski skupiały się na hodowli stad wieprzy dla skóry i mięsa. Czasem trafiały się też gumfremy, zwierzęta podobne do chulli, hodowane ze względu na serca klejnotu, które, choć małe, pozwalały na Dusznikowanie mięsa.

Syl zmieniła się we wstęgę światła i krążyła wokół niego. Nie mógł nie czuć się podniesiony na duchu, nawet w taką ponurą pogodę. Całą drogę do Alethkaru zamartwiał się – a później zakładał – że dotrze zbyt późno, by ocalić Palenisko. Znalezienie rodziców całych i zdrowych... cóż, to było niespodziewane błogosławieństwo. W życiu stanowczo mu ich brakowało.

Dlatego poddał się naciskom Burzowego Światła. Biegaj. Skacz. Choć przez dwa dni gonił Pustkowców, jego wyczerpanie ustąpiło. W mijanych zniszczonych wioskach nie było wiele pustych łóżek, ale udawało mu się znaleźć dach chroniący przed deszczem i coś ciepłego do zjedzenia.

Zaczął w Palenisku i wyruszył na zewnątrz po spirali – odwiedzał wioski, wypytywał o miejscowych parshmenów i ostrzegał ludzi, że straszliwa burza powróci. Jak na razie nie trafił na choć jedno miasteczko lub wioskę, które zostałyby zaatakowane.

Dotarł na szczyt następnego wzgórza i zatrzymał się. Podniszczony kamienny słup oznaczał skrzyżowanie dróg. W młodości nigdy nie oddalił się tak bardzo od Paleniska, choć znajdował się zaledwie kilka dni marszu od miasteczka.

Syl podleciała do niego, kiedy osłonił oczy od deszczu. Glify i prosta mapa na kamiennym słupie wskazywały odległość do następnej osady, czego wcale nie potrzebował. Widział je jako plamę w mroku. Całkiem spore miasto, jak na lokalne standardy.

– Chodź – powiedział, ruszając w dół zbocza.

– Myślę – Syl wylądowała na jego ramieniu i stała się młodą kobietą – że byłabym cudowną matką.

– A cóż cię skłoniło do podjęcia tego tematu?

– Ty zacząłeś.

Porównując Syl z własną matką z powodu zrzędzenia?

– A w ogóle możesz mieć dzieci? Małe spreny?

– Nie mam pojęcia – odparła Syl.

– Nazywacie Ojca Burz... no cóż, Ojcem. Prawda? Zrodził was?

– Może? Tak sądzę? A raczej pomógł mnie ukształtować. Pomógł nam znaleźć głosy. – Przechyliła głowę. – Tak. Stworzył część z nas. Stworzył mnie.

– Może więc mogłabyś postąpić podobnie – zaproponował Kaladin. – Znaleźć małe, yyy, kawałki wiatru? Albo Honoru? Ukształtować je?

Wykorzystał Wiązanie, żeby przeskoczyć nad gęstwiną skałopąków i pędów. Lądując, przestraszył stado kremlików, które odbiegły od niemal całkowicie oczyszczonego szkieletu norki. Pewnie resztek po posiłku większego drapieżnika.

– Hm... Byłabym doskonałą matką. Nauczyłabym małe spreny, jak latać, jak unosić się na wietrze, jak dręczyć ciebie...

Kaladin się uśmiechnął.

– Twoją uwagę odwróciłby interesujący żuk i poleciałabyś sobie, zostawiając je w jakiejś szufladzie.

– Nonsens! Dlaczego miałabym zostawić swoje dzieci w szufladzie? To stanowczo zbyt nudne. Za to but arcyksięcia...

Przeleciał całą odległość dzielącą go od wioski, a widok zniszczonych budynków na zachodnim skraju popsuł mu humor. Choć zniszczenia wciąż były mniejsze, niż się obawiał, w każdym miasteczku i wiosce ludzie ginęli od wichury lub przerażających błyskawic.

Ta wioska – wedle mapy Rogowa Kotlina – leżała w miejscu, które kiedyś uważano by za idealną lokalizację. Teren był zagłębiony, a wzgórze na wschodzie przyjmowało na siebie część impetu arcyburzy. Składała się z około dwóch tuzinów budynków, w tym dwóch sporych burzowych azylów, gdzie mogli się zatrzymać wędrowcy – ale wokół niej leżały rozrzucone inne budowle. To była ziemia arcyksięcia i przedsiębiorczy ciemnooki z dość wysokiego nahnu mógł dostać zezwolenie na uprawę wzgórza leżącego odłogiem, a później zatrzymać część plonów.

Kilka latarni z kulami oświetlało plac, na którym trwało właśnie zgromadzenie mieszkańców. Dogodny zbieg okoliczności. Kaladin opadł w stronę świateł i wyciągnął rękę w bok. Syl uformowała się w niej na niewypowiedziany rozkaz, przybrała postać Ostrza Odprysku – pięknego, smukłego miecza z symbolem Wiatrowych pośrodku i liniami biegnącymi od niego w stronę rękojeści – żłobieniami w metalu, które wyglądały jak falujące pasma włosów. Choć Kaladin wolał włócznię, Ostrze było symbolem.

Uderzył w ziemię pośrodku wioski, w pobliżu dużej cysterny służącej do zbierania deszczówki i odfiltrowywania kremu. Oparł Ostrze Syl na ramieniu i wyciągnął drugą rękę, przygotowując się do wygłoszenia przemowy. „Mieszkańcy Rogowej Kotliny. Jestem Kaladin, ze Świetlistych Rycerzy. Przybyłem...".

– Pan Świetlisty!

Z tłumu wytoczył się korpulentny jasnooki w długim płaszczu przeciwdeszczowym i kapeluszu z szerokim rondem. Wyglądał absurdalnie, ale trwał Płacz. Bezustanny deszcz zniechęcał do noszenia najmodniejszych strojów.

Mężczyzna klasnął w dłonie, a wtedy podeszło do niego dwoje żarliwców niosących kielichy pełne świecących kul. Zebrani na placu ludzie syczeli i szeptali, niecierpliwospreny falowały na niewidocznym wietrze. Kilku mężczyzn uniosło dzieci, żeby mogły mu się lepiej przyjrzeć.

– Cudownie – powiedział cicho Kaladin. – Stałem się cudakiem z menażerii.

W głowie usłyszał śmiech Syl.

Cóż, lepiej się postarać. Wysoko uniósł Ostrze Syl, wywołując okrzyki tłumów. Założyłby się, że większość zebranych na tym placu przeklinała imię Świetlistych, teraz jednak widział tylko entuzjazm. Trudno uwierzyć, że tak szybko zapomniano o stuleciach nieufności i oczerniania. Ale kiedy niebo pękało, a na ziemi panował zamęt, ludzie szukali symboli.

Kaladin opuścił Ostrze. Aż za dobrze znał niebezpieczeństwo wiążące się z symbolami. Przed laty Amaram był czymś takim dla niego.

– Wiedzieliście o moim przybyciu – powiedział do pana miasta i żarliwców. – Kontaktowaliście się z sąsiadami. Czy przekazali, co im mówiłem?

– Tak, oświecony.

Jasnooki zachęcił go gestem do wzięcia kul. Kiedy to zrobił – wymieniając je na zużyte, które dostał poprzednim razem – mężczyzna wyraźnie spochmurniał.

Spodziewałeś się, że zapłacę dwa do jednego, jak w pierwszych miasteczkach, co? – pomyślał Kaladin z rozbawieniem. Dorzucił kilka dodatkowych burych kul. Wolał słynąć ze szczodrości, zwłaszcza jeśli dzięki temu wieści się rozchodziły, ale nie mógł zmniejszać o połowę zapasu kul za każdym razem, kiedy je wymieniał.

– Dobrze. – Kaladin wyciągnął kilka małych klejnotów. – Nie mogę odwiedzić każdej osady w tej okolicy. Chciałbym, żebyście wysłali wiadomości do pobliskich wiosek, przekazując ich mieszkańcom słowa pocieszenia i rozkazy od króla. Zapłacę za czas waszych gońców.

Popatrzył na morze niecierpliwych twarzy i od razu przypomniał sobie podobny dzień w Palenisku, kiedy czekał wraz z pozostałymi mieszkańcami, by zobaczyć nowego pana miasta.

– Oczywiście, oświecony – powiedział jasnooki. – Chcecie teraz odpocząć i coś zjeść? A może wolicie od razu odwiedzić miejsce ataku?

– Ataku? – powtórzył Kaladin, czując przypływ niepokoju.

– Tak, oświecony. Czyż nie po to tu przybyliście? Zobaczyć, gdzie nas zaatakowali zbuntowani parshmeni?

W końcu!

– Zaprowadźcie mnie tam. Natychmiast.

***

Zaatakowali spichlerz tuż pod miastem. Budynek w kształcie kopuły, wciśnięty między dwa wzgórza, przetrwał Wieczną Burzę bez choćby poluzowanego kamienia. Tym większa szkoda, że Pustkowcy wyrwali drzwi i splądrowali zawartość.

Kaladin ukląkł w środku i uniósł złamany zawias. Budynek pachniał kurzem i tallewem, ale był zbyt mokry. Mieszkańcy miasteczka, którzy znieśliby tuzin przecieków we własnej sypialni, nie szczędzili wysiłków, by zboże nie zawilgotniało.

Czuł się dziwnie bez deszczu padającego na głowę, choć wciąż słyszał jego szum na zewnątrz.

– Mogę mówić dalej, oświecony? – spytała go żarliwczyni.

Była młoda, ładna i nerwowa. Najwyraźniej nie wiedziała, gdzie umieścić go w hierarchii swojej religii. Świetliści Rycerze zostali stworzeni przez Heroldów, ale byli też zdrajcami. Innymi słowy... był albo boską istotą pochodzącą prosto z mitu, albo kreaturą niewiele lepszą od Pustkowca.

– Tak, proszę – odparł.

– Z pięciu świadków czterech, yyy, niezależnie od siebie określiło liczbę napastników na... około pięćdziesięciu? Tak czy inaczej, można bezpiecznie założyć, że byli liczni, jeśli wziąć pod uwagę, jak wiele worków ziarna udało im się wynieść w tak krótkim czasie. Oni, yyy, nie wyglądali do końca jak parshmeni. Byli zbyt wysocy i mieli pancerze. Mój rysunek... yyy...

Próbowała znów pokazać mu szkic. Nie wyglądał wiele lepiej niż rysunek dziecka – gryzmoły w kształcie trochę przypominającym ludzką sylwetkę.

– Tak czy inaczej – mówiła dalej młoda żarliwczyni, nieświadoma, że Syl wylądowała na jej ramieniu i patrzyła jej w twarz. – Zaatakowali tuż po zachodzie pierwszego księżyca. Wydostali zboże w połowie drugiego księżyca, yyy, a my dowiedzieliśmy się dopiero, kiedy doszło do zmiany straży. Sot wszczął alarm, co odpędziło stwory. Zostawili tylko cztery worki, które przenieśliśmy.

Kaladin wziął prymitywną drewnianą pałkę ze stołu obok żarliwczyni. Kobieta spojrzała na niego, po czym szybko znów przeniosła wzrok na papier i zarumieniła się. Pomieszczenie, oświetlone blaskiem lamp oliwnych, było przygnębiająco puste. Ziarno powinno wystarczyć mieszkańcom wioski do następnych zbiorów.

Dla człowieka z podobnej wioski nie było nic bardziej przerażającego od pustego spichlerza w porze siewów.

Kaladin przyjrzał się pałce, którą Pustkowcy upuścili w czasie ucieczki.

– Mężczyźni, którzy zostali zaatakowani?

– Obaj wrócili do zdrowia, oświecony. Choć Khem mówi, że ciągle mu dzwoni w uchu.

Pięćdziesięciu parshmenów w wojnoformie – jak sugerowały opisy – mogłoby spokojnie zniszczyć to miasteczko i garstkę strażników. Mogliby wyrżnąć wszystkich i zabrać, cokolwiek zechcieli – oni jednak uderzyli z chirurgiczną precyzją.

– Czerwone światła – powiedział Kaladin. – Opisz je ponownie.

Żarliwczyni się wzdrygnęła – znów na niego patrzyła.

– Yyy, cała piątka świadków wspominała o światłach, oświecony. W ciemnościach było kilka niewielkich czerwonych światełek.

– Ich oczy.

– Może? Jeśli to były oczy, było ich tylko kilkoro. Poszłam zapytać i żaden ze świadków nie widział świecących oczu... a Khem patrzył w twarz jednego z parshmenów, kiedy go zaatakowali.

Kaladin upuścił pałkę i otrzepał dłonie. Wyjął kartkę z rysunkiem z dłoni młodej żarliwczyni i przyjrzał się jej, na pokaz, po czym skinął kobiecie głową.

– Dobrze sobie poradziłaś. Dziękuję za raport.

Żarliwczyni westchnęła i uśmiechnęła się głupio.

– Och! – Syl wciąż siedziała na ramieniu kobiety. – Ona myśli, że jesteś ładny!

Kaladin zacisnął wargi. Skinął żarliwczyni i opuścił ją, ruszając w deszczu w stronę centrum miasteczka.

Syl przeskoczyła na jego ramię.

– A niech to. Musi być naprawdę zdesperowana, mieszkając w tych okolicach. Wystarczy przecież na ciebie popatrzeć. Włosy, których nie rozczesywałeś od czasu lotu nad kontynentem, mundur poplamiony kremem i ta broda.

– Dziękuję ci za dodawanie mi pewności siebie.

– Pewnie kiedy w okolicy nie ma nikogo poza rolnikami, trzeba zmniejszyć wymagania.

– Ona jest żarliwczynią. Będzie musiała poślubić innego żarliwca.

– Nie sądzę, by myślała o małżeństwie, Kaladinie... – Syl odwróciła się i obejrzała przez ramię. – Wiem, że ostatnio byłeś bardzo zajęty walką z osobnikami w białych szatach i w ogóle, ale ja prowadziłam badania. Ludzie zamykają drzwi, ale można spokojnie przejść dołem. Pomyślałam, że skoro nie wykazujesz żadnych skłonności do nauki, ja powinnam się tym zająć. I jeśli masz pytania...

– Jestem świadom, o co chodzi.

– Naprawdę? Może moglibyśmy poprosić tę żarliwczynię, żeby ci narysowała. Wydaje się, że zrobiłaby to z dużą chęcią.

– Syl...

– Chcę tylko, żebyś był szczęśliwy, Kaladinie. – Zeskoczyła z jego ramienia i zatoczyła wokół niego kilka kręgów w postaci wstęgi światła. – Ludzie w związkach są szczęśliwsi.

– To oczywista nieprawda. Niektórzy mogą być. Znam wielu, którzy nie są.

– Daj spokój. A co z tą Tkaczką Światła? Wydawało mi się, że ją lubisz.

Tym razem była niepokojąco blisko prawdy.

– Shallan jest zaręczona z synem Dalinara.

– I co z tego? Jesteś od niego lepszy. Ani odrobinę mu nie ufam.

Kaladin westchnął.

– Ty nie ufasz nikomu, kto nosi Ostrze Odprysku, Syl. Już o tym rozmawialiśmy. Związanie się z jedną z broni nie oznacza złego charakteru.

– No dobrze, niech ktoś zacznie machać trupem twojej siostry, trzymając go za nogi, a zobaczymy, czy będzie to dla ciebie „oznaką złego charakteru", czy nie. To odwracanie uwagi. Ta Tkaczka Światła mogłaby być dla ciebie...

– Shallan jest jasnooka. Koniec dyskusji.

– Ale...

– Koniec. – Wszedł do domu miejscowych jasnookich, po czym mruknął pod nosem: – I przestań szpiegować ludzi w chwilach intymności. To odrażające.

Mówiła w taki sposób, jakby się spodziewała, że będzie tam, kiedy Kaladin... Nigdy wcześniej się nad tym nie zastanawiał, choć przecież towarzyszyła mu wszędzie. Czy mógłby ją przekonać, żeby zaczekała na zewnątrz? I tak by słuchała, a może nawet wślizgnęła się do środka, żeby się przyglądać. Ojcze Burz. Jego życie robiło się coraz dziwniejsze. Próbował – bezskutecznie – pozbyć się z głowy wizji, jak leży w łóżku z kobietą, a Syl siedzi na wezgłowiu i wykrzykuje zachęty i porady...

– Panie Świetlisty? – spytał pan miasta z frontowej izby niewielkiego domu. – Dobrze się czujecie?

– Bolesne wspomnienie. Wasi zwiadowcy są pewni, w jakim kierunku udali się parshmeni?

Pan miasta obejrzał się przez ramię na obszarpanego mężczyznę w skórach, z łukiem przerzuconym przez plecy, który stał przy zabitym deskami oknie. Traper, z pozwoleniem miejscowego lorda na łapanie norek na jego ziemiach.

– Szedłem za nimi pół dnia, oświecony. Nie zeszli w bok ani na chwilę. Prosto w stronę Kholinaru, przysiągłbym samemu Kelekowi.

– W takim razie ja również udam się w tamtą stronę – stwierdził Kaladin.

– Chcecie, żebym was zaprowadził, oświecony Świetlisty? – spytał traper.

Kaladin wciągnął Burzowe Światło.

– Obawiam się, że tylko byś mnie spowalniał.

Skinął mężczyznom, po czym wyszedł na zewnątrz i Przywiązał się w górę. Ludzie tłoczyli się na ulicy i wiwatowali na dachach, kiedy pozostawiał za sobą miasteczko.

***

Zapach koni przypominał Adolinowi młodość. Pot, nawóz i siano. Dobre wonie. Prawdziwe wonie.

Zanim w pełni stał się mężczyzną, przez wiele dni towarzyszył ojcu w kampanii podczas granicznych potyczek z Jah Keved. Adolin w owym czasie bał się koni, choć nigdy by się do tego nie przyznał. Były o wiele szybsze i bardziej inteligentne od chulli.

Takie obce. Istoty całe porośnięte włosiem – jego dotyk wywoływał w nim dreszcz – o wielkich szklistych oczach. A to nawet nie były prawdziwe konie. Mimo szlachetnych rodowodów, wierzchowce, na których jeździli w czasie tamtej kampanii były zwykłymi czystej krwi shinovarskimi. Rzecz jasna, były drogie. Ale wobec tego, z samej swojej definicji, nie bezcenne.

Nie tak jak istota, którą miał teraz przed sobą.

Umieścili inwentarz Kholinów w odległej północno-zachodniej części wieży, w okolicy, gdzie wiatry pędziły wzdłuż gór. Sprytna konstrukcja sprawiała, że wonie z wewnętrznych korytarzy wydostawały się na zewnątrz, choć przez to w tym rejonie było dość chłodno.

W niektórych komnatach tłoczyły się gumfremy i wieprze, inne przekształcono na stajnie dla zwykłych koni. W kilku nawet zamieszkały ostrogary Bashina, zwierzęta, które już nie udawały się na polowania.

Takie kwatery nie były wystarczająco dobre dla konia Czarnego Ciernia. Nie, potężny kary ryshadyjski dostał własne pole. Dość duże, by służyć jako pastwisko, pod gołym niebem i w pozazdroszczenia godnym miejscu, jeśli zignorować wonie innych zwierząt.

Kiedy Adolin wyszedł z wieży, potężny kary koń przygalopował do niego. Ryshadyjskie, dość potężne, by dźwigać Odpryskowego i nie robić przy tym wrażenia małych, nazywano często „trzecim Odpryskiem". Ostrze, Pancerz i Rumak.

To nie oddawało im sprawiedliwości. Nie można było zdobyć ryshadyjskiego, po prostu pokonując kogoś w walce. One same wybierały sobie jeźdźców.

Ale, pomyślał Adolin, kiedy Galant trącił jego rękę, pewnie tak samo było z Ostrzami. Były sprenami, które wybierały swoich właścicieli.

– Hej! – Adolin lewą ręką podrapał ryshadyjskiego po pysku. – Jesteś tu trochę samotny, prawda? Przykro mi z tego powodu. Chciałbym, żebyś nie był sam...

Przerwał, gdy poczuł ściskanie w gardle.

Galant podszedł bliżej, górował nad nim, jednak jakimś sposobem wciąż był łagodny. Koń trącił go chrapami w szyję i wypuścił powietrze.

– Uch! – Adolin obrócił łeb konia. – Bez tego zapachu mogłem żyć.

Poklepał Galanta po szyi, po czym sięgnął prawą ręką do torby – wtedy jednak ostry ból nadgarstka przypomniał mu po raz kolejny o ranie. Zanurzył drugą rękę i wyjął kilka kostek cukru, które Galant pochłonął z entuzjazmem.

– Jesteś taki sam, jak ciotka Navani – zauważył Adolin. – Dlatego przybiegłeś, prawda? Poczułeś smakołyki.

Koń obrócił łeb i spojrzał na niego jednym wodnistoniebieskim okiem z prostokątną źrenicą. Wydawał się niemal... urażony.

Adolin często miał wrażenie, że umie odczytać uczucia swojego ryshadyjskiego. Istniała... więź między nim a Pewnokrwistym. Bardziej delikatna i nieokreślona od więzi między mężczyzną a mieczem, ale wciąż istniała.

Oczywiście Adolin czasem rozmawiał ze swoim mieczem, więc był już przyzwyczajony do takich rzeczy.

– Przykro mi. Wiem, że lubiliście razem biegać. I... nie wiem, czy ojciec będzie mógł cię teraz tak często odwiedzać. I tak zaczął już się wycofywać z walki, zanim dostał te nowe obowiązki. Pomyślałem, że od czasu do czasu do ciebie zajrzę.

Koń prychnął. Adolin odczytał w ruchach ryshadyjskiego oburzenie.

– Nie zamierzam na tobie jeździć. Pomyślałem po prostu, że obu nam byłoby miło.

Koń grzebał pyskiem w torbie, aż wyłowił kolejną kostkę cukru. Adolin uznał, że to zgoda, nakarmił konia, a później oparł się o ścianę i patrzył, jak zwierzę galopuje po pastwisku.

Popisuje się, pomyślał z rozbawieniem, kiedy Galant przebiegł tanecznym krokiem obok niego. Może koń pozwoli mu się wyczesać? To by było przyjemne, jak wieczory spędzone z Pewnokrwistym w spokojnych ciemnościach stajni. A w każdym razie tak robił, nim zaczęło się zamieszanie, z Shallan, pojedynkami i wszystkim innym.

Ignorował Pewnokrwistego do chwili, gdy potrzebował go w bitwie. A później koń odszedł w błysku światła.

Adolin odetchnął głęboko. Ostatnio wszystko wydawało się szalone. Nie tylko Pewnokrwisty, ale i to, co zrobił Sadeasowi, a teraz śledztwo...

Patrzenie na Galanta trochę pomagało. Adolin wciąż był w tym miejscu, oparty o ścianę, kiedy przybył Renarin. Młodszy Kholin wystawił głowę zza drzwi i rozejrzał się. Nie cofnął się, kiedy Galant przegalopował obok niego, ale nieufnie przyglądał się ogierowi.

– Cześć – powiedział z boku Adolin.

– Cześć. Bashin mówił, że tu jesteś.

– Sprawdzałem tylko, jak się miewa Galant. Bo ojciec jest ostatnio taki zajęty.

Renarin podszedł bliżej.

– Mógłbyś poprosić Shallan, żeby narysowała Pewnokrwistego. Założę się, no, że dobrze by sobie poradziła. Żebyś pamiętał.

Rzeczywiście, całkiem niezła propozycja.

– Szukałeś mnie? – spytał Adolin.

– Ja... – Renarin przyglądał się Galantowi, kiedy ten znów przebiegł obok. – Jest podekscytowany.

– Lubi mieć widownię.

– Wiedziałeś, że one nie pasują?

– Nie pasują?

– Ryshadyjskie mają kamienne kopyta, mocniejsze od zwykłych koni. Nie trzeba ich podkuwać.

– I to sprawia, że nie pasują? Powiedziałbym, że pasują lepiej... – Adolin spojrzał z ukosa na brata. – Masz na myśli zwykłe konie, prawda?

Renarin zarumienił się, po czym pokiwał głową. Ludzie czasem za nim nie nadążali, ale to dlatego że zwykle był taki zamyślony. Rozważał jakieś głębokie zagadnienie, bardzo mądrze, a później wspominał tylko część. Przez to wydawał się nieobliczalny, choć każdy, kto poznał go bliżej, wiedział, że Renarin nie próbował być tajemniczy. Jego wargi po prostu czasem nie nadążały za umysłem.

– Adolinie – powiedział cicho. – Ja... no... muszę oddać Ostrze Odprysku, które dla mnie zdobyłeś.

– Dlaczego?

– Boli mnie, kiedy je trzymam. Szczerze mówiąc, zawsze tak było. Myślałem, że to ja jestem taki dziwny. Ale to dotyczy nas wszystkich.

– To znaczy Świetlistych.

Przytaknął.

– Nie możemy używać martwych Ostrzy. To niewłaściwe.

– Cóż, pewnie uda mi się znaleźć kogoś, kto mógłby je wykorzystać. – Adolin przejrzał w myślach możliwości. – Choć tak naprawdę to ty powinieneś wybrać. Zgodnie z prawem nadania Ostrze jest twoje i to ty powinieneś wybrać następcę.

– Wolałbym, żebyś ty to zrobił. Już oddałem je żarliwcom na przechowanie.

– Co znaczy, że będziesz nieuzbrojony.

Renarin odwrócił wzrok.

– Albo nie. – Adolin klepnął brata po ramieniu. – Masz już coś na zmianę, prawda?

Renarin znów się zarumienił.

– Ty norko! Udało ci się stworzyć Ostrze Świetlistego? Dlaczego nam nie powiedziałeś?

– To się po prostu stało. Glys nie był pewien, czy mu się uda... ale potrzebujemy więcej ludzi do obsługi Bramy Przysięgi... więc...

Odetchnął głęboko, wyciągnął rękę w bok i przywołał długie, świetliste Ostrze Odprysku. Było wąskie, prawie bez jelca, a klingę zdobiły zafalowania, jakby zostało wykute.

– Wspaniałe. Renarinie, to fantastyczne!

– Dzięki.

– To dlaczego jesteś zawstydzony?

– Ja... nie jestem...

Adolin spojrzał mu w oczy.

Renarin odesłał Ostrze.

– Ja po prostu... Adolinie, zaczynałem czuć, że pasuję. Z mostem czwartym, z byciem Odpryskowym. Teraz znów mam wrażenie, że działam na oślep. Ojciec oczekuje, że będę Świetlistym, bym pomógł mu zjednoczyć świat. Ale jak mam się nauczyć?

Adolin podrapał się po brodzie zdrową ręką.

– Hm. Zakładałem, że to po prostu do ciebie przyjdzie. Nie przyszło?

– Część tak. Ale to... mnie przeraża, Adolinie. – Uniósł rękę, a ona zaczęła emanować blaskiem, wypływały z niej pasma Burzowego Światła, jak dym z ogniska. – A jeśli zrobię komuś krzywdę albo coś zepsuję?

– Nie zrobisz tego. Renarinie, to moc samego Wszechmocnego.

Renarin jedynie patrzył na tę świecącą dłoń i nie wydawał się przekonany. Dlatego Adolin wyciągnął swoją zdrową rękę i chwycił brata.

– To coś dobrego. Nikomu nie zrobisz krzywdy. Jesteś tutaj, by nas ocalić.

Renarin popatrzył na niego i się uśmiechnął. Adolina omyła fala Światłości i przez chwilę widział się udoskonalonego. Wersję swojej osoby, która była jakimś sposobem cała i kompletna, mężczyznę, którym mógł być.

Zniknęła po chwili, a Renarin wyrwał dłoń i wymamrotał przeprosiny. Znów wspomniał o Ostrzu Odprysku, które należało oddać, a później uciekł do wieży.

Adolin odprowadzał go wzrokiem. Galant przykłusował i trącił go łbem, prosząc o cukier, więc młody książę sięgnął w zamyśleniu do torby i go nakarmił.

Dopiero kiedy Galant odbiegł, Adolin zorientował się, że nakarmił konia prawą ręką. Uniósł ją zadziwiony i poruszył palcami.

Jego nadgarstek całkowicie się zagoił.

TRZYDZIEŚCI TRZY LATA WCZEŚNIEJ

Dalinar przeskakiwał z nogi na nogę wśród porannej mgły, czując nową moc, energię przy każdym kroku. Pancerz Odprysku. Jego własny Pancerz Odprysku.

Świat zmienił się na zawsze. Wszyscy oczekiwali, że pewnego dnia będzie miał własny Pancerz albo Ostrze, ale nigdy nie udało mu się uciszyć szeptu wątpliwości z tyłu głowy. A gdyby nigdy do tego nie doszło?

Ale udało się. Ojcze Burz, udało się. Zdobył go samodzielnie, w walce. Owszem, w jej trakcie kopniakiem zrzucił właściciela z urwiska, ale tak czy inaczej, pokonał Odpryskowego.

Nie mógł nie pławić się w tym wspaniałym uczuciu.

– Spokojnie, Dalinarze – powiedział Sadeas stojący obok niego we mgle. Miał na sobie własny złocisty Pancerz. – Cierpliwości.

– To nic nie da, Sadeasie. – Po drugiej stronie Dalinara stał Gavilar w niebieskim Pancerzu. Wszyscy trzej jak na razie nie opuścili zasłon. – Młodzi Kholinowie są jak ostrogary na uwięzi, czujemy zapach krwi. Nie możemy ruszyć do walki, oddychając uspokajająco, skupieni i opanowani, jak nauczają żarliwcy.

Dalinar przestąpił z nogi na nogę, na twarzy czuł chłodną poranną mgłę. Chciał zatańczyć z niecierpliwosprenami krążącymi wokół w powietrzu. Za nimi armia czekała w zdyscyplinowanych szeregach, a ich kroki, brzęki pancerzy, kaszel i ciche rozmowy wznosiły się wśród mgły.

Dalinar niemal czuł, że nie potrzebuje tej armii. Na plecach niósł potężny młot, tak ciężki, że mężczyzna bez wsparcia – nawet najsilniejszy – nie mógłby go podnieść. On sam ledwie zauważał ciężar. Na burze, ta moc. Zadziwiająco przypominała Dreszcz.

– Rozważyłeś moją sugestię, Dalinarze? – spytał Sadeas.

– Nie.

Sadeas westchnął.

– Jeśli Gavilar wyda mi rozkaz, ożenię się – stwierdził Dalinar.

– Mnie w to nie mieszaj.

Gavilar w trakcie rozmowy na zmianę przywoływał i odsyłał swoje Ostrze Odprysku.

– Cóż, dopóki czegoś nie powiesz, pozostanę samotny.

Jedyna kobieta, jakiej kiedykolwiek pragnął, należała teraz do Gavilara. Wzięli ślub – na burze, mieli teraz dziecko. Córeczkę.

Brat nie mógł poznać jego uczuć.

– Ale pomyśl tylko o korzyściach, Dalinarze – naciskał dalej Sadeas. – Twój ślub mógłby zapewnić nam sojusze, Odpryski. Może mógłbyś nam zdobyć księstwo... takie, którego nie musielibyśmy doprowadzić na burzowy skraj ruiny, żeby się do nas przyłączyło!

Po dwóch latach walk jedynie cztery z dziesięciu księstw zaakceptowały rządy Gavilara – a dwa z nich, Kholin i Sadeas, nie stanowiły wyzwania. Skutkiem był zjednoczony Alethkar – przeciwko rodowi Kholinów.

Gavilar był przekonany, że uda mu się wygrywać jednego przeciwko drugiemu, że ich naturalny egoizm skłoni ich do wbijania sobie nawzajem noży w plecy. Sadeas z kolei popychał Gavilara w stronę większej brutalności. Twierdził, że jeśli zdobędą reputację gwałtownych, miasta raczej będą się im poddawać niż ryzykować splądrowanie.

– I jak? – spytał Sadeas. – Rozważysz chociaż małżeństwo z przyczyn politycznych?

– Na burze, a ty ciągle o tym samym? Daj mi walczyć. Ty i mój brat możecie się przejmować polityką.

– Nie uda ci się ciągle przed tym uciekać, Dalinarze. Uświadamiasz to sobie, prawda? Musimy przejmować się nakarmieniem ciemnookich, infrastrukturą miast, związkami z innymi królestwami. Polityką.

– Ty i Gavilar.

– Wszyscy z nas – sprzeciwił się Sadeas. – Wszyscy trzej.

– Nie próbowałeś sprawić, żebym się uspokoił? – warknął Dalinar. Na burze.

Wschodzące słońce w końcu zaczęło rozpraszać mgłę, co pozwoliło mu zobaczyć cel – mur wysoki na około dwunastu stóp. Za nim nic. Płaska skalista równina, tak w każdym razie się wydawało. Z tej odległości trudno było dostrzec miasto w rozpadlinie. Nazywało się Rathalas, ale zwano je również Szczeliną – całe miasto wybudowane wewnątrz pęknięcia ziemi.

– Oświecony Tanalan jest Odpryskowym, prawda? – spytał Dalinar.

Sadeas westchnął i opuścił zasłonę.

– Rozmawialiśmy o tym już cztery razy, Dalinarze.

– Byłem pijany. Tanalan. Odpryskowy?

– Tylko Ostrze, bracie – stwierdził Gavilar.

– Jest mój – szepnął Dalinar.

Gavilar jedynie się roześmiał.

– Tylko jeśli znajdziesz go jako pierwszy! Zastanawiam się, czy nie dać tego Ostrza Sadeasowi. On przynajmniej uważa w czasie naszych spotkań.

– W porządku – stwierdził Sadeas. – Zachowajmy ostrożność. Pamiętajcie, jaki jest plan. Gavilarze, ty....

Gavilar uśmiechnął się szeroko do brata, gwałtownym ruchem zatrzasnął zasłonę, po czym ruszył biegiem, przerywając Sadeasowi w pół zdania. Dalinar krzyknął i dołączył do niego, jego pancerne trzewiki zgrzytały o skałę.

Za ich plecami Sadeas zaklął głośno i podążył za nimi. Reszta armii przez chwilę pozostała z tyłu.

Zaczęły na nich spadać kamienie – katapulty za murem wyrzucały pojedyncze bloki lub grad mniejszych brył. Uderzały wokół Dalinara, wstrząsając ziemią i zmuszając pędy skałopąków do cofnięcia się. Z przodu głaz odbił się od skał i wyrzucił w powietrze chmurę odłamków. Dalinar prześlizgnął się obok niego, Pancerz dodawał mu skoczności. Zasłonił oczy ramieniem, kiedy niebo pociemniało od deszczu strzał.

– Uwaga na balisty! – krzyknął Gavilar.

Na szczycie muru żołnierze wycelowali potężne, przypominające kuszę urządzenia umocowane do kamienia. Jeden smukły bełt – wielkości włóczni – poleciał w stronę Dalinara i okazał się znacznie celniejszy od katapult. Dalinar rzucił się w bok, aż Pancerz zazgrzytał o kamień. Pocisk uderzył w skały z taką siłą, że drewno się roztrzaskało.

Inne pociski ciągnęły za sobą sieci i sznury, z nadzieją, że uwiężą Odpryskowego, przez co nie uda mu się uniknąć kolejnego strzału. Dalinar uśmiechnął się szeroko, czując, jak budzi się w nim Dreszcz, i poderwał się na równe nogi. Przeskoczył nad drzewcem ciągnącym sieci.

Ludzie Tanalana zasypywali ich deszczem drewna i kamienia, ale to nie wystarczało. Dalinar dostał odłamkiem w ramię i zakołysał się, ale szybko odzyskał równowagę. Strzały nie mogły mu zaszkodzić, głazy padały w przypadkowych miejscach, a balisty zbyt długo się ładowało.

Tak właśnie powinno być. Dalinar, Gavilar, Sadeas. Razem. Inne obowiązki się nie liczyły. W życiu chodziło o walkę. W ciągu dnia bitwa – a wieczorem ciepły kominek, zmęczone mięśnie i dobry rocznik wina.

Dalinar dotarł do przysadzistego muru i skoczył. Wzniósł się na tyle wysoko, by chwycić blankę na szczycie. Mężczyźni unieśli młoty, by uderzać w jego palce, ale on przerzucił się przez krawędź, na szczyt muru, i spadł między spanikowanych obrońców. Szarpnął sznur mocujący młot – opuszczając go na wroga za plecami – po czym zamachnął się pięścią, odpychając na boki krzyczących mężczyzn.

To było niemal zbyt łatwe! Chwycił młot, uniósł go i zamachnął się szerokim łukiem, zrzucając obrońców z muru jak liście niesione wichurą. Za jego plecami Sadeas kopnął balistę, niszcząc ją niedbałym ciosem. Gavilar zaatakował Ostrzem, powalając ludzi całymi tuzinami, wypalając ich oczy. Kiedy znaleźli się na górze, umocnienia działały przeciwko obrońcom, zmuszając ich do tłoczenia się i ściskania – co tylko ułatwiało pracę Odpryskowym.

Dalinar przewalił się nad nimi i w krótkim czasie najpewniej zabił więcej ludzi niż przez całe życie. I ta myśl sprawiła, że poczuł zaskakujące, a jednak głębokie niezadowolenie. Tu nie chodziło o jego umiejętności, pęd, a nawet reputację. Można by go zastąpić bezzębnym staruszkiem i uzyskać taki sam efekt.

Zacisnął zęby, walcząc z tym nagłym, bezużytecznym uczuciem. Sięgnął daleko w głąb i odnalazł czekający Dreszcz. Uczucie wypełniło go, odpychając niezadowolenie. Po chwili ryczał już z zadowolenia. Nic, co robili ci mężczyźni, nie mogło go dotknąć. Był niszczycielem, zdobywcą, wspaniałym wirem śmierci. Bogiem.

Sadeas coś mówił. Śmieszny mężczyzna w złocistym Pancerzu Odprysku na coś wskazywał. Dalinar zamrugał i spojrzał ponad murem. Z tego miejsca widział Szczelinę, głęboką rozpadlinę w ziemi, która ukrywała całe miasto wybudowane na obu zboczach.

– Katapulty, Dalinarze! – wołał Sadeas. – Zniszcz katapulty.

Racja. Armie Gavilara zaczęły nacierać na mur. Te katapulty – w pobliżu drogi prowadzącej do Szczeliny – wciąż rzucały kamieniami i mogły zabić setki ludzi.

Dalinar skoczył w stronę krawędzi muru i chwycił drabinkę sznurową, żeby opuścić się na dół. Liny, rzecz jasna, natychmiast pękły, a on poleciał w dół. Uderzył z trzaskiem Pancerza o kamień. Nie bolało, ale jego duma została poważnie urażona. Sadeas patrzył na niego z góry. Dalinar prawie słyszał jego głos.

„Zawsze się spieszysz. Mógłbyś od czasu do czasu pomyśleć, co?".

To był typowy błąd zielonego pnącza. Dalinar warknął, podniósł się i rozejrzał za młotem. Na burzę! W czasie upadku zgiął rękojeść. Jak to zrobił? Młot nie powstał z tego samego dziwnego metalu co Ostrza i Pancerze, ale wykuto go z porządnej stali.

Żołnierze strzegący katapult ruszyli w jego stronę, a nad jego głową przelatywały kamienie. Dalinar zacisnął zęby, pozwolił, by przepełnił go Dreszcz, i sięgnął po mocne drewniane drzwi osadzone w pobliskiej ścianie. Wyrwał je z zawiasów i zatoczył się. Zerwał drzwi z o wiele mniejszym wysiłkiem, niż się spodziewał.

W tej zbroi kryło się o wiele więcej, niż się spodziewał. Może nie poruszał się w Pancerzu lepiej od jakiegoś staruszka, ale zamierzał to zmienić. W tej chwili postanowił, że już nigdy nie da się zaskoczyć. Będzie nosił Pancerz dzień i noc – będzie spał w tej burzowej zbroi – aż zacznie się czuć swobodniej z nim niż bez niego.

Uniósł drzwi i zamachnął się nimi jak maczugą, odpychając żołnierzy i otwierając sobie drogę do katapult. Wtedy rzucił się do przodu i chwycił bok jednej z machin. Oderwał koła, miażdżąc drewno, po czym wszedł na katapultę, chwycił za ramię i oderwał je.

Jeszcze tylko dziesięć. Stał na zniszczonej machinie, kiedy usłyszał, jak ktoś woła go po imieniu.

– Dalinar!

Spojrzał z powrotem w stronę muru, a wtedy Sadeas sięgnął do tyłu i uniósł młot Odpryskowego. Broń przekoziołkowała w powietrzu, po czym wbiła się w katapultę obok Dalinara i zaklinowała w popękanym drewnie.

Sadeas uniósł dłoń w pozdrowieniu, a Dalinar w odpowiedzi pomachał mu z wdzięcznością i chwycił za młot. Później zniszczenie szło o wiele szybciej. Walił w machiny, pozostawiając za sobą sterty zniszczonego drewna. Inżynierowie – wśród nich wiele kobiet – uciekali z wrzaskiem.

– Czarny Cierń, Czarny Cierń!

Nim zbliżył się do ostatniej katapulty, Gavilar zabezpieczył bramy i otworzył je przed swoimi żołnierzami. Do środka wkroczył tłum mężczyzn, dołączając do tych, którzy wspięli się na mur. Ostatni wrogowie otaczający Dalinara uciekli do miasta, pozostawiając go samego. Chrząknął i kopnął ostatnią zniszczoną katapultę, która poleciała do tyłu w stronę krawędzi Szczeliny.

Przechyliła się i przewróciła. Dalinar podszedł bliżej i wkroczył na swego rodzaju platformę obserwacyjną, fragment skał otoczony balustradą, by ludzie nie wypadli poza krawędź. Z tego miejsca po raz pierwszy mógł się przyjrzeć miastu.

Szczelina była stosowną nazwą. Po jego prawej rozpadlina się zwężała, ale tutaj, bliżej środka, miałby problem z przerzuceniem kamienia na drugą stronę, nawet ze wsparciem Pancerza Odprysku. A w środku było życie. Ogrody pełne życiosprenów. Budynki umieszczone praktycznie jeden na drugim na zboczach w kształcie litery V. Całość wypełniała sieć podpór, mostów i drewnianych kładek.

Dalinar spojrzał na mur, który otaczał Szczelinę szerokim kręgiem ze wszystkich stron za wyjątkiem zachodniej, gdzie kanion ciągnął się aż do brzegów jeziora.

Aby przeżyć w Alethkarze, trzeba było znaleźć schronienie przed burzami. Szeroka rozpadlina tego rodzaju była doskonałym miejscem na wybudowanie miasta. Ale jak je ochronić? Atakujący wróg miałby przewagę wysokości. Wiele miast kroczyło po cienkiej linie między ochroną przed burzami, a ochroną przed ludźmi.

Dalinar zarzucił młot Sadeasa na ramię, kiedy grupa żołnierzy Tanalana zbiegła z murów, starając się oskrzydlić armię Gavilara. Zamierzali uderzyć na siły Kholinów z obu stron, ale obecność trzech Odpryskowych oznaczała, że mają kłopoty. Gdzie był lord Tanalan?

Z tyłu podszedł Thakka z niewielką grupą elitarnych żołnierzy i dołączył do niego na kamiennej platformie widokowej. Położył dłonie na balustradzie i zagwizdał cicho.

– Coś się dzieje w tym mieście – powiedział Dalinar.

– Co?

– Nie wiem...

Dalinar być może nie zwracał uwagi na wielkie plany Gavilara i Sadeasa, ale był żołnierzem. Znał pola bitew jak kobieta przepisy swojej matki – nie umiał podać proporcji, ale wyczuwał, kiedy coś smakowało niewłaściwie.

Za ich plecami trwała walka, wojska Kholinów ścierały się z obrońcami Tanalana. Żołnierzom Tanalana nie wiodło się najlepiej – zdemoralizowani widokiem nacierających sił Kholinów szybko przerwali szyk i rzucili się do bezładnej ucieczki, tłocząc się na rampach prowadzących do miasta. Gavilar i Sadeas nie wyruszyli w pościg – mieli teraz przewagę wysokości. Nie ma co się spieszyć w potencjalną zasadzkę.

Gavilar człapał po kamieniach, towarzyszył mu Sadeas. Chcieli przyjrzeć się miastu i zasypać strzałami tych poniżej – może nawet wykorzystać ukradzione katapulty, jeśli choć jedna przetrwała atak Dalinara. Zamierzali oblegać to miejsce, aż się podda.

Trzej Odpryskowi, pomyślał Dalinar. Tanalan musi planować, jak sobie z tym poradzić...

Platforma widokowa pozwalała dobrze przyjrzeć się miastu. A tuż obok niej umieścili katapulty – machiny, które Odpryskowi z pewnością zamierzali zaatakować i unieszkodliwić. Dalinar spojrzał na boki i zobaczył pęknięcia w kamiennej płaszczyźnie platformy.

– Nie! – krzyknął do Gavilara. – Cofnijcie się! To...

Wróg musiał go obserwować, bo w chwili, kiedy krzyknął, ziemia uciekła mu spod nóg. Zauważył jeszcze Gavilara – przytrzymywanego przez Sadeasa – który przyglądał się przerażony, jak Dalinar, Thakka i garstka elitarnych żołnierzy spadają do Szczeliny.

Na burze. Odłamał się cały fragment skał, na których stali, występ zwieszający się nad Szczeliną! Kiedy nawis zaczął spadać w stronę pierwszych budynków, Dalinar został wyrzucony w powietrze nad miastem. Wszystko wokół niego wirowało.

Chwilę później z koszmarnym trzaskiem wbił się w budynek. Coś twardego uderzyło go w ramię, tak mocno, że usłyszał, jak pancerz w tym miejscu pęka.

Budynek go nie zatrzymał. Przebił się przez drewno i spadał dalej, a jego hełm zazgrzytał o kamień, kiedy jakimś sposobem otarł się o ścianę Szczeliny.

Uderzył z głośnym trzaskiem w kolejną powierzchnię i tam wreszcie się zatrzymał. Jęknął, czując ostry ból lewej ręki. Potrząsnął głową i odkrył, że patrzy w górę przez około pięćdziesięciu stóp strzaskanego drewna. Duży fragment spadających skał utorował sobie drogę przez miasto w dół stromego zbocza, miażdżąc domy i kładki. Dalinar został wyrzucony nieco dalej na północ i w końcu spoczął na drewnianym dachu budynku.

Nie widział swoich ludzi. Thakki, innych elitarnych żołnierzy. Bez Pancerza Odprysku... Warknął, a wokół niego zagotowały się kałuże krwi złościosprenów. Poruszył się na dachu, ale ból ręki sprawił, że się skrzywił. Zbroja osłaniająca lewą rękę się rozpadła, a w czasie upadku Dalinar najwyraźniej złamał kilka palców.

Pancerz wypuszczał świetlisty biały dym z setek pęknięć, jednak elementami, które Dalinar utracił całkowicie, były tylko te osłaniające lewe ramię i dłoń.

Ostrożnie oderwał się od dachu, ale kiedy się poruszył, przebił się przez niego i wpadł do domu. Sapnął, gdy uderzył o podłogę, a zebrana wewnątrz rodzina zaczęła krzyczeć i przyciskać się do ścian. Tanalan najwyraźniej nie powiedział ludziom o planie zmiażdżenia części własnego miasta w rozpaczliwej próbie pokonania wrogich Odpryskowych.

Dalinar podniósł się, ignorując skulonych ludzi, otworzył drzwi – wyważając je siłą swojego pchnięcia – i wyszedł na drewnianą kładkę biegnącą wzdłuż domów na tym poziomie miasta.

Natychmiast spadł na niego deszcz strzał. Odwrócił się w ich stronę prawym ramieniem i w miarę możliwości osłaniał oczy, jednocześnie szukając źródła ataków. W ogrodzie po przeciwnej stronie burzowej Szczeliny stało pięćdziesięciu łuczników. Cudownie.

Rozpoznał mężczyznę dowodzącego łucznikami. Wysoki i władczy, z białymi piórami na hełmie. Kto ozdabiał hełmy piórami kurczaków? Wyglądało to śmiesznie. Cóż, Tanalan był przyzwoitym osobnikiem. Dalinar kiedyś pokonał go w pionki, a Tanalan spłacił dług setką świecących kawałków rubinu, z których każdy umieścił w zakorkowanej butelce wina. Dalinar uznał to za zabawne.

Pławiąc się w Dreszczu, który go wypełnił i odepchnął ból, Dalinar ruszył wzdłuż kładki. Ignorował strzały. Na górze Sadeas prowadził wojsko jedną z ramp poza miejscem upadku skał, ale nie poruszali się szybko. Nim dotrą, Dalinar spodziewał się mieć nowe Ostrze Odprysku.

Rzucił się w stronę jednego z mostów przecinających Szczelinę. Niestety, doskonale wiedział, co sam by zrobił, gdyby przygotowywał to miasto do ataku. I rzeczywiście, po drugiej stronie Szczeliny dwaj żołnierze toporami zaatakowali podpory mostu Dalinara. Konstrukcję podtrzymywały Dusznikowane metalowe liny, ale gdyby udało im się obalić te podpory – i w ten sposób zrzucić liny – jego ciężar z pewnością doprowadziłby całość do zawalenia.

Dno Szczeliny znajdowało się dobre sto stóp poniżej. Dalinar warknął i zrobił jedyne, co mu pozostało. Rzucił się przez krawędź kładki i wylądował na kolejnej poziom niżej. Wydawała się dość mocna. I tak jedną stopą zmiażdżył deski i prawie przebił się na drugą stronę.

Podciągnął się i ruszył przed siebie. Dwaj kolejni żołnierze dotarli do podpory tego mostu i zaczęli gorączkowo rąbać.

Kładka kołysała się pod stopami Dalinara. Ojcze Burz. Nie miał dużo czasu, ale w zasięgu skoku nie było innych kładek. Ryknął i ruszył biegiem, a deski pękały pod jego stopami.

Samotna czarna strzała spadła z góry niczym węgorz niebieski. Powaliła jednego z żołnierzy. Podążyła za nią kolejna, która trafiła drugiego żołnierza, kiedy ten gapił się na swojego towarzysza. Kładka przestała się trząść, a Dalinar uśmiechnął się szeroko i przystanął. Odwrócił się i zobaczył mężczyznę stojącego na górze w pobliżu miejsca, z którego odpadły skały. Uniósł czarny łuk w stronę Dalinara.

– Teleb, ty burzowy cudotwórco – mruknął Dalinar.

Po chwili dotarł na drugą stronę i wyjął topór z ręki zabitego. Następnie pobiegł rampą w stronę miejsca, w którym ostatnio widział lorda Tanalana.

Bez trudu odnalazł szeroką drewnianą platformę wzniesioną na palach połączonych ze ścianą poniżej, porośniętą pnączami i kwitnącymi skałopąkami. Kiedy Dalinar do niej dotarł, życiospreny rozbiegały się przed nim.

Tanalan czekał w ogrodzie z pięćdziesięcioma żołnierzami. Dysząc wewnątrz hełmu, Dalinar podszedł bliżej, by stawić im czoło. Tanalan miał na sobie prostą stalową zbroję, nie Pancerz Odprysku, choć w jego dłoni pojawiło się paskudne z wyglądu Ostrze – szerokie, z zakrzywionym sztychem.

Tanalan kazał swoim żołnierzom cofnąć się i opuścić łuki. Następnie podszedł do Dalinara, trzymając Ostrze Odprysku w obu dłoniach.

Wszyscy zawsze skupiali się na Ostrzach Odprysku. Z poszczególnymi broniami wiązały się opowieści, a ludzie śledzili, którzy królowie i oświeceni posługiwali się którym mieczem. Cóż, Dalinar miał okazję używać zarówno Ostrza, jak i Pancerza, i gdyby kazano mu wybierać, zdecydowałby się na Pancerz. Musiał tylko raz porządnie trafić Tanalana, a walka by się skończyła. Lord miał jednak przed sobą przeciwnika, który mógł opierać się jego ciosom.

Dreszcz wypełniał Dalinara. Stanął między dwoma krępymi drzewami i przyjął pozycję, odkryte lewe ramię trzymał z dala od przeciwnika, a w rękawicy na prawej dłoni ściskał topór. Choć był to topór bojowy, miał wrażenie, że to zabawka.

– Nie powinno was tu być, Dalinarze. – Tanalan mówił z charakterystycznym nosowym akcentem z tego regionu. Szczelińcy zawsze uważali się za inną nację. – Nie było między nami konfliktu.

– Odmówiliście poddania się królowi.

Dalinar z brzękiem okrążał lorda, jednocześnie próbując mieć oko na żołnierzy. Wcale nie wykluczał, że zaatakują go, kiedy będzie zajęty pojedynkiem. Sam by to zrobił.

– Królowi? – Tanalana otoczyły gotujące się złościospreny. – W Alethkarze od wielu pokoleń nikt nie zasiadał na tronie. A nawet gdybyśmy mieli króla, kto powiedział, że na ten tytuł zasłużyli Kholinowie?

– Ja widzę to tak, że mieszkańcy Alethkaru zasługują na króla, który jest najsilniejszy i najbardziej zdolny poprowadzić ich w bitwie. Gdyby tylko istniał sposób, żeby to udowodnić.

Uśmiechnął się pod zasłoną hełmu.

Tanalan zaatakował, zamachnął się Ostrzem Odprysku i próbował wykorzystać większy zasięg. Dalanar cofnął się zręcznie, czekając na właściwą chwilę. Dreszcz wypełniał go uniesieniem i żądzą, by udowodnić swoją wartość.

Ale musiał zachować ostrożność. W idealnych warunkach Dalinar przedłużałby tę walkę, polegając na większej sile Pancerza i wytrzymałości, jaką zapewniał. Niestety, z Pancerza wciąż sączył się dym, a do tego otaczali go strażnicy. Mimo to próbował grać tak, jak spodziewał się tego Tanalan, unikał ataków i zachowywał się, jakby próbował przedłużyć pojedynek.

Tanalan warknął i znów zaatakował. Dalinar zablokował cios ramieniem i symbolicznie zamachnął się toporem. Przeciwnik bez trudu uniknął ciosu. Ojcze Burz, to Ostrze było długie. Wysokie jak sam Dalinar.

Dalinar zrobił zwód, otarł się przy tym o listowie. Już nie czuł bólu połamanych palców. Dreszcz go przywoływał.

Zaczekaj. Udawaj, że chcesz to jak najbardziej przeciągnąć...

Tanalan znów natarł, a Dalinar uskoczył do tyłu, Pancerz dodawał mu szybkości. A później, gdy przeciwnik próbował uderzyć po raz kolejny, Dalinar rzucił się w jego stronę.

Znów odbił Ostrze Odprysku ręką, ale ten cios był mocny i strzaskał pancerz. Mimo to przewaga zaskoczenia pozwoliła Dalinarowi opuścić ramię i uderzyć nim

Tanalana. Napierśnik lorda zadźwięczał, uginając się pod mocą Pancerza Odprysku, a sam lord się potknął.

Niestety, Dalinar na tyle stracił równowagę, że upadł obok przeciwnika. Platforma zatrzęsła się, kiedy uderzyli w ziemię, drewno pękało i jęczało. Potępienie! Nie chciał upaść, kiedy otaczali go przeciwnicy. Mimo to musiał pozostać w zasięgu Ostrza.

Kiedy padli na ziemię, zrzucił prawą rękawicę – bez zarękawia łączącego ją z resztą pancerza była jedynie ciężarem. Niestety zgubił topór. Lord uderzał Dalinara głownią miecza, bez skutku. Jednak z jedną ręką złamaną, a drugą pozbawioną mocy Pancerza Dalinar nie mógł dobrze chwycić wroga.

Przetoczył się i w końcu znalazł się nad Tanalanem, przyszpilając przeciwnika ciężarem Pancerza. W tej chwili jednak zaatakowali pozostali żołnierze. Dokładnie tak, jak się spodziewał. Takie honorowe pojedynki – przynajmniej na polu bitwy – zawsze trwały jedynie do chwili, gdy ich jasnooki zaczynał przegrywać.

Dalinar znów się przetoczył. Żołnierze wyraźnie nie byli przygotowani na to, jak szybko zareagował. Podniósł się i złapał topór, po czym uderzył. Na prawej ręce wciąż miał naramiennik sięgający aż do nałokcicy, więc kiedy się zamachnął, miał moc – dziwne połączenie siły wspomaganej Odpryskiem i kruchości odsłoniętej ręki. Musiał być ostrożny, by nie złamać sobie nadgarstka.

Szybkimi ciosami powalił trzech mężczyzn. Inni się cofnęli, odpychając go halabardami, kiedy ich towarzysze pomagali Tanalanowi wstać.

– Mówisz o ludziach – powiedział Tanalan ochrypłym głosem. Dłonią w rękawicy obmacywał napierśnik wyraźnie wgnieciony przez cios Dalinara. Wydawało się, że ma problemy z oddychaniem. – Jakby chodziło o nich. Jakbyście to dla ich dobra plądrowali, rabowali, mordowali. Jesteś niecywilizowanym brutalem.

– Wojny nie da się ucywilizować. Nie ma sensu jej malować i upiększać.

– Nie musisz ciągnąć za sobą smutku jak sani po kamieniach, drapiąc i miażdżąc tych, których mijasz. Jesteś potworem.

– Jestem żołnierzem.

Dalinar spojrzał na ludzi Tanalana. Wielu z nich przygotowywało łuki.

Tanalan zakaszlał.

– Moje miasto jest stracone. Mój plan się nie powiódł. Ale mogę wyświadczyć Alethkarowi ostatnią przysługę. Mogę zabrać cię ze sobą, bydlaku.

Łucznicy zaczęli strzelać.

Dalinar ryknął i rzucił się na ziemię, uderzając w platformę całym ciężarem Pancerza Odprysku. Drewno, osłabione wcześniejszą walką, popękało wokół niego i przebił się na drugą stronę, miażdżąc podpory.

Cała konstrukcja spadła razem z nim poziom niżej. Dalinar usłyszał krzyki i uderzył w następną kładkę na tyle mocno, że go to oszołomiło, nawet w Pancerzu.

Potrząsnął głową, jęknął i odkrył, że jego hełm ma pęknięcie przez środek, ograniczające niezwykłe pole widzenia, jakie zapewniała zbroja. Jedną ręką zdjął hełm i zaczął dyszeć. Na burze, jego zdrowa ręka też bolała. Spojrzał na nią i odkrył, że skórę przebijają drzazgi, w tym jedna długości sztyletu.

Skrzywił się. Z dołu biegła w jego stronę garstka żołnierzy, którzy wcześniej mieli rąbać mosty.

Spokojnie, Dalinarze. Bądź gotów.

Podniósł się oszołomiony i wyczerpany, ale dwaj żołnierze nie rzucili się na niego. Pochylili się nad ciałem Tanalana, które spadło razem z platformą. Żołnierze złapali go i uciekli.

Dalinar ryknął i ruszył w niezgrabny pościg. Jego Pancerz poruszał się powoli, Dalinar potykał się wśród resztek zniszczonej platformy, próbując dotrzymać kroku żołnierzom.

Ból ramion wprawiał go w szał. Ale Dreszcz... to Dreszcz popychał go do przodu. Nie da się pokonać! Nie zatrzyma się! Ostrze Odprysku należące do Tanalana nie pojawiło się obok jego ciała. To znaczyło, że wróg nadal żył. Dalinar jeszcze nie zwyciężył.

Na szczęście większość żołnierzy gotowych do walki znajdowała się po drugiej stronie miasta. Ta strona była właściwie pusta, pomijając skulonych mieszkańców – widział, jak kryją się w domach.

Dalinar kuśtykał po rampach wzdłuż zbocza Szczeliny, podążając za mężczyznami wlokącymi ciało swojego oświeconego. W pobliżu szczytu odłożyli ciężar obok odsłoniętego fragmentu ściany rozpadliny. Zrobili coś, co sprawiło, że część ściany otworzyła się do wewnątrz, ukazując ukryte drzwi. Wciągnęli swojego pana do środka, a dwaj inni żołnierze – którzy zareagowali na ich gorączkowe okrzyki – wybiegli na zewnątrz, by stawić czoło Dalinarowi, który pojawił się kilka chwil później.

Atakując, Dalinar miał przed oczami czerwoną mgiełkę. Oni mieli broń, on nie. Byli wypoczęci, a on odniósł rany, które prawie pozbawiały go władzy w rękach.

Walka i tak skończyła się z dwoma żołnierzami leżącymi w kałuży krwi na ziemi. Dalinar kopniakiem otworzył ukryte drzwi – okryte Pancerzem nogi były dość silne, by je wyważyć.

Wkroczył do małego tunelu oświetlonego blaskiem diamentowych kul. Z zewnątrz drzwi pokrywał stwardniały krem, przez co wyglądały jak część ściany. Gdyby nie zauważył, jak żołnierze wchodzą, znalezienie tego miejsca trwałoby wiele dni, być może tygodni.

Na końcu krótkiego przejścia trafił na dwóch żołnierzy, których śledził. Oceniając po śladach krwi, umieścili swojego oświeconego w zamkniętym pomieszczeniu za plecami.

Rzucili się na Dalinara z fatalistyczną determinacją ludzi, którzy wiedzieli, że najpewniej są już martwi. Ból ramion i głowy Dalinara wydawał się niczym w porównaniu z Dreszczem. Rzadko czuł go z taką siłą, jako piękną jasność myśli – jakże cudowne uczucie.

Nadnaturalnie szybko rzucił się do przodu i jednym ramieniem przyszpilił żołnierza do ściany. Drugi zginął od dobrze wymierzonego kopniaka, a później Dalinar wpadł przez drzwi do pomieszczenia za ich plecami.

Tanalan leżał na ziemi w kałuży krwi, obejmowała go piękna, zapłakana kobieta. Poza tym w komnacie była jeszcze jedna osoba – mały chłopczyk. Po twarzy dziecka płynęły łzy, z wysiłkiem próbował unieść w obu rękach Ostrze Odprysku należące wcześniej do jego ojca.

Dalinar stanął w drzwiach.

– Nie dostaniesz mojego taty – powiedział chłopiec głosem zniekształconym przez smutek. Po podłodze pełzały bólospreny. – Nie możesz. Ty... ty... – Jego głos ucichł do szeptu. – Tato powiedział, że... walczymy z potworami. I z wiarą zwyciężymy...

***

Kilka godzin później Dalinar siedział na krawędzi Szczeliny, z nogami wiszącymi nad zniszczonym miastem. Na jego kolanach spoczywało nowe Ostrze Odprysku, Pancerz – zniekształcony i popękany – leżał na stercie obok. Ramiona miał obandażowane, ale odpędził chirurgów.

Spoglądał na pustą równinę, a po chwili przeniósł wzrok na ślady ludzkiego życia poniżej. Sterty trupów. Zniszczone budynki. Odłamki cywilizacji.

Gavilar w końcu podszedł do niego. Towarzyszyło mu dwóch strażników z elitarnych oddziałów Dalinara, tego dnia byli to Kadash i Febin. Gavilar odesłał ich gestem i z jękiem usiadł obok brata, po czym zdjął hełm. Nad jego głową krążyły wyczerpaniospreny, choć – mimo zmęczenia – Gavilar wydawał się zamyślony. Miał te przenikliwe bladozielone oczy, którymi dostrzegał tak dużo. Dorastając, Dalinar po prostu zakładał, że jego brat zawsze miał rację, cokolwiek mówił czy robił. Upływ lat nie zmienił jego zdania.

– Gratulacje. – Gavilar skinął na Ostrze. – Sadeas jest zły, że nie trafiło do niego.

– W końcu jakieś sobie znajdzie. Nie wierzę, by mogło być inaczej, on jest zbyt ambitny.

Gavilar chrząknął.

– Ten atak niemal kosztował nas zbyt wiele. Sadeas mówi, że powinniśmy być ostrożniejsi, nie ryzykować swojego życia i Odprysków w samotnych atakach.

– Sadeas jest bystry.

Dalinar wyciągnął ostrożnie prawą rękę, tę mniej poranioną, i uniósł do ust kubek wina. To był jedyny środek uśmierzający ból, z jakiego korzystał – może pomoże również na wstyd. Oba uczucia wydawały się bardzo dojmujące, kiedy Dreszcz odszedł, pozostawiając przygnębienie.

– Co my z nimi zrobimy, Dalinarze? – Gavilar wskazał na tłumy cywilów, których otaczali żołnierze. – Dziesiątki tysięcy ludzi. Nie da się ich łatwo zastraszyć, nie spodoba im się, że zabiłeś ich pana i jego dziedzica. Ci ludzie będą latami stawiać nam opór. Czuję to.

Dalinar pociągnął łyk.

– Zrób z nich żołnierzy. Powiedz, że oszczędzimy życie ich rodzin, jeśli będą dla nas walczyć. Chcesz, żebyśmy zrezygnowali z ataku Odpryskowych na samym początku? Przydadzą się nam oddziały, które będziemy mogli bez żalu poświęcić.

Gavilar pokiwał z namysłem głową.

– Sadeas ma rację również w innych kwestiach. Co do nas. I tego, czym będziemy musieli się stać.

– Nie mów mi o tym.

– Dalinarze...

– Straciłem dziś połowę swoich elitarnych oddziałów, w tym kapitana. Mam dość problemów.

– Dlaczego tu jesteśmy i walczymy? O honor? O Alethkar?

Dalinar wzruszył ramionami.

– Nie możemy ciągle się zachowywać jak banda zbirów – stwierdził Gavilar. – Nie możemy rabować każdego miasta, które mijamy, i ucztować każdej nocy. Potrzebujemy dyscypliny, musimy utrzymać ziemie, które mamy. Potrzebujemy biurokracji, porządku, praw, polityki.

Dalinar zamknął oczy rozproszony wstydem, który czuł. A gdyby Gavilar się dowiedział?

– Musimy dorosnąć – powiedział cicho Gavilar.

– I zmięknąć? Jak ci lordowie, których zabijamy? Dlatego przecież zaczęliśmy, czyż nie? Bo wszyscy byli leniwi, tłuści, zepsuci.

– Już nie wiem. Jestem teraz ojcem, Dalinarze. I zaczynam się zastanawiać, co zrobimy, kiedy zdobędziemy wszystko. Jak uczynimy z tego miejsca królestwo?

Na burze. Królestwo. Po raz pierwszy w życiu Dalinar poczuł, że ta wizja go przeraża.

Gavilar w końcu wstał, odpowiadając na wezwanie grupki gońców. Odwrócił się do brata.

– Czy mógłbyś choć się postarać, żeby w przyszłych bitwach odrobinę mniej ryzykować?

– I ty to mówisz?

– Zamyślony ja... wyczerpany ja. Ciesz się Dawcą Przysięgi. Zasłużyłeś na niego.

– Dawca Przysięgi?

– Twój miecz – wyjaśnił Gavilar. – Na burze, w ogóle wczoraj nie słuchałeś. To stary miecz Słonecznego.

Sadees, Słoneczny. Ostatni człowiek, który przed stuleciami zjednoczył Alethkar. Dalinar poruszył Ostrzem na kolanach, sprawiając, że światło zatańczyło na idealnie gładkim metalu.

– Teraz jest twój – stwierdził Gavilar. – Kiedy skończymy, sprawię, by nikt już nie myślał o Słonecznym. Tylko rodzie Kholinów i Alethkarze.

Odszedł. Dalinar wbił Ostrze Odprysku w kamień, odchylił się do tyłu, zamknął oczy i przypomniał sobie płacz dzielnego chłopczyka.

Nie proszę, byście mi wybaczyli. Ani nawet, byście mnie zrozumieli.
– Z przedmowy *Dawcy Przysięgi*

Dalinar stał przy szklanym oknie komnaty na jednym z wyższych poziomów Urithiru i trzymał ręce za plecami. Widział ślad swojego odbicia w szybie, a za nim potężną otwartą przestrzeń. Niebo było wolne od chmur, a słońce płonęło bielą.

Okna dorównujące mu wysokością – nigdy wcześniej nie widział czegoś takiego. Jak ktoś odważył się wybudować coś ze szkła, tak kruchego, a później zwrócić w stronę burz? Ale, rzecz jasna, to miasto wznosiło się nad burzami. Wydawało się, że okna rzucają wyzwanie, są symbolem tego, co znaczyli Świetliści Rycerze. Stali ponad małostkowością świata polityki. A ze względu na tę wysokość sięgali wzrokiem tak daleko...

Idealizujesz ich, rozległ się odległy głos w jego głowie, jak dudnienie grzmotu. *Byli takimi samymi ludźmi jak ty. Ani lepszymi. Ani gorszymi.*

– To mi dodaje otuchy – odszepnął Dalinar. – Jeśli oni byli tacy jak my, to oznacza, że my możemy być tacy jak oni.

W końcu nas zdradzili. Nie zapominaj o tym.

– Dlaczego? Co się stało? Co ich zmieniło?

Ojciec Burz umilkł.

– Proszę. Powiedz mi.

Niektóre rzeczy powinny pozostać zapomniane. Ty, spośród wszystkich ludzi, powinieneś to rozmieć, biorąc pod uwagę lukę w twoim umyśle i osobę, która wcześniej ją zapełniała.

Dalinar odetchnął głęboko. Uraziły go te słowa.

– Oświecony – powiedziała jasność Kalami. – Cesarz na was czeka.

Dalinar się odwrócił. Na wyższych poziomach Urithiru znajdowało się kilka wyjątkowych komnat, w tym ten amfiteatr. Miał kształt półksiężyca, na górze okna, a później rzędy siedzeń opadających w stronę podwyższenia dla mówcy. Co ciekawe, przy każdym siedzeniu był niewielki piedestał. Dla sprena Świetlistego, jak wyjaśnił mu Ojciec Burz.

Ruszył po schodach w stronę swojej drużyny. Aladar i jego córka May. Navani w jaskrawozielonej havah, siedząca w pierwszym rzędzie z wyciągniętymi przed siebie bosymi stopami skrzyżowanymi w kostkach. Kalami miała pisać, a Teshav Khal – jeden z najbystrzejszych umysłów politycznych Alethkaru – doradzać. Obok niej siedziały jej dwie najstarsze podopieczne, gotowe w razie konieczności dostarczyć informacje lub coś przetłumaczyć.

Niewielka grupka gotowa zmieniać świat.

– Poślij moje pozdrowienia cesarzowi – polecił Dalinar.

Kalami przytaknęła i zaczęła pisać. Później odchrząknęła i odczytała odpowiedź, którą przekazała łączotrzcina – pisząca jakby z własnej woli.

– „Wita was Jego Cesarska Wysokość Ch.V.D. Yanagawn Pierwszy, cesarz Makabaków, król Aziru, pan Brązowego Pałacu, Pierwszy Aqasix, wielki minister i wysłannik Yaezira".

– Imponujący tytuł jak na piętnastoletniego chłopaka – zauważyła Navani.

– Podobno wskrzesił dziecko z martwych i ten cud zapewnił mu wsparcie wezyrów. Wedle pogłosek mieli problem ze znalezieniem nowego Pierwszego po tym, jak dwóch ostatnich zamordował nasz stary przyjaciel Skrytobójca w Bieli. Dlatego wezyrowie znaleźli chłopca o wątpliwym pochodzeniu i wymyślili historyjkę o tym, jak uratował komuś życie, żeby uzasadnić boski wybór.

Dalinar chrząknął.

– Wymyślanie takich rzeczy nie pasuje do Azirczyków.

– Nie mają nic przeciwko – stwierdziła Navani – jak długo znajdują świadków gotowych złożyć pisemne oświadczenie pod przysięgą. Kalami, podziękuj Jego Cesarskiej Wysokości za spotkanie z nami, a tłumaczom za ich wysiłki.

Kalami napisała, a później spojrzała na Dalinara, który zaczął kroczyć pośrodku sali. Navani wstała i dołączyła do niego. Porzuciła buty, zostając w skarpetach.

– Wasza Cesarska Wysokość – powiedział Dalinar. – Mówię do was z Urithiru, miasta z legend. Widoki zapierają dech w piersi. Zapraszam was w odwiedziny, byście mogli zobaczyć miasto. Jeśli tylko zechcecie, zabierzcie ze sobą strażników i świtę.

Spojrzał na Navani, a ona pokiwała głową. Długo się zastanawiali, jak dotrzeć do monarchów, i w końcu zdecydowali się na łagodne zaproszenie. Azir był pierwszy – najpotężniejszy kraj na zachodzie i miejsce, w którym znajdowała się najważniejsza z Bram Przysięgi do zabezpieczenia.

Poczekali na odpowiedź. Rząd Aziru był swego rodzaju pięknym bałaganem, choć Gavilar często go podziwiał. Wszystkie jego poziomy wypełniali skrybowie –

i mężczyźni, i kobiety. Potomkowie przypominali trochę żarliwców, choć nie byli niewolnikami, co Dalinar uważał za dziwne. W Azirze bycie kapłanem-ministrem w rządzie było najwyższym możliwym zaszczytem.

Tradycyjnie azirski Pierwszy twierdził, że jest cesarzem całego Makabaku – regionu obejmującego ponad pół tuzina królestw i księstw. W rzeczywistości był jedynie królem Aziru, ale Azir rzucał zaiste długi cień.

Kiedy czekali, Dalinar podszedł do Navani, oparł palce na jej ramieniu, a później przeciągnął nimi po jej plecach i karku, aż spoczęły na drugim ramieniu.

Kto by pomyślał, że mężczyzna w jego wieku może być tak oszołomiony?

– „Wasza Wysokość". – Odpowiedź w końcu przyszła, Kalami odczytywała słowa. – „Dziękujemy za wasze ostrzeżenie przed burzą, która nadeszła z niewłaściwej strony. Wasze słowa, które nadeszły w porę, dostrzeżono i zapisano w annałach cesarstwa i uznano was za przyjaciela Aziru".

Kalami czekała na ciąg dalszy, ale łączotrzcina przestała się poruszać. Później rubin zamigotał, co oznaczało, że skończyli.

– To nie była żadna odpowiedź – stwierdził Aladar. – Dlaczego nie zareagował na twoje zaproszenie, Dalinarze?

– Zapisanie w oficjalnych rejestrach to dla Azirczyków wielki zaszczyt – wyjaśniła Teshav – więc to był komplement.

– Tak – zgodziła się Navani – ale próbują wymigać się od odpowiedzi na naszą propozycję. Przyciśnij ich, Dalinarze.

– Kalami, wyślij, proszę, następujące słowa: jestem zaszczycony, choć żałuję, że nie zostałem zapisany w waszych annałach w radośniejszych okolicznościach. Omówmy wspólnie przyszłość Rosharu, tutaj. Bardzo chciałbym poznać was osobiście.

Czekali na odpowiedź, starając się zachować cierpliwość. W końcu przyszła, po alethyjsku.

– „My, Azirczycy, ze smutkiem dzielimy waszą żałobę. Podobnie jak wasz szlachetny brat został zabity przez shinovarskiego niszczyciela, to samo stało się z naszymi ukochanymi dworzanami. To tworzy więź między nami".

I tyle.

Navani cmoknęła.

– Nie dadzą się zmusić do udzielenia odpowiedzi.

– Mogliby chociaż się usprawiedliwić! – warknął Dalinar. – Mam wrażenie, jakbyśmy prowadzili dwie różne rozmowy!

– Azirczycy – odezwała się Teshav – nie lubią nikogo obrażać. W tej kwestii niemal dorównują Emulom, zwłaszcza wobec cudzoziemców.

Dalinar uważał, że nie była to jedynie azirska cecha. Tak się zachowywali politycy na całym świecie. Rozmowa już zaczynała przypominać jego wysiłki pozyskania arcyksiążąt, jeszcze w obozie. Kolejne wymijające odpowiedzi, uprzejme obietnice bez większej wagi, śmiejące się oczy, które z niego szydziły, choć udawały całkowitą szczerość.

Na burze. Znów się zaczynało. Próbował zjednoczyć ludzi, którzy nie chcieli go słuchać. Nie mógł sobie pozwolić na to, żeby sobie nie poradzić, już nie.

Był czas, pomyślał, kiedy jednoczyłem w inny sposób. Poczuł woń dymu i słyszał ludzi wrzeszczących z bólu. Pamiętał, jak przynosił krew i popiół tym, którzy sprzeciwiali się jego bratu.

Te wspomnienia ostatnio stały się szczególnie wyraziste.

– Może inna taktyka? – zaproponowała Navani. – Zamiast zaproszenia spróbuj zaproponować pomoc.

– Wasza Cesarska Wysokość – powiedział Dalinar. – Nadchodzi wojna, z pewnością widzieliście przemiany parshmenów. Pustkowcy powrócili. Chciałbym, byście wiedzieli, że Alethyjczycy są waszymi sojusznikami w tym konflikcie. Chętnie podzielimy się informacjami dotyczącymi naszych sukcesów i porażek w walce z tym wrogiem, z nadzieją, że wy odpowiecie w taki sam sposób. Ludzkość musi się zjednoczyć w obliczu rosnącego zagrożenia.

W końcu nadeszła odpowiedź.

– „Zgadzamy się, że wzajemna pomoc w tej nowej epoce będzie niezmiernie ważna. Chętnie wymienimy się informacjami. Co wiecie o tych przeobrażonych parshmenach?".

– Walczyliśmy z nimi na Strzaskanych Równinach. – Dalinar poczuł ulgę, że zrobili jakikolwiek postęp. – Istoty o czerwonych oczach i w wielu aspektach podobne do parshmenów, których spotkaliśmy na Strzaskanych Równinach... ale o wiele bardziej niebezpieczne. Polecę skrybom przygotować raporty opisujące wszystko, czego nauczyliśmy się przez lata, walcząc przeciw Parshendim.

– „Doskonale" – brzmiała odpowiedź, kiedy w końcu przyszła. – „Te informacje bardzo nam się przydadzą w obecnym konflikcie".

– Jak wygląda sytuacja w waszych miastach? – spytał Dalinar. – Co robili parshmeni? Czy mają jakiś cel poza bezsensownym niszczeniem?

Z napięciem czekali na odpowiedź. Jak na razie udało im się odkryć bardzo niewiele na temat parshmenów na całym świecie. Kapitan Kaladin wysyłał raporty przez skryby z miasteczek po drodze, ale nie wiedział prawie nic. W miastach panował chaos i brakowało wiarygodnych informacji.

– „Na szczęście nasze miasto wciąż stoi, a nieprzyjaciel już nie atakuje. Negocjujemy z wrogami".

– Negocjujecie?

Dalinar był wyraźnie wstrząśnięty. Odwrócił się do Teshav, która jedynie pokręciła głową.

– Proszę o wyjaśnienie, Wasza Wysokość – powiedziała Navani. – Pustkowcy są skłonni z wami negocjować?

– „Tak" – brzmiała odpowiedź. – „Wymieniamy umowy. Mają bardzo szczegółowe wymagania, z oburzającymi warunkami. Mamy nadzieję, że uda nam się odwlec konflikt zbrojny, by w tym czasie zebrać siły i umocnić miasto".

– Umieją pisać? – pytała dalej Navani. – Pustkowcy wysyłają wam umowy?

– „Na ile umiemy to ocenić, przeciętny parshmen nie umie pisać. Ale niektórzy są inni, silniejsi i obdarzeni dziwnymi mocami. Nie mówią tak, jak pozostali".

– Wasza Wysokość. – Dalinar podszedł do stolika z łączotrzciną i mówił z większym naciskiem, jakby cesarz i jego ministrowie mogli usłyszeć napięcie przez słowo pisane. – Muszę porozmawiać z wami twarzą w twarz. Mogę przybyć osobiście, przez portal, o którym pisałem wcześniej. Musimy go znów uruchomić.

Cisza. Trwała tak długo, że Dalinar zaczął zgrzytać zębami. Kusiło go, żeby przyzywać Ostrze Odprysku i znów je odsyłać, raz za razem, jak to miał w zwyczaju w młodości. Przejął ten nawyk od brata.

W końcu nadeszła odpowiedź.

– „Z przykrością informujemy, że wzmiankowane urządzenie" – czytała Kalami – „w naszym mieście nie działa. Zbadaliśmy je i odkryliśmy, że zostało zniszczone przed wielu laty. Nie możemy do was przybyć ani wy do nas. Bardzo przepraszamy".

– I teraz nam to mówi? – powiedział Dalinar. – Na burze! Ta informacja byłaby przydatna w chwili, kiedy ją zdobył!

– Kłamstwo – stwierdziła Navani. – Brama Przysięgi na Strzaskanych Równinach działała po stuleciach burz i gromadzącego się kremu. Ta w Azimirze to pomnik wewnątrz Wielkiego Rynku, dużej kopuły w centrum miasta.

Tak w każdym razie oceniła na podstawie map. Brama w Kholinarze została włączona w konstrukcję pałacu, a ta w Thaylen miała znaczenie religijne. Tak piękny relikt nie mógł zostać po prostu zniszczony.

– Zgadzam się z oceną jasności Navani – odezwała się Teshav. – Martwią się, że w odwiedziny mogą przyjść wasze armie. To wymówka.

Zmarszczyła czoło, jakby cesarz i jego ministrowie byli niewiele lepsi od rozpieszczonych dzieci, które nie słuchały swoich nauczycieli.

Łączotrzcina znów zaczęła pisać.

– Co mówią? – spytał z niepokojem Dalinar.

– To certyfikat. – Navani była wyraźnie rozbawiona. – Że Brama Przysięgi nie działa, podpisany przez cesarskich architektów i strażników burz. – Czytała dalej. – Och, to urocze. Tylko Azirczycy mogli uznać, że chciałbyś oficjalnego potwierdzenia, że coś jest popsute.

– Warto zauważyć – dodała Kalami – iż certyfikat stwierdza jedynie, że urządzenie „nie działa jako portal". Ależ oczywiście, że nie działa, chyba że odwiedzi je Świetlisty i uruchomi. To właściwie potwierdzenie, że po wyłączeniu urządzenie nie działa.

– Napisz tak, Kalami – odezwał się Dalinar. – Wasza Wysokość. Raz mnie zignorowaliście. Skutkiem były zniszczenia wywołane przez Wieczną Burzę. Proszę, tym razem mnie posłuchajcie. Nie możecie negocjować z Pustkowcami. Musimy się zjednoczyć, dzielić informacjami i chronić Roshar. Razem.

Napisała to, a Dalinar czekał z dłońmi przyciśniętymi do stołu.

– „Kiedy wspomnieliśmy o negocjacjach, użyliśmy niewłaściwego słowa" – przeczytała Kalami. – „Błąd tłumaczenia. Zgodziliśmy się na wymianę informacji, ale w chwili obecnej mamy mało czasu. Skontaktujemy się później i znów porozmawiamy. Żegnam, arcyksiążę Kholinie".

– Ech! – Dalinar odepchnął się od stołu. – Głupcy, idioci! Burzowi jasnoocy i polityka z Potępienia rodem!

Ruszył przez salę, żałując, że nie ma czego kopnąć, nim w końcu zapanował nad złością.

– Nie spodziewałam się, że będą nas aż tak ignorować. – Navani założyła ręce na piersi. – Jasności Khal?

– Na ile mam doświadczenie z Azirczykami – odparła Teshav – są mistrzami w mówieniu jak najmniej z użyciem jak największej liczby słów. To nie był nietypowy przykład komunikacji z ich ważniejszymi ministrami. Nie zniechęcajcie się, osiągnięcie czegokolwiek w kontaktach z nimi może potrwać.

– A w tym czasie Roshar będzie płonął – stwierdził Dalinar. – Dlaczego wycofali się ze stwierdzenia, że negocjują z Pustkowcami? Zastanawiają się nad zawarciem przymierza z wrogiem?

– Wolałabym nie zgadywać – zastrzegła Teshav. – Ale najpewniej po prostu uznali, że wyjawili więcej informacji, niż zamierzali.

– Potrzebujemy Aziru. Nikt w Makabaku nas nie wysłucha, jeśli nie będziemy mieli błogosławieństwa Aziru, nie wspominając już, że Brama Przysięgi... – Dalinar urwał, kiedy inna łączotrzcina na stoliku zaczęła mrugać.

– Thaylenowie – powiedziała Kalami. – Odezwali się wcześniej.

– Chcesz ustalić inny termin? – spytała Navani.

Dalinar potrząsnął głową.

– Nie, nie możemy sobie pozwolić na zmarnowanie kolejnych kilku dni, zanim królowa znów znajdzie czas. – Odetchnął głęboko. Na burze, rozmowy z politykami wyczerpywały bardziej niż przemaszerowanie stu mil w pełnym pancerzu. – Kontynuuj, Kalami. Zapanuję nad frustracją.

Navani zajęła miejsce na jednym z siedzeń, Dalinar jednak pozostał w pozycji stojącej. Przez okna wpadało światło, czyste i jasne. Spływało w dół i kąpało go. Odetchnął i niemal poczuł smak słonecznego blasku. Zbyt wiele dni spędził w krętych skalnych korytarzach Urithiru oświetlonych słabym blaskiem świec i lamp.

– „Jej Królewska Wysokość, jasność Fen Rnamdi, królowa Thaylenah, pisze do was". – Kalami się zawahała. – Oświecony... proszę wybaczyć, że przerywam, ale to sugeruje, że królowa sama trzyma pióro i nie korzysta z pomocy skryby.

Inna kobieta mogłaby poczuć się przestraszona. Dla Kalami jednak był to tylko kolejny z licznych przypisów – który dodała na dole kartki, zanim przygotowała trzcinę do przekazania słów Dalinara.

– Wasza Wysokość. – Dalinar założył ręce za plecami i chodził po scenie przed siedzeniami. Postaraj się bardziej. Zjednocz ich. – Przysyłam wam pozdrowienia z Urithiru, świętego miasta Świetlistych Rycerzy, i kieruję nasze najpokorniejsze zaproszenie. Wieża naprawdę robi ogromne wrażenie, dorównuje jej jedynie chwała urzędującego monarchy. Będę zaszczycony, mogąc wam ją zaprezentować.

Łączotrzcina szybko naskrobała odpowiedź. Królowa Fen pisała od razu po alethyjsku.

– „Kholinie" – przeczytała Kalami – „ty stary łotrze. Przestań rozsiewać nawóz chulla. Czego naprawdę chcesz?".

– Zawsze ją lubiłam – zauważyła Navani.

– Jestem szczery, Wasza Wysokość – podyktował Dalinar. – Moim jedynym pragnieniem jest spotkać się z wami osobiście i pokazać, co odkryliśmy. Świat wokół nas się zmienia.

– „Ach tak, świat się zmienia? A cóż cię doprowadziło do takiego wniosku? Czy fakt, że nasi niewolnicy zmienili się nagle w Pustkowców? A może burza, która nadeszła z PRZECIWNEJ STRONY" – napisała to dwa razy większymi literami niż reszta linijki – „rozszarpując nasze miasta?".

Aladar odchrząknął.

– Jej Wysokość wyraźnie ma zły dzień.

– Ubliża nam. W wypadku Fen to sugeruje dobry dzień – sprzeciwiła się Navani.

Dalinar zmarszczył czoło.

– Miałem okazję spotkać się z nią kilka razy i zawsze była absolutnie uprzejma.

– Wtedy była królewska – poprawiła go Navani. – Skłoniłeś ją, żeby rozmawiała z tobą bezpośrednio. Zaufaj mi, to dobry znak.

– Wasza Wysokość – powiedział Dalinar – proszę, opowiedzcie mi o waszych parshmenach. Doszło do przeobrażenia?

– „Tak" – odpowiedziała. – „Burzowe potwory ukradły nasze najlepsze statki, niemal wszystkie w porcie, od jednomasztowych slupów, i uciekły".

– Pożeglowali? – Dalinar znów poczuł wstrząs. – Proszę o potwierdzenie. Nie zaatakowali?

– „Doszło do paru przepychanek" – napisała Fen – „ale większość ludzi zajmowała się skutkami burzy. Nim w miarę zapanowaliśmy nad sytuacją, oni odpływali wielką flotą królewskich okrętów wojennych i prywatnych statków handlowych".

Dalinar odetchnął głęboko. Wiemy o Pustkowcach znacznie mniej, niż nam się wydawało, pomyślał.

– Wasza Wysokość – mówił dalej. – Pamiętacie może, że ostrzegliśmy was przed nieuniknionym nadejściem burzy?

– „Uwierzyłam wam. Choćby dlatego, że dostaliśmy potwierdzenie z Nowego Natananu. Próbowaliśmy się przygotować, ale nie da się pstryknięciem palców odwrócić czterech tysiącleci tradycji. Thaylen jest zrujnowane, Kholinie. Burza zniszczyła nasze akwedukty i kanały ściekowe i rozszarpała nasze doki... zmiażdżyła cały zewnętrzny targ! Musimy naprawić wszystkie cysterny, wzmocnić budynki, by wytrzymały burze, i odbudować społeczeństwo... i to wszystko bez robotników parshmenów, w samym środku burzowego Płaczu. Nie mam czasu na zwiedzanie".

– Nie chodzi o zwiedzanie, Wasza Wysokość – powiedział Dalinar. – Jestem świadom waszych problemów, ale, mimo że są poważne, nie możemy ignorować Pustkowców. Zamierzam zebrać wielką konferencję królów, by walczyć z tym zagrożeniem.

– „Której będziesz przewodniczył" – napisała w odpowiedzi Fen. – „Oczywiście".

– Urithiru ze swej natury jest najlepszym miejscem na spotkanie – stwierdził Dalinar. – Wasza Wysokość, Świetliści Rycerze powrócili... znów wypowiadamy ich starożytne przysięgi i wiążemy Moce natury. Jeśli uda się nam ponownie uruchomić waszą Bramę Przysięgi, możecie przybyć tu po południu i jeszcze tego samego wieczoru wrócić do waszego miasta, by zatroszczyć się o jego potrzeby.

Navani z aprobatą pokiwała głową, choć Aladar założył ręce na piersi i wydawał się zamyślony.

– O co chodzi? – spytał go Dalinar, gdy Kalami pisała.

– Potrzebujemy Świetlistego, żeby udał się do miasta i aktywował ich Bramę Przysięgi, zgadza się?

– Tak – potwierdziła Navani. – Świetlisty musi odblokować bramę po tej stronie... co możemy zrobić w dowolnej chwili... a później udać się do wybranego miasta i tam również otworzyć zamek. Później Świetlisty może zapoczątkować przeniesienie z dowolnej strony.

– W takim razie jedynym, który mógłby teoretycznie udać się do Thaylen, jest Wiatrowy – stwierdził Aladar. – A jeśli wróci tu dopiero za kilka miesięcy? Albo zostanie pojmany przez wroga? Czy w ogóle możemy spełnić swoje obietnice, Dalinarze?

Niepokojący problem, ale Dalinar mógł mieć rozwiązanie. Istniała broń, którą na razie postanowił trzymać w ukryciu. Mogła otworzyć Bramę Przysięgi tak samo jak Ostrze Odprysku – i umożliwić komuś lot do Thaylen.

Na razie kwestia ta nie miała znaczenia. Najpierw musiał mieć po drugiej stronie kogoś skłonnego go wysłuchać.

Nadeszła odpowiedź Fen.

– „Przyznam, że moi kupcy są zaintrygowani tymi Bramami Przysięgi. Mamy swoje legendy z nimi związane, że tylko ktoś naprawdę pełen Pasji może ponownie otworzyć portal światów. Pewnie każda dziewczynka w Thaylenah marzy, że tego dokona".

Navani wygięła wargi.

– Pasje.

Thaylenowie wyznawali pogańską pseudoreligię, co zawsze było zadziwiającym aspektem kontaktów z nimi. Wychwalali Heroldów, by w następnej chwili mówić o Pasjach.

Cóż, Dalinar nie zamierzał nikogo potępiać za niekonwencjonalne wierzenia.

– „Jeśli chcecie mi przysłać wszystko, co wiecie o tych Bramach Przysięgi, cóż, doskonale" – pisała dalej Fen. – „Ale nie interesuje mnie jakaś wielka konferencja królów. Dajcie mi znać, do czego doszliście, chłopcy, bo ja będę w tym czasie próbowała gorączkowo odbudować swoje miasto".

– Cóż, wreszcie jakaś szczera odpowiedź – stwierdził Aladar.

– Nie jestem przekonana, że jest szczera – odparł Dalinar i potarł z namysłem brodę.

Spotkał tę kobietę tylko kilka razy, ale w jej odpowiedziach coś wydawało się nie na miejscu.

– Zgadzam się, oświecony – powiedziała Teshav. – Myślę, że każda Thaylenka z radością wykorzystałaby szansę, by pociągać za sznurki na spotkaniu monarchów, choćby po to, by sprawdzić, czy uda jej się załatwić umowy handlowe z nimi. Z całą pewnością coś ukrywa.

– Zaproponuj wojsko – odezwała się Navani – do pomocy w odbudowie.

– Wasza Wysokość – podyktował Dalinar – wielce smucą mnie wieści o waszych stratach. Mam tu wielu żołnierzy, którym obecnie brakuje zajęcia. Z radością przyślę wam batalion do pomocy w odbudowie.

Na odpowiedź musieli zaczekać.

– „Nie jestem pewna, co sądzę o obecności alethyjskich oddziałów na mojej ziemi, niezależnie od dobrych intencji".

Aladar chrząknął.

– Martwi się możliwością inwazji? Wszyscy wiedzą, że Alethyjczycy nie mają talentu do żeglugi.

– Nie martwi się, że przypłyniemy – wyjaśnił Dalinar. – Niepokoi ją wizja armii nagle materializującej się w centrum jej miasta.

Bardzo racjonalny niepokój. Gdyby Dalinar miał takie skłonności, mógłby posłać Wiatrowego, by w tajemnicy otworzył Bramę Przysięgi w jakimś mieście, a następnie przeprowadzić bezprecedensowe natarcie za umocnieniami wroga.

Potrzebował sojuszników, nie poddanych, nie zamierzał więc tego zrobić – a przynajmniej nie z potencjalnie przyjaznym miastem. Jednak Kholinar to zupełnie inna kwestia. Wciąż nie mieli żadnych pewnych wiadomości o tym, co działo się w alethyjskiej stolicy. Ale jeśli wciąż trwały zamieszki, uznał, że być może istniał sposób, by sprowadzić wojsko i przywrócić porządek.

Na razie jednak musiał się skupić na królowej Fen.

– Wasza Wysokość. – Skinął na Kalami, by zaczęła pisać. – Rozważcie, proszę, moją propozycję wysłania wojsk. A w tym czasie, jeśli wolno mi zasugerować, zacznijcie może poszukiwanie wśród swoich poddanych rodzących się Świetlistych Rycerzy. Są kluczem do Bram Przysięgi.

– W pobliżu Strzaskanych Równin pojawiło się kilkoro Świetlistych. Powstają dzięki kontaktom z pewnym rodzajem sprenów, które zdaje się szukają godnych kandydatów. Mogę jedynie zakładać, że tak się dzieje na całym świecie. Jest całkowicie prawdopodobne, że gdzieś pośród mieszkańców waszego miasta ktoś już wypowiedział przysięgi.

– Rezygnujesz ze sporej przewagi, Dalinarze – zauważył Aladar.

– Sieję ziarno, Aladarze. I będę je siać na każdym wzgórzu, niezależnie od tego, do kogo należy. Musimy walczyć zjednoczeni.

– Temu się nie sprzeciwiam. – Aladar podniósł się i przeciągnął. – Ale twoja wiedza na temat Świetlistych jest kartą przetargową, która może przyciągnąć do ciebie ludzi... zmusić ich do współpracy. Oddasz zbyt wiele, a wkrótce możesz zacząć znajdować „kwaterę główną" Świetlistych Rycerzy w każdym większym mieście na Rosharze. Zamiast współpracować, będą współzawodniczyć w werbunku.

Niestety miał rację. Dalinar nie znosił wykorzystywania wiedzy jako karty przetargowej, ale co, jeśli właśnie dlatego nigdy nie udawały mu się negocjacje z arcyksiążętami? Chciał być szczery, bezpośredni i rzucał kości, zdając się na ślepy los. Wydawało się jednak, że ktoś lepszy w tę grę – i bardziej skłonny do łamania reguł – łapał te kości w locie i ustawiał je tak, jak mu pasowało.

– I – dodał pospiesznie – z radością poślemy naszych Świetlistych, by wyszkolili tych, których odnajdziecie, a później wprowadzili ich do zakonów w Urithiru, do których każdy z nich przynależy zgodnie z naturą swoich przysiąg.

Kalami dopisała te słowa i przekręciła łączotrzcinę, co znaczyło, że skończyli i czekają na odpowiedź.

– „Rozważymy to" – czytała Kalami, gdy łączotrzcina przesuwała się po papierze. – „Korona Thaylenah dziękuje wam za zainteresowanie losem naszych poddanych i rozważy negocjacje na temat waszej propozycji wysłania wojska. Posłaliśmy kilka naszych kutrów, by śledziły uciekających parshmenów, i poinformujemy was, co odkryliśmy. Do następnego razu, arcyksiążę".

– Na burze – mruknęła Navani. – Znów zaczęła mówić jak królowa. Straciliśmy ją gdzieś po drodze.

Dalinar usiadł na miejscu obok niej i westchnął głęboko.

– Dalinarze...

– Nic mi nie jest, Navani, Nie mogę się spodziewać pełnej entuzjazmu zgody na współpracę przy pierwszej próbie. Musimy starać się dalej.

Słowa brzmiały optymistycznie, choć wcale się tak nie czuł. Żałował, że nie może porozmawiać z tymi ludźmi osobiście zamiast przez łączotrzcinę.

Później rozmawiali z księżniczką Yezieru i księciem Tashikku. Nie mieli Bram Przysięgi i nie byli kluczowymi elementami jego planu, ale chciał przynajmniej nawiązać z nimi kontakt.

Oboje udzielili jedynie wymijających odpowiedzi. Bez błogosławieństwa cesarza Aziru nie uda mu się skłonić do współpracy żadnego z mniejszych królestw Makabaków. Może Emul lub Tukar by go wysłuchał, ale ze względu na ich długotrwały konflikt mógł współpracować tylko z jednym z tych dwóch krajów.

Pod koniec ostatniej konferencji Dalinar się przeciągnął. Czuł się wyczerpany. A to jeszcze nie był koniec. Wciąż musiał porozmawiać z monarchami Iri – co dziwne, było ich troje. Brama Przysięgi w Rall Elorim znajdowała się na ich ziemiach, co czyniło ich ważnymi – a w ich strefie wpływów pozostawała pobliska Rira, gdzie znajdowała się kolejna Brama.

Poza tym pozostawali jeszcze Shinowie. Nienawidzili korzystania z łączotrzcin, więc Navani skontaktowała się z nimi przez thayleńskiego kupca, który był gotów przekazywać informacje.

Ramię Dalinara zaprotestowało, kiedy się przeciągał. Wiek średni przypominał mu skrytobójcę, który w ciszy skradał się za nim. Przez większość czasu żył jak zawsze, aż pojawiał się niespodziewany ból, jak ostrzeżenie. Nie był już tym młodzieńcem, co kiedyś.

I chwała niech będzie za to Wszechmocnemu, pomyślał od niechcenia. Pożegnał Navani, która chciała przejrzeć raporty z informacjami z różnych stacji łączotrzcin z całego świata. Córka Aladara i skryby zbierały je dla niej.

Dalinar zabrał kilku strażników, pozostawiając resztę Navani, gdyby potrzebowała dodatkowej pomocy, po czym wspiął się wzdłuż rzędów siedzeń do znajdującego się na samej górze wyjścia. Tuż za drzwiami stał Elhokar, jak ostrogar odpędzony od ciepła ogniska.

Dalinar się wzdrygnął.

– Wasza Wysokość. Cieszę się, że dotarłeś na spotkanie. Czujesz się lepiej?

Elhokar zignorował pytanie.

– Dlaczego oni ci odmawiają, wuju? Sądzą, że może spróbujesz przejąć ich władzę?

Dalinar ostro wciągnął powietrze, a jego strażnicy wydawali się zażenowani, że stoją obok. Cofnęli się, by mógł porozmawiać z królem w cztery oczy.

– Elhokarze...

– Myślisz, że mówię to w złości. – Król zajrzał do sali, dostrzegł swoją matkę i znów popatrzył na Dalinara. – Wcale nie. Jesteś lepszy niż ja. Lepszy żołnierz, lepszy człowiek i z całą pewnością lepszy król.

– Sam sobie szkodzisz, Elhokarze. Musisz...

– Oszczędź sobie frazesów, Dalinarze. Choć raz w życiu bądź ze mną szczery.

– Myślisz, że wcześniej nie byłem?

Elhokar uniósł dłoń i lekko dotknął swojej piersi.

– Może czasami byłeś. Może kłamca jest tu we mnie... okłamuje mnie, bym powtarzał sobie, że mogę to zrobić, że mogę być choć ułamkiem mężczyzny, jakim był mój ojciec. Nie, nie przerywaj mi, Dalinarze. Pozwól mi się wypowiedzieć. Pustkowcy? Starożytne miasta pełne cudów? Spustoszenia? – Elhokar pokręcił głową. – Może... może jestem niezłym królem. Nie wyjątkowym, ale też nie beznadziejnym. Ale w obliczu tych wydarzeń świat potrzebuje kogoś lepszego niż niezły król.

W jego słowach brzmiał fatalizm, od którego Dalinara przeszedł dreszcz niepokoju.

– Elhokarze, co ty mówisz?

Młody król wkroczył na salę i zawołał do tych na dole.

– Matko, jasności Teshav, możecie coś dla mnie poświadczyć?

Na burze, nie, pomyślał Dalinar, spiesząc za Elhokarem.

– Nie rób tego, synu.

– Wszyscy musimy ponosić konsekwencje naszych czynów, wuju. Uczyłem się tego bardzo powoli, bo potrafię być tępy.

– Ale...

– Wuju, czy jestem twoim królem? – spytał ostro Elhokar.

– Tak.

– A nie powinienem. – Ukląkł, co tak wstrząsnęło Navani, że zatrzymała się w trzech czwartych schodów. – Dalinarze Kholinie – powiedział głośno Elhokar – przysięgam ci teraz. Są książęta i arcyksiążęta. Dlaczego nie królowie i arcykrólowie?

Składam przysięgę, niezmienną i poświadczoną, że przyjmuję cię jako swojego monarchę. Jak Alethkar jest wobec mnie, tak ja jestem wobec ciebie.

Dalinar wypuścił powietrze, popatrzył na przerażoną twarz Navani, a później na bratanka, który klęczał jak wasal na podłodze.

– Prosiłeś o to, wuju. Nie słowami, ale to jedyny kierunek, w jakim sytuacja mogła się rozwinąć. Od chwili gdy postanowiłeś zaufać tym wizjom, powoli przejmowałeś dowodzenie.

– Próbowałem cię włączać – powiedział Dalinar. Głupie, puste słowa. Powinien być lepszy. – Masz rację, Elhokarze. Żałuję tego.

– Naprawdę?

– Żałuję, że cierpisz. Żałuję, że nie poradziłem sobie lepiej. Żałuję, że... tak musi być. Zanim złożysz tę przysięgę, powiedz mi, z czym się ona twoim zdaniem wiąże.

– Już wypowiedziałem słowa. – Elhokar się zaczerwienił. – Przed świadkami. Dokonało się. Ja...

– Wstań. – Dalinar chwycił bratanka za ramię i podniósł go. – Nie rób scen. Jeśli naprawdę chcesz złożyć tę przysięgę, pozwolę ci. Ale nie udawajmy, że możesz wejść do komnaty, wykrzyczeć kilka słów i zakładać, że to prawnie wiążąca umowa.

Elhokar wyrwał rękę i rozmasował ją.

– Nie pozwolisz mi nawet abdykować z godnością.

Dołączyła do nich Navani.

– Nie abdykujesz. – Posłała spojrzenie strażnikom, którzy przyglądali się z otwartymi ustami, a oni pobledli. Pogroziła im palcem, jakby mówiła „ani słowa nikomu". – Elhokarze, zamierzasz postawić swojego wuja ponad sobą. On ma prawo spytać, co to będzie znaczyło dla Alethkaru.

– Ja... – Elhokar przełknął ślinę. – Powinien oddać swoje ziemie swojemu dziedzicowi. W końcu jest królem gdzie indziej. Dalinar, arcykról Urithiru, a może Strzaskanych Równin. – Wyprostował się i mówił z większą pewnością. – Dalinar musi zrezygnować z bezpośredniego zarządzania moimi ziemiami. Może mi wydawać polecenia, ale to ja zadecyduję, w jaki sposób je wypełnić.

Navani spojrzała na Dalinara.

– Brzmi rozsądnie.

Rozsądnie, choć bolało go serce. Królestwo, o które walczył – królestwo, które wykuł w cierpieniu, wyczerpaniu i krwi – teraz go odrzucało.

To są teraz moje ziemie, pomyślał Dalinar. Ta wieża pokryta zimnosprenami.

– Mogę przyjąć te warunki, choć od czasu do czasu może się okazać konieczne, bym wydawał rozkazy twoim arcyksiążętom.

– Dopóki pozostają na twoim terytorium – w głosie Elhokara brzmiał ślad uporu – uznaję, że pozostają pod twoją władzą. Kiedy odwiedzają Urithiru lub Strzaskane Równiny, wydawaj im rozkazy zgodnie z własnym życzeniem. Kiedy powrócą do mojego królestwa, wszystkie rozkazy muszą przejść przeze mnie.

Popatrzył na Dalinara, po czym spuścił wzrok, jakby zawstydzało go, że wydaje polecenia.

– Dobrze. Choć być może będziemy musieli ustalić szczegóły ze skrybami, zanim dokonamy oficjalnej zmiany. I zanim posuniemy się zbyt daleko, powinniśmy upewnić się, że wciąż pozostał ci Alethkar, którym mógłbyś władać.

– Myślałem o tym samym, wuju. Chcę poprowadzić nasze oddziały do Alethkaru i odzyskać naszą ojczyznę. Coś jest nie w porządku w Kholinarze. Coś więcej niż te rozruchy lub rzekome zachowanie mojej żony, więcej niż milczenie łączotrzcin. Wróg robi coś w mieście. Wezmę armię, by to powstrzymać i ocalić królestwo.

Elhokar? Prowadzący wojsko? Dalinar wyobrażał sobie, że poprowadzi oddziały, które przebiją się przez szeregi Pustkowców, wypędzą ich z Alethkaru i wkroczą do Kholinaru, by przywrócić porządek.

Choć w rzeczywistości nie miało sensu to, by którykolwiek z nich prowadził takie natarcie.

– Elhokarze. – Dalinar pochylił się w jego stronę. – Nad czymś się zastanawiałem. Brama Przysięgi jest połączona z pałacem. Nie musimy maszerować z całą armią do samego Alethkaru. Wystarczy, że ponownie uruchomimy to urządzenie! Kiedy znów zacznie działać, będziemy mogli przenieść nasze oddziały do pałacu, przywrócić porządek i odpędzić Pustkowców.

– Dostać się do miasta. Wuju, żeby tego dokonać, możemy i tak potrzebować armii!

– Nie. Nieduży oddział może dotrzeć do Kholinaru szybciej niż armia. Jeśli będzie z nimi Świetlisty, będą mogli wślizgnąć się do miasta, uruchomić Bramę Przysięgi i otworzyć drogę pozostałym.

Elhokar wyraźnie się ożywił.

– Tak! Zrobię to, wuju. Zabiorę oddział i odzyskam nasz dom. Aesudan tam jest. Jeśli wciąż trwają zamieszki, walczy z nimi.

Nie to sugerowały raporty – zanim w ogóle się urwały. Jeśli już, to właśnie królowa była przyczyną zamieszek. A on z pewnością nie planował, że Elhokar osobiście uda się na tę misję.

Konsekwencje. Chłopak mówił poważnie, jak zawsze. Poza tym wydawało się, że Elhokar czegoś się nauczył, kiedy omal nie zginął z rąk zabójców. Z całą pewnością był teraz pokorniejszy niż w przeszłości.

– To stosowne – powiedział Dalinar – by ocalił ich właśnie ich król. Dopilnuję, byś dostał wszystkie potrzebne środki, Elhokarze.

Elhokara otoczyły świetliste kule chwałosprenów. Uśmiechnął się szeroko na ich widok.

– Widuję je jedynie, kiedy jestem blisko ciebie, wuju. Zabawne. Choć powinienem czuć do ciebie niechęć, wcale tak nie jest. Trudno czuć niechęć do kogoś, kto daje z siebie wszystko. Zrobię to. Ocalę Alethkar. Potrzebuję jednego z twoich Świetlistych. Najlepiej bohatera.

– Bohatera?

– Mostowego. Żołnierza. Musi pójść ze mną, bo jeśli ja wszystko zepsuję i zawiodę, ktoś i tak uratuje miasto.

Dalinar zamrugał.

– To bardzo... no...

– Ostatnio miałem dużo czasu do namysłu. Wszechmocny mnie oszczędził, mimo mojej głupoty. Zabiorę ze sobą mostowego i będę go obserwował. Dowiem się, dlaczego jest taki wyjątkowy. Może nauczy mnie, jak być podobnym do niego. A jeśli zawiodę... – Wzruszył ramionami. – Cóż, Alethkar i tak jest w bezpiecznych rękach, czyż nie?

Dalinar pokiwał głową z konsternacją.

– Muszę stworzyć plany – powiedział Elhokar. – Dopiero co wróciłem do zdrowia. Ale i tak nie wyruszę do powrotu bohatera. Może mógłby przenieść mnie i wybrany oddział do miasta? Tak by z pewnością było najszybciej. Chcę zobaczyć wszystkie raporty z Kholinaru i muszę osobiście przyjrzeć się urządzeniu Bramy Przysięgi. A, i jeszcze rysunki porównujące je z tym w mieście. I... – Rozpromienił się. – Dziękuję ci, wuju. Dziękuję ci, że we mnie uwierzyłeś, choć odrobinę.

Dalinar skinął mu głową, a wtedy Elhokar odszedł energicznym krokiem. Starszy Kholin westchnął, czuł się przytłoczony przez tę wymianę zdań. Navani trzymała się u jego boku, gdy usiadł na jednym z miejsc dla Świetlistych, obok podwyższenia dla małego sprena.

Z jednej strony miał króla składającego mu przysięgę, której nie chciał. Z drugiej całą grupę monarchów, którzy nie chcieli słuchać jego nawet najbardziej rozsądnych propozycji. Na burze.

– Dalinarze? – odezwała się Kalami. – Dalinarze!

Poderwał się na równe nogi, a Navani się obróciła. Kalami patrzyła na jedną z łączotrzcin, która zaczęła pisać. O co chodziło? Jakie straszliwe wieści czekały na niego?

– „Wasza Wysokość" – czytała Kalami z kartki – „uważam Waszą propozycję za szczodrą, a rady za mądre. Zlokalizowaliśmy urządzenie, które nazywacie Bramą Przysięgi. Co zadziwiające, jedna z moich poddanych utrzymuje, że jest Świetlistą. Jej spren polecił jej porozmawiać ze mną, planujemy wykorzystać jej Ostrze Odprysku, by sprawdzić urządzenie. Jeśli zadziała, jak najszybciej przybędę do was. Dobrze, że ktoś próbuje zorganizować opór przeciwko złu, które na nas spadło. Narody Rosharu muszą odsunąć na bok swoje sprzeczki, a ponowne pojawienie się świętego miasta Urithiru jest dla mnie dowodem, że Wszechmocny kieruje waszą ręką. Nie mogę się doczekać narady z wami i połączenia moich sił z waszymi we wspólnej operacji obrony tych ziem". – Kalami uniosła wzrok wyraźnie zadziwiona. – Wysłał to Taravangian, król Jah Keved i Kharbranthu.

Taravangian? Dalinar nie spodziewał się tak szybkiej odpowiedzi. Mówiono o nim, że to życzliwy, choć nieco prostoduszny człowiek. Doskonały, by rządzić małym państwem-miastem z pomocą rady. Jego wyniesienie na tron Jah Keved było powszechnie uważane za czystą złośliwość ze strony byłego króla, który nie chciał przekazać władzy żadnemu z rywali.

Słowa i tak ogrzały serce Dalinara. Ktoś posłuchał. Ktoś był gotów do niego dołączyć. Niech będzie błogosławiony.

Nawet gdyby Dalinarowi poza tym się nie powiodło, przynajmniej będzie miał u boku króla Taravangiana.

13 PRZYZWOITKA

Proszę jedynie, byście przeczytali te słowa lub ich wysłuchali.
– Z przedmowy *Dawcy Przysięgi*

Shallan wypuściła Burzowe Światło i przeszła przez nie, czując, jak ją otacza, przeobraża.

Na własną prośbę została przeniesiona do części Urithiru należącej do Sebariala, częściowo dlatego że obiecał jej komnatę z balkonem. Świeże powietrze i widok na szczyty gór. Jeśli nie mogła do końca uwolnić się od ciemnych głębin tego budynku, mogła choć mieć dom na jego granicy.

Pociągnęła kosmyk włosów i z zadowoleniem stwierdziła, że stały się czarne. Stała się Woal – nad tym przebraniem pracowała od jakiegoś czasu.

Uniosła dłonie, które były pokryte odciskami i spracowane – nawet bezpieczna dłoń. Co prawda, Woal nie była specjalnie kobieca. Opiłowywała paznokcie i lubiła ładnie się ubrać, czesała włosy. Po prostu nie miała czasu na głupstwa. Ciepły płaszcz i spodnie pasowały Woal lepiej niż powiewna havah, i nie miała czasu na przedłużony rękaw zasłaniający bezpieczną dłoń. Nosiła rękawiczkę i wystarczy.

W tej chwili miała na sobie koszulę nocną – zamierzała przebrać się później, kiedy będzie gotowa wyślizgnąć się na korytarze Urithiru. Najpierw musiała trochę poćwiczyć. Choć czuła się źle, zużywając Burzowe Światło, gdy wszyscy inni oszczędzali, Dalinar przecież wręcz kazał jej trenować swoje moce.

Ruszyła przez komnatę krokiem Woal – pewnym siebie i zdecydowanym, nigdy sztywnym. Idąc, Woal nie utrzymałaby książki na głowie – za to z radością by nią komuś przywaliła w głowę.

Kilka razy okrążyła komnatę, przechodząc przez plamę światła wpadającego przez okno. Ściany jej sypialni zdobiły jaskrawe warstwy układające się w koliste wzory. Kamień był gładki i nie dał się zadrapać nożem.

Nie miała zbyt wielu mebli, choć liczyła, że ostatnia wyprawa do obozów wróci z czymś, co będzie mogła sobie przywłaszczyć od Sebariala. Na razie radziła sobie z paroma kocami, jednym zydlem i – co za ulga – lusterkiem. Powiesiła je za rączkę na ścianie przywiązane do kamiennej wypustki, która najprawdopodobniej służyła kiedyś do wieszania obrazów.

Przyjrzała się w lustrze swojej twarzy. Chciała dotrzeć do punktu, w którym mogłaby błyskawicznie przeobrazić się w Woal, bez konieczności wcześniejszego przeglądania szkiców. Obmacała swoje rysy, ale oczywiście bardziej prostokątny nos i mocnej zarysowane czoło były skutkiem Tkania Światła i nie mogła ich poczuć.

Kiedy zmarszczyła czoło, Woal doskonale naśladowała ruch.

– Proszę coś do picia – powiedziała. Nie, bardziej szorstko. – Trunek. Natychmiast. – Za mocno?

– Mmm... – stwierdził Wzór. – Głos staje się dobrym kłamstwem.

– Dziękuję. Ćwiczyłam dźwięki.

Głos Woal był głębszy niż Shallan, bardziej szorstki. Zaczęła się zastanawiać, na ile uda jej się zmienić jego ton.

Na razie nie była do końca pewna, czy jej iluzja miała właściwe usta. Podeszła do swoich materiałów rysunkowych i przejrzała szkicownik, szukając portretów Woal, które narysowała, zamiast pójść na kolację z Sebarialem i Paloną.

Na pierwszej stronie znajdował się korytarz z kłębiącymi się warstwami, przez który przechodziła dzień wcześniej – linie szaleństwa zwijające się w stronę ciemności. Kolejny rysunek przedstawiał jedno z nowych targowisk w mieście. Tysiące kupców, praczek, prostytutek, karczmarzy i wszelkiego rodzaju rzemieślników zadomawiało się w Urithiru. Shallan doskonale wiedziała ilu – to ona przeniosła ich wszystkich przez Bramę Przysięgi.

Na rysunku ciemność spowijająca górną część wielkiej jaskini z targowiskiem przytłaczała malutkie postacie krążące między namiotami z kruchymi światełkami w rękach. Kolejny szkic przedstawiał inny tunel w ciemności. Następny pomieszczenie, w którym warstwy zwijały się w hipnotyzujący sposób. Nie uświadamiała sobie, że narysowała ich tak wiele. Przerzuciła dwadzieścia kartek, zanim odnalazła portrety Woal.

Tak, usta wyglądały właściwie. Ale sylwetka nie. Woal była szczupła, ale silna, czego nie było widać pod koszulą nocną. Figura za bardzo przypominała Shallan.

Ktoś zapukał do drewnianej płytki zawieszonej przed wejściem do jej komnat. Na razie zasłoniła je tkaniną. Wiele drzwi w wieży przez lata się wypaczyło – jej zostały wyrwane z futryny i wciąż czekała na nowe.

Najpewniej pukała Palona, która znów zauważyła, że Shallan nie zjadła kolacji. Dziewczyna wciągnęła powietrze, niszcząc obraz Woal i odzyskując część Burzowego Światła.

– Proszę – powiedziała.

Palona najwyraźniej nie przejęła się tym, że Shallan była teraz burzowym Świetlistym Rycerzem, i tak przez cały czas jej matkowała...

Do środka wszedł Adolin z dużą tacą jedzenia w jednej ręce i z kilkoma książkami pod drugą pachą. Zobaczył ją i potknął się, niemal wszystko upuszczając.

Shallan zamarła, po czym jęknęła i schowała gołą bezpieczną dłoń za plecy. Adolin nie miał nawet dość przyzwoitości, by się zarumienić, widząc ją prawie nagą. Odzyskał równowagę, wyprostował tacę z jedzeniem i uśmiechnął się szeroko.

– Wyłaź! – Shallan machnęła w jego stronę swobodną dłonią. – Wyłaź, już, już, już!

Cofnął się niezręcznie przez zasłonięte tkaniną wejście. Ojcze Burz! Twarz Shallan była pewnie tak czerwona, że mogliby ją wykorzystać jako sygnał do wyruszenia na bitwę. Naciągnęła rękawiczkę, owinęła ją bezpieczną sakiewką, po czym narzuciła na siebie niebieską sukienkę, która wisiała na oparciu krzesła, i zapięła rękaw. Zabrakło jej przytomności umysłu, by najpierw nałożyć gorset. Kopniakiem posłała go pod koc.

– Jeśli mogę coś powiedzieć na swoją obronę – odezwał się Adolin z drugiej strony – to sama zaprosiłaś mnie do środka.

– Myślałam, że to Palona!

Shallan zapinała guziki z boku sukienki – co było trudne, jako że jej bezpieczną dłoń zasłaniały trzy warstwy.

– Wiesz, mogłaś spytać, kto stoi za drzwiami.

– Nie próbuj zrzucać winy na mnie. To ty wślizgujesz się do sypialni młodej damy praktycznie bez zapowiedzi.

– Zapukałem!

– Pukanie było kobiece.

– Było... Shallan!

– Zapukałeś jedną ręką czy dwiema?

– Niosę burzową tacę z jedzeniem... dla ciebie, skoro o tym mowa. Oczywiście, że zapukałem jedną ręką. Naprawdę ktoś puka dwiema?

– W takim razie było całkiem kobiece. Spodziewałabym się, że udawanie kobiety, żeby zobaczyć młodą damę w samej bieliźnie, jest poniżej twojej godności, Adolinie Kholinie.

– Na litość Potępienia, Shallan. Mogę już wejść? I żeby wszystko było jasne, jestem mężczyzną i twoim narzeczonym, nazywam się Adolin Kholin, urodziłem się pod znakiem dziewiątki, mam znamię z tyłu lewego uda, a na śniadanie jadłem curry z krabów. Chcesz wiedzieć coś jeszcze?

Wystawiła głowę na zewnątrz, naciągając materiał wokół szyi.

– Z tyłu lewego uda, tak? A co musi zrobić dziewczyna, żeby to zobaczyć?

– Najwyraźniej zapukać jak mężczyzna.

Uśmiechnęła się do niego szeroko.

– Chwileczkę. Ta suknia jest męcząca.

Wróciła do komnaty.

– Tak, tak. Nie spiesz się. Wcale tu nie stoję z ciężką tacą jedzenia, czując jego zapach po tym, jak zrezygnowałem z kolacji, żeby zjeść ją z tobą.

– To dla ciebie dobre. Rozwija siłę czy coś w tym rodzaju. Czy wy nie robicie takich rzeczy? Dusicie kamienie, stajecie na głowie, rzucacie głazami.

– Tak, mam pod łóżkiem całą kolekcję zamordowanych kamieni.

Shallan chwyciła sukienkę zębami przy szyi, by mocniej ją naciągnąć i w ten sposób ułatwić zapinanie. Może.

– W ogóle nie rozumiem podejścia kobiet do bielizny. – Rozległ się brzęk, kiedy na tacy kilka talerzy uderzyło o siebie. – To znaczy, ta koszulka zakrywa właściwie to samo, co oficjalna suknia.

– Chodzi o przyzwoitość – mruknęła Shallan, nie wypuszczając tkaniny z zębów. – Poza tym niektóre części mają tendencję do wyślizgiwania się spod koszulki.

– Mnie to wciąż wydaje się arbitralne.

– A mężczyźni to niby nie mają arbitralnego podejścia do ubrań? Mundur to przecież tylko zwykły płaszcz, czyż nie? Poza tym, czy to nie ty popołudniami przeglądasz folio z modą?

Zaśmiał się i zaczął odpowiadać, ale Shallan, w końcu ubrana, odsunęła zasłonę w wejściu. Adolin, który opierał się o ścianę korytarza, wyprostował się i obejrzał ją całą – rozczochrane włosy, dwa rozpięte guziki sukni, zarumienione policzki. I wyszczerzył się głupio.

Na oczy Ash... on naprawdę sądził, że jest ładna. Ten cudowny książę rzeczywiście lubił z nią przebywać. Trafiła do starożytnego miasta Świetlistych Rycerzy, ale w porównaniu z sympatią Adolina wszystkie widoki Urithiru były burymi kulami.

Lubił ją. I przyniósł jej jedzenie.

Tylko nie znajdź sposobu, żeby to popsuć, pomyślała sobie Shallan, wyjmując książki spod jego pachy. Zrobiła krok w bok, pozwalając, by wszedł do środka i położył tacę na podłodze.

– Palona powiedziała, że nie jadłaś kolacji, a później dowiedziała się, że ja też nie. No i...

– Wysłała cię z zapasami – dokończyła Shallan, wpatrując się w tacę pełną naczyń, podpłomyków i potraw ze skorupiaków.

– Tak. – Adolin podrapał się po głowie. – Wydaje mi się, że Herdazowie tak mają.

Shallan do tej pory nie uświadamiała sobie, jak bardzo była głodna. Zamierzała coś sobie kupić w jednej z gospód, wędrując po mieście z twarzą Woal. Te lokale powstały na głównym targu, mimo wszelkich wysiłków Navani, by umieścić je gdzie indziej, a kupcy Sebariala mieli sporo do sprzedania.

A teraz to wszystko leżało przed nią... cóż, nie przejmowała się zbytnio przyzwoitością, kiedy usiadła na ziemi i zaczęła jeść łyżką wodniste curry z warzywami.

Adolin wciąż stał. Wyglądał naprawdę elegancko w tym niebieskim mundurze, choć musiała przyznać, że tak naprawdę nigdy nie widziała go w niczym innym. Znamię na udzie, tak...

– Będziesz musiał siedzieć na ziemi – powiedziała. – Nie mam jeszcze krzeseł.

– Właśnie sobie uświadomiłem, że to twoja sypialnia.

– I salon, i jadalnia, i moja „Adolin mówi rzeczy oczywiste" komnata. Jest całkiem uniwersalna, ta moja, w liczbie pojedynczej, komnata. A o co chodzi?

– Po prostu zastanawiam się, czy to właściwe. – Zarumienił się, co wyglądało uroczo. – Żebyśmy tu byli sami.

– Teraz przejmujesz się przyzwoitością?

– Cóż, niedawno usłyszałem wykład na ten temat.

– To nie był wykład.

Shallan odgryzła kęs jedzenia. Głębokie smaki wypełniły jej usta, przynosząc ten cudowny ostry ból i połączenie smaków, które powstają jedynie przy pierwszym kęsie czegoś słodkiego. Zamknęła oczy i uśmiechnęła się, delektując się posiłkiem.

– Czyli... to nie był wykład? – spytał Adolin. – Czy ta żartobliwa uwaga ma jakiś ciąg dalszy?

– Przepraszam. – Shallan otworzyła oczy. – To nie był wykład, jedynie kreatywne wykorzystanie języka, żeby odwrócić twoją uwagę.

Spojrzawszy na jego wargi, pomyślała o innych kreatywnych sposobach wykorzystania języka...

Jasne. Odetchnęła głęboko.

– To by było niestosowne – powiedziała – gdybyśmy byli sami. Na szczęście nie jesteśmy.

– Twoje ego nie liczy się jako osobna jednostka, Shallan.

– Ha! Zaraz. Myślisz, że mam ego?

– Po prostu brzmiało dobrze... nie chciałem... Nie to... Dlaczego się tak szczerzysz?

– Przepraszam.

Shallan zacisnęła dłonie w pięści i aż zadrżała z radości. Przez tak długi czas była potulna, że wzmianka na temat jej pewności siebie napełniała ją satysfakcją. Działało! Nauki Jasnah o ćwiczeniach i zachowywaniu się, jakby panowała nad sytuacją. Działało.

Cóż, poza tym całym fragmentem, kiedy musiała przyznać przed samą sobą, że zabiła matkę. Jak tylko o tym pomyślała, instynktownie próbowała odepchnąć od siebie to wspomnienie, ale ono nie chciało się ugiąć. Powiedziała to Wzorowi jako prawdę – a prawdy były dziwnymi Ideałami Tkaczy Światła.

Utknęło w jej umyśle, a za każdym razem, kiedy o nim myślała, ziejącą ranę znów wypełniał ból. Shallan zabiła matkę. Ojciec to zatuszował, udając, że zamordował żonę, co złamało jego życie – prowadząc go do wściekłości i zniszczenia.

Aż w końcu Shallan zabiła również jego.

– Shallan? Dobrze się czujesz?

Nie.

– Pewnie. Świetnie. Tak czy inaczej, nie jesteśmy sami. Wzorze, chodź tu, proszę.

Wyciągnęła rękę spodem dłoni do góry.

Spren niechętnie zszedł ze ściany, na której siedział i obserwował. Jak zawsze tworzył zmarszczki na wszystkim, po czym się poruszał, czy to tkaninie, czy kamieniu –

jakby coś się kryło pod powierzchnią. Jego skomplikowany, falujący wzór linii zawsze się zmieniał, stapiał, był mniej więcej kolisty, ale z zaskakującymi odmianami.

Przeszedł po jej sukni na dłoń, a później wyłonił się spod skóry i wzniósł w powietrze, rozwijając się do trzech wymiarów. Unosił się tam – czarna, mieszająca w głowie sieć poruszających się linii. Niektóre wzory się kurczyły, inne rozwijały, poruszając się po powierzchni jak pole ruchomych traw.

Nie znienawidzi go. Mogła nienawidzić miecza, którym zabiła matkę, ale nie jego. Udało jej się odepchnąć ból na bok – nie zapomniała o nim, ale miała nadzieję, że nie zepsuje jej czasu z Adolinem.

– Książę Adolinie, wydaje mi się, że już kiedyś słyszałeś głos mojego sprena. Pozwól, że przedstawię was sobie oficjalnie. To Wzór.

Adolin ukląkł z szacunkiem i wpatrzył się w hipnotyzujące geometrie. Shallan nie miała do niego pretensji – nie raz i nie dwa zatonęła w tej sieci linii i kształtów, które niemal się powtarzały, ale nie do końca.

– Twój spren. Shallanspren.

Na te słowa Wzór prychnął z irytacją.

– Nazywa się Zagadkowym – wyjaśniła Shallan. – Każdy zakon Świetlistych wiąże się z innym rodzajem sprenów, a ta więź pozwala mi robić to, co robię.

– Tworzyć iluzje – powiedział cicho Adolin. – Jak tamta z mapą.

Shallan uśmiechnęła się i – uświadamiając sobie, że wciąż pozostała jej odrobina Burzowego Światła z wcześniejszej iluzji – nie mogła się oprzeć chęci pokazania mu czegoś. Uniosła osłoniętą rękawem bezpieczną dłoń i wypuściła powietrze, umieszczając błyszczącą chmurę Burzowego Światła nad niebieską tkaniną. Utworzyło niewielki obraz Adolina z rysunków przedstawiających go w Pancerzu Odprysku. Ten pozostał nieruchomo, trzymał Ostrze Odprysku na ramieniu, a zasłonę miał uniesioną – trochę jak lalka.

– To niewiarygodny talent, Shallan. – Adolin trącił swój obraz, który rozmył się, nie stawiając oporu. Zawahał się, po czym wyciągnął palec w stronę Wzoru, który się cofnął. – Dlaczego upierasz się, by go ukrywać i udawać, że należysz do innego zakonu?

– Cóż. – Musiała szybko coś wymyślić. Zacisnęła dłoń, odsyłając obraz Adolina. – Po prostu sądzę, że to może dać nam przewagę. Czasem tajemnice są ważne.

Adolin powoli pokiwał głową.

– Tak. Są.

– Tak czy inaczej – powiedziała Shallan – Wzorze, będziesz dziś naszą przyzwoitką.

– Co to jest przyzwoitka? – spytał Wzór z brzęczeniem.

– To ktoś, kto pilnuje dwojga młodych ludzi, kiedy są razem, żeby mieć pewność, że nie robią niczego niewłaściwego.

– Niewłaściwego? – powtórzył Wzór. – Jak... dzielenie przez zero?

– Co takiego? – Shallan spojrzała na Adolina, który tylko wzruszył ramionami. – Posłuchaj, po prostu miej na nas oko. Będzie dobrze.

Wzór zabrzęczał, stopił się do dwóch wymiarów i zajął miejsce na boku miski. Wydawał się zadowolony, jak kremlik skulony w swojej szczelinie.

Shallan nie mogła już dłużej czekać i zaczęła jeść. Adolin usiadł naprzeciw niej i rzucił się na swoją porcję. Dziewczyna przez dłuższy czas ignorowała ból i cieszyła się chwilą – dobre jedzenie, miłe towarzystwo, zachodzące słońce rzucające rubinowe i topazowe światło na szczyty gór i do komnaty. Miała ochotę narysować tę scenę, ale wiedziała, że tego rodzaju chwili nie uda jej się uwiecznić na kartce. Nie chodziło o zawartość ani kompozycję, lecz radość życia.

Sekret szczęścia nie polegał na unieruchamianiu każdej chwilowej przyjemności i trzymaniu się jej, ale upewnieniu się, że w życiu będzie wiele przyszłych chwil, na które warto czekać.

Po zjedzeniu całego talerza hasperów duszonych w skorupach Adolin wyjął kilka kawałków wieprzowiny z kremowego czerwonego curry, położył je na talerzu i przesunął w jej stronę.

– Chcesz spróbować?

Shallan udała, że się krztusi.

– Daj spokój. – Adolin pomachał talerzem. – Jest pyszne.

– Wypali mi wargi, Adolinie Kholinie. Nie myśl, że nie zauważyłam, że wybrałeś absolutnie najostrzejszą miksturę, jaką przysłała Palona. Jedzenie mężczyzn jest koszmarne. Jak wy czujecie cokolwiek pod tymi wszystkimi przyprawami?

– Przynajmniej nie jest bez smaku. – Adolin nabił jeden kawałek i wrzucił go do ust. – Nie ma tu nikogo poza nami. Możesz spróbować.

Spojrzała na mięso, przypominając sobie, jak w dzieciństwie próbowała jedzenia mężczyzn – choć nie tej potrawy.

Wzór zabrzęczał.

– Czy to ta niewłaściwa rzecz, przed którą powinienem was powstrzymać?

– Nie – odparła Shallan i Wzór się uspokoił.

Może przyzwoitka, która wierzy w każde moje słowo, nie jest zbyt skuteczna? – pomyślała.

Mimo to z westchnieniem owinęła kawałek wieprzowiny w podpłomyk. W końcu opuściła Jah Keved w poszukiwaniu nowych doświadczeń.

Odgryzła kawałek i natychmiast pożałowała swoich życiowych decyzji.

Z załzawionymi oczyma sięgnęła po kubek wody, który Adolin wyciągnął w jej stronę. Wypiła zawartość, co jednak zbytnio nie pomogło. Następnie wytarła język chusteczką – rzecz jasna, w najbardziej kobiecy sposób, jak to możliwe.

– Nienawidzę cię – powiedziała i wypiła jego wodę.

Adolin się roześmiał.

– Och! – Wzór nagle zerwał się z tacy i uniósł w powietrze. – Mówiłaś o parzeniu się! Mam się upewnić, że przypadkiem nie zaczniecie się parzyć, bo parzenie się jest zakazane przez ludzkie społeczeństwo, dopóki nie przeprowadzicie stosownych rytuałów! Tak, tak. Mmm. Zwyczaje dyktują postępowanie według określonych wzorców, zanim będziecie kopulować. Prowadziłem badanie na ten temat!

– Och, Ojcze Burz.

Shallan zasłoniła oczy swobodną dłonią. Wokół niej pojawiło się nawet parę wstydosprenów, ale zaraz znikły. Drugi raz w ciągu tygodnia.

– No dobrze – powiedział Wzór. – Żadnego parzenia się. ŻADNEGO PARZENIA SIĘ.

Zabrzęczał, jakby był zadowolony, i znów wtopił się w talerz.

– To było upokarzające – stwierdziła Shallan. – Może moglibyśmy porozmawiać o tych książkach, które przyniosłeś? Albo starożytnej vorińskiej teologii czy strategiach liczenia ziaren piasku? Cokolwiek poza tym, co się właśnie wydarzyło. Proszę.

Adolin zaśmiał się, po czym sięgnął po cienki notatnik na szczycie sterty.

– May Aladar wysłała ludzi, żeby przepytali przyjaciół i rodzinę Vedekara Perela. Dowiedzieli się, gdzie był przed śmiercią, kto widział go po raz ostatni, i zapisali wszystkie szczegóły. Pomyślałem, że moglibyśmy przeczytać raport.

– A reszta książek?

– Wydawałaś się zagubiona, kiedy ojciec spytał cię o politykę Makabaków. – Adolin nalał im wina, łagodnego żółtego. – Zacząłem więc pytać i wygląda na to, że niektórzy żarliwcy zabrali tu całe biblioteki. Jedna z moich służących zlokalizowała kilka książek na temat Makabaków, które mi się podobały.

– Książki? Ty?

– Nie spędzam całego czasu, waląc ludzi mieczem, Shallan. Jasnah i ciotka Navani dopilnowały, żeby moją młodość wypełniały niekończące się wykłady żarliwców na temat polityki i handlu. Część z tego pozostała w mojej głowie, wbrew mym naturalnym skłonnościom. Te trzy książki są najlepszymi z tych, które mi czytano, choć ostatnia jest wersją uaktualnioną. Pomyślałem, że może ci to pomóc.

– To bardzo miłe. Naprawdę, Adolinie. Dziękuję.

– Wiesz, pomyślałem sobie, że jeśli zamierzamy kontynuować zaręczyny...

– A dlaczego mielibyśmy tego nie zrobić? – spytała Shallan z nagłym przerażeniem.

– Nie wiem. Jesteś Świetlistą, Shallan. Na wpół boską istotą z mitologii. A ja przez cały czas myślałem, że jestem dla ciebie korzystną partią. – Wstał i zaczął chodzić po komnacie. – Na Potępienie. Nie chciałem, żeby to tak zabrzmiało. Przepraszam. Ja tylko... ciągle się martwię, że to popsuję.

– Ty się martwisz, że to popsujesz?

Shallan czuła w swoim wnętrzu ciepło, które nie było jedynie skutkiem działania wina.

– Nie radzę sobie ze związkami, Shallan.

– A ktoś w ogóle sobie radzi? To znaczy, czy w ogóle istnieje ktoś, kto patrzy na związek i myśli „Wiecie co, rozumiem to"? Osobiście wierzę, że wszyscy zbiorowo jesteśmy idiotami w tej kwestii.

– Ze mną jest gorzej.

– Adolinie, kochanie, ostatni mężczyzna, którego darzyłam zainteresowaniem, nie tylko był żarliwcem... którymi w ogóle nie wolno mi się interesować... ale też okazał się skrytobójcą, który próbował jedynie zaskarbić sobie moje względy, żeby zbliżyć się do Jasnah. Chyba przeceniasz umiejętności innych w tym zakresie.

Adolin stanął w miejscu.

– Skrytobójca.

– Poważnie mówię. Prawie mnie zabił bochenkiem zatrutego chleba.

– A niech mnie. Muszę usłyszeć tę historię.

– Całe szczęście właśnie ci ją opowiedziałam. Nazywał się Kabsal i był tak niewiarygodnie miły, że prawie mogę mu wybaczyć zamach na moje życie.

Adolin uśmiechnął się szeroko.

– Miło słyszeć, że nie mam wysokiej poprzeczki do przeskoczenia... wystarczy, że nie spróbuję cię otruć. Choć nie powinnaś mi opowiadać o byłych ukochanych. Będę zazdrosny.

– Daj spokój. – Shallan zanurzyła chleb w resztkach słodkiego curry. Język wciąż ją piekł. – Ty zalecałeś się do połowy obozów.

– Nie jest tak źle.

– Naprawdę? Z tego, co słyszałam, musiałabym udać się do Herdazu, żeby znaleźć kobietę stanu wolnego, z którą nie próbowałeś się umówić.

Wyciągnęła do niego rękę, by pomógł jej wstać.

– Szydzisz z moich porażek?

– Nie, wychwalam je. – Stanęła obok niego. – Mój drogi Adolinie, gdybyś nie popsuł tych wszystkich związków, nie byłoby cię tutaj. Ze mną. – Zbliżyła się do niego. – I tak w rzeczywistości jesteś mistrzem związków. Widzisz, psułeś tylko te nieodpowiednie.

Pochylił się w jej stronę. Jego oddech pachniał przyprawami, a mundur świeżym, czystym krochmalem, którego wymagał Dalinar. Ich wargi się zetknęły, a jej serce zadrżało. Były takie ciepłe.

– Żadnego parzenia się!

Szarpnęła się, przerywając pocałunek, i zobaczyła unoszący się obok nich Wzór szybko zmieniający kształty.

Adolin ryknął śmiechem, a sytuacja była tak absurdalna, że Shallan musiała do niego dołączyć. Cofnęła się, ale wciąż trzymała go za rękę.

– Żadne z nas tego nie popsuje. – Ścisnęła jego dłoń. – Nawet jeśli czasem wydaje się, że oboje bardzo się staramy.

– Obiecujesz?

– Obiecuję. A teraz zajrzyjmy do tego twojego notatnika i zobaczmy, czego możemy się dowiedzieć o naszym morderstwie.

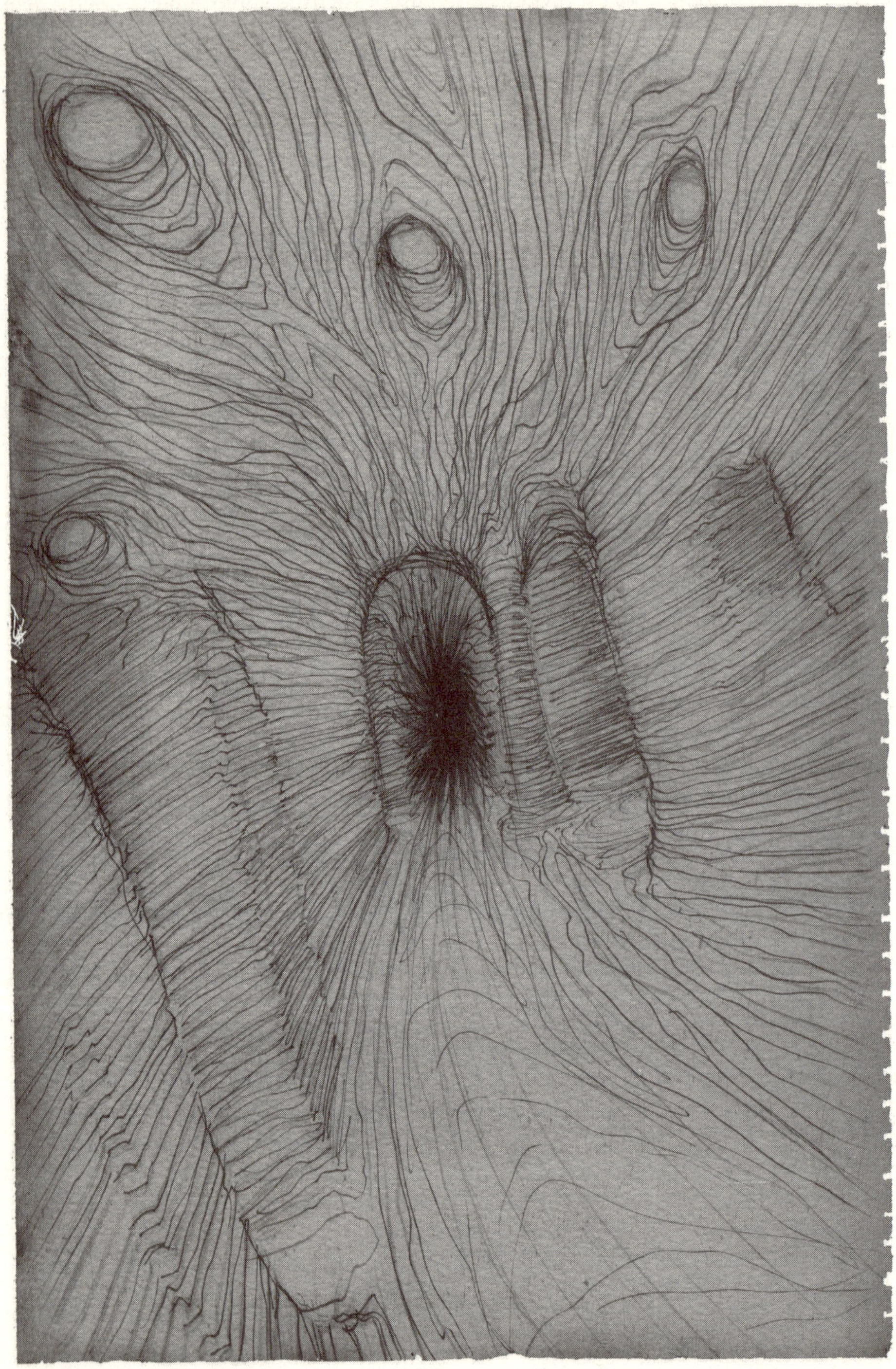

14
GIERMKOWIE NIE MOGĄ POJMAĆ

W tej relacji niczego nie ukrywam. Nie zamierzam cofać się przed trudnymi tematami ani malować się w fałszywie bohaterskim świetle.
– Z przedmowy *Dawcy Przysięgi*

Kaladin skradał się w deszczu, przemykał po skałach w wilgotnym mundurze, aż udało mu się spojrzeć między drzewami na Pustkowców. Potwory z mitycznej przeszłości, wrogowie wszystkiego, co dobre i właściwe. Niszczyciele, którzy mnóstwo razy pustoszyli cywilizację.

Grali w karty.

Co, na głębiny Potępienia? – pomyślał Kaladin. Pustkowcy ustawili jednego strażnika, ale stwór po prostu siedział na pniu i łatwo go było ominąć. Wabik, pomyślał z początku Kaladin, zakładając, że prawdziwy strażnik ma punkt obserwacyjny na szczycie drzewa.

Ale jeśli gdzieś kryły się prawdziwe straże, Kaladin ich nie zauważył – a oni nie dostrzegli jego. Półmrok mu służył, gdyż mógł usadowić się między krzakami tuż na skraju obozu Pustkowców. Między drzewami rozciągnęli płócienne daszki, które koszmarnie przeciekały. W jednym miejscu rozbili porządny namiot, w pełni zamknięty, ze ścianami – nie widział, co było w środku.

Schronienia jednak brakowało i wielu siedziało na deszczu. Kaladin spędził kilka bolesnych minut, spodziewając się, że zostanie dostrzeżony. Musieli tylko zauważyć, że trącone przez niego krzaki schowały liście.

Na szczęście nikt nie spojrzał. Liście znów się ostrożnie wysunęły, zasłaniając go. Syl wylądowała na jego ramieniu i z rękami na biodrach przyglądała się Pustkowcom.

Jeden miał zestaw drewnianych herdazkich kart i siedział na skraju obozu – naprzeciwko Kaladina – używając płaskiego kamienia jako stołu. Naprzeciw niego siedziała kobieta.

Wyglądali inaczej, niż się spodziewał. Po pierwsze, ich skóra miała inny odcień – wielu parshmenów w Alethkarze miało marmurkową, biało-czerwoną skórę, nie zaś czerwono-czarną, jak Rlain z mostu czwartego. Nie nosili wojnoformy – ani też innej straszliwej, potężnej formy. Choć byli krępi i masywni, jedyny pancerz biegł wzdłuż ich przedramion i wystawał na skroniach, a poza tym mieli pełne czupryny.

Wciąż nosili proste tuniki niewolników związane w pasie sznurkiem. Nie mieli czerwonych oczu. Może to się zmieniało, jak jego własne oczy?

Mężczyzna – o czym świadczyła ciemnoczerwona broda z nienaturalnie grubych włosów – w końcu położył kartę na skale, obok kilku innych.

– A możesz w ogóle tak zrobić? – spytała kobieta.

– Tak sądzę.

– Mówiłeś, że giermkowie nie mogą pojmać.

– Chyba że inna z moich kart dotyka twojej. – Mężczyzna podrapał się po brodzie. – Tak myślę...

Kaladinowi zrobiło się zimno, jakby deszcz przenikał przez jego skórę, docierał aż do krwi i wypełniał go. Mówili jak Alethyjczycy. Ani śladu akcentu. Gdyby miał zamknięte oczy, nie odróżniłby tych głosów od głosów zwykłych ciemnookich rolników z Paleniska, jeśli pominąć fakt, że ona miała głos głębszy niż większość ludzkich kobiet.

– Czyli... – odezwała się kobieta. – Mówisz, że jednak nie wiesz, jak w to grać.

Mężczyzna zaczął zbierać karty.

– Powinienem wiedzieć, Khen. Ile razy patrzyłem, jak grają? Stałem tam z tacą trunków. Powinienem być ekspertem, nie?

– Najwyraźniej nie.

Kobieta wstała i podeszła do innej grupki, która bez większego sukcesu próbowała rozpalić ogień pod jedną z plandek. Trzeba było mieć wyjątkowe szczęście, żeby podczas Płaczu zapalić ogień na dworze. Kaladin, jak każdy żołnierz, nauczył się znosić ciągłą wilgoć.

Mieli skradzione worki ziarna – widział stertę pod jednym z daszków. Ziarno napęczniało, rozrywając kilka worków. Kilkoro parshmenów zjadało je garściami, bo nie mieli misek.

Kaladin żałował, że od razu poczuł koszmarne, brejowate paskudztwo w ustach. Wiele razy dostawał do jedzenia niedoprawiony, gotowany tallew. Czasami uważał to za błogosławieństwo.

Mężczyzna, który rozmawiał wcześniej, wciąż siedział na kamieniu i trzymał w ręku drewnianą kartę. To był lakierowany zestaw, wytrzymały. Kaladin czasami widywał je w wojsku. Żołnierze długo oszczędzali na takie karty, bo nie wypaczały się w deszczu.

Parshmen wyglądał tak żałośnie, kiedy siedział z opuszczonymi ramionami i patrzył na kartę.

– To niewłaściwe – szepnął Kaladin do Syl. – Tak bardzo się myliliśmy...

Gdzie byli niszczyciele? Co się stało z bestiami o czerwonych oczach, które próbowały zmiażdżyć armię Dalinara? Straszliwymi, przerażającymi postaciami, które opisywał mu most czwarty?

Sądziliśmy, że rozumiemy, co się wydarzy, pomyślał Kaladin. *Byłem tak pewien.*

– Alarm! – rozległ się nagle przenikliwy krzyk. – Alarm! Głupcy!

Coś przeleciało w powietrzu, świetlista żółta wstęga, pasmo światła w popołudniowym półmroku.

– On tam jest – powiedział ktoś przenikliwym głosem. – Obserwuje was! Pod tymi krzakami!

Kaladin wyrwał się z zarośli, gotów wciągnąć Burzowe Światło i zniknąć. Choć w większości miasteczek już go nie mieli i znów się kończyło, wciąż mu trochę pozostało.

Parshmeni chwycili za pałki zrobione z gałęzi albo kijów od mioteł. Zebrali się razem i trzymali kije jak przestraszeni wieśniacy. Żadnej postawy, żadnego opanowania.

Kaladin się zawahał. *Mógłbym ich wszystkich pokonać w walce nawet bez Burzowego Światła.* Wiele razy widział mężczyzn trzymających w taki sposób broń. Ostatnio w rozpadlinach, kiedy szkolił mostowych.

To nie byli wojownicy.

Syl podleciała do niego gotowa stać się Ostrzem.

– Nie – szepnął do niej Kaladin. Następnie uniósł ręce w bok i odezwał się głośniej. – Poddaję się.

15 JASNOŚĆ ŚWIETLISTA

Przedstawię jedynie szczerą, choć brutalną prawdę. Musicie poznać moje czyny i ile mnie kosztowały.

– Z przedmowy *Dawcy Przysięgi*

– Ciało oświeconego Perela znaleziono w tej samej okolicy, co Sadeasa. – Shallan chodziła po komnacie, przerzucając kartki raportu. – To nie może być zbieg okoliczności. Ta wieża jest stanowczo zbyt wielka. Wiemy więc, gdzie krąży morderca.

– Możliwe. – Adolin siedział oparty plecami o ścianę, w rozpiętym płaszczu, i podrzucał niedużą skórzaną piłkę wypełnioną suchym ziarnem. – Ale myślę sobie, że morderstw mogły się dopuścić dwie różne osoby.

– Dokładnie ten sam sposób zabójstwa – sprzeciwiła się Shallan. – Ciało ułożone w tej samej pozycji.

– Nic innego ich nie łączy. Sadeas był gnidą, powszechnie znienawidzoną, do tego zwykle towarzyszyli mu strażnicy. Perel był cichy, lubiany i znano go jako doskonałego zarządcę. Mniej żołnierz, a bardziej urzędnik.

Słońce już zaszło, więc rozłożyli na podłodze kule jako źródło światła. Pozostałości ich posiłku zostały zabrane przez służbę, a Wzór brzęczał zadowolony na ścianie w pobliżu głowy Adolina. Młodzieniec czasami na niego spoglądał, wydawał się przy tym skrępowany, co Shallan doskonale rozumiała. Przyzwyczaiła się do Wzoru, ale te linie były naprawdę dziwne. Zaczekaj, aż Adolin zobaczy Zagadkowego w Cieniomorzu, pomyślała, z normalnym ciałem, ale wirującymi kształtami zamiast głowy.

Adolin podrzucił niedużą szytą piłkę i złapał ją prawą ręką – tą, którą Renarin w zadziwiający sposób uzdrowił. Nie tylko ona ćwiczyła swoje moce. Szczególnie cieszyło ją, że teraz ktoś jeszcze ma Ostrze Odprysku. Kiedy powrócą arcyburze i będą mogli regularnie uruchamiać Bramę Przysięgi, dostanie pomoc.

– Te raporty – Shallan znów postukała notatnikiem o rękę – są jednocześnie pełne informacji i bezużyteczne. Nic nie łączy Perela i Sadeasa poza tym, że obaj byli jasnoocy... i częścią wieży, w której się znajdowali. Może wybierając ofiary, morderca kierował się tym, że miał okazję.

– Mówisz, że ktoś przypadkiem zabił arcyksięcia? Jak... morderstwo w bocznej uliczce za gospodą?

– Możliwe. Jasność Aladar sugeruje w tym miejscu, by twój ojciec ustalił zasady poruszania się po pustych częściach wieży.

– Ja wciąż sądzę, że może być dwóch morderców. No wiesz... ktoś zobaczył martwego Sadeasa i uznał, że zabicie kogoś innego ujdzie mu na sucho, bo będzie mógł obarczyć winą tego pierwszego.

Och, Adolinie, pomyślała Shallan. Przyszedł z teorią, która mu się podobała, i nie chciał z niej zrezygnować. To był częsty błąd, przed którym ostrzegały jej naukowe księgi.

Jednakże Adolin miał rację w jednej kwestii – zabójstwo arcyksięcia raczej nie było przypadkowe. Nie widziano, by ktokolwiek korzystał z Dawcy Przysięgi, Ostrza Sadeasa, nie pojawiły się nawet pogłoski na ten temat.

Może drugie zabójstwo ma odwrócić uwagę? – pomyślała Shallan, znów przeglądając raport. Próba sprawienia, by całość robiła wrażenie przypadkowych napaści? Nie, to zbyt zawiłe – nie miała też więcej dowodów niż Adolin dla swojej teorii.

Zaczęła się zastanawiać. Może wszyscy skupili się na tych dwóch śmierciach, bo chodziło o liczących się jasnookich. Czy doszło do innych zabójstw, których nie zauważyli, gdyż ich ofiarą padły mniej znaczące jednostki? Gdyby w przysłowiowej bocznej uliczce za gospodą, jak wspomniał Adolin, znaleziono żebraka, czy ktokolwiek zwróciłby na to uwagę – nawet gdyby został dźgnięty w oko?

Muszę wyjść między nich i zobaczyć, czego się dowiem. Otwierała usta, żeby powiedzieć Adolinowi, że powinna się kłaść, ale on już stał i się przeciągał.

– Myślę, że zrobiliśmy z tym wszystko, co się dało. – Wskazał na raport. – Przynajmniej na dziś wieczór.

– Tak. – Shallan udała ziewnięcie. – Pewnie.

– No... – zaczął mówić Adolin, po czym odetchnął głęboko. – Jest... coś jeszcze.

Shallan zmarszczyła czoło. Coś jeszcze? Dlaczego nagle miał minę, jakby przygotowywał się do zrobienia czegoś trudnego?

Zamierza zerwać nasze zaręczyny! – pomyślała część jej umysłu, choć Shallan natychmiast stłumiła to uczucie i zepchnęła je za zasłony, gdzie było jego miejsce.

– W porządku, to nie jest łatwe. Nie chcę cię urazić, Shallan. Ale... pamiętasz, jak skłoniłem cię do zjedzenia męskiej potrawy?

– No tak. Jeśli przez następne dni wszystko będzie smakować szczególnie korzennie, będę miała do ciebie pretensję.

– Shallan, musimy porozmawiać o czymś podobnym. O czymś, czego nie możemy po prostu zignorować.

– Ja...

Zabiłam rodziców. Dźgnęłam matkę w pierś, a ojca udusiłam, jednocześnie dla niego śpiewając.

– Masz Ostrze Odprysku – powiedział Adolin.

Nie chciałam jej zabić. Musiałam. Musiałam.

Adolin chwycił ją za ramiona, a ona wzdrygnęła się i skupiła na nim. On... się uśmiechał?

– Masz Ostrze Odprysku, Shallan! Nowe. To niewiarygodne. Przez lata marzyłem o zdobyciu własnego Ostrza! Tak wielu mężczyzn całe życie hołubi to marzenie i nigdy go nie spełnia. A ty je masz.

– I to coś dobrego, tak?

Adolin obejmował ją mocno, przyciskając jej ramiona do ciała.

– Oczywiście, że tak! – Adolin ją puścił. – Ale, no, jesteś kobietą.

– Czyżby zdradził mnie makijaż? A może sukienka? Ach tak, piersi, prawda? Zawsze nas zdradzają.

– Shallan, to poważna sprawa.

– Wiem. – Spróbowała się uspokoić. – Tak, Wzór może stać się Ostrzem Odprysku, Adolinie. Nie wiem, co to ma wspólnego z czymkolwiek. Nie mogę go oddać... Ojcze Burz. Chcesz mnie uczyć, jak się nim posługiwać, prawda?

Wyszczerzył zęby w szerokim uśmiechu.

– Powiedziałaś, że Jasnah też była Świetlistą. Kobiety zdobywające Ostrza Odprysku. Dziwne, ale nie możemy tego zignorować. A co z Pancerzem? Też go gdzieś ukrywasz?

– Nic o tym nie wiem. – Jej serce biło szybko, skóra robiła się zimna, a mięśnie się napięły. Walczyła z tym uczuciem. – Nie wiem, skąd się bierze Pancerz.

– Wiem, że to mało kobiece, ale kogo to obchodzi? Masz miecz, powinnaś umieć się nim posługiwać, a zwyczaje nich idą do Potępienia. No już, powiedziałem to. – Odetchnął głęboko. – To znaczy, skoro mały mostowy je ma, a on jest przecież ciemnooki. Był. Tak czy inaczej, to podobna sytuacja.

Dziękuję, pomyślała Shallan, za porównanie kobiet do chłopów. Ale powstrzymała się. Chwila była wyraźnie ważna dla Adolina i naprawdę próbował zachować otwarty umysł.

Jednakże... myślenie o tym, co zrobiła, bolało ją. Trzymanie broni byłoby gorsze. O wiele gorsze.

Chciała się ukryć. Ale nie mogła. Ta prawda nie pozwalała się wygnać z umysłu. Czy mogłaby wyjaśnić?

– No tak, masz rację, ale...

– Świetnie! Świetnie. Przyniosłem osłony Odprysków, żebyśmy nie zrobili sobie krzywdy. Zostawiłem je na posterunku. Pójdę po nie.

I zniknął. Shallan stała z ręką wyciągniętą w jego stronę, a zastrzeżenia zamarły na jej ustach. Zacisnęła palce i uniosła dłoń do piersi, w której głośno biło serce.

– Mmm. To dobrze. Trzeba to zrobić.

Shallan przeszła przez komnatę do lusterka, które zawiesiła na ścianie. Wpatrywała się w siebie – szeroko otwarte oczy, rozczochrane włosy. Zaczęła oddychać szybko, krótko.

– Nie mogę... Nie mogę być tą osobą, Wzorze. Po prostu nie mogę wziąć miecza do ręki. Jak jakiś promienny rycerz na wieży udający kogoś, za kim trzeba podążać.

Wzór brzęczał cicho w tonie, który odbierała jako dezorientację. Konsternację jednego gatunku, który próbuje zrozumieć umysł drugiego.

Pot spływał po twarzy Shallan i obok jej oka, gdy patrzyła na siebie. Co spodziewała się zobaczyć? Wizja załamania przed Adolinem jeszcze zwiększała jej zdenerwowanie. Wszystkie mięśnie jej ciała się napięły, a krawędzie pola widzenia poczerniały. Mogła patrzeć jedynie prosto przed siebie, a chciała uciekać, gdzieś pójść. Odejść.

Nie. Nie, po prostu być kimś innym, pomyślała.

Drżącymi rękami wyciągnęła szkicownik. Wyrywała kartki i rozrzucała je, żeby dotrzeć do czystej, po czym chwyciła węgiel.

Wzór podszedł do niej, unosząca się w powietrzu kula zmieniających się linii, brzęcząca z troską.

– Shallan? Proszę. Co się stało?

Mogę się ukryć, pomyślała, rysując gorączkowo. Shallan może uciec i pozostawić kogoś na swoim miejscu.

– To dlatego że mnie nienawidzisz – powiedział cicho Wzór. – Mogę umrzeć, Shallan. Mogę odejść. Przyślą innego, żeby się z tobą związał.

Komnatę wypełniło wysokie wycie – Shallan dopiero po chwili zorientowała się, że pochodzi z jej własnego gardła. Słowa Wzoru były jak nóż w bok. Nie, proszę. Rysuj.

Woal. Woal nie miałaby problemów z trzymaniem miecza. Nie miała pękniętej duszy Shallan i nie zabiła swoich rodziców. Poradziłaby sobie.

Nie. Co by zrobił Adolin, gdyby wrócił i znalazł w komnacie zupełnie inną kobietę? Nie mógł dowiedzieć się o Woal. Linie, które szkicowała, poszarpane i niewyszukane od trzęsącego się ołówka, szybko przybrały kształt jej twarzy. Ale włosy upięte w kok. Kobieta opanowana, nie tak płocha jak Shallan, nie tak nieumyślnie głupiutka.

Kobieta, której nie trzymano pod kloszem. Kobieta wystarczająco twarda, wystarczająco silna, by posługiwać się tym mieczem. Kobieta taka... jak Jasnah.

Tak, delikatny uśmiech Jasnah, jej opanowanie i pewność siebie. Shallan naszkicowała swoją twarz z tymi ideałami, tworząc jej twardszą wersję. Czy mogła... czy mogła stać się tą kobietą?

Muszę nią być, pomyślała Shallan, zaczerpnęła Burzowego Światła z teczki i wypuściła je w chmurze wokół siebie. Wstała, gdy nastąpiła przemiana. Jej serce biło spokojniej. Otarła pot z czoła, spokojnie rozpięła bezpieczny rękaw, wyrzuciła głupią sakiewkę, którą wcześniej obwiązała dłoń, i podwinęła rękaw, odsłaniając rękawiczkę.

Wystarczy. Adolin nie mógł się spodziewać, że włoży strój do ćwiczeń. Ściągnęła włosy w kok i umocowała je szpilkami z teczki.

Kiedy Adolin po chwili wrócił do komnaty, zastał opanowaną, spokojną kobietę, która nie była do końca Shallan Davar. Nazywa się jasność Świetlista, pomyślała. Będzie się posługiwać jedynie tytułem.

Adolin niósł dwa długie, wąskie kawałki metalu, które jakimś sposobem mogły się przykleić do klingi Ostrza Odprysku, a ono dzięki temu stawało się mniej niebezpieczne w czasie ćwiczeń. Świetlista przyjrzała im się krytycznie, po czym wyciągnęła rękę w bok, przywołując Wzór. W jej dłoni uformowało się Ostrze – smukłe i niemal tak długie, jak była wysoka.

– Wzór może zmodyfikować swój kształt i stępi krawędzie do bezpiecznego poziomu. Nie potrzebuję tak niewygodnego urządzenia.

I rzeczywiście, klinga Wzoru zafalowała i stępiła się.

– Na burze, to przydatne. Ale ja i tak będę go potrzebował.

Adolin przywołał swoje Ostrze, co zajęło mu dziesięć uderzeń serca – a w tym czasie obrócił głowę i spojrzał na nią.

Shallan spuściła wzrok i zorientowała się, że w tym przebraniu powiększyła sobie biust. Oczywiście nie dla niego. Po prostu upodobniała się do Jasnah.

Miecz Adolina w końcu się pojawił. Był grubszy niż jej własny, z falującą ostrą krawędzią i delikatnymi krystalicznymi wyrostkami po przeciwnej stronie. Adolin założył jedną z osłon na klingę.

Świetlista wystawiła nogę do przodu i uniosła Ostrze w obu dłoniach na wysokość głowy.

– Ej, całkiem nieźle – zauważył Adolin.

– Shallan poświęciła wiele czasu na rysowanie was wszystkich.

Adolin z namysłem pokiwał głową. Podszedł i wyciągnął do niej kciuk i dwa palce. Myślała, że zamierza poprawić jej uchwyt, ale on przycisnął palce do jej obojczyka i pchnął lekko.

Świetlista zatoczyła się do tyłu i niemal przewróciła.

– W postawie – wyjaśnił Adolin – chodzi o coś więcej niż robienie wrażenia na polu bitwy. Chodzi o równowagę, środek ciężkości i panowanie nad przebiegiem walki.

– Zapamiętam. Jak mam ją poprawić?

– Próbuję zdecydować. Wszyscy, z którymi wcześniej ćwiczyłem, od wczesnej młodości używali mieczy. Zastanawiam się, jak Zahel zmieniłby moje szkolenie, gdybym nigdy wcześniej nie miał broni w ręku.

– Z tego, co o nim słyszałam, zależałoby to od tego, czy w okolicy znajdują się dogodne dachy, z których można zeskoczyć.

– Tak szkolił z Pancerzem. To jest Ostrze. Mam cię nauczyć pojedynków? A może, jak walczyć razem z armią?

– Wystarczy mi, jeśli dowiem się, jak nie obciąć sobie żadnej z własnych kończyn, oświecony Kholinie.

– Oświecony Kholinie?

Zbyt oficjalnie. Racja. Tak by się zachowywała Świetlista, owszem – ale mogła sobie pozwolić na trochę swobody. Jak robiła to Jasnah.

– Próbowałam jedynie – wyjaśniła Świetlista – okazać szacunek, na jaki zasługuje nauczyciel od pokornego ucznia.

Adolin się roześmiał.

– Proszę. Nie trzeba. Ale zobaczmy, co da się zrobić z tą postawą...

Przez następną godzinę Adolin dziesiątki razy ustawiał jej dłonie, stopy i ramiona. Wybrał podstawową postawę, którą mogła później przekształcić w kilka różnych oficjalnych postaw – jak Postawa Wiatru, która wedle Adolina nie polegała na sile i zasięgu, a raczej ruchliwości i umiejętnościach.

Nie była pewna, dlaczego w ogóle poszedł po metalowe osłony, skoro nie wymienili nawet jednego ciosu. Poza poprawianiem jej postawy dziesięć tysięcy razy opowiadał o sztuce pojedynku. Jak traktować Ostrze Odprysku, jak myśleć o przeciwniku, jak okazywać szacunek instytucjom i tradycjom samego pojedynku.

Niektóre informacje uznała za bardzo praktyczne. Ostrza Odprysku były niebezpiecznymi broniami, co wyjaśniało prezentację, jak powinna trzymać swoją broń, jak z nią chodzić, jak się upewnić, że w czasie ćwiczeń nie potnie przypadkiem ludzi albo rzeczy.

Inne części jego monologu były bardziej... mistyczne.

– Ostrze jest częścią ciebie. Ostrze jest więcej niż narzędziem, to twoje życie. Szanuj je. Nie zawiedzie cię... a jeśli zostaniesz pokonana, to dlatego że ty zawiedziesz miecz.

Świetlista stała w postawie, która wydawała jej się bardzo sztywna, obiema rękami trzymała przed sobą Ostrze. Najwyżej dwa albo trzy razy zadrapała Wzorem sufit – całe szczęście większość pomieszczeń w Urithiru miała wysokie sklepienia.

Adolin gestem kazał jej zadać prosty cios, jak ćwiczyli. Świetlista uniosła obie ręce, przechyliła miecz, po czym zrobiła krok do przodu, jednocześnie opuszczając ostrze. Kąt całego ruchu nie mógł przekraczać dziewięćdziesięciu stopni – trudno to nazwać uderzeniem.

Adolin się uśmiechnął.

– Zaczynasz łapać. Jeszcze kilka tysięcy powtórzeń, a ruch zacznie się wydawać naturalny. Ale musimy popracować nad twoim oddechem.

– Moim oddechem?

Z roztargnieniem pokiwał głową.

– Adolinie – odezwała się Świetlista – zapewniam cię, przez całe życie niezawodnie oddychałam.

– Tak. I dlatego będziesz musiała się tego oduczyć.

– Jak stoję, jak myślę, jak oddycham. Trudno mi odróżnić, co rzeczywiście jest ważne, a co jest częścią subkultury i przesądów szermierzy.

– Wszystko jest ważne.

– Jedzenie kurczaka przed pojedynkiem?

Adolin wyszczerzył zęby.

– No dobrze, może niektóre elementy to osobiste dziwactwa. Ale miecze są częścią nas.

– Wiem, że mój jest częścią mnie. – Świetlista oparła Ostrze o ziemię obok siebie i położyła na nim urękawiczoną bezpieczną dłoń. – Związałam się z nim. Przypuszczam, że takie jest pochodzenie tradycji wśród Odpryskowych.

– Jakie to akademickie. – Adolin pokręcił głową. – Musisz to poczuć, Shallan. Przeżyć.

Dla Shallan nie byłoby to trudne. Świetlista jednak wolała nie czuć rzeczy, których wcześniej dogłębnie nie przemyślała.

– A zastanawiałeś się nad tym, że twoje Ostrze Odprysku było kiedyś żywym sprenem, a trzymał je jeden ze Świetlistych Rycerzy? Czy to nie zmienia tego, jak na nie patrzysz?

Adolin spojrzał na swoje Ostrze, które pozostawił przywołane, z nałożonymi zabezpieczeniami, i ułożył je na kocach.

– Zawsze w pewnym sensie wiedziałem. Nie, że było żywe. To głupie. Miecze nie są żywe. To znaczy... zawsze wiedziałem, że jest w nich coś wyjątkowego. Myślę, że to część bycia szermierzem. Wszyscy to wiemy.

Nie ciągnęła tematu. Z tego, co widziała, szermierze byli przesądni. Podobnie jak żeglarze. I jak... właściwie wszyscy, poza uczonymi w rodzaju Świetlistej czy Jasnah. Interesujące, jak bardzo język, którym Adolin mówił o Ostrzach, przypominał jej religię.

Jakże dziwne, że ci Alethyjczycy często traktowali prawdziwą religię z taką nonszalancją. W Jah Keved Shallan godzinami malowała długie fragmenty ze Sporów. Wypowiadało się słowa na głos, raz za razem, zapamiętując je, cały czas na klęczkach lub w ukłonie, po czym w końcu paliło papier. Alethyjczycy woleli, by to żarliwcy zajmowali się Wszechmocnym, jakby był irytującym gościem, którego uwagę mogą odwrócić służący proponujący wyjątkowo smaczną herbatę.

Adolin polecił jej zadać jeszcze kilka ciosów, być może wyczuwając, że ma już dość ciągłego poprawiania postawy. W tym czasie sam chwycił swoje Ostrze i stanął obok niej, pokazując postawę i ciosy.

Po krótkim czasie odesłała Ostrze, po czym podniosła szkicownik. Szybko przerzuciła portret Świetlistej i zaczęła rysować Adolina w postawie. Musiała pozwolić, by część Świetlistej ją opuściła.

– Nie, stań tam. – Shallan pokazała na Adolina węglem. – Tak, właśnie tak.

Naszkicowała postawę, a później skinęła głową.

– A teraz zadaj cios i utrzymaj tę ostatnią pozycję.

Tak zrobił. Do tej pory zdążył już zdjąć kurtkę, pozostał w koszuli i spodniach. Podobało jej się, jak leży na nim obcisła koszula. Nawet Świetlista by to doceniła. Nie była martwa, jedynie pragmatyczna.

Przyjrzała się obu rysunkom, po czym znów przywołała Wzór i przyjęła postawę.

– Nieźle – skomentował Adolin, kiedy Świetlista zadała kilka kolejnych ciosów. – Tak, załapałaś.

Znów stanął obok niej. Prosty atak, którego ją uczył, był oczywiście kiepskim sprawdzianem jego umiejętności, ale i tak zadał cios z precyzją, po czym uśmiechnął się i zaczął opowiadać o pierwszych kilku lekcjach z Zahelem przed wielu laty.

Jego niebieskie oczy błyszczały, a Shallan zachwycał ich wewnętrzny blask. Prawie jak Burzowe Światło. Znała tę namiętność – wiedziała, jakie to uczucie być przepełnioną zainteresowaniem, pochłoniętą czymś tak bardzo, że gubiła się w zachwycie. Dla niej to była sztuka, ale kiedy mu się przyglądała, pomyślała, że wcale tak bardzo się nie różnią.

Dzielenie z nim tych chwil i jego ekscytacji wydawało jej się wyjątkowe. Intymne. Nawet bardziej niż ich bliskość wcześniej tego wieczoru. W tych chwilach pozwalała sobie być Shallan, ale kiedy ból związany z trzymaniem miecza w dłoniach zaczynał stawać się dojmujący – czyli zawsze, kiedy naprawdę myślała o tym, co robi – stawała się Świetlistą i unikała tego.

Naprawdę nie miała ochoty, by to się skończyło, pozwoliła więc, by lekcja przeciągnęła się do późnej nocy, długo po tym, jak powinna ją przerwać. Wreszcie Shallan pożegnała Adolina, zmęczona i spocona, i patrzyła, jak truchta korytarzem. W jego krokach była energia, w dłoniach trzymał lampkę, a na ramionach osłony.

Odwiedziny w gospodach i poszukiwanie odpowiedzi musiały zaczekać do następnego wieczoru. Shallan wróciła do swojej komnaty – dziwnie zadowolona, choć przecież świat mógł się właśnie kończyć. Tej nocy – choć raz – spała spokojnie.

16

OWINIĘTY TRZY RAZY

W tym bowiem kryje się lekcja.
– Z przedmowy *Dawcy Przysięgi*

Na kamiennej płycie przed Dalinarem spoczywała legenda. Broń wydobyta ze starożytnych mgieł czasu, wykuta podobno w cieniodniach ręką samego Boga. Ostrze Skrytobójcy w Bieli, zdobyte przez Kaladina Burzą Błogosławionego podczas ich starcia ponad burzą.

Na pierwszy rzut oka nie różniło się od zwyczajnego Ostrza Odprysku. Eleganckie, względnie małe – miało zaledwie pięć stóp długości – było wąskie i zakrzywione jak kieł. Wzory zdobiły je jedynie w pobliżu rękojeści.

Oświetlił je czterema diamentowymi broamami umieszczonymi w rogach przypominającej ołtarz płyty. W tej niewielkiej komnacie nie było warstw skał ani obrazów na ścianie, więc Burzowe Światło oświetlało jedynie jego i to obce Ostrze. Jedna cecha je wyróżniała.

Nie miało klejnotu.

Ostrza Odprysku wykorzystywały klejnoty, by wiązać się z ludźmi. Często umieszczano je na głowicy, choć czasem w miejscu, w którym rękojeść łączyła się z ostrzem. Klejnot zaczynał świecić, kiedy dotknęło się go po raz pierwszy, rozpoczynając proces. Wystarczyło przez tydzień trzymać Ostrze przy sobie, by stać się w pełni jego właścicielem – można je było odesłać i przywołać zgodnie z rytmem uderzeń serca.

To Ostrze go nie miało. Dalinar z wahaniem wyciągnął rękę i oparł palce na srebrzystej klindze. Była ciepła w dotyku, jak coś żywego.

– Nie krzyczy, kiedy go dotykam – zauważył.

Rycerze, powiedział Ojciec Burz w jego głowie, *złamali przysięgi. Porzucili wszystko, do czego się zobowiązali, i w ten sposób zabili swoje spreny. Inne Ostrza to trupy tych sprenów, dlatego właśnie krzyczą, kiedy ich dotykasz. Ta broń z kolei została stworzona bezpośrednio z duszy Honoru i oddana Heroldom. Również jest znakiem przysięgi, ale innego rodzaju – i nie ma własnego umysłu, by krzyczeć.*

– A Pancerze Odprysku?

Są powiązane, ale inne, zadudnił Ojciec Burz. *Nie wypowiedziałeś przysiąg koniecznych, by wiedzieć więcej.*

Dalinar nie zdejmował palców z klingi.

– Ty nie możesz złamać przysięgi.

Nie.

– A co z istotą, przeciwko której walczymy? Odium, który stworzył Pustkowców i ich spreny. Czy on może złamać przysięgi?

Nie. Jest o wiele potężniejszy ode mnie, ale przenika go moc starożytnego Adonalsium. I panuje nad nim. Odium jest siłą życiową jak ciśnienie, ciążenie czy upływ czasu. Te rzeczy nie mogą złamać własnych zasad. On też nie.

Dalinar postukał w Ostrze Honoru. Fragment duszy Honoru skrystalizowany w metalicznej formie. W pewnym sensie śmierć ich boga dała mu nadzieję – jeśli Honor zginął, to Odium z całą pewnością również mógł.

W wizjach Honor pozostawiał Dalinarowi zadanie. „Rozdrażnij Odium, przekonaj go, że może przegrać i wyznacz czempiona. Wykorzysta tę szansę, zamiast ryzykować kolejną przegraną, których doznawał tak często. To najlepsza rada, jaką mogę ci dać".

– Widziałem, że wróg przygotowuje czempiona. Mroczną istotę o czerwonych oczach i dziewięciu cieniach. Czy sugestia Honoru będzie skuteczna? Czy mogę skłonić Odium do bezpośredniej konfrontacji między mną a tym czempionem?

Oczywiście, że sugestia Honoru będzie skuteczna. W końcu ją wypowiedział.

– To znaczy, dlaczego miałaby być skuteczna? Dlaczego ten Odium w ogóle miałby się zgodzić na pojedynek czempionów? Ta sprawa wydaje się zbyt doniosła, by ryzykować wykorzystanie czegoś tak małego i pośledniego jak siła i wola mężczyzn.

Twój wróg nie jest człowiekiem, jak ty. Dudniący głos Ojca Burz był zadumany. Nawet... przerażony. *On się nie starzeje. Czuje. Jest wściekły. Ale to się nie zmienia, a jego furia nie słabnie. Mogą minąć całe epoki, a on pozostanie taki sam.*

Bezpośrednia walka może sprawić, że pojawią się siły, które mogą go zranić, bo już wcześniej został zraniony. Te blizny się nie zagoją. Jeśli wybierze czempiona i przegra, straci jedynie czas. Ma go mnóstwo. Z pewnością nie będzie łatwo go przekonać, ale istnieje szansa, że się zgodzi. Jeśli ta możliwość zostanie mu przedstawiona we właściwej chwili, we właściwy sposób. Wtedy będzie związany.

– A my zyskamy...

Czas. Choć dla niego jest niczym, dla człowieka to najcenniejsza rzecz.

Dalinar zsunął Ostrze Honoru z płyty. Z boku komnaty podłogę przebijał szyb. Miał dwie stopy średnicy i był jednym z wielu dziwnych otworów, korytarzy i ukrytych zakamarków, na które natrafili w mieście-wieży. Ten był pewnie częścią systemu kanalizacyjnego – oceniając po rdzy na krawędziach otworu, niegdyś dziurę w podłodze z jej odpowiednikiem w sklepieniu łączyła stalowa rura.

Navani wyjątkowo zależało na tym, by zorientować się, jak to wszystko działa. Jak na razie poradzili sobie, stawiając drewniane przepierzenia, by zmienić kilka dużych pomieszczeń starożytnych łaźni w wygódki. Kiedy zdobędą więcej Burzowego Światła, Dusznikowie zajmą się nieczystościami, jak to robili w obozach.

Navani uważała ten system za mało elegancki. Wspólne wygódki, do których często stały długie kolejki, oznaczały mało efektywne miasto, jej zdaniem zaś te rury był elementem rozwiniętego systemu wodociągowego i kanalizacyjnego. Dokładnie tego rodzaju projekty inżynieryjne na wielką skalę najbardziej ją zajmowały – nikt inny nie umiał się tak ekscytować kanalizacją jak Navani Kholin.

Na razie ten szyb był pusty. Dalinar ukląkł i opuścił miecz do otworu, wsuwając go w kamienną pochwę, którą wykuł w bocznej ścianie. Zewnętrzna krawędź otworu zasłaniała wystającą rękojeść – trzeba było sięgnąć w głąb i pomacać, żeby znaleźć Ostrze Honoru.

Wstał, zebrał kule i wyszedł. Nie podobało mu się, że musi zostawić Ostrze w tym miejscu, ale nie umiał wymyślić niczego bezpieczniejszego. Jego komnaty nie były jeszcze dość zabezpieczone – nie miał skarbca, a gromadka strażników jedynie zwróciłaby uwagę. Poza Kaladinem, Navani i Ojcem Burz nikt w ogóle nie wiedział, że Dalinar je ma. Dopóki ukrywał, dokąd się udaje, właściwie nie było szans, by ktokolwiek odkrył to Ostrze w opuszczonej części wieży.

Co z nim zrobisz? – spytał Ojciec Burz, kiedy Dalinar wyszedł na opustoszały korytarz. *To niezrównana broń. Dar boga. Mając ją, byłbyś jak Wiatrowy, ale bez przysiąg. I więcej jeszcze. Tak wiele, że ludzie tego nie rozumieją i nie mogą zrozumieć. Prawie jak Herold.*

– Kolejny powód, by poważnie się zastanowić, nim się po niego sięgnie. Choć nie miałbym nic przeciwko, gdybyś miał na niego oko.

Ojciec Burz się roześmiał. *Myślisz, że widzę wszystko?*

– Zakładałem... Mapa, którą stworzyliśmy...

Widzę to, co jest na zewnątrz podczas burz, i to niewyraźnie. Nie jestem bogiem, Dalinarze Kholinie. Nie bardziej niż twój cień na ścianie jest tobą.

Dalinar dotarł do kręconych schodów i zaczął po nich schodzić, unosząc broam jako źródło światła. Gdyby kapitan Kaladin wkrótce nie powrócił, Ostrze Honoru umożliwiłoby błyskawiczne dotarcie do Thaylen lub Aziru. Albo przeniesienie oddziału Elhokara do Kholinaru. Ojciec Burz potwierdził, że pozwalało uruchomić Bramy Przysięgi, co mogło się okazać użyteczne.

Dotarł do bardziej zamieszkanych części wieży, w których panował duży ruch. Pomocnik kucharza niosący zapasy z magazynu tuż za bramami wieży, kilku mężczyzn malujących linie na podłodze, które miały wskazywać drogę, wyjątkowo szeroki korytarz, gdzie na skrzyniach pod ścianą siedziały żony żołnierzy i patrzyły, jak dzieci toczą drewniane kule po pochyłej podłodze w stronę komnaty, która najpewniej kiedyś była kolejną łaźnią.

Życie. Dziwne miejsce, by zmienić je w dom, a jednak z jałowymi Strzaskanymi Równinami im się udało. Ta wieża nie będzie się aż tak bardzo różnić, o ile uda im się utrzymać uprawy na Strzaskanych Równinach. I zakładając, że będą mieli dość Burzowego Światła, by obsługiwać Bramy Przysięgi.

Z kulą w ręku się wyróżniał. Strażnicy chodzili na patrole z latarniami. Kucharze pracowali przy lampkach oliwnych, ale zapasy paliwa zaczynały się kończyć. Kobiety przyglądające się dzieciom i cerujące skarpetki pracowały przy świetle wpadającym przez nieliczne okna na ścianie.

Dalinar przeszedł w pobliżu swoich komnat. Dzisiejsi strażnicy, włócznicy z mostu trzynastego, czekali na zewnątrz. Wezwał ich gestem.

– Wszystko dobrze, oświecony? – spytał jeden, doganiając go szybko.

Mówił powoli, przeciągając samogłoski – akcent z Koron, okolic Gór Słonecznego w centralnym Alethkarze.

– W porządku – odparł krótko Dalinar, próbując ocenić godzinę. Ile czasu spędził na rozmowie z Ojcem Burz?

– To dobrze. – Strażnik lekko opierał włócznię o ramię. – Nie chcielibyśmy, żeby coś wam się stało. Kiedy byliście sami. W korytarzach. Choć powiedzieliście, że nikt nie powinien chodzić sam.

Dalinar spojrzał na mężczyznę z ukosa. Starannie ogolony, nieco zbyt blady jak na Alethyjczyka, miał kasztanowe włosy. Dalinar przypominał sobie niewyraźnie, że w ciągu ostatniego tygodnia widywał go kilka razy wśród swoich strażników. Mężczyzna lubił przetaczać kulę po kostkach dłoni w sposób, który arcyksiążę uważał za rozpraszający.

– Jak się nazywasz? – spytał, nie przerywając marszu.

– Rial. Most trzynasty.

Żołnierz uniósł rękę i zasalutował tak precyzyjnie, że mógłby dorównać najlepszym oficerom Dalinara, gdyby nie rozleniwiona mina malująca się na jego twarzy.

– Cóż, sierżancie Rialu, nie byłem sam. Skąd wziął ci się ten zwyczaj kwestionowania słów oficerów?

– To nie jest zwyczaj, jeśli zrobiło się to tylko raz, oświecony.

– A ty zrobiłeś to tylko raz?

– Wobec was?

– Kogokolwiek.

– No, tamci się nie liczą, oświecony. Jestem nowym człowiekiem. Odrodzonym wśród mostowych.

Cudownie.

– W każdym razie, Rialu, wiesz może, która godzina? W tych burzowych korytarzach trudno to ocenić.

– Moglibyście korzystać z tego urządzenia zegarowego, które wysłała wam jasność Navani, panie. Wydaje mi się, że do tego właśnie służą.

Dalinar znów spiorunował go wzrokiem.

– Niczego nie kwestionowałem, panie. Widzicie, to nie była wątpliwość...

Dalinar w końcu się odwrócił i ruszył korytarzem do swoich komnat. Gdzie była ta paczuszka, którą dała mu Navani? Znalazł ją na niskim stoliku, ze środka wyjął skórzaną bransoletę nieco przypominającą karwasz łucznika. Na wierzchu miała umieszczone dwie tarcze zegarowe. Jedna pokazywała czas trzema wskazówkami – nawet sekundy, jakby to się liczyło. Druga była burzowym zegarem, który można było nakręcić, by odliczał czas do kolejnej przewidywanej arcyburzy.

Jak im się udało to wszystko pomniejszyć? – zastanawiał się, potrząsając urządzeniem. W skórze umieszczono również bólorial – fabrial, który złagodziłby jego ból, gdyby przycisnął do niego dłoń. Navani pracowała nad różnymi rodzajami fabriali związanych z bólem do wykorzystania przez chirurgów i wspominała, że wykorzysta go do doświadczeń.

Zapiął urządzenie na przedramieniu, tuż nad nadgarstkiem. Wydawało się, że owinięte wokół rękawa munduru bardzo rzuca się w oczy, ale w końcu było prezentem. Tak czy inaczej, wciąż miał godzinę do następnego umówionego spotkania. Czas, żeby się pozbyć trochę nerwowej energii. Zabrał dwóch strażników i zszedł kondygnację niżej do jednej z większych sal w pobliżu kwater, które przeznaczył dla swoich żołnierzy.

Ściany sali pokrywały szaro-czarne warstwy skalne, a wnętrze wypełniali ćwiczący żołnierze. Wszyscy nosili niebieski kolor Kholinów, choćby w postaci opaski na ramieniu. Jak na razie zarówno jasnoocy, jak i ciemnoocy ćwiczyli w tej samej sali, walcząc na okrągłych matach z materiału.

Jak zawsze dźwięki i zapachy ćwiczeń ogrzewały Dalinara. Woń naoliwionej skóry była słodsza niż zapach pieczonych podpłomyków. Odgłos mieczy uderzających o siebie był przyjemniejszy niż dźwięk fletów. Gdziekolwiek był i jakąkolwiek funkcję sprawował, takie miejsce zawsze było jego domem.

Odnalazł mistrzów szermierki przy przeciwległej ścianie, siedzieli na poduszkach i nadzorowali uczniów. Poza jednym godnym uwagi wyjątkiem wszyscy mieli kwadratowe brody, ogolone głowy i proste szaty związane w pasie. Do Dalinara należeli żarliwcy będący ekspertami w wielu dziedzinach, a zgodnie z tradycją mógł się do nich zwrócić każdy, kto pragnął zdobyć nowe umiejętności lub zawód. Jednak jego szczególną dumą byli mistrzowie szermierki.

Pięciu z sześciu mężczyzn podniosło się i ukłoniło. Dalinar znów się odwrócił, by się rozejrzeć po sali. Woń potu, brzęk broni. To były oznaki przygotowań. Na świecie panował chaos, ale Alethkar się przygotowywał.

Nie Alethkar, pomyślał. Urithiru. Moje królestwo. Na burze, trudno się będzie do tego przyzwyczaić. Zawsze pozostanie Alethyjczykiem, ale kiedy proklamacja Elhokara zostanie ogłoszona, Alethkar już nie będzie do niego należeć. Wciąż nie wiedział, jak przedstawić ten fakt swoim armiom. Chciał dać czas Navani i jej skrybom na opracowanie szczegółów prawa.

Zwrócił się do Keleranda, jednego z mistrzów szermierki.

– Dobrze sobie poradziliście. Poproś Ivis, żeby rozważyła powiększenie miejsca do ćwiczeń o sąsiednie komnaty. Chcę, żeby żołnierze byli zajęci. Martwię się, że zrobią się niespokojni i będą wszczynać bójki.

– Tak się stanie, oświecony – odparł Kelerand z ukłonem.

– Sam też chciałbym poćwiczyć.

– Znajdę kogoś odpowiedniego, oświecony.

– A co z tobą, Kelerandzie?

Mistrz szermierki pokonywał Dalinara w dwóch z trzech walk i choć arcyksiążę pozbył się złudzenia, że pewnego dnia stanie się lepszym szermierzem – był żołnierzem, a nie mistrzem pojedynków – lubił to wyzwanie.

– Oczywiście wypełnię rozkaz arcyksięcia – powiedział sztywno Kelerand – ale gdybym miał wybór, wolałbym zrezygnować. Z całym szacunkiem, ale czuję, że dziś nie byłbym dla was odpowiednim partnerem.

Dalinar spojrzał na stojących obok mistrzów szermierki, którzy spuścili wzrok. Żarliwcy zajmujący się nauką szermierki zwykle nie przypominali swoich bardziej religijnych odpowiedników. Czasami bywali oficjalni, ale można się też było z nimi pośmiać. Zwykle.

Wciąż jednak pozostawali żarliwcami.

– Dobrze – stwierdził Dalinar. – Znajdź mi kogoś, z kim będę mógł walczyć.

Choć zamierzał odprawić jedynie Keleranda, pozostała czwórka dołączyła do niego, opuszczając Dalinara. Z westchnieniem oparł się o ścianę i spojrzał w bok. Jeden mężczyzna nadal siedział wygodnie na swojej poduszce. Miał rozczochraną brodę i ubranie, które wydawało się przypadkowe – nie brudne, ale obszarpane, związane sznurem.

– Moja obecność cię nie uraża, Zahelu? – spytał Dalinar.

– Uraża mnie obecność wszystkich. Nie jesteś bardziej odrażający od pozostałych, panie arcyksiążę.

Dalinar usiadł na zydlu i czekał.

– Tego się nie spodziewałeś? – W głosie Zahela brzmiało rozbawienie.

– Nie. Myślałem... oni są w końcu walczącymi żarliwcami. Mistrzami szermierki. Żołnierzami, przynajmniej w duchu.

– Znajdujesz się niebezpiecznie blisko zmuszenia ich do podjęcia decyzji, oświecony: dokonania wyboru między Bogiem a arcyksięciem. Fakt, że cię lubią, nie ułatwia tej decyzji, ale wręcz ją utrudnia.

– Ich dyskomfort minie. Moje małżeństwo, choć teraz wydaje się dramatycznym wydarzeniem, w końcu stanie się jedynie trywialnym przypisem w historii.

– Być może.

– Nie zgadzasz się?

– Każda chwila w naszym życiu wydaje się trywialna. Większość zostaje zapomniana, inne zaś, równie skromne, stają się punktami, na których obraca się historia. Jak biały na czarnym.

– Biały... na czarnym?

– Metafora. Tak naprawdę nie obchodzi mnie, co zrobiłeś, arcyksiążę. Czy to jedynie pobłażanie sobie typowe dla jasnookich, czy poważne świętokradztwo, tak czy inaczej, mnie to nie dotyka. Jednak niektórzy pytają, jak daleko w końcu odejdziesz.

Dalinar chrząknął. Naprawdę oczekiwał, że to właśnie Zahel okaże się pomocny? Wstał i zaczął chodzić zirytowany własną nerwową energią. Nim żarliwcy wrócili z kimś, z kim mógłby się pojedynkować, wyszedł na środek sali, rozglądając się w poszukiwaniu znajomych żołnierzy. Mężczyzn, którzy nie mieliby oporów przed walką z arcyksięciem.

W końcu trafił na jednego z synów generała Khala. Nie Odpryskowego, kapitana Halama Khala, ale jego młodszego brata – muskularnego mężczyznę, którego głowa wydawała się nieco zbyt mała w porównaniu z ciałem. Rozciągał się po zapasach.

– Aratinie – odezwał się Dalinar. – Walczyłeś kiedyś z arcyksięciem?

Młodszy mężczyzna odwrócił się i natychmiast stanął na baczność.

– Panie?

– Nie musisz być taki oficjalny. Szukam kogoś, z kim mógłbym walczyć.

– Nie jestem przygotowany do pojedynku, arcyksiążę. Dajcie mi trochę czasu.

– Nie trzeba. Zapasy też mi odpowiadają. Minęło już zbyt dużo czasu od ostatniego razu.

Niektórzy mężczyźni nie byliby skłonni walczyć z kimś tak ważnym jak Dalinar, z obawy, że zrobią mu krzywdę. Khal jednak dobrze wyszkolił swoich synów. Młody mężczyzna uśmiechnął się szeroko, ukazując przerwę między zębami.

– Mnie pasuje, oświecony. Ale musicie wiedzieć, że od miesięcy nie przegrałem.

– Dobrze. Potrzebuję wyzwania.

Mistrzowie szermierki w końcu powrócili, kiedy Dalinar, nagi od pasa w górę, wciągał właśnie parę spodni do ćwiczeń. Obcisłe nogawice sięgały mu jedynie do kolan. Skinął głową mistrzom szermierki – ignorując eleganckiego jasnookiego, którego dla niego znaleźli – i wszedł na matę do zapasów z Aratinem Khalem.

Jego strażnicy popatrzyli na mistrzów szermierki i wzruszyli ramionami, po czym Rial zaczął odliczać do rozpoczęcia zapasów. Dalinar natychmiast rzucił się do przodu, wpadł na Khala i chwycił go pod ramionami, próbując ustać na nogach i wytrącić przeciwnika z równowagi. Prędzej czy później mieli wylądować w parterze, ale każdy z walczących chciał być tym, który kontrolował, kiedy i jak do tego dojdzie.

W tradycyjnej walce vehah łapanie za nogawice było niedopuszczalnie, nie wspominając już o chwytaniu za włosy, więc Dalinar przekręcił się, próbując założyć przeciwnikowi dźwignię, a jednocześnie nie pozwalając, by mężczyzna go przewrócił. Szamotał się, napinając mięśnie, a jego palce ślizgały się po skórze przeciwnika.

W tej gorączkowej chwili mógł skupić się jedynie na walce. Jego siła przeciwko sile przeciwnika. Przesuwanie stóp, przenoszenie ciężaru, próba znalezienia oparcia. W tym współzawodnictwie była czystość, prostota, której nie doświadczył od wieków.

Aratin mocno przyciągnął Dalinara do siebie, po czym udało mu się przekręcić i przerzucić arcyksięcia przez biodro. Upadli na matę, Dalinar chrząknął i uniósł rękę do szyi, by uniemożliwić duszenie, obrócił przy tym głowę. Stare szkolenie kazało mu się przekręcić i zwinąć, zanim Aratin zdołał go pochwycić.

Zbyt wolno. Minęły lata od dni, kiedy robił to regularnie. Drugi mężczyzna poruszył się razem z nim, udał, że próbuje duszenia, a w zamian chwycił Dalinara od tyłu pod ramiona i przycisnął go całym ciężarem do maty, twarzą do ziemi.

Dalinar zawarczał i instynktownie sięgnął po tę dodatkową rezerwę, którą zawsze miał. Impuls walki, przewagę.

Dreszcz.

Żołnierze rozmawiali o nim przy ogniskach, w ciszy nocy. O tej wyjątkowej bitewnej furii Alethyjczyjków. Niektórzy nazywali ją mocą przodków, inni nastawieniem prawdziwego żołnierza. Popchnęła Słonecznego do chwały. Była to powszechnie znana tajemnica sukcesu Alethyjczyków.

Nie. Dalinar powstrzymał się od sięgnięcia po niego, ale nie musiał się martwić. Od wielu miesięcy nie czuł Dreszczu, a im dłużej był go pozbawiony, tym bardziej zaczynał pojmować, że kryło się w nim coś głęboko niewłaściwego.

Dlatego zacisnął zęby i walczył – czysto i uczciwie – ze swoim przeciwnikiem.

I został przyszpilony.

Aratin był młodszy i częściej ćwiczył ten styl walki. Dalinar niczego mu nie ułatwiał, ale był na dole, brakowało mu punktu podparcia i po prostu nie był już tak młody jak kiedyś. Aratin go przekręcił i Dalinar po chwili odkrył, że jest przyciśnięty do maty, całkowicie unieruchomiony.

Wiedział, że został pobity, ale nie mógł się zmusić do poddania. Dlatego walczył z uchwytem, z zaciśniętymi zębami i potem spływającym po bokach twarzy. I powoli zaczął coś czuć. Nie Dreszcz... ale Burzowe Światło w kieszeni spodni od munduru leżących obok maty.

Aratin chrząknął, ramiona miał jak stal. Dalinar czuł woń własnego potu, szorstką tkaninę maty. Jego mięśnie protestowały.

Wiedział, że mógłby sięgnąć po moc Burzowego Światła, ale jego poczucie sprawiedliwości protestowało na samą myśl. Dlatego wygiął plecy, wstrzymując oddech i napierając ze wszystkich sił, a później spróbował znów przekręcić się na brzuch, by znaleźć punkt podparcia do ucieczki.

Jego przeciwnik się poruszył. Następnie jęknął, a Dalinar poczuł, jak jego chwyt się zsuwa... powoli...

I wtedy rozległ się kobiecy głos.

– Na litość burzy. Dalinarze?

Przeciwnik Dalinara natychmiast go puścił i się cofnął. Sam arcyksiążę z wysiłkiem obrócił się na plecy i ujrzał Navani stojącą przy macie z rękami założonymi na piersi. Uśmiechnął się do niej, po czym wstał i przyjął luźną koszulę takamę i ręcznik od asystenta. Kiedy Aratin Khal się cofał, Dalinar wyciągnął pięść w jego stronę i pochylił głowę, co znaczyło, że uznaje go za zwycięzcę.

– Dobra robota, synu.

– To był dla mnie zaszczyt, panie!

Dalinar narzucił na siebie takamę, odwrócił się do Navani i otarł pot z czoła.

– Przyszłaś zobaczyć, jak walczę?

– Tak, to jest coś, co każda żona wprost uwielbia. Patrzeć, jak jej mąż w wolnym czasie tarza się po podłodze z na wpół nagimi, spoconymi mężczyznami. – Posłała spojrzenie Aratinowi. – Nie powinieneś ćwiczyć z kimś w swoim wieku?

– Na polu bitwy nie mam luksusu wyboru przeciwnika. Tu lepiej walczyć z kimś, kto ma przewagę, by się przygotować. – Zawahał się i dodał nieco ciszej: – I tak myślę, że już go prawie miałem.

– Twoja definicja „prawie" jest wyjątkowo ambitna, serce klejnotu.

Dalinar przyjął bukłak z wodą od pomocnika. Choć oprócz Navani i jej asystentek na sali znajdowały się inne kobiety, wszystkie były żarliwczyniami. Navani w swojej jaskrawożółtej sukni wyróżniała się jak kwiat na jałowym kamiennym polu.

Kiedy Dalinar rozglądał się po sali, odkrył, że wielu żarliwców – nie tylko mistrzów szermierki – unikało jego spojrzenia. Zobaczył też Kadasha, swojego dawnego towarzysza broni rozmawiającego z mistrzami.

W pobliżu młodszy Khal przyjmował gratulacje od przyjaciół. Przygwożdżenie Czarnego Ciernia do maty było sporym osiągnięciem. Młody mężczyzna przyjmował ich pochwały z szerokim uśmiechem, ale trzymał się za ramię i skrzywił, kiedy ktoś poklepał go po plecach.

Powinienem się poddać, pomyślał Dalinar. Przedłużanie walki było niebezpieczne dla nich obu. Zirytował się na siebie. Najpierw specjalnie wybrał kogoś młodszego i silniejszego, a później nie umiał przegrać? Starzenie się było czymś, z czym musiał się pogodzić, i oszukiwał samego siebie, jeśli rzeczywiście sądził, że coś takiego pomoże mu na polu walki. Oddał pancerz, już nie nosił Ostrza Odprysku. Z kim właściwie spodziewał się walczyć twarzą w twarz?

Mężczyzna z dziewięcioma cieniami.

Woda w ustach nagle zaczęła smakować stęchlizną. Spodziewał się osobiście walczyć z czempionem wroga, zakładając, że w ogóle uda mu się doprowadzić do tego pojedynku. Ale czy przekazanie tego obowiązku komuś w rodzaju Kaladina nie miało większego sensu?

– Może byś tak jednak założył mundur – powiedziała Navani. – Królowa Iri jest gotowa.

– Spotkanie miało się odbyć dopiero za kilka godzin.

– Ona chce, żeby odbyło się teraz. Najwyraźniej jej nadworny czytający pływy zobaczył w falach coś, co oznacza, że wcześniejsze spotkanie jest lepsze. Powinna skontaktować się z nami w ciągu kilku minut.

Burzowi Iriali. Ale mieli Bramę Przysięgi – dwie, jeśli liczyć tę w królestwie Riry, w którym Iri miało duże wpływy. Pośród trojga monarchów Iri, obecnie dwóch królów i jednej królowej, to ta ostatnia zajmowała się polityką zagraniczną, więc to z nią musieli porozmawiać.

– Nie przeszkadza mi zmiana godziny – stwierdził Dalinar.

– Będę na ciebie czekać w sali pism.

– Dlaczego? – Dalinar machnął ręką. – Przecież ona i tak nie może mnie zobaczyć. Rozstaw się tutaj.

– Tutaj – powtórzyła beznamiętnie Navani.

– Tutaj – stwierdził z uporem Dalinar. – Mam już dość zimnych komnat, cichych, w których słychać tylko skrobanie piór.

Navani uniosła brew, ale poleciła swoim asystentkom wyjąć przybory piśmiennicze. Podbiegł do nich zatroskany żarliwiec. Może chciał ją skłonić do zmiany zdania, ale po kilku stanowczych rozkazach Navani pobiegł po stół i ławkę dla niej.

Dalinar uśmiechnął się i poszedł wybrać dwa miecze ćwiczebne ze stojaka w pobliżu mistrzów szermierki. Zwykłe długie miecze z nienaostrzonej stali. Rzucił jeden Kadashowi, który swobodnie go złapał, ale później ustawił przed sobą, sztychem do dołu, i wsparł dłonie na głowicy.

– Oświecony – powiedział Kadash – wolałbym przekazać to zadanie komuś innemu, gdyż nie czuję...

– Co za pech. Muszę poćwiczyć, Kadashu. Jako twój pan żądam, byś mi to umożliwił.

Kadash przez dłuższą chwilę wpatrywał się w Dalinara, po czym prychnął z irytacją i podążył za swoim panem na matę.

– Nie dorównam wam, oświecony. Poświęciłem życie pismu, nie mieczowi. Przyszedłem tu tylko po to...

– ...by sprawdzić, co ze mną. Wiem. Cóż, może i ja trochę zardzewiałem. Od dziesięcioleci nie walczyłem zwykłym długim mieczem. Zawsze miałem coś lepszego.

– Tak, pamiętam, kiedy zdobyliście swoje pierwsze Ostrze. Tego dnia zadrżał świat, Dalinarze Kholinie.

– Nie przesadzaj. Byłem zaledwie jednym z długiego szeregu idiotów, którym zbyt łatwo przychodziło zabijanie ludzi.

Rial z wahaniem odliczył do początku pojedynku, a wtedy Dalinar rzucił się naprzód, unosząc miecz. Kadash sprawnie sparował cios i zrobił krok w bok.

– Z całym szacunkiem, oświecony, ale różniliście się od pozostałych. Byliście o wiele lepsi w zabijaniu.

Zawsze byłem, pomyślał Dalinar, obchodząc Kadasha. Dziwnie było pamiętać żarliwca jako jednego z członków jego elitarnych oddziałów. Wtedy nie znali się zbyt dobrze, zbliżyli się dopiero, gdy Kadash został żarliwcem.

Navani odchrząknęła.

– Nie chciałabym wam przerywać machania kijkami, ale królowa jest gotowa z tobą porozmawiać.

– Świetnie. – Dalinar nie odrywał wzroku od Kadasha. – Przeczytaj mi, co napisała.

– W trakcie pojedynku?

– Jasne.

Prawie słyszał, jak Navani przewraca oczami. Uśmiechnął się szeroko i znów zaatakował Kadasha. Myślała, że głupio postępuje. Być może tak było.

Ale też zawodził. Jeden po drugim władcy świata odwracali się do niego plecami. Jedynie Taravangian z Kharbranthu – znany ze swojego niezbyt lotnego umysłu –

zgodził się go wysłuchać. Dalinar popełniał jakiś błąd. W czasie dłuższej kampanii zmusiłby się, by spojrzeć na swoje problemy z innej perspektywy. Ściągnąć nowych oficerów, by przedstawili swoje pomysły. Spróbować prowadzić walkę na innym terenie.

Dalinar uderzył swoim ostrzem w klingę Kadasha, metal zabrzęczał o metal.

– „Arcyksiążę" – czytała Navani, kiedy walczył – „zwracam się do was pełna niezwykłego zadziwienia wspaniałością Jedności. Nadszedł czas, by świat zaznał cudownego nowego doświadczenia".

– Cudownego, Wasza Wysokość? – Dalinar próbował ciąć Kadasha w nogę, ale mężczyzna się cofnął. – Z pewnością nie możecie cieszyć się tymi wydarzeniami?

– „Wszystkie doświadczenia są pożądane" – brzmiała odpowiedź. – „Jesteśmy Jednością doświadczającą samej siebie, a ta nowa burza jest wspaniała, nawet jeśli przynosi ból".

Dalinar chrząknął, blokując cios żarliwca. Miecze zabrzęczały głośno.

– Nie uświadamiałam sobie – zauważyła Navani – że ona jest tak religijna.

– Pogańskie przesądy. – Kadash odsunął się od Dalinara. – Przynajmniej Azirczycy mają dość przyzwoitości, by oddawać cześć Heroldom, choć bluźnierczo umieszczają ich ponad Wszechmocnym. Iriali nie są lepsi od szamanów z Shinovaru.

– Pamiętam, Kadashu – odezwał się Dalinar – że kiedyś nie wygłaszałeś tak krytycznych sądów.

– Poinformowano mnie, że moja pobłażliwość mogła cię zachęcać.

– Zawsze uważałem twoją perspektywę za ciekawą odmianę. – Patrzył na mężczyznę, ale mówił do Navani. – Powiedz jej: Wasza Wysokość, choć cieszy mnie wyzwanie, boję się cierpienia, które przyniosą te nowe... doświadczenia. Musimy być zjednoczeni w obliczu nadchodzących niebezpieczeństw.

– Jedność – powiedział cicho Kadash. – Jeśli taki jest twój cel, Dalinarze, to dlaczego próbujesz podzielić swoich własnych poddanych?

Navani zaczęła pisać. Dalinar podszedł bliżej, przekładając miecz z jednej ręki do drugiej.

– Skąd wiesz, Kadashu? Skąd wiesz, że Iriali są poganami?

Kadash zmarszczył czoło. Choć nosił przyciętą brodę żarliwca, blizna na głowie nie była jedynym, co odróżniało go od towarzyszy. Oni traktowali szermierkę jak każdą inną sztukę. Kadash miał udręczone spojrzenie żołnierza. Kiedy się pojedynkował, rozglądał się, na wypadek gdyby ktoś próbował go zajść z boku. Niemożliwe w czasie pojedynku jeden na jednego, ale bardzo prawdopodobne na polu bitwy.

– Jak możesz o to pytać, Dalinarze?

– Bo należy o to spytać. Twierdzisz, że Wszechmocny jest Bogiem? Dlaczego?

– Bo po prostu nim jest.

– Mnie to nie wystarczy. – Dalinar po raz pierwszy uświadomił sobie, że to prawda. – Już nie.

Żarliwiec warknął, skoczył do przodu i zaatakował, tym razem z prawdziwą determinacją. Dalinar odskoczył do tyłu i odparował cios, Navani zaś czytała.

– „Arcyksiążę, będę szczera. Triumwirat Iri jest zgodny. Alethkar nie miał znaczenia na świecie od czasu upadku Słonecznego. Moc tych, którzy panują nad nową burzą, jest jednak niezaprzeczalna. Proponują łaskawe warunki".

Dalinar zatrzymał się gwałtownie.

– Sprzymierzylibyście się z Pustkowcami? – rzucił w stronę Navani i w tej samej chwili był zmuszony bronić się przed Kadashem, który nie przerwał ataku.

– Co się stało? – Żarliwiec uderzył ostrzem o miecz Dalinara. – Dziwicie się, że ktoś jest gotów stanąć po stronie zła? Że ktoś wybiera ciemność, przesądy i herezję zamiast światła Wszechmocnego?

– Nie jestem heretykiem.

Dalinar odepchnął klingę Kadasha, lecz wcześniej żarliwiec trafił go w ramię. Uderzenie było mocne i, choć miecze stępiono, z pewnością pozostawi siniec.

– Właśnie powiedziałeś mi, że wątpisz we Wszechmocnego. A co zostaje poza tym?

– Nie wiem. – Arcyksiążę podszedł bliżej. – Nie wiem i to mnie przeraża, Kadashu. Ale Honor mówił do mnie, wyznał mi, że został pokonany.

– Powiadano, że książęta Pustkowców umieli zaślepić oczy ludzi. Posyłać im kłamstwa, Dalinarze.

Rzucił się do przodu, jednak Dalinar cofnął się zręcznie aż do krawędzi maty.

– „Moi poddani" – Navani czytała odpowiedź królowej Iri – „nie chcą wojny. Może sposobem na uniknięcie kolejnego Spustoszenia jest pozwolenie, by Pustkowcy zabrali, czego pragną. Nasze historie, choć skąpe, sugerują, że to jedyne rozwiązanie, którego ludzie nigdy nie spróbowali. Doświadczenie od Jedności, które odrzuciliśmy".

Navani podniosła wzrok wyraźnie zaskoczona tymi słowami, tak samo jak Dalinar. Pióro pisało dalej.

– „Poza tym" – dodała – „mamy powody, by nie ufać słowom złodzieja, arcyksiążę Kholinie".

Dalinar jęknął. O to im chodziło – o Pancerz Odprysku należący do Adolina. Spojrzał na Navani.

– Dowiedz się więcej, spróbuj ich uspokoić, dobrze?

Skinęła głową i zaczęła pisać. Dalinar zacisnął zęby i ponownie zaatakował Kadasha. Żarliwiec zatrzymał jego miecz, a później wolną ręką złapał go za takamę i przyciągnął bliżej, twarzą w twarz.

– Wszechmocny nie umarł – syknął Kadash.

– Kiedyś mi doradzałeś. Teraz piorunujesz mnie wzrokiem. Co się stało z żarliwcem, którego znałem? Mężczyzną, który żył prawdziwym życiem, a nie patrzył na świat z wysokich wież i klasztorów?

– Jest przerażony – odparł cicho Kadash. – Że jakimś sposobem nie wypełnił najważniejszego obowiązku wobec człowieka, którego głęboko podziwia.

Patrzyli sobie w oczy, wciąż zwarci mieczami, ale żaden nie próbował odepchnąć drugiego. Przez chwilę Dalinar widział w Kadashu człowieka, którym zawsze był. Łagodny, wyrozumiały wzór wszystkiego, co dobre w vorińskim kościele.

– Daj mi coś, co będę mógł przekazać zwierzchnikom kościoła – błagał Kadash. – Odwołaj swoje twierdzenia, że Wszechmocny nie żyje. Jeśli to zrobisz, skłonię ich, by zaakceptowali małżeństwo. Królowie robili gorsze rzeczy i zachowali vorińskie poparcie.

Dalinar zacisnął zęby i potrząsnął głową.

– Dalinarze...

– Fałsz nie służy nikomu, Kadashu. – Cofnął się. – Jeśli Wszechmocny nie żyje, udawanie, że jest inaczej, to czysta głupota. Potrzebujemy prawdziwej nadziei, nie wiary w kłamstwa.

Wszędzie na sali mężczyźni przerywali pojedynki, by przyglądać się lub przysłuchiwać. Mistrzowie szermierki stanęli za Navani, która wciąż prowadziła uprzejmą rozmowę z królową Iriali.

– Nie odrzucaj wszystkiego, w co wierzymy, z powodu kilku snów, Dalinarze. Co z naszym społeczeństwem? Co z tradycją?

– Tradycją? – powtórzył Dalinar. – Kadashu, czy opowiadałem ci kiedyś o swoim pierwszym nauczycielu szermierki?

– Nie. – Kadash zmarszczył czoło i popatrzył na innych żarliwców. – Czy to był Rembrinor?

Arcyksiążę pokręcił głową.

– Kiedy byłem młody, nasza gałąź Kholinów nie miała wielkich klasztorów i pięknych placów ćwiczeń. Ojciec znalazł mi nauczyciela z sąsiedniego miasteczka. Na imię miał Harth. Młody chłopak, nie był prawdziwym mistrzem szermierki, ale radził sobie. Bardzo się skupiał na właściwym sposobie postępowania i nie zaczął mnie szkolić, dopóki nie nauczyłem się w odpowiedni sposób wkładać takamy. – Dalinar wskazał na luźną koszulę, którą miał na sobie. – Nie pozwoliłby mi walczyć w taki sposób. Wkładałem spódnicę, później koszulę, a na koniec owijałem się trzy razy płóciennym pasem i wiązałem go.

– Zawsze mnie to irytowało. Pas owinięty trzy razy był zbyt ciasny, musiałem mocno go naciągnąć, żeby związać końce. Kiedy po raz pierwszy udałem się na pojedynek do sąsiedniego miasteczka, czułem się jak głupiec. U wszystkich pozostałych końce pasa wisiały luźno z przodu takamy.

– Spytałem Hartha, dlaczego my postępowaliśmy inaczej. Powiedział, że to właściwy sposób, prawdziwy sposób. Dlatego kiedy w czasie swoich podróży trafiłem do rodzinnego miasta Hartha, odnalazłem jego mistrza, mężczyznę, który uczył się od żarliwców w Kholinarze. Upierał się, że to właściwy sposób wiązania takamy, bo poznał go od swojego mistrza.

Otaczała ich coraz większa gromadka ludzi. Kadash zmarszczył czoło.

– A jakie jest sedno?

– Po zdobyciu Kholinaru odnalazłem mistrza mistrza mojego mistrza. Stary, pomarszczony żarliwiec jadł curry i podpłomyki, całkowicie obojętny na to, kto władał miastem. Spytałem go więc: „Dlaczego wiążesz pas trzy razy, choć wszyscy inni sądzą, że należy to robić dwa razy?". Starzec roześmiał się i wstał. Wstrząśnięty zorientowałem się, że był strasznie niski. „Jeśli wiążę go tylko dwa razy" wykrzyknął „końce wiszą tak nisko, że się potykam!".

Zapanowała cisza. W pobliżu jeden z żołnierzy się zaśmiał, ale szybko umilkł – żaden z żarliwców nie wydawał się rozbawiony.

– Kocham tradycję – powiedział Dalinar Kadashowi. – Walczyłem w imieniu tradycji. Pilnuję, by moi ludzie przestrzegali kodeksów. Stoję na straży vorińskich cnót. Ale to, że coś jest tradycją, nie oznacza jeszcze, że jest wartościowe, Kadashu. Nie możemy zakładać, że skoro coś jest stare, jest właściwe.

Odwrócił się do Navani.

– Ona nie słucha. Upiera się, że jesteś złodziejem i nie można ci ufać.

– Wasza Wysokość, zaczynam wierzyć, że pozwolilibyście na upadek całych narodów i śmierć wielu ludzi z powodu błahego żalu z przeszłości. Jeśli moje stosunki z królestwem Riry skłaniają was do rozważenia wsparcia wrogów całej ludzkości, może moglibyśmy omówić najpierw osobiste pojednanie.

Navani pokiwała głową na te słowa, choć posłała też spojrzenie przysłuchującym się ludziom i uniosła brew. Myślała, że to wszystko należało przeprowadzić w cztery oczy. Może miała rację. Jednak Dalinar czuł, że tego potrzebował, choć nie umiał wyjaśnić powodu.

Uniósł miecz do Kadasha w geście szacunku.

– Skończyliśmy?

W odpowiedzi Kadash rzucił się w jego stronę, unosząc miecz. Dalinar westchnął, pozwolił się dotknąć z lewej strony, ale zakończył wymianę ciosów z klingą uniesioną do szyi Kadasha.

– To nie jest dopuszczalny cios pojedynkowy – zauważył żarliwiec.

– Ostatnio mało się pojedynkuję.

Żarliwiec chrząknął, odepchnął broń Dalinara i rzucił się na niego. Wtedy arcyksiążę chwycił Kadasha za ramię i obrócił go, wykorzystując jego własny pęd. Rzucił żarliwca na ziemię i przytrzymał.

– Świat się kończy, Kadashu. Nie mogę po prostu polegać na tradycji. Muszę wiedzieć dlaczego. Przekonaj mnie. Daj mi dowód na to, co mówisz.

– Nie powinieneś potrzebować dowodu na istnienie Wszechmocnego. Brzmisz jak twoja bratanica!

– Potraktuję to jako komplement.

– A co... co z Heroldami? – spytał Kadash. – Czy zaprzeczasz ich istnieniu? Byli sługami Wszechmocnego, a ich istnienie potwierdzało jego. Mieli moc.

– Moc? Taką jak to?

Wciągnął Burzowe Światło. Wśród widzów rozległy się szmery, gdy Dalinar zaczął emanować blaskiem, a później zrobił... coś jeszcze. Wydał Światłu polecenie. Kiedy wstał, pozostawił Kadasha przyciśniętego do ziemi w kałuży Światłości, która trzymała go mocno, wiążąc z kamieniem. Żarliwiec miotał się bezradnie.

– Świetliści Rycerze powrócili. I tak, wierzę w autorytet Heroldów. Wierzę, że kiedyś istniała istota zwana Honorem... Wszechmocny. Pomagał nam i z radością znów bym przyjął jego pomoc. Jeśli możesz mi udowodnić, że obecna postać vorinizmu jest tym, czego nauczali Heroldowie, porozmawiamy znowu...

Odrzucił miecz i podszedł do Navani.

– Niezły pokaz – powiedziała cicho. – Jak zakładam, to było dla wszystkich, nie tylko dla Kadasha?

– Żołnierze muszą wiedzieć, jaka jest moja relacja z Kościołem. Co mówi nasza królowa?

– Nic dobrego – mruknęła Navani. – Mówi, że możesz się z nią skontaktować w sprawie warunków zwrotu skradzionych dóbr, a ona się zastanowi.

– Burzowa kobieta. Chodzi jej o Pancerz Odprysku Adolina. Jak uzasadnione są jej roszczenia?

– Nie bardzo. Dostałeś go przez małżeństwo, i to z jasnooką z Riry, nie Iri. Tak, Iriali twierdzą, że ich siostrzany naród to ich wasale, ale nawet gdyby to nie była kwestia dyskusyjna, królowa nie jest w żadnym stopniu spokrewniona z Evi i jej bratem.

Dalinar chrząknął.

– Rira nigdy nie była dość silna, by zażądać zwrotu Pancerza. Ale gdyby Iri miało dzięki temu stanąć po naszej stronie, zastanowiłbym się. Może mógłbym się zgodzić na... Zaraz. Co ty powiedziałaś?

– Hm? O... a, racja. Nie słyszysz jej imienia.

– Powtórz je – szepnął Dalinar.

– Co? Evi?

W głowie Dalinara pojawiły się wspomnienia. Zatoczył się i oparł o stolik do pisania, czuł się przy tym tak, jakby ktoś uderzył go młotem w głowę. Navani wezwała lekarzy, sugerując, że pojedynki były dla niego zbyt wielkim obciążeniem.

Nie o to chodziło, lecz o ogień w umyśle, nagły wstrząs wypowiedzianego słowa.

Evi. Mógł usłyszeć imię swojej żony.

I nagle przypomniał sobie jej twarz.

17
UWIĘZIENI W CIENIU

Nie jest to lekcja, którą potrafię komukolwiek przekazać. Doświadczenie jest wielkim nauczycielem i sami musicie go poszukać.
– Z przedmowy *Dawcy Przysięgi*

– Wciąż uważam, że powinniśmy go zabić – powiedziała do innych Khen, parshmenka, która wcześniej grała w karty.

Kaladin siedział związany i przywiązany do drzewa. Tak spędził noc. Tego dnia kilka razy go wypuścili, żeby mógł skorzystać z latryny, ale poza tym był związany. Choć węzły były mocne, i tak otaczali go strażnicy – i to mimo że sam im się poddał.

Mięśnie miał zesztywniałe, a pozycja była niewygodna, ale jako niewolnik znosił gorsze rzeczy. Minęło już prawie całe popołudnie, a oni wciąż się o niego kłócili.

Nie zobaczył powtórnie tego żółto-białego sprena, tego o kształcie wstęgi światła. Prawie zaczął podejrzewać, że go sobie wyobraził. Przynajmniej w końcu przestało padać. Miał nadzieję, że to oznaczało rychły powrót arcyburz – i Burzowego Światła.

– Zabić go? – odezwał się inny parshmen. – Dlaczego? W jaki sposób nam zagraża?

– Powie innym, gdzie jesteśmy.

– Sam bez trudu nas odnalazł. Wątpię, by inni mieli problemy, Khen.

Wyglądało na to, że parshmeni nie mają przywódcy. Ich głosy dobiegały z miejsca, w którym tłoczyli się pod płótnem. Pachniało wilgocią, a kępa drzew drżała, gdy uderzały w nią podmuchy wiatru. Spadły na niego krople wody, jakimś sposobem zimniejsze niż sam Płacz.

Na szczęście wkrótce to wszystko miało wyschnąć i w końcu znów zobaczy słońce.

– Mamy go puścić? – spytała Khen szorstko i ze złością.

– Nie wiem. Zrobiłabyś to, Khen? Rozwaliła mu głowę?

W namiocie zapadła cisza.

– Jeśli to znaczy, że nie będą mogli znów nas pojmać? – odpowiedziała w końcu. – Tak, zabiłabym go. Nie wrócę, Ton.

Nosili proste imiona ciemnookich Alethyjczyków – do których pasował ich nieprzyjemnie znajomy akcent. Kaladin nie przejmował się swoim bezpieczeństwem – choć zabrali mu nóż, łączotrzcinę i kule, w każdej chwili mógł przywołać Syl. Unosiła się w pobliżu na podmuchach wiatru, przeskakując między gałęziami drzew.

Parshmeni w końcu przerwali naradę, a Kaladin zaczął drzemać. Obudził go odgłos parshmenów zbierających skromny dobytek – siekierę albo dwie, bukłaki z wodą, zniszczone worki ziarna. Kiedy zaszło słońce, na Kaladina padły długie cienie i obóz znów otoczyła ciemność. Wydawało się, że grupka porusza się nocami.

Podszedł do niego wysoki mężczyzna, który poprzedniej nocy grał w karty – Kaladin rozpoznawał wzory jego skóry. Rozwiązał sznury wiążące Kaladina do drzewa i te na jego kostkach – ale pozostawił więzy na rękach.

– Mogłeś pojmać tamtą kartę – zauważył Kaladin.

Parshmen zesztywniał.

– Gra w karty. Giermek może pojmać, jeśli wspiera go karta sojusznika. Miałeś rację.

Parshmen chrząknął i szarpnął za sznur, żeby zmusić więźnia do wstania. Kaladin przeciągnął się, rozluźniając napięte mięśnie i bolesne skurcze, w tym czasie inni parshmeni zwijali ostatni z improwizowanych namiotów – ten, który był całkowicie zamknięty. Wcześniej tego dnia Kaladinowi udało się w końcu zobaczyć, co było w środku.

Dzieci.

Około tuzina, wszystkie w tunikach, w różnym wieku, od niemowlaków po młodsze nastolatki. Dziewczynki nosiły rozpuszczone włosy, a chłopcy związane lub zaplecione. Nie wolno im było opuszczać namiotu, chyba że pod opieką dorosłych, ale słyszał ich śmiech. Z początku martwił się, że to uwięzione ludzkie dzieci.

Kiedy zwijano obóz, rozbiegły się dookoła podekscytowane, że w końcu są wolne. Jedna z młodszych dziewczynek przebiegła po mokrych kamieniach i złapała mężczyznę prowadzącego Kaladina za wolną rękę. Każde z dzieci miało ten sam charakterystyczny wygląd, co dorośli – częściowo przypominali Parshendich, z pancerzem po bokach głowy i na przedramionach. Skorupa dzieci miała jasnopomarańczowo-różowawy odcień.

Nie umiał ocenić, dlaczego ten widok wydawał mu się taki dziwny. Parshmeni się rozmnażali, choć ludzie często mówili, że „się mnożą", jak zwierzęta. I przecież to nie było takie dalekie od prawdy. Wszyscy o tym wiedzieli.

Co by pomyślał Shen – Rlain – gdyby Kaladin wypowiedział te słowa na głos?

Wyszli spomiędzy drzew, Kaladin wciąż z więzami na rękach. Parshmeni ograniczyli rozmowy do minimum, a gdy w ciemnościach szli przez pole, Kaladinowi cała sytuacja wydała się znajoma. Czy kiedyś był już w tym miejscu, czy robił to wcześniej?

– A co z królem? – Prowadzący Kaladina parshmen mówił cicho, ale zwracał się bezpośrednio do niego.

Elhokar? Co... A, racja. Gra.

– Król to jedna z najpotężniejszych kart w grze. – Kaladin próbował przypomnieć sobie wszystkie zasady. – Może pojmać każdą kartę poza innym królem i sam nie może zostać pojmany, chyba że dotykają go trzy karty przeciwnika, co najmniej rycerze. Yyy... i jest niewrażliwy na Dusznikowanie. – Tak mi się wydaje, dodał w myślach.

– Kiedy patrzyłem, jak ludzie grają, rzadko z niej korzystali. Skoro jest tak potężna, po co czekać?

– Jeśli twój król zostanie pojmany, przegrywasz. Dlatego rozgrywa się go tylko wtedy, jeśli sytuacja jest rozpaczliwa albo jeśli ma się pewność, że można go obronić. Kiedy grałem, w połowie przypadków zostawiałem go przez cały czas w koszarach.

Parshmen chrząknął, po czym spojrzał na dziewczynkę u boku, która pociągnęła go za rękę i pokazała coś palcem. Odpowiedział jej coś szeptem, a ona pobiegła na paluszkach w stronę kępy kwitnących skałopąków, widocznej w blasku pierwszego księżyca.

Pędy cofnęły się, a pąki zamknęły. Ale dziewczynka wiedziała, że należy kucnąć z boku i czekać z nadstawionymi rękami, aż kwiaty znów się otworzyły – i wtedy złapała po jednym w każdą dłoń, a jej śmiech odbijał się echem po równinie. Kiedy wróciła, radościospreny podążały za nią jak zielone liście, ale Kaladina omijały szerokim łukiem.

Khen, która szła z pałką w ręku, kazała mężczyźnie ruszyć dalej. Rozglądała się po okolicy nerwowo jak zwiadowca podczas niebezpiecznej misji.

Mam, pomyślał Kaladin, kiedy przypomniał sobie, dlaczego ta sytuacja wydawała mu się znajoma. Ucieczka od Tasinara.

Wszystko wydarzyło się po tym, jak został potępiony przez Amarama, ale zanim wysłano go na Strzaskane Równiny. Nie chciał myśleć o tych dniach. Ciągłe porażki, systematyczne mordowanie resztek jego idealizmu... nauczył się, że rozmyślanie o tych sprawach prowadziło go w mroczne miejsca. W tamtym czasie zawiódł tak wielu ludzi. Jednym z nich była Nalma. Wciąż czuł dotyk jej dłoni w swojej – dłoni szorstkiej i pokrytej odciskami.

To była jego najbardziej udana próba ucieczki. Trwała pięć dni.

– Nie jesteście potworami – szepnął Kaladin. – Nie jesteście żołnierzami. Nie jesteście nawet nasieniem pustki. Jesteście po prostu... niewolnikami, którzy uciekli.

Parshmen, który go prowadził, odwrócił się i szarpnął za sznur. Chwycił Kaladina za mundur, a jego córeczka schowała się z tyłu, upuściła jeden kwiatek i zapiszczała.

– Chcesz, żebym cię zabił? – spytał parshmen, przyciągając twarz Kaladina do swojej. – Będziesz mi przypominał, jak wasz gatunek nas postrzega?

Kaladin chrząknął.

– Popatrz na moje czoło, parshmenie.

– I co?

– Piętna niewolnika.

– Co takiego?

Na burze... parshmeni nie byli piętnowani i nie trzymano ich z innymi niewolnikami. Byli na to zbyt cenni.

– Kiedy robią niewolnika z człowieka – wyjaśnił Kaladin – piętnują go. Byłem tam. Dokładnie tam, gdzie wy jesteście teraz.

– I myślisz, że w ten sposób nas rozumiesz?

– Oczywiście, że tak. Jestem...

– Całe życie przeżyłem we mgle! – ryknął parshmen. – Każdego dnia czułem, że powinienem coś powiedzieć, coś zrobić, żeby to powstrzymać! Każdej nocy przytulałem córkę, zastanawiając się, dlaczego świat wygląda, jakby się poruszał wokół nas w świetle... a my jesteśmy uwięzieni w cieniu. A później sprzedali jej matkę. Sprzedali ją. Ponieważ urodziła zdrowe dziecko. To oznaczało, że nadaje się do rozmnożenia. Rozumiesz to, człowieku? Rozumiesz, jak to jest patrzeć, jak twoja rodzina się rozpada, i wiedzieć, że powinieneś się sprzeciwić... wiedzieć w głębi duszy, że coś jest głęboko nie w porządku. Czy wiesz, jakie to uczucie nie móc wypowiedzieć jednego burzowego słowa, by to powstrzymać?

Parshmen przyciągnął go jeszcze bliżej.

– Może i odebrali ci wolność, ale nam zabrali umysły.

Puścił Kaladina i odwrócił się, wziął córeczkę na ręce i ruszył biegiem, by dogonić pozostałych, którzy odwrócili się, słysząc jego wybuch. Szarpnięcie sznura sprawiło, że Kaladin ruszył za nim, w wymuszonym pośpiechu nadepnął na kwiatek dziewczynki. Syl przeleciała obok, ale kiedy spróbował zwrócić jej uwagę, zaśmiała się tylko i uniosła wyżej na podmuchu wiatru.

Kiedy dogonili pozostałych, parshmen został cicho zbesztany – nie mogli sobie pozwolić, żeby zwrócić na siebie uwagę. Kaladin szedł z nimi i pamiętał. Trochę rozumiał.

Kiedy uciekał, nigdy nie był wolny – czuł, że otwarte niebo i niekończące się pola są udręką. Czuł zbliżającą się pogoń i każdego ranka budził się, spodziewając się, że został otoczony.

Aż pewnego dnia okazało się, że miał rację.

Ale parshmeni? Przyjął Shena do mostu czwartego, zgoda. Jednak zaakceptowanie, że jeden parshmen może zostać mostowym, było czymś zupełnie innym niż zaakceptowanie, że cała rasa to... cóż, ludzie.

Kiedy kolumna zatrzymała się, by rozdać dzieciom bukłaki, Kaladin pomacał czoło i przeciągnął palcami po bliźnie.

„Zabrali nam umysły...".

Jemu też próbowali odebrać umysł. Powalili go na skały, odebrali wszystko, co kochał, i zamordowali brata. Sprawili, że nie umiał jasno myśleć. Życie się rozmywało, aż pewnego dnia odkrył, że stoi na krawędzi półki, patrzy, jak umierają krople deszczu, i próbuje znaleźć motywację, by zakończyć swoje życie.

Syl przefrunęła obok w postaci migotliwej wstęgi.

– Syl – syknął Kaladin. – Muszę z tobą porozmawiać. To nie czas na...

– Cicho – odparła, po czym zachichotała i przeleciała obok niego, a następnie zrobiła to samo z parshmenem, który go prowadził.

Kaladin zmarszczył czoło. Zachowywała się tak beztrosko. Zbyt beztrosko? Jak w czasach, zanim powstała ich więź?

Nie. To niemożliwe.

– Syl – odezwał się błagalnie, kiedy powróciła. – Coś jest nie w porządku z naszą więzią? Proszę, nie...

– Nie o to chodzi – odparła gorączkowym szeptem. – Wydaje mi się, że parshmeni mnie widzą. Przynajmniej niektórzy. I ten drugi spren wciąż tu jest. Wyższy spren, jak ja.

Kaladin zaczął się rozglądać.

– Gdzie?

– Dla ciebie jest niewidzialny. – Syl zmieniła się w garść liści, która krążyła wokół niego. – Chyba go przekonałam, że jestem zwykłym wiatrosprenem.

Odleciała, pozostawiając na wargach Kaladina dziesiątki niewypowiedzianych pytań. Na burze... czy to dzięki temu sprenowi wiedzą, dokąd iść?

Kolumna znów ruszyła i Kaladin przez dobrą godzinę maszerował w milczeniu, zanim Syl postanowiła do niego wrócić. Wylądowała na jego ramieniu i stała się młodą kobietą w fantazyjnej spódnicy.

– On ruszył przodem – wyjaśniła. – A parshmeni nie patrzą.

– Spren ich prowadzi – mruknął Kaladin. – Syl, ten spren musi być...

– Jego – odszepnęła, objęła się ramionami i skuliła... rzeczywiście skurczyła się do dwóch trzecich normalnego wzrostu. – Pustkospren.

– Chodzi o coś jeszcze. Ci parshmeni... skąd oni wiedzą, jak mówić, jak się zachowywać? Całe życie spędzili wśród społeczeństwa... ale jakim sposobem są tacy, no, normalni po tak długim czasie uśpienia?

– Wieczna Burza. Moc wypełniła luki w ich duszach. Oni nie tylko się obudzili, Kaladinie. Zostali uzdrowieni, odtworzyli Związek, odzyskali Tożsamość. W tym kryje się więcej, niż sobie uświadamialiśmy. Jakimś sposobem, kiedy ich podbiliście, odebraliście im zdolność zmiany form. Dosłownie wyrwaliście im kawałek duszy i zamknęliście go. – Odwróciła się gwałtownie. – On wraca. Zostanę w pobliżu, na wypadek gdybyś potrzebował Ostrza.

Odleciała, wznosząc się prosto w powietrze jako wstęga światła. Kaladin nadal wlókł się za kolumną, rozważając jej słowa, aż w końcu przyspieszył kroku i podszedł do parshmena, który go prowadził.

– Postępujecie całkiem rozsądnie – powiedział. – Dobrze wędrować nocą. Ale idziecie wzdłuż koryta rzeki. Wiem, że w tej okolicy jest więcej drzew, co umożliwia bezpieczniejsze rozbicie obozu, ale to pierwsze miejsce, w którym będą was szukać.

Kilku pozostałych parshmenów popatrzyło na niego. Ten ze sznurem nie odezwał się ani słowem.

– Kolejnym problemem jest duża grupa – mówił dalej Kaladin. – Powinniście podzielić się na mniejsze grupki i spotykać każdego ranka. W ten sposób, jeśli ktoś was zauważy, będziecie się wydawać mniej groźni. Zawsze możecie powiedzieć, że jasnoocy was gdzieś wysłali, a podróżni może zostawią was w spokoju. Ale jeśli wpadną na całą siedemdziesiątkę razem, nie ma szans. Zakładając, rzecz jasna, że nie chcecie walczyć... a tego nie chcecie. Jeśli będziecie walczyć, naślą na was miejscowego lorda. Jak na razie mają większe problemy.

Parshmen chrząknął.

– Pomogę wam – zaproponował Kaladin. – Mogę nie rozumieć, przez co przeszliście, ale wiem, jak to jest uciekać.

– Myślisz, że ci zaufam? – spytał w końcu parshmen. – Przecież chcesz, żeby nas złapali.

– Wcale nie jestem tego pewien – odparł szczerze Kaladin.

Ten, który go prowadził, nie powiedział nic więcej, więc Kaladin tylko westchnął i pozostał z tyłu. Dlaczego Wieczna Burza nie dała tym parshmenom takich mocy jak tym na Strzaskanych Równinach? Co z opowieściami z pism i legend? Spustoszeniami?

W końcu znów się zatrzymali, żeby zrobić sobie kolejną przerwę, a Kaladin znalazł między skałami płaski kamień, na którym mógł usiąść. Parshmen przywiązał jego sznur do pobliskiego samotnego drzewa i poszedł naradzić się z pozostałymi. Kaladin oparł się wygodniej i zatonął w myślach, aż coś usłyszał. Z zaskoczeniem zobaczył podchodzącą córkę parshmena, który go prowadził. W obu rękach niosła bukłak, ale zatrzymała się tuż poza jego zasięgiem.

Nie miała butów, a marsz nie był łaskawy dla jej stóp, które – choć pokryte stwardniałą skórą – i tak znaczyły zadrapania i otarcia. Niepewnie położyła bukłak i się cofnęła. Kiedy Kaladin sięgnął po wodę, dziewczynka nie uciekła, czego mógłby się spodziewać.

– Dziękuję – powiedział i pociągnął łyk wody.

Była czysta i przezroczysta – najwyraźniej parshmeni wiedzieli, jak odstawić wodę, żeby zanieczyszczenia osiadły, i jak ją nabierać. Zignorował burczenie w brzuchu.

– Czy oni naprawdę będą za nami gonić? – spytała dziewczynka.

W bladozielonym blasku Mishima uznał, że mała parshmenka nie jest tak przestraszona, jak zakładał. Owszem, była nerwowa, ale spojrzała mu w oczy.

– Dlaczego nie mogą po prostu nas puścić? Mógłbyś wrócić i im powiedzieć? Nie chcemy kłopotów. Chcemy po prostu odejść.

– Przyjdą – odparł Kaladin. – Przykro mi. Będą potrzebować dodatkowych rąk do pracy przy odbudowie. Jesteście... zasobem, którego nie mogą tak po prostu zignorować.

Ludzie, których odwiedzał, nie wiedzieli, że mają się spodziewać przerażających Pustkowców – wielu sądziło, że parshmeni po prostu uciekli w zamieszaniu.

– Ale dlaczego? – Dziewczynka pociągnęła nosem. – Co my im zrobiliśmy?

– Próbowaliście ich zniszczyć.

– Nie. Jesteśmy mili. Zawsze byliśmy mili. Nigdy nikogo nie uderzyłam, nawet kiedy byłam zła.

– Nie chodziło mi o was teraz, ale o waszych przodków... takich jak wy, ale bardzo dawno temu. Była wojna i...

Na burze. Jak wyjaśnić siedmiolatce, czym jest niewolnictwo? Rzucił jej bukłak z powrotem, a ona pobiegła do ojca – który dopiero zauważył jej nieobecność. Stał, ciemna sylwetka na tle nocy, i przyglądał się Kaladinowi.

– Mówią o rozbijaniu obozu – szepnęła Syl z niewielkiej odległości. Wślizgnęła się w szczelinę skał. – Pustkospren chce, żeby maszerowali w ciągu dnia, ale wątpię, by to zrobili. Martwią się, że zboże się popsuje.

– Czy ten spren mnie teraz obserwuje?

– Nie.

– To przetnijmy te sznury.

Odwrócił się, żeby ukryć, co robi, i szybko przywołał Syl w postaci noża, by się uwolnić. To zmieniało kolor jego oczu, ale miał nadzieję, że parshmeni nie zauważą tego w ciemnościach.

Syl wróciła do postaci sprena.

– Teraz miecz? Kule, które ci zabrali, już się wyczerpały, ale rozproszą się na widok Ostrza.

– Nie.

Kaladin podniósł duży kamień. Parshmeni uciszyli się, zauważając jego ucieczkę. Przeniósł kamień o kilka kroków, po czym upuścił go, miażdżąc skałopąk. Po chwili otoczyli go rozzłoszczeni parshmeni z pałkami.

Zignorował ich i zaczął przeszukiwać zniszczoną roślinę. Uniósł kawałek skorupy.

– Jej wnętrze – odwrócił skorupę w ich stronę – wciąż jest suche, mimo deszczu. Skałopąk z jakiegoś powodu potrzebuje bariery między sobą a wodą na zewnątrz, choć po burzy zawsze gorliwie zabiera się za picie. Kto ma mój nóż?

Nikt się nie poruszył, żeby go oddać.

– Jeśli zdrapiecie tę wewnętrzną warstwę – Kaladin postukał w skorupę skałopąka – dotrzecie do suchej części. Teraz, kiedy przestało padać, powinienem móc rozpalić ogień, zakładając, że nikt nie zgubił mojej torby z krzesiwem. Musimy ugotować to ziarno, a później je wysuszyć, robiąc z niego placki. Nie będą smaczne, ale dłużej wytrzymają. Jeśli wkrótce czegoś nie zrobicie, wasze zapasy na pewno zgniją.

Wstał i pokazał palcem.

– Skoro już tu jesteśmy, powinniśmy być wystarczająco blisko rzeki, żeby zebrać więcej wody. Przestało padać, więc ona wkrótce też przestanie płynąć. Skałopąki nie palą się zbyt dobrze, więc będziemy chcieli zebrać trochę prawdziwego drewna i w ciągu dnia wysuszyć je przy ogniu. Dziś możemy rozpalić malutki ogienek, a jutro w nocy zajmiemy się gotowaniem. W ciemności dym nas nie zdradzi, a światło możemy ukryć wśród drzew. Muszę jeszcze tylko wymyślić, jak poradzimy sobie z gotowaniem bez garnków.

Parshmeni gapili się na niego. W końcu Khen odepchnęła go od skałopąka i wzięła odłamek, który wcześniej trzymał. Kaladin zauważył parshmena, który wcześniej go prowadził. Mężczyzna siedział przy skale, trzymał w rękach sznur i pocierał kciukiem rozcięty koniec.

Po krótkiej naradzie parshmeni zaciągnęli Kaladina do wskazanej przez niego kępy drzew, oddali mu nóż – stojąc nad nim ze wszystkimi dostępnymi pałkami – i zażądali, by udowodnił, że może rozpalić ogień z wilgotnego drewna.

Zrobił to.

Nie da się opisać smaku przyprawy – sami musicie jej spróbować.
– Z przedmowy *Dawcy Przysięgi*

Shallan stała się Woal.

Burzowe Światło sprawiało, że jej twarz była mniej dziewczęca, a bardziej kanciasta. Spiczasty nos i niewielka blizna na brodzie. Jej włosy z rudych stały się czarne, jak u Alethyjki. Stworzenie takiej iluzji wymagało Burzowego Światła z większego klejnotu, ale później mogła utrzymywać ją całymi godzinami, wykorzystując zaledwie odrobinę.

Woal odrzuciła havah na bok. Zamiast niej włożyła spodnie i obcisłą koszulę, a później buty z cholewami i długi biały płaszcz. Na koniec naciągnęła prostą rękawiczkę na lewą dłoń. Woal oczywiście nie czuła się w najmniejszym stopniu zawstydzona.

Istniał prosty sposób, by ulżyć bólowi Shallan. Istniał prosty sposób, by się ukryć. Woal nie cierpiała tak, jak Shallan – a poza tym była dość twarda, by poradzić sobie z czymś takim. Stawanie się nią przypominało odłożenie na bok straszliwego ciężaru.

Woal owinęła szyję szalem i zarzuciła na ramię podniszczoną torbę kupioną specjalnie dla niej. Mogła mieć tylko nadzieję, że wystająca ze środka rękojeść noża będzie wyglądać naturalnie, nawet groźnie.

Ta część w głębi jej umysłu, która wciąż była Shallan, czuła niepokój. Czy będzie wyglądać sztucznie? Z całą pewnością nie dostrzegła niektórych subtelnych wskazówek ukrytych w jej zachowaniu, stroju czy sposobie mówienia. Odpowiedni ludzie mogli się domyślić, że Woal wcale nie ma tak wielkiego doświadczenia, jak udawała.

Cóż, będzie musiała dać z siebie wszystko i mieć nadzieję, że uda jej się zatuszować nieuniknione pomyłki. Przywiązała do pasa kolejny nóż, długi, ale nie do końca miecz, bo Woal nie była jasnooka. I całe szczęście. Żadna jasnooka nie mogłaby poruszać się tak swobodnie z bronią na widoku. Niektóre zwyczaje były przestrzegane coraz mniej surowo w miarę schodzenia w dół drabiny społecznej.

– I jak?

Woal odwróciła się do ściany, na której wisiał Wzór.

– Mmm... Dobre kłamstwo.

– Dziękuję.

– Nie takie jak tamto.

– Świetlista?

– Znikasz za nią i znów się pojawiasz – wyjaśnił Wzór – jak słońce za chmurami.

– Potrzebuję więcej ćwiczeń – stwierdziła Woal.

Tak, ten głos brzmiał doskonale. Shallan coraz lepiej radziła sobie z dźwiękami.

Podniosła Wzór – co wymagało przyciśnięcia dłoni do ściany, pozwolenia, by przeszedł po jej skórze i wniknął w płaszcz. Przy akompaniamencie jego zadowolonego brzęczenia przeszła przez komnatę i wyślizgnęła się na balkon. Wzeszedł pierwszy księżyc, fioletowy i dumny Salas. Dawał najmniej światła ze wszystkich księżyców, co znaczyło, że na zewnątrz było dość ciemno.

Większość komnat przylegających do zewnętrznych ścian miała te balkoniki, ale jej, znajdujący się na drugiej kondygnacji, był umieszczony wyjątkowo korzystnie. Mogła zejść z niego po schodach na pole poniżej. Pokrywały je bruzdy doprowadzające wodę i zagony do uprawy skałopąków, a wzdłuż krawędzi znajdowały się również skrzynki do hodowania roślin bulwiastych lub ozdobnych. Każdy poziom miasta je miał, dzieliło je od siebie osiemnaście wewnętrznych kondygnacji.

W ciemności zeszła na pole. Jak tu w ogóle mogło cokolwiek rosnąć? Jej oddech parował, a wokół stóp wyrastały zimnospreny.

Dotarła do niewielkich drzwi prowadzących z powrotem do Urithiru. Może równie dobrze mogłaby po prostu wyjść ze swojej komnaty, ale Woal wolała być ostrożna. Lepiej, żeby służące czy strażnicy nie zauważyli, że jasność Shallan włóczy się po nocach.

Poza tym, któż mógł wiedzieć, gdzie mieli swoich agentów Mraize i jego Duchokrwiści? Nie skontaktowali się z nią od tego pierwszego dnia w Urithiru, ale wiedziała, że będą obserwować. Wciąż nie miała pojęcia, co z nimi zrobić. Przyznali się do zamachu na życie Jasnah, co powinno być wystarczającym powodem, by ich znienawidzić. Wydawało się, że również wiedzą dużo ważnych rzeczy o świecie.

Woal szła korytarzem, oświetlając sobie drogę niedużą latarnią, bo z kulą by się wyróżniała. Mijała wieczorne tłumy, które sprawiały, że na korytarzach części Sebariala panował ruch podobny do tego w jego obozie. Wydawało się, że tutaj nigdy nie było tak spokojnie jak w części Dalinara.

Dziwnie hipnotyzujące warstwy na ścianach korytarzy wyprowadziły ją z części Sebariala. W korytarzach zrobiło się luźniej. Tylko Woal i te samotne, niekończące się tunele. Miała wrażenie, że czuje, jak przytłacza ją ciężar innych poziomów wieży, pustych i niezbadanych. Góra niepoznanego kamienia.

Spieszyła w swoją stronę, a Wzór brzęczał na jej płaszczu.

– Lubię go – powiedział.

– Kogo?

– Szermierza. Mmm. Tego, z którym nie wolno ci się jeszcze parzyć.

– Możemy przestać mówić o nim w taki sposób?

– Dobrze. Ale lubię go.

– Nienawidzisz jego miecza.

– Zacząłem rozumieć. – Wzór był wyraźnie podekscytowany. – Ludzie... ludzie nie przejmują się zabitymi. Robicie krzesła i budujecie domy z trupów! Jecie trupy! Robicie ubrania ze skór trupów. Trupy są dla was rzeczami.

– To chyba rzeczywiście prawda.

Spren wydawał się nienaturalnie podekscytowany tą świadomością.

– To groteskowe – mówił dalej – ale wszyscy musicie zabijać i niszczyć, żeby żyć. Taka jest natura Krainy Materii. Dlatego nie powinienem nienawidzić Adolina Kholina za to, że posługuje się trupem.

– Lubisz go, bo mówi Świetlistej, żeby szanowała miecz.

– Mmm. Tak, tak, bardzo miły mężczyzna. I cudownie inteligentny.

– To może ty go poślubisz?

Wzór zabrzęczał.

– Czy to...

– Nie, nie ma takiej możliwości.

– Och.

Znów zaczął brzęczeć z zadowoleniem na jej płaszczu, na którym wyglądał jak dziwny haft.

Po krótkim czasie Shallan odkryła, że musi powiedzieć coś jeszcze.

– Wzorze. Pamiętasz, co mi powiedziałeś tamtego wieczoru, kiedy po raz pierwszy... staliśmy się Świetlistą?

– O umieraniu? To może być jedyne rozwiązanie, Shallan. Mmm... Musisz wypowiadać prawdy, żeby się rozwijać, ale znienawidzisz mnie za to, że cię do tego zmuszam. Dlatego mogę umrzeć, a kiedy tak się stanie, będziesz mogła...

– Nie. Proszę, nie opuszczaj mnie.

– Ale mnie nienawidzisz.

– Siebie też nienawidzę – szepnęła. – Po prostu... proszę. Nie odchodź. Nie umieraj.

Wzór wydawał się zadowolony, gdyż jego brzęczenie stało się głośniejsze – choć u niego odgłosy zadowolenia i poruszenia bywały czasem podobne. Na razie Woal pozwoliła, by rozproszyło ją czekające ją zadanie. Adolin nadal próbował odnaleźć mordercę, nie zrobił jednak wielkich postępów. Aladar był Arcyksięciem Informacji i Adolin mógł wykorzystywać jego siły porządkowe i skrybów – ale też bardzo chciał wypełnić polecenie ojca.

Woal pomyślała, że być może oboje szukają w niewłaściwych miejscach. W końcu zobaczyła przed sobą światła i przyspieszyła kroku, aż znalazła się na pomoście biegnącym wokół dużego, przypominającego jaskinię pomieszczenia, wysokiego na kilka kondygnacji. Dotarła do Odejścia – wielkiego zbiorowiska namiotów oświetlonych licznymi migoczącymi świecami, pochodniami lub latarniami.

Targowisko wyrosło zaskakująco szybko, wbrew starannie nakreślonym planom Navani, która wymyśliła sobie szeroką drogę ze sklepami po bokach. Żadnych bocznych uliczek, żadnych bud czy namiotów. Łatwe do patrolowania i starannie uporządkowane.

Kupcy się zbuntowali, narzekając na brak przestrzeni magazynowej i dużą odległość od studni dostarczających czystej wody. W rzeczywistości pragnęli większego targowiska, nad którym znacznie trudniej było zapanować. Sebarial, jako Arcyksiążę Handlu, wyraził zgodę. I choć w księgach rachunkowych narobił bałaganu, kiedy chodziło o interesy, był bardzo bystry.

Chaos i różnorodność ekscytowały Woal. Mimo późnej godziny setki ludzi, którzy przyciągali dziesiątki rodzajów sprenów. Tuziny namiotów o różnych kształtach i kolorach. Niektóre nawet nie były namiotami, tylko raczej stoiskami – odgrodzone linami kawałki terenu pilnowane przez paru krzepkich mężczyzn z pałkami. Inne były prawdziwymi budynkami – niewielkimi kamiennymi szopami wybudowanymi we wnętrzu tej jaskini, jeszcze w czasach Świetlistych.

Na Odejściu mieszali się kupcy ze wszystkich dziesięciu pierwotnych obozów. Minęła trzy warsztaty szewskie ustawione w rzędzie – nigdy nie rozumiała, dlaczego kupcy sprzedający te same towary gromadzili się razem. Nie byłoby lepiej rozstawić się gdzieś, gdzie nie miało się konkurencji dosłownie za ścianą?

Schowała lampkę, bo wystarczało jej światło padające z namiotów i sklepów, i ruszyła dalej. Woal czuła się tu swobodniej niż w tych pustych, krętych korytarzach – tu życie znalazło swój przyczółek. Targ wyrastał jak kłębowisko roślinności po zawietrznej grani.

Dotarła do centralnej studni jaskini – dużej, okrągłej tajemnicy wypełnionej falującą, wolną od kremu wodą. Nigdy wcześniej nie widziała studni – zwykle wszyscy korzystali z cystern napełnianych podczas każdej burzy. Jednak liczne studnie w Urithiru nigdy się nie wyczerpywały. A poziom wody nawet nie opadał, mimo że ludzie ciągle z nich czerpali.

Skryby dyskutowały o możliwości istnienia ukrytego w górach podziemnego zbiornika, ale skąd się brała cała ta woda? Nie wydawało się, by śnieg na pobliskich szczytach gór topniał, a deszcz padał bardzo rzadko.

Woal siedziała na brzegu studni z jednym kolanem podciągniętym pod brodę i obserwowała ludzi, którzy przechodzili obok. Słuchała, jak kobiety rozmawiają o Pustkowcach, rodzinie pozostawionej w Alethkarze i tej dziwnej nowej burzy. Słyszała, jak mężczyźni przejmują się możliwością przymusowego wcielenia do armii albo obniżenia nahnu, skoro zabrakło parshmenów do wykonywania najprostszych prac. Niektórzy jasnoocy robotnicy narzekali na zapasy, które pozostały na Naraku i czekały na dość Burzowego Światła, by je tutaj przenieść.

W końcu ruszyła w stronę rzędu gospód. Nie mogę być zbyt dociekliwa, żeby uzyskać odpowiedzi, pomyślała. Jeśli zadam niewłaściwe pytania, wszyscy uznają, że jestem szpiegiem sił porządkowych Aladara.

Woal. Woal nie czuła bólu. Była swobodna, pewna siebie. Patrzyła ludziom w oczy. Unosiła wysoko brodę, rzucając wyzwanie każdemu, kto próbował ją oceniać. Siła jest iluzją percepcji.

Woal miała własny rodzaj siły, wynikający z całego życia spędzonego na ulicach ze świadomością, że potrafi zatroszczyć się o siebie. Cechował ją upór godny chulla i choć była zadziorna, jej pewność siebie była siłą samą w sobie. Dostawała to, czego chciała, a własny sukces jej nie zawstydzał.

Pierwszy bar, który wybrała, znajdował się wewnątrz dużego namiotu bitewnego. Wypełniała go woń rozlanego lawisowego piwa i spoconych ciał. Roześmiani mężczyźni i kobiety wykorzystywali odwrócone skrzynie jako krzesła i stoły. Większość miała proste ubrania ciemnookich: sznurowane koszule – brak pieniędzy i czasu na guziki – i spodnie lub spódnice. Nieliczni mężczyźni, zgodnie z dawniejszą modą, nosili spódnice z pasa tkaniny i luźne kamizele, które odsłaniały tors.

Podła gospoda, która raczej nie spełniała jej wymagań. Woal potrzebowała miejsca, które było podlejsze, a jednocześnie w pewnym sensie bogatsze. Bardziej podejrzanego, a jednocześnie z dostępem do ważnych person z podziemia obozów.

Wydawała się jednak dobrym miejscem na ćwiczenia. Szynkwas powstał ze sterty skrzynek, a obok stało nawet kilka prawdziwych krzeseł. Woal oparła się o „bar" w sposób, który – jak miała nadzieję – był swobodny, i prawie przewróciła skrzynie. Potknęła się, złapała je i uśmiechnęła się przepraszająco do barmanki – starej ciemnookiej o siwych włosach.

– Co podać? – spytała kobieta.

– Wino. Szafirowe.

Drugie najbardziej upajające. Niech zobaczą, że Woal radzi sobie z mocnym trunkiem.

– Mamy Vari, kimik i beczułkę dobrego vedeńskiego. Ale ono będzie kosztować.

– Yyy... – Adolin znałby różnicę. – Daj mi vedeńskie. – Wydawało się odpowiednie.

Kobieta kazała jej najpierw zapłacić, burymi kulami, ale cena nie zwalała z nóg. Sebarial chciał, by trunek płynął swobodnie – sugerował, że to dobry sposób, by napięcie w wieży zbytnio nie wzrosło – i jak na razie obniżył podatki.

Kiedy kobieta pracowała za zaimprowizowanym barem, Woal znosiła spojrzenie jednego ze strażników. Ci nie stali przy wejściu, ale czekali tutaj, obok szynkwasu i pieniędzy. Nawet jeśli nie podobało się to siłom porządkowym Aladara, to miejsce nie było całkowicie bezpieczne. Jeśli niewyjaśnione morderstwa rzeczywiście zostały zatuszowane albo zapomniane, musiały wydarzyć się na Odejściu, gdzie tłok, niepokój i nacisk dziesiątek tysięcy markietanów balansowały na granicy bezprawia.

Barmanka postawiła przed Woal szklankę – właściwie szklaneczkę – z przezroczystym płynem w środku.

Woal skrzywiła się i uniosła ją.

– Chyba się pomyliłaś, kobieto. Zamówiłam szafirowe. Co to ma być, woda?

Strażnik najbliżej Woal zaśmiał się złośliwie, a barmanka zatrzymała się w miejscu i obrzuciła ją spojrzeniem. Najwyraźniej Shallan już popełniła jeden z tych błędów, którymi tak się martwiła.

– Dzieciaku. – Starsza kobieta oparła się o skrzynki i jakimś cudem ich nie przewróciła. – To ten sam trunek, tylko bez tych wszystkich fikuśnych wywarów, które dolewają jasnoocy do swoich napitków.

Wywarów?

– Jesteś służącą? – spytała barmanka cicho. – Pierwszy raz wyszłaś wieczorem sama?

– Oczywiście, że nie. Robiłam to setki razy.

– Jasne, jasne. – Starsza kobieta założyła kosmyk siwych włosów za ucho. Natychmiast znów się wysunął. – Na pewno tego chcesz? Powinnam mieć tu jakieś wina w jasnookich kolorach, specjalnie dla ciebie. Właściwie na pewno mam dobre pomarańczowe.

Sięgnęła po szklaneczkę.

Woal chwyciła ją i wypiła całą zawartość jednym haustem. Okazało się to jednym z największych błędów w całym jej życiu. Płyn palił, jakby płonął. Czuła, że jej oczy otwierają się szeroko, rozkaszlała się i niemal zwymiotowała na bar.

I to miało być wino? Smakowało raczej jak ług. Co było nie tak z tymi ludźmi? Żadnej słodyczy, ani śladu smaku. Jedynie palenie, jakby ktoś szorował jej gardło szczotką! Poczuła gorąco na twarzy. Działało tak szybko!

Strażnik trzymał się za twarz, próbując – bezskutecznie – powstrzymać śmiech. Barmanka poklepała Shallan po plecach, kiedy ta kaszlała.

– Przyniosę ci coś do popicia...

– Nie – wychrypiała Shallan. – Cieszę się, że mogę to wypić... znowu po tak długim czasie. Jeszcze raz. Proszę.

Kobieta wydawała się sceptyczna, ale strażnik był wyraźnie za – usadowił się na zydlu i wpatrywał w Shallan z szerokim uśmiechem. Shallan wyzywająco położyła kulę na barze, a kobieta niechętnie znów napełniła jej szklankę.

Troje albo czworo ludzi siedzących w pobliżu odwróciło się, żeby popatrzeć. Cudownie. Shallan przygotowała się i wypiła wino jednym długim haustem.

Za drugim razem wcale nie było lepsze. Trzymała się przez chwilę, choć łzawiły jej oczy, ale w końcu znów się rozkaszlała. Skończyła skulona i drżąca, z mocno zaciśniętymi powiekami. Była przekonana, że oprócz tego wydała z siebie długi pisk.

Kilkoro zebranych w namiocie zaklaskało. Shallan spojrzała załzawionymi oczyma na rozbawioną barmankę.

– To było koszmarne. – Znów się rozkaszlała. – Naprawdę pijecie to paskudztwo?

– Kochanieńka, to nie jest jeszcze najgorsze.

Shallan jęknęła.

– Daj mi jeszcze jeden.

– Pewna jesteś...

– Tak.

Shallan westchnęła. Tego wieczoru raczej nie zdobędzie reputacji – a przynajmniej takiej, jakiej potrzebowała. Ale mogła się przynajmniej przyzwyczaić do picia tego płynu do szorowania.

Na burze. Już czuła się lekka. Jej żołądkowi nie podobało się, co mu robi, musiała stłumić falę mdłości.

Strażnik, który wciąż śmiał się cicho, przesunął się na siedzenie bliżej niej. Był młodym mężczyzną, ostrzyżonym tak krótko, że włosy stały mu dęba. Alethyjczyk czystej krwi, o czym świadczyła brązowa skóra i ślady czarnego zarostu na brodzie.

– Powinnaś pić małymi łykami – poradził. – Wtedy wchodzi łatwiej.

– Cudownie. W ten sposób mogę delektować się koszmarnym smakiem. Jest takie gorzkie! Wino powinno być słodkie.

– Zależy, jak się je robi – wyjaśnił mężczyzna, gdy barmanka podała Shallan kolejną szklankę. – Szafirowe bywa czasem destylowane z tallewu, w ogóle bez dodatku owoców, jedynie z odrobiną barwnika. Ale na przyjęciach jasnookich nie podają naprawdę mocnych trunków, chyba że ludziom, którzy wiedzą, jak o nie poprosić.

– Znasz się na alkoholu.

Wnętrze przez chwilę się kołysało, zanim znów się uspokoiło. Woal tym razem spróbowała pociągnąć mały łyk trunku.

– Taka robota. – Uśmiechnął się szeroko. – Często pracuję na wyszukanych przyjęciach dla jasnookich, więc umiem się poruszać w miejscach, w których mają obrusy zamiast skrzyń.

Woal chrząknęła.

– Na wyszukanych przyjęciach dla jasnookich potrzebują takich strażników?

– Jasne. – Wyłamał kostki palców. – Trzeba tylko wiedzieć, jak „odeskortować" kogoś z uczty, zamiast go wyrzucić. Właściwie jest nawet prościej. – Przechylił głowę. – Choć, co dziwne, jednocześnie bardziej niebezpiecznie.

Roześmiał się.

Keleku, uświadomiła sobie Woal, gdy mężczyzna przysunął się bliżej. On ze mną flirtuje.

Pewnie nie powinno jej to tak zaskakiwać. Przyszła sama i choć Shallan nigdy by nie opisała Woal jako „uroczej", nie była też brzydka. W sumie zwyczajna, choć szorstka, ale dobrze się ubierała i wyraźnie miała pieniądze. Jej twarz i dłonie były czyste, a ubranie – choć nie z jedwabiu – lepsze od stroju robotników.

Z początku czuła się urażona jego zainteresowaniem. Tyle wysiłku włożyła, by być kompetentną i twardą jak skała, i co, od razu przyciągnęła uwagę jakiegoś mężczyzny? Takiego, który wyłamywał palce i próbował jej tłumaczyć, jak pić alkohol?

Żeby zrobić mu na złość, resztę szklaneczki wypiła jednym haustem.

I od razu wypełniło ją poczucie winy z powodu irytacji na tego mężczyznę. Nie powinno jej to pochlebiać? Oczywiście, Adolin mógłby go zniszczyć na każdy możliwy sposób. Adolin nawet głośniej wyłamywał palce.

– No tak... – odezwał się mężczyzna. – Z którego obozu jesteś?

– Sebariala.

Pokiwał głową, jakby tego się spodziewał. Obóz Sebariala buł najbardziej różnorodny. Rozmawiali dalej, Shallan od czasu do czasu rzuciła jedno czy dwa zdania, a mężczyzna – miał na imię Jor – opowiadał skomplikowane historie. Przez cały czas się uśmiechał, a często chwalił.

Nie był najgorszy, choć chyba nie zwracał uwagi na jej słowa, jeśli tylko zachęcała go, by mówił dalej. Wypiła jeszcze trochę koszmarnego trunku i odkryła, że jej myśli błądzą.

Ci ludzie... każdy z nich miał swoje życie, rodzinę, miłość, marzenia. Niektórzy kulili się samotnie przy skrzyniach, a inni śmiali się z przyjaciółmi. Niektórzy utrzymywali swoje ubrania, choć bardzo skromne, we względnej czystości, a inni byli poplamieni kremem i lawisowym ale. Kilkoro, sposobem, w jaki się wypowiadali, wykazywało dużą pewność siebie, a ich wzajemne interakcje były subtelną rozgrywką, kto będzie górą.

Jor przerwał, jakby czegoś od niej oczekiwał. Co... co on mówił? Nadążanie za nim było coraz trudniejsze, gdy jej umysł błądził.

– Mów dalej – powiedziała.

Uśmiechnął się i zaczął kolejną historię.

Nie uda mi się tego naśladować, pomyślała, opierając się o skrzynię, dopóki tego nie przeżyję. Podobnie jak nie udałoby mi się narysować ich życia, gdybym wśród nich nie chodziła.

Barmanka wróciła z butelką, a Shallan pokiwała głową. Ta ostatnia szklanka nie paliła aż tak bardzo jak wcześniejsze.

– Jesteś... pewna, że chcesz więcej? – spytał bramkarz.

Na burze... zaczynało jej się robić naprawdę niedobrze. Owszem, wypiła cztery szklanki, ale były naprawdę malutkie. Zamrugała i odwróciła się.

Wnętrze zawirowało, a ona jęknęła i oparła głowę na stole. Mężczyzna westchnął.

– Mogłam ci powiedzieć, że marnujesz czas, Jor – rzuciła barmanka. – Ta tutaj będzie nieprzytomna przed upływem godziny. Ciekawe, o czym chce zapomnieć...

– Po prostu ma trochę wolnego i to wykorzystuje – sprzeciwił się Jor.

– Jasne, jasne. Z takimi oczyma? Z całą pewnością.

Barmanka odeszła.

– Ej! – Jor trącił Shallan. – Gdzie się zatrzymałaś? Wezwę palankin, żeby zabrał cię do domu. Nie śpisz? Powinnaś wracać, nim zrobi się za późno. Znam tragarzy, którym można zaufać.

– Jeszcze... nie jest późno... – wymamrotała Shallan.

– Wystarczająco późno. Tu bywa niebezpiecznie.

– Taaaak? – Shallan poczuła, że budzi się w niej wspomnienie. – Ludzie dostają nożem?

– Niestety.

– Słyszałeś...?

– Nie w tych okolicach, przynajmniej jeszcze nie.

– Gdzie? Żebym... żebym mogła się trzymać z dala...

– Ulica Wszystkiego. Trzymaj się z dala od tego miejsca. Ostatniej nocy za jedną z gospód ktoś dostał nożem. Znaleźli trupa.

– To... dziwne, co?

– Ano. Słyszałaś?

Jor zadrżał.

Shallan wstała, żeby sobie pójść, ale pomieszczenie stanęło na głowie i odkryła, że ześlizguje się z zydla. Jor próbował ją złapać, ale uderzyła o ziemię z łupnięciem i obiła sobie łokieć o kamienną podłogę. Natychmiast wciągnęła odrobinę Burzowego Światła, żeby złagodzić ból.

Chmury wokół jej umysłu znikły i przestało jej się kręcić w głowie. W jednej chwili po prostu otrzeźwiała.

Zamrugała. A niech to. Wstała bez pomocy Jora, otrzepała płaszcz i odsunęła włosy z twarzy.

– Dzięki – powiedziała – ale dokładnie takich informacji potrzebowałam. Barmanko, wszystko zapłaciłam?

Kobieta odwróciła się i zamarła. Wpatrzona w Shallan nalewała trunek do szklanki, aż się przelał.

Shallan podniosła swoją szklaneczkę, odwróciła ją i wytrząsnęła ostatnią kroplę do ust.

– Dobry trunek – zauważyła. – Dzięki za rozmowę, Jor.

Postawiła kulę na skrzyniach jako napiwek, włożyła kapelusz, przyjaźnie poklepała Jora po policzku i wyszła z namiotu.

– Ojcze Burz! – powiedział Jor zza jej pleców. – Czyżbym właśnie zrobił z siebie głupca?

Na zewnątrz wciąż był spory ruch, co przypominało jej Kharbranth i nocne targowiska. To miało sens. Do tych korytarzy nie docierały promienie słońca ani księżyca, łatwo było stracić rachubę czasu. Poza tym, choć większość ludzi natychmiast została wysłana do pracy, brak wypraw na płaskowyże sprawiał, że wielu żołnierzy miało sporo wolnego.

Shallan zaczęła się rozpytywać i w końcu dowiedziała się, jak dotrzeć do Ulicy Wszystkiego.

– Burzowe Światło sprawiło, że stałam się trzeźwa – powiedziała do Wzoru, który wspiął się po jej płaszczu i teraz wybrzuszał jego kołnierz, zgięty przez krawędź.

– Uzdrowiło cię z trucizny.

– To będzie użyteczne.

– Mmm. Myślałem, że będziesz zła. W końcu wypiłaś tę truciznę celowo, czyż nie?

– Tak, ale nie chodziło mi o to, by się upić.

Zabrzęczał zdezorientowany.

– W takim razie po co ją pić?

– To skomplikowane. – Shallan westchnęła. – Nie poradziłam tam sobie zbyt dobrze.

– Z upiciem? Mmm. Bardzo się starałaś.

– Jak tylko się upiłam, jak tylko utraciłam panowanie nad sobą, Woal mi się wymknęła.

– Woal to jedynie twarz.

Nie. Woal była kobietą, która nie chichotała, kiedy się upiła, ani nie jęczała i nie sapała, kiedy trunek był dla niej za mocny. Nigdy się nie zachowywała jak głupia nastolatka. Woal nie była trzymana pod kloszem, praktycznie zamknięta, aż oszalała i wymordowała własną rodzinę.

Shallan zatrzymała się gwałtownie nagle przerażona.

– Moi bracia. Wzorze, ja ich nie zabiłam, prawda?

– Że co?

– Rozmawiałam z Balatem przez łączotrzcinę. – Shallan uniosła dłoń do czoła. – Ale... wtedy już miałam Tkanie Światła... nawet jeśli nie do końca o tym wiedziałam. Mogłam wszystko zmyślić. Każdą wiadomość od niego. Moje własne wspomnienia...

– Shallan. – Wzór wydawał się zatroskany. – Nie. Oni żyją. Twoi bracia żyją. Mraize powiedział, że ich uratował. Są w drodze tutaj. To nie kłamstwo. – Jego głos przycichł. – Nie umiesz tego odróżnić?

Znów stała się Woal, a jej ból znikł.

– Tak. Oczywiście, że umiem to odróżnić.

Znów ruszyła przed siebie.

– Shallan. To... mmm... w tych kłamstwach, które na siebie nakładasz, jest coś niewłaściwego. Nie rozumiem tego.

– Muszę po prostu wejść głębiej – szepnęła. – Nie mogę być Woal tylko na powierzchni.

Wzór brzęczał z delikatnymi, zaniepokojonymi wibracjami – szybkimi i wysokimi. Woal uciszyła go, kiedy dotarli do Ulicy Wszystkiego. Dziwna nazwa dla gospody, ale widziała dziwniejsze. To w ogóle nie była ulica, lecz zbiór pięciu namiotów zszytych razem, każdy w innym kolorze. Ze środka emanował słaby blask.

Przed wejściem stał strażnik, niski i krępy, z blizną biegnącą przez policzek, po skosie czoła, aż na czubek głowy. Przyjrzał się Woal krytycznie, ale nie zatrzymał jej, kiedy wkroczyła – z dużą pewnością siebie – do namiotu. Śmierdziało w nim gorzej niż w poprzedniej gospodzie, bo w środku tłoczyło się wielu pijanych ludzi. Namioty zszyto w taki sposób, że powstały oddzielone przestrzenie, ciemne zakamarki – a w kilku z nich umieszczono stoły i krzesła zamiast skrzyń. Ludzie, którzy w nich siedzieli, nie mieli na sobie prostych ubrań robotników, ale skórznie, łachmany albo rozpięte wojskowe płaszcze.

Jednocześnie bogatsza od tamtej gospody, pomyślała Woal, i gorsza.

Przeszła przez pomieszczenie, które – mimo lampek oliwnych na niektórych stołach – było dość ciemne. Obowiązki „baru" pełniła deska ustawiona na paru skrzyniach, na którą narzucono kawałek materiału. Kilku ludzi czekało w kolejce – Woal ich zignorowała.

– Co najmocniejszego macie? – spytała barmana, grubasa w takamie.

Wydawało jej się, że mężczyzna może być jasnooki, ale pewności nie miała – było zbyt ciemno.

Obrzucił ją uważnym spojrzeniem.

– Vedeński szafir, niemieszany.

– Jasne – rzuciła oschle Woal. – Gdybym chciała napić się wody, poszłabym do studni. Na pewno macie coś mocniejszego.

Barman chrząknął, po czym sięgnął za siebie i wyjął dzban czegoś przezroczystego, bez etykiety. Postawił go z łupnięciem na stole.

– Białe Rogożerców. Nie mam pojęcia, z czego je pędzą, ale świetnie usuwa farbę.

– Doskonale.

Woal rzuciła kilka kul na zaimprowizowany szynkwas. Inni w kolejce wcześniej piorunowali ją wzrokiem za to, że się wepchnęła, ale teraz na ich twarzach pojawiło się rozbawienie.

Barman nalał Woal malutką szklaneczkę trunku i postawił ją przed nią. Shallan wypiła jednym haustem. Wzdrygnęła się wewnątrz, czując pieczenie – oraz niemal natychmiastowy rumieniec i falę mdłości, której towarzyszyło drżenie mięśni, kiedy powstrzymywała wymioty.

Woal spodziewała się tego wszystkiego. Wstrzymała oddech, by stłumić nudności, i delektowała się odczuciami. Nie są gorsze od bólu, który już w sobie mam, pomyślała.

– Świetnie – powiedziała. – Zostaw dzban.

Ci głupcy przy barze wciąż się na nią gapili, gdy nalała sobie kolejną szklaneczkę białego Rogożerców i wypiła ją, czując ciepło. Odwróciła się, by przyjrzeć się zebranym w namiocie. Do kogo powinna się zwrócić jako pierwsza? Skryby Aladara sprawdziły raporty straży w poszukiwaniu innych ludzi zabitych w taki sam sposób jak Sadeas, ale niczego nie znalazły – jednak zabójstwo w bocznej uliczce mogło nie zostać zgłoszone. Miała nadzieję, że ci ludzie i tak wiedzieli.

Dolała sobie trochę tego trunku Rogożerców. Choć smakował jeszcze paskudniej niż vedeński szafir, było w nim coś dziwnie kuszącego. Wypiła trzecią szklaneczkę, ale jednocześnie wciągnęła odrobinę Burzowego Światła z kuli w sakiewce – tylko odrobinkę, która natychmiast się wypaliła i nie wypełniła jej blaskiem – żeby się uzdrowić.

– Na co się gapicie? – spytała, patrząc z ukosa na kolejkę przy barze.

Odwrócili się, kiedy barman podszedł, żeby przykryć dzban. Woal położyła na nim dłoń.

– Jeszcze nie skończyłam.

– Skończyłaś. – Barman odepchnął jej dłoń. – Jeśli nie przestaniesz, wydarzy się jedna z dwóch rzeczy. Albo obrzygasz mi cały bar, albo padniesz trupem. Nie jesteś Rogożercą, to cię zabije.

– To mój problem.

– Ale bałagan jest mój. – Barman wyrwał jej dzban. – Znam takich jak ty, z tą udręczoną miną. Upijesz się, a później wywołasz bijatykę. Nie obchodzi mnie, o czym chcesz zapomnieć. Znajdź sobie inne miejsce, żeby to zrobić.

Woal uniosła brew. Miałaby zostać wyrzucona z najpodlejszej gospody na targowisku? Cóż, przynajmniej tu jej reputacja nie ucierpi.

Kiedy barman się cofał, złapała go za ramię.

– Nie przyszłam tutaj, żeby rozwalić ci lokal, przyjacielu – powiedziała cicho. – Przyszłam w sprawie morderstwa. Kogoś, kto tu zginął kilka dni temu.

Mężczyzna znieruchomiał.

– Kim jesteś? Jesteś ze straży?

– Na Potępienie, nie! – Potrzebuję jakiejś przykrywki, dodała w myślach. – Szukam mężczyzny, który zabił moją młodszą siostrę.

– A co to ma wspólnego z moim barem?

– Słyszałam pogłoski, że niedawno znaleziono tu ciało.

– Dorosłej kobiety. Czyli nie twojej siostry.

– Moja siostra nie zginęła tutaj, ale jeszcze w obozach. Ja szukam tego, który to zrobił. – Chwyciła barmana, gdy znów próbował się cofnąć. – Posłuchaj. Nie sprawię problemów. Potrzebuję informacji. Słyszałam, że tej śmierci towarzyszyły... niezwykłe okoliczności. Tej rzekomej śmierci. Mężczyzna, który zabił moją siostrę, ma w sobie coś dziwnego. Za każdym razem zabija w ten sam sposób. Proszę.

Barman spojrzał jej w oczy. Niech zobaczy, pomyślała Woal. Niech zobaczy twardą kobietę z ranami wewnątrz. W jej oczach odbijała się opowieść – narracja, w którą ten mężczyzna musiał uwierzyć.

– Tym, który to zrobił – powiedział cicho barman – już się zajęto.

– Muszę wiedzieć, czy wasz morderca jest tym samym, którego ja szukam. Muszę poznać szczegóły morderstwa, choćby i brutalne.

– Nic nie mogę powiedzieć – szepnął barman, ale wskazał w stronę jednego z zakamarków ze zszytych razem namiotów, gdzie, jak wskazywały cienie, pili jacyś ludzie. – Oni mogą.

– Kim są?

– Zwyczajne zbiry. Ale to im płacę, żeby w moim barze nie było problemów. Gdyby ktoś rzeczywiście zakłócił spokój tego przybytku w taki sposób, że ryzykowałbym jego zamknięcie, co tak bardzo lubi robić Aladar, ci ludzie zajęliby się wspomnianym problemem. Więcej nie powiem.

Woal podziękowała skinieniem głowy, ale nie puściła jego ramienia. Postukała w kubek i z nadzieją przechyliła głowę. Barman westchnął i dolał jej białego Rogożerców, za które zapłaciła, i odeszła, popijając.

W alkowie, którą wskazał mężczyzna, przy pojedynczym stoliku siedziały zbiry różnej maści. Mężczyźni nosili odzienie alethyjskiej klasy wyższej – kurtki i sztywne spodnie w stylu mundurowym, pasy i koszule zapinane na guziki. Tu kurtki mieli rozpięte, a koszule luźne. Dwie z kobiet nawet włożyły havah, choć inna miała spodnie i kurtkę niewiele różniące się od stroju Woal. Cała grupa przypominała jej Tyn – rozsiedli się w sposób, który niemal wydawał się rozmyślny. Wyglądanie na tak obojętnych wymagało wysiłku.

Jedno miejsce było wolne, więc Woal weszła do środka i zajęła je. Jasnooka kobieta naprzeciwko uciszyła rozgadanego mężczyznę, dotykając jego warg. Miała na sobie havah, ale bez rękawa na bezpiecznej dłoni – nosiła rękawiczkę z palcami bezwstydnie uciętymi na wysokości kostek. Zwróciła się do Woal.

– To miejsce Ura. Poszedł się odlać, ale kiedy wróci, lepiej żeby cię tu nie było.

– W takim razie się pospieszę. – Woal wypiła resztę trunku, delektując się ciepłem. – Znaleziono tu zabitego człowieka. Myślę, że morderca mógł też zabić kogoś mi bliskiego. Powiedziano mi, że mordercą już się „zajęto", ale muszę to wiedzieć.

– Ej! – odezwał się fircykowaty mężczyzna w niebieskiej kurtce z rozcięciami ukazującymi żółtą podszewkę. – To ty piłaś białe Rogożerców. Stary Sullik trzyma ten dzban dla żartu.

Kobieta w havah splotła palce przed twarzą i przyjrzała się Woal.

– Posłuchajcie – stwierdziła Woal – powiedzcie mi po prostu, ile będzie mnie kosztować ta informacja.

– Nie można kupić czegoś, co nie jest na sprzedaż – odparła kobieta.

– Wszystko jest na sprzedaż, jeśli odpowiednio spytać.

– Czego ty nie robisz.

– Posłuchaj. – Woal próbowała spojrzeć kobiecie w oczy. – Posłuchaj. Moja młodsza siostra...

Poczuła dłoń na ramieniu, a kiedy podniosła wzrok, ujrzała za sobą olbrzymiego Rogożercę. Na burze, musiał mieć prawie siedem stóp wzrostu.

– To – powiedział, przeciągając *o* tak, że brzmiało prawie jak *e* – moje miejsce.

Ściągnął Woal z krzesła, rzucił ją do tyłu, aż przetoczyła się po podłodze, jej szklaneczka poleciała na bok, a torba przekręciła się i wylądowała w jej ramionach. Zatrzymała się i zamrugała, patrząc, jak potężny mężczyzna siada na krześle. Niemal czuła, jak dusza mebla jęczy.

Woal warknęła i wstała. Zerwała torbę i upuściła ją, po czym wyjęła ze środka chusteczkę i nóż. Ostrze było wąskie i spiczaste, długie, lecz smuklejsze od tego u jej pasa.

Podniosła kapelusz, otrzepała go, założyła ponownie i wróciła do stołu. Shallan nie lubiła konfliktów, ale Woal je uwielbiała.

– No, no, no. – Oparła bezpieczną dłoń na wielkiej lewej dłoni Rogożercy, która leżała płasko na blacie. Nachyliła się do niego. – Mówisz, że to twoje miejsce, ale nie widzę, żeby było podpisane.

Rogożerca gapił się na nią zdezorientowany dziwnie intymnym gestem położenia bezpiecznej dłoni na jego ręce.

– Pozwól, że ci pokażę. – Wyjęła nóż i dotknęła jego czubkiem grzbietu swojej dłoni, wciąż przyciśniętej do jego.

– Co to ma być? – spytał Rogożerca z rozbawieniem. – Udajesz, że jesteś twarda? Widziałem, jak mężczyźni udają...

Woal wbiła nóż w swoją dłoń, przez rękę mężczyzny i w blat. Rogożerca wrzasnął i poderwał rękę, zmuszając Woal do wyciągnięcia ostrza. Spadł z krzesła, kiedy próbował się cofnąć.

Woal znów usiadła. Wyjęła z kieszeni chustkę i owinęła nią krwawiącą dłoń. To zasłoni ranę, kiedy ją uleczy.

Czego na początku nie zrobiła. Musieli widzieć, że krwawi. Miast tego – w głębi duszy zaskoczona własnym spokojem – podniosła nóż, który upadł obok stołu.

– Jesteś szalona! – Rogożerca w końcu się podniósł i ściskał krwawiącą rękę. – Jesteś *ana'kai* szalona.

– Chwileczkę. – Woal postukała nożem w stół. – Popatrz, widzę tu twój znak, we krwi. Miejsce Ura. Myliłam się. – Zmarszczyła czoło. – Ale moja też tu jest. Gdybyś tylko chciał, pewnie mógłbyś mi usiąść na kolanach.

– Uduszę cię! – Ur posłał wściekłe spojrzenie ludziom z głównej części namiotu, którzy tłoczyli się w wejściu do alkowy. – Ja...

– Cicho, Ur – przerwała mu kobieta w havah.

Rogożerca gotował się z wściekłości.

– Ale Betha!

Kobieta zwróciła się do Woal.

– Myślisz, że zaatakowanie moich przyjaciół skłoni mnie, żebym z tobą porozmawiała?

– Szczerze mówiąc, chciałam tylko odzyskać siedzenie. – Woal wzruszyła ramionami i zaczęła skrobać stół nożem. – Ale jeśli chcesz, żebym zaczęła robić ludziom krzywdę, pewnie mogłabym to zrobić.

– Naprawdę oszalałaś – stwierdziła Betha.

– Nie. Po prostu nie uważam waszej gromadki za zagrożenie. – Nie przerywała skrobania. – Próbowałam być miła, ale kończy mi się cierpliwość. Czas, żebyście powiedzieli mi, co wiecie, zanim zrobi się nieciekawie.

Betha zmarszczyła czoło, po czym spojrzała na to, co Woal wydrapała na blacie. Trzy nakładające się romby.

Symbol Duchokrwistych.

Zaryzykowała, że kobieta będzie wiedziała, co oznaczał. Wydawali się typem ludzi, którzy mogli – drobne zbiry, owszem, ale obecne na ważnym rynku. Woal nie była pewna, w jak wielkiej tajemnicy Mraize i jego ludzie trzymali swój symbol, ale fakt, że tatuowali go na swoich ciałach, sugerował, że nie był to wielki sekret. Raczej ostrzeżenie, jak kremliki, których czerwone szczypce oznaczały, że są trujące.

I rzeczywiście, kiedy Betha zobaczyła symbol, westchnęła cicho.

– My... nie chcemy mieć nic wspólnego z takimi jak ty.

Jeden z mężczyzn przy stole wstał i zaczął rozglądać się z drżeniem, jakby spodziewał się, że w każdej chwili mogą zostać zaatakowani.

A niech mnie, pomyślała Woal. Nawet przebicie dłoni jednego z ich członków nie wywołało tak silnej reakcji.

Co ciekawe, inna z obecnych przy stole – niska, młoda kobieta w havah – nachyliła się z zainteresowaniem.

– Morderca – powiedziała Woal. – Co się z nim stało?

– Ur zrzucił go z pobliskiego płaskowyżu – odparła Betha. – Ale... jak to możliwe, że ten mężczyzna cię interesuje? To był tylko Ned.

– Ned?

– Pijak z obozu Sadeasa – wyjaśnił jeden z mężczyzn. – Kiedy się upijał, zaczynał się wściekać i często pakował się w kłopoty.

– Zabił swoją żonę – dodała Betha. – I wielka szkoda, w końcu przyszła za nim aż tutaj. Pewnie nikt z nas nie miał wyboru, z tą szaloną burzą. Ale i tak...

– A ten Ned – przerwała Woal – wbił swojej żonie nóż w oko?

– Co? Nie. Udusił ją. Biedny sukinsyn.

Udusił?

– I tyle? – spytała Woal. – Żadnych ran od noża?

Betha pokręciła głową wyraźnie zdezorientowana.

Ojcze Burz, pomyślała Woal. To była ślepa uliczka.

– Ale słyszałam, że morderstwo było dziwne.

– Nie. – Stojący mężczyzna znów usiadł obok Bethy i wyjął nóż. Położył go na stole przed nimi. – Wiedzieliśmy, że Ned pewnego dnia posunie się za daleko. Wszyscy wiedzieli. Wątpię, żeby ktokolwiek z nas był zaskoczony, kiedy po tym, jak tamtej nocy próbowała wyciągnąć go z gospody, w końcu przekroczył granicę.

Dosłownie, pomyślała Shallan. Przynajmniej kiedy Ur go dopadł.

Woal wstała.

– Wygląda na to, że zmarnowałam wasz czas. Zostawię barmanowi kule, dziś pijecie na mój koszt.

Spojrzała na Ura, który kulił się w pobliżu i przyglądał się jej z ponurą miną. Pomachała mu zakrwawionymi palcami i ruszyła w stronę głównego pomieszczenia gospody.

Zatrzymała się w środku, rozważając następne posunięcia. W dłoni czuła pulsujący ból, ale zignorowała go. Ślepa uliczka. Może była głupia, sądząc, że w ciągu kilku godzin rozwiąże zagadkę, nad którą Adolin męczył się od wielu dni.

– Nie rób takiej ponurej miny, Ur – powiedziała z tyłu Betha, jej głos wypływał przez wejście do alkowy. – Przynajmniej to tylko ręka. Biorąc pod uwagę, kto to był, mogło być o wiele gorzej.

– Ale dlaczego tak ją interesował Ned? – spytał Ur. – Wróci, bo ja go zabiłem?

– Nie chodziło jej o niego – warknęła inna z kobiet. – Nie słuchałeś? Nikogo nie obchodzi, że Ned zabił biedną Rem. – Zawahała się. – Oczywiście mogło chodzić o tę drugą kobietę, którą zabił.

Woal poczuła, że przechodzi ją dreszcz. Obróciła się na pięcie i znów wkroczyła do alkowy. Ur jęknął, skulił się i mocno ścisnął zranioną rękę.

– Było jeszcze jedno morderstwo? – spytała ostro.

– Ja... – Betha oblizała wargi. – Miałam ci powiedzieć, ale tak szybko wyszłaś.

– Mów.

– Zostawilibyśmy Neda straży, ale on nie mógł skończyć na zabiciu biednej Rem.

– Zabił jeszcze kogoś?

Betha przytaknęła.

– Jedną z tutejszych barmanek. Tego nie mogliśmy puścić płazem. Ochraniamy to miejsce, rozumiesz. Dlatego Ur musiał zabrać Neda na spacer.

Mężczyzna z nożem podrapał się po brodzie.

– Jakie to dziwne, że wrócił i następnej nocy zabił barmankę. Zostawił jej ciało kawałek od miejsca, w którym zabił biedną Rem.

– Przez cały czas, kiedy go prowadziliśmy, wrzeszczał, że tej drugiej nie zabił – mruknął Ur.

– Zrobił to – stwierdziła Betha. – Ta barmanka została uduszona dokładnie w taki sam sposób jak Rem, a ciało leżało porzucone w tej samej pozycji. Nawet miała zadrapania od jego pierścienia na brodzie, zupełnie jak Rem. – Jej jasnobrązowe oczy wydawały się puste, jakby znów patrzyła na ciało. – Dokładnie takie same znaki. Niesamowite.

Kolejne podwójne morderstwo, pomyślała Woal. Na burze. Co to znaczyło?

Czuła się oszołomiona, choć nie wiedziała, czy od trunku, czy nieprzyjemnej wizji uduszonych kobiet. Dała barmanowi parę kul – pewnie za dużo – po czym zaczepiła palcem o ucho dzbana z białym Rogożerców i zabrała go ze sobą w noc.

19

SUBTELNA SZTUKA DYPOLACJI

TRZYDZIEŚCI JEDEN LAT WCZEŚNIEJ

Na stole zamigotała świeczka. Dalinar odpalił od niej koniec swojej serwetki, wypuszczając w powietrze niewielką strużkę gryzącego dymu. Głupie ozdobne świeczki. Po co one komu? Żeby ładnie wyglądały? Przecież używali kul, bo były lepsze od świec.

Gavilar spiorunował go wzrokiem, więc Dalinar przestał palić serwetkę i odchylił się do tyłu z kubkiem ciemnofioletowego wina w ręku. Takiego, którego woń czuło się z drugiego końca sali, mocnego i aromatycznego. Przed nim rozciągała się sala uczt, dziesiątki stołów ustawione na podłodze dużego kamiennego pomieszczenia. Było stanowczo za ciepło, czuł pot zbierający się na ramionach i czole. Może za dużo świec?

Na zewnątrz burza srożyła się jak uwięziony szaleniec, bezsilny i zignorowany.

– Ale jak sobie radzicie z arcyburzami? – spytał Toh Gavilara.

Wysoki jasnowłosy mężczyzna z Zachodu siedział razem z nimi przy honorowym stole.

– Dobre planowanie sprawia, że wojsko nie musi przebywać na zewnątrz w czasie arcyburz, z wyjątkiem nielicznych sytuacji. Alethkar jest gęsto zaludniony. Jeśli kampania trwa dłużej, niż się spodziewaliśmy, możemy rozdzielić armię i wycofać się do kilku różnych miasteczek, żeby się schronić.

– A jeśli właśnie trwa oblężenie? – dopytywał się Toh.

– Oblężenia nie zdarzają się tu często, oświecony Tohu – odparł Gavilar ze śmiechem.

– Z pewnością są tu umocnione miasta. Wasz słynny Kholinar ma imponujące mury, czyż nie?

Mężczyzna z Zachodu miał silny akcent i mówił w urywany, drażniący sposób. Brzmiał głupio.

– Zapominacie o Dusznikach. Tak, oblężenia od czasu do czasu się zdarzają, ale trudno jest zagłodzić żołnierzy w mieście, które ma Duszniki i szmaragdy do tworzenia żywności. Zwykle szybko obalamy mury albo, co dzieje się jeszcze częściej, zajmujemy wyżej położony teren i wykorzystujemy tę przewagę, by bombardować miasto.

Toh pokiwał głową z wyraźną fascynacją.

– Duszniki. W Rirze i Iri ich nie mamy. Fascynujące, fascynujące... I tak wiele Odprysków. Połowa światowego skarbca Pancerzy i Ostrzy zgromadzona w vorińskich królestwach. Nawet Heroldowie was faworyzują.

Dalinar pociągnął długi łyk wina. Na zewnątrz bunkrem wstrząsnął grzmot. Arcyburza uderzyła na nich ze wszystkich sił.

W środku służba roznosiła mężczyznom kawałki wieprzowiny i szczypce lanka ugotowane w korzennym bulionie. Kobiety jadły w innym pomieszczeniu; wśród nich, jak słyszał, była siostra Toha. Dalinar jeszcze jej nie poznał. Dwoje gości z Zachodu przybyło ledwie godzinę przed nadejściem arcyburzy.

Salę wkrótce wypełniły odgłosy rozmów. Dalinar rzucił się na szczypce, miażdżył je dnem kubka i wygryzał mięso. Ta uczta wydawała się zbyt elegancka. Gdzie się podziały muzyka i śmiech? Kobiety? Jedzenie w osobnych salach?

Przez ostatnie kilka lat podboju życie wyglądało inaczej. Ostatnia czwórka arcyksiążąt trwała w stabilnym sojuszu. Niegdyś gorączkowe walki się uspokoiły. Gavilarowi coraz więcej czasu zajmowało zarządzanie królestwem – które było o połowę mniejsze, niż tego pragnęli, ale wciąż wiele od niego wymagało.

Polityka. Gavilar i Sadeas nieczęsto zmuszali Dalinara, by się w nią bawił, ale i tak musiał siedzieć na takich ucztach, zamiast jeść kolację ze swoimi ludźmi. Wyssał szczypce, patrząc, jak brat rozmawia z cudzoziemcem. Na burze. Gavilar rzeczywiście wyglądał władczo z tą starannie uczesaną brodą i świecącymi klejnotami na palcach. Miał na sobie mundur w nowym stylu. Oficjalny, sztywny. Dalinar włożył przypominającą spódnicę takamę i luźną wierzchnią koszulę sięgającą do połowy uda i odsłaniającą nagi tors.

Sadeas siedział w otoczeniu mniej znaczących jasnookich przy stole po drugiej stronie sali. Każdy z tej grupki został starannie wybrany – ludzie, których lojalności nie byli pewni. Sadeas miał rozmawiać, perswadować, przekonywać. A gdyby się zaniepokoił, znalazłby sposób, by się ich pozbyć. Rzecz jasna, nie przy pomocy skrytobójców. Wszyscy uważali coś takiego za niesmaczne i sprzeczne z alethyjskimi zasadami. Raczej wmanewrowaliby kogoś takiego w pojedynek z Dalinarem albo postawili go na czele natarcia. Żona Sadeasa, Ialai, spędzała mnóstwo czasu na wymyślaniu nowych intryg mających na celu pozbycie się kłopotliwych sojuszników.

Dalinar skończył ze szczypcami i zajął się wieprzowiną, smakowitym kawałem mięsiwa pływającym w sosie. Musiał przyznać, że na tej uczcie jedzenie było lepsze.

Żałował tylko, że czuje się tu tak bezużyteczny. Gavilar zawierał sojusze, Sadeas radził sobie z problemami. Ci dwaj umieli traktować ucztę jak pole bitwy.

Dalinar sięgnął do pasa po nóż, by pokroić wieprzowinę. Tyle tylko, że noża tam nie było.

Potępienie. Pożyczył go Telebowi, prawda? Wpatrywał się w mięso, czując woń pieprznego sosu, i nie mógł się doczekać. Wyciągnął rękę, by zjeść palcami, ale najpierw podniósł wzrok. Wszyscy inni jedli elegancko, sztućcami. Niestety jemu służący zapomnieli podać nóż.

Potępienie raz jeszcze. Odchylił się do tyłu i zamachał kubkiem, domagając się więcej wina. W pobliżu Gavilar i ten cudzoziemiec rozmawiali dalej.

– Wasza kampania robi wrażenie, oświecony Kholinie – stwierdził Toh. – Widać w was przebłysk waszego przodka, wielkiego Słonecznego.

– Mam nadzieję – zauważył Gavilar – że moje osiągnięcia nie będą tak efemeryczne, jak jego.

– Efemeryczne! On stworzył Alethkar na nowo, oświecony! Nie powinniście tak o nim mówić. Jesteście jego potomkiem, prawda?

– Wszyscy jesteśmy. Ród Kholin, ród Sadeas... wszystkie dziesięć księstw. Ich założyciele byli jego synami. Owszem, pozostały po nim ślady... ale jego imperium nie przetrwało nawet jednego pokolenia po jego śmierci. Zastanawiam się, co było nie tak z jego wizją, z planowaniem, że jego wielkie imperium rozpadło się tak szybko.

Burza dudniła. Dalinar próbował zwrócić uwagę służącego, by poprosić o nóż, ale wszyscy byli zbyt zajęci, kręcili się dookoła, spełniając prośby innych wymagających gości.

Westchnął, wstał, przeciągnął się i podszedł do drzwi, trzymając w rękach pusty kubek. Zatopiony w myślach zdjął sztabę, pchnął ciężką drewnianą konstrukcję i wyszedł na zewnątrz.

Zalała go fala lodowatego deszczu, a wiatr szarpnął tak mocno, że Dalinar aż się potknął. Arcyburza trwała w pełni, błyskawice uderzały jak mściwe ataki samych Heroldów.

Dalinar wyruszył w burzę, koszula łopotała wokół niego. Gavilar coraz częściej mówił o rzeczach w rodzaju dziedzictwa, królestwa, odpowiedzialności. Co się stało z radością walki, jazdy w bój ze śmiechem?

Grzmoty dudniły, ale błyskawice nie dawały dość światła. Dalinar jednak dobrze znał drogę. To był burzowy postój, w którym patrolujące armie mogły się zatrzymać na czas arcyburzy. On i Gavilar stacjonowali w nim już od dobrych czterech miesięcy, zbierali trybuty z pobliskich gospodarstw i grozili rodowi Evavakh tuż zza granicy jego terytorium.

Dalinar znalazł bunkier, którego szukał, i uderzył w drzwi. Żadnej reakcji. Dlatego przywołał Ostrze Odprysku, wsunął sztych między skrzydła i przeciął zasuwę. Otworzył drzwi i ujrzał grupkę mężczyzn, którzy, ściskając niepewnie broń, próbowali ustawić się w szyku obronnym, a wokół nich krążyły strachospreny.

– Telebie – odezwał się Dalinar, stojąc w wejściu. – Nie pożyczałem ci noża? Mojego ulubionego, z rękojeścią z kości białogrzbieta?

Wysoki żołnierz, stojący w drugim szeregu przerażonych mężczyzn, otworzył szeroko usta.

– Yyy... wasz nóż, oświecony?

– Gdzieś go zgubiłem. Pożyczałem ci go, prawda?

– Oddałem go, panie. Z jego pomocą wydłubywaliście tę drzazgę z siodła, pamiętacie?

– Potępienie. Masz rację. Co ja zrobiłem z tym przeklętym nożem?

Dalinar znów wyszedł na burzę.

Może jego zmartwienia miały więcej wspólnego z nim samym niż z Gavilarem. Bitwy Kholinów były obecnie bardzo wykalkulowane – a w ciągu tych ostatnich miesięcy bardziej liczyło się to, co działo się poza polem bitwy niż na nim. Wydawało się, że Dalinar został porzucony z tyłu jak pusta skorupa kremlika po wylince.

Gwałtowne uderzenie wiatru pchnęło go na ścianę. Potknął się i cofnął kierowany instynktem, którego nie umiał wyjaśnić. Duży głaz uderzył w mur i odbił się. Dalinar podniósł wzrok i w pewnej odległości zobaczył coś jaśniejącego – ogromną postać poruszającą się na cienkich świetlistych nogach.

Znów ruszył w stronę sali uczty, robiąc wulgarny gest w stronę tego czegoś. Otworzył drzwi – odrzucając na bok dwóch służących, którzy je przytrzymywali – i wkroczył do środka. Ociekając wodą, podszedł do honorowego stołu, gdzie opadł na krzesło i odstawił kubek. Cudownie. Teraz był mokry i nadal nie mógł zjeść wieprzowiny.

Wszyscy umilkli. Wpatrywało się w niego morze oczu.

– Bracie? – Głos Gavilara był jedynym dźwiękiem na całej sali. – Czy wszystko... w porządku?

– Zgubiłem burzowy nóż. Pomyślałem, że zostawiłem go w drugim bunkrze.

Uniósł kubek i z siorbaniem pociągnął długi łyk deszczówki.

– Proszę o wybaczenie, lordzie Gavilarze – wykrztusił Toh. – Ja... muszę się odświeżyć.

Jasnowłosy mężczyzna wstał ze swojego miejsca, ukłonił się i poszedł do pana-sługi, który podawał trunki. Jego twarz wydawała się jeszcze bledsza niż normalnie u ludzi z Zachodu.

Dalinar podsunął swoje krzesło bliżej brata.

– Co z nim nie tak?

– Zakładam – w głosie Gavilara brzmiało rozbawienie – że ludzie, których zna, nie wychodzą na spacer podczas arcyburzy.

– Phi! To ufortyfikowane miejsce postoju, z murami i bunkrami. Nie musimy bać się odrobiny wiatru.

– Zapewniam cię, że Toh myśli inaczej.

– Uśmiechasz się.

– Być może w ciągu jednej chwili udowodniłeś coś, co ja próbowałem zrobić przez ostatnie pół godziny jako polityk. Toh zastanawia się, czy jesteśmy dość silni, by go ochronić.

– Czy o to właśnie chodziło w tej rozmowie?

– W sposób zawoalowany tak.

– Hm... Cieszę się, że mogłem pomóc. – Dalinar sięgnął po szczypce na talerzu brata. – Co trzeba zrobić, by jeden z tych fikuśnych służących przyniósł mi burzowy nóż?

– To panowie-słudzy, Dalinarze. – Gavilar uniósł dłoń w pewien szczególny sposób. – Znak potrzeby, pamiętasz?

– Nie.

– Naprawdę powinieneś bardziej uważać. Już nie mieszkamy w chałupach.

Nigdy nie mieszkali w chałupach. Byli Kholinami, dziedzicami jednego z największych miast świata – nawet jeśli Dalinar zobaczył je dopiero po dwunastych urodzinach. Nie podobało mu się, że Gavilar najwyraźniej akceptował historię opowiadaną przez resztę królestwa, wedle której ich gałąź rodu do niedawna była zbirami z zaścianka ich własnego księstwa.

Gromadka służących w czerni i bieli otoczyła Gavilara, a on poprosił o nowy nóż dla brata. Kiedy rozdzielili się, by pobiec i wypełnić polecenie, drzwi do sali kobiet się otworzyły i ktoś wślizgnął się do środka.

Dalinarowi zaparło dech w piersi. Włosy Navani świeciły od malutkich rubinów, które w nie wplotła i które pasowały do jej naszyjnika i bransoletki. Twarz zmysłowo opalona, czarne jak węgiel alethyjskie włosy, na czerwonych wargach znaczący i przebiegły uśmiech. A figura... figura, która doprowadzała mężczyzn do łez z pożądania.

Żona jego brata. Dalinar zacisnął zęby i uniósł dłoń, powtarzając gest Gavilara.

Służący podszedł do niego energicznym krokiem.

– Oświecony, oczywiście zatroszczę się o wasze potrzeby, choć być może chcielibyście wiedzieć, że ułożenie dłoni nie jest właściwe. Jeśli pozwolicie mi zademonstrować...

Dalinar zrobił wulgarny gest.

– Tak lepiej?

– Yyy...

Dalinar uniósł kubek.

– Wina. Fioletowego. Dosyć, by wypełnić go co najmniej trzy razy.

– Który rocznik sobie życzycie, oświecony?

Posłał spojrzenie Navani.

– Ten, który masz pod ręką.

Navani prześlizgnęła się między stołami, za nią podążała bardziej krępa Ialai Sadeas. Żadna nie przejmowała się tym, że były jedynymi jasnookimi kobietami na sali.

– Co się stało z wysłannikiem? – spytała Navani, gdy do nich dotarła.

Stanęła między Kholinami, a wtedy służący przyniósł jej krzesło.

– Dalinar go przestraszył – wyjaśnił Gavilar.

Woń jej perfum upajała. Dalinar odsunął swoje krzesło na bok i starał się zapanować nad twarzą. Być stanowczym, nie pokazać po sobie, jak bardzo go rozpalała, budziła do życia jak nic poza bitwą.

Ialai sama przyciągnęła sobie krzesło, a służący przyniósł wino. Dalinar pociągnął długi, uspokajający łyk prosto z dzbana.

– Oceniałyśmy siostrę. – Ialai nachyliła się do Gavilara z drugiej strony. – Jest odrobinę nijaka...

– Odrobinę? – powtórzyła Navani.

– ...ale mogę z dużą pewnością stwierdzić, że jest wobec nas uczciwa.

– Brat wydaje się taki sam. – Gavilar podrapał się po brodzie i przyjrzał Tohowi, który stał przy kontuarze z trunkiem w ręku. – Niewinny, patrzy na wszystko z wybałuszonymi oczami. Sądzę, że jest szczery.

Dalinar chrząknął.

– To pochlebca.

– Nie, człowiek bez domu, Dalinarze – sprzeciwiła się Ialai. – Nie ma pana, jest na łasce tych, którzy zechcą go przyjąć. A ma tylko jeden pionek, który może rozegrać, by zabezpieczyć swoją przyszłość.

Pancerz Odprysku.

Zabrany z jego ojczystej Riry i zaniesiony na wschód, jak najdalej od rodaków – którzy podobno byli oburzeni kradzieżą tak cennego dziedzictwa.

– Nie ma ze sobą pancerza – stwierdził Gavilar. – Jest dość bystry, by nie nosić go ze sobą. Chce zabezpieczeń, zanim go nam odda. Potężnych zabezpieczeń.

– Patrzcie tylko, jak gapi się na Dalinara – zauważyła Navani. – Zrobiłeś na nim wrażenie. – Przechyliła głowę. – Jesteś mokry?

Dalinar przeczesał włosy palcami. Na burze. Nie był zawstydzony, gdy patrzył na salę pełną ludzi, ale w jej obecności się zarumienił.

Gavilar zaczął się śmiać.

– Wyszedł sobie na spacer.

– Żartujesz. – Ialai przesunęła się, gdy do honorowego stołu podszedł Sadeas. Mężczyzna o nalanej twarzy usiadł razem z żoną na jej krześle. Postawił na stole talerz, na którym piętrzyły się szczypce w jaskrawoczerwonym sosie. Ialai natychmiast się na nie rzuciła. Była jedną z nielicznych znanych Dalinarowi kobiet, które lubiły męskie jedzenie.

Sadeas gestem odprawił pana-sługę z krzesłem i objął żonę ramieniem.

– O czym rozmawiamy?

– O małżeństwie Dalinara – odparła Ialai.

Dalinar zakrztusił się łykiem wina.

– Co takiego?

– O to w tym wszystkim przecież chodzi, prawda? – mówiła dalej Ialai. – Chcą kogoś, kto ich ochroni, kogo ich rodzina będzie się bała zaatakować. Toh i jego siostra pragną czegoś więcej niż tylko bezpiecznego schronienia. Chcą być częścią wydarzeń. Wprowadzić swoją krew do dynastii, jeśli wiecie, co chcę powiedzieć.

Dalinar znów pociągnął długi łyk.

– Wiesz, mógłbyś się czasem napić wody, Dalinarze – zaproponował Sadeas.

– Wcześniej wypiłem trochę deszczówki. Wszyscy dziwnie na mnie patrzyli.

Navani uśmiechnęła się do niego. Na całym świecie nie było dość wina, by przygotować go na spojrzenie za tym uśmiechem, tak przeszywające, tak oceniające.

– To mogłoby się okazać korzystne – stwierdził Gavilar. – Nie tylko dostaniemy Odprysk, ale zrobimy wrażenie, jakbyśmy wypowiadali się w imieniu całego Alethkaru. Jeśli ludzie spoza królestwa zaczną przychodzić do mnie, prosząc o schronienie i podpisanie traktatów, może uda się nam przekonać pozostałych arcyksiążąt. Być może zjednoczymy ten kraj nie poprzez dalszą wojnę, lecz siłę prawowitości.

W końcu przyszła służąca z nożem dla Dalinara. Wziął go z radością, po czym zmarszczył czoło, kiedy kobieta odeszła.

– O co chodzi? – spytała Navani.

– To maleństwo? – Dalinar wziął wykwintny nóż w dwa palce i pomachał nim. – Jak ja mam czymś takim zjeść stek z wieprzowiny?

– Zaatakuj go. – Ialai zrobiła gest, jakby coś dźgała. – Udawaj, że to jakiś mężczyzna o grubym karku, który obraził twój biceps.

– Gdyby ktoś obraził mój biceps, nie zaatakowałbym go. Wysłałbym go do lekarza, bo wyraźnie musiałby mieć jakieś problemy ze wzrokiem.

Navani zaśmiała się melodyjnie.

– Och, Dalinarze – mruknął Sadeas. – Wątpię, by ktokolwiek inny na całym Rosharze mógł powiedzieć coś takiego z poważną miną.

Dalinar chrząknął i próbował zmusić mały nóż do pokrojenia steku. Mięso stygło, ale pachniało smakowicie. Wokół jego głowy zaczął krążyć samotny głodospren przypominający malutką brązową muszkę, jakie widywało się na zachodzie w pobliżu Czystego Jeziora.

– Co pokonało Słonecznego? – spytał nagle Gavilar.

– Kogo? – mruknęła Ialai.

– Słonecznego. – Gavilar spojrzał kolejno na Navani, Sadeasa i Dalinara. – On zjednoczył Alethkar. Dlaczego nie udało mu się stworzyć trwałego imperium?

– Jego dzieci były zbyt chciwe. – Dalinar piłował stek. – A może zbyt słabe. Nie było jednego, które pozostali zgodziliby się poprzeć.

– Nie o to chodzi – sprzeciwiła się Navani. – Może i by się zjednoczyli, gdyby samemu Słonecznemu chciało się wybrać spadkobiercę. To jego wina.

– Był na zachodzie – dodał Gavilar. – Prowadził swoją armię ku „dalszej chwale". Alethkar i Herdaz mu nie wystarczyły. Pragnął całego świata.

– Czyli chodziło o jego ambicję – podsumował Sadeas.

– Nie, chciwość – powiedział cicho Gavilar. – Jaki jest sens podbojów, jeśli nie można później usiąść i się tym nacieszyć? Shubreth-syn-Mashalana, Słoneczny, nawet Hierokracja... wszyscy sięgali coraz dalej i dalej, aż wszystko runęło. Czy w całej historii ludzkości jakiś zdobywca uznał, że ma już dosyć? Czy jakiś człowiek powiedział po prostu: „Jest dobrze. Tego właśnie pragnąłem" i wrócił do domu?

– Jak na razie – wtrącił Dalinar – tym, czego pragnę, jest zjedzenie burzowego steku.

Uniósł zgięty w połowie nożyk.

Navani zamrugała.

– Na dziesiąte imię Wszechmocnego, jak ty to zrobiłeś?

– Nie wiem.

Gavilar wpatrywał się w przestrzeń z tym nieobecnym spojrzeniem zielonych oczu. Spojrzeniem, które stawało się coraz częstsze.

– Dlaczego prowadzimy wojnę, bracie?

– Znów o to pytasz. Posłuchaj, to nie jest takie skomplikowane. Pamiętasz, jak było, nim zaczęliśmy?

– Przypomnij mi.

– Cóż. – Dalinar zaczął machać wygiętym nożem. – Popatrzyliśmy na to miejsce tutaj, na to królestwo, i zrozumieliśmy „Ej, ci wszyscy ludzie mają rzeczy". I pomyśleliśmy sobie: "Ej, może to my powinniśmy mieć te rzeczy". Dlatego je sobie wzięliśmy.

– Och, Dalinarze. – Sadeas się roześmiał. – Jesteś klejnotem.

– A nie zastanawiasz się, co to znaczyło? – pytał dalej Gavilar. – Królestwo? Coś większego od ciebie?

– Głupota, Gavilarze. Kiedy ludzie walczą, chodzi o rzeczy. I tyle.

– Może. Może. Chciałbym, żebyś czegoś posłuchał. Kodeksu wojennego z dawnych czasów. Kiedy jeszcze Alethkar coś znaczył.

Dalinar pokiwał w roztargnieniu głową. Służba weszła na salę z herbatami i owocami na zakończenie posiłku – jedna ze służących próbowała zabrać mu stek, ale warknął na nią. Kiedy się cofała, coś zauważył – kobieta zaglądająca do środka z drugiej sali. Miała na sobie delikatną, powłóczystą suknię w kolorze jasnożółtym, który pasował do jej blond włosów.

Pochylił się z zaciekawieniem. Evi, siostra Toha, miała osiemnaście, może dziewiętnaście lat. Była wysoka, niemal dorównywała wzrostem Alethyjczykom, i szczupła w piersi. Właściwie otaczała ją aura delikatności, jakby jakimś sposobem była mniej realna niż Alethyjczycy. To samo dotyczyło jej równie szczupłego brata.

Ale te włosy. Sprawiały, że się wyróżniała, jak blask świecy w ciemnej komnacie.

Szybkim krokiem podeszła do brata, który podał jej trunek. Próbowała go wziąć lewą ręką, która kryła się w niewielkiej sakiewce z żółtej tkaniny. Co ciekawe, jej suknia nie miała rękawów.

Navani uniosła brew.

– Ciągle próbowała jeść bezpieczną dłonią.

Ialai pochyliła się nad stołem w stronę Dalinara i odezwała porozumiewawczo:

– Ludzie z dalekiego zachodu chodzą na wpół nago. Riranie, Iriali, Reshi. Nie mają takich zahamowań jak te sztywne Alethyjki. Założę się, że w łożnicy będzie całkiem egzotyczna.

Dalinar chrząknął. I wreszcie zobaczył nóż.

W dłoni ukrytej za plecami służącego zbierającego talerze Gavilara.

Kopnął krzesło brata, odłamując nogę i przewracając Gavilara na ziemię. Skrytobójca zaatakował w tej samej chwili i zranił Gavilara w ucho, ale poza tym nie zrobił mu krzywdy. Gwałtowny cios sprawił, że nóż wbił się głęboko w drewno stołu.

Dalinar poderwał się na równe nogi, sięgnął ponad bratem i chwycił skrytobójcę za szyję. Obrócił go i rzucił na ziemię, aż rozległ się satysfakcjonujący trzask. Tym samym ruchem płynnie wyrwał nóż ze stołu i wbił go w pierś niedoszłego zabójcy.

Odetchnął głęboko, cofnął się i otarł deszczówkę z oczu. Gavilar poderwał się na równe nogi, a w jego dłoni pojawiło się Ostrze Odprysku. Popatrzył z góry na skrytobójcę, a później na brata.

Dalinar kopnął mężczyznę, by się upewnić, że ten na pewno jest martwy. Pokiwał głową, poprawił krzesło, usiadł, po czym pochylił się i wyrwał nóż zabójcy z jego piersi. Porządne ostrze.

Opłukawszy je w winie, odciął kawałek mięsa i włożył do ust. W końcu.

– Dobra wieprzowina – zauważył z pełnymi ustami.

Po drugiej stronie sali Toh i jego siostra wpatrywali się w Dalinara z mieszaniną podziwu i przerażenia. Zauważył wokół nich kilka wstrząsosprenów, trójkątów z żółtego światła, które rozpadały się i znów scalały. Rzadko się je widywało.

Gavilar dotknął ucha i krwi, która z niego skapywała.

– Dziękuję.

Dalinar wzruszył ramionami.

– Przepraszam, że go zabiłem. Pewnie chciałeś go przesłuchać, co?

– Nietrudno się domyślić, kto go wysłał.

Gavilar znów usiadł i gestem odesłał strażników, którzy – zbyt późno – ruszyli na pomoc. Navani ściskała jego ramię wyraźnie wstrząśnięta atakiem.

Sadeas zaklął pod nosem.

– Nasi wrogowie są coraz bardziej zdesperowani. Tchórzliwi. Skrytobójca w czasie burzy? Alethyjczyk powinien wstydzić się takich działań.

Wszyscy zgromadzeni na uczcie znów gapili się na honorowy stół. Dalinar odciął kolejny kawałek mięsa i włożył do ust. Co? Nie zamierzał wypić wina, którym zmył krew. Nie był barbarzyńcą.

– Wiem, że obiecywałem ci swobodny wybór w kwestii narzeczonej – stwierdził Gavilar. – Ale...

– Zrobię to.

Dalinar patrzył prosto przed siebie. Navani była dla niego stracona. Musiał się tylko z tym pogodzić, na burze.

– Oni są nieśmiali i ostrożni – zauważyła Navani, ocierając ucho męża swoją serwetką. – Przekonanie ich może zająć sporo czasu.

– Ja bym się tym nie martwił. – Gavilar znów spojrzał na trupa. – Dalinar jest bardzo przekonywający.

20
LINY, KTÓRE WIĄŻĄ

Jednakże w przypadku niebezpiecznej przyprawy możecie zostać ostrzeżeni, by działać ostrożnie. Lepiej, żeby wasza lekcja nie była tak bolesna jak moja.

– Z przedmowy *Dawcy Przysięgi*

– A to – powiedział Kaladin – wcale nie jest poważna rana. Wiem, że wydaje się głęboka, ale często lepiej zostać ranionym głęboko ostrym nożem niż poszarpanym czymś tępym.

Ściągnął skórę po obu stronach rany i nałożył bandaż na ramię Khen.

– Zawsze używajcie materiału, który wygotowaliście... zgniłospreny uwielbiają brudne tkaniny. Prawdziwym niebezpieczeństwem jest zakażenie, oznacza je zaczerwienienie wokół brzegów rany, która się rozrasta. Pojawi się też ropa. Zawsze przemywajcie ranę przed jej zabandażowaniem.

Poklepał Khen po ramieniu i zabrał swój nóż, którym kobieta się zraniła, kiedy obcinała gałęzie powalonego drzewa na podpałkę. Wokół niej inni parshmeni zbierali placki, które wysuszyli na słońcu.

Jeśli wziąć pod uwagę ich sytuację, mieli zaskakująco dużo przydatnych rzeczy. Kilkoro parshmenów zachowało dość przytomności umysłu, by w czasie napaści zabrać metalowe wiadra – które wykorzystywali teraz jako kociołki – a bukłaki dosłownie ratowały im życie. Dołączył do Saha, parshmena, który wcześniej go prowadził, między drzewami ich zaimprowizowanego obozu. Mężczyzna przywiązywał właśnie kamienne ostrze siekiery do gałęzi. Kaladin wziął je od niego i sprawdził na kłodzie, oceniając, jak dobrze rozłupuje drewno.

– Musisz związać mocniej. Zamocz rzemienie i naciągaj je w czasie obwiązywania. Jeśli nie będziesz dość ostrożny, spadnie ci na głowę w czasie rąbania.

Sah chrząknął, odebrał siekierę i mamrocząc pod nosem, zaczął odwiązywać rzemienie. Spojrzał na Kaladina.

– Może sprawdzisz, jak sobie radzą inni, człowieku.

– Powinniśmy wyruszyć dziś w nocy. Zbyt dużo czasu spędziliśmy w jednym miejscu. I podzielić się na małe grupki, jak mówiłem.

– Zobaczymy.

– Posłuchaj, jeśli z moimi radami jest coś nie tak...

– Wszystko jest w porządku.

– Ale...

Sah westchnął, podniósł wzrok i spojrzał Kaladinowi w oczy.

– Gdzie niewolnik nauczył się wydawać rozkazy i kroczyć jak jasnooki?

– Nie przez całe życie byłem niewolnikiem.

– Nie znoszę czuć się jak dziecko. – Sah znów zaczął obwiązywać kamienne ostrze, tym razem mocniej. – Nie znoszę tego, że muszę uczyć się rzeczy, które powinienem już wiedzieć. A najbardziej nie znoszę tego, że potrzebuję twojej pomocy. Uciekliśmy. I co? Nagle się pojawiłeś i zaczynasz nam mówić, co mamy robić? Znów wypełniamy rozkazy Alethyjczyka.

Kaladin zachował milczenie.

– Ten żółty spren nie jest o wiele lepszy – mruknął Sah. – Pospieszcie się. Nie zatrzymujcie się. Ona mówi nam, że jesteśmy wolni, a po chwili beszta nas, że nie dość szybko wypełniamy jej polecenia.

Dziwili się, że Kaladin nie widzi sprena. Wspominali mu również o dźwiękach, które słyszeli, odległych rytmach, prawie muzyce.

– „Wolność" to dziwne słowo, Sah – powiedział Kaladin cicho i usiadł. – Przez ostatnie kilka miesięcy byłem pewnie o wiele bardziej „wolny" niż kiedykolwiek od dzieciństwa. Chcesz wiedzieć, co zrobiłem? Pozostałem w tym samym miejscu, służąc innemu panu. Zastanawiam się, czy ludzie, którzy używają sznurów do wiązania, nie są głupcami, bo tradycja, społeczeństwo i bezwładność i tak nas wszystkich przywiązują.

– Nie mam tradycji. Ani społeczeństwa. Ale moja „wolność" jest wolnością liścia. Spadłem z drzewa, unoszę się na wietrze i udaję, że kieruję swoim przeznaczeniem.

– To brzmi prawie jak poezja, Sah.

– Nie mam pojęcia, co to jest.

Mocno naciągnął ostatni rzemień i uniósł nową siekierę.

Kaladin wziął ją i wbił w kłodę.

– Lepiej.

– Nie martwisz się, człowieku? Uczenie nas robienia placków to jedno. Danie nam broni to coś zupełnie innego.

– Siekiera to narzędzie, nie broń.

– Być może. Ale tą samą metodą odłupywania i ostrzenia, którą nam pokazałeś, w końcu zrobię włócznię.

– Zachowujesz się, jakby walka była nieunikniona.

Sah się roześmiał.

– A ty myślisz, że nie?

– Masz wybór.

– Mówi człowiek z piętnem niewolnika na czole. Jeśli są skłonni zrobić coś takiego jednemu ze swoich, z jak wielką brutalnością potraktują bandę parshmeńskich złodziei?

– Sah, nie musi dojść do wojny. Nie musicie walczyć z ludźmi.

– Może. Ale pozwól, że cię o coś spytam. – Położył siekierę na kolanach. – Biorąc pod uwagę, co mi zrobili, dlaczego miałbym nie walczyć?

Kaladin nie umiał się sprzeciwić. Pamiętał swoje własne życie jako niewolnika – frustrację, bezsilność, złość. Napiętnowali go *shash*, bo był niebezpieczny. Bo stawiał opór.

Czy odważy się żądać od tego mężczyzny, by postąpił inaczej?

– Będą nas chcieli znów zniewolić. – Sah wziął siekierę i uderzył w leżącą obok kłodę. Zaczął odrywać korę na podpałkę, jak ich nauczył Kaladin. – Jesteśmy utraconym majątkiem i niebezpiecznym precedensem. Twój gatunek wyda fortunę, żeby zrozumieć, co się zmieniło i oddało nam umysły, i znajdą sposób, by to odwrócić. Odbiorą mi rozum i znów poślą do noszenia wody.

– Może... może moglibyśmy przekonać ich do zmiany zdania. Znam dobrych ludzi wśród alethyjskich jasnookich. Jeśli z nimi porozmawiamy, pokażemy im, że umiecie mówić i myśleć, że jesteście tacy sami jak zwykli ludzie, posłuchają. Zgodzą się oddać wam wolność. Tak traktowali waszych krewniaków na Strzaskanych Równinach, kiedy ich spotkali.

Sah uderzył siekierą w drewno, aż w powietrze poleciały drzazgi.

– I dlatego teraz powinniśmy być wolni? Bo zachowujemy się tak jak wy? Wcześniej, kiedy byliśmy inni, zasługiwaliśmy na zniewolenie? Można nad nami dominować, kiedy nie jesteśmy zdolni stawiać oporu, ale teraz już nie, bo umiemy mówić?

– Cóż, to znaczy...

– Dlatego jestem wściekły! Dziękuję za to, co nam pokazujesz, ale nie oczekuj, że będę szczęśliwy, bo cię potrzebuję. To jedynie wzmacnia twoje wewnętrzne przekonanie, a może i nawet moje, że wasz lud w ogóle ma prawo decydować o naszej wolności.

Sah odszedł, a kiedy zniknął, z zarośli wyłoniła się Syl i usiadła na ramieniu Kaladina, czujna – wypatrująca Pustkosprena – ale nie zaniepokojona.

– Chyba wyczuwam nadejście arcyburzy – szepnęła.

– Co takiego? Naprawdę?

Przytaknęła.

– Wciąż jest odległa. O dzień albo trzy. – Przechyliła głowę. – Pewnie mogłam robić to wcześniej, ale nie musiałam. Albo nie wiedziałam, że chcę. Zawsze miałeś listy.

Kaladin odetchnął głęboko. Jak ochronić tamtych przed burzą? Będzie musiał znaleźć schronienie. I...

Znów to robię, pomyślał.

– Nie mogę tego robić, Syl – szepnął. – Nie mogę spędzać czasu z tymi parshmenami, patrzeć z ich punktu widzenia.

– Dlaczego?

– Bo Sah ma rację. Dojdzie do wojny. Pustkospreny stworzą z parshmenów armię, i nie bez powodu po tym, co im zrobiono. Nasz gatunek będzie musiał się bronić albo zostanie zniszczony.

– To znajdźcie kompromis.

– Kompromis pojawia się na wojnie dopiero po śmierci bardzo wielu ludzi... i dopiero wtedy, gdy ważne persony zaczynają się martwić, że mogą przegrać. Na burze, nie powinno mnie tu być. Czuję, że powinienem ich bronić! Uczyć ich walki. Nie odważę się... jeśli mam walczyć przeciwko Pustkowcom, muszę udawać, że istnieje różnica między tymi, których muszę bronić, a tymi, których muszę zabijać.

Powlókł się przez zarośla i zaczął pomagać w składaniu jednego z prymitywnych namiotów przed wymarszem.

21 PRZYGOTOWANIE DO UPADKU

Nie jestem bajarzem, by zabawiać was fantazyjnymi opowieściami.
– Z przedmowy *Dawcy Przysięgi*

Shallan obudziło głośne, natarczywe pukanie. Wciąż nie miała łóżka, spała więc na stercie rudych włosów i zmiętych koców.

Naciągnęła jeden z tych ostatnich na głowę, ale pukanie nie ustawało, a po nim rozległ się irytująco uroczy głos Adolina.

– Shallan? Posłuchaj, tym razem zamierzam zaczekać z wejściem do chwili, gdy będziesz całkowicie pewna, że mogę.

Spojrzała na promienie słońca wlewające się przez jej okno jak plama farby. Ranek? Słońce było w niewłaściwym miejscu.

Chwileczkę... Ojcze Burz. Spędziła tę noc jako Woal, a później spała do popołudnia. Jęknęła, zrzuciła przepocone koce i leżała w samej koszulce, a w głowie czuła ćmiący ból. W kącie stał pusty dzban po białym Rogożerców.

– Shallan? – spytał Adolin. – Czy już można?

– Zależy od kontekstu – wychrypiała. – Na przykład można dobrze się wyspać.

Zakryła oczy dłońmi, tę bezpieczną wciąż miała owiniętą zaimprowizowanym bandażem. Co w nią wstąpiło? Afiszowała się symbolem Duchokrwistych? Upiła się do nieprzytomności? Dźgnęła mężczyznę w obecności całej bandy uzbrojonych zbirów?

Miała wrażenie, że to wszystko wydarzyło się we śnie.

– Shallan. – W głosie Adolina brzmiała troska. – Zajrzę do środka. Palona mówi, że nie wychodziłaś od rana.

Shallan jęknęła, usiadła i złapała pościel. Kiedy zajrzał do środka, spod koców – które podciągnęła pod brodę – wystawała jedynie jej rozczochrana głowa. On oczywiście wyglądał doskonale. Adolin wyglądał doskonale po burzy, sześciu godzinach walki i kąpieli w kremie. Irytujący mężczyzna. Co on robił, że jego włosy wyglądały tak uroczo? Rozczochrane, ale we właściwy sposób.

Adolin odsunął płócienne drzwi i stanął w wejściu.

– Palona powiedziała, że nie czujesz się dobrze.

– Bzdura!

– Czy to, no, dziewczęce sprawy?

– Dziewczęce sprawy – powtórzyła beznamiętnie.

– No wiesz. Kiedy ty... no...

– Wiem, jak działa biologia, Adolinie. Dlaczego zawsze, kiedy kobieta czuje się trochę dziwnie, mężczyźni od razu winią jej cykl? Jakby nagle nie mogła zapanować nad sobą, bo coś ją pobolewa. O mężczyznach nikt nie myśli w ten sposób. „Aha, trzymaj się dziś z dala od Venara. Wczoraj zbyt długo ćwiczył szermierkę, więc dziś jest obolały i może urwać ci głowę".

– Czyli to nasza wina.

– Tak. Jak wszystko inne. Wojna. Głód. Nieposłuszna fryzura.

– Zaraz, zaraz. Nieposłuszna fryzura?

Shallan dmuchnęła, żeby pozbyć się kosmyka z oczu.

– Przyciągająca spojrzenia. Uparta. Niereagująca na nasze wysiłki, żeby coś z nią zrobić. Wszechmocny dał nam rozczochrane włosy, żeby przygotować nas do życia z mężczyznami.

Adolin przyniósł jej nieduży garnek ciepłej wody do umycia twarzy i dłoni. Chwała mu za to. I Palonie, która pewnie go z nimi wysłała.

Na Potępienie, ręka ją bolała. I głowa. Pamiętała, że poprzedniej nocy co jakiś czas wypalała alkohol, ale nie miała dość Burzowego Światła, by do końca wyleczyć dłoń. I nigdy dosyć, by zachować całkowitą trzeźwość.

Adolin postawił wodę na ziemi. Był wesolutki jak wschód słońca i szczerzył zęby.

– To co się stało?

Naciągnęła koc na głowę i zacisnęła go mocno, jak kaptur płaszcza.

– Dziewczęce sprawy – skłamała.

– Wiesz, myślę, że mężczyźni nie winiliby waszego cyklu tak często, gdybyście wy tego nie robiły. W swoim czasie zalecałem się do wielu kobiet i raz nawet zacząłem robić notatki. Deeli zdarzyło się być chorej z kobiecych powodów cztery razy w ciągu jednego miesiąca.

– Jesteśmy bardzo tajemniczymi istotami.

– Zgoda. – Uniósł dzbanek i powąchał. – Czy to białe Rogożerców?

Spojrzał na nią wyraźnie wstrząśnięty – ale też odrobinę pod wrażeniem.

– Trochę mnie poniosło – mruknęła Shallan. – Kiedy prowadziłam śledztwo w sprawie twojego morderstwa.

– W miejscu podającym bimber Rogożerców?

– Boczna uliczka przy Odejściu. Paskudne miejsce. Ale dobre trunki.

– Shallan! Poszłaś sama? To niebezpieczne.

– Mój drogi Adolinie. – W końcu opuściła koc z powrotem na ramiona. – Mogłabym przeżyć miecz wbity w pierś, i to nie jest przesada. Sądzę, że nie powinnam mieć kłopotów z paroma zbirami na targowisku.

– A. Racja! Łatwo zapomnieć. – Zmarszczył czoło. – Zaraz... chwileczkę. Mogłabyś przeżyć wszelkiego rodzaju paskudne ciosy, ale nadal...

– Mam bolesne miesiączki? Tak. Matka Pielęgnacja potrafi być wredna. Jestem wszechpotężną, dzierżącą Ostrze Odprysku pseudonieśmiertelną, ale natura od czasu do czasu i tak wysyła mi uprzejme przypomnienie, że powinnam się zająć rodzeniem dzieci.

– Żadnego parzenia się – zabrzęczał cicho Wzór ze ściany.

– Ale wczoraj wynikało z czegoś innego – dodała Shallan. – Tych dni spodziewam się dopiero za parę tygodni. Wczoraj chodziło raczej o psychologię niż biologię.

Adolin odstawił dzbanek.

– Tak czy inaczej, lepiej uważaj na wina Rogożerców.

– Nie było tak źle. – Shallan westchnęła. – Mogę wypalić upojenie odrobiną Burzowego Światła. A skoro już o tym mowa, nie masz przypadkiem jakichś kul? Chyba... no... zjadłam wszystkie swoje.

Roześmiał się.

– Mam jedną. Pojedynczą kulę. Ojciec mi ją pożyczył, żebym nie musiał przez cały czas chodzić po tych korytarzach z latarnią.

Próbowała zatrzepotać rzęsami. Nie była do końca pewna, jak się to robiło ani po co, ale wyglądało na to, że działa. W każdym razie Adolin przewrócił oczami i podał jej pojedynczą rubinową markę.

Żarłocznie wciągnęła Światło. Wstrzymała oddech, by nie wypłynęło, i... stłumiła Światło. Odkryła, że umie to robić. Aby nie świecić i nie przyciągać uwagi. Robiła to w dzieciństwie, czyż nie?

Jej dłoń powoli się zagoiła. Shallan westchnęła z ulgą, gdy ból głowy również zniknął. Adolinowi została bura kula.

– Wiesz, kiedy ojciec tłumaczył mi, że dobre związki wymagają inwestycji, wątpię, by chodziło mu o coś takiego.

Shallan zamknęła oczy i uśmiechnęła się.

– Mmm.

– A poza tym – dodał Adolin – prowadzimy naprawdę dziwaczne rozmowy.

– Ale prowadzenie ich z tobą wydaje się naturalne.

– Myślę, że to właśnie jest najdziwniejsze.

– Tak czy inaczej, powinnaś ostrożniej obchodzić się z Burzowym Światłem. Ojciec wspomniał, że próbuje zdobyć dla ciebie więcej napełnionych kul do ćwiczeń, ale ich po prostu nie ma.

– A co z ludźmi Hathama? Wystawili mnóstwo kul podczas ostatniej arcyburzy. – To było zaledwie...

Policzyła w głowie i osłupiała. Minęły tygodnie od niespodziewanej arcyburzy, w czasie której po raz pierwszy uruchomiła Bramę Przysięgi. Spojrzała na kulę w palcach Adolina.

One wszystkie powinny już się wyczerpać, pomyślała. Nawet te napełnione ostatnim razem. Jak to możliwe, że wciąż mieli Burzowe Światło?

Nagle jej działania poprzedniego wieczoru wydały się jej jeszcze bardziej nieodpowiedzialne. Kiedy Dalinar polecił, by ćwiczyła swoje moce, pewnie nie miał na myśli ćwiczenia, jak się za bardzo nie upić.

Westchnęła i – wciąż nie zdejmując koca – sięgnęła po miskę z wodą do mycia. Miała pokojówkę imieniem Marri, ale wciąż ją odprawiała. Nie chciała, by kobieta odkryła jej ukradkowe wyjścia i zmiany twarzy. Miała nadzieję, że jeśli ciągle będzie tak robić, Palona w końcu znajdzie pokojówce coś innego do roboty.

Wydawało się, że w wodzie nie było żadnych mydeł ani aromatów, więc Shallan uniosła niewielką miskę i pociągnęła długi łyk.

– Myłem w tym nogi – stwierdził Adolin.

– Wcale nie. – Oblizała wargi. – Tak czy inaczej, dzięki za wyciągnięcie mnie z łóżka.

– Cóż, mam swoje samolubne powody. Trochę liczę na moralne wsparcie.

– Nie bądź zbyt dobitny. Jeśli chcesz, żeby ktoś uwierzył w to, co mówisz, powoli dochodź do sedna sprawy, by inni cały czas za tobą nadążali.

Przechylił głowę.

– Aha, nie chodziło ci o morał – stwierdziła Shallan.

– Czasem dziwnie się czuję, kiedy z tobą rozmawiam.

– Przepraszam, przepraszam, już będę grzeczna.

Usiadła najbardziej sztywno, jak mogła, owinięta w koc, z włosami wystającymi jak pędy ciernistego krzewu.

Adolin odetchnął głęboko.

– Mój ojciec w końcu przekonał Ialai Sadeas, by ze mną porozmawiała. Ma nadzieję, że będzie miała jakieś poszlaki dotyczące śmierci jej męża.

– Ty nie wydajesz się nastawiony zbyt optymistycznie.

– Nie lubię jej, Shallan. Jest dziwna.

Otworzyła usta, ale jej przerwał.

– Nie dziwna, jak ty. Dziwna... na zły sposób. Zawsze ocenia wszystko i wszystkich, których spotyka. Nigdy nie odnosiła się do mnie inaczej niż jak do dziecka. Pójdziesz ze mną?

– Pewnie. Ile mam czasu?

– A ile potrzebujesz?

Shallan spojrzała z góry na siebie, owiniętą w koce, z rozczochranymi włosami drapiącymi po brodzie.

– Dużo.

– To się spóźnimy. – Adolin się wyprostował. – I tak już ma jak najgorsze zdanie na mój temat, więc to niewiele zmieni. Spotkajmy się w salonie Sebariala. Ojciec chce, żebym przyjął od niego raporty na temat handlu.

– Powiedz mu, że na targowisku mają dobry bimber.

– Pewnie.

Adolin znów spojrzał na pusty dzban po białym Rogożerców, pokręcił głową i wyszedł.

***

Godzinę później Shallan – wykąpana, umalowana, z nieco uporządkowaną fryzurą – pojawiła się w salonie Sebariala. Był większy niż jej komnata, ale co jeszcze ważniejsze, wyjście na balkon było olbrzymie, zajmowało pół ściany.

Wszyscy przebywali na szerokim balkonie wznoszącym się nad polem. Adolin stał przy balustradzie zatopiony w myślach. Za nim Sebarial i Palona leżeli na przenośnych łóżkach, z plecami wystawionymi na słońce, i poddawali się masażowi.

Gromadka służących Rogożerców masowała, pilnowała węglowych piecyków albo stała posłusznie z grzanym winem i innymi udogodnieniami. Powietrze, szczególnie na słońcu, nie było tak chłodne jak zwykle. Wydawało się wręcz przyjemne.

Shallan poczuła, że wypełnia ją mieszanka zażenowania – ten pulchny, brodaty mężczyzna w samym ręczniku był arcyksięciem – i oburzenia. Ona właśnie wykąpała się w zimnej wodzie, mimo dreszczy własnoręcznie wylewała ją sobie czerpakiem na głowę. I uznawała to za luksus, bo przynajmniej nie musiała jej sobie sama przynieść.

– Jak to jest – odezwała się – że ja nadal śpię na podłodze, a wy tu macie przenośne łóżka.

– Jesteś arcyksięciem? – mruknął Sebarial, nie otwierając oczu.

– Nie. Jestem Świetlistym Rycerzem, co wydaje mi się wyższą pozycją.

– Rozumiem. – Sebarial westchnął z zadowoleniem pod dotykiem masażystki. – I dlatego możesz zapłacić za sprowadzenie łóżka z obozów? A może wciąż polegasz na stypendium, które ci przyznałem? A które, jeśli mogę dodać, miałaś spłacać, pomagając mi jako skryba przy rachunkach... czego nie robiłaś od tygodni.

– Ale ona rzeczywiście ocaliła świat, Turi – odezwała się Palona z drugiej strony Shallan.

Herdazka w średnim wieku też nie otworzyła oczu, a choć leżała na brzuchu, jej bezpieczna dłoń jedynie do połowy kryła się pod ręcznikiem.

– Widzisz, ja sądzę, że go nie ocaliła, jedynie opóźniła zniszczenie. Tam jest jeden wielki bałagan, kochana.

Stojąca w pobliżu główna masażystka – potężna Rogożerczyni o jaskrawoczerwonych włosach i bladej skórze – zażądała podgrzanych kamieni dla Sebariala. Większość obecnych była pewnie jej rodziną. Rogożercy lubili pracować razem.

– Pozwolę sobie zauważyć – dodał Sebarial – że to twoje Spustoszenie podkopało lata mojego planowania.

Shallan założyła ręce na piersi.

– Nie możesz mieć o to pretensji do mnie.

– Ale to ty wygoniłaś mnie z obozów, choć przetrwały całkiem nieźle. Pozostałości tamtych kopuł osłoniły je od zachodu. Wielkim problemem byli parshmeni, ale oni już sobie poszli i pomaszerowali w stronę Alethkaru. Dlatego planuję wrócić i odzyskać swoje ziemie, zanim inni je zajmą. – Otworzył oczy i spojrzał na Shallan. – Twój młody książę nie chciał o tym słyszeć... martwi się, że za bardzo rozproszę nasze siły. Ale te obozy będą kluczowe dla handlu, nie możemy ich pozostawić w całości Thanadalowi i Vamahowi.

Cudownie. Kolejny problem do przemyślenia. Nic dziwnego, że Adolin wydawał się rozproszony. Zauważył, że spóźnią się do Ialai, ale nie wyglądało na to, że spieszy się do wyjścia.

– Bądź grzeczną Świetlistą – powiedział Sebarial – i uruchom te inne Bramy Przysięgi. Przygotowałem niezły projekt ich opodatkowania.

– To bezduszne.

– Ale konieczne. Jedynym sposobem na przeżycie w tych górach jest opodatkowanie Bram Przysięgi i Dalinar o tym wie. Oddał mi zwierzchnictwo nad handlem. Życie nie zatrzymuje się z powodu wojny. Wszyscy nadal będą potrzebować nowych butów, koszyków, ubrań, wina.

– A my potrzebujemy masaży – dodała Palona. – Mnóstwo, jeśli mamy żyć na tym zamarzniętym pustkowiu.

– Jesteście beznadziejni – warknęła Shallan i przeszła przez słoneczny balkon do Adolina. – Gotowy?

– Pewnie.

Ruszyli razem przez korytarze. Każda z armii ośmiu arcyksiążąt obecnych w wieży dostała ćwierć drugiego lub trzeciego poziomu. Nieliczne koszary znajdowały się też na poziomie pierwszym, ale większą jego część przeznaczono na targowiska i magazyny.

Oczywiście nawet pierwszy poziom nie został do końca zbadany. Zbyt wiele korytarzy i dziwacznych zakrętów, ukrytych komnat wciśniętych za wszystkim innym. Może w końcu nadejdzie taka chwila, gdy każdy arcyksiążę będzie rzeczywiście rządził swoją ćwiartką. Jak na razie zajmowali małe zakątki cywilizacji na ciemnym pograniczu, jakim było Urithiru.

Badanie wyższych poziomów zostało całkowicie przerwane, bo nie mieli dość Burzowego Światła do obsługi wind.

Opuścili ćwiartkę Sebariala, minęli żołnierzy i skrzyżowanie z namalowanymi na podłodze strzałkami wskazującymi drogę do różnych miejsc, w tym do najbliższej wygódki. Posterunek strażników nie wyglądał jak barykada, ale Adolin wskazał na skrzynie zapasów i worki ziarna ustawione w określony sposób przed żołnierzami. Gdyby ktoś z zewnątrz wpadł do tego korytarza, z pewnością by się w nie zaplątał, a do tego musiałby stawić czoło pikinierom stojącym za nimi.

Żołnierze skinęli głową Adolinowi, ale nie zasalutowali mu, choć jeden wykrzyknął rozkaz do dwóch mężczyzn grających w karty w pobliskim pomieszczeniu. Tamci wstali, a wtedy Shallan z niejakim zaskoczeniem ich rozpoznała. Gaz i Vathah.

– Pomyślałem, że dziś weźmiemy twoich strażników – stwierdził Adolin.

Moi strażnicy. Racja. Shallan miała grupkę żołnierzy składającą się z dezerterów i pogardy godnych morderców. To ostatnie jej nie przeszkadzało, bo sama była pogardy godną morderczynią. Ale nie miała też pojęcia, co z nimi robić.

Zasalutowali jej leniwie. Vathah, wysoki i zaniedbany. Gaz, niski, z jednym brązowym okiem – drugie zakrywała opaska. Adolin najwyraźniej już wydał im rozkazy, bo Vathah przeszedł do przodu, a Gaz pozostał z tyłu.

Shallan wzięła Adolina za rękę. Miała nadzieję, że obaj mężczyźni są dość daleko, by jej nie słyszeć.

– A w ogóle potrzebujemy strażników? – szepnęła.

– Oczywiście, że tak.

– Dlaczego? Jesteś Odpryskowym. Ja jestem Świetlistą. Nic nam nie grozi.

– Shallan, w straży nie zawsze chodzi o bezpieczeństwo, ale też o prestiż.

– Mam go mnóstwo. Ostatnio prestiż właściwie płynie mi z nosa, Adolinie.

– Nie o to mi chodziło. – Adolin pochylił się w jej stronę i zaczął szeptać. – Robisz to dla nich. Może i nie potrzebujesz strażników, ale musisz mieć straż honorową. Mężczyzn, dla których ich pozycja będzie honorowa. To część zasad, zgodnie z którymi żyjemy... ty jesteś kimś ważnym, a oni mają w tym swój udział.

– Poprzez bycie bezużytecznymi.

– Poprzez bycie częścią tego, co robisz. Na burze, ciągle zapominam, jak małe masz w tym wszystkim doświadczenie. Co robiłaś z tymi ludźmi?

– Głównie dawałam im spokój.

– A jeśli będziesz ich kiedyś potrzebować?

– Nie wiem, czy będę.

– Będziesz. Shallan, jesteś ich dowódcą. Może nie dowódcą wojskowym, bo są strażą cywilną, ale to jedno i to samo. Jeśli nie dasz im nic do roboty, każesz im sądzić, że są bez znaczenia, zniszczysz ich. Daj im coś ważnego do zrobienia, zadanie, z którego będą dumni, a będą ci służyć z honorem. Żołnierz, który zawodzi, to często żołnierz, który został zawiedziony.

Uśmiechnęła się.

– O co chodzi?

– Brzmisz jak swój ojciec.

Przerwał i odwrócił wzrok.

– Nie ma w tym nic złego.

– A ja nie powiedziałam, że jest. Podoba mi się. – Ścisnęła jego ramię. – Znajdę moim strażnikom coś do roboty, Adolinie. Coś użytecznego. Obiecuję.

Gaz i Vathah chyba nie sądzili, że ich zadanie jest takie ważne, o czym mogły świadczyć ich ziewnięcia i niedbała postawa, kiedy szli, trzymając w rękach oliwne lampy, a na ramionach włócznie. Minęli dużą grupę kobiet niosących wodę, a później mężczyzn dźwigających drewno do konstrukcji nowej wygódki. Większość schodziła Vathahowi z drogi – widok osobistego strażnika był wskazówką, by zrobić krok w bok.

Oczywiście, gdyby Shallan naprawdę chciała wydawać się ważna, wzięłaby palankin. Nie miała nic przeciwko tym pojazdom, w Kharbranth korzystała z nich regularnie. Może był to jednak wpływ Woal, że sprzeciwiała się za każdym razem, kiedy Adolin proponował, by z niego skorzystała. Chodzenie na własnych nogach oznaczało niezależność.

Dotarli do schodów prowadzących na górę, a na szczycie Adolin sięgnął do kieszeni po mapę. Malowane strzałki nie były w tym miejscu kompletne. Shallan pociągnęła go za rękę i wskazała na tunel.

– Skąd wiesz? – spytał.

– Nie widzisz, jak szerokie są tu warstwy? – Wskazała na ścianę korytarza. – To w tamtą stronę.

Schował mapę i gestem kazał Vathahowi ruszyć przodem.

– Naprawdę myślisz, że jestem podobny do ojca? – spytał Adolin cicho, kiedy ruszyli dalej.

– Ależ tak. – Mocniej chwyciła go za ramię. – Jesteś zupełnie taki, jak on. Uczciwy, sprawiedliwy i kompetentny.

Zmarszczył czoło.

– O co chodzi?

– O nic.

– Nie umiesz kłamać. Martwisz się, że nie spełnisz jego oczekiwań, prawda?

– Może.

– Już to zrobiłeś, Adolinie. Spełniłeś je w każdy możliwy sposób. Jestem pewna, że Dalinar Kholin nie mógł sobie wymarzyć lepszego syna i... Na burze, ten pomysł cię niepokoi.

– Że co? Nie!

Shallan swobodną dłonią dźgnęła Adolina w ramię.

– Czegoś mi nie mówisz.

– Może.

– I chwała Wszechmocnemu za to.

– Nie... zamierzasz spytać, o co chodzi?

– Na oczy Ash, nie. Wolę się sama domyślić. W każdym związku potrzeba odrobiny tajemnicy.

Adolin umilkł. I dobrze, bo dotarli do części Urithiru należącej do Sadeasa. Choć Ialai groziła, że powróci do obozów, nie zrobiła tego. Pewnie dlatego że miasto było niezaprzeczalnie sercem alethyjskiej władzy i polityki.

Dotarli do pierwszego posterunku i strażnicy Shallan zbliżyli się do niej i Adolina. Wymienili wrogie spojrzenia z żołnierzami w zielono-białych mundurach, którzy pozwolili im przejść. Cokolwiek myślała Ialai Sadeas, jej ludzie już wyrobili sobie zdanie.

Dziwne, jak wiele mogło zmienić kilka kroków. Tu mijali o wiele mniej robotników i kupców, a o wiele więcej żołnierzy. Mężczyzn o ponurych minach, w niedopiętych mundurach i z nieogolonymi twarzami. Nawet skryby wyglądały inaczej – więcej makijażu, ale bardziej niechlujny ubiór.

Wydawało się, że przeszli od prawa do nieładu. W korytarzu rozlegały się echa donośnych głosów i rechotliwych śmiechów. Pasy wskazujące drogę wymalowano nie na podłodze, ale na ścianach, a farba spłynęła, niszcząc układ warstw. W niektórych miejscach oznaczenia były rozmazane, kiedy przechodzący otarli się płaszczami o wciąż wilgotną farbę.

Mijani żołnierze uśmiechali się szyderczo do Adolina.

– Robią wrażenie bandytów – powiedziała cicho Shallan, oglądając się przez ramię na jedną z takich grupek.

– Niech cię to nie zwiedzie. Maszerują równym krokiem, mają dobre buty i zadbaną broń. Sadeas szkolił dobrych żołnierzy. Ale tam, gdzie ojciec stosował dyscyplinę, Sadeas wykorzystywał współzawodnictwo. Poza tym tutaj zbyt porządny wygląd wywołuje szyderstwo. Nie można dać się pomylić z Kholinami.

Miała nadzieję, że może teraz, gdy prawda o Spustoszeniu wyszła na jaw, Dalinarowi będzie łatwiej zjednoczyć arcyksiążąt. Cóż, do tego z pewnością nie dojdzie, póki ci mężczyźni obwiniali Dalinara o śmierć Sadeasa.

W końcu dotarli do właściwych komnat i zostali wprowadzeni na spotkanie z żoną Sadeasa. Ialai była niską kobietą o mięsistych wargach i zielonych oczach. Siedziała na tronie pośrodku komnaty.

Obok niej stał Mraize, jeden z przywódców Duchokrwistych.

22
CIEMNOŚĆ WEWNĄTRZ

Nie jestem filozofem, by intrygować was przenikliwymi pytaniami.
– Z przedmowy *Dawcy Przysięgi*

Mraize. Jego twarz przecinały blizny, z których jedna zniekształcała górną wargę. Dziś nie nosił modnego stroju, lecz mundur Sadeasa, z napierśnikiem i prostym hełmem. Nie różnił się wyglądem od innych żołnierzy, których mijali, jeśli pominąć tę twarz.

I kurczaka na ramieniu.

Kurczak. Należał do jednej z tych dziwaczniejszych odmian, był całkiem zielony i smukły, z paskudnie zakrzywionym dziobem. Bardziej przypominał drapieżnika niż te niewydarzone stwory, które Shallan widywała w klatkach na targach.

Ale poważnie. Kto chodził z oswojonym kurczakiem? One służyły do jedzenia, prawda?

Adolin zauważył kurczaka i uniósł brew, ale Mraize w żaden sposób nie pokazał po sobie, że zna Shallan. Stał niedbale jak wszyscy pozostali żołnierze, w ręku trzymał halabardę i piorunował wzrokiem Adolina.

Ialai nie przygotowała dla nich krzeseł. Siedziała z rękami na kolanach, osłonięta rękawem bezpieczna dłoń pod swobodną dłonią, a oświetlały ją lampy ustawione na podestach po obu stronach komnaty. W tym nienaturalnym, migoczącym blasku wydawała się szczególnie żądna zemsty.

– Wiedzieliście – odezwała się – że białogrzbiety po zabiciu ofiary najadają się, a później ukrywają się przy truchle?

– To jedno z niebezpieczeństw związanych z polowaniem na nie, jasności – odparł Adolin. – Zakładacie, że idziecie tropem bestii, a ona może się ukrywać w pobliżu.

– To zachowanie mnie zadziwiało, aż uświadomiłam sobie, że zewłok przyciąga padlinożerców, a białogrzbiety nie są wybredne. Ci, którzy przychodzą pożywić się resztkami, stają się kolejnym posiłkiem.

Implikacje tej rozmowy wydawały się Shallan oczywiste. „Dlaczego powróciłeś na miejsce zabójstwa, Kholinie?".

– Chcemy, żebyście wiedzieli, jasności – powiedział Adolin – że bardzo poważnie traktujemy zabójstwo arcyksięcia. Robimy wszystko, co w naszej mocy, żeby to się nie powtórzyło.

Och, Adolinie...

– Oczywiście, że tak – odparła Ialai. – Inni arcyksiążęta za bardzo się teraz boją, żeby się wam przeciwstawić.

Tak, wszedł prosto w pułapkę. Ale Shallan nie wtrąciła się do rozmowy, to było zadanie Adolina, a ją zaprosił, by dawała mu wsparcie, nie wypowiadała się w jego imieniu. Poza tym ona nie poradziłaby sobie dużo lepiej. Po prostu popełniałaby inne błędy.

– Czy moglibyście powiedzieć nam, kto mógłby mieć okazję i motyw, by zabić waszego męża? To znaczy poza moim ojcem, jasności.

– Czyli nawet ty przyznajesz, że...

– To dziwne – przerwał jej ostro Adolin. – Matka zawsze twierdziła, że jesteś bystra. Podziwiała cię i żałowała, że nie ma twojego rozumu. Jednak ja tego nie dostrzegam. Naprawdę sądzisz, że mój ojciec przez lata znosiłby obelgi Sadeasa, pogodził się z jego zdradą na Równinach i zniósł fiasko tamtego pojedynku... tylko po to, by go teraz zamordować? Kiedy okazało się, że Sadeas mylił się w kwestii Pustkowców, a pozycja mojego ojca jest bezpieczna? Oboje wiemy, że mój ojciec nie stoi za śmiercią twojego męża. Utrzymywanie, że jest inaczej, to czysty idiotyzm.

Shallan aż się wzdrygnęła. Nie spodziewała się takich słów z ust Adolina. Co uderzające, wydawało się, że dokładnie to musiał zrobić. Skończyć z dwornymi frazesami. Powiedzieć szczerą prawdę.

Ialai pochyliła się, przyjrzała Adolinowi i przeżuła jego słowa. Młody Kholin bez najmniejszej wątpliwości umiał emanować szczerością.

– Przynieś mu krzesło – powiedziała do Mraize'a.

– Tak, jasności – odparł mężczyzna z mocnym wiejskim akcentem graniczącym z herdazkim.

Następnie Ialai przeniosła wzrok na Shallan.

– A ty. Przydaj się na coś. W bocznej komnacie grzeje się herbata.

Shallan prychnęła na takie traktowanie. Nie była już nieważną podopieczną, którą można pomiatać. Jednak Mraize ruszył w tę samą stronę, którą i jej wskazano, więc Shallan zniosła zniewagę i poszła za nim.

Sąsiednia komnata była o wiele mniejsza, również wykuta w skale, jednak wzór warstw był mniej wyrazisty. Pomarańcze i czerwienie łączyły się tak gładko, że można by wręcz udawać, iż ściana jest jednobarwna. Ludzie Ialai wykorzystywali ją jako magazyn, o czym świadczyły zgromadzone w kącie krzesła. Shallan zignorowała dzbanki z ciepłą herbatą grzejące się na fabrialach na blacie i podeszła do Mraize'a.

– Co ty tu robisz? – wysyczała w jego stronę.

Jego kurczak zaćwierkał cicho, jakby był wzburzony.

– Mam na nią oko. – Skinął głową w stronę sąsiedniej komnaty. Jego głos brzmiał teraz wytwornie, bez śladu wiejskiego akcentu. – Jesteśmy nią zainteresowani.

– Czyli nie jest jedną z was? Nie jest... Duchokrwistą?

– Nie. – Zmrużył oczy. – Ona i jej mąż byli zbyt niepewnymi zmiennymi, by zostali zaproszeni. Mają własne powody, które nie wydają się zbieżne z motywacjami innych, czy to ludzi, czy słuchaczy.

– Jak sądzę, fakt, że są kremem, nie miał większego znaczenia.

– Moralność nie jest osią, która by nas interesowała – odparł spokojnie Mraize. – Liczą się jedynie lojalność i moc, gdyż moralność jest efemeryczna jak zmienna pogoda. Zależy od kąta, pod którym się na nią patrzy. Kiedy będziesz z nami pracować, zobaczysz, że mam rację.

– Nie jestem jedną z was – syknęła Shallan.

– Jak na kogoś, kto się tak upiera – Mraize podniósł krzesło – wczoraj w nocy z pewnością swobodnie używałaś naszego symbolu.

Shallan zamarła, po czym zarumieniła się gwałtownie. Wiedział o tym?

– Ja...

– Twoje polowanie jest wartościowe. I wolno ci wykorzystywać nasz autorytet, by osiągnąć swoje cele. To korzyść z członkostwa, dopóki go nie nadużywasz.

– A moi bracia? Gdzie oni są? Obiecałeś, że ich do mnie doprowadzisz.

– Cierpliwości, nożyku. Minęło zaledwie kilka tygodni od czasu, kiedy ich uratowaliśmy. Zobaczysz, że dotrzymam słowa w tej kwestii. Tak czy inaczej, mam dla ciebie zadanie.

– Zadanie? – warknęła Shallan, wywołując kolejne ćwierknięcie kurczaka. – Mraize, nie zamierzam wypełniać żadnych zadań dla twoich ludzi. Zabiliście Jasnah.

– Wojownika wroga. Nie patrz tak na mnie. Doskonale wiesz, do czego była zdolna ta kobieta i w co się wpakowała, kiedy zdecydowała się nas zaatakować. Czy masz pretensje do swojego cudownie moralnego Czarnego Ciernia o to, co zrobił w wojnie? O niezliczonych ludzi, których on zamordował?

– Nie umniejszaj swojego zła, wskazując na wady innych. Nie zamierzam wam pomagać. Niezależnie od waszych żądań, bym dla was Dusznikowała, nie zrobię tego.

– Od razu zaczynasz się upierać, a jednak przyznajesz, że masz wobec nas dług. Jeden Dusznik utracony, zniszczony. Ale wybaczamy takie rzeczy w zamian za podjęte misje. I zanim znów się sprzeciwisz, wiedz, że już podjęłaś się zadania, którego od ciebie oczekujemy. Z pewnością wyczułaś mrok w tym miejscu. Jego... niewłaściwość.

Shallan rozejrzała się po niewielkiej komnacie pełnej cieni rzucanych przez nieliczne świece na blacie.

– Twoim zadaniem – mówił dalej Mraize – jest zabezpieczyć to miejsce. Urithiru musi pozostać silne, jeśli mamy właściwie wykorzystać nadejście Pustkowców.

– Wykorzystać ich?

– Tak. To moc, nad którą zapanujemy, ale na razie nie możemy pozwolić, by któraś ze stron zdobyła przewagę. Zabezpiecz Urithiru. Wytrop źródło ciemności, którą czujesz, i pozbądź się jej. A jako zapłatę dostaniesz informacje. – Pochylił się w jej stronę i wypowiedział jedno słowo. – Helaran.

Podniósł krzesło i wyszedł bardziej niezgrabnym krokiem, potknął się i prawie upuścił krzesło. Shallan stała oszołomiona. Helaran. Jej najstarszy brat zginął w Alethkarze – w którym znalazł się z tajemniczych powodów.

Na burze, co wiedział Mraize? Oburzona spiorunowała go wzrokiem. Jak śmiał dręczyć ją tym imieniem?

Nie skupiaj się teraz na Helaranie, pomyślała Shallan. To były niebezpieczne myśli, a nie mogła się teraz stać Woal. Nalała sobie i Adolinowi po kubku herbaty, chwyciła krzesło pod pachę i niezręcznie wyszła na zewnątrz. Usiadła obok Adolina i podała mu kubek. Sama pociągnęła łyk i uśmiechnęła się do Ialai, która spojrzała na nią ze złością, po czym wysłała Mraize'a, by przyniósł jej herbatę.

– Sądzę – Ialai zwróciła się do Adolina – że jeśli naprawdę chcesz rozwikłać tajemnicę tej zbrodni, nie powinieneś patrzeć na oficjalnych wrogów mojego męża. Żaden nie miał okazji ani motywów, które znalazłbyś w swoim obozie.

Adolin westchnął.

– Ustaliliśmy, że...

– Nie mówię, że zrobił to Dalinar.

Ialai wydawała się spokojna, ale ściskała oparcie zbielałymi kostkami. A jej oczy... makijaż nie mógł ukryć zaczerwienienia. Płakała. Była naprawdę poruszona.

Chyba że to tylko gra. Mogłabym udać, że płaczę, pomyślała Shallan, gdybym wiedziała, że ktoś ma mnie odwiedzić, i wierzyła, że takie udawanie poprawi moją sytuację.

– Co w takim razie mówisz? – spytał Adolin.

– Historia zna wiele przypadków, gdy żołnierze zakładali istnienie rozkazów, mimo że wcale ich nie było. Zgadzam się, że Dalinar nie dźgnąłby starego przyjaciela nożem w ciemnym kącie. Jego żołnierze jednak mogli nie mieć takich zahamowań. Chcesz wiedzieć, kto to zrobił, Adolinie Kholinie? Rozejrzyj się we własnych szeregach. Postawiłabym księstwo, że gdzieś w armii Kholinów jest mężczyzna, który uważał, że w ten sposób wyświadcza przysługę swojemu arcyksięciu.

– A inne morderstwa? – spytała Shallan.

– Nie znam umysłu tej osoby – odparła Ialai. – Może teraz w tym zasmakowała? Tak czy inaczej, chyba się zgodzimy, że przeciąganie tego spotkania nie ma sensu. – Wstała. – Życzę miłego dnia, Adolinie Kholinie. Mam nadzieję, że podzielisz się ze mną swoimi odkryciami, by mój własny śledczy był lepiej poinformowany.

– Tak sądzę. – Adolin również się podniósł. – Kto prowadzi twoje śledztwo? Wyślę mu raporty.

– Nazywa się Meridas Amaram. Sądzę, że go znasz.

Shallan otworzyła szeroko usta.

– Amaram? Marszałek Amaram?

– Oczywiście. Jeden z najbardziej uznanych generałów mojego męża.

Amaram. Zabił jej brata. Spojrzała na Mraize'a, który zachował obojętną minę. Na burze, co on wiedział? Wciąż nie rozumiała, skąd Helaran wziął Ostrze Odprysku. Co w ogóle doprowadziło go do starcia z Amaramem?

– Amaram tu jest? – spytał Adolin. – Od kiedy?

– Przybył z ostatnią karawaną i grupą zbieraczy, którą przeprowadziliście przez Bramę Przysięgi. O swojej obecności powiadomił jedynie mnie. Troszczymy się o jego potrzeby, gdyż dogoniła go burza. Zapewnia mnie, że wkrótce powróci do pełnienia obowiązków, a znalezienie zabójcy mego męża będzie jego priorytetem.

– Rozumiem – stwierdził Adolin.

Spojrzał na Shallan, a ona pokiwała głową wciąż oszołomiona. Zabrali jej żołnierzy stojących tuż za drzwiami i wyszli na korytarz.

– Amaram – syknął Adolin. – Mały mostowy nie będzie szczęśliwy. Tych dwóch toczy prywatną wojnę.

Nie tylko Kaladin, pomyślała Shallan.

– Ojciec pierwotnie powierzył Amaramowi zadanie odtworzenia Świetlistych Rycerzy – mówił dalej Adolin. – Jeśli Ialai przyjęła go po tym, jak został tak dogłębnie zdyskredytowany... W ten sposób daje do zrozumienia, że uważa ojca za kłamcę, prawda? Shallan?

Otrząsnęła się i odetchnęła głęboko. Helaran od dawna nie żył. Wydobyciem odpowiedzi z Mraize'a będzie się martwić później.

– To zależy od tego, jak ona przedstawi całą sprawę – odparła cicho. – Ale tak, sugeruje, że Dalinar był co najmniej przesadnie krytyczny wobec Amarama. Wzmacnia swoją stronę jako alternatywę dla władzy twojego ojca.

Adolin westchnął.

– A myślałem, że bez Sadeasa zrobi się chociaż odrobinę łatwiej.

– Chodzi o politykę, Adolinie... więc z definicji nie może być łatwo.

Wzięła go pod rękę i chwyciła mocno, kiedy mijali kolejną grupę wrogich strażników.

– Zupełnie sobie z tym nie radzę – powiedział cicho Adolin. – Tak się zirytowałem, że prawie ją uderzyłem. Uważaj, Shallan. Zepsuję to.

– Naprawdę? Bo ja sądzę, że masz rację i jest więcej niż jeden morderca.

– Co takiego? Poważnie?

Pokiwała głową.

– Kiedy wyszłam wczoraj wieczorem, usłyszałam co nieco.

– To znaczy, kiedy nie zataczałaś się pijana.

– Musisz wiedzieć, że upijam się z dużym wdziękiem, Adolinie Kholinie. Chodźmy...

Umilkła, kiedy para skryb pobiegła korytarzem, z niezwykłą szybkością kierując się w stronę komnat Ialai. Za nimi maszerowali strażnicy.

Adolin chwycił jednego za ramię, niemal prowokując bójkę, kiedy mężczyzna zaklął na widok niebieskiego munduru. Całe szczęście rozpoznał twarz Adolina i powstrzymał się, a jego dłoń zsunęła się z topora.

– Oświecony – powiedział niechętnie mężczyzna.

– O co chodzi? – Adolin wskazał w głąb korytarza. – Dlaczego na tamtym posterunku wszyscy nagle zaczęli gadać?

– Wieści z wybrzeża – odparł w końcu strażnik. – W Nowym Natananie dostrzeżono ścianę burzy. Arcyburze powróciły.

23
BURZOWO DZIWNE

Nie jestem poetą, by zachwycać was błyskotliwymi aluzjami.
– Z przedmowy *Dawcy Przysięgi*

– Nie mam mięsa na sprzedaż – powiedział stary jasnooki, prowadząc Kaladina do burzowego bunkra. – Ale twój oświecony i jego ludzie mogą się tu zatrzymać i to niedrogo.

Machnął laską w stronę dużego pustego budynku. Przypominał Kaladinowi koszary na Strzaskanych Równinach – długi i wąski, z jednym małym okienkiem zwróconym na wschód.

– Będziemy go potrzebować całego. Mój oświecony ceni sobie prywatność.

Starszy mężczyzna popatrzył na Kaladina i jego niebieski mundur. Po zakończeniu Płaczu wyglądał lepiej. Kaladin nie włożyłby go na przegląd, ale poświęcił sporo czasu na czyszczenie plam i polerowanie guzików.

Mundur Kholinów na ziemiach Vamaha. To mogło sugerować mnóstwo rzeczy. Miał nadzieję, że jedną z nich nie było „ten oficer Kholinów przyłączył się do bandy zbiegłych parshmenów".

– Mogę oddać wam cały bunkier – stwierdził kupiec. – Miałem wynajmować go karawanom z Revolaru, ale się nie zjawiły.

– Co się stało?

– Nie wiem. Ale to burzowo dziwne, tyle powiem. Trzy karawany, z różnymi przewodnikami i towarami, wszystkie umilkły. Nawet nie przysłali mi wiadomości przez gońca. Cieszę się, że wziąłem dziesięć procent zaliczki.

Revolar. Stolica Vamaha, największe miasto na drodze do Kholinaru.

– Weźmiemy bunkier. – Kaladin podał mężczyźnie kilka burych kul. – I każde jedzenie, jakie macie.

– Niewiele, na skalę armii. Może worek albo dwa korzenników. Trochę lawisu. Spodziewałem się, że jedna z tych karawan przywiezie nowe zapasy. – Pokręcił głową z nieobecną miną. – Dziwne czasy, kapralu. Ta burza nadchodzi z niewłaściwej strony. Myślisz, że będzie wracać?

Kaladin przytaknął. Poprzedniego dnia znów uderzyła Wieczna Burza, po raz drugi – nie licząc pierwszego razu, kiedy pojawiła się jedynie na dalekim wschodzie. Po ostrzeżeniu niewidzialnego sprena Kaladin i parshmeni przetrwali ją w opuszczonej kopalni.

– Dziwne czasy – powtórzył mężczyzna. – Jeśli potrzebujecie mięsa, w wąwozie na południe stąd kręciło się stadko dzikich wieprzy. Ale to ziemia lorda Cadilara, więc... no... Cóż, sam rozumiesz.

Jeśli fikcyjny „oświecony" Kaladina podróżował z rozkazów króla, mogli polować na tych ziemiach. Jeśli nie, zabicie wieprzy innego lorda byłoby kłusownictwem.

Mimo jasnożółtych oczu mężczyzna mówił jak rolnik z zapadłej wsi, ale najwyraźniej dobrze sobie radził, prowadząc ten postój. Samotne życie, ale pewnie nieźle zarabiał.

– Zobaczmy, jakie jedzenie uda mi się znaleźć – powiedział stary mężczyzna. – Chodź. Jesteś pewien, że nadchodzi burza?

– Mam wyliczenia, które ją obiecują.

– Chwała niech będzie Wszechmocnemu i Heroldom. Pewnie zaskoczy paru ludzi, ale byłoby dobrze, gdybym mógł znów korzystać z łączotrzciny.

Kaladin podążył za mężczyzną do kamiennej szopy po zawietrznej jego domu i przez chwilę targował się o trzy worki warzyw.

– Jeszcze jedno – dodał Kaladin. – Nie możesz patrzeć, jak przybywa moja armia.

– Co takiego? Kapralu, moim obowiązkiem jest dopilnować, by twoi ludzie...

– Mój oświecony bardzo ceni dyskrecję. Jest ważne, by nikt nie wiedział o naszym przybyciu. Bardzo ważne.

Położył dłoń na rękojeści noża u pasa.

Jasnooki mężczyzna jedynie prychnął.

– Można mi zaufać, żołnierzu. I nie groź mi. Jestem z szóstego dahnu.

Uniósł brodę, ale kiedy pokuśtykał z powrotem do domu, zatrzasnął drzwi i zamknął okiennice.

Kaladin przeniósł trzy worki do bunkra, po czym wrócił do miejsca, w którym pozostawił parshmenów. Rozglądał się w poszukiwaniu Syl, ale oczywiście niczego nie zobaczył. Pustkospren podążał za nim w ukryciu, pewnie, żeby się upewnić, że nie zrobi nic podstępnego.

***

Dotarli na miejsce tuż przed arcyburzą.

Khen, Sah i pozostali chcieli zaczekać do zmroku – nie mogli uwierzyć, że stary jasnooki nie będzie ich szpiegował. Ale kiedy zaczęło wiać, w końcu uwierzyli Kaladinowi, że burza wkrótce nadejdzie.

Kaladin stał w wejściu do bunkra, gdy parshmeni wchodzili do środka, i czuł niepokój. W ciągu ostatnich kilku dni dołączyły do nich inne grupki, prowadzone przez niewidzialne Pustkospreny, które podobno odleciały, gdy tylko doprowadziły swoich podopiecznych na miejsce. Było ich teraz około setki, włączając w to dzieci i starców. Nikt nie mówił Kaladinowi, jaki jest ich cel, jedynie, że spren go zna.

Khen weszła jako ostatnia. Potężna, muskularna kobieta tkwiła w wejściu, jakby chciała obserwować burzę. W końcu wzięła ich kule – większość z nich ukradli jemu – i zamknęła worek w okutej żelazem latarni na zewnętrznym murze. Gestem kazała Kaladinowi wejść, po czym ruszyła za nim i założyła zasuwę na drzwi.

– Dobrze sobie poradziłeś, człowieku – zwróciła się do niego. – Będę cię bronić, kiedy dotrzemy na zgromadzenie.

– Dziękuję.

W zewnętrzną ścianę bunkra uderzyła ściana burzy, aż zatrzęsły się kamienie, a sama ziemia zadrżała.

Parshmeni usiedli i czekali. Hesh sięgnęła do worków i krytycznym okiem obejrzała warzywa. Wcześniej pracowała w kuchni jednej z rezydencji.

Kaladin usiadł plecami do ściany, czując szalejącą na zewnątrz burzę. To dziwne, jak bardzo nienawidził łagodnego Płaczu, a jednak czuł dreszcz, kiedy słyszał grzmot za tą ścianą. Ta burza kilka razy bardzo starała się go zabić. Czuł z nią pokrewieństwo – ale zachowywał ostrożność. Była jak sierżant zbyt brutalnie szkolący rekrutów.

Burza napełni klejnoty na zewnątrz, nie tylko kule, ale i należące do niego większe klejnoty. Później będzie miał – to znaczy parshmeni będą mieli – zapas Burzowego Światła.

Musiał podjąć decyzję. Jak długo mógł zwlekać z powrotnym lotem na Strzaskane Równiny? Nawet gdyby musiał zatrzymać się w większym mieście, żeby wymienić bure kule na napełnione, pewnie zajęłoby mu to mniej niż dzień.

Muszę przynajmniej ukraść z powrotem łączotrzcinę i wysłać wiadomość do jasności Navani, pomyślał.

Coś zamigotało na skraju jego pola widzenia. Syl wróciła. Spojrzał w jej stronę z pytaniem na ustach i z trudem je powstrzymał, gdy uświadomił sobie swój błąd.

Spren obok niego emanował nie biało-niebieskim, ale żółtym blaskiem. Drobniutka kobieta stała na przezroczystym filarze ze złocistego kamienia, który unosił ją na wysokość oczu Kaladina. Podobnie jak sam spren, on również miał żółto-biały odcień serca płomienia.

Miała na sobie zwiewną suknię, która całkowicie zakrywała jej nogi. Przyglądała mu się z rękami za plecami. Jej twarz miała dziwny kształt – wąska, ale z wielkimi, dziecinnymi oczami. Jak u kogoś z Shinovaru.

Kaladin podskoczył, na co mały spren zareagował uśmiechem.

Udawaj, że nic nie wiesz o sprenach takich jak ona, pomyślał Kaladin.

– Yyy... no... ja cię widzę.

– Bo chcę, żeby tak było. Naprawdę jesteś dziwny.

– Dlaczego... dlaczego chcesz, żebym cię widział?

– Żebyśmy mogli porozmawiać. – Zaczęła go okrążać, a z każdym jej krokiem z ziemi wyrastał pal żółtego kamienia, by mogła postawić na nim bosą stopę. – Dlaczego wciąż tu jesteś, człowieku?

– Twoi parshmeni wzięli mnie do niewoli.

– Twoja matka nauczyła cię tak kłamać? – Wydawała się rozbawiona. – Oni mają mniej niż miesiąc. Gratuluję, że ich oszukałeś. – Zatrzymała się i uśmiechnęła do niego. – Ja mam odrobinę więcej niż miesiąc.

– Świat się zmienia. W kraju panuje chaos. Pewnie chcę zobaczyć, do czego to doprowadzi.

Wpatrywała się w niego. Na szczęście miał dobre usprawiedliwienie dla kropli potu, która spłynęła po jego twarzy. Rozmowa z dziwnie inteligentnym, emanującym żółtym blaskiem sprenem wytrąciłaby z równowagi każdego, nie tylko człowieka, który miał zbyt wiele do ukrycia.

– Walczyłbyś po naszej stronie, dezerterze? – spytała.

– A dostałbym pozwolenie?

– Mój gatunek nie jest aż tak skłonny do dyskryminacji, jak wasz. Jeśli umiesz trzymać włócznię i przyjmować rozkazy, ja z pewnością bym cię nie odpędziła. – Założyła ręce na piersi i uśmiechnęła się dziwnie znacząco. – Ale ostateczna decyzja nie należy do mnie. Jestem jedynie posłańcem.

– Kiedy będę wiedział na pewno?

– Gdy dotrzemy do celu.

– Który jest...?

– Dość blisko. A dlaczego pytasz? Jesteś gdzieś umówiony? Może na przystrzyżenie brody albo na obiad z babcią?

Kaladin przetarł twarz. Prawie udało mu się zapomnieć o włosach, które go łaskotały po bokach ust.

– Powiedz mi – spytała spren – skąd wiedziałeś, że dziś będzie arcyburza?

– Czułem w kościach.

– Ludzie nie czują burz, niezależnie od części ciała.

Wzruszył ramionami.

– Wydawało mi się, że to właściwa pora, skoro Płacz się skończył i w ogóle.

Nie skinęła głową ani w żaden sposób nie pokazała, co myśli o jego słowach. Po prostu cały czas uśmiechała się znacząco, aż w końcu się rozpłynęła.

24
MĘŻCZYŹNI KRWI I SMUTKU

Nie wątpię, że jesteście mądrzejsi ode mnie. Mogę jedynie zrelacjonować wydarzenia i swoje czyny, a później pozwolić wam na wyciągnięcie wniosków.

– Z przedmowy *Dawcy Przysięgi*

Dalinar pamiętał.

Na imię miała Evi. Była wysoka i smukła, o jasnożółtych włosach – nie złotych, jak u Irialich, ale i tak przykuwających wzrok.

Była cicha. Nieśmiała, jej brat tak samo, mimo że w akcie odwagi uciekli ze swojej ojczyzny. Przynieśli Pancerz Odprysku i...

Tyle powróciło w ciągu ostatnich kilku dni. Reszta wciąż się rozmywała. Pamiętał spotkanie z Evi, zaloty – niezręczne, bo oboje wiedzieli, że to związek z konieczności politycznej – i w końcu zaręczyny.

Nie pamiętał miłości, ale pamiętał pożądanie.

Te wspomnienia obudziły pytania, jak kremliki wyłażące po deszczu ze swoich norek. Ignorował je, stał sztywno wyprostowany z szeregiem strażników na polu przed Urithiru, znosząc przenikliwy wiatr z zachodu. Na szerokim płaskowyżu leżało kilka stert drewna, gdyż część tej przestrzeni miała w końcu zostać tartakiem.

Za jego plecami koniec sznura unosił się na wietrze, raz za razem uderzając w stertę drewna. Obok przeleciała para wiatrosprenów w postaci malutkich ludzików.

Dlaczego teraz przypomniałem sobie Evi? – zastanawiał się Dalinar. I dlaczego odzyskałem jedynie wspomnienia początków czasu, który spędziliśmy razem?

Zawsze pamiętał trudne lata po śmierci Evi, których kulminacją było jego upicie się i bezużyteczność tej nocy, kiedy Szeth, Skrytobójca w Bieli, zamordował jego brata. Zakładał, że udał się do Strażniczki Nocy, żeby pozbyć się cierpienia z powodu jej straty, a jako zapłatę spren zabrał wszystkie pozostałe wspomnienia. Nie był pewien, ale wydawało mu się to właściwe.

Umowy ze Strażniczką Nocy były podobno nieodwołalne. A czasem nawet niebezpieczne. Co takiego się właściwie z nim działo?

Dalinar spojrzał na zegarki przypięte do przedramienia. Pięć minut spóźnienia. Na burze. Nosił to coś zaledwie od kilku dni, a już odliczał minuty jak skryba.

Druga tarcza jego zegarka – która miała odliczać czas do następnej arcyburzy – wciąż nie została nakręcona. Samotna arcyburza przybyła – na szczęście – niosąc Burzowe Światło do napełnienia kul. Wydawało się, że minęło tak wiele czasu, od kiedy mieli go dosyć.

Jednakże musiała nadejść kolejna arcyburza, by skryby mogły zacząć zgadywać, jak wygląda obecny wzorzec. I tak mogły się mylić, gdyż Płacz trwał znacznie dłużej, niż powinien. Stulecia – tysiąclecia – starannych zapisków mogły się okazać nieaktualne.

Kiedyś samo to już by wystarczyło, by doprowadzić do katastrofy. Zmiana pór zasiewów i zbiorów, prowadząca do klęski głodu, utrudnienie podróży lądowych i morskich, zakłócenie handlu. Niestety, w obliczu Wiecznej Burzy i Pustkowców znajdowało się zaledwie na trzecim miejscu listy kataklizmów.

Znów uderzył go zimny wiatr. Za ich plecami wielki płaskowyż Urithiru otaczało dziesięć dużych podwyższeń, wysokich na dziesięć stóp, ze schodami biegnącymi obok rampy dla wozów. Pośrodku każdego znajdował się niewielki budynek, a w nim urządzenie, które...

Jasny błysk, a po nim ze środka drugiego podwyższenia po lewej popłynęła na zewnątrz fala Burzowego Światła. Kiedy Światło się rozpłynęło, Dalinar poprowadził swoją straż honorową szerokimi schodami na szczyt. Przeszli do budynku na środku, z którego właśnie wyszła niewielka grupka ludzi. Gapili się teraz na Urithiru, a otaczały ich podziwospreny.

Dalinar się uśmiechnął. Widok wieży szerokiej jak miasto i wysokiej jak niewielka góra... cóż, na całym świecie nie było niczego podobnego.

Na czele przybyłych stał mężczyzna w ciemnopomarańczowych szatach. Wiekowy, o życzliwej, starannie ogolonej twarzy, stał z odchyloną do tyłu głową i z otwartymi ustami wpatrywał się w miasto. W pobliżu stała kobieta o siwych włosach upiętych w kok. Adrotagia, główna skryba Kharbranthu.

Niektórzy sądzili, że to ona tak naprawdę rządzi, inni podejrzewali drugą skrybę, tę, którą pozostawili w mieście, by kierowała nim pod nieobecność króla. Ktokolwiek to był, zachowali Taravangiana jako figuranta – a Dalinar cieszył się, że może z nim współpracować, by dotrzeć do Jah Keved i Kharbranthu. Ten mężczyzna był przyjacielem Gavilara, Dalinarowi to wystarczało. I był bardziej niż zadowolony, że przynajmniej jeden z pozostałych monarchów zjawił się w Urithiru.

Taravangian uśmiechnął się do Dalinara i oblizał wargi. Wydawało się, że zapomniał, co chciał powiedzieć, i musiał spojrzeć pytająco na kobietę obok. Szepnęła coś, a on po tym przypomnieniu odezwał się głośno.

– Czarny Cierniu. Zaszczytem jest znów się z tobą spotkać. Minęło zbyt wiele czasu.

– Wasza Wysokość – odparł Dalinar. – Bardzo dziękuję za odpowiedź na moje wezwanie.

Dalinar przed laty kilka razy spotkał się z Taravangianem. Pamiętał mężczyznę o ukrytej, ale przenikliwej inteligencji.

To zniknęło. Taravangian zawsze był skromny i trzymał się na uboczu, więc większość nie miała pojęcia, że kiedyś był inteligentny – do czasu dziwnej choroby przed pięciu laty. Navani była przekonana, że jego świta starannie ukryła atak apopleksji, który na zawsze ograniczył jego zdolności umysłowe.

Adrotagia dotknęła ramienia Taravangiana i skinęła na kogoś stojącego ze strażnikami z Kharbranthu – jasnooką kobietę w średnim wieku, ubraną na południową modłę w spódnicę i bluzkę z rozpiętymi górnymi guzikami. Miała krótko przycięte włosy i nosiła rękawiczki na obu dłoniach.

Dziwna kobieta wyciągnęła prawą rękę nad głowę, a wtedy w jej dłoni pojawiło się Ostrze Odprysku. Oparła je płazem o ramię.

– Ach tak – powiedział Taravangian. – Przedstawianie się! Czarny Cierniu, to najnowszy Świetlisty Rycerz. Malata z Jah Keved.

***

Król Taravangian rozglądał się jak dziecko, kiedy jechali windą na szczyt wieży. Tak bardzo wychylił się przez krawędź, że jego potężny thayleński strażnik na wszelki wypadek położył dłoń na ramieniu króla.

– Tak wiele poziomów – powiedział Taravangian. – I ten balkon. Powiedz mi, oświecony, co sprawia, że się porusza?

Jego szczerość była niespodziewana. Dalinar tak wiele czasu spędził w otoczeniu alethyjskich polityków, że prawie zapomniał, czym jest uczciwość, jakby to był język, którym już się nie posługiwał.

– Moi inżynierowie wciąż badają windy – wyjaśnił Dalinar. – Wierzą, że to ma coś wspólnego ze sparowanymi fabrialami, a przekładnie regulują prędkość.

Taravangian zamrugał.

– Ach. To znaczy... chodzi o Burzowe Światło? A może ktoś gdzieś ciągnie? W Kharbranth mieliśmy od tego parshmenów.

– Burzowe Światło. Musieliśmy wymienić klejnoty na napełnione, żeby zaczęło działać.

– Ach.

Taravangian pokręcił głową i uśmiechnął się szeroko.

W Alethkarze ten mężczyzna z całą pewnością nie zachowałby władzy po ataku apopleksji. Pozbawieni skrupułów krewniacy usunęliby go przy pomocy skrytobójcy.

W innych rodzinach ktoś rzuciłby mu wyzwanie. Zostałby zmuszony do walki lub abdykacji.

Albo... cóż, ktoś mógłby pozbawić go władzy i zachowywać się jak król we wszystkim, poza tytułem. Dalinar westchnął cicho, ale zapanował nad poczuciem winy.

Taravangian nie był Alethyjczykiem. Kharbranth nie prowadziło wojen, więc łagodny, wzbudzający sympatię figurant miał więcej sensu. W końcu miasto z założenia miało być skromne i niegroźne. Jedynie kaprys losu sprawił, że po wojnie domowej Taravangian został królem Jah Keved, niegdyś jednego z najpotężniejszych królestw Rosharu.

W normalnej sytuacji miałby problem z utrzymaniem tego tronu, ale może Dalinar samą swoją obecnością mógłby udzielić mu trochę wsparcia – lub przynajmniej autorytetu. Z pewnością zamierzał zrobić wszystko, co mógł.

– Wasza Wysokość. – Dalinar przybliżył się do Taravangiana. – Jak dobrze strzeżony jest Vedenar? Wielu moich żołnierzy ma za dużo wolnego. Mógłbym swobodnie oddać batalion albo dwa, by zabezpieczyć miasto. Nie możemy pozwolić, by Brama Przysięgi znalazła się w rękach wroga.

Taravangian spojrzał na Adrotagię.

Odpowiedziała w jego imieniu.

– Miasto jest bezpieczne, oświecony. Nie musicie się obawiać. Parshmeni przypuścili jeden atak, ale wciąż mamy do dyspozycji wiele vedeńskich oddziałów. Odpędzili wrogów, którzy wycofali się na wschód.

W stronę Alethkaru, pomyślał Dalinar.

Taravangian znów spojrzał w głąb szerokiego centralnego szybu oświetlonego blaskiem wpadającym przez wschodnie okno.

– Ach, jakże żałuję, że ten dzień nadszedł.

– Brzmisz, jakbyś się go spodziewał, Wasza Wysokość – zauważył Dalinar.

Taravangian zaśmiał się cicho.

– A ty nie? To znaczy spodziewasz się smutku? Żalu... straty...

– Próbuję nie sięgać zbyt daleko w przyszłość. To żołnierski sposób. Zająć się problemami dnia dzisiejszego, pójść spać, a problemami jutra zająć się jutro.

Taravangian przytaknął.

– Pamiętam, jak w dzieciństwie słuchałem żarliwca modlącego się w moim imieniu do Wszechmocnego, obok płonęły glify strażnicze. I pamiętam, że myślałem... z pewnością nie pozostawiliśmy smutków za sobą. Z pewnością zło wcale się nie skończyło. Gdyby tak się stało, czy nie powrócilibyśmy do Sal Spokoju? – Spojrzał na Dalinara, a w bladoszarych oczach, co zadziwiające, miał łzy. – Wątpię, byśmy obaj byli przeznaczeni do tak wspaniałego miejsca. Mężczyźni krwi i smutku nie dostają takiego końca, Dalinarze Kholinie.

Dalinar odkrył, że nie umie na to odpowiedzieć. Adrotagia pocieszająco ścisnęła ramię Taravangiana, a wtedy stary król się odwrócił, ukrywając emocje. Cokolwiek wydarzyło się w Vedenarze, musiało głęboko go poruszyć – śmierć poprzedniego króla, pole rzezi.

Resztę drogi przebyli w milczeniu, a Dalinar wykorzystał tę okazję, by przyjrzeć się Mocowiązcy Taravangiana. To ona otworzyła – a później aktywowała – vedeńską Bramę Przysięgi, co udało się jej po uzyskaniu dokładnych wskazówek od Navani. Teraz kobieta, Malata, opierała się swobodnie o ścianę balkonu. Nie odzywała się wiele podczas spaceru przez najniższe trzy poziomy, a kiedy patrzyła na Dalinara, na jej twarzy malował się ślad uśmiechu.

W kieszeni spódnicy nosiła bogactwo kul – blask prześwitywał przez tkaninę. Może dlatego się uśmiechała. On sam czuł ulgę, że znów ma pod ręką Światło – i to nie tylko dlatego, że alethyjscy Dusznicy mogli wrócić do pracy, wykorzystując szmaragdy, by przeobrażać kamienie w ziarno i karmić głodnych mieszkańców wieży.

Navani czekała na nich na najwyższym poziomie, wyglądała doskonale w bogato zdobionej czarno-złotej havah. Włosy upięła w kok szpilkami przypominającymi stylizowane Ostrza Odprysku. Ciepło przywitała Taravangiana i uścisnęła dłoń Adrotagii. Później cofnęła się i pozwoliła, by Teshav zaprowadziła Taravangiana i jego niewielki orszak do miejsca, które nazwali Salą Inicjacji.

Navani odciągnęła Dalinara na bok.

– I jak? – szepnęła.

– Jest szczery jak zawsze – odparł cicho Dalinar. – Ale...

– Tępy?

– Kochana, tępy to ja jestem. On stał się idiotą.

– Nie jesteś tępy, Dalinarze. Tylko szorstki. Praktyczny.

– Nie mam złudzeń co do grubości swojej czaszki, serce klejnotu. Wiele razy czerpałem z tego korzyść... lepsza głowa tępa niż pęknięta. Ale nie wiem, czy Taravangian w obecnym stanie się nam przyda.

– Phi! Mamy w otoczeniu dość bystrych ludzi, Dalinarze. Przez cały czas rządów twojego brata Taravangian był przyjacielem Alethkaru i drobna choroba nie powinna zmienić sposobu, w jaki go traktujemy.

– Masz oczywiście rację. – Umilkł. – Jest w nim powaga, Navani. I melancholia, której nie pamiętałem. Zawsze w nim była?

– Właściwie tak.

Spojrzała na własny zegarek na ramieniu, przypominający jego własny, choć z większą liczbą klejnotów. Jakiś nowy fabrial, nad którym pracowała.

– Jakieś wieści od kapitana Kaladina?

Potrząsnęła głową. Minęło wiele dni od czasu, gdy odezwał się po raz ostatni, ale pewnie skończyły mu się napełnione rubiny. Teraz, po powrocie arcyburzy, spodziewali się wieści.

W sali Teshav wskazywała na różne kolumny, z których każda oznaczała jeden z zakonów Świetlistych Rycerzy. Dalinar i Navani czekali w wejściu oddzieleni od pozostałych.

– A co z Mocowiązcą? – szepnęła Navani.

– Wyzwalacz. Pyłowiec, choć oni nie lubią tego określenia. Twierdzi, że jej spren jej to powiedział. – Podrapał się po brodzie. – Nie podoba mi się jej uśmiech.

– Jeśli naprawdę jest Świetlistą, czy może nie być godna zaufania?

Kolejne pytanie, na które nie znał odpowiedzi. Musiał sprawdzić, czy jej Ostrze Odprysku rzeczywiście nim jest, czy też może tak naprawdę to kolejne Ostrze Honoru.

Grupka zeszła po schodach w stronę sali spotkań, która zajmowała większość przedostatniego poziomu i opadała ku kondygnacji niżej. Dalinar i Navani ruszyli powoli za nimi.

Navani, pomyślał. U mojego boku. Wciąż czuł się nierealnie. Jakby to była jedna z jego wizji. Wyraźnie pamiętał, jak jej pragnął. Myślał o niej urzeczony sposobem, w jaki mówiła, rzeczami, które wiedziała, widokiem jej dłoni, kiedy rysowała – albo, na burze, robiła coś tak prostego jak unoszenie łyżki do ust. Pamiętał, że się na nią gapił.

Pamiętał jeden szczególny dzień na polu bitwy, kiedy niemal pozwolił, by zazdrość o brata zaprowadziła go zbyt daleko – i ze zdziwieniem poczuł, że Evi wślizguje się w to wspomnienie. Jej obecność zabarwiała stare, zaskorupiałe wspomnienie tych dni wojny, którą prowadził wraz z bratem.

– Pamięć wciąż mi wraca – powiedział cicho, gdy zatrzymali się w wejściu do sali narad. – Mogę tylko zakładać, że w końcu powróci w całości.

– Nie powinno się tak dziać.

– Też tak sądziłem. Ale kto może wiedzieć? Stara Magia jest podobno nieprzenikniona.

– Nie. – Navani założyła ręce na piersi i zrobiła surową minę, jakby była zła na uparte dziecko. – W każdym przypadku, który sprawdziłam, łaska i przekleństwo trwały aż do śmierci.

– W każdym przypadku? Ile ich znalazłaś?

– Do tej pory około trzystu. Czas badaczek z Palanaeum jest bardzo cenny, bo cały świat domaga się badań na temat Pustkowców. Na szczęście nadchodząca wizyta Jego Wysokości sprawiła, że zyskałam pewne dodatkowe względy, a miałam jeszcze kredyt. Mówią, że najlepiej odwiedzać to miejsce osobiście... przynajmniej tak zawsze powtarzała Jasnah...

Odetchnęła głęboko i uspokoiła się, zanim znów się odezwała.

– Tak czy inaczej, Dalinarze, wyniki badań są jednoznaczne. Nie udało się nam odnaleźć ani jednego przypadku, w którym skutki działania Starej Magii ustąpiłyby... a ludzie przez stulecia podejmowali wiele prób. Opowieści o ludziach radzących sobie ze swoimi przekleństwami i szukających lekarstwa na nie to praktycznie osobny gatunek. Jak powiedziała moja badaczka „Przekleństwa Starej Magii to nie kac, jasności".

Podniosła wzrok na Dalinara i musiała zobaczyć uczucia na jego twarzy, bo przechyliła głowę.

– O co chodzi?

– Nigdy wcześniej z nikim nie dzieliłem tego ciężaru – odparł cicho. – Dziękuję.

– Niczego nie znalazłam.

– Nieważne.

– Mógłbyś przynajmniej potwierdzić z Ojcem Burz, że jego więź z tobą absolutnie i z całą pewnością nie doprowadziła do powrotu wspomnień.

– Zobaczę.

Ojciec Burz zadudnił. *Dlaczego ona chce, żebym powiedział coś więcej? Mówiłem już, a spreny nie zmieniają się jak ludzie. To nie moje dzieło. To nie więź.*

– Mówi, że to nie on. Jest... zirytowany na ciebie, że znów spytałaś.

Wciąż trzymała ręce założone na piersi. Tę cechę dzieliła z córką – charakterystyczną frustrację problemami, których nie umiała rozwiązać. Jakby była rozczarowana, że fakty nie ułożyły się w bardziej pomocny sposób.

– Może twoja umowa w jakiś sposób się różniła. Gdybyś mógł mi kiedyś opowiedzieć o swoich odwiedzinach, ze wszystkimi szczegółami, które pamiętasz, porównałabym to z innymi relacjami.

Potrząsnął głową.

– Nie było tego wiele. W Dolinie jest mnóstwo roślin. I... pamiętam... poprosiłem, by zabrała mój ból, a ona wzięła również wspomnienia. Tak sądzę. – Wzruszył ramionami i wtedy zauważył, że Navani zaciska wargi, a jej spojrzenie się wyostrza. – Przepraszam. Ja...

– Nie chodzi o ciebie, tylko o Strażniczkę Nocy. Zaproponowała ci umowę, kiedy pewnie byłeś zbyt zrozpaczony, by rozsądnie myśleć, a później wymazała wspomnienia jej szczegółów?

– Jest sprenem. Nie możemy się spodziewać, że będzie postępowała zgodnie z naszymi zasadami... czy w ogóle je pojmowała.

Żałował, że nie może powiedzieć więcej, ale nawet gdyby udało mu się coś wydobyć z pamięci, to nie była właściwa chwila. Powinni skupiać się na gościach.

Teshav kończyła właśnie pokazywać dziwne szklane płyty na wewnętrznych ścianach, które przypominały okna, ale zamglone. Przeszła do pary dysków na podłodze i sklepieniu wyglądających jak baza i głowica kolumny, którą usunięto – napotkali je również w niektórych odkrytych komnatach.

Później Taravangian i Adrotagia wrócili na górę i stanęli w pobliżu okna. Nowa Świetlista, Malata, usiadła wygodnie na miejscu obok umieszczonej na ścianie pieczęci Pyłowców i wpatrywała się w nią.

Dalinar i Navani wspięli się po schodach, by dołączyć do Taravangiana.

– Zapiera dech w piersi, czyż nie? – spytał Dalinar. – Widok jest jeszcze lepszy niż z windy.

– Przytłaczający. Tak wielka przestrzeń. Uważamy... uważamy, że jesteśmy najważniejszymi rzeczami na Rosharze. A jednak tak wielka część Rosharu jest nas pozbawiona.

Dalinar przechylił głowę. Tak... być może część starego Taravangiana wciąż się tam kryła.

– Czy to tu chcecie, żebyśmy się spotkali? – Adrotagia wskazała na salę. – Kiedy zbierzecie wszystkich monarchów, czy to będzie nasza sala narad?

– Nie. Za bardzo przypomina salę wykładową. Nie chcę, by władcy czuli, że ktoś próbuje ich nauczać.

– A... kiedy oni przybędą? – spytał Taravangian z nadzieją w głosie. – Nie mogę się doczekać spotkania z pozostałymi. Król Aziru... mówiłaś mi chyba, że mają nowego, Adrotagio? Znam królową Fen... jest bardzo miła. Czy zaprosimy Shinów? Są bardzo tajemniczy. W ogóle mają króla? Czy oni nie żyją podzieleni na plemiona? Jak barbarzyńscy Maraci?

Adrotagia z sympatią poklepała go po ramieniu, ale popatrzyła na Dalinara wyraźnie zainteresowana innymi monarchami.

Dalinar odchrząknął, ale to Navani się odezwała.

– Jak na razie, Wasza Wysokość, jedynie wy odpowiedzieliście na nasze ostrzeżenie.

Zapanowała cisza.

– Thaylenah? – spytała Adrotagia z nadzieją w głosie.

– Rozmawialiśmy z nimi przy pięciu różnych okazjach. Za każdym razem królowa wymijająco potraktowała nasze prośby. Azir był jeszcze bardziej uparty.

– Iri od razu nas odprawiło – dodał Dalinar z westchnieniem. – Ani Marabethia, ani Rira nie odpowiedziały na pierwszą prośbę. Wyspy Reshi nie mają rządu jako takiego, podobnie niektóre z państw centralnych. Najstarszy Babatharnamu odniósł się z rezerwą, a większość państw Makabaków sugeruje, że czekają na decyzję Aziru. Shinowie wysłali jedynie krótką odpowiedź z gratulacjami, cokolwiek to znaczy.

– Nienawistny lud – powiedział Taravangian. – Zabili tak wielu wartościowych monarchów!

– No tak. – Dalinar poczuł się niezręcznie z nagłą zmianą nastawienia króla. – Skupialiśmy się głównie na miejscach z Bramami Przysięgi, z przyczyn strategicznych. Azir, Thaylen i Iri wydają się najważniejsze. Jednak zwracaliśmy się do wszystkich, niezależnie od Bram. Nowy Natanan na razie zachowuje rezerwę, a Herdazowie sądzą, że chcę ich oszukać. Skrybowie z Tukaru ciągle twierdzą, że przekażą moje słowa swojemu bogu-królowi.

Navani odchrząknęła.

– Właściwie to dostaliśmy od niego odpowiedź, całkiem niedawno. Podopieczna Teshav pilnowała łączotrzcin. Wiadomość nie jest do końca zachęcająca.

– I tak chciałbym ją usłyszeć.

Przytaknęła i poszła odebrać ją od Teshav. Adrotagia spojrzała pytająco na Dalinara, ale on ich nie odprawił. Chciał, by czuli, że są częścią sojuszu, a ich spostrzeżenia mogły się okazać pomocne.

Navani wróciła z pojedynczym arkuszem papieru. Dalinar nie mógł odczytać pisma, ale wydawało się zamaszyste i potężne – władcze.

– „Ostrzeżenie" – przeczytała Navani – „od Tezima Wielkiego, ostatniego i pierwszego człowieka, Herolda Heroldów i nosiciela Przysięgi. Chwała niech będzie jego wielkości, nieśmiertelności i mocy. Podnieście głowy i słuchajcie, ludzie ze wschodu, proklamacji waszego Boga".

– „Nie ma Świetlistych poza nim. Wasze żałosne twierdzenia wzbudzają jego furię, a bezprawne zdobycie przez was jego świętego miasta to akt buntu, zepsucia i niegodziwości. Otwórzcie bramy, ludzie wschodu, jego prawym żołnierzom i oddajcie mu swoje łupy".

– „Wyrzeknijcie się swoich absurdalnych roszczeń i złóżcie mu przysięgę. Sąd ostatecznej burzy nadszedł, by zniszczyć wszystkich ludzi, i tylko jego ścieżka prowadzi do wybawienia. On zniżył się do wysłania wam tej jednej wiadomości i nie wypowie się powtórnie. Nawet to znacznie wykracza poza wasze cielesne natury".

Opuściła papier.

– No, no – powiedziała Adrotagia. – Przynajmniej wszystko jest jasne.

Taravangian drapał się po brodzie i marszczył czoło, jakby w ogóle nie zgadzał się z tym stwierdzeniem.

– Pewnie możemy skreślić Tukarów z listy potencjalnych sojuszników – mruknął Dalinar.

– I tak wolałabym Emulów – stwierdziła Navani. – Ich żołnierze są może mniej wyszkoleni, ale też... cóż, nie są szaleńcami.

– Czyli... jesteśmy sami?

Taravangian z wyraźną niepewnością przeniósł wzrok z Dalinara na Adrotagię.

– Jesteśmy sami, Wasza Wysokość – potwierdził Dalinar. – Nadszedł koniec świata, a i tak nikt nie słucha.

Stary władca pokiwał głową.

– Gdzie atakujemy najpierw? Herdaz? Moi doradcy mówią mi, że to tradycyjny pierwszy krok w alethyjskiej agresji, ale wskazują również, że gdyby udało się wam zdobyć Thaylenah, zapanowalibyście w całości nad Cieśninami, a nawet nad Głębiami.

Dalinar słuchał tych słów z rosnącą konsternacją. Takie było oczywiste założenie. Tak jasne, że nawet ograniczony Taravangian to dostrzegał. Co jeszcze można było pomyśleć o Alethkarze proponującym sojusz? Alethkar, wielcy zdobywcy? Prowadzeni przez Czarnego Ciernia, człowieka, który mieczem zjednoczył własne królestwo?

To podejrzenie plamiło każdą rozmowę z innymi monarchami. Na burze, pomyślał. Taravangian nie przybył, bo uwierzył w mój wielki sojusz. Zakładał, że jeśli tego nie zrobi, nie poślę armii do Herdazu czy Thaylenahu – wyślę ją do Jah Keved.

– Nikogo nie zaatakujemy – powiedział głośno. – Skupiamy się na Pustkowcach, prawdziwym wrogu. Zdobędziemy inne królestwa dzięki dyplomacji.

Taravangian zmarszczył czoło.

– Ale...

Adrotagia dotknęła jego ramienia i uciszyła go.

– Oczywiście, oświecony – zwróciła się do Dalinara. – Rozumiemy.

Sądziła, że kłamał.

A kłamiesz?

Co by zrobił, gdyby nikt go nie słuchał? Jak ocaliłby Roshar bez Bram Przysięgi? Bez zasobów?

Jeśli nasz plan odzyskania Kholinaru się powiedzie, pomyślał, czy nie miałoby sensu zdobycie pozostałych bram w ten sam sposób? Nikt nie mógłby walczyć jednocześnie przeciwko nam i Pustkowcom. Moglibyśmy zdobyć ich stolice i zmusić ich – dla ich własnego dobra – by dołączyli do naszego zjednoczonego wysiłku wojennego.

Był gotów podbić Alethkar dla jego własnego dobra. Był gotów zdobyć władzę królewską we wszystkim poza nazwą, ponownie dla dobra swoich poddanych.

Jak daleko posunąłby się dla dobra Rosharu? Jak daleko by się posunął, by przygotować ich na nadejście tego wroga? Czempiona o dziewięciu cieniach?

Będę łączył, zamiast dzielić.

Odkrył, że stoi przy tym oknie obok Taravangiana i spogląda ponad górami, a jego wspomnienia Evi niosą ze sobą świeżą i niebezpieczną perspektywę.

25

DZIEWCZYNKA, KTÓRA PODNIOSŁA WZROK

Wyznam wam swoje zbrodnie. Co najbardziej bolesne, zabiłem kogoś, kto bardzo mnie kochał.

– Z przedmowy *Dawcy Przysięgi*

Wieża Urithiru była szkieletem, a warstwy pod palcami Shallan żyłami, które owijały się wokół kości, dzieląc się i rozchodząc po całym ciele. Ale co niosły te żyły? Nie krew.

Prześlizgiwała się korytarzami na trzecim poziomie, wnętrznościami, z dala od cywilizacji, mijając otwory drzwiowe bez drzwi i komnaty bez mieszkańców.

Ludzie zamykali się ze swoim światłem, mówiąc sobie, że podbili tego wielkiego starożytnego behemota. Ale to wszystko były przyczółki w ciemności. Wiecznej, czekającej ciemności. Te korytarze nigdy nie widziały słonecznego blasku. Burze, które szalały nad Rosharem, nigdy ich nie dotknęły. To było miejsce niekończącego się bezruchu i ludzie nie mogli twierdzić, że je zdobyli, podobnie jak kremliki nie mogły twierdzić, że zdobyły głaz, pod którym się ukrywały.

Złamała rozkazy Dalinara, by wszyscy poruszali się parami. Nie przejmowała się. Jej torbę i bezpieczną sakiewkę wypychały świeże kule napełnione w arcyburzy. Czuła się żarłoczna, gdy nosiła ich tak wiele i wdychała Światło, kiedy tylko miała ochotę. Dopóki miała to Światło, była bezpieczniejsza niż ktokolwiek.

Włożyła ubranie Woal, ale jeszcze nie jej twarz. Tak naprawdę nie prowadziła śledztwa, choć tworzyła mentalną mapę. Chciała po prostu być w tym miejscu i go doznawać. Nie dało się go pojąć, ale być może uda się je poczuć.

Jasnah całymi latami szukała tego mitycznego miasta i informacji, które jej zdaniem się w nim znajdowały. Navani opowiadała o starożytnych technologiach, które to miejsce musiało ukrywać. Jak na razie się rozczarowała. Zachwyciła się Bramami Przysięgi, była pod wrażeniem systemu wind. I tyle. Żadnych majestatycznych fabriali z przeszłości, żadnych diagramów opisujących utracone technologie. Żadnych ksiąg ani w ogóle pisma. Tylko pył.

I ciemność, pomyślała Shallan, mijając okrągłą salę z korytarzami prowadzącymi w siedem różnych stron. Czuła niewłaściwość, o której mówił Mraize. Poczuła ją w chwili, gdy próbowała narysować to miejsce. Urithiru było jak niemożliwe geometrie kształtów Wzoru. Niewidzialne, a jednak drażniące jak fałszywy dźwięk.

Wybrała przypadkowy kierunek i ruszyła dalej, aż znalazła się w korytarzu tak wąskim, że mogła muskać obie jego ściany palcami. Warstwy były tu lekko szmaragdowe, w kolorze obcym dla kamienia. Sto odcieni niewłaściwości.

Minęła kilka niewielkich komnat, zanim trafiła do znacznie większej sali. Weszła do środka i podniosła swoje źródło światła, diamentowy broam. Znajdowała się na podwyższeniu z przodu dużego pomieszczenia z zaokrąglonymi ścianami i rzędami kamiennych... ławek?

Teatr, pomyślała. A ja weszłam na scenę. Tak, widziała kształt balkonu powyżej. Tego rodzaju sale uderzały ją swoim ludzkim charakterem. Wszystko inne w tym miejscu było tak puste i jałowe. Niekończące się komnaty, korytarze i jaskinie. Na podłogach jedynie pojedyncze pozostałości cywilizacji, w rodzaju zardzewiałych zawiasów czy starej klamry buta. Rozkładospreny, które trzymały się starożytnych drzwi jak pąkle.

Teatr był bardziej realny. Bardziej żywy, mimo upływu całych epok. Weszła na środek i obróciła się na pięcie, pozwalając, by płaszcz Woal załopotał wokół niej.

– Zawsze sobie wyobrażałam, że znajdę się na jednej z nich. Kiedy byłam dzieckiem, aktorstwo wydawało mi się najwspanialszym z zawodów. Wydostać się z domu, podróżować do nowych miejsc. – Nie musieć być sobą choć przez krótki czas każdego dnia.

Wzór zabrzęczał i odepchnął się od jej płaszcza, by zawisnąć nad sceną w trzech wymiarach.

– Co to?

– Scena dla koncertów albo sztuk.

– Sztuk?

– Spodobałyby ci się. Grupa ludzi, każdy udaje, że jest kimś innym, i razem opowiadają historię. – Zeszła po schodach z boku i ruszyła między ławkami. – A widownia tutaj patrzy.

Wzór unosił się pośrodku sceny, jak solista.

– Ach... Grupowe kłamstwo?

– Cudowne, cudowne kłamstwo. – Shallan usiadła na ławce, obok siebie położyła torbę Woal. – Czas, kiedy wszyscy ludzie wspólnie coś sobie wyobrażają.

– Chciałbym zobaczyć jedną z nich. Mógłbym zrozumieć ludzi... mmmm... przez kłamstwa, które chcą, żeby im opowiadano.

Shallan zamknęła oczy i uśmiechnęła się, przypominając sobie, kiedy po raz ostatni widziała sztukę w domu ojca. Wędrowna dziecięca trupa przybyła, by ją zabawić.

Zebrała Wspomnienia do swojej kolekcji... ale one oczywiście zatonęły na dnie oceanu.

– Dziewczynka, która podniosła wzrok – szepnęła.

– Co? – spytał Wzór.

Shallan otworzyła oczy i wypuściła Burzowe Światło. Nie narysowała tej sceny, więc wykorzystała, co miała pod ręką – portret dziewczynki z targowiska. Radosna i szczęśliwa, zbyt mała, by zasłaniać bezpieczną dłoń. Dziewczynka pojawiła się z Burzowego Światła i wspięła się po schodach, po czym złożyła ukłon Wzorowi.

– Była sobie raz dziewczynka – powiedziała Shallan. – Działo się to w czasach przed burzami, przed wspomnieniami i przed legendami... ale dziewczynka była. Nosiła długi szal, który unosił się na wietrze.

Wokół szyi dziewczynki wyrósł jaskrawoczerwony szal, jego bliźniacze końce unosiły się daleko za nią i łopotały na widmowym wietrze. Aktorzy używali sznurków spuszczonych z góry, by sprawić, że szal unosił się za dziewczynką. Wyglądało to tak realnie.

– Dziewczynka w szalu bawiła się i tańczyła, jak to po dziś dzień robią dziewczynki. – Shallan sprawiła, że dziewczynka zaczęła podskakiwać wokół Wzoru. – Właściwie większość rzeczy była wtedy taka sama jak teraz. Z wyjątkiem jednej wielkiej różnicy. Muru.

Shallan opróżniła wielką liczbę kul z torby i ozdobiła scenę trawą i pnączami ze swojej ojczyzny. Z tyłu sceny wyrósł mur, jak go sobie wyobrażała. Wysoki i przerażający, sięgający do księżyców. Zasłaniający niebo i sprawiający, że na wszystko wokół dziewczynki padał cień.

Dziewczynka podeszła do niego i podniosła wzrok, próbując dojrzeć szczyt.

– Widzisz, w tamtych czasach mur powstrzymywał burze. Istniał od tak dawna, że nikt nie wiedział, jak został wybudowany. To im nie przeszkadzało. Po co się zastanawiać, kiedy zaczęły się góry albo dlaczego wznosi się wysoko? Mur istniał tak samo, jak istniały tamte rzeczy.

Dziewczynka tańczyła w cieniu, a ze Światła Shallan powstali inni ludzie. Każdy był osobą z jej rysunków. Vathah, Gaz, Palona, Sebarial. Pracowali jako rolnicy lub praczki, ze spuszczonymi głowami wykonywali swoje obowiązki. Tylko dziewczynka podniosła wzrok na ten mur, a szal falował za jej plecami.

Podeszła do mężczyzny, stojącego za niewielkim wózkiem z owocami, który miał twarz Kaladina Burzą Błogosławionego.

– Dlaczego jest mur? – spytała własnym głosem mężczyznę sprzedającego owoce.

– Żeby powstrzymać złe rzeczy – odparł.

– Jakie złe rzeczy?

– Bardzo złe rzeczy. Jest mur. Nie wychodź za niego, zginiesz.

Sprzedawca owoców chwycił wózek i odszedł. A dziewczynka wciąż podnosiła wzrok na mur. Wzór unosił się obok niej i brzęczał z zadowoleniem.

– Dlaczego jest mur? – spytała kobietę karmiącą dziecko, która miała twarz Palony.

– Żeby nas chronić – odparła kobieta.

– Chronić nas przed czym?

– Przed bardzo złymi rzeczami. Jest mur. Nie wychodź za niego, bo zginiesz.

Kobieta zabrała dziecko i odeszła.

Dziewczynka wspięła się na drzewo i wyjrzała z jego korony, a szal nadal za nią falował.

– Dlaczego jest mur?! – zawołała do chłopaka śpiącego w zgięciu konaru.

– Jaki mur? – spytał chłopak.

Dziewczynka pokazała na mur.

– To nie mur – odparł sennie chłopak. Shallan dała mu twarz jednego z mostowych, Herdaza. – Tak po prostu wygląda niebo z tamtej strony.

– To mur – powtórzyła dziewczynka. – Wielki mur.

– Musi tam być z jakiegoś powodu. Tak, to mur. Nie wychodź za niego, bo najpewniej zginiesz.

– Cóż – mówiła dalej Shallan z widowni – te odpowiedzi nie zadowoliły dziewczynki, która podniosła wzrok. Powiedziała sobie, że skoro mur powstrzymywał złe rzeczy, to przestrzeń po tej stronie powinna być bezpieczna.

– I dlatego pewnej nocy, kiedy reszta wioski spała, wyślizgnęła się z domu z tobołkiem zapasów. Ruszyła w stronę muru i ziemia rzeczywiście była bezpieczna. Ale też ciemna. Ciągle w cieniu muru. Słoneczny blask nigdy nie docierał bezpośrednio do ludzi.

Shallan sprawiła, że iluzja zaczęła się przesuwać, jak sceneria na zwoju, z którego korzystali aktorzy. Tyle tylko, że o wiele bardziej realistyczna. Pomalowała sklepienie światłem i kiedy patrzyła w górę, wydawało się, że widzi jedynie nieskończone niebo – zdominowane przez ten mur.

To... o wiele obszerniejsze niż wszystko, co robiłam wcześniej, pomyślała zaskoczona. Wokół niej na ławkach pojawiły się tworzeniospreny w postaci starych haczyków i gałek drzwi, przetaczających się i kołyszących.

Cóż, w końcu Dalinar kazał jej ćwiczyć...

– Dziewczynka długo wędrowała. – Shallan znów przeniosła wzrok na scenę. – Nie polowały na nią żadne drapieżniki i nie atakowały jej żadne burze. Jedynym wiatrem był przyjemny podmuch, który bawił się jej szalem, a jedynymi istotami, które widziała, kremliki, które trzaskały szczypcami na jej widok. W końcu dziewczynka w szalu stanęła przed murem. Był naprawdę ogromny, rozciągał się jak okiem sięgnąć w obu kierunkach. A Jego Wysokość! Sięgał niemal do Sal Spokoju!

Shallan wstała i weszła na scenę, znalazła się na innej ziemi – obraz płodności, pędów, drzew i trawy, nad którym dominował ten straszliwy mur. Ze ściany wyrastały najeżone kępy szpikulców.

Nie narysowałam tej sceny. A przynajmniej... nie ostatnio, pomyślała.

Rysowała ją w młodości, ze szczegółami, gdy przelewała na papier swoje fantazje.

– Co się stało? – spytał Wzór. – Shallan? Muszę wiedzieć, co się stało. Zawróciła?

– Oczywiście, że nie zawróciła. Wspinała się. Na ścianie były wyrostki, takie jak te szpikulce albo skulone, paskudne rzeźby. A ona przez całe dzieciństwo wspinała się na najwyższe drzewa. Umiała to robić.

Dziewczynka zaczęła się wspinać. Czy jej włosy były białe, kiedy zaczynała? Shallan zmarszczyła czoło.

Sprawiła, że podstawa muru zapadła się w scenę, więc choć dziewczynka wspinała się coraz wyżej, wciąż sięgała Shallan i Wzorowi do piersi.

– Wspinaczka trwała wiele dni. – Shallan uniosła dłoń do głowy. – W nocy dziewczynka, która podniosła wzrok, układała się w hamaku z szala i tak spała. Pewnego razu zobaczyła swoją wioskę i stwierdziła, że z tej wysokości wydaje się bardzo mała.

– Kiedy dotarła na szczyt, w końcu zaczęła się bać tego, co znajdzie po drugiej stronie. Niestety, ten strach jej nie powstrzymał. Była młoda, a pytania dręczyły ją bardziej niż strach. Dlatego w końcu dotarła na sam szczyt i wstała, by popatrzeć na drugą stronę. Ukrytą stronę...

Shallan się zakrztusiła. Pamiętała, jak siedziała na samym brzeżku krzesła i słuchała tej historii. W dzieciństwie, kiedy chwile takie jak oglądanie aktorów były jedynymi jasnymi punktami jej życia.

Zbyt wiele wspomnień ojca i matki, która uwielbiała opowiadać jej historie. Próbowała odepchnąć od siebie te wspomnienia, ale one nie chciały odejść.

Odwróciła się. Jej Burzowe Światło... Zużyła prawie wszystko, co zaczerpnęła z torby. Na ławach obserwował ją tłum ciemnych postaci. Bezokich, właściwie cieni ludzi z przeszłości. Zarys ojca, matki, braci i dziesiątek innych. Nie mogła ich stworzyć, bo nie narysowała ich właściwie. A przynajmniej od czasu, gdy utraciła swoją kolekcję...

Dziewczynka tymczasem stała triumfalnie na szczycie muru, jej szale i białe włosy falowały na nagłym podmuchu wiatru. Wzór zabrzęczał.

– ...a po tej stronie muru – szepnęła Shallan – dziewczynka zobaczyła schody.

Tylną stronę muru przecinały biegnące zakosami ogromne schody prowadzące na ziemię, jakże odległą.

– Co... co to znaczy? – spytał Wzór.

– Dziewczynka patrzyła na te stopnie – szeptała Shallan, przypominając sobie – i nagle paskudne figury po jej stronie muru nabrały sensu. Włócznie. Sposób, w jaki na wszystko padał jego cień. Mur rzeczywiście ukrywał coś złego, coś przerażającego. Tym czymś byli ludzie, tacy jak dziewczynka i jej wioska.

Iluzja wokół niej zaczęła się rozpadać. Była dla niej zbyt ambitna i wyczerpała ją. Serce Shallan zabiło szybciej. Pozwoliła, by mur się rozpłynął, i odzyskała jego Burzowe Światło. Zniknął krajobraz, a później sama dziewczynka. Z tyłu cieniste postacie na ławkach zaczęły wyparowywać. Burzowe Światło płynęło z powrotem do Shallan, podsycając wewnętrzny ogień.

– I tak się to skończyło? – spytał Wzór.

– Nie – odparła Shallan, a z jej ust płynęło Burzowe Światło. – Zeszła na dół i zobaczyła doskonałe społeczeństwo oświetlane Burzowym Światłem. Ukradła trochę i przyniosła je z powrotem. Za karę nadeszły burze i obaliły mur.

– Ach... – Wzór unosił się obok niej na scenie. – Czyli tak zaczęły się burze?

– Oczywiście, że nie. – Shallan czuła się zmęczona. – To kłamstwo, Wzorze. Opowieść. Nic nie znaczy.

– To dlaczego płaczesz?

Otarła oczy i odwróciła się od pustej sceny. Musiała wrócić na targowisko.

Na ławkach ostatni widmowi widzowie zniknęli. Wszyscy poza jednym, który wstał i wyszedł tylnym wyjściem teatru. Shallan patrzyła za nim wstrząśnięta.

Ta postać nie była jedną z jej iluzji.

Zeskoczyła ze sceny – wylądowała twardo, z łopotem płaszcza Woal – i pobiegła za postacią. Trzymała w sobie resztę Burzowego Światła, przypominającego pulsującą, gwałtowną burzę. Wypadła na korytarz na zewnątrz, ciesząc się z mocnych butów i prostych spodni.

Coś cienistego poruszało się korytarzem. Shallan ruszyła w pogoń, krzywiąc wargi w szyderczym grymasie, i pozwoliła, by Burzowe Światło wzniosło się z jej skóry, rozświetlając otoczenie. Biegnąc, wyciągnęła sznurek z kieszeni i związała włosy, stając się Świetlistą. Świetlista wiedziała, co robić, jeśli złapie tę osobę.

Czy osoba może tak bardzo przypominać cień?

– Wzorze! – krzyknęła i wyciągnęła prawą rękę do przodu.

Mgiełka przeobraziła się w jej Ostrze Odprysku. Światło wypłynęło z jej warg, zmieniając ją w pełni w Świetlistą. Jego pasma podążały za nią, jakby ją goniły. Wpadła do niedużej okrągłej komnaty i zatrzymała się gwałtownie.

Kilkanaście wersji jej samej, z jej ostatnich rysunków, ominęło ją i rozbiegło się po pomieszczeniu. Shallan w sukni, Woal w płaszczu. Shallan jako dziecko, Shallan jako młoda dziewczyna. Shallan jako żołnierz, szczęśliwa żona, matka. Tu szczuplejsza, tam pulchniejsza. Pobliźniona. Podekscytowana. Zakrwawiona i cierpiąca. Zniknęły, kiedy ją minęły, zapadały się jedna po drugiej w Burzowe Światło, które kłębiło się przez chwilę, zanim się rozpłynęło.

Świetlista uniosła Ostrze Odprysku w postawie, której nauczył ją Adolin, po bokach jej twarzy spływał pot. Komnata byłaby ciemna, gdyby nie Światło unoszące się z jej skóry i przenikające przez ubranie, by ją otoczyć.

Pusto. Albo zgubiła swój cel w korytarzach, albo to był spren, nie człowiek.

Albo w ogóle nic tam nie było, martwiła się w duchu. Twój umysł nie jest obecnie godny zaufania.

– Co to było? – spytała Świetlista. – Widziałeś to?

Nie, odpowiedział w jej myślach Wzór. *Rozważałem kłamstwo.*

Obeszła okrągłe pomieszczenie. Wzdłuż ściany, od podłogi do sufitu, ciągnęły się głębokie, wąskie otwory. Czuła ruch powietrza. Jakie było przeznaczenie takiego pomieszczenia? Czy ludzie, którzy je zaprojektowali, byli szaleni?

Świetlista zauważyła słaby blask wpadający przez kilka otworów – a wraz z nim cichy, odbijający się echem zgiełk ludzkich głosów. Targ na Odejściu? Tak, była w tych okolicach, i choć znajdowała się na trzecim poziomie, jaskinia z targowiskiem miała wysokość pełnych czterech kondygnacji.

Podeszła do najbliższego otworu i wyjrzała przez niego, próbując ocenić, dokąd właściwie prowadził. Czy to...

W pęknięciu coś się poruszyło.

W głębi kłębiła się czarna masa wciśnięta między ściany. Jak breja, ale z wystającymi kawałkami. Łokcie, żebra, na jednej ze ścian rozcapierzone palce, każda kostka wygięta do tyłu.

Spren, pomyślała z drżeniem. To jakiś dziwny spren.

Stwór przekręcił się i spojrzał w jej stronę, a ciasna przestrzeń deformowała jego czaszkę. Widziała oczy odbijające jej blask, bliźniacze kule w zmiażdżonej głowie, zniekształcone ludzkie oblicze.

Świetlista cofnęła się z głośnym sapnięciem, znów przywołała Ostrze Odprysku i uniosła je przed sobą. Ale co miała właściwie zrobić? Przebić się przez kamień, żeby dotrzeć do stwora? To by trwało wieczność.

A w ogóle chciała do niego dotrzeć?

Nie. Ale i tak musiała.

Targowisko, pomyślała, odesłała Ostrze i pobiegła w stronę, z której przyszła. On kieruje się w stronę targowiska. Z Burzowym Światłem dodającym sił Świetlista pędziła korytarzami i nawet nie zauważyła, kiedy wraz z oddechem wypuściła go dość dużo, by przybrać twarz Woal. Gwałtownie skręcała w sieci wijących się korytarzy. Ten labirynt, te tajemnicze tunele nie były czymś, czego by się spodziewała po domu Świetlistych Rycerzy. Czy to nie powinna być forteca, prosta lecz wspaniała – latarnia morska światła i siły w mrocznych czasach?

Tymczasem wieża była zagadką. Woal wypadła z opustoszałych korytarzy na te pełne ludzi i ominęła grupkę dzieci, które śmiały się i unosiły odłamki, tworząc cienie na ścianach.

Po kilku kolejnych zakrętach znalazła się na galerii biegnącej wokół jaskini z targowiskiem, z jego ruchomymi światełkami i zatłoczonymi przejściami. Odwróciła się w lewo i zobaczyła wąskie otwory w ścianach. Dla wentylacji?

Stwór przeszedł przez jeden z nich, ale dokąd udał się później? Na targu poniżej rozległ się krzyk, ostry i przenikliwy. Przeklinając pod nosem, Woal zbiegła po schodach. Jakie to podobne do Woal. Biec prosto w niebezpieczeństwo.

Zaczerpnęłą tchu, a wtedy otaczające ją Burzowe Światło cofnęło się, dzięki czemu przestała emanować blaskiem. Po krótkim biegu trafiła na ludzi zbierających się między dwoma rzędami ciasno ustawionych namiotów. Tutejsze kramy sprzedawały różne towary, z których większość wyglądała na rzeczy ocalone z bardziej opustoszałych obozów. Spora liczba przedsiębiorczych kupców – przy milczącej zgodzie arcyksiążąt – zorganizowała wyprawy, by odzyskać, co się dało. Teraz, gdy znów mieli pod dostatkiem Burzowego Światła, a Renarin pomagał przy Bramie Przysięgi, w końcu pozwolono im wejść do Urithiru.

Arcyksiążęta mieli prawo pierwokupu. Reszta znalezisk leżała na stertach w tych namiotach, pilnowana przez strażników z dużymi pałkami i małymi zapasami cierpliwości.

Woal przecisnęła się na przód tłumu i ujrzała potężnego Rogożercę trzymającego się za rękę i przeklinającego. Skała, pomyślała, rozpoznając mostowego, choć nie nosił munduru.

Jego ręka krwawiła. Jakby został dźgnięty w sam środek, pomyślała Woal.

– Co tu się stało? – spytała ostro, wciąż trzymając Światło na uwięzi, by nie wypłynęło z oddechem i jej nie zdradziło.

Skała spojrzał na nią z ukosa, kiedy jego towarzysz – mostowy, którego chyba widziała wcześniej – opatrywał jego dłoń.

– A kim jesteś, że mnie o to pytasz?

Na burze. Była teraz Woal, ale nie odważyła się ujawnić oszustwa, szczególnie na otwartej przestrzeni.

– Jestem z sił porządkowych Aladara. – Sięgnęła do kieszeni. – Mam tu rozkazy...

– W porządku. – Skała westchnął i wyraźnie się rozluźnił. – Ja nic nie zrobiłem. Ktoś wyjął nóż. Nie widziałem go, miał długi płaszcz i kapelusz. Kobieta w tłumie krzyknęła, odwróciła uwagę. I wtedy ten mężczyzna... on zaatakował.

– Na burze. Kto zginął?

– Zginął? – Rogożerca spojrzał na towarzysza. – Nikt nie zginął. Napastnik dźgnął mnie w rękę i uciekł. Może to próba zabójstwa? Ktoś był zły na rządy w wieży, więc zaatakował mnie, bo jestem strażnikiem Kholinów?

Woal przeszedł dreszcz. Rogożerca. Wysoki, krzepki.

Napastnik wybrał mężczyznę podobnego z wyglądu do tego, którego ostatnio sama zaatakowała. Właściwie nie znajdowali się aż tak daleko od Ulicy Wszystkiego. Zaledwie kilka targowych „uliczek" dalej.

Dwaj mostowi odwrócili się, żeby odejść, a Woal im na to pozwoliła. Czego jeszcze mogła się dowiedzieć? Rogożerca został wybrany nie z powodu czegoś, co zrobił, ale z wyglądu. A napastnik miał płaszcz i kapelusz. Jak zazwyczaj Woal...

– Tak myślałam, że cię tu znajdę.

Woal drgnęła i obróciła się gwałtownie na pięcie, sięgając do noża u pasa. Te słowa wypowiedziała kobieta w brązowej havah. Miała proste alethyjskie włosy, ciemnobrązowe oczy, jaskrawoczerwone wargi i czarne brwi niemal na pewno podkreślone makijażem. Woal rozpoznała ją, choć kobieta wydawała się niższa niż kiedy siedziała. Była jedną z grupki, którą Woal zaczepiła przy Ulicy Wszystkiego, tą, której oczy się zaświeciły, kiedy Shallan narysowała symbol Duchokrwistych.

– Co on ci zrobił? – Kobieta skinęła głową w stronę Skały. – A może po prostu lubisz dźgać Rogożerców?

– To nie byłam ja – odparła Woal.

– Na pewno. – Kobieta podeszła bliżej. – Czekałam, aż znów się pojawisz.

– Powinnaś trzymać się ode mnie z dala, jeśli cenisz swoje życie.

Woal ruszyła przez targowisko. Niska kobieta podążyła za nią.

– Nazywam się Ishnah. Doskonale piszę. Można mi dyktować. Mam doświadczenie w poruszaniu się po podziemiach targu.

– Chcesz być moją podopieczną?

– Podopieczną? – powtórzyła kobieta ze śmiechem. – A jesteśmy jasnookie? Chcę do was dołączyć.

Do Duchokrwistych, to oczywiste.

– Nie werbujemy.

– Proszę. – Złapała Woal za ramię. – Proszę. Ze światem coś jest nie w porządku. Nic nie ma sensu. Ale wy... wasza grupa... wiecie rzeczy. Nie chcę już być ślepa.

Shallan się zawahała. Rozumiała pragnienie, by coś robić, zamiast tylko czuć, jak świat trzęsie się i drży. Ale Duchokrwiści byli godni pogardy. Ta kobieta nie znajdzie wśród nich tego, czego pragnęła. A gdyby nawet, nie była osobą, którą Shallan chciałaby umieścić w kołczanie Mraize'a.

– Nie. Bądź rozsądna i zapomnij o mnie i o mojej organizacji.

Wyrwała się z uścisku kobiety i pospieszyła przez ruchliwe targowisko.

26 CZARNY CIERŃ UWOLNIONY

DWADZIEŚCIA DZIEWIĘĆ LAT WCZEŚNIEJ

Na piecyku wielkim jak głaz płonęło kadzidło. Dalinar pociągnął nosem, gdy Evi rzuciła w płomienie garść niewielkich papierków – na każdym nakreśliła malutki glif, a później go złożyła. Otoczył go aromatyczny dym, który po chwili skierował się w przeciwną stronę, kiedy przez obóz przeleciał podmuch wiatru niosący wiatrosprenny jak świetliste linie.

Evi pochyliła głowę nad piecykiem. Jego narzeczona miała dziwne wierzenia. Wśród jej ludu do modlitwy nie wystarczały proste glify strażnicze – trzeba było spalić coś bardziej aromatycznego. Kiedy mówiła o Jezrienie i Keleku, wypowiadała ich imiona w dziwny sposób – Yaysi i Kellai. I nie wspominała o Wszechmocnym – mówiła o czymś zwanym Jednością. Jak wyjaśnili mu żarliwcy, była to heretycka tradycja pochodząca z Iri.

Dalinar pochylił głowę w modlitwie. Obym był silniejszy od tych, którzy zechcą mnie zabić. Prosta i rzeczowa – jak sądził, Wszechmocny takie lubił. Nie chciał, by Evi ją zapisywała.

– Niech Jedność cię strzeże, mój prawie mężu – szepnęła Evi. – I złagodzi twój temperament.

Jej obcy akcent, do którego już się przyzwyczaił, był wyraźniejszy niż u jej brata.

– Złagodzi go? Evi, nie o to chodzi w bitwie.

– Nie musisz zabijać w gniewie, Dalinarze. Jeśli musisz walczyć, rób to ze świadomością, że każda śmierć rani Jedność. Gdyż w oczach Yaysiego wszyscy jesteśmy ludźmi.

– Tak, racja.

Żarliwcom najwyraźniej nie przeszkadzało, że miał się ożenić z na wpół poganką. „Mądrze będzie doprowadzić ją do prawdy vorinizmu", powiedziała mu wcześniej jego główna żarliwczyni, Jevena. Tak samo wyrażała się na temat jego podbojów: „Twój miecz przyniesie siłę i chwałę Wszechmocnemu".

Od niechcenia zastanawiał się, co musiałby zrobić, by wywołać niezadowolenie żarliwców.

– Bądź mężczyzną, a nie bestią, Dalinarze.

Evi przytuliła się do niego i oparła mu głowę na ramieniu, zachęcając go, by ją objął.

Zrobił to niechętnie. Na burze, słyszał śmieszki żołnierzy, kiedy ich mijali. Czarny Cierń pocieszany przed bitwą? Przytulający się publicznie i zachowujący jak zakochany?

Evi odwróciła głowę do pocałunku, a on niewinnie musnął ją wargami. Przyjęła to z uśmiechem. A uśmiech miała naprawdę piękny. Byłoby o wiele prościej, gdyby Evi zgodziła się przejść do następnego kroku w małżeństwie. Ale jej tradycje wymagały długich zaręczyn, a jej brat ciągle próbował wprowadzić nowe zapisy do kontraktu małżeńskiego.

Dalinar odszedł. W kieszeni trzymał kolejny glif strażniczy – ten dostarczyła mu Navani, która wyraźnie martwiła się o poprawność cudzoziemskiego pisma Evi. Pomacał gładki papier i nie spalił modlitwy.

Kamień pod jego stopami był przecięty niewielkimi otworkami – ślady ukrywającej się trawy. Kiedy minął namioty, zobaczył ją wyraźnie. Porastała pobliską równinę i falowała na wietrze. Wysoka, sięgała mu prawie do pasa. Na ziemiach Kholinów nigdy nie widział tak wysokich traw.

Po drugiej stronie równiny zebrały się imponujące siły – armia większa niż jakakolwiek, której stawiał czoło. Serce zabiło mu szybciej w oczekiwaniu. Po dwóch latach manewrów politycznych oto byli. Prawdziwa bitwa z prawdziwą armią.

Czy zwyciężą, czy przegrają, to była walka o królestwo. Słońce wznosiło się coraz wyżej, a armie rozstawiły się na północy i południu, by nikomu nie świeciło w oczy.

Dalinar pospieszył do namiotu zbrojmistrzów i po chwili wyłonił się w Pancerzu. Kiedy jeden z koniuszych przyprowadził jego wierzchowca, ostrożnie wspiął się na siodło. Duży czarny ogier nie był szybki, ale mógł utrzymać mężczyznę w Pancerzu Odprysku. Dalinar poprowadził konia wzdłuż szeregów żołnierzy – włócznicy, łucznicy, ciężka piechota jasnookich, nawet grupka pięćdziesięciu kawalerzystów pod dowództwem Ilamara, z hakami i linami do atakowania Odpryskowych. Między nimi jak sztandary falowały niecierpliwospreny.

Dalinar wciąż czuł woń kadzidła, kiedy odnalazł brata, opancerzonego i na koniu, patrolującego pierwsze szeregi. Podjechał do Gavilara.

– Twój młody przyjaciel się nie pokazał – zauważył Gavilar.

– Sebarial? On nie jest moim przyjacielem.

– W szeregach wroga jest luka, bo wciąż na niego czekają. – Gavilar wskazał palcem. – Wedle raportów miał problemy z zaopatrzeniem.

– Kłamstwa. To tchórz. Gdyby przybył, musiałby w końcu opowiedzieć się po jednej ze stron.

Przejechali obok Tearima, kapitana straży Gavilara, który miał na sobie zapasowy Pancerz Dalinara. Formalnie rzecz biorąc, zbroja wciąż należała do Evi. Nie Toha, ale właśnie Evi, co było dziwne. Co kobieta miałaby zrobić z Pancerzem Odprysku?

Najwyraźniej oddać mężowi. Tearim zasalutował. Dobrze sobie radził z Odpryskami, gdyż jak wielu ambitnych jasnookich ćwiczył z pożyczonymi zestawami.

– Dobrze zrobiłeś, Dalinarze – powiedział Gavilar, kiedy przejeżdżali obok. – Ten Pancerz dziś nam posłuży.

Dalinar nie odpowiedział. Choć Evi i jej brat tak długo zwlekali ze zgodą nawet na zaręczyny, on sam wypełnił swój obowiązek. Żałował tylko, że nie czuje do tej kobiety czegoś więcej. Namiętności, jakiegoś prawdziwego uczucia. Kiedy się śmiał, ona wydawała się zdezorientowana rozmową. Kiedy się chełpił, była rozczarowana jego żądzą krwi. Ciągle chciała, by ją przytulał, jakby pozostawiona sama na choćby burzową minutę miała wyschnąć i dać się porwać przez wiatr. I...

– Hej! – zawołała jedna ze zwiadowczyń z ruchomej drewnianej wieży. Pokazywała coś, a jej głos był odległy. – Hej, tam!

Dalinar odwrócił się, spodziewając się natarcia wroga. Ale nie, armia Kalanora dopiero się rozstawiała. To nie ludzie przyciągnęli uwagę zwiadowczyni, ale konie. Niewielkie stadko, jedenaście albo dwanaście, galopujące przez pole bitwy. Dumne, majestatyczne.

– Ryshadyjskie – szepnął Gavilar. – Rzadko się pojawiają tak daleko na wschodzie.

Dalinar powstrzymał się przed wydaniem rozkazu otoczenia zwierząt. Ryshadyjskie? Tak... widział unoszące się za nimi spreny. Z jakiegoś powodu muzykospreny. Co nie miało burzowego sensu. Tak czy inaczej, próba ich złapania nie mogła się powieść. Nie dało się ich zatrzymać, o ile same nie wybrały sobie jeźdźca.

– Chcę, żebyś coś dziś dla mnie zrobił, bracie – powiedział Gavilar. – Arcyksiążę Kalanor musi zginąć. Jak długo żyje, opór będzie trwał. Ale jest ostatnim z rodu. A po nim władzę może przejąć jego kuzyn, Loradar Vamah.

– Czy Loradar złoży ci przysięgę?

– Jestem tego pewien.

– W takim razie odnajdę Kalanora i to skończę.

– Znając go, niechętnie weźmie udział w walce. Ale jest Odpryskowym. I dlatego...

– Dlatego musimy go zmusić do starcia.

Gavilar się uśmiechnął.

– O co chodzi?

– Po prostu cieszę się, że mówisz o taktyce.

– Nie jestem idiotą – warknął Dalinar.

Zawsze zwracał uwagę na taktykę bitwy, po prostu nie lubił niekończących się spotkań i kłapania paszczą.

Choć... nawet one wydawały się ostatnio bardziej znośne. Może dlatego że były znajome. A może chodziło o Gavilara mówiącego o stworzeniu dynastii. Stawało się coraz bardziej oczywiste, że w tej kampanii – trwającej już od lat – nie chodziło jedynie o szybki atak i złupienie.

– Daj mi Kalanora, bracie. Dziś potrzebujemy Czarnego Ciernia.

– Musisz go jedynie uwolnić.

– Ha! Jakby ktokolwiek mógł go zniewolić.

Czy nie tego próbowałeś właśnie dokonać? – pomyślał od razu Dalinar. Znajdując mi żonę, powtarzając, że musimy być teraz bardziej „cywilizowani". Zwracając uwagę na wszystko, co robię niewłaściwie, jako rzeczy, których musimy się pozbyć.

Zagryzł język i w milczeniu dokończyli jazdę wzdłuż szeregów. Rozstali się ze skinieniem głowy i Dalinar pojechał w stronę swoich elitarnych oddziałów.

– Jakieś rozkazy, panie? – spytał Rien.

– Zejdźcie mi z drogi.

Dalinar opuścił zasłonę. Hełm Pancerza Odprysku się zamknął i wśród elitarnych żołnierzy zapanowała cisza. Dalinar przywołał Dawcę Przysięgi, miecz upadłego króla, i czekał. Wróg przybył, by zakończyć nieustające plądrowanie okolicy przez Gavilara – to oni musieli wykonać pierwszy ruch.

Ostatnie miesiące, które poświęcili na atakowanie odizolowanych, niebronionych miasteczek, nie były satysfakcjonujące – ale też postawiły Kalanora w trudnej sytuacji. Gdyby pozostał w swoich twierdzach, pozwoliłby, by kolejni jego wasale zostali zniszczeni. I tak już zaczynali się zastanawiać, dlaczego płacą Kalanorowi podatki. Garstka z wyprzedzeniem wysłała posłańców do Gavilara z zapowiedzią, że nie zamierzają stawiać oporu.

Region był na skraju przejścia na stronę Kholinów. I dlatego arcyksiążę Kalanor został zmuszony, by opuścić swoje umocnienia i zetrzeć się w tym miejscu. Dalinar poruszył się w siodle. Czekał i planował. Chwila nadeszła już wkrótce – siły Kalanora ostrożnie ruszyły przez równinę, unosząc tarcze do nieba.

Łucznicy Gavilara wypuścili deszcz strzał. Ludzie Kalanora byli dobrze wyszkoleni – zachowali szyk pod zabójczym gradem. W końcu trafili na ciężką piechotę Kholinów – blok mężczyzn tak opancerzonych, że byli jak wykuci z kamienia. Jednocześnie z boku pojawiły się jednostki pieszych łuczników, lekko opancerzonych i bardzo szybkich. Jeśli Kholinowie zwyciężą w tej bitwie – o czym Dalinar był przekonany – to ze względu na nowe taktyki pola bitwy, które opracowywali.

Wroga armia została oskrzydlona – strzały uderzały w ich flanki. Ich szeregi się rozciągnęły, piechota próbowała dotrzeć do łuczników, ale to osłabiło centrum natarcia, które zostało pobite przez ciężką piechotę. W tym czasie oddziały włóczników atakowały wrogie jednostki nawet nie po to, by zadać im obrażenia, ale by je zatrzymać.

Wszystko to działo się w skali pola bitwy. Czekając, Dalinar musiał zejść z konia i wysłać go na spacer z koniuszym. W głębi duszy tłumił Dreszcz, który kazał mu wyruszyć natychmiast.

W końcu dostrzegł grupę żołnierzy Kholinów, którym nie wiodło się najlepiej w starciu. Wystarczy. Wsiadł na konia i spiął go do galopu. To była właściwa chwila.

Czuł to. Musiał uderzyć teraz, kiedy przebieg bitwy wahał się między zwycięstwem a porażką, by wyciągnąć wroga.

Trawa chwiała się i cofała przed nim falą. Jak kłaniający się poddani. To mógł być koniec, jego ostatnia bitwa w walce o podbicie Alethkaru. Co się później z nim stanie? Niekończące się uczty z politykami? Brat, który odmawiał dalszych podbojów?

Dalinar otworzył się na Dreszcz i odpędził takie niepokoje. Uderzył w szeregi wroga jak arcyburza w stertę papierów. Żołnierze rozbiegali się przed nim z krzykiem. Dalinar zamachnął się Ostrzem Odprysku, zabijając tuziny po jednej stronie, a później po drugiej.

Oczy płonęły, ramiona opadały bezwładnie. Dalinar odetchnął radością podboju, narkotycznym pięknem zniszczenia. Nikt nie mógł mu się oprzeć, wszyscy byli chrustem, a on płomieniem. Oddział żołnierzy powinien móc zebrać się razem i zaatakować go jednocześnie ze wszystkich stron, ale byli zbyt przerażeni.

A czemu mieliby nie być? Opowiadano o zwykłych żołnierzach zabijających Odpryskowego, ale to z pewnością był wymysł mający skłonić ich do stawiania oporu, dzięki czemu Odpryskowy nie musiał za nimi biegać.

Uśmiechnął się szeroko, ale wtedy właśnie jego koń się potknął, próbując przejechać przez stertę trupów, które się wokół niego zebrały. Dalinar spiął wierzchowca, a on skoczył – ale kiedy wylądował, coś pękło. Zwierzę zarżało i upadło, zrzucając go.

Westchnął, odepchnął konia na bok i wstał. Złamał mu grzbiet – takie zwykłe zwierzęta nie nadawały się do dźwigania Pancerza Odprysku.

Jedna z grupek żołnierzy spróbowała przeprowadzić kontratak. Odważni, ale głupi. Dalinar powalił ich szerokimi ciosami Ostrza Odprysku. Później jasnooki oficer zebrał swoich ludzi, by natarli na Dalinara i spróbowali go unieruchomić, jeśli nie swoimi umiejętnościami, to ciężarem ciał. Wirował wśród nich, Pancerz dodawał mu energii, Ostrze zapewniało precyzję, a Dreszcz... Dreszcz dawał mu cel.

W takich chwilach rozumiał, w jakim celu został stworzony. Marnował się, słuchając gadaniny. Marnował się, robiąc cokolwiek poza tym – przeprowadzaniem ostatecznej próby ludzkich umiejętności, sprawdzaniem ich, żądaniem ich życia na ostrzu miecza. Posyłał ich do Sal Spokoju gotowych do walki.

Nie był człowiekiem. Był osądem.

Zauroczony powalał wroga za wrogiem, wyczuwając dziwny rytm w walce, jakby ciosy jego miecza musiały spadać zgodnie z nakazami niedostrzegalnego taktu. Na krawędziach jego pola widzenia pojawiła się czerwień, w końcu jak woal zasłoniła krajobraz. Poruszała i zwijała się jak węgorz, drżąc w rytm jego ciosów.

Był wściekły, kiedy wołanie odwróciło jego uwagę od walki.

– Dalinarze!

Zignorował je.

– Oświecony Dalinarze! Czarny Cierniu!

Ten głos był jak piszczący kremlik wygrywający swoją piosenkę we wnętrzu jego hełmu. Powalił parę żołnierzy z mieczami. Byli jasnoocy, ale kiedy ich oczy spłonęły, nie dało się już tego ocenić.

– Czarny Cierniu!

Ech! Dalinar odwrócił się w stronę źródła dźwięku.

W pobliżu stał mężczyzna w niebieskim mundurze Kholinów. Dalinar uniósł Ostrze. Mężczyzna cofnął się, unosząc dłonie bez broni i wciąż wykrzykując jego imię.

Znam go. To... Kadash? Jeden z kapitanów jego elitarnych oddziałów. Dalinar opuścił miecz i potrząsnął głową, próbując pozbyć się brzęczenia z uszu. Dopiero wtedy zobaczył – naprawdę zobaczył – co go otaczało.

Zabici. Całe setki, ze skurczonymi węgielkami zamiast oczu, ich pancerze i bronie były przecięte, ale ciała dziwnie nietknięte. Wszechmocny... jak wielu zabił? Uniósł dłoń do hełmu, odwrócił się i rozejrzał dookoła. Wśród zabitych wyrastały nieśmiało źdźbła traw, przeciskając się między rękami, palcami, obok głów. Tak dokładnie pokrył równinę ciałami, że trawa miała problem ze znalezieniem miejsca, by wyrosnąć.

Dalinar uśmiechnął się zadowolony, po chwili jednak zrobiło mu się zimno. Kilka z tych ciał z wypalonymi oczami – dostrzegał trzy – miało niebieskie mundury. Jego ludzie z opaskami elitarnych oddziałów.

– Oświecony! – powiedział Kadash. – Czarny Cierniu, wasze zadanie zostało wypełnione!

Wskazał w stronę oddziału konnych pędzących przez równinę. Nieśli czerwoną flagę ze srebrną parą glifów przedstawiającą dwie góry. Nie mając wyboru, arcyksiążę Kalanor ruszył do walki. Dalinar samodzielnie zniszczył kilkanaście kompanii – tylko inny Odpryskowy mógł go powstrzymać.

– Doskonale.

Zdjął hełm i przyjął od Kadasha kawałek materiału, którym otarł twarz. Następny był bukłak. Dalinar wypił cały.

Odrzucił na bok pusty bukłak, jego serce biło szybko, a Dreszcz dudnił w jego wnętrzu.

– Wycofaj elitarne oddziały. Niech nie atakują, chyba że zginę.

Znów założył hełm i poczuł uspokajające ściskanie, gdy zatrzaski umieściły go na właściwym miejscu.

– Tak, oświecony.

– Zbierzcie tych z naszych, którzy... zginęli. – Dalinar wskazał gestem na zabitych żołnierzy Kholinów. – Zajmijcie się nimi i ich bliskimi.

– Oczywiście, panie.

Dalinar pobiegł w stronę zbliżających się sił, jego Pancerz Odprysku zgrzytał na kamieniach. Poczuł żal, że musi zewrzeć się z Odpryskowym, zamiast wciąż walczyć przeciwko zwykłym żołnierzom. Koniec pustoszenia – teraz miał do zabicia już tylko jednego mężczyznę.

Niewyraźnie przypominał sobie czas, kiedy stawianie czoła mniejszym wyzwaniom nie satysfakcjonowało go tak bardzo, jak porządna walka z kimś kompetentnym. Co się zmieniło?

Bieg doprowadził go do jednej z formacji skalnych po wschodniej stronie pola – grupy ogromnych iglic, zwietrzałych i poszarpanych, jak rząd kamiennych kołków.

Kiedy znalazł się w ich cieniu, usłyszał walkę po drugiej stronie. Części armii się oderwały i próbowały się nawzajem oskrzydlić, okrążając skały.

U ich podstawy straż honorowa Kalanora rozstąpiła się, ukazując samego arcyksięcia na koniu. Jego Pancerz był srebrzysty, być może pokryty cienką warstwą stali lub srebra. Dalinar polecił, by jego Pancerz odczyścić z powrotem do naturalnego szarego odcienia – nigdy nie rozumiał, dlaczego ludzie musieli „wzmacniać" naturalną wspaniałość Pancerza Odprysku.

Koń Kalanora był potężnym, majestatycznym zwierzęciem, całkowicie białym, z długą grzywą. Bez trudu dźwigał Odpryskowego. Ryshadyjski. A jednak Kalanor zsiadł z jego grzbietu. Z sympatią poklepał wierzchowca po karku i ruszył na spotkanie Dalinara. W jego dłoni pojawiło się Ostrze Odprysku.

– Czarny Cierniu! – zawołał. – Jak słyszałem, samodzielnie niszczysz moją armię.

– Walczą teraz o Sale Spokoju.

– Szkoda, że nie dołączyłeś, by ich poprowadzić.

– Pewnego dnia. Kiedy będę zbyt stary i słaby, by walczyć tutaj, z radością przyjmę odesłanie.

– To ciekawe, jak szybko tyrani stają się religijni. Musi być wygodnie powtarzać sobie, że twoje morderstwa tak naprawdę należy przypisać Wszechmocnemu.

– Lepiej, żeby tak nie było! Musiałem się dużo napracować, Kalanorze. Wszechmocny ich nie dostanie, może jedynie przypisać je mnie, kiedy będzie ważył moją duszę!

– Niech cię więc obciążą aż do samego Potępienia. – Kalanor odesłał gestem straż honorową, która wydawała się gotowa rzucić na Dalinara. Niestety, książę był zdeterminowany walczyć jeden na jednego. Zamachnął się swoim mieczem, długim, wąskim Ostrzem Odprysku z dużym jelcem i glifami wzdłuż klingi. – Jeśli cię zabiję, Czarny Cierniu, co wtedy?

– Wtedy nadejdzie kolej Sadeasa.

– Widzę, że na tym polu bitwy nie ma honoru.

– Nie udawaj, że jesteś lepszy. Wiem, co zrobiłeś, by zdobyć tron. Nie udawaj teraz, że jesteś rozjemcą.

– Biorąc pod uwagę, co robiłeś rozjemcom, uważam się za szczęściarza.

W odpowiedzi Dalinar rzucił się do przodu i przyjął Postawę Krwi – postawę dla kogoś, kto nie przejmował się, że może zostać trafiony. Był młodszy i zwinniejszy niż przeciwnik. Liczył, że uda mu się zadawać ciosy szybciej i mocniej.

Co dziwne, Kalanor też wybrał Postawę Krwi. Zwarli się, ich miecze uderzały o siebie w sposób, który zmuszał ich do szybkiego odwracania się i zmiany pozycji – każdy próbował wielokrotnie trafić w ten sam fragment Pancerza, by otworzyć sobie drogę do ciała.

Dalinar chrząknął i odepchnął Ostrze Odprysku przeciwnika na bok. Kalanor był stary, ale doskonale wyszkolony. W niemal nadnaturalny sposób cofał się przed ciosami Dalinara, zmniejszając siłę uderzenia, co chroniło metal przed pęknięciem.

Po kilku minutach gwałtownej wymiany ciosów obaj mężczyźni się cofnęli, a z sieci pęknięć po lewej stronie obu Pancerzy sączyło się Burzowe Światło.

– Z tobą też tak się stanie, Czarny Cierniu – warknął Kalanor. – Jeśli rzeczywiście mnie zabijesz, ktoś powstanie i odbierze ci twoje królestwo. Ono nie przetrwa.

Dalinar przygotował się do zadania potężnego ciosu. Zrobił krok do przodu i obrócił się gwałtownie. Kalanor trafił go w prawy bok – mocno, ale z niewłaściwej strony. Kholin z kolei zadał szeroki cios, od którego rozległ się świst w powietrzu. Przeciwnik próbował się cofnąć, ale uderzenie było zbyt silne.

Ostrze Odprysku trafiło w cel i fragment Pancerza rozpadł się w fontannie iskier. Kalanor chrząknął i zatoczył się w bok, prawie potknął. Opuścił rękę, by zasłonić otwór w zbroi, z którego wciąż wypływało Burzowe Światło. Połowa jego napierśnika się rozpadła.

– Walczysz tak samo, jak przewodzisz, Kholinie – warknął. – Lekkomyślnie.

Dalinar zignorował szyderstwo i rzucił się do ataku.

Kalanor odbiegł, w pośpiechu wpadł na swoją straż honorową, niektórych z żołnierzy odepchnął tak mocno, że aż potoczyli się na boki. Rozległ się trzask łamanych kości.

Dalinar prawie go dogonił, ale Kalanor dotarł do krawędzi dużej formacji skalnej. Upuścił Ostrze Odprysku – rozpłynęło się we mgle – skoczył i złapał krawędź występu. Zaczął się wspinać.

Po chwili i Kholin dotarł do podstawy naturalnej wieży. W pobliżu leżały spore głazy – aż do niedawna to pewnie było wzgórze. Arcyburza obaliła większą jego część, pozostawiając tę nieprawdopodobną formację wznoszącą się w powietrze. Wkrótce i ona zostanie zniszczona przez wiatr.

Dalinar upuścił Ostrze, podskoczył i złapał występ, a jego palce zazgrzytały na kamieniu. Przez chwilę wisiał na rękach, aż znalazł oparcie dla stóp i zaczął się wspinać po stromej ścianie za Kalanorem. Drugi Odpryskowy próbował kopniakami zrzucać w dół kamienie, ale te odbijały się, nie robiąc mu krzywdy.

Nim Dalinar dogonił przeciwnika, znajdowali się jakieś pięćdziesiąt stóp nad ziemią. Na dole zebrali się żołnierze, gapili się i pokazywali palcami.

Dalinar sięgnął po nogę przeciwnika, ale Kalanor cofnął ją gwałtownie i – wciąż wisząc na skale – przywołał Ostrze i zaczął nim machać. Po kilku trafieniach w hełm Kholin warknął i zsunął się trochę niżej.

Kalanor odciął od skały kilka odłamków, którymi rzucił w Dalinara, po czym odesłał Ostrze i ruszył dalej w górę.

Dalinar podążył za nim, tym razem ostrożniej i nieco z boku. W końcu dotarł na szczyt i wyjrzał przez krawędź. Na wierzchołku formacji znajdowało się kilka połamanych iglic o płaskich szczytach, które nie wydawały się szczególnie stabilne. Kalanor siedział na jednej z nich z Ostrzem wspartym o nogę, a jego druga stopa wisiała swobodnie.

Dalinar wspiął się na sam szczyt w bezpiecznej odległości od przeciwnika i przywołał Dawcę Przysięgi. Na burze. Tu ledwie było dość miejsca, by stanąć. Uderzył w niego wiatr, obok przeleciał wiatrospren.

– Ładny widok – powiedział Kalanor. Choć armie zaczęły walkę w podobnej liczbie, poniżej na trawiastej równinie leżało znacznie więcej zabitych w srebrnoczerwonych mundurach niż tych w niebieskich. – Zastanawiam się, jak wielu królów mogło oglądać swój własny upadek z tak doskonałego miejsca.

– Nigdy nie byłeś królem.

Kalanor wstał i uniósł Ostrze, wyciągnął je przed siebie, kierując sztych w stronę piersi Dalinara.

– To, Kholinie, jest jedynie kwestią zachowania i założeń. Zaczniemy?

Ściągnięcie mnie tutaj było sprytnym posunięciem, pomyślał Dalinar. W uczciwej walce miał oczywistą przewagę – i dlatego Kalanor wprowadził do walki element czystego przypadku. Wiatr, niepewny grunt pod stopami, upadek, który zabiłby nawet Odpryskowego.

To przynajmniej będzie nowe wyzwanie. Ostrożnie zrobił krok do przodu. Kalanor przyjął Postawę Wiatru, styl walki, który charakteryzowała płynność i zamaszyste ciosy. Dalinar wybrał Postawę Kamienia ze względu na równowagę i siłę ataków.

Wymieniali ciosy, przesuwając się do przodu i do tyłu wzdłuż linii niskich iglic. Każdy ich krok odrywał kamienne odłamki, które leciały w dół. Kalanor wyraźnie miał zamiar przeciągać walkę, licząc, że przeciwnik się poślizgnie.

Dalinar cały czas go sprawdzał, pozwolił, by Kalanor wpadł w rytm, a później przerwał go, uderzając ze wszystkich sił, mocnymi ciosami znad głowy. Każdy podsycał ogień, który płonął w jego wnętrzu, pragnienie, którego nie ugasiła wcześniejsza rzeź. Dreszcz pragnął więcej.

Dalinar trafił kilka razy w hełm przeciwnika i zmusił go do cofnięcia się do krawędzi, o krok od upadku. Ostatni cios całkiem zniszczył hełm, odsłaniając starannie ogoloną podstarzałą twarz i w większości łysą głowę.

Kalanor warknął z zaciśniętymi zębami i z nieoczekiwaną gwałtownością rzucił się do ataku. Kholin przyjął cios na Ostrze, po czym zrobił krok do przodu, zmieniając ten pojedynek w przepychankę – ich klingi były zablokowane i żaden nie miał możliwości manewru.

Dalinar napotkał spojrzenie przeciwnika. W tych jasnoszarych oczach coś dostrzegł. Ekscytację, energię. Znajomą żądzę krwi.

Kalanor również czuł Dreszcz.

Dalinar słyszał, jak inni o tym rozmawiają, o euforii współzawodnictwa. Tajemnej alethyjskiej przewadze. Ale kiedy zobaczył to tutaj, w oczach człowieka, który próbował go zabić, poczuł wściekłość. Nie powinien dzielić tak intymnego uczucia z tym mężczyzną.

Chrząknął i w przypływie siły odepchnął Kalanora do tyłu. Mężczyzna potknął się i poślizgnął. Natychmiast wypuścił Ostrze Odprysku i gorączkowym ruchem złapał krawędź skały, kiedy spadał.

Wisiał tak na rękach pozbawiony hełmu. Dreszcz zniknął z jego oczu zastąpiony paniką.

– Litości – szepnął.

– To jest litość.

Dalinar pchnął go Ostrzem Odprysku w twarz.

Oczy Kalanora płonęły, gdy spadał z iglicy, ciągnąc za sobą bliźniacze smugi dymu. Trup otarł się o kamień, zanim uderzył w ziemię daleko w dole, po drugiej stronie formacji skalnej, z dala od głównych sił.

Dalinar wypuścił powietrze i opadł wyczerpany na ziemię. Słońce zbliżało się do horyzontu, a cienie sięgały daleko. To była dobra walka. Osiągnął to, czego pragnął. Podbił wszystko, co przed nim stało.

A jednak czuł się pusty. Głos w jego wnętrzu powtarzał „To już wszystko? Nie obiecano nam więcej?".

Daleko na dole grupa mężczyzn w barwach Kalanora ruszyła w stronę leżącego ciała. Straż honorowa zobaczyła, gdzie upadł ich oświecony? Dalinar poczuł ukłucie oburzenia. To była jego ofiara, jego zwycięstwo. Zdobył te Odpryski!

Zszedł na dół z lekkomyślnym pośpiechem. Zejście rozmywało mu się w oczach, a nim dotknął ziemi, w polu widzenia miał czerwoną mgiełkę. Jeden z żołnierzy trzymał Ostrze, inni kłócili się o Pancerz, który był połamany i zniszczony.

Dalinar zaatakował, błyskawicznie zabił sześciu, w tym tego z Ostrzem. Dwóm pozostałym udało się uciec, ale byli wolniejsi od niego. Dalinar chwycił jednego za ramię, obrócił go i wbił w skały. Ostatniego zabił ciosem Dawcy Przysięgi.

Więcej. Gdzie było ich więcej? Dalinar nie widział żołnierzy w czerwieni. Jedynie kilku w niebieskich mundurach – samotną grupkę bez żadnej flagi. Między nimi szedł jednak mężczyzna w Pancerzu Odprysku. Gavilar udał się na tyły, by odpocząć od bitwy i zorientować się w sytuacji.

Głód we wnętrzu Dalinara wzrastał. Dreszcz spadł na niego z wielką siłą i przytłoczył go. Czy nie powinien rządzić najsilniejszy? Dlaczego musiał tak często siedzieć z boku i słuchać, jak mężczyźni gadają, zamiast prowadzić wojnę?

Tam. Oto mężczyzna, który miał to, czego on pragnął. Tron... tron i coś więcej. Kobietę, którą Dalinar powinien móc sobie wziąć. Miłość, do której porzucenia go zmuszono, z jakiego powodu?

Nie, jego walka tego dnia się nie skończyła. To nie było wszystko!

Ruszył w stronę grupki, jego myśli były mętne, a wnętrzności wypełniał ból. Wokół niego opadały namiętnościospreny – malutkie krystaliczne płatki.

Nie powinien mieć namiętności?

Nie powinien dostać nagrody za wszystko, co osiągnął?

Gavilar był słaby. Zamierzał zwolnić i spocząć na tym, co Dalinar dla niego zdobył. Cóż, istniał jeden sposób, by się upewnić, że wojna będzie trwała. Jeden sposób, by utrzymać Dreszcz przy życiu.

Jeden sposób, by Dalinar dostał wszystko, na co zasługiwał.

Biegł. Niektórzy mężczyźni w grupie Gavilara podnieśli ręce na powitanie. Słabi. Nie unosili w jego stronę żadnej broni! Mógłby zamordować ich wszystkich, zanim zorientowaliby się, co się wydarzyło. Zasłużyli na to! Dalinar zasługiwał...

Gavilar odwrócił się w jego stronę, zdjął hełm i uśmiechnął się szeroko, szczerze.

Dalinar zatrzymał się gwałtownie, z szarpnięciem. Patrzył na Gavilara, swojego brata.

Ojcze Burz, pomyślał. *Co ja robię?*

Pozwolił, by Ostrze Odprysku wyślizgnęło się z jego palców i zniknęło. Gavilar podszedł bliżej, przez hełm nie widział przerażonej miny Dalinara. Całe szczęście nie pojawił się żaden wstydospren, choć w tej chwili zasługiwał na cały ich legion.

– Bracie! – odezwał się Gavilar. – Widziałeś? Zwyciężyliśmy! Arcyksiążę Ruthar zabił Gallama, zdobywając Odpryski dla swojego syna. Talanor zdobył Ostrze, a ja słyszałem, że udało ci się w końcu wyciągnąć Kalanora na pole bitwy. Proszę, powiedz mi, że ci nie uciekł.

– On... – Dalinar oblizał wargi, odetchnął głęboko. – Nie żyje.

Wskazał na zabitego, widocznego jedynie jako srebrzysty metal błyszczący wśród cieni skał.

– Dalinarze, ty cudowny, przerażający człowieku! – Gavilar odwrócił się do swoich żołnierzy. – Chwała Czarnemu Cierniowi! Chwała!

Wokół Gavilara pojawiły się chwałospreny, złociste kule, które krążyły wokół jego głowy jak korona.

Dalinar zamrugał wśród ich wiwatów i nagle poczuł wstyd tak głęboki, że miał ochotę zwinąć się w kłębek. Tym razem pojawił się przy nim samotny wstydospren, jak spadający płatek kwiatu.

Musiał coś zrobić.

– Ostrze i Pancerz – powiedział z naciskiem do Gavilara. – Zdobyłem je, ale oddaję tobie. W darze. Dla twoich dzieci.

– Ha! Jasnah? A co ona zrobi z Odpryskami? Nie, nie. Ty...

– Zatrzymaj je – powiedział błagalnie Dalinar, chwytając brata za ramię. – Proszę.

– Dobrze, skoro nalegasz. Ty właściwie masz już Pancerz dla swojego dziedzica.

– Jeśli go będę miał.

– Będziesz! – Gavilar wysłał kilku swoich ludzi po Ostrze i Pancerz Kalanora. – Ha! Toh będzie musiał w końcu przyznać, że ochronimy jego ród. Do ślubu powinno dojść w ciągu miesiąca!

Podobnie jak do oficjalnej ponownej koronacji, w czasie której – po raz pierwszy od stuleci – cała dziesiątka arcyksiążąt Alethkaru ukłoni się przed jednym królem.

Dalinar usiadł na kamieniu, zdjął hełm i przyjął wodę od młodej kobiety, gońca. Nigdy więcej, przysiągł sobie. Ustępuję Gavilarowi we wszystkim. Niech ma tron, niech ma koronę.

Mnie nie wolno zostać królem.

27
UDAWANIE

Wyznam swoją herezję. Nie wycofuję rzeczy, które powiedziałem, niezależnie od żądań żarliwców.
– Z przedmowy *Dawcy Przysięgi*

Shallan rysowała, ignorując odgłosy kłótni polityków. Siedziała na kamiennym siedzeniu na tyłach dużej sali spotkań w pobliżu szczytu wieży. Przyniosła sobie poduszkę, a Wzór brzęczał z zadowoleniem na niewielkim podwyższeniu.

Siedziała z podciągniętymi nogami, na udach trzymała szkicownik, a okryte pończochami stopy opierała o brzeg ławy poniżej. Nie była to najbardziej dostojna z póz i Świetlista byłaby zażenowana. Z przodu sali Dalinar stał przed świetlistą mapą, którą jakimś sposobem mogły stworzyć ich połączone moce. Zaprosił Taravangiana, arcyksiążąt, ich żony i główne skryby. Elhokar przyszedł z Kalami, która ostatnio pełniła obowiązki jego skryby.

Dalinarowi towarzyszył Renarin w mundurze mostu czwartego. Wyglądał niezręcznie – czyli zasadniczo, tak samo jak zawsze. Adolin siedział swobodnie w pobliżu, ręce założył na piersi i od czasu do czasu szeptał jakiś żart jednemu z żołnierzy z mostu czwartego.

Świetlista powinna być na dole i brać udział w tej ważnej dyskusji o przyszłości świata. Shallan jednak rysowała. Dzięki tym wielkim taflom szkła światło było tu bardzo dobre. Miała dość uwięzienia w ciemnych korytarzach niższych poziomów, w których ciągle czuła, że coś ją obserwuje.

Ukończyła rysunek i przechyliła go w stronę Wzoru, przytrzymując szkicownik okrytą rękawem bezpieczną dłonią. Uniósł się ze swojego podwyższenia, żeby przyjrzeć się jej szkicowi – wąski otwór zasłonięty przez zmiażdżoną postać o wybałuszonych, nieludzkich oczach.

– Mmm – powiedział Wzór. – Tak, wygląda odpowiednio.

– To musi być jakiś spren, prawda?

– Czuję, że powinienem wiedzieć. To... to rzecz z dawnych czasów. Bardzo, bardzo dawnych czasów.

Shallan zadrżała.

– Dlaczego tu jest?

– Nie umiem powiedzieć. To coś nie pochodzi od nas. Pochodzi od niego.

– Starożytny spren Odium. Cudownie.

Shallan przerzuciła kartkę szkicownika i zaczęła kolejny rysunek.

Inni wciąż dyskutowali o koalicji, Thaylenah i Azir powracały jako najważniejsze kraje do przekonania, skoro Iri wyraźnie dało do zrozumienia, że stanęło po stronie wroga.

– Jasności Kalami – mówił Dalinar. – Ostatni raport. Opisywał duże zgromadzenie wroga w Maracie, prawda?

– Tak, oświecony – odparła skryba ze swojego miejsca za pulpitem. – Południowy Marat. Sugerowaliście, że to mała liczba ludności w tym rejonie skłoniła Pustkowców, by się tam zebrali.

– Iriali wykorzystali okazję, by uderzyć na wschód, na co zawsze mieli ochotę – stwierdził Dalinar. – Zdobędą Rirę i Babatharnam. Tymczasem regiony takie jak Triax, w południowej części środkowego Rosharu, gasną.

Jasność Kalami pokiwała głową, a Shallan postukała ołówkiem w wargi. Stwierdzenie to miało znaczące implikacje. Jak miasta mogły całkowicie zgasnąć? W tych czasach w większych miastach – zwłaszcza w portach – działały setki łączotrzcin. Każdy jasnooki i kupiec, który chciał wiedzieć o zmianach cen albo pozostawać w kontakcie z odległymi posiadłościami, miał przynajmniej jedną.

Te w Kholinarze zaczęły działać natychmiast po powrocie arcyburz – a później się wyłączały, jedna po drugiej. Według ostatnich raportów w pobliżu miasta gromadziły się armie. A później... nic. Wróg wydawał się zdolny lokalizować łączotrzciny.

Przynajmniej w końcu dostali wieści od Kaladina. Pojedynczy glif, sugerujący, że powinni zachować cierpliwość. Nie udało mu się dotrzeć do miasta, gdzie jakaś kobieta mogłaby zapisać jego słowa, ale chciał, żeby wiedzieli, że jest bezpieczny. Choć oczywiście ktoś inny mógł dostać łączotrzcinę w swoje ręce i wysłać fałszywy glif, żeby ich oszukać.

– Wróg próbuje zdobyć Bramy Przysięgi – uznał Dalinar. – Wskazują na to wszystkie ich posunięcia poza zgromadzeniem w Maracie. Instynkt podpowiada mi, że armia planuje uderzyć na Azir, a może nawet spróbować natarcia na Jah Keved.

– Ufam ocenie Dalinara – dodał arcyksiążę Aladar. – Jeśli on wierzy, że taki rozwój sytuacji jest prawdopodobny, powinniśmy go posłuchać.

– Phi! – sprzeciwił się arcyksiążę Ruthar. Tłusty mężczyzna opierał się o ścianę po przeciwnej stronie niż wszyscy pozostali i ledwie słuchał. – Kogo obchodzi, co mówisz, Aladarze? Zadziwiające, że w ogóle cokolwiek widzisz, jeśli wziąć pod uwagę miejsce, do którego wpakowałeś głowę.

Aladar się odwrócił i wyciągnął rękę w geście przywoływania. Dalinar go powstrzymał, czego Ruthar musiał się spodziewać. Shallan pokręciła głową i znów zatonęła w pracy. Nad jej szkicownikiem pojawiło się kilka stworzeniosprenów, jeden był malutkim butem, a inny przypominał jej ołówek.

Tym razem rysowała arcyksięcia Sadeasa, ale nie na podstawie jakiegoś określonego Wspomnienia. Nigdy nie chciała dodawać go do swojej kolekcji. Dokończyła szkic i przerzucała kartki, aż dotarła do portretu oświeconego Perela, innego mężczyzny znalezionego martwego w korytarzach Urithiru. Próbowała odtworzyć jego twarz bez ran.

Spoglądała to na jeden, to na drugi szkic. Rzeczywiście są podobni, uznała. Takie same nalane rysy. Podobna budowa ciała. Na kolejnych dwóch kartkach sportretowała obu Rogożerców. Ci również byli względnie do siebie podobni. A dwie zamordowane kobiety? Dlaczego mężczyzna, który udusił swoją żonę, przyznał się do morderstwa, ale później przysięgał, że nie zabił drugiej kobiety? Jedna wystarczyła, by został stracony.

Ten spren naśladuje przemoc, uznała. Zabija albo rani w dokładnie taki sam sposób, jak wydarzyło się to w poprzednich dniach. Swego rodzaju... imitacja?

Wzór zabrzęczał cicho, zwracając jej uwagę. Shallan podniosła wzrok i zobaczyła, że ktoś idzie w jej stronę – kobieta w średnim wieku o czarnych włosach przyciętych niemal do gołej skóry. Nosiła długą spódnicę i kamizelkę na koszuli zapinanej na guziki. Strój thayleńskich kupców.

– Co takiego rysujesz, jasności? – spytała kobieta po vedeńsku.

Usłyszenie ojczystego języka po tak długim czasie zaskoczyło Shallan i jej umysł dopiero po chwili przebił się przez słowa.

– Ludzi. – Shallan zamknęła szkicownik. – Lubię rysować postaci. Jesteś tą, która przybyła z Taravangianem. Jego Mocowiązącą.

– Na imię mam Malata. Ale nie jestem jego. Przybyłam do niego, bo tak mi było wygodniej, a Iskra zasugerowała, że moglibyśmy zobaczyć Urithiru, skoro zostało ponownie odkryte. – Rozejrzała się po wielkiej sali. Shallan nigdzie nie widziała jej sprena. – Przypuszczasz, że naprawdę wypełnialiśmy całą tę salę?

– Dziesięć zakonów, a w każdym setki ludzi. Tak, zakładam, że mogliśmy ją zapełnić... właściwie wątpię, czy wszyscy należący do zakonów się tu mieścili.

– A teraz jest nas czworo – rzuciła kobieta od niechcenia, spoglądając na Renarina stojącego sztywno u boku ojca i pocącego się pod spojrzeniami, które czasem rzucali mu ludzie.

– Pięcioro. Gdzieś tam jest jeszcze latający mostowy... a to jedynie ci, którzy zebrali się tutaj. Muszą być jeszcze inni, tacy jak ty, którzy wciąż szukają sposobu, by do nas dotrzeć.

– Jeśli zechcą. Nie musi być tak, jak kiedyś. A dlaczego mieliby to zrobić? Ostatnim razem Świetlistym nie poszło tak dobrze, czyż nie?

– Może. Ale może to nie jest właściwy czas na eksperymenty. Znów zaczęło się Spustoszenie. Opieranie się na tym, co działało w przeszłości, nie musi być najgorszym rozwiązaniem.

– Ciekawe – rzuciła kobieta – że w kwestii całego tego „Spustoszenia" mamy tylko słowo paru sztywnych Alethyjczyków, co, siostro?

Słowa te zostały wypowiedziane swobodnym tonem, a towarzyszyło im mrugnięcie. Shallan aż zamrugała, a Malata uśmiechnęła się i wróciła do pozostałych z przodu sali.

– Ona jest irytująca – szepnęła Shallan.

– Mmm... Będzie gorzej, kiedy zacznie niszczyć rzeczy.

– Niszczyć?

– Pyłowiec. Jej spren... mmm... one lubią niszczyć to, co je otacza. Chcą wiedzieć, co jest w środku.

– Milutko.

Shallan wróciła do swoich rysunków. Ten stwór w pęknięciu. Zabici mężczyźni. Powinno wystarczyć, by mogła zaprezentować swoje odkrycia Dalinarowi i Adolinowi. Zamierzała to zrobić jeszcze tego dnia, skoro ukończyła rysunki.

A później?

Muszę go złapać, pomyślała. Obserwować targowisko. W końcu komuś stanie się krzywda. A kilka dni później ten stwór spróbuje naśladować atak.

Może mogłaby patrolować niezbadane części wieży? Poszukać go, zamiast czekać na jego atak?

Ciemne korytarze. Każdy tunel jak niemożliwa linia na rysunku.

Zapanowała cisza. Shallan otrząsnęła się z zamyślenia i podniosła wzrok, by zorientować się w sytuacji. Na spotkanie przybyła Ialai Sadeas niesiona w palankinie. Towarzyszyła jej znajoma postać – Meridas Amaram był wysokim mężczyzną o beżowych oczach, kwadratowej twarzy i masywnej sylwetce. Był też mordercą, złodziejem i zdrajcą. Złapano go na próbie kradzieży Ostrza Odprysku – dowód, że kapitan Kaladin mówił prawdę na jego temat.

Shallan zazgrzytała zębami, ale odkryła, że jej gniew... ochłódł. Nie zniknął. Nie, nie zamierzała wybaczyć temu mężczyźnie zabicia Helarana. Ale musiała niechętnie przyznać, że nie wiedziała, dlaczego ani w jaki sposób jej brat zginął z ręki Amarama. Niemal słyszała szept Jasnah: „Nie sądź, dopóki nie poznasz więcej szczegółów".

Poniżej Adolin wstał i ruszył w stronę Amarama, naruszając powierzchnię mapy, która zafalowała świetlistym Burzowym Światłem. Patrzył na niego z wściekłością, choć Dalinar położył dłoń na ramieniu syna, powstrzymując go.

– Jasności Sadeas – powiedział Dalinar. – Cieszę się, że zgodziłaś się przybyć na spotkanie. Twoja mądrość przyda się nam przy tworzeniu planów.

– Nie jestem tu z powodu twoich planów, Dalinarze. Przyszłam, bo to dogodne miejsce, by spotkać was wszystkich razem. Naradziłam się ze swoimi doradcami w naszych posiadłościach i wszyscy zgadzają się, że dziedzic, mój bratanek, jest zbyt młody. To nie czas, by ród Sadeas pozostał bez przywódcy, więc podjęłam decyzję.

– Ialai. – Dalinar wkroczył w iluzję obok syna. – Porozmawiajmy o tym. Proszę. Mam pomysł, który choć nie do końca zgodny z tradycjami, mógłby...

– Tradycje to nasz sojusznik, Dalinarze. Nie sądzę, byś kiedykolwiek rozumiał to tak, jak powinieneś. Marszałek Amaram jest naszym najlepszym i najbardziej szanowanym generałem. Uwielbianym przez żołnierzy i znanym na całym świecie. Mianuję go regentem i dziedzicem rodowego tytułu. Praktycznie rzecz biorąc, jest teraz arcyksięciem Sadeasem. Chciałabym prosić króla, by to ratyfikował.

Shallan zaparło dech w piersi. Król Elhokar podniósł wzrok wyraźnie wytrącony z zamyślenia.

– Czy to zgodne z prawem?

– Tak – odparła Navani, ręce miała założone na piersiach.

– Dalinarze.

Amaram zszedł po ostatnich kilku stopniach, by dołączyć do pozostałych. Jego głos przeszywał Shallan dreszczem. Ta wyrafinowana wymowa, ta doskonała twarz, ten zadbany mundur... ten mężczyzna był wszystkim, do czego aspirował każdy żołnierz.

Nie tylko ja jestem dobra w udawaniu, pomyślała.

– Mam nadzieję – mówił dalej Amaram – że nasze ostatnie... tarcia nie powstrzymają nas przed współpracą na rzecz Alethkaru. Rozmawiałem z jasnością Ialai i chyba ją przekonałem, że nasze konflikty ustąpią przed większym dobrem Rosharu.

– Większe dobro – odparł Dalinar. – Sądzisz, że powinieneś mówić o tym, co dobre?

– Wszystko, co zrobiłem, robiłem dla większego dobra. – W głosie Amarama brzmiało napięcie. – Wszystko. Proszę. Wiem, że zamierzałeś postawić mnie przed sądem. Zgadzam się, ale odłóżmy to do czasu, kiedy Roshar zostanie uratowany.

Dalinar przez długą, pełną napięcia chwilę przyglądał się Amaramowi. W końcu spojrzał na bratanka i krótko skinął głową.

– Korona potwierdza twój akt przekazania regencji, jasności – powiedział Elhokar do Ialai. – Moja matka będzie sobie życzyła otrzymać oficjalne pismo z pieczęcią i potwierdzeniem przez świadków.

– Już jest gotowe.

Dalinar napotkał spojrzenie Amarama ponad unoszącą się mapą.

– Arcyksiążę – powiedział w końcu.

– Arcyksiążę – odpowiedział Amaram i skinął głową.

– Bydlak – stwierdził Adolin.

Dalinar wyraźnie się skrzywił i wskazał w stronę wyjścia.

– Może, synu, powinieneś zostać przez chwilę sam.

– Pewnie.

Adolin wyrwał się z uścisku ojca i ruszył w stronę wyjścia.

Shallan po krótkiej chwili namysłu złapała buty, szkicownik i pobiegła za nim. Dogoniła Adolina w korytarzu, niedaleko miejsca, gdzie czekały palankiny dla kobiet, i wzięła go za rękę.

– Cześć – powiedziała cicho.

Popatrzył na nią i jego twarz złagodniała.

– Chcesz porozmawiać? – spytała. – Wydajesz się bardziej wściekły na niego niż wcześniej.

– Nie – mruknął Adolin. – Jestem tylko zirytowany. Pozbyliśmy się Sadeasa, a teraz coś takiego zajmuje jego miejsce? – Potrząsnął głową. – Kiedy byłem młodszy, podziwiałem go. Później zacząłem mieć swoje podejrzenia, ale w głębi duszy wciąż chciałem, by był taki, jak o nim mówili. Mężczyzna będący ponad całą małostkowością i polityką. Prawdziwy żołnierz.

Shallan nie była pewna, czy podoba jej się pomysł, że „prawdziwy żołnierz" to ktoś, kto nie przejmuje się polityką. Czy dla człowieka nie powinno być ważne, dlaczego coś robi? Żołnierze tak nie mówili. Istniał ideał, który nie do końca pojmowała, swego rodzaju kult posłuszeństwa – przejmowania się jedynie polem bitwy i wyzwaniem, jakie stanowiło.

Weszli do windy, a wtedy Adolin wyjął swobodny klejnot – mały diament nieotoczony kulą – i umieścił go w otworze obok balustrady. Burzowe Światło wypłynęło z kamienia, a balkon zatrząsł się i zaczął opadać. Wyjęcie klejnotu kazałoby windzie zatrzymać się na następnym poziomie. Prosta dźwignia, przesunięta w jedną lub w drugą stronę, decydowała, czy winda wspinała się w górę, czy opadała.

Minęli najwyższy poziom, a wtedy Adolin ustawił się przy balustradzie i wpatrzył w centralny szyb z wielkim oknem. Zaczynali nazywać go atrium – choć było to atrium wysokie na wiele dziesiątek kondygnacji.

– Kaladinowi się to nie spodoba – stwierdził Adolin. – Amaram jako arcyksiążę? My dwaj spędziliśmy wiele tygodni w więzieniu z powodu tego, co zrobił ten człowiek.

– Myślę, że Amaram zabił mojego brata.

Adolin obrócił się na pięcie i popatrzył na nią.

– Co takiego?

– Amaram ma Ostrze Odprysku. Widziałam je wcześniej w rękach mojego brata, Helarana. Był starszy ode mnie i lata temu opuścił Jah Keved. Z tego, czego udało mi się dowiedzieć, w pewnym momencie walczyli i Amaram go zabił... zabierając mu ostrze.

– Shallan... to Ostrze. Wiesz, jak Amaram je zdobył, prawda?

– Na polu bitwy?

– Od Kaladina. – Adolin uniósł dłoń do czoła. – Mały mostowy upierał się, że uratował życie Amarama, zabijając Odpryskowego. Później Amaram wymordował oddział Kaladina i wziął sobie Odpryski. To powód, dlaczego ci dwaj tak się nienawidzą.

Shallan poczuła ściskanie w gardle.

– Aha.

Schowaj to. Nie myśl o tym.

– Shallan. – Adolin podszedł do niej. – Dlaczego twój brat próbował zabić Amarama? Może wiedział o jego zepsuciu? Na burze! Kaladin nie miał o tym pojęcia. Biedny mały mostowy. Wszyscy byliby szczęśliwi, gdyby po prostu pozwolił Amaramowi zginąć.

Nie stawiaj temu czoła. Nie myśl o tym.

– No – mruknęła.

– Ale skąd twój brat wiedział? – Adolin zaczął chodzić po balkonie. – Coś mówił?

– Niewiele rozmawialiśmy. – Shallan czuła się odrętwiała. – Odszedł, kiedy byłam dzieckiem. Nie znałam go zbyt dobrze.

Cokolwiek, byle tylko zmienić temat. Bo to było coś, co wciąż mogła ukryć z tyłu głowy. Nie chciała myśleć o Kaladinie i Helaranie...

Jazda na sam dół wieży trwała długo, a oni przez resztę drogi milczeli. Adolin chciał znów odwiedzić konia swojego ojca, jednak Shallan nie miała ochoty stać i wąchać końskiego łajna. Wysiadła na drugim poziomie i ruszyła do swoich komnat.

Tajemnice. „Na świecie są ważniejsze rzeczy", powiedział Helaran do jej ojca. „Ważniejsze nawet od ciebie i twoich zbrodni".

Mraize coś o tym wiedział. Trzymał tajemnice jak słodycze, które miały zachęcić dziecko do posłuszeństwa. Ale chciał tylko, by badała dziwne rzeczy w Urithiru. To coś dobrego, prawda? I tak by to zrobiła.

Shallan wędrowała korytarzami, podążając drogą, na której robotnicy Sebariala zawiesili na ścianach kilka lamp z kulami. Zamknięto je na klucz i wypełniono tylko najtańszymi diamentami, żeby nie opłacało się do nich włamywać, przez co dawały bardzo słabe światło.

Powinna zostać na górze, jej nieobecność musiała zniszczyć iluzję mapy. Czuła się z tym źle. Czy mogła się nauczyć, jak sprawić, by iluzje trwały nawet po jej odejściu? Potrzebowałyby Burzowego Światła...

Tak czy inaczej, musiała opuścić spotkanie. Tajemnice tego miasta były zbyt zajmujące, by je zignorować. Zatrzymała się w korytarzu i wyjęła szkicownik, przerzucając kartki, by dotrzeć do twarzy zabitych.

Nagle natrafiła na rysunek, którego sobie nie przypominała. Seria kłębiących się, oszałamiających linii, nabazgranych i niepołączonych ze sobą.

Zrobiło jej się zimno.

– Kiedy to narysowałam?

Wzór wspiął się po jej sukni i zatrzymał pod szyją. Zabrzęczał niepewnie.

– Nie pamiętam.

Spojrzała na następną kartkę. Tu narysowała linie wypływające z punktu centralnego, bezładne i chaotyczne, przeobrażające się w końskie łby z odpadającym ciałem, wybałuszonymi oczyma i pyskami otwartymi w krzyku. Było to groteskowe i wywołujące mdłości.

Och, Ojcze Burz...

Palce jej drżały, gdy przerzuciła następną kartkę. Zamazała ją całkowicie na czarno, okrągłym ruchem, biegnąc spiralą w stronę środka. Głęboka pustka, niekończący się korytarz, coś straszliwego i niepoznawalnego na końcu.

Zatrzasnęła szkicownik.

– Co się ze mną dzieje?

Wzór zabrzęczał zdezorientowany.

– Czy my... uciekamy?

– Dokąd?

– Gdzieś. Z tego miejsca. Mmmmm.

– Nie.

Zadrżała, z jednej strony czuła przerażenie, z drugiej nie mogła porzucić tajemnic. Musiała je zdobyć, utrzymać, uczynić swoimi. Odwróciła się gwałtownie i ruszyła w stronę inną niż jej komnaty. Po krótkim czasie wkroczyła do koszar, w których Sebarial kwaterował swoich żołnierzy. W wieży było wiele takich miejsc – dużych kompleksów pomieszczeń z kamiennymi pryczami wbudowanymi w ściany. Urithiru było wojskową bazą, o czym wyraźnie świadczyła jego zdolność do skutecznego zakwaterowania dziesiątek tysięcy żołnierzy, i to tylko na dolnych poziomach.

W sali wspólnej koszar mężczyźni siedzieli wygodnie bez kurtek, grali w karty lub bawili się nożami. Jej pojawienie się wywołało zamieszanie, gdy mężczyźni patrzyli na nią z otwartymi ustami, po czym podrywali się na równe nogi i wahali, czy zapinać płaszcze, czy raczej salutować. Podążały za nią szepty „Świetlista", kiedy wkroczyła do korytarza biegnącego między kwaterami dla poszczególnych plutonów. Odliczyła wejścia oznakowane archaicznymi alethyjskimi numerami wykutymi w kamieniu i weszła do jednego z nich.

W środku Vathah i jego oddział grali w karty przy blasku kul. Biedny Gaz siedział na nocniku w wygódce w kącie, na jej widok krzyknął i zaciągnął drzwi z materiału.

Pewnie mogłam się tego spodziewać, pomyślała Shallan i ukryła rumieniec, wciągając Burzowe Światło. Założyła ręce na piersi i popatrzyła na pozostałych, którzy – niespiesznie – wstawali i salutowali. Było ich już tylko dwunastu. Niektórzy odeszli do innej pracy. Kilku zginęło w bitwie o Narak.

W pewnym sensie miała nadzieję, że wszyscy odejdą – choćby po to, by nie musiała się zastanawiać, co z nimi robić. Teraz uświadamiała sobie, że Adolin miał rację. To było koszmarne podejście. Ci ludzie byli zasobem i w sumie okazali się zadziwiająco lojalni.

– Byłam beznadziejnym pracodawcą – powiedziała im.

– Ja tam nie wiem, jasności – powiedział Rudy... wciąż nie wiedziała, skąd ten wysoki, brodaty mężczyzna zyskał taki przydomek. – Wypłata przychodzi na czas i nie zginęło nas zbyt wielu.

– Ja zginąłech – powiedział Shob ze swojej pryczy. Zasalutował jej, nie wstając.

– Zamknij się, Shob – mruknął Vathah. – Nie jesteś martwy.

– Teroz jestech, sierżancie. Pewien jestech.

– To przynajmniej się zamknij – stwierdził Vathah. – Zgadzam się z Rudym, jasności. Nie skrzywdziłaś nas.

– Cóż, swoboda się skończyła. Mam dla was zadanie.

Vathah wzruszył ramionami, ale niektórzy z pozostałych zrobili rozczarowane miny. Może Adolin miał rację, może w głębi duszy tacy mężczyźni potrzebowali czegoś do roboty? Ale nie zamierzali się do tego przyznawać.

– Obawiam się, że może być niebezpieczna. – Shallan się uśmiechnęła. – I pewnie będziecie musieli się trochę upić.

28
INNA MOŻLIWOŚĆ

A na zakończenie wyznam, że jestem człowiekiem. Nazwano mnie potworem, a ja nie zaprzeczam. Jestem potworem, którym, jak się obawiam, wszyscy możemy się stać.

– Z przedmowy *Dawcy Przysięgi*

– „Podjęto decyzję" – czytała Teshav – „o zapieczętowaniu tej Bramy Przysięgi do czasu, aż będziemy mogli ją zniszczyć. Wiemy, że nie jest to droga, którą chcieliście, żebyśmy podążyli, Dalinarze Kholinie. Wiedzcie, że Pierwszy Aziru myśli o was z sympatią i czeka na wzajemne korzyści, jakie mogą przynieść umowy handlowe i nowe traktaty między naszymi narodami. Jednak magiczny portal w samym centrum naszego miasta oznacza zbyt wielkie niebezpieczeństwo. Nie będziemy słuchać dalszych błagań o jego otwarcie i sugerujemy, byście zaakceptowali naszą niezawisłą decyzję. Życzymy miłego dnia, Dalinarze Kholinie. Niech Yaezir was błogosławi i kieruje waszymi krokami".

Stojący w niewielkiej kamiennej komnacie Dalinar uderzył pięścią w dłoń. Teshav i jej podopieczna zajmowały stolik do pisania i siedzenie obok, Navani zaś spacerowała po komnacie naprzeciwko Dalinara. Król Taravangian siedział na krześle przy ścianie pochylony, ze splecionymi dłońmi, i słuchał z zatroskaną miną.

I koniec. Azir nie wchodził w grę.

Navani dotknęła jego ramienia.

– Tak mi przykro.

– Wciąż pozostał jeszcze Thaylenah – odparł Dalinar. – Teshav, sprawdź, czy królowa Fen zechce dziś ze mną rozmawiać.

– Tak, oświecony.

Miał Jah Keved i Kharbranth poprzez Taravangiana, a Nowy Natanan reagował pozytywnie. Wraz z Thaylenah Dalinar mógł przynajmniej stworzyć zjednoczoną vorińską koalicję wszystkich krajów wschodu. Ten model mógł w swoim czasie przekonać nacje zachodu, by do niego dołączyły.

Jeśli do tego czasu ktokolwiek jeszcze pozostanie.

Dalinar znów zaczął chodzić po komnacie, gdy Teshav kontaktowała się z Thaylenah. Wolał takie mniejsze komnaty – wielkie sale przypominały mu o tym, jak ogromne jest to miejsce. W małym pomieszczeniu mógł udawać, że po prostu znalazł się w przytulnym bunkrze.

Oczywiście nawet w takich niedużych komnatach zawsze coś mu przypominało, że Urithiru nie było normalne. Warstwy na ścianach, jak fałdy wachlarza. Albo otwory, które często znajdowały się w pomieszczeniach w miejscach, w których ściany łączyły się ze sklepieniem. Ten tutaj przypominał mu raport Shallan. Czy tam coś było i ich obserwowało? Czy to możliwe, że ludzi w wieży mordował spren?

Prawie skłoniło go to do wycofania się. Ale dokąd mieliby się udać? Porzucić Bramy Przysięgi? Jak na razie czterokrotnie zwiększył patrole i wysłał badaczki Navani w poszukiwaniu możliwego wyjaśnienia. Przynajmniej do czasu znalezienia rozwiązania.

Kiedy Teshav pisała do królowej Fen, Dalinar podszedł do ściany nagle zaniepokojony tym otworem. Znajdował się tuż przy sklepieniu i był za wysoko, by go dosięgnął, nawet gdyby stanął na krześle. Dlatego wciągnął trochę Burzowego Światła. Mostowi opisywali, jak wykorzystywali kamienie, by wspinać się po ścianach, więc Dalinar podniósł drewniane krzesło i lewą dłonią pomalował jego tył blaskiem.

Kiedy przycisnął tył krzesła do ściany, przykleiło się. Dalinar chrząknął i ostrożnie wspiął się na siedzenie, które wisiało nad ziemią mniej więcej na wysokości blatu stołu.

– Dalinarze? – spytała Navani.

– Równie dobrze mogę nie marnować czasu – odparł, balansując na krześle.

Podskoczył, chwycił krawędź otworu przy sklepieniu i podciągnął się, by weń spojrzeć.

Otwór miał trzy stopy szerokości i około stopy wysokości. Wydawało się, że nie ma końca, a Dalinar wyczuwał słabe poruszenia powietrza. Czyżby słyszał... drapanie? Chwilę później z ukrytego w cieniu skrzyżowania wyłoniła się norka niosąca w pysku zabitego szczura. Zwierzątko spojrzało w jego stronę, zmarszczyło nos i odbiegło ze swym łupem.

– Przez nie rzeczywiście przepływa powietrze – stwierdziła Navani, kiedy zeskoczył z krzesła. –Nie pojmujemy jakim sposobem. Może jakiś fabrial, którego jeszcze nie odkryłyśmy?

Dalinar znów spojrzał na otwór. Całe mile takich i mniejszych tuneli przecinały mury i sklepienia systemu komnat i korytarzy, który i tak już onieśmielał. A gdzieś w nich ukrywał się stwór, którego narysowała Shallan...

– Odpowiedziała, oświecony! – odezwała się Teshav.

– Doskonale – stwierdził Dalinar. – Wasza Wysokość, czas nam się kończy. Chciałbym...

– Ona wciąż pisze – przerwała mu Teshav. – Przepraszam, oświecony. Ona pisze... no...

– Przeczytaj to, Teshav. Zdążyłem się już przyzwyczaić do Fen.

– „Na Potępienie, człowieku. Czy ty w końcu zostawisz mnie w spokoju? Od tygodni nie przespałam całej nocy. Wieczna Burza uderzyła w nas już dwa razy, ledwie powstrzymujemy miasto przed rozpadem".

– Rozumiem, Wasza Wysokość. I chętnie prześlę wam pomoc, jak obiecywałem. Proszę, pozwólcie nam zawrzeć pakt. Wystarczająco długo nie dostawałem odpowiedzi.

Obok niego krzesło w końcu oderwało się od ściany i z trzaskiem uderzyło o podłogę. Dalinar przygotował się na kolejną rundę werbalnego pojedynku, na wpół obietnic i zawoalowanych znaczeń. W czasie ich rozmów Fen robiła się coraz bardziej oficjalna.

Łączotrzcina zaczęła pisać i niemal od razu się zatrzymała. Teshav spojrzała na niego ponuro.

– „Nie" – przeczytała.

– Wasza Wysokość. To nie jest czas, by działać samodzielnie! Proszę. Błagam. Wysłuchajcie mnie!

– „Powinniście już wiedzieć" – brzmiała odpowiedź – „że do tej koalicji nigdy nie dojdzie. Kholinie... szczerze mówiąc, nie wiem, co myśleć. Twój oświetlony granatami język i miłe słowa sugerują, że rzeczywiście wierzysz w powodzenie tego czegoś.

– Z pewnością rozumiesz. Królowa musiałaby być głupia albo zdesperowana, żeby wpuścić alethyjską armię do samego środka miasta. Tym pierwszym czasami bywałam, a do tego drugiego się zbliżam, ale... na burze, Kholinie. Nie. Nie będę tą, która w końcu pozwoli, by Thaylenah padło przed wami. A gdybyś przypadkiem mówił szczerze, przepraszam".

Jej słowa zabrzmiały ostatecznie. Dalinar podszedł do Teshav i spojrzał na niezrozumiałe gryzmoły na kartce tworzące jakimś sposobem pismo kobiet.

– Możesz coś wymyślić? – spytał Navani, która z westchnieniem opadła na krzesło obok Teshav.

– Nie. Fen jest uparta, Dalinarze.

Dalinar spojrzał na Taravangiana. Nawet on zakładał, że jego celem jest podbój. A kto by tak nie myślał, biorąc pod uwagę jego historię?

Może byłoby inaczej, gdybym mógł porozmawiać z nimi osobiście, pomyślał. Ale bez Bram Przysięgi było to właściwie niemożliwe.

– Podziękuj jej za poświęcony czas – powiedział do Teshav. – I powiedz, że moja propozycja wciąż pozostaje aktualna.

Teshav zaczęła pisać, a Navani podniosła wzrok, zauważywszy coś, czego nie dostrzegła skryba – napięcie w jego głosie.

– Nic mi nie jest – skłamał. – Potrzebuję tylko czasu do zastanowienia.

Wyszedł z komnaty, zanim zdążyła się sprzeciwić, a jego strażnicy ruszyli za nim. Potrzebował świeżego powietrza – otwarte niebo zawsze wydawało się takie zapraszające. Jednakże stopy nie poprowadziły go w tę stronę. Odkrył, że krąży po korytarzach.

I co teraz?

Tak samo jak zawsze, ludzie ignorowali go, dopóki nie chwycił miecza w dłoń. Na burze, zupełnie jakby chcieli, żeby wpadł, machając klingą.

Przez dobrą godzinę wędrował po korytarzach, ale do niczego nie doszedł. W końcu odnalazła go Lyn, posłaniec. Dysząc ciężko, powiedziała, że most czwarty go potrzebuje, ale nie podała powodu.

Dalinar podążył za nią, a w głowie miał rysunek Shallan. Czy odkryli kolejne morderstwo? I rzeczywiście, Lyn poprowadziła go do części, w której znaleziono ciało Sadeasa.

Złe przeczucia Dalinara się wzmogły. Lyn zaprowadziła go na balkon, gdzie czekali na niego mostowi Leyten i Peet.

– Kto to był? – spytał Dalinar na ich widok.

– Kto... – Leyten zmarszczył czoło. – Aha! Nie o to chodzi, panie. To coś zupełnie innego. Tędy.

Poprowadził go po schodach na szerokie pole otaczające pierwszy poziom wieży, gdzie trzej kolejni mostowi czekali przy rzędzie kamiennych donic, pewnie do uprawy roślin korzeniowych.

– Zauważyliśmy to przypadkiem – powiedział Leyten, gdy szli między donicami. Zwalisty mostowy emanował dobrym humorem i rozmawiał z Dalinarem, jakkolwiek by na to patrzeć, arcyksięciem, równie swobodnie, jak z przyjaciółmi w gospodzie. – Zgodnie z waszymi rozkazami prowadziliśmy patrole, rozglądając się za wszystkim, co dziwne. I... no, Peet zauważył coś dziwnego. – Wskazał na ścianę. – Widzicie tę linię?

Dalinar zmrużył oczy i zauważył rowek w kamiennej ścianie. Co mogło tak naznaczyć skałę? Wyglądało prawie jak...

Przeniósł wzrok na najbliższe donice. I oto między dwiema z nich z kamienia wystawała rękojeść.

Ostrze Odprysku.

Łatwo je było przegapić, bo klinga całkowicie zatonęła w kamieniu. Dalinar ukląkł, wyjął z kieszeni chusteczkę i przez nią chwycił rękojeść.

Mimo że nie dotykał Ostrza bezpośrednio, usłyszał bardzo odległe jęki, jakby krzyk z głębi gardła. Zacisnął zęby, wyrwał Ostrze i położył je na pustej donicy.

Srebrzysta klinga miała na końcu zakrzywienie przypominające haczyk na ryby. Była szersza od większości Ostrzy Odprysku, a w pobliżu rękojeści zdobiły ją wzory przypominające fale. Znał ten miecz, znał go doskonale. Nosił go przez dziesięciolecia, od kiedy zdobył go tak dawno temu w Szczelinie.

Dawca Przysięgi.

Podniósł wzrok.

– Zabójca musiał wyrzucić je przez okno. W drodze na dół przecięło kamień, a później wylądowało tutaj.

– Tak właśnie myśleliśmy, oświecony – zgodził się Peet.

Dalinar spojrzał z góry na miecz. Swój miecz.

Nie, wcale nie mój, pomyślał.

Chwycił go, przygotowując się na wycie. Krzyki martwego sprena. Nie były to ostre, przenikliwe wrzaski, które słyszał, kiedy dotykał innych Ostrzy, ale bardziej skomlenie. Dźwięk wydawany przez człowieka zapędzonego w pułapkę, całkowicie pobitego i stawiającego czoła czemuś straszliwemu, ale zbyt wyczerpanego, by nadal krzyczeć.

Dalinar zacisnął zęby i oparł Ostrze – znajomy ciężar – płazem o ramię. Ruszył w stronę innego wejścia do miasta, a za nim podążyli jego strażnicy, zwiadowczyni i pięciu mostowych.

Obiecywałeś, że nie będziesz nosił martwego Ostrza, zagrzmiał Ojciec Burz w jego głowie.

– Uspokój się – szepnął Dalinar. – Nie zamierzam się z nim związać.

Ojciec Burz zadudnił, nisko i groźnie.

– Ono nie krzyczy tak głośno jak inne. Dlaczego?

Pamięta twoją przysięgę, wysłał Ojciec Burz. *Pamięta dzień, kiedy je zdobyłeś, a jeszcze lepiej dzień, kiedy je oddałeś. Nienawidzi cię... ale mniej niż pozostałych.*

Dalinar minął grupkę rolników Hathama, którzy próbowali, bez większych sukcesów, wyhodować polipy lawisu. Przyciągnął spojrzenia – nawet w wieży zamieszkanej przez żołnierzy, arcyksiążąt i Świetlistych ktoś otwarcie niosący Ostrze Odprysku przyciągał wzrok.

– Czy dałoby się je uratować? – szepnął Dalinar, gdy weszli do wieży i zaczęli się wspinać po schodach. – Czy moglibyśmy ocalić sprena, który tworzył to Ostrze?

Nie znam sposobu. Jest martwy, podobnie jak człowiek, który złamał swoją przysięgę, by go zabić.

I znów Zaginieni Świetliści i Odstępstwo – ten brzemienny w skutki dzień, kiedy rycerze złamali przysięgi, porzucili Odpryski i odeszli. Dalinar widział je w wizji, choć wciąż nie miał pojęcia, co do tego doprowadziło.

Dlaczego? Co sprawiło, że zrobili coś tak drastycznego?

W końcu dotarł do części wieży należącej do Sadeasa, i choć wejścia pilnowali strażnicy w zielono-białych mundurach, nie mogli powstrzymać arcyksięcia, a już szczególnie Dalinara. Gońcy pobiegli przodem, by przekazać wieści. Dalinar podążył za nimi, aby się upewnić, że kieruje się we właściwą stronę. Tak było – Iailai najwyraźniej przebywała w swoich komnatach. Zatrzymał się przed porządnymi drewnianymi drzwiami i uprzejmie zapukał.

Jeden z gońców, za którymi podążał, otworzył drzwi, wciąż dysząc ciężko. Jasność Sadeas siedziała na tronie pośrodku komnaty. U jej boku stał Amaram.

– Dalinarze.

Ialai skinęła mu głową jak królowa witająca poddanego.

Dalinar zdjął Ostrze Odprysku z ramienia i położył je ostrożnie na podłodze. Nie był to tak dramatyczny gest, jak wbicie go w kamienie, ale teraz, gdy słyszał krzyki broni, starał się traktować ją z szacunkiem.

Odwrócił się do wyjścia.

– Oświecony? – Ialai wstała. – A to w zamian za co?

– W zamian za nic. – Dalinar zwrócił się w jej stronę. – Zgodnie z prawem należy do ciebie. Moi strażnicy je dziś znaleźli, zabójca wyrzucił je przez okno.

Zmrużyła oczy.

– Ja go nie zabiłem, Ialai – powiedział Dalinar zmęczonym głosem.

– Wiem o tym. Nie zostało ci dość siły, by zrobić coś takiego.

Zignorował przytyk i spojrzał na Amarama. Wysoki, dystyngowany mężczyzna nie odwrócił wzroku.

– Któregoś dnia postawię cię przed sądem, Amaramie. Kiedy to się skończy.

– A ja powiedziałem, że możesz to zrobić.

– Chciałbym móc wierzyć w twoje słowo.

– Nadal twierdzę, że czyn, do którego zostałem zmuszony, był słuszny, oświecony. – Amaram zrobił krok do przodu. – Nadejście Pustkowców jedynie potwierdza, że mam rację. Potrzebujemy wyszkolonych Odpryskowych. Opowieści o ciemnookich zdobywających Ostrza są urocze, ale naprawdę sądzisz, że mamy teraz czas na bajeczki dla dzieci zamiast rzeczywistości?

– Zamordowałeś bezbronnych ludzi – powiedział Dalinar przez zaciśnięte zęby. – Mężczyzn, którzy uratowali ci życie.

Amaram pochylił się i podniósł Dawcę Przysięgi.

– A co z setkami, a nawet tysiącami, które zabiły twoje wojny?

Spojrzeli sobie w oczy.

– Ogromnie cię szanuję, oświecony – powiedział Amaram. – Wiele w życiu osiągnąłeś i poświęciłeś je, kierując się dobrem Alethkaru. Ale jesteś... i wiedz, że mówię to z całym szacunkiem... hipokrytą.

– Znajdujesz się obecnie w tym miejscu dzięki brutalnej determinacji, by zrobić to, co konieczne. To dzięki temu szlakowi trupów masz teraz luksus stania na straży wzniosłego, choć niesprecyzowanego kodeksu. Cóż, może dzięki temu lepiej czujesz się ze swoją przeszłością, ale moralność nie jest czymś, co możesz po prostu zdjąć, żeby założyć bitewny hełm, a później włożyć z powrotem, kiedy już skończysz z rzezią.

Z szacunkiem pochylił głowę, jakby właśnie nie wbił miecza w brzuch Dalinara.

Dalinar obrócił się na pięcie i zostawił Amarama z Dawcą Przysięgi. Tak szybko kroczył korytarzami, że jego orszak z trudem dotrzymywał mu kroku.

W końcu dotarł do swoich komnat.

– Zostawcie mnie – powiedział do swoich strażników i mostowych.

Zawahali się, niech ich burza. Odwrócił się gotów ich zrugać, ale zapanował nad sobą.

– Nie zamierzam samotnie włóczyć się po wieży. Będę posłuszny własnym prawom. Idźcie.

Niechętnie się wycofali, pozostawiając jego drzwi bez strażników. Wszedł do zewnętrznego salonu, w którym rozkazał umieścić większość mebli. Grzewczy fabrial Navani świecił w kącie, w pobliżu niewielkiego dywanika i kilku krzeseł. W końcu mieli dość Burzowego Światła, by go uruchomić.

Ciepło zachęciło Dalinara do podejścia do fabriala. Z zaskoczeniem dostrzegł, że na jednym z krzeseł siedzi Taravangian i wpatruje się w świetlisty rubin, który wypełniał ciepłem komnatę. Cóż, w końcu sam zaproponował królowi, by korzystał z salonu, kiedy tylko zechce.

Dalinar pragnął zostać sam i przez chwilę zastanawiał się nad wyjściem. Nie był pewien, czy Taravangian go zauważył. Ale ciepło było takie przyjemne. W wieży paliło się niewiele ogni i choć ściany chroniły przed wiatrem, to i tak czuł się ciągle przemarznięty.

Usadowił się na innym krześle i westchnął głęboko. Taravangian nie odezwał się do niego i chwała mu za to. Razem siedzieli przy nie-ogniu i wpatrywali się w klejnot.

Na burze, jakże dziś zawiódł. Nie będzie koalicji. Nie mógł nawet utrzymać w ryzach alethyjskich arcyksiążąt.

– Niezbyt przypomina siedzenie przy kominku, co? – odezwał się w końcu Taravangian miękkim głosem.

– Nie – zgodził się Dalinar. – Brak mi trzaskania polan, tańca ogniosprenów.

– Ale ma swój własny urok. Subtelny. Widać poruszające się wewnątrz Burzowe Światło.

– Nasza własna mała burza. Uwięziona, ograniczona i ukierunkowana.

Taravangian uśmiechnął się, jego oczy rozświetlał blask rubinu.

– Dalinarze... czy mógłbym cię o coś zapytać? Skąd wiesz, co jest właściwe?

– To wzniosłe pytanie, Wasza Wysokość.

– Proszę, mów mi po imieniu.

Dalinar pokiwał głową.

– Zaprzeczyłeś Wszechmocnemu – stwierdził Taravangian.

– Ja...

– Nie, nie. Nie potępiam cię jako heretyka. Nie obchodzi mnie to, Dalinarze. Sam kwestionowałem istnienie bóstwa.

– Czuję, że musi być Bóg – odparł cicho Dalinar. – Mój umysł i dusza wzdragają się przed alternatywą.

– Czyż naszym obowiązkiem, jako królów, nie jest zadawanie sobie pytań, przed którymi cofają się umysły i dusze innych ludzi?

– Możliwe.

Dalinar wpatrywał się w Taravangiana. Król wydawał się niezwykle refleksyjny.

Tak, tam wciąż pozostało trochę starego Taravangiana, pomyślał Dalinar. Inni mogli źle go ocenić. Jest powolny, ale to nie znaczy, że nie myśli.

– Poczułem ciepło – powiedział Dalinar – pochodzące z miejsca poza. Światło, które prawie widziałem. Jeśli istnieje Bóg, to nie był nim Wszechmocny, ten, który sam nazywał się Honorem. Był istotą. Potężną, ale wciąż istotą.

– W takim razie skąd wiesz, co jest właściwe? Co tobą kieruje?

Dalinar się pochylił. Wydawało mu się, że w blasku rubinu widzi coś większego. Coś, co poruszało się jak ryba w zbiorniku.

Wciąż zalewało go ciepło. Światło.

– „Sześćdziesiątego dnia" – szepnął Dalinar – „mijałem miasto, którego nazwa pozostanie niewypowiedziana. Choć wciąż przebywałem w krainach, w których nazywano mnie królem, znalazłem się dość daleko od domu, by nikt mnie nie rozpoznał. Nawet ci ludzie, którzy codziennie dotykali mojej twarzy... w postaci mojej pieczęci na ich rozkazach... nie rozpoznaliby w tym skromnym podróżnym swojego króla".

Taravangian spojrzał na niego zdezorientowany.

– To cytat z książki. Dawno temu król wyruszył w podróż. Jego celem było to miasto, Urithiru.

– Ach... *Droga królów*, tak? Adrotagia wspominała mi o tej księdze.

– Tak – zgodził się Dalinar. – „W mieście tym trafiłem na udręczonych ludzi. Doszło do morderstwa. Świniopas, który pilnował zwierząt miejscowego pana, został napadnięty. Żył dość długo, by wyszeptać, że trzech innych świniopasów zebrało się razem i dokonało zbrodni. Przybyłem, gdy zadawano pytania i przesłuchiwano ludzi. Widzicie, pan zatrudniał jeszcze czterech świniopasów. Trzej z nich byli odpowiedzialni za napaść i pewnie uniknęliby podejrzenia, gdyby dokończyli ponure zadanie. Każdy z czterech twierdził głośno, że to on nie był w zmowie. Długie przesłuchania nie doprowadziły do odkrycia prawdy".

Dalinar umilkł.

– I co się stało? – spytał Taravangian.

– On z początku nie mówi. Przez całą książkę powtarza pytanie. Trzej z tych mężczyzn byli gwałtowni i niebezpieczni, winni zbrodni z premedytacją. Jeden był niewinny. Co byś zrobił?

– Powiesił wszystkich czterech – szepnął Taravangian.

Dalinar – zaskoczony taką brutalnością drugiego mężczyzny – odwrócił się. Taravangian jednak wydawał się zasmucony, nie żądny krwi.

– Zadaniem pana – wyjaśnił Taravangian – jest zapobiec dalszym morderstwom. Wątpię, by księga zapisała dokładnie, co się wydarzyło. Ta przypowieść jest zbyt elegancka, zbyt prosta. Nasze życia są o wiele bardziej skomplikowane. Ale zakładając, że wszystko rzeczywiście wydarzyło się w taki sposób i nie było absolutnie żadnego sposobu, by ocenić, kto był winny... trzeba było powiesić wszystkich czterech. Prawda?

– A co z niewinnym mężczyzną?

– Jeden niewinny zabity, ale trzech morderców powstrzymanych. Czy to nie najlepsze, co można zrobić, i najlepszy sposób, by ochronić swoich poddanych? – Taravangian podrapał się po czole. – Ojcze Burz. Brzmię jak szaleniec, prawda? Ale czyż nie jest szczególnym rodzajem szaleństwa być obarczonym takimi decyzjami? Trudno odpowiadać na takie pytania, nie zdradzając się przy tym z własną hipokryzją.

„Hipokryta", oskarżał Amaram w głowie Dalinara.

On i Gavilar nie wykorzystywali ślicznych usprawiedliwień, kiedy wyruszyli na wojnę. Postępowali jak mężczyźni – podbijali. Dopiero później Gavilar zaczął szukać uzasadnienia dla ich działań.

– Dlaczego nie wypuścić ich wszystkich? – spytał Dalinar. – Jeśli nie można udowodnić, kto jest winny, jeśli nie można mieć pewności... sądzę, że należy ich wypuścić.

– Tak... jeden niewinny wśród czterech to zbyt wielu. To również ma sens.

– Nie, jakikolwiek niewinny to zbyt wielu.

– Tak mówisz. Wielu ludzi tak robi, ale nasze prawa odbierają życie niewinnym ludziom, gdyż wszyscy sędziowie są niedoskonali, podobnie nasza wiedza. W końcu zostanie stracony ktoś, kto na to nie zasługuje. To ciężar, który społeczeństwo musi dźwigać w zamian za porządek.

– Nie znoszę tego – powiedział cicho Dalinar.

– Tak... ja też. Ale to nie kwestia moralności, czyż nie? To kwestia progów. Ilu winnych musi zostać ukaranych, nim zaakceptuje się niewinną ofiarę? Tysiąc? Dziesięć tysięcy? Sto? Przy takich rozważaniach wszystkie kalkulacje są bez znaczenia, poza jedną. Czy zrobiono więcej dobrego niż złego? Jeśli tak, prawo spełniło swoje zadanie. I dlatego... musiałbym powiesić wszystkich czterech mężczyzn. – Zawahał się. – I każdej nocy płakałbym, że to zrobiłem.

Na Potępienie. Dalinar znów zmienił swoją ocenę Taravangiana. Król mówił łagodnie, ale nie był powolny. Po prostu był człowiekiem, który lubił się zastanowić, nim wygłosił swoją opinię.

– Nohadon w końcu powiedział, że pan wybrał umiarkowane podejście. Uwięził wszystkich czterech. Choć karą powinna być śmierć, zmieszał razem winę i niewinność, i ocenił, że średnia wina wszystkich czterech zasługiwała jedynie na uwięzienie.

– Nie chciał podjąć decyzji – stwierdził Taravangian. – Nie szukał sprawiedliwości, ale chciał ukoić swoje sumienie.

– Jednak to, co zrobił, było mimo wszystko inną możliwością.

– Czy twój król gdziekolwiek mówi, co on by zrobił? To znaczy ten, który napisał książkę?

– Powiedział, że jedynym rozwiązaniem było pozwolić, by Wszechmocny nami pokierował, i każdy przypadek oceniać indywidualnie, zależnie od okoliczności.

– Czyli on też nie chciał podjąć decyzji. Spodziewałbym się po nim więcej.

– Książka była o jego podróży. I pytaniach. Sądzę, że na to nigdy nie odpowiedział w pełni. Żałuję, że tego nie zrobił.

Przez jakiś czas siedzieli przy nie-ogniu, aż w końcu Taravangian wstał i oparł dłoń na ramieniu Dalinara.

– Rozumiem – powiedział cicho i wyszedł.

Był dobrym człowiekiem, odezwał się Ojciec Burz.

– Nohadon?

Tak.

Dalinar poczuł się zesztywniały, wstał więc i ruszył przez swoje komnaty. Nie zatrzymał się jednak w sypialni, choć robiło się późno, ale wyszedł na balkon. By spojrzeć ponad chmurami.

Taravangian się myli, powiedział Ojciec Burz. *Nie jesteś hipokrytą, Synu Honoru.*

– Jestem – sprzeciwił się cicho Dalinar. – Ale czasem hipokryta to po prostu ktoś, kto jest w trakcie przemiany.

Ojciec Burz zadudnił. Nie podobała mu się sama idea zmiany.

Czy mam pójść na wojnę z innymi królestwami, pomyślał Dalinar, i może ocalić świat? A może siedzieć tutaj i udawać, że sam sobie z tym wszystkim poradzę?

– Masz jeszcze jakieś wizje Nohadona? – spytał z nadzieją Dalinar.

Pokazałem ci wszystko, co zostało dla ciebie stworzone. Więcej nie mogę pokazać.

– W takim razie chciałbym znów zobaczyć wizję, w której spotykam Nohadona. Choć najpierw pozwól mi pójść po Navani. Chciałbym, żeby zapisała moje słowa.

A może wolałbyś, żebym jej również pokazał wizję? W ten sposób będzie mogła ją zapisać sama.

Dalinar zamarł.

– Możesz pokazywać te wizje innym?

Dostałem takie przyzwolenie: wybierać tych, którym te wizje posłużą najlepiej. Zawahał się, po czym niechętnie dodał: *Wybrać Kowala Więzi.*

Nie, nie podobał mu się pomysł związania, ale to była część jego rozkazów.

Dalinar wcale się nad tym nie zastanawiał.

Ojciec Burz mógł pokazywać te wizje innym.

– Komukolwiek? Możesz pokazać je komukolwiek?

Podczas burzy mogę zbliżyć się do kogo tylko zechcę. Ale ty nie musisz być w burzy, więc możesz dołączyć do wizji, w której umieściłem kogoś innego, nawet jeśli jesteś daleko.

Na burze! Dalinar ryknął śmiechem.

Co ja zrobiłem? – spytał Ojciec Burz.

– Właśnie rozwiązałeś mój problem!

Problem z Drogi Królów*?*

– Nie, większy. Brakowało mi możliwości osobistego spotkania z innymi monarchami. – Dalinar uśmiechnął się szeroko. – Sądzę, że podczas najbliższej arcyburzy królową Fen z Thaylenah czeka dość niezwykłe doświadczenie.

29

NIE MOŻNA SIĘ COFNĄĆ

Dlatego usiądźcie wygodnie. Przeczytajcie lub wysłuchajcie kogoś, kto przeszedł między krainami.

– Z przedmowy *Dawcy Przysięgi*

Woal krążyła po targu na Odejściu, kapelusz naciągnęła na oczy, a ręce trzymała w kieszeni. Nikt inny nie słyszał bestii tak, jak ona.

Regularne dostawy zapasów z Jah Keved dzięki królowi Taravangianowi sprawiły, że targowisko się ożywiło. Na szczęście dzięki obecności trzeciej Świetlistej zdolnej do obsługi Bramy Przysięgi Shallan była potrzebna rzadziej.

Kule, które znów świeciły, i kilka kolejnych arcyburz jako dowód, że tak pozostanie, dodały wszystkim otuchy. Panowała atmosfera podekscytowania, handel szedł świetnie. Trunek płynął swobodnie z beczułek ozdobionych królewską pieczęcią Jah Keved.

Gdzieś w tym wszystkim krył się drapieżca, którego słyszała tylko Woal. Słyszała stwora w ciszy między śmiechem. Był to dźwięk tunelu ciągnącego się w mrok. Wrażenie oddechu na karku w ciemnej komnacie.

Jak oni mogli się śmiać, kiedy ta pustka patrzyła?

Ostatnie cztery dni były frustrujące. Dalinar zwiększył liczbę patroli do niemal absurdalnego poziomu, ale ci żołnierze nie patrzyli we właściwy sposób. Byli zbyt widoczni, za bardzo zakłócali spokój. Woal wysłała swoich ludzi, by prowadzili bardziej szczegółową obserwację targowiska.

Jak na razie niczego nie znaleźli. Jej oddział był zmęczony, podobnie jak Shallan, którą wyczerpywały długie noce jako Woal. Na szczęście Shallan ostatnio nie robiła niczego szczególnie pożytecznego. Codzienne ćwiczenia szermierki z Adolinem – więcej zabawy i flirtu niż przydatnego treningu – a od czasu do czasu spotkanie z Dalinarem, gdzie jej jedynym udziałem była śliczna mapa.

Woal jednak... Woal polowała na myśliwego. Dalinar działał jak żołnierz – więcej patroli, ścisłe zasady. Kazał swoim skrybom odszukać w relacjach historycznych informacje na temat sprenów atakujących ludzi.

Potrzebował czegoś więcej niż niejasne wyjaśnienia i abstrakcyjne idee – ale to one były duszą sztuki. Gdyby coś dawało się objaśnić w sposób doskonały, sztuka byłaby niepotrzebna. Taka była różnica między stołem a pięknym drzeworytem. Można objaśnić stół – jego cel, kształt, naturę. Drzeworytu trzeba doświadczyć.

Weszła do gospody w namiocie. Czy ruch nie był większy niż wcześniej? Tak. Patrole Dalinara zaniepokoiły ludzi. Unikali mroczniejszych, bardziej ponurych gospód, woląc te pełne ludzi i jasnych świateł.

Gaz i Rudy stali obok sterty skrzyń, w rękach trzymali kubki z trunkiem. Włożyli proste spodnie i koszule, nie mundury. Miała nadzieję, że jeszcze nie byli zbyt upojeni. Przecisnęła się do niej i oparła skrzyżowane ręce na skrzyniach.

– Jeszcze nic – chrząknął Gaz. – Tak samo jak poprzednich nocy.

– Nie narzekamy. – Rudy z szerokim uśmiechem pociągnął łyk napitku. – Tego rodzaju żołnierka naprawdę mi się podoba.

– Dziś się wydarzy – stwierdziła Woal. – Czuję to w powietrzu.

– Mówiłaś tak wczoraj, Woal – mruknął Gaz.

Trzy noce wcześniej przyjacielska rozgrywka w karty doprowadziła do wybuchu przemocy – jeden z graczy uderzył drugiego butelką w głowę. Takie ciosy zwykle nie bywały śmiertelne, ale tym razem napastnik trafił we właściwe miejsce i zabił biedaka. Sprawca – jeden z żołnierzy Ruthara – został powieszony następnego dnia na centralnym placu targowiska.

Choć samo wydarzenie było pożałowania godne, dokładnie na coś takiego czekała. Nasiono. Akt przemocy, jeden człowiek atakujący innego. Zmobilizowała swoich ludzi i wysłała ich do gospód w pobliżu miejsca, w którym doszło do bójki. „Obserwujcie", powiedziała. „Ktoś zostanie zaatakowany butelką, dokładnie w ten sam sposób. Wybierzcie kogoś, kto wygląda jak zabity, i obserwujcie".

Shallan narysowała zabitego niskiego mężczyznę o długich zwisających wąsach. Woal rozdała szkice, a mężczyźni uznali, że jest kolejną zatrudnioną przez ich panią.

A teraz... czekali.

– Do ataku na pewno dojdzie – stwierdziła Woal. – Kim są wasze cele?

Rudy wskazał na dwóch mężczyzn w namiocie, którzy mieli wąsy i byli podobnego wzrostu. Woal pokiwała głową i rzuciła na stół kilka drobnych kul.

– Wlejcie w siebie coś, co nie jest gorzałą.

– Jasne, jasne – stwierdził Rudy, gdy Gaz chwycił kule. – Ale powiedz mi, słodziutka, nie chciałabyś zostać tu z nami odrobinę dłużej?

– Większość mężczyzn, którzy się do mnie przystawiali, straciła palec albo dwa, Rudy.

– I tak zostałoby mi dosyć, by cię zadowolić, obiecuję.

Popatrzyła na niego i zaczęła chichotać.

– To był nawet niezły tekst.

– Dzięki! – Uniósł kubek. – Czyli...

– Przykro mi, nie jestem zainteresowana.

Westchnął, ale uniósł kubek wyżej i pociągnął łyk.

Gaz przyglądał się jej jedynym okiem.

– A tak w ogóle, to skąd się wzięłaś?

– Shallan w pewnym sensie pociągnęła mnie za sobą, jak łódź pływające szczątki.

– Ona tak ma – zgodził się Rudy. – Myślisz, że już po tobie. Żyjesz na resztkach światła swojej kuli, jeśli wiesz, o co mi chodzi? A potem nagle jesteś w straży honorowej burzowego Świetlistego Rycerza i wszyscy cię podziwiają.

Gaz chrząknął.

– Święta prawda, święta prawda...

– Obserwujcie – powiedziała Woal. – Wiecie, co robić, gdyby coś się wydarzyło.

Pokiwali głowami. Jeden udałby się na miejsce spotkania, a drugi spróbowałby śledzić napastnika. Wiedzieli, że w mężczyźnie, którego będą gonić, może być coś dziwnego, ale wszystkiego im nie powiedziała.

Woal wróciła na miejsce spotkania, w pobliżu podwyższenia na środku targowiska, niedaleko studni. Podwyższenie wyglądało, jakby kiedyś stała na nim jakaś oficjalna budowla, ale pozostał jedynie wysoki na sześć stóp fundament, do którego z czterech stron prowadziły schody. Oficerowie Aladara uczynili go kwaterą główną swoich działań porządkowych i dyscyplinujących.

Obserwowała tłumy, jednocześnie od niechcenia bawiąc się nożem. Woal lubiła obserwować ludzi. To dzieliła z Shallan. Dobrze było wiedzieć, jak się od siebie różniły, ale dobrze też było wiedzieć, co je łączyło.

Woal nie była prawdziwym samotnikiem. Potrzebowała ludzi. Tak, od czasu do czasu ich oszukiwała, ale nie była złodziejem. Kochała doświadczenia. Najlepiej czuła się na zatłoczonym targowisku, obserwując, myśląc, doznając.

Ale Świetlista... Świetlistej ludzie nie obchodzili. Byli narzędziem, ale też uciążliwością. Jak mogli tak często działać wbrew swoim najlepszym interesom? Świat byłby o wiele lepszym miejscem, gdyby po prostu wykonywali polecenia Świetlistej. Albo przynajmniej mogli po prostu zostawić ją w spokoju.

Woal podrzuciła nóż i złapała go. Woal i Świetlistą łączyła skuteczność. Lubiły, by wszystko było zrobione dobrze, we właściwy sposób. Nie cierpiały głupców, choć Woal się z nich śmiała, a Świetlista po prostu ich ignorowała.

Na targu rozległy się krzyki.

W końcu, pomyślała Woal, złapała nóż i odwróciła się. Była czujna, podekscytowana, wciągnęła Burzowe Światło. *Gdzie?*

Vathah przecisnął się przez tłum, odpychając na bok jednego z kupujących. Woal wybiegła mu na spotkanie.

– Szczegóły! – rzuciła.

– Nie było tak, jak mówiłaś. Chodź za mną.

Ruszyli w stronę, z której przyszedł.

– To nie był cios butelką w głowę – wyjaśnił Vathah. – Mój namiot jest w pobliżu jednego z budynków. Tych kamiennych, które były tu na targowisku.

– I co? – spytała ostro.

Kiedy się zbliżyli, Vathah pokazał palcem. Nie dało się przegapić wysokiej budowli obok namiotu, który obserwował razem z Glurvem. W pobliżu szczytu, na sznurze zaczepionym o występ wisiał trup.

Powieszony. Niech to burza. Ten stwór nie naśladował ataku z butelką... ale egzekucję, która nastąpiła później!

Vathah pokazał palcem.

– Zabójca zepchnął tego człowieka stamtąd i zostawił go, kiedy jeszcze się szarpał. Później zeskoczył. Z tak wysoka, Woal. Jak...

– Dokąd? – przerwała mu.

Vathah znów wskazał palcem.

– Glurv go śledzi.

Oboje ruszyli w tę stronę, przepychając się przez tłum. W końcu zauważyli Glurva, który stał przy studni i machał do nich. Był krępym mężczyzną o twarzy, która zawsze wydawała się opuchnięta, jakby próbowała przebić się przez skórę.

– Mężczyzna cały na czarno. Pobiegł w stronę wschodnich tuneli!

Pokazał grupkę zaniepokojonych kupujących, którzy wpatrywali się w tunel, jakby ktoś właśnie minął ich w pośpiechu.

Woal popędziła w tamtą stronę. Vathah dotrzymywał jej kroku dłużej niż Glurv – ale dzięki Burzowemu Światłu poruszała się z szybkością, której normalny człowiek nie mógł dorównać. Wpadła do tunelu i spytała, czy ktokolwiek widział przechodzącego mężczyznę. Dwie kobiety wskazały jej kierunek.

Woal podążyła za wskazówkami, jej serce biło szybko, a Burzowe Światło szalało w jej wnętrzu. Gdyby ten pościg się nie powiódł, musiałaby zaczekać, aż zostaną zaatakowane kolejne dwie osoby – o ile w ogóle do tego dojdzie. Stwór mógł się ukryć, skoro wiedział już, że jest obserwowany.

Pobiegła korytarzem, pozostawiając za sobą bardziej uczęszczane części wieży. Kilku ostatnich ludzi w odpowiedzi na jej wykrzyczane pytanie wskazało jeden z tuneli.

Kiedy dotarła do rozwidlenia korytarza, zaczęła tracić nadzieję. Spojrzała w jedną stronę, a później w drugą. Zapłonęła jasno, by rozświetlić oba tunele, ale w żadnym niczego nie dostrzegła.

Westchnęła i osunęła się na ścianę.

– Mmmm... – powiedział Wzór z jej płaszcza. – Jest tam.

– Gdzie?

– Po prawej. Cienie są dziwne. Niewłaściwy wzór.

Shallan zrobiła krok do przodu, a wtedy coś oderwało się od cieni, postać, która była całkowicie czarna – a jednocześnie jak płyn lub wypolerowany kamień, odbijała jej światło. Odbiegła, ale jej kształt był niewłaściwy. Nie w pełni ludzki.

Woal biegła, nie myśląc o niebezpieczeństwie. Ten stwór mógł zrobić jej krzywdę – ale tajemnica była większym zagrożeniem. Musiała poznać te sekrety.

Ślizgając się, wybiegła za róg i wpadła do kolejnego tunelu. Nie traciła niezgrabnego cienia z oczu, ale nie mogła go dogonić.

Pościg prowadził ją coraz dalej w głąb najniższego poziomu wieży, do okolic właściwie niezbadanych, gdzie tunele robiły się coraz bardziej dezorientujące. Pachniało starymi rzeczami. Kurzem i kamieniami pozostawionymi na wieki. Warstwy tańczyły na ścianach, a szybkość jej biegu sprawiała, że wyglądały, jakby owijały się wokół niej niczym nici na wrzecionie.

Stwór padł na czworaki, a blask Shallan odbijał się od jego smolistej skóry. Biegł gorączkowo, aż dotarł do zakrętu tunelu i wcisnął się w szeroki na dwie stopy otwór w ścianie w pobliżu podłogi.

Świetlista padła na kolana i zobaczyła, jak stwór wypełza po drugiej stronie otworu. Ściana nie jest taka gruba, pomyślała, i wyprostowała się.

– Wzorze! – zawołała i wyciągnęła rękę w bok.

Świetlista zaatakowała ścianę Ostrzem Odprysku, odrywając fragmenty i z trzaskiem rzucając je na ziemię. Warstwy biegły przez całą szerokość kamienia, a odcięte kawałki miały w sobie żałosną, niedoskonałą urodę.

Napojona Światłem pchnęła nadciętą ścianę i w końcu wpadła do ukrytego za nią niewielkiego pomieszczenia.

Większość podłogi zajmowały krawędzie studni. Otwór, otoczony kamiennymi stopniami, ale pozbawiony balustrady, zagłębiał się w skałach i niknął w czerni. Świetlista opuściła Ostrze Odprysku, pozwalając, by rozcięło kamień. Otwór. Jak na jej rysunku spiralnej czerni, tunel, który niknął w pustce.

Upuściła Ostrze Odprysku i padła na kolana.

Wzór wzniósł się z ziemi w miejscu, w którym zniknęło Ostrze.

– Shallan?

– Będziemy musieli zejść.

– Teraz?

Przytaknęła.

– Ale najpierw... najpierw idź po Adolina. Powiedz mu, żeby zabrał żołnierzy.

Wzór zabrzęczał.

– Nie pójdziesz sama, prawda?

– Nie. Obiecuję. Trafisz tu z powrotem?

Wzór zabrzęczał twierdząco i popędził po ziemi, a śladem jego ruchu były wybrzuszenia kamieni. Co ciekawe, na ścianie w pobliżu miejsca, w którym się przebiła, były ślady rdzy i pozostałości starożytnych zawiasów. Czyli istniało ukryte wejście do tego miejsca.

Shallan dotrzymała słowa. Czerń ją przyciągała, ale ona nie była głupia. To znaczy przeważnie nie była głupia. Czekała urzeczona studnią, aż usłyszała głosy w korytarzu. On nie może zobaczyć mnie w ubraniu Woal, pomyślała i zaczęła przytomnieć. Jak długo tu klęczała?

Zdjęła kapelusz i długi biały płaszcz Woal i ukryła je za stertą gruzu. Otoczyło ją Burzowe Światło, tworząc obraz havah nad spodniami, okrytą rękawiczką dłonią i zapinaną na guziki koszulą.

Shallan. Znów była Shallan – niewinną, pełną życia Shallan. Wygadaną, nawet kiedy nikt nie chciał słyszeć jej słów. Żarliwą, ale czasem przesadnie entuzjastyczną. Mogła być tą osobą.

„To ty!", krzyczało coś w jej wnętrzu, gdy przyjmowała tę personę. „To prawdziwa ty. Czyż nie? Dlaczego musisz malować jej twarz na innej?".

Odwróciła się, gdy do środka wszedł niski, żylasty mężczyzna w niebieskim mundurze, ze śladami siwizny na skroniach. Jak on w końcu miał na imię? Przez ostatnie kilka tygodni spędziła trochę czasu w towarzystwie mostu czwartego, ale wciąż jeszcze nie zapamiętała ich wszystkich.

Jako następny wkroczył Adolin w niebieskim Pancerzu Odprysku Kholinów, z uniesioną zasłoną i Ostrzem opartym na ramieniu. Oceniając po dźwiękach dochodzących z korytarza – i zaglądających do środka herdazkich twarzach – sprowadził nie tylko żołnierzy, ale cały most czwarty.

Co oznaczało również Renarina, który wkroczył do środka za bratem okryty stalowoszarym Pancerzem. W pełnej zbroi młodszy z Kholinów nie wydawał się tak kruchy, choć jego twarz nie pasowała do żołnierza, nawet kiedy przestał nosić okulary.

Wzór podszedł i spróbował wślizgnąć się po jej iluzorycznej sukni, ale nagle zatrzymał się, cofnął i zabrzęczał z przyjemności, jaką sprawiło mu kłamstwo.

– Znalazłem go! – ogłosił. – Znalazłem Adolina!

– Widzę – stwierdziła Shallan.

– Przyszedł do mnie – wyjaśnił Adolin – w sali ćwiczeń, wrzeszcząc, że znalazłaś zabójcę. Powiedział, że jeśli nie przyjdę, ty pewnie... Cytuję: „zrobi coś głupiego i nie pozwoli mi popatrzeć".

Wzór zabrzęczał.

– Głupota. Bardzo interesująca.

– Powinieneś kiedyś odwiedzić alethyjski dwór. – Adolin podszedł do studni. – Czyli...

– Wyśledziliśmy istotę, która atakowała ludzi. Zabiła kogoś na targowisku, a później przybyła tutaj.

– I-istotę? – powtórzył jeden z mostowych. – Nie osobę?

– To spren – szepnęła Shallan. – I nie przypomina żadnego, którego widziałam wcześniej. Przez jakiś czas może udawać człowieka, ale w końcu staje się czymś innym. Pęknięta twarz, powykrzywiany kształt...

– Brzmi jak ta dziewczyna, z którą się spotykałeś, Blizno – zauważył jeden z mostowych.

– Ha, ha! – odparł krótko Blizna. – A może wrzucimy cię do tego otworu, Eth, i zobaczymy, jak daleko sięga?

Lopen podszedł do studni.

– Czyli ten spren, no, pewno zabił arcyksięcia Sadeasa?

Shallan się zawahała. Nie. Zabił Perela, naśladując morderstwo Sadeasa, ale ktoś inny zabił arcyksięcia. Spojrzała na Adolina, który musiał myśleć podobnie, bo minę miał bardzo poważną.

Spren był większym zagrożeniem – dopuścił się kilku morderstw. Mimo to musiała niechętnie przyznać, że jej śledztwo ani na krok nie zbliżyło ich do odnalezienia zabójcy arcyksięcia.

– Musieliśmy mijać tę okolicę dziesiątki razy – powiedział jeden z żołnierzy.

Shallan drgnęła, bo głos był kobiecy. I rzeczywiście, uznała jedną ze zwiadowczyń Dalinara, niską kobietę o długich włosach, za kolejnego mostowego, choć jej mundur wyglądał inaczej. Kobieta przyglądała się nacięciom w skale, które zrobiła Shallan, by dostać się do środka.

– Nie pamiętasz, jak badaliśmy ten łukowaty korytarz na zewnątrz, Teft?

Teft pokiwał głową i podrapał się po zaroście na brodzie.

– Ano, masz rację, Lyn. Ale po co ukrywać taką komnatę?

– Tam coś jest – szepnął Renarin, pochylając się nad otworem. – Coś... starożytnego. Poczułaś to, prawda? – Spojrzał na Shallan, a później przeniósł wzrok na pozostałych. – To miejsce jest dziwne. Cała wieża jest dziwna. Wy też to zauważyliście, prawda?

– Dzieciaku – odezwał się Teft – ty tu jesteś specem od dziwności. Wierzymy w twoje słowa.

Obelga sprawiła, że Shallan spojrzała z niepokojem na Renarina. On jednak tylko uśmiechnął się szeroko, inny mostowy poklepał go po plecach – nie zwracając uwagi na Pancerz – a Lopen i Skała zaczęli się kłócić, kto wśród nich jest tak naprawdę najdziwniejszy. Z zaskoczeniem stwierdziła, że most czwarty rzeczywiście przyjął i zaakceptował Renarina. Mógł być jasnookim synem arcyksięcia w olśniewającym Pancerzu Odprysku, ale tu był jednym z mostowych.

– Czyli – odezwał się jeden z żołnierzy, przystojny, umięśniony mężczyzna o rękach, które wydawały się zbyt długie w stosunku do jego ciała – zakładam, że wchodzimy do tej straszliwej krypty grozy?

– Tak – odparła Shallan. Wydawało jej się, że mostowy miał na imię Drehy.

– Burzowo cudownie – mruknął Drehy. – Teft, jaki szyk?

– O tym zdecyduje oświecony Adolin.

– Zabrałem najlepszych ludzi, jakich mogłem znaleźć – powiedział książę do Shallan. – Ale czuję, że powinienem wziąć całą armię. Jesteś pewna, że chcesz to zrobić teraz?

– Tak. Musimy, Adolinie. I... nie jestem pewna, czy cała armia coś by zmieniła.

– Dobrze. Teft, wyznacz dużą straż tylną. Nie chciałbym, żeby cokolwiek się do nas podkradło. Lyn, potrzebuję precyzyjnych map, zatrzymaj nas, jeśli zbytnio się wysforujemy i nie będziesz nadążać z rysowaniem. Muszę dokładnie znać drogę odwrotu. Idziemy powoli. Bądźcie gotowi do opanowanego, ostrożnego odwrotu, jeśli wydam taki rozkaz.

Żołnierze się przegrupowali, po czym wszyscy ruszyli po schodach, gęsiego, Shallan i Adolin blisko środka. Stopnie wystawały bezpośrednio ze ściany, ale były dość szerokie, by dwie osoby się minęły, więc nie było ryzyka, że ktokolwiek spadnie. Musiała tylko zadbać o to, by o nikogo się nie otrzeć, bo to mogło naruszyć iluzję sukni.

Dźwięk ich kroków nikł w pustce. Wkrótce znaleźli się sam na sam z ponadczasową, cierpliwą ciemnością. Blask latarni z kulami, które nieśli mostowi, nie sięgał daleko w tej studni. Shallan przypomniała sobie mauzoleum wykute w ścianie wzgórza niedaleko rezydencji, w którym przodkowie rodu Davar zostali Dusznikowani w rzeźby.

Ciało jej ojca nie zostało tam umieszczone. Brakowało im pieniędzy, by zapłacić za Dusznikowanie – a poza tym woleli udawać, że on żyje. Wraz z braćmi spaliła ciało, jak to robili ciemnoocy.

Ból...

– Muszę wam przypomnieć, jasności – powiedział z przodu Teft – że nie możecie oczekiwać od moich ludzi niczego... nadzwyczajnego. Przez jakiś czas niektórzy z nas wciągali światło i puszyli się, jakby byli Burzą Błogosławionymi. To się skończyło, kiedy Kaladin wyjechał.

– Ale wróci, gancho! – odezwał się z tyłu Lopen. – Kiedy Kaladin wróci, znowu będziemy świecić.

– Cicho, Lopen – powiedział Teft. – Nie gadaj tak głośno. W każdym razie, jasności, chłopaki dadzą z siebie wszystko, ale musicie wiedzieć, czego możecie oczekiwać, a czego nie.

Shallan nie spodziewała się po nich mocy Świetlistych – już wiedziała o ich ograniczeniach. Potrzebowała jedynie żołnierzy. W końcu Lopen wrzucił do otworu diamentowy odłamek, za co Adolin spiorunował go wzrokiem.

– To może czekać na nas na dole – syknął książę. – Nie ostrzegaj go.

Mostowy skulił się, ale pokiwał głową. Kula podskakiwała jako widoczna iskierka światła na dole i Shallan ucieszyła się, że ich zejście nie będzie trwało bez końca. Zaczynała już sobie wyobrażać niekończącą się spiralę, jak ze starym Dilidem, jednym z dziesięciu głupców. Wbiegał po wzgórzu w stronę Sal Spokoju, ale piasek usuwał mu się spod stóp – biegł przez całą wieczność, ale nie robił żadnych postępów.

Kilku mostowych odetchnęło z ulgą, kiedy dotarli w końcu na dno szybu. W kątach okrągłej komnaty leżały sterty drzazg pokryte rozkładosprenami. Stopnie kiedyś miały balustradę, ale pokonał ją czas.

Dolne pomieszczenie szybu miało tylko jedno wyjście, duży łuk, o wiele bardziej ozdobny niż inne w wieży. Na górze niemal wszystko powstało z tego samego kamienia – jakby cała wieża została wykuta za jednym zamachem. Ten łuk składał się z oddzielnych kamieni, a ściany tunelu za nim pokrywała jaskrawa mozaika z płytek.

Kiedy weszli do korytarza, Shallan westchnęła i uniosła diamentowy broam. Sklepienie zdobiły wspaniałe, skomplikowane portrety Heroldów, stworzone z tysięcy płytek i umieszczone w okrągłych ramach.

Sztuka na ścianach była bardziej zagadkowa. Samotna postać unosząca się nad ziemią przed dużym niebieskim dyskiem, z rękami wyciągniętymi przed siebie, jakby chciała go objąć. Obrazy Wszechmocnego w tradycyjnej postaci, jako chmury pełnej energii i światła. Kobieta o kształcie drzewa, z rękami wyciągniętymi w stronę nieba i stającymi się gałęziami. Kto mógłby się spodziewać pogańskich symboli w domu Świetlistych Rycerzy?

Inne mozaiki przedstawiały kształty przypominające jej Wzór, wiatrosprena... dziesięć rodzajów sprenów. Jeden dla każdego zakonu?

Adolin posłał przodem straż, która wkrótce wróciła.

– Przed nami metalowe drzwi, oświecony – powiedziała Lyn.

Shallan oderwała wzrok od ściany i dołączyła do reszty oddziału. Dotarli do dużych stalowych drzwi i zatrzymali się, choć korytarz biegł dalej. Po zachęcie ze strony Shallan mostowi spróbowali je otworzyć, ale im się to nie udało.

– Zamknięte. – Drehy otarł pot z czoła.

Adolin zrobił krok do przodu, w dłoni trzymał miecz.

– Mam klucz.

– Adolinie... – odezwała się Shallan. – To artefakty z dawnych czasów. Wartościowe i bezcenne.

– Za bardzo ich nie uszkodzę – obiecał.

– Ale...

– Przecież gonimy za mordercą, prawda? Kimś, kto mógłby się na przykład ukryć w zamkniętej na klucz komnacie?

Westchnęła i gestem kazała wszystkim się cofnąć. Znów schowała pod pachę bezpieczną dłoń, którą wcześniej musnęła Adolina. To było dziwne – czuła, że nosi rękawiczkę, ale widziała dłoń okrytą rękawem. Czy naprawdę byłoby tak źle, gdyby Adolin dowiedział się o Woal?

Część jej osoby spanikowała na ten pomysł, więc Shallan szybko go porzuciła.

Adolin wbił Ostrze w drzwi tuż ponad miejscem, w którym powinien znajdować się zamek lub sztaba, a później je opuścił. Teft znów naparł na skrzydło i tym razem udało mu się je otworzyć przy akompaniamencie głośnego zgrzytania zawiasów.

Mostowi weszli jako pierwsi, z włóczniami w gotowości. Choć Teft upierał się, że nie powinna się po nich spodziewać niczego nadzwyczajnego, od razu wyszli na szpicę, mimo obecności dwóch Odpryskowych.

Adolin wpadł do środka za mostowymi, żeby zabezpieczyć komnatę, choć Renarin wydawał się rozproszony. Zrobił kilka kroków głównym korytarzem i znieruchomiał, wpatrując się w głąb. W jednej dłoni trzymał zapomnianą kulę, a w drugiej Ostrze Odprysku.

Shallan z wahaniem podeszła do niego. Poczuli słaby chłodny podmuch z tyłu, jakby ta ciemność wciągała powietrze. W tym kierunku kryła się tajemnica, zniewalająca głębia. Teraz lepiej to wyczuwała. Nawet nie zło, ale niewłaściwość. Jakby widok bezwładnie wiszącej dłoni po złamaniu nadgarstka.

– Co to? – szepnął Renarin. – Glys się boi i nie chce mówić.

– Wzór nie wie. Nazywa go starożytnym. Mówi, że pochodzi od wroga.

Renarin pokiwał głową.

– Wydaje się, że twój ojciec go nie wyczuwa – powiedziała Shallan. – Dlaczego my możemy?

– Ja... nie wiem. Może...

– Shallan? – Adolin wyjrzał z komnaty, miał uniesioną zasłonę. – Powinnaś to zobaczyć.

Pozostałości we wnętrzu komnaty były bardziej zbutwiałe niż inne, które znajdowali w wieży. Zardzewiałe obejmy i śruby trzymały się kawałków drewna. Wśród rozpadających się stert, które miały kształt rzędów, wystawały kruche fragmenty okładek i grzbietów.

Biblioteka. W końcu znaleźli księgi, o których marzyła Jasnah.

Były zniszczone.

Shallan ruszyła przez komnatę, trącając butami sterty kurzu i kawałków drewna, odstraszając rozkładospreny. Natrafiła na kilka przedmiotów w kształcie ksiąg, ale one rozpadały się pod jej dotykiem. Klęczała między dwoma rzędami zniszczonych książek i czuła się zagubiona. Cała ta wiedza... martwa i utracona.

– Przykro mi – powiedział Adolin, zbliżywszy się do niej.

– Nie pozwól, żeby twoi ludzie to ruszali. Może... może uczone Navani mogą zrobić coś, żeby to odzyskać.

– Chcesz, żebyśmy przeszukali drugą komnatę? – spytał Adolin.

Skinęła głową, a Adolin odszedł z brzękiem zbroi. Po chwili usłyszała zgrzyt zawiasów, gdy otworzył drugie drzwi.

Shallan poczuła się wyczerpana. Jeśli te księgi zbutwiały, mało prawdopodobne, by odnaleźli inne, lepiej zachowane.

Naprzód. Wstała i otrzepała kolana, co tylko przypomniało jej, że suknia nie jest realna. Nie przyszłaś tu z powodu tej tajemnicy.

Wyszła na główny korytarz, ten z mozaikami. Adolin i mostowi badali komnatę po drugiej stronie, ale Shallan wystarczyło spojrzenie, żeby wiedzieć, że to lustrzane odbicie tej, którą właśnie opuściła, i wypełniają ją jedynie sterty śmieci.

– Ej... chłopaki?! – zawołała zwiadowczyni Lyn. – Książę Adolinie? Jasności Świetlista?

Shallan odwróciła się plecami do komnaty. Renarin wszedł w głąb korytarza. Zwiadowczyni ruszyła za nim, ale zamarła. Kula młodszego Kholina oświetlała coś w pewnej odległości. Dużą masę, która odbijała światło i wyglądała jak błyszcząca smoła.

– Nie powinniśmy tu przychodzić. Nie możemy z tym walczyć. Ojcze Burz. – Zatoczył się do tyłu. – Ojcze Burz...

Mostowi pospiesznie wypełnili korytarz przed Shallan, między nią a Renarinem. Krótki rozkaz Tefta sprawił, że ustawili się w szyku na całą szerokość korytarza – szereg mężczyzn trzymających włócznie nisko, a za nim drugi szereg trzymający je nad głowami.

Adolin wypadł z drugiej biblioteki i zapatrzył się na falujący kształt. Żyjącą ciemność.

A ta ciemność sączyła się korytarzem. Nie była szybka, ale w sposobie, w jaki pokrywała wszystko, płynęła po ścianach i suficie, było coś nieuniknionego. Na podłodze od głównej masy odrywały się kształty, które stawały się postaciami wyglądającymi, jakby wychodziły z morza. Istoty, które miały dwie nogi, a wkrótce stworzyły sobie również twarze i ubrania.

– Ona tu jest – szepnął Renarin. – Jedna z Niestworzonych. Re-Shephir... Matka Północy.

– Uciekaj, Shallan! – krzyknął Adolin. – Mostowi, zacznijcie się wycofywać korytarzem.

A później – oczywiście – sam rzucił się do ataku na istoty.

Postacie... one wyglądają jak my, pomyślał Shallan, robiąc krok do przodu, z dala od mostowych. Jedna z istot północy wyglądała jak Teft, a kolejna była kopią Lopena. Dwa większe kształty chyba nosiły Pancerze Odprysku. Tyle tylko, że powstały z błyszczącej smoły, a ich rysy były rozmyte, niedoskonałe.

Ich usta otworzyły się i wtedy wypełniły je ostre zęby.

– Wycofujcie się ostrożnie, jak rozkazał książę! – zawołał Teft. – Nie dajcie się otoczyć. Utrzymajcie szyk! Renarinie!

Renarin wciąż stał na przedzie, trzymając przed sobą Ostrze Odprysku – długie i wąskie, z falującym wzorem na metalu. Adolin dotarł do brata, chwycił go za ramię i próbował odciągnąć.

Renarin się opierał. Wydawał się zahipnotyzowany przez ten szereg powstających potworów.

– Renarin! Baczność! – krzyknął Teft. – Do szeregu!

Chłopak gwałtownie poderwał głowę i pobiegł – jakby wcale nie był bratem stryjecznym króla – by wypełnić rozkaz swojego sierżanta. Adolin wycofał się razem z nim i obaj zajęli miejsce wśród mostowych. Wszyscy razem cofali się korytarzem.

Shallan również zaczęła się wycofywać, trzymała się jakieś dwadzieścia stóp za główną formacją. Nagle wróg zaatakował z dużą szybkością. Shallan krzyknęła, a mostowi zaklęli i obrócili włócznie, gdy główna masa ciemności popłynęła po ścianach, zakrywając piękne mozaiki.

Postacie północy rzuciły się do przodu i natarły na żołnierzy. Zaczęła się gorączkowa walka, mostowi utrzymywali szyk i atakowali stwory, pojawiające się po prawej i lewej, wyłaniające się z czerni na ścianach. Kiedy istoty zostały trafione, krwawiły oparem, ciemnością, która wydobywała się z sykiem i rozpływała w powietrzu.

Jak dym, pomyślała Shallan.

Smoła opadła ze ścian, otaczając mostowych, którzy ustawili się w kręgu, by nie dać się zaatakować od tyłu. Adolin i Renarin walczyli na samym przedzie, cięli Ostrzami, pozostawiając rozrąbane na kawałki ciemne postaci, które syczały i wypuszczały dym.

Shallan odkryła, że została odcięta od żołnierzy, między nimi była atramentowa ciemność. Wydawało się, że wśród sylwetek nie ma jej duplikatu.

Czarne jak północ twarze były najeżone zębami. Choć stwory atakowały włóczniami, robiły to niezgrabnie. Czasami trafiały, raniąc mostowego, który cofał się do środka, a tam był pospiesznie bandażowany przez Lyn albo Lopena. Po chwili Renarin cofnął się do środka i zaczął emanować Burzowym Światłem, uzdrawiając tych, którzy zostali ranni.

Shallan przyglądała się temu wszystkiemu, czując, jak opada na nią paraliżujący trans.

– Ja... cię znam – szepnęła do czerni i uświadomiła sobie, że to prawda. – Wiem, co robisz.

Mężczyźni chrząkali i dźgali. Adolin zadawał szerokie ciosy, za jego Ostrzem Odprysku płynął ciemny dym z ran stworów. Rozrąbał ich całe tuziny, ale nowe wciąż powstawały, a ich kształty były znajome. Dalinar. Teshav. Arcyksiążęta i zwiadowcy, żołnierze i skryby.

– Próbujesz nas naśladować – powiedziała Shallan. – Ale ci nie wychodzi. Jesteś sprenem. Nie do końca rozumiesz.

Zrobiła krok w stronę otoczonych mostowych.

– Shallan! – zawołał Adolin i z chrząknięciem rozrąbał trzy postacie przed sobą. – Uciekaj! Biegnij!

Zignorowała go i podeszła do ciemności. Przed nią – w najbliższym punkcie kręgu – Drehy przebił głowę jednej z postaci, odpychając ją do tyłu. Shallan chwyciła ją za ramię i obróciła w swoją stronę. To była Navani, w twarzy miała ziejący otwór, z którego z sykiem wypływał czarny dym. Nawet gdyby to zignorować, rysy były niewłaściwe. Zbyt duży nos, jedno oko odrobinę wyżej do drugiego.

Stwór upadł na podłogę i sklęsł jak przedziurawiony bukłak.

Shallan podeszła bliżej. Istoty uciekały przed nią, rozsuwały się na boki. Miała nieodparte i przerażające wrażenie, że te stwory mogłyby bez problemu zniszczyć mostowych – zalać ich przerażającą czarną falą. Ale Matka Północy chciała się uczyć, chciała walczyć włóczniami.

Jeśli jednak tak było, robiła się niecierpliwa. Nowsze postacie były coraz bardziej zniekształcone, bardziej zwierzęce, spiczaste zęby wysypywały się z ich ust.

– Twoja imitacja jest żałosna – szepnęła Shallan. – Proszę. Pokażę ci, jak to się robi.

Shallan wciągnęła Burzowe Światło i zapłonęła jak latarnia. Stwory wrzasnęły i cofnęły się od niej. Kiedy okrążała zaniepokojonych mostowych, brodząc w czerni na ich lewej flance, odłączały się od niej postaci, kształty wyrastające ze światła. Ludzie z niedawno odbudowanej kolekcji.

Palona. Żołnierze z korytarzy. Grupa Duszników, którą mijała dwa dni wcześniej. Mężczyźni i kobiety z targowisk. Arcyksiążęta i skryby. Mężczyźni, którzy próbowali się umówić z Woal w gospodach. Rogożerca, którego dźgnęła w rękę. Żołnierze. Szewcy. Zwiadowcy. Praczki. Nawet kilku królów.

Jasna, świetlista siła.

Jej postacie rozproszyły się, by otoczyć mostowych jak strażnicy. Ta nowa, świetlista siła odepchnęła wrogie potwory, a smoła wycofała się ze ścian korytarza, otwierając drogę odwrotu. Matka Północy zajmowała ciemność na końcu korytarza, fragment, którego jeszcze nie zbadali. Czekała tam i nie cofnęła się bardziej.

Mostowi się rozluźnili, a Renarin uzdrowił ostatnich kilku rannych, mamrocząc pod nosem. Świetlista kohorta Shallan podeszła bliżej i utworzyła szereg między ciemnością a mostowymi.

Z czerni znów wyłoniły się stwory, bardziej zajadłe, jak bestie. Bezkształtne masy z zębami wyrastającymi z pęknięć ust.

– Jak ty to robisz? – spytał Adolin. Jego głos odbijał się echem wewnątrz jego hełmu. – Dlaczego się boją?

– Czy kiedykolwiek groził ci nożem ktoś, kto nie wiedział, kim naprawdę jesteś?

– Tak. Przywołałem Ostrze Odprysku.

– To coś podobnego.

Shallan zrobiła krok do przodu, a Adolin do niej dołączył. Renarin przywołał swoje Ostrze i zrobił kilka szybkich kroków, by ich dogonić.

Ciemność się cofnęła, dzięki czemu zobaczyli, że korytarz przed nimi kończy się komnatą. Kiedy się zbliżali, Burzowe Światło Shallan rozświetliło salę w kształcie misy. Jej środek zajmowała czarna masa, która falowała i pulsowała, rozciągając się od podłogi po sklepienie znajdujące się na wysokości około dwudziestu stóp.

Bestie północy ruszyły ostrożnie w stronę jej światła, jakby już nie były zastraszone.

Shallan zwróciła się do Adolina i Renarina.

– Musimy wybrać. Wycofujemy się czy atakujemy?

– A co ty myślisz?

– Nie wiem. Ta istota... ona mnie obserwowała. Zmieniła sposób, w jaki postrzegam wieżę. Czuję, że ją rozumiem, choć nie umiem wyjaśnić tego związku. To nie może być nic dobrego, prawda? Czy w ogóle możemy ufać moim myślom?

Adolin uniósł zasłonę i uśmiechnął się do niej. Na burze, ten uśmiech.

– Marszałek Halad zawsze powtarzał, że, żeby kogoś pokonać, trzeba go najpierw poznać. To jedna z zasad, którymi kierujemy się na polu bitwy.

– A... co mówił o odwrocie?

– „Planuj każdą bitwę, jakbyś musiał się wycofać, ale walcz w każdej bitwie, jakby nie było odwrotu".

Główna masa w sali falowała, na jej smolistej powierzchni pojawiały się twarze – wybrzuszały się, jakby próbowały uciec. Pod ogromnym sprenem coś było. Tak, owinął się wokół kolumny, która sięgała od podłogi okrągłej komnaty do jej sklepienia.

Mozaiki, skomplikowane dzieła sztuki, zniszczone skarbce wiedzy... To miejsce było ważne.

Shallan uniosła dłonie przed sobą, a wtedy pojawiło się w nich Ostrze Wzoru. Przekręciła je w spoconych rękach, przyjmując pozycję pojedynkową, której uczył ją Adolin.

Trzymanie go natychmiast wywoływało ból. Nie krzyki martwego sprena. Wewnętrzny ból. Ból Ideału, który przysięgła, ale z którym jeszcze się nie pogodziła.

– Mostowi! – zawołał Adolin. – Chcecie jeszcze raz spróbować?!

– Wytrzymamy dłużej niż ty, gancho! Nawet z tą fikuśną zbroją.

Adolin wyszczerzył zęby i opuścił zasłonę.

– Na twój znak, Świetlista.

Posłała swoje iluzje przodem, ale ciemność nie cofnęła się przed nimi jak wcześniej. Mroczne postacie atakowały jej iluzje, sprawdzały i odkrywały, że nie są prawdziwe. Dziesiątki ludzi północy zamykały drogę.

– Oczyśćcie mi przejście do tego stwora pośrodku. – Starała się, by w jej głosie brzmiała pewność, której nie czuła. – Muszę dotrzeć do niej na tyle blisko, by jej dotknąć.

– Renarinie, możesz mnie osłaniać? – spytał Adolin.

Młodszy brat pokiwał głową.

Adolin odetchnął głęboko, po czym rzucił się do pomieszczenia, przebijając się dokładnie przez iluzję swojego ojca. Uderzył pierwszy twór północy, powalił go i, obracając się, zaczął zadawać gorączkowe ciosy.

Most czwarty krzyknął i rzucił się za nim. Razem zaczęli tworzyć ścieżkę dla Shallan, zabijając istoty między nią a kolumną.

Przeszła między mostowymi, którzy utworzyli szereg włóczni po obu jej stronach. Przed nią Adolin przebijał się w stronę kolumny, a stojący za nim Renarin nie dopuszczał, by został otoczony, mostowi z kolei nacierali z boków, by młodszy Kholin nie został przytłoczony.

Potwory już w najmniejszym stopniu nie przypominały ludzi. Atakowały Adolina, zbyt realne szpony i zęby drapały jego zbroję. Inne chwytały go, próbując obalić albo znaleźć luki w Pancerzu Odprysku.

Wiedzą, jak stawiać czoło ludziom takim jak on, pomyślała Shallan, wciąż trzymając w jednej ręce Ostrze Odprysku. *Dlaczego w takim razie boją się mnie?*

Shallan utkała Światło i obok Renarina pojawiła się wersja Świetlistej. Stwory zaatakowały ją, na chwilę porzucając Renarina – niestety większość z jej iluzji się rozpadła, rozpłynęła w Burzowe Światło, gdyż były zbyt często naruszane. Shallan pomyślała, że gdyby miała więcej praktyki, mogłaby je podtrzymać.

Dlatego utkała wersje siebie. Młode i stare, pewne siebie i przerażone. Tuzin różnych Shallan. Ze wstrząsem uświadomiła sobie, że kilka było rysunkami, które utraciła, autoportretami z lustra, co, jak utrzymywał Dandos od Olejów, było niezmiernie ważne dla aspirującej artystki.

Niektóre z jej wcieleń się kuliły, inne walczyły. Na chwilę Shallan utraciła kontrolę i pozwoliła, by pojawiła się wśród nich nawet Woal. Była tymi kobietami, tymi dziewczętami, każdą z nich. A żadna nie była nią. Były rzeczami, które wykorzystywała, którymi manipulowała. Iluzjami.

– Shallan! – krzyknął Adolin z napięciem w głosie, kiedy Renarin sapnął i zerwał z niego stwory północy. – Cokolwiek zamierzasz zrobić, zrób to teraz!

Przejściem zdobytym przez żołnierzy dotarła do kolumny, tuż obok Adolina. Oderwała wzrok od dziecka Shallan tańczącego wśród stworów północy. Przed nią główna masa – pokrywająca kolumnę pośrodku komnaty – falowała twarzami rozciągającymi się na jej powierzchni, ich usta otwierały się do krzyku i znów chowały, jak ludzie tonący w smole.

– Shallan! – powtórzył Adolin.

Ta pulsująca masa, tak straszliwa i zniewalająca.

Obraz studni. Kręte linie korytarzy. Wieża, której nie dało się do końca zobaczyć. Dlatego przybyła.

Shallan ruszyła do przodu z wyciągniętą ręką i pozwoliła, by iluzoryczny rękaw zasłaniający jej dłoń zniknął. Ściągnęła rękawiczkę, podeszła do masy smoły i bezgłośnych krzyków.

I przycisnęła do niej bezpieczną dłoń.

30
MATKA KŁAMSTW

Posłuchajcie słów głupca.
– Z przedmowy *Dawcy Przysięgi*

Shallan otworzyła się przed tym stworem. Naga, z rozerwaną skórą i wyrwaną duszą. Mógł dostać się do jej wnętrza.

A on otworzył się przed nią.

Czuła jego dezorientację i fascynację ludzkością. Pamiętał ludzi – było to wewnętrzne pojmowanie, podobnie jak u noworodka norki, który od razu wie, że ma się bać węgorza niebieskiego. Ten spren nie był do końca świadomy ani całkowicie rozumny. Składał się z instynktu i obcej ciekawości, a przemoc i ból przyciągały go, jak zapach krwi przyciąga padlinożerców.

Shallan poznała Re-Shephir w chwili, gdy istota poznała ją. Spren szarpał i macał więź Shallan z Wzorem, próbując ją rozerwać i zająć jego miejsce. Wzór mocno trzymał się Shallan, a ona ze wszystkich sił ściskała jego.

Ona się nas boi, zabrzmiał głos Wzoru w jej głowie. *Dlaczego ona się nas boi?*

Oczyma duszy Shallan wyobrażała sobie, że mocno obejmuje Wzór w jego prawie ludzkiej postaci i oboje kulą się pod atakiem sprena. Obraz był jedynym, co widziała w tej chwili, gdyż sala – i wszystko w jej wnętrzu – rozpłynęła się w czerni.

Ta istota była starożytna. Re-Shephir, stworzona przed wiekami jako drzazga duszy czegoś jeszcze bardziej straszliwego, dostała rozkaz, by siać chaos i rodzić potwory, które dezorientowały i niszczyły ludzi. Przez lata, bardzo powoli, istoty, które mordowała, zaczęły ją fascynować.

Jej dzieła zaczęły naśladować to, co widziała na świecie, lecz brakowało im miłości czy sympatii. Jak ożywione kamienie dawały się zabijać lub zabijały, bez przywiązania i radości. Żadnych uczuć poza wszechobecną ciekawością i efemerycznym pociągiem do przemocy.

Wszechmocny w niebiosach... ona jest jak stworzeniospren. Tylko bardzo, ale to bardzo niewłaściwy.

Wzór zapiszczał i wtulił się w Shallan w swojej postaci mężczyzny w sztywnych szatach, z wirującym wzorem zamiast głowy. Próbowała osłonić go przed atakiem.

„Walcz w każdej bitwie... jakby nie było... odwrotu".

Shallan spojrzała w głąb kłębiącej się pustki, mrocznej, wirującej duszy Re-Shephir, Matki Północy. A później warknęła i zaatakowała.

Nie atakowała jak sztywna, wrażliwa dziewczyna, którą wykształciło ostrożne vorińskie społeczeństwo. Zaatakowała jak rozgorączkowane dziecko, które zamordowało własną matkę. Przyparta do muru kobieta, która dźgnęła Tyn w pierś. Sięgnęła do tej części siebie, która nie znosiła, że wszyscy uważali ją za tak miłą, tak uroczą. Tę część, która nienawidziła, kiedy nazywano ją „zabawną" albo „bystrą".

Sięgnęła do Burzowego Światła wewnątrz i wepchnęła się w głąb esencji Re-Shephir. Nie umiała ocenić, czy rzeczywiście się tak dzieje – czy wpycha swoje fizyczne ciało dalej w smołę stwora – czy było to odzwierciedlenie innego miejsca. Znajdującego się poza tą salą w wieży, poza samym Cieniomorzem.

Stwór zadrżał, a Shallan w końcu zobaczyła przyczynę jego strachu. Kiedyś był uwięziony. Z punktu widzenia sprena wydarzyło się to całkiem niedawno, choć Shallan miała wrażenie, że w rzeczywistości minęło wiele stuleci.

Re-Shephir bała się, że to się powtórzy. Uwięzienie było niespodziewane, wcześniej wydawało się niemożliwe. I zrobił to Tkacz Światła podobny do Shallan, który rozumiał tę istotę. Stwór bał się jej, jak ostrogar może się bać kogoś o głosie podobnym do jego surowego pana.

Shallan trzymała się, przyciskając się do wroga, ale wtedy coś sobie uświadomiła – zrozumiała, że ta istota pozna ją całkowicie, odkryje wszystkie jej tajemnice.

Jej gwałtowność i determinacja osłabły, zdecydowanie zaczęło niknąć.

Dlatego skłamała. Upierała się, że się nie boi. Była zdecydowana. Zawsze taka była. I zawsze taka będzie.

Siła bywała iluzją percepcji. Nawet we własnym wnętrzu.

Re-Shephir się poddała. Wrzasnęła i ten dźwięk przeszył Shallan wibracjami. Krzyk świadczący, że pamiętała uwięzienie i bała się czegoś jeszcze gorszego.

Shallan poleciała do tyłu w komnacie, w której walczyli. Adolin chwycił ją mocno i osunął się na jedno kolano, głośno uderzając Pancerzem o kamień. Słyszała cichnące echa tego krzyku. Nie oznaczał śmierci, jedynie paniczną ucieczkę, determinację, by znaleźć się jak najdalej od Shallan.

Kiedy zmusiła się do otwarcia oczu, odkryła, że komnata jest wolna od ciemności. Trupy stworów północy się rozpłynęły. Renarin szybko ukląkł przy rannym mostowym, zdjął pancerną rękawicę i napełnił mężczyznę uzdrawiającym Burzowym Światłem.

Adolin pomógł Shallan usiąść, a ona schowała odsłoniętą bezpieczną dłoń pod drugie ramię. Na burze... jakimś sposobem utrzymała iluzję havah.

Nawet po tym wszystkim nie chciała, by Adolin dowiedział się o Woal. Nie mogła.

– Gdzie? – spytała wyczerpana. – Gdzie znikła?

Adolin wskazał na drugą stronę pomieszczenia, gdzie zaczynał się tunel niknący w głębi góry.

– Uciekła w tamtą stronę, jak poruszający się dym.

– Czy... czy mamy ją gonić? – Eth zbliżył się ostrożnie do tunelu. Blask jego latarni ukazał stopnie wykute w skale. – To prowadzi daleko w dół.

Shallan poczuła zmianę w powietrzu. Wieża była... inna.

– Nie gońcie. – Przypomniała sobie, jak przerażająca była konfrontacja. Z radością pozwoliła istocie uciec. – Możemy umieścić strażników w tej sali, ale wątpię, by powróciła.

– Ano. – Teft opierał się o włócznię i ocierał pot z czoła. – Straże wydają się bardzo, ale to bardzo dobrym pomysłem.

Ton jego głosu sprawił, że Shallan zmarszczyła czoło, zaraz jednak podążyła za jego spojrzeniem i zobaczyła, co wcześniej ukrywała Re-Shephir. Kolumna w samym środku komnaty.

Osadzono w niej tysiące oszlifowanych klejnotów, przeważnie większych od pięści Shallan. Razem były skarbem wartym więcej niż niejedno królestwo.

31
ŻĄDANIA WOBEC BURZY

Jeśli nie uczynią was mniej głupimi, przynajmniej pozwólcie, by dały wam nadzieję.
– Z przedmowy *Dawcy Przysięgi*

Przez całą młodość Kaladin marzył, by zaciągnąć się do wojska i porzucić spokojne Palenisko. Wszyscy wiedzieli, że żołnierze dużo podróżowali i mogli zobaczyć świat.

I tak się stało. Zobaczył wiele tuzinów pustych wzgórz, porośniętych zielskiem równin i identycznych obozów wojskowych. Prawdziwe poznawanie świata... cóż, to zupełnie inna sprawa.

Miasto Revolar leżało, co udowodniła jego wędrówka z parshmenami, zaledwie kilka tygodni marszu od Paleniska. Nigdy go nie odwiedził. Na burze, tak naprawdę nigdy nie mieszkał w mieście, jeśli nie liczyć obozów wojskowych.

Podejrzewał, że w przeciwieństwie do tego większości miast nie otaczała armia parshmenów.

Revolar wybudowano w przyjemnym zagłębieniu po zawietrznej łańcucha wzgórz, co było idealnym miejscem dla miasteczka. Tyle tylko, że to już nie było „miasteczko". Revolar rozpełzło się, wypełniając rejony między wzgórzami, wspinając się po zboczach po zawietrznej – jedynie szczyty pozostały całkiem nagie.

Spodziewał się, że miasto będzie lepiej zorganizowane. Wyobrażał sobie porządne szeregi domów, jak w starannie zaprojektowanym obozie wojskowym. Tymczasem przypominało raczej gęstwinę roślin w rozpadlinie na Strzaskanych Równinach. Ulice biegnące we wszystkie strony. Targowiska pojawiające się w przypadkowych miejscach.

Kaladin dołączył do swojego oddziału parshmenów, którzy maszerowali szeroką drogą wygładzoną kremem. Minęli tysiące parshmenów, a wydawało się, że z każdą godziną robiło się ich coraz więcej.

Jednakże to jego grupa jako jedyna nosiła włócznie z kamiennymi grotami oparte o ramiona, worki wysuszonych zbożowych placków i sandały ze świńskiej skóry. Tuniki przewiązali pasami, a do tego mieli przy sobie kamienne noże, siekierki i krzesiwo w woskowanych osłonach, które zrobił z kupionych świec. Zaczął ich nawet uczyć, jak używać procy.

Pewnie nie powinien pokazywać im tych wszystkich rzeczy. A jednak nie mógł nie czuć dumy, gdy wraz z nimi wkroczył do miasta.

Ulice wypełniały tłumy. Skąd się wzięli ci wszyscy parshmeni? Musiało ich być co najmniej czterdzieści albo pięćdziesiąt tysięcy. Wiedział, że większość ludzi ignoruje parshmenów... cóż, on sam również. Ale gdzieś z tyłu jego głowy zawsze kryło się przekonanie, że nie ma ich aż tak wielu. Do każdego liczącego się jasnookiego należała garstka. I do wielu z przewodników karawan. I, no cóż, nawet mniej zamożne rody z miast i miasteczek miały po jednym. Jeśli dodać do tego dokerów, górników, czerpiących wodę, tragarzy, których wykorzystywano przy większych projektach budowlanych...

– To niesamowite – powiedział Sah.

Szedł obok Kaladina, a córeczkę niósł na ramieniu, by mogła się lepiej rozejrzeć. Dziewczynka ściskała kilka z jego drewnianych kart, jak inne dziecko tuli ulubioną szmacianą lalkę.

– Niesamowite? – powtórzył Kaladin.

– Nasze własne miasto, Kal. Kiedy byłem niewolnikiem, ledwie zdolnym myśleć, i tak marzyłem. Próbowałem sobie wyobrazić, jak by to było, mieć własny dom, własne życie. I oto jest.

Parshmeni najwyraźniej wprowadzili się do domów wzdłuż ulicy. Czy prowadzili również targowiska? To rodziło trudne, niepokojące pytanie. Gdzie się podziali wszyscy ludzie?

Grupa Khen weszła w głąb miasta wciąż prowadzona przez niewidzialnego sprena. Kaladin zauważył oznaki problemów. Wybite okna. Drzwi, które już się nie zamykały. Część pewnie była skutkiem działania Wiecznej Burzy, ale minął też kilka wejść, które z całą pewnością zostały rozrąbane toporem.

Plądrowanie. A przed nimi stał wewnętrzny mur. Były to niezłe umocnienia w samym środku rozrośniętego miasta. Pewnie oznaczało pierwotną granicę osady wyznaczoną przez optymistycznego architekta.

Tu Kaladin w końcu natrafił na oznaki walki, których spodziewał się od początku wyprawy do Alethkaru. Bramy do wewnętrznego miasta zostały rozrąbane. Strażnicę spalono, a z niektórych mijanych belek wciąż wystawały groty strzał. To było podbite miasto.

Ale gdzie przeniesiono ludzi? Powinien szukać obozu jenieckiego czy sterty spalonych kości? Na samą myśl zrobiło mu się niedobrze.

– Czy o to w tym wszystkim chodzi? – spytał Kaladin, kiedy szli drogą przez wewnętrzne miasto. – Czy tego właśnie chcesz, Sah? Podbić królestwo? Zniszczyć ludzkość?

– Na burze, nie wiem. Ale nie mogę znów zostać niewolnikiem, Kal. Nie pozwolę, by zabrali Vai i ją uwięzili. Broniłbyś ich po tym, co ci zrobili?

– To moi rodacy.

– To żadne uzasadnienie. Jeśli jeden z „twoich rodaków" zamorduje drugiego, czy nie umieszczacie go w więzieniu? Jaka jest sprawiedliwa kara za zniewolenie całej mojej rasy?

Syl przeleciała obok, jej twarz wyłaniała się z migotliwej mgiełki. Napotkała jego spojrzenie, podfrunęła do parapetu i usiadła na nim, przybierając postać małego kamienia.

– Ja... Nie wiem, Sah. Ale wojna, by wyniszczyć jedną lub drugą stronę, nie może być odpowiedzią.

– Możesz walczyć u naszego boku, Kal. Nie musi to być wojna ludzi przeciwko parshmenom, tylko coś szlachetniejszego. Uciskani przeciwko uciskającym.

Kiedy mijali miejsce, w którym znajdowała się Syl, Kaladin przesunął dłonią po ścianie. Syl, jak to już mieli wyćwiczone, wleciała w rękaw jego kurtki. Czuł ją jako podmuch wiatru, gdy przesuwała się przez jego rękaw, na kołnierz i we włosy. Uznali, że długie loki nieźle ją ukrywają.

– Tu jest mnóstwo tych żółto-białych sprenów, Kaladinie – szepnęła. – Śmigają w powietrzu, tańczą w budynkach.

– Jakieś ślady ludzi?

– Na wschodzie. Ściśnięci w koszarach i starych czworakach parshmenów. Inni są w wielkich zagrodach, pod strażą. Kaladinie... dziś nadchodzi kolejna arcyburza.

– Kiedy?

– Wkrótce. Chyba. Jestem w tym nowa. Wątpię, by ktokolwiek się jej spodziewał. Wszystko zostało wytrącone z równowagi i wyliczenia nie będą się zgadzać do czasu, aż ludzie stworzą nowe.

Kaladin syknął przez zęby.

Tymczasem jego gromadka dotarła do dużej grupy parshmenów. Oceniając po długich kolejkach, w jakich zostali ustawieni, był to rodzaj punktu kontrolnego dla nowo przybyłych. I rzeczywiście, liczącą sto osób grupę Khen skierowano do jednej z kolejek i kazano czekać.

Przed nimi wzdłuż szeregu szedł parshmen w pełnym pancerzu – jak u Parshendich – a w ręku trzymał tabliczkę do pisania. Syl cofnęła się dalej w głąb włosów Kaladina, kiedy Parshendi podszedł do grupy Khen.

– Z jakich miast, obozów albo armii pochodzicie?

Jego głos miał w sobie dziwną melodyjność, kojarzącą się z Parshendimi, których Kaladin słyszał na Strzaskanych Równinach. Niektórzy z grupy Khen też ją mieli, ale nikt w takim stopniu.

Skryba Parshendi zapisał listę miast, którą podała mu Khen, a później zwrócił uwagę na ich włócznie.

– Widzę, że nie próżnowaliście. Zarekomenduję was do specjalnego szkolenia. Wyślij swojego jeńca do zagród, ja sporządzę opis, a kiedy już się osiedlicie, możecie wziąć go do pracy.

– On... – Khen spojrzała na Kaladina. – On nie jest naszym jeńcem. – Wydawało się, że mówi niechętnie. – Był jednym z niewolników ludzi, jak my. Chce dołączyć do naszej walki.

Parshmen wpatrzył się w puste powietrze.

– Yixli o tobie mówi – szepnął Sah do Kaladina. – Wydaje się pod wrażeniem.

– Cóż – stwierdził skryba – nie jest to nic niesłychanego, ale musicie dostać pozwolenie od jednego ze Stopionych, by oznaczyć go jako wolnego.

– Jednego z czego? – spytała Khen.

Parshmen z tabliczką do pisania wskazał na lewo. Kaladin wraz z kilkoma z pozostałych musiał wyjść z szeregu, by zobaczyć długowłosą parshmenkę. Na twarzy miała skorupę biegnącą wzdłuż kości policzkowych i znikającą wśród włosów. Skóra na jej ramionach była nierówna, jakby pod nią również krył się pancerz. Jej oczy płonęły czerwienią.

Kaladinowi zaparło dech w piersi. Most czwarty opisywał mu te stwory, dziwnych Parshendich, z którymi walczyli, przebijając się do centrum Strzaskanych Równin. To były istoty, które przywołały Wieczną Burzę.

Parshmenka skupiła się na Kaladinie. W spojrzeniu jej czerwonych oczu było coś przytłaczającego.

Kaladin usłyszał odległy grzmot. Wielu z otaczających go parshmenów odwróciło się w tę stronę i zaczęło mamrotać. Arcyburza.

W tej chwili podjął decyzję. Został z Sahem i pozostałymi, jak długo się odważył. Dowiedział się najwięcej, jak mógł. Burza była dla niego szansą. Czas odejść.

Wysoka, niebezpieczna istota o czerwonych oczach – Stopiona, tak ją nazywali – ruszyła w stronę grupy Khen. Kaladin nie wiedział, czy rozpoznała w nim Świetlistego, ale nie zamierzał czekać do jej przybycia. Miał plan – stare instynkty niewolnika już znalazły najłatwiejszą drogę ucieczki.

Była na pasie Khen.

Kaladin wciągnął Burzowe Światło prosto z jej sakiewki. Zapłonął jego mocą, chwycił woreczek – potrzebował tych klejnotów – i zerwał go z trzaskiem rzemyka.

– Zabierz swoich w bezpieczne miejsce – powiedział do zaskoczonej parshmenki. – Zbliża się arcyburza. Dziękuję za życzliwość. Niezależnie od tego, co wam powiedzą, wiedzcie jedno: nie chcę być waszym wrogiem.

Stopiona zaczęła krzyczeć ze złością. Kaladin napotkał zawiedzione spojrzenie Saha i wzniósł się w powietrze.

Wolność.

Przeszył go dreszcz radości. Na burze, jakże mu tego brakowało. Wiatr, otwarta przestrzeń nad głową, nawet podskakujący żołądek, gdy znikało ciążenie. Syl krążyła wokół niego jak wstęga blasku, tworząc spiralę świetlistych linii. Wokół głowy Kaladina pojawiły się chwałospreny.

Syl przyjęła ludzką postać i spiorunowała wzrokiem świetliste kule.

– Mój – powiedziała i odepchnęła jedną na bok.

Na wysokości pięciuset, może sześciuset stóp Kaladin przeszedł na połowę Wiązania, dzięki czemu zwolnił i unosił się w powietrzu. Na dole czerwonooka parshmenka machała rękami i krzyczała, ale Kaladin jej nie słyszał. Na burze. Miał nadzieję, że to nie będzie oznaczać kłopotów dla Saha i pozostałych.

Z tego miejsca miał doskonały widok na miasto – ulice wypełnione postaciami, które teraz szukały schronienia w budynkach. Inne grupki ze wszystkich stron pędziły do miasta. Choć spędził z nimi tyle czasu, jego pierwszą reakcją wciąż był dyskomfort. Tak wielu parshmenów w jednym mieście? To było nienaturalne.

Odczucie to przeszkadzało mu jak nigdy wcześniej.

Spojrzał w stronę ściany burzy, którą widział w oddali. Wciąż miał czas, nim nadejdzie.

Musiałby przelecieć nad burzą, żeby wiatr go nie pochwycił. Ale co potem?

– Urithiru jest gdzieś tam na zachodzie – powiedział Kaladin. – Czy możesz nas tam pokierować?

– A jak miałabym to zrobić?

– Już kiedyś tam byłaś.

– Ty też.

– Jesteś siłą natury, Syl. Wyczuwasz burze. Nie masz jakiegoś... wyczucia miejsca?

– To ty pochodzisz z tej krainy. – Syl założyła ręce na piersi, zawisła w powietrzu obok niego i odepchnęła kolejnego chwałosprena. – Poza tym ja jestem nie tyle siłą natury, ile jedną z surowych mocy stworzenia przeobrażonych przez zbiorową ludzką wyobraźnię w uosobienie jednego z ich ideałów. – Uśmiechnęła się szeroko.

– Skąd ci się to wzięło?

– Nie wiem. Może gdzieś kiedyś przeczytałam. A może po prostu jestem bystra.

– W takim razie musimy dotrzeć na Strzaskane Równiny. Możemy wyruszyć w stronę jednego z większych miast południowego Alethkaru, tam wymienić klejnoty i mieć nadzieję, że wystarczy, by dotrzeć do obozów.

Podjąwszy decyzję, przywiązał sakiewkę z klejnotami do pasa, po czym spojrzał w dół i spróbował po raz ostatni ocenić liczbę wojska i umocnienia parshmenów. Czuł się dziwnie, nie musząc się przejmować burzą. Po jej nadejściu mógł po prostu wznieść się w górę.

Z tego miejsca Kaladin widział wielkie rowy wykute w skałach, by odprowadzać wodę po burzy. Choć większość parshmenów uciekła w poszukiwaniu schronienia, niektórzy pozostali na dole, wyginali szyje i wpatrywali się w niego. Ich postawy świadczyły, że czują się oszukani, choć nie umiał nawet ocenić, czy to członkowie grupy Khen.

Syl usiadła na jego ramieniu.

– O co chodzi?

– Nic na to nie poradzę, ale czuję z nimi pewną więź.

– Podbili to miasto. Są Pustkowcami.

– Nie. Są osobami. I są wściekli, nie bez powodu. – W Kaladina uderzył podmuch wiatru, znosząc go w bok. – Znam to uczucie. Płonie w trzewiach, pełza wewnątrz mózgu, aż zapomina się o wszystkim poza doznaną niesprawiedliwością. Takie miałem uczucia wobec Elhokara. Czasami mnóstwo racjonalnych wyjaśnień traci znaczenie w obliczu tego wszechogarniającego pragnienia, by dostać to, na co się zasłużyło.

– Zmieniłeś zdanie na temat Elhokara, Kaladinie. Zrozumiałeś, co jest właściwe.

– Naprawdę? Czy odkryłem, co jest właściwe, czy też w końcu zgodziłem się postrzegać wszystko tak, jak tego ode mnie oczekiwałaś?

– Zabicie Elhokara było niewłaściwe.

– A parshmeni, których zabiłem na Strzaskanych Równinach? Zamordowanie ich nie było niewłaściwe?

– Chroniłeś Dalinara.

– Który atakował ich ojczyznę.

– Ponieważ zabili jego brata.

– Co mogli zrobić na przykład dlatego, że zobaczyli, jak król Gavilar i jego poddani traktują parshmenów. – Odwrócił się do Syl, która siedziała z podciągniętą nogą. – Jaka jest różnica, Syl? Jaka jest różnica między Dalinarem atakującym parshmenów i tymi parshmenami podbijającymi to miasto?

– Nie wiem – odparła cicho.

– I dlaczego pozwolenie, żeby Elhokar zginął za swoją niesprawiedliwość, byłoby gorsze niż aktywne zabijanie parshmenów na Strzaskanych Równinach?

– To pierwsze jest niewłaściwe. To znaczy wydaje się niewłaściwe. Pewnie oba są.

– Tyle tylko, że to pierwsze prawie zerwało moją więź, a drugie nie. W więzi nie chodzi o to, co jest właściwe, a co nie, Syl. Chodzi o to, co ty postrzegasz jako właściwe i niewłaściwe.

– Co oboje postrzegamy – poprawiła go. – I o przysięgi. Przysięgałeś, że będziesz chronił Elhokara. Powiedz mi, że w czasie, w którym planowałeś zdradzić Elhokara, nie czułeś w głębi duszy, że postępujesz niewłaściwie.

– W porządku. Ale wciąż chodzi o percepcję. – Kaladin pozwalał, by niosły go wiatry, i czuł rodzące się ściskanie w żołądku. – Na burze, miałem nadzieję... miałem nadzieję, że mi powiesz, pokażesz to, co jest absolutnie właściwe. Choć raz chciałbym, żeby mój kodeks moralny nie miał długiej listy wyjątków na końcu.

Z namysłem pokiwała głową.

– Myślałem, że będziesz się sprzeciwiać. Jesteś... zaraz, uosobieniem ludzkiej percepcji honoru? Nie powinnaś przynajmniej wierzyć, że znasz wszystkie odpowiedzi?

– Prawdopodobnie. A może, jeśli istnieją odpowiedzi, powinnam być tą, która chce je odnaleźć?

Ściana burzy była teraz w pełni widoczna – wielka ściana wody i odpadków niesiona nadchodzącymi wichrami arcyburzy. Kaladin po prostu dryfował na wietrze, oddalając się od miasta, więc teraz Przywiązał się na wschód, aż wznieśli się nad wzgórzami tworzącymi wiatrochron. Tu zauważył coś, czego nie dostrzegał wcześniej – zagrody pełne stłoczonych ludzi.

Wiatr wiejący ze wschodu stawał się coraz silniejszy. Jednak parshmeni pilnujący zagród po prostu stali, jakby nikt nie wydał im rozkazu odejścia. Pierwsze grzmoty arcyburzy były odległe, łatwe do przegapienia. Wkrótce ją zauważą, ale wtedy może być zbyt późno.

– Och! Kaladinie, ci ludzie!

Kaladin zaklął i wypuścił Wiązanie podtrzymujące go w górze, co sprawiło, że zaczął błyskawicznie spadać. Wylądował z trzaskiem, a wtedy otoczył go krąg Burzowego Światła rozchodzący się na zewnątrz.

– Arcyburza! – krzyknął do strażników parshmenów. – Nadchodzi arcyburza! Zabierzcie tych ludzi w bezpieczne miejsce!

Popatrzyli na niego osłupiali. Reakcja nie była zaskakująca. Kaladin przywołał swoje Ostrze, przecisnął się obok parshmenów i wskoczył na otaczający zagrodę niski murek. Wcześniej pewnie trzymano w niej wieprze.

Uniósł wysoko Ostrze Syl. Ludzie zbliżyli się do muru. Rozległy się okrzyki: „Odpryskowy!".

– Nadchodzi arcyburza! – krzyknął, ale zgiełk głosów szybko zagłuszył jego słowa.

Na burze. Nie wątpił, że Pustkowcy poradzą sobie z grupką zbuntowanych mieszczan. Wciągnął więcej Burzowego Światła i wzniósł się w powietrze. To ich uciszyło, nawet zmusiło do cofnięcia się.

– Gdzie się chroniliście – spytał głośno – kiedy nadeszły ostatnie burze?

Kilku ludzi z przodu wskazało na pobliskie duże bunkry. Dla inwentarza, parshmenów i być może nawet podróżnych w burzy. Czy pomieszczą się w nich wszyscy mieszkańcy miasta? Może jeśli się stłoczą.

– Ruszajcie! Wkrótce nadejdzie burza.

Kaladinie, powiedziała Syl w jego umyśle. *Za tobą.*

Odwrócił się i zobaczył parshmeńskich strażników zbliżających się do muru z włóczniami w rękach. Zeskoczył, gdy uwięzieni w końcu zaczęli reagować i przechodzić przez ogrodzenie, które sięgało zaledwie do piersi i było pokryte gładkim, stwardniałym kremem.

Kaladin zrobił krok w stronę parshmenów i zamachnął się Ostrzem, odcinając groty ich włóczni. Parshmeni – wyszkoleni niewiele lepiej od tych, z którymi podróżował – cofnęli się zdezorientowani.

– Chcecie ze mną walczyć? – spytał ich.

Strażniczka pokręciła głową.

– W takim razie dopilnujcie, żeby ci ludzie się nie stratowali, próbując dotrzeć w bezpieczne miejsce. – Pokazał palcem. – I powstrzymajcie resztę strażników przed atakowaniem ich. To nie jest bunt. Nie słyszycie grzmotów i nie czujecie wzmagającego się wiatru?

Znów wskoczył na mur i machnął ręką do ludzi, żeby się ruszali, wykrzykiwał rozkazy. Parshmeńscy strażnicy w końcu uznali, że zamiast walczyć z Odpryskowym, lepiej zaryzykować wpakowanie się w tarapaty za wypełnienie jego poleceń. Wkrótce cały oddział popychał ludzi – często niezbyt łagodnie – w stronę bunkrów.

Kaladin opadł na ziemię obok jednego ze strażników, kobiety, której włócznię przeciął na pół.

– Co się działo, kiedy uderzyła ostatnia burza?

– Zostawiliśmy ludzi – przyznała. – Byliśmy zbyt zajęci ucieczką.

Czyli Pustkowcy również nie przewidzieli nadejścia tej burzy. Kaladin skrzywił się, próbując nie myśleć, ilu ludzi zginęło pod naporem ściany burzy.

– Postarajcie się – powiedział do niej. – Ci ludzie są teraz pod waszą opieką. Jeśli chcecie mówić o jakiejkolwiek wyższości moralnej, traktujcie swoich jeńców lepiej, niż oni was.

– Posłuchaj – odezwała się parshmenka. – Kim jesteś? I dlaczego...

Coś dużego uderzyło w Kaladina, z trzaskiem rzucając nim o ścianę. To coś miało ręce i sięgało nimi do jego gardła, próbując go udusić. Zrzucił z siebie napastnika kopniakiem i zobaczył czerwone oczy.

Z czerwonookiego parshmena unosił się czarno-fioletowy blask, jak ciemne Burzowe Światło. Kaladin zaklął i Przywiązał się w powietrze.

Stwór podążył za nim.

Kolejny wzniósł się w pobliżu, pozostawiając za sobą słaby fioletowy blask, a latał z równą łatwością jak on. Tych dwóch różniło się wyglądem od parshmenki, którą widział wcześniej, byli szczuplejsi i mieli dłuższe włosy. Syl krzyknęła w jego umyśle z mieszanką bólu i zaskoczenia. Kaladin mógł jedynie zakładać, że ktoś po nich pobiegł, kiedy wzniósł się w powietrze.

Obok Kaladina przeleciało kilka wiatrosprenów, które zaczęły wokół niego tańczyć. Niebo pociemniało, nad ziemią przetaczała się ściana burzy. Ci czerwonoocy gonili za nim w górę.

Dlatego Kaladin Przywiązał się prosto w stronę burzy.

W walce przeciwko Skrytobójcy w Bieli pomogło. Arcyburza, choć niebezpieczna, była również swego rodzaju sojusznikiem. Dwa stwory podążyły za nim, ale źle oceniły wysokość i musiały Przywiązać się z powrotem w dół, dziwnie przy tym podskakiwały. Kaladinowi przypomniały się pierwsze eksperymenty z własnymi mocami.

Przygotował się, mocno ścisnął Ostrze Syl i uderzył w ścianę burzy, a towarzyszyła mu w tym czwórka albo piątka wiatrosprenów. Pochłonęła go niestabilna ciemność, ciemność często przecinana błyskawicami i przeszywana widmowym blaskiem. Wiatry kłębiły się i zderzały jak wrogie armie, tak nieregularne, że rzucały Kaladinem na wszystkie strony. Musiał wykorzystywać wszystkie swoje umiejętności Wiązania, by w ogóle kierować się we właściwą stronę.

Patrzył przez ramię, jak dwaj czerwonoocy parshmeni wpadają do środka. Ich dziwny blask był bardziej stłumiony niż jego własny i jakimś sposobem robił wrażenie antyblasku. Ciemności, która ich otaczała.

Natychmiast stracili panowanie i zaczęli kręcić się na wietrze. Kaladin uśmiechnął się – i prawie został zmiażdżony przez głaz koziołkujący w powietrzu. Ocaliło go jedynie szczęście – głaz przeleciał na tyle blisko, że brakowało kilka cali, by stracił rękę.

Kaladin Przywiązał się w górę, wznosząc się przez nawałnicę w stronę jej sklepienia.

– Ojcze Burz! – krzyknął. – Sprenie burz!

Żadnej odpowiedzi.

– Zawróć w bok! – krzyknął Kaladin wśród kłębiących się wichrów. – Na dole są ludzie! Ojcze Burz. Musisz mnie wysłuchać!

Wszystko znieruchomiało.

Stał w tej dziwnej przestrzeni, w której już wcześniej widział Ojca Burz – w miejscu, które znajdowało się jakby poza rzeczywistością. Ziemia leżała daleko pod nim, skryta w półmroku i śliska od deszczu, ale jałowa i pusta. Kaladin unosił się w powietrzu. Nie był Przywiązany, po prostu powietrze pod jego stopami było stabilne.

KIMŻE JESTEŚ, BY STAWIAĆ ŻĄDANIA BURZY, SYNU HONORU?

Ojciec Burz był twarzą szeroką jak niebo, dominował na nim jak wschód słońca.

Kaladin unosił wysoko miecz.

– Wiem, kim jesteś, Ojcze Burz. Sprenem, jak Syl.

JESTEM PAMIĘCIĄ BOGA, FRAGMENTEM, KTÓRY POZOSTAŁ. DUSZĄ BURZY I UMYSŁEM WIECZNOŚCI.

– A z tą duszą, umysłem i pamięcią z pewnością znajdziesz miłosierdzie dla ludzi poniżej.

A CO Z SETKAMI TYSIĘCY, KTÓRE WCZEŚNIEJ ZGINĘŁY W TYCH WICHRACH? CZY POWINIENEM MIEĆ DLA NICH MIŁOSIEDZIE?

– Tak.

A FALE, KTÓRE POŁYKAJĄ, PŁOMIENIE, KTÓRE POCHŁANIAJĄ? CHCIAŁBYŚ, ŻEBY PRZESTAŁY?

– Mówię tylko o tobie i tylko dzisiaj. Proszę.

Zadudnił grzmot. Można było odnieść wrażenie, że Ojciec Burz rozważa tę prośbę.

NIE JEST TO COŚ, CO MOGĘ ZROBIĆ, SYNU HONORU. JEŚLI WIATR PRZESTAJE WIAĆ, NIE JEST WIATREM. JEST NICZYM.

– Ale...

Kaladin znów wpadł w burzę. Przebijał się przez wichurę, zaciskając zęby we frustracji. Towarzyszyły mu wiatrospreny – co najmniej dwa tuziny, wirująca i roześmiana gromadka, każdy w postaci świetlistej wstążki.

Minął jednego z parshmenów o świecących oczach. Stopieni? Czy to określenie odnosiło się do wszystkich, których oczy świeciły?

– Ojciec Burz mógłby być bardziej pomocny, Syl. Czy nie twierdził, że jest twoim ojcem?

To skomplikowane, odpowiedziała w jego umyśle. *Ale jest uparty. Przykro mi.*

– Jest bezduszny.

Jest burzą, Kaladinie. Jak go sobie ludzie wyobrażali przez całe tysiąclecia.

– Mógł dokonać wyboru.

Może tak. A może nie. Sądzę, że to co robisz, jest jak proszenie ognia, by przestał być tak gorący.

Kaladin opadł nad ziemię i szybko znalazł się na wzgórzach nad Revolarem. Miał nadzieję, że odkryje, że wszyscy są bezpieczni, ale była to – rzecz jasna – próżna nadzieja. Ludzie rozproszyli się w zagrodach i na ziemi w pobliżu bunkrów. Jeden z tych bunkrów miał otwarte drzwi, a kilku mężczyzn próbowało – i chwała im za to – zebrać ostatnich ludzi na zewnątrz i wnieść ich do środka.

Wielu znajdowało się zbyt daleko. Kulili się przy ziemi, trzymali muru albo kamiennych występów. Kaladin ledwie ich widział w blasku błyskawicy – przerażonych i samotnych w nawałnicy.

Sam kiedyś również czuł te wiatry. Był bezbronny w ich obliczu przywiązany do ściany budynku.

Kaladinie... powiedziała Syl w jego głowie, kiedy zaczął opadać.

Burza pulsowała w jego wnętrzu. Wewnątrz arcyburzy Burzowe Światło nieustannie się odnawiało. Chroniło go, dziesiątki razy ocaliło mu życie. Ta sama moc, która próbowała go zabić, była jego wybawieniem.

Uderzył o ziemię i upuścił Syl, po czym chwycił młodego ojca przyciskającego do siebie syna. Podniósł ich, osłonił i próbował skierować do budynku. W pobliżu inny człowiek – niewiele widział – został porwany przez podmuch wichury i zniknął w ciemnościach.

Kaladinie, nie ocalisz ich wszystkich.

Z krzykiem chwycił skuloną kobietę, złapał ją mocno i zaczął prowadzić całą trójkę. Zataczając się w wichurze, dotarli do gromadki ludzi trzymających się razem. Jakieś dwa tuziny, może więcej, w cieniu muru otaczającego zagrodę.

Kaladin pociągnął trójkę, której pomagał – ojciec, dziecko, kobieta – do pozostałych.

– Nie możecie tu zostać! – krzyknął do nich. – Razem. Musicie pójść razem, w tamtą stronę.

Z wysiłkiem – wśród wycia wichru i kropli deszczu ostrych jak sztylety – zmusił grupkę do ruszenia po skalistej ziemi, ramię przy ramieniu. Robili niezłe postępy – do chwili, aż w pobliżu w ziemię uderzył głaz, wtedy niektórzy skulili się w panice. Coraz silniejszy wiatr próbował porwać kilkoro z nich, ale pozostali mocno ich trzymali.

Kaladin zamrugał, pozbywając się z oczu łez, które mieszały się z deszczem. Ryknął. W pobliżu błyskawica ukazała mężczyznę, który został zmiażdżony, kiedy fragment muru się oderwał i poniósł jego ciało w burzę.

Kaladinie, powiedziała Syl. *Tak mi przykro.*

– To nie wystarczy! – wykrzyknął.

Jedną ręką ściskał dziecko, a twarz zwrócił w stronę burzy i jej straszliwych wichrów. Dlaczego niszczyła? Ta nawałnica ich ukształtowała. Czy musi też ich niszczyć? Pochłonięty bólem i poczuciem, że został zdradzony, Kaladin napełnił się Burzowym Światłem i wyrzucił rękę do przodu, jakby chciał odsunąć sam wicher.

Setka wiatrosprenów zawirowała w postaci świetlistych linii krążących wokół jego ramienia, owijających je jak wstążki. Napełniły się Światłem i wyleciały na zewnątrz jak oślepiająca tafla, poleciały na boki Kaladina i rozdzieliły wichurę wokół niego.

Kaladin stał z ręką wyciągniętą do nawałnicy i odsuwał ją na boki. Podobnie jak kamień w pędzącej rzece powstrzymywał wody, tak on stworzył w burzy strefę spokoju, która rozciągała się za jego plecami.

Burza uderzała w niego z całym szaleństwem, ale on stał na czele formacji wiatrosprenów, które rozwijały się za nim jak skrzydła, odsuwając wichurę. Mimo uderzeń burzy udało mu się odwrócić głowę. Ludzie kulili się za nim przemoczeni, zdezorientowani – otoczeni ciszą.

– Idźcie! – krzyknął. – Idźcie!

Tamci zapanowali nad sobą, młody ojciec wziął dziecko od Kaladina, który trzymał je po swojej zawietrznej. Kaladin cofał się razem z nimi, tworząc wiatrochron. Ta grupka była jedną z wielu uwięzionych wśród wichury, ale musiał dawać z siebie wszystko, by powstrzymać nawałnicę.

Wichry wydawały się rozzłoszczone jego oporem. Wystarczyłby jeden głaz.

Postać o świecących czerwonych oczach wylądowała przed nim na polu. Zbliżała się, ale ludzie w końcu dotarli do bunkra. Kaladin z westchnieniem uwolnił wichry, a spreny za jego plecami się rozproszyły. Wyczerpany pozwolił, by burza poniosła go ze sobą. Jedno Wiązanie wystarczyło, by wznieść się wyżej, dzięki czemu uniknął rozbicia o budynki miasta.

A niech mnie, powiedziała Syl w jego umyśle. *Co ty właściwie zrobiłeś? Z burzą?*

– Zbyt mało.

Ty nigdy nie zrobisz dość, by zadowolić samego siebie, Kaladinie. I tak było wspaniałe.

W mgnieniu oka minął Revolar. Odwrócił się, zmieniając się w kolejny odpadek niesiony przez wichry. Stopiony go gonił, ale pozostał z tyłu, aż w końcu zniknął. Kaladin i Syl wypadli przez ścianę burzy i jechali na niej przed burzą. Mijali miasta, równiny, góry – nigdy nie kończyło im się Burzowe Światło, bo za sobą mieli źródło, które je odnawiało.

Lecieli tak przez dobrą godzinę, aż prąd wiatrów pociągnął ich lekko na południe.

– Idź tam – powiedziała Syl w postaci świetlistej wstęgi.

– Dlaczego?

– Po prostu posłuchaj wcielonego fragmentu natury, dobrze? Ojciec chyba chce cię przeprosić, na swój sposób.

Kaladin warknął, ale pozwolił, by wiatry skierowały go w określoną stronę. Leciał tak przez wiele godzin zatopiony w odgłosach nawałnicy, aż w końcu opadł – częściowo z własnej woli, częściowo pod naciskiem wichru. Burza minęła – pozostawiając go pośrodku dużej kamienistej równiny.

Płaskowyżu przed wieżą Urithiru.

Bowiem ja, choć może to dziwić, się zmieniłem.
– Z przedmowy *Dawcy Przysięgi*

Shallan usadowiła się wygodnie w salonie Sebariala. Była to kamienna komnata o dziwnym kształcie, ze stryszkiem – czasem umieszczał na nim muzyków – i płytkim zagłębieniem w podłodze, które, jak powtarzał, zamierzał wypełnić wodą i hodować ryby. Była niemal pewna, że mówił takie rzeczy tylko po to, by denerwować Dalinara swoją rzekomą ekstrawagancją.

Jak na razie zakryli otwór deskami i Sebarial co jakiś czas przypominał, że nie należy na nie wchodzić. Resztę komnaty wyposażono bardzo bogato. Shallan była niemal przekonana, że widziała te gobeliny w klasztorze w obozie Dalinara. Godnie uzupełniały je luksusowe meble, złote lampy i ceramika.

I kilka nieheblowanych desek zasłaniających otwór. Pokręciła głową. A później – zwinięta w kłębek na kanapie pod stertą koców – z radością przyjęła od Palony kubek parującej cytrusowej herbaty. Choć od spotkania z Re-Shephir minęło kilka godzin, wciąż nie mogła się pozbyć zimna przeszywającego ciało.

– Czy mogę ci coś jeszcze przynieść? – spytała Palona.

Shallan pokręciła głową, więc Herdazka usadowiła się na pobliskiej kanapie, również z kubkiem herbaty. Shallan pociągnęła łyk, ciesząc się z towarzystwa. Adolin chciał, żeby poszła spać, ale ona wolała nie zostawać sama. Oddał ją więc pod opiekę Palony, a później został z Dalinarem i Navani, by odpowiadać na dalsze pytania.

– No... – odezwała się Palona. – Jak było?

Jak odpowiedzieć na takie pytanie? Dotknęła burzowej Matki Północy. Imię z dawnych opowieści, jedna z Niestworzonych, książąt Pustkowców. Ludzie opiewali Re-Shephir w pieśniach i poematach, opisując ją jako mroczną piękność. Na obrazach przedstawiano ją jako kobietę w czerni o czerwonych oczach i zmysłowym spojrzeniu.

Co było doskonałym przykładem na to, jak mało naprawdę wiedzieli.

– Nie przypominało opowieści – szepnęła w końcu. – Re-Shephir to spren. Ogromny, straszliwy spren, który tak rozpaczliwie pragnie nas zrozumieć. Dlatego nas zabija, naśladując naszą przemoc.

Kryła się w tym głębsza tajemnica, ślad czegoś, co dostrzegła, gdy była złączona z Re-Shephir. Zaczęła się wręcz zastanawiać, czy jest możliwe, by ten spren nie tylko próbował zrozumieć ludzkość, ale też szukał czegoś, co utracił.

Czy ta istota – w czasach bardzo dawnych, całkowicie zapomnianych – była kiedyś człowiekiem?

Nie wiedzieli. Nic nie wiedzieli. Kiedy Shallan złożyła pierwszy raport, Navani wysłała swoje uczone na poszukiwanie informacji, ale ich dostęp do ksiąg wciąż był ograniczony. Mimo dostępu do Palanaeum, Shallan nie była optymistką. Jasnah przez lata próbowała odnaleźć Urithiru, ale i tak większość tego, co odkryła, okazała się niepewna. Po prostu minęło zbyt wiele lat.

– I pomyśleć, że to coś przez ten cały czas tam było – powiedziała Palona. – Ukrywało się.

– Została uwięziona – szepnęła Shallan. – W końcu uciekła, ale to wydarzyło się przed setkami lat. Od tej pory tu czekała.

– W takim razie powinniśmy się dowiedzieć, gdzie uwięziono pozostałych, i upewnić się, że oni się nie wydostaną.

– Nie jestem pewna, czy pozostali w ogóle zostali pojmani.

W Re-Shephir wyczuwała izolację i samotność, wrażenie oderwania, kiedy inni uciekli.

– Czyli...

– Są gdzieś na świecie, od zawsze. – Shallan czuła się wyczerpana, a jej powieki opadały, wbrew uporowi, z jakim w obecności Adolina utrzymywała, że nie jest aż tak zmęczona.

– Z pewnością do tej pory byśmy ich odkryli.

– Nie wiem. Oni... oni byliby dla nas czymś normalnym. Czymś, co istniało od zawsze.

Ziewnęła i bezmyślnie skinęła głową, kiedy Palona mówiła dalej, a jej komentarze zmieniły się w pochwałę Shallan. Adolin robił to samo, co jej nie przeszkadzało, a Dalinar był wręcz miły, zamiast zachowywać się jak zwykle, czyli jak surowa ludzka skała.

Nie powiedziała im, jak bliska była załamania i jak bardzo się bała, że pewnego dnia znów spotka tę istotę.

Ale... może rzeczywiście zasługiwała na pochwałę. Kiedy opuściła dom, szukając wybawienia dla rodziny, była dzieckiem. Po raz pierwszy od tamtego dnia na statku, kiedy patrzyła, jak Jah Keved niknie jej z oczu, poczuła, że być może nawet sobie z tym wszystkim radzi. Jakby odnalazła stabilizację w życiu, pewną dozę panowania nad samą sobą i otoczeniem.

Co zadziwiające, czuła się właściwie dorosła.

Uśmiechnęła się i owinęła kocami, popijała herbatę i – przez chwilę – nie myślała o tym, że właściwie cały oddział żołnierzy widział ją bez rękawiczki. Była właściwie dorosła. Poradzi sobie z odrobiną zawstydzenia. W rzeczy samej, była coraz bardziej przekonana, że jako Shallan, Woal i Świetlista mogła sobie poradzić ze wszystkim, czym może zaskoczyć ją życie.

Zamieszanie sprawiło, że usiadła, choć nie wydawało się, że dzieje się coś niebezpiecznego. Rozmowy, kilka radosnych okrzyków. Nie była nawet zdziwiona, kiedy do środka wszedł Adolin, ukłonił się Palonie – w końcu był dobrze wychowany – i podbiegł do niej. Mundur wciąż miał pomięty po tym, jak nosił na nim Pancerz Odprysku.

– Nie denerwuj się – powiedział. – To coś dobrego.

– To? – spytała z rosnącym niepokojem.

– Cóż, ktoś właśnie przybył do wieży.

– A, tak. Sebarial przekazał mi wieści. Mały mostowy wrócił.

– On? Nie, nie o tym mówię.

Adolin wciąż szukał właściwych słów, kiedy głosy się zbliżyły i do komnaty weszło kilka innych osób.

Na ich czele szła Jasnah Kholin.

Koniec części pierwszej

INTERLUDIA

Puuli • Elista • Venli

I-1

PUULI

Latarnik Puuli próbował nie pokazywać po sobie, jak bardzo ekscytuje go ta nowa burza.

„Tragedia. Prawdziwa tragedia". Tak powiedział płaczącej Sakin. Uważała się za pobłogosławioną, kiedy znalazła sobie nowego męża. Wprowadziła się do jego pięknej kamiennej chaty w miejscu doskonałym do uprawiania ogródka, za północnymi klifami miasta.

Puuli zebrał resztki drewna poniesione na wschód przez tę dziwną burzę i ułożył je na stercie na swoim wózku. Pociągnął go obiema rękami, zostawiając Sakin opłakującą męża. Już trzeciego, a wszyscy zginęli na morzu. Prawdziwa tragedia.

Jednakże burza go ekscytowała.

Ciągnął wózek obok innych zniszczonych domów, które powinny być osłonięte przez klify na wschodzie. Dziadek Puuliego pamiętał czasy, kiedy tych urwisk nie było. Sam Kelek rozpłatał ląd w trakcie burzy, tworząc nowe doskonałe miejsce na domy.

Gdzie bogacze będą teraz stawiać swoje domostwa?

A w miasteczku mieli bogaczy, niezależnie od tego, co mówili podróżujący po oceanie. Zatrzymywali się w tym malutkim porcie, na rozpadającym się wschodnim skraju Rosharu, i chronili przed burzami w zatoczce wśród klifów.

Puuli przeciągnął wózek obok zatoczki. Tutaj jedna z obcych kapitanów – o długich brwiach i skórze w odcieniu brązowym zamiast normalnego niebieskiego – próbowała dojść do ładu ze zniszczonym statkiem. Zakołysał się w zatoczce, został trafiony błyskawicą i rzucony na skały. Teraz nad wodą wznosił się jedynie maszt.

„Prawdziwa tragedia", powiedział Puuli. Ale pogratulował kapitan masztu. To był bardzo ładny maszt.

Puuli podniósł kilka desek ze zniszczonego statku, które zostały wyrzucone na brzeg zatoczki, i wrzucił je na wózek. Nawet jeśli ta nowa burza zniszczyła wiele statków, Puuli się cieszył. Cieszył się w tajemnicy.

Czy nadszedł w końcu czas, przed którym ostrzegał go dziadek? Czas zmian, kiedy ludzie z ukrytej wyspy Źródła przybędą w końcu, by odzyskać Natanatan?

Nawet jeśli nie, ta nowa burza dała mu tyle drewna. Kawałki skałopąków, gałęzie drzew. Zbierał je wszystkie gorliwie na wielką stertę w wózku, mijając gromadki rybaków, którzy próbowali zdecydować, jak przeżyć na świecie, w którym burze nadchodziły z obu kierunków. Rybacy nie przesypiali Płaczu jak leniwi rolnicy. Pracowali, bo nie było wiatrów. Dużo przynęty, a żadnych wiatrów. Aż do tej pory.

„Tragedia", powiedział Au-lamowi, pomagając mu uprzątnąć resztki stodoły. Wiele z desek skończyło na wózku Puuliego.

„Tragedia", zgodził się z Hema-Dak, kiedy pilnował jej dzieci, by mogła zanieść bulion siostrze, która zachorowała na gorączkę.

„Tragedia", zgodził się z braćmi Doboszami, kiedy pomagał im wyciągnąć z przybrzeżnych wód poszarpany żagiel i rozłożyć go na skałach.

W końcu Puuli skończył obchód i pociągnął swój wózek długą, krętą drogą w stronę Wyzwania. Taką nazwę nadał swojej latarni morskiej. Nikt inny jej tak nie nazywał, bo dla nich była tylko latarnią morską.

Na szczycie pozostawił ofiarę z owoców dla Keleka, Herolda, który żył w burzy. Później zaciągnął wózek do pomieszczenia na parterze. Wyzwanie nie było dużą latarnią morską. Widywał obrazy tych smukłych i modnych, stojących wzdłuż Cieśnin Długobrewych. Latarnie morskie dla bogaczy, którzy pływają łodziami, ale nie łowią ryb. Wyzwanie miało jedynie dwie kondygnacje i było przysadziste jak bunkier. Ale wybudowano je z porządnego kamienia, a warstwa kremu na zewnątrz chroniła przed przeciekami.

Stało tak od ponad setki lat, a Kelek nie zdecydował się go obalić. Ojciec Burz wiedział, jak bardzo jest ważne. Puuli zaciągnął ładunek mokrego burzowego drewna i połamanych desek na szczyt latarni morskiej, gdzie położył je obok ogniska – które w ciągu dnia było niewielkie – żeby wyschło. Otrzepał dłonie i podszedł do krawędzi latarni morskiej. W nocy zwierciadła wypuszczą światło na zewnątrz przez ten właśnie otwór.

Spojrzał na wschód, w stronę klifów. Jego rodzina bardzo przypominała latarnie morskie. Krępi, niscy, ale potężni. I wytrzymali.

„Przybędą ze Światłem w kieszeniach", mówił dziadek. „Przybędą, by niszczyć, ale ty i tak powinieneś ich wyglądać. Przybędą bowiem od Źródła. Marynarze zagubieni na niekończącym się morzu. Podsycaj ten ogień, Puuli. Pal go jasno, aż przybędą.

Przybędą, gdy noc będzie najciemniejsza".

Z pewnością oznaczało to teraz, tę nową burzę. Najciemniejsze noce. Tragedia.

I znak.

I-2

ELLISTA

Klasztor Jokasha był zazwyczaj bardzo cichym miejscem. Ukryty w lasach na zachodnich zboczach Szczytów Rogożerców z przechodzącej arcyburzy czuł jedynie deszcz. Gwałtowny, owszem, ale nieporównywalny ze straszliwą brutalnością, jakiej doznawała reszta świata.

Podczas każdej burzy Ellista przypominała sobie, jak wielkie miała szczęście. Niektórzy żarliwcy pół życia walczyli o przeniesienie do Jokashy. Z dala od polityki, burz i innych utrapień, w Jokashy można było po prostu myśleć.

Zazwyczaj.

– Czy ty w ogóle patrzysz na te liczby? Czy twoje oczy straciły połączenie z mózgiem?

– Nie możemy jeszcze oceniać. Trzy przypadki nie wystarczą!

– Dwa punkty danych to zbieg okoliczności, trzy to sekwencja. Wieczna Burza, w przeciwieństwie do arcyburzy, podróżuje ze stałą prędkością.

– Nie możesz tak mówić! Jeden z twoich sławetnych punktów danych pochodzi z pierwotnego przejścia burzy, które było wydarzeniem wyjątkowym.

Ellista zatrzasnęła książkę i wcisnęła do torby. Wypadła ze swojego kącika i spiorunowała wzrokiem dwóch żarliwców kłócących się na korytarzu na zewnątrz. Obaj nosili czapki mistrzów uczonych i byli tak zajęci przekrzykiwaniem się, że nawet nie zareagowali na jej spojrzenie, choć naprawdę się postarała.

Wyszła pospiesznie z biblioteki i znalazła się na długim korytarzu o bokach otwartych dla żywiołów. Spokojne drzewa. Cichy strumyk. Wilgotne powietrze i omszałe pnącza, które przeciągały się z trzaskiem, układając się na noc. No dobrze, spora połać drzew została powalona przez tę nową burzę. Ale to nie powód, by wszyscy się tak denerwowali! Reszta świata mogła się przejmować. Tutaj, w głównym domu Kręgu Wyznawców Umysłu, powinna móc po prostu czytać.

Położyła swoje rzeczy na biurku w pobliżu otwartego okna. Wilgoć nie służyła księgom, ale słabe burze szły w parze z bujnością przyrody. Trzeba się było z tym po prostu pogodzić. Miała nadzieję, że te nowe fabriale wyciągające wodę z powietrza...

– ...Mówię ci, musimy się wyprowadzić! – Nowy głos odbijał się echem od ścian korytarza. – Posłuchaj, burza spustoszy te lasy. Wkrótce to zbocze będzie jałowe, a burza uderzy w nas z pełną siłą.

– Nowa burza nie ma aż tak silnych wiatrów, Bettam. Nie powali drzew. Patrzyłaś na moje obliczenia?

– Nie zgadzam się z twoimi obliczeniami.

– Ale...

Ellista rozmasowała skronie. Podobnie jak inni żarliwcy goliła głowę. Rodzice nadal żartowali, że dołączyła do żarliwców, bo nie chciało jej się męczyć z układaniem włosów. Spróbowała włożyć zatyczki do uszu, ale słyszała przez nie kłótnie, więc znów spakowała rzeczy.

Może dolny budynek? Ruszyła długimi schodami w dół lesistego zbocza. Zanim przybyła do klasztoru, miała złudzenia na temat tego, jak będzie wyglądało życie wśród uczonych. Żadnych sprzeczek. Żadnego politykowania. Odkryła, że nie jest to prawdą – ale ludzie zwykle zostawiali ją w spokoju. I tak miała szczęście, że tu była. Powtórzyła to w duchu, kiedy weszła do dolnego budynku.

Ogólnie rzecz biorąc, przypominał zoo. Dziesiątki ludzi zbierających informacje z łączotrzcin, rozmawiających ze sobą, plotkujących o tym czy innym arcyksięciu czy królu. Zatrzymała się w drzwiach, patrzyła przez chwilę, po czym odwróciła się na pięcie i wyszła.

I co teraz? Ruszyła w górę schodów, ale po chwili zwolniła. To pewnie jedyna droga do spokoju... – pomyślała, spoglądając na las.

Weszła do lasu, próbując nie myśleć o brudzie, kremlikach i możliwości, że coś nakapie jej na głowę. Nie chciała za bardzo się zagłębiać, bo któż wiedział, co się tam kryło? Wybrała pniak porośnięty niezbyt wielką ilością mchu i usadowiła się z książką na kolanach wśród podskakujących życiosprenów.

Wciąż słyszała kłócących się żarliwców, ale byli daleko. Otworzyła książkę zdecydowana coś w końcu tego dnia zrobić.

Wema odwróciła się od niewczesnych zalotów oświeconego Sterlinga, uniosła bezpieczną dłoń do piersi i spuściła wzrok, odrywając go od jego nadobnych loków. Afekt, jakże ekscytujący dla niewybrednego umysłu, z pewnością nie mógłby jej zadowolić przez czas dłuższy, jakby jego atencja, która swego czasu była wyszukaną rozkoszą w jej wolnych godzinach, teraz wydawała się manifestacją jego dogłębnej zuchwałości i największych uchybień charakteru.

– Co takiego?! – wykrzyknęła Ellista w czasie lektury. – Nie, ty głuptasie! W końcu wyraził swoje uczucie do ciebie. Nie waż się go teraz odrzucić.

Jakże mogła zaakceptować to wszeteczne usprawiedliwienie dla jej niegdyś zdeterminowanych pragnień? Czy nie powinna miast tego wybrać bardziej roztropnego rozwiązania, za którym orędowała niezmiennie wola jej wuja? Oświecony Vadam miał nadanie ziemi z łaski arcyksięcia i mógłby zaspokoić jej potrzeby ponad możliwości dostępne dla prostego oficera, niezależnie od szacunku, jakim się cieszył, i jego pobłogosławionego przez wichry temperamentu, wyglądu i delikatnego dotyku.

Ellista sapnęła.

– Oświecony Vadam? Ty mała nierządnico! Zapomniałaś już, jak uwięził twojego ojca?

– Wemo – rzekł oświecony Sterling – wydaje się, że poważnie zbłądziłem, oceniając twą atencję. Me wnętrze wypełnia głębokie zawstydzenie mym szaleństwem. Wyruszam więc na Strzaskane Równiny, a ty nie będziesz musiała już cierpieć mojej obecności.

Złożył ukłon godny prawdziwego dżentelmena, z wszelaką stosowną wytwornością i poważaniem. Ukryte w nim błaganie wykraczało poza wszystko, czego mógłby się spodziewać nawet monarcha, a wówczas Wema pojęła prawdziwą naturę względów oświeconego Sterlinga. Prosty, lecz namiętny. W czynach pełen szacunku. Ukłon stanowił kontekst dla jego wcześniejszych awansów, które zdawały się teraz szlachetnym wyłomem w poza tym mocnej zbroi, okienkiem wrażliwości, nie zaś wzorcem chciwości.

Kiedy uniósł zasuwę, by na zawsze opuścić jej życie, Wemę wypełniły niezrównany wstyd i tęsknota, splątane razem niczym dwie nici nawijające się na wrzeciono, by stworzyć wspaniały gobelin pragnienia.

– Zaczekaj! – wykrzyknęła Wema. – Drogi Sterlingu, zaczekaj na moje słowa.

– Na burzę, lepiej, żebyś zaczekał, Sterlingu.

Ellista nachyliła się nad książką i przerzuciła kartkę.

Obyczajne zachowanie wydawało jej się próżne, zagubione na morzu, którym było jej pragnienie, by poczuć dotyk Sterlinga. Podbiegła do niego i przycisnęła do jego ramienia swoją okrytą rękawem dłoń, którą później uniosła, by pieścić jego wydatną szczękę.

W lesie było tak gorąco. Właściwie duszno. Ellisa uniosła dłoń do ust i czytała z szeroko otwartymi oczyma. Drżała.

Ach, gdyby udało jej się odnaleźć to okno w posągowym pancerzu i gdyby odnalazła w sobie podobną ranę, by przycisnąć ją do niego i otworzyć drogę do głębi jej duszy. Gdyby tylko...

– Ellista? – spytał ktoś.

– Oj! – Usiadła wyprostowana, zatrzasnęła książkę i obróciła się w stronę źródła dźwięku. – Yyy. Och! Żarliwiec... Urv.

Młody silniański żarliwiec był wysoki, niezgrabny i czasami nieznośnie głośny. Jak widać, za wyjątkiem sytuacji, gdy podkradał się do innych żarliwców w lesie.

– Cóż takiego czytałaś?

– Ważne dzieło. – Ellista usiadła na książce. – Nic, czym musiałbyś się przejmować. Czego chcesz?

– Yyy... – Spojrzał na jej torbę. – Ty jako ostatnia wypożyczałaś transkrypcje ze zbioru Pieśni Świtu Bendthela? Stare wersje? Chciałem po prostu zobaczyć, jakie robisz postępy.

Pieśń Świtu. Racja. Pracowali nad tym jeszcze przed nadejściem burzy, a później wszyscy się rozproszyli. Stara Navani Kholin z Alethkaru jakimś sposobem złamała Pieśń Świtu. Jej opowieść o wizjach była bzdurą – ród Kholin słynął z prowadzenia niejasnej polityki – ale klucz okazał się autentyczny i pozwolił im powoli przebijać się przez stare teksty.

Ellista zaczęła grzebać w torbie. Wyjęła trzy zatęchłe kodeksy i plik papierów – efekt jej dotychczasowej pracy.

Nie była zachwycona, kiedy Urv usiadł na ziemi obok jej pieńka i wziął papiery. Położył swoją torbę na kolanach i zaczął czytać.

– Niewiarygodne – powiedział po chwili. – Zrobiłaś większe postępy ode mnie.

– Wszyscy inni są zbyt zajęci zamartwianiem się tą burzą.

– Cóż, ona grozi zniszczeniem naszej cywilizacji.

– Przesadzona reakcja. Wszyscy zawsze przesadnie reagują na każdy najmniejszy podmuch wiatru.

Przerzucił kartki.

– Co to za fragment? Dlaczego tak bardzo się przejmujesz, gdzie znaleziono każdy tekst? Fiksin twierdził, że te księgi Pieśni Świtu wywodziły się z jednej centralnej lokalizacji i wiedza, dokąd trafiły, nic nam nie da.

– Fiksin był wazeliniarzem, nie uczonym. Posłuchaj, mam tu dowód, że ten sam system zapisu stosowano niegdyś na całym Rosharze. Mam źródła z Makabakamu, Sela Tales, Aletheli... Nie rozproszone teksty, ale prawdziwy dowód, że oni swobodnie pisali w Pieśni Świtu.

– Przypuszczasz, że wszyscy mówili tym samym językiem?

– Mało prawdopodobne.

– A co z *Reliktem i pomnikiem* Jasnah Kholin?

– Ona nie twierdzi, że wszyscy mówili tym samym językiem, jedynie, że w nim pisali. Byłoby głupotą zakładać, że wszyscy przez setki lat, w dziesiątkach narodów posługiwali się tym samym językiem. Większy sens ma przypuszczenie, że istniał skodyfikowany język pisany, język uczonych, podobny do tego, który znajduje się w wielu współczesnych alethyjskich podtekstach.

– Ach... A później nadeszło Spustoszenie...

Ellista skinęła głową i pokazała mu kartkę z późniejszymi notatkami.

– Ten dziwny, pośredni język oznacza moment, kiedy ludzie zaczęli wykorzystywać Pieśń Świtu, by fonetycznie transkrybować własny język. Nie poszło im najlepiej. – Przerzuciła dwie kolejne kartki. – W tym fragmencie mamy jeden z najwcześniejszych przykładów proto-thaylo-vorińskich rdzeni glificznych, a tutaj inny, przedstawiający pośrednią formę thayleńską.

– Zawsze zastanawialiśmy się, co się stało z Pieśnią Świtu. Jak ludzie mogli zapomnieć, jak odczytywać własny język? Cóż, teraz wydaje mi się to jasne. Nim do tego doszło, język był martwy od tysiącleci. Od wielu pokoleń w nim nie mówili.

– To niesamowite – powiedział Urv. Nie był taki zły, jak na Silnańczyka. – Przetłumaczyłem, ile mogłem, ale utknąłem na Fragmencie Covad. Jeśli to, do czego doszłaś, jest poprawne, być może dlatego, że Covad nie jest prawdziwą Pieśnią Świtu, ale transkrypcją fonetyczną innego starożytnego języka...

Spojrzał w bok i przechylił głowę. Czy patrzył na jej...

O nie. Chodziło o książkę, na której nadal siedziała.

– *Odpowiedzialność cnoty.* – Chrząknął. – Dobra książka.

– Czytałeś ją?

– Mam słabość do alethyjskiej epiki – mruknął od niechcenia, przerzucając kartki. – Ale powinna wybrać Vadama. Sterling był pochlebcą i darmozjadem.

– Sterling to szlachetny i prawy oficer! – Zmrużyła oczy. – A ty po prostu próbujesz mnie zdenerwować, żarliwcu Urv.

– Możliwe. – Przejrzał jej notatki i zatrzymał się na schemacie różnych gramatyk Pieśni Świtu. – Mam kopię drugiego tomu.

– To jest drugi tom?

– O jej siostrze.

– Tej bojaźliwej?

– Trafia na dwór i musi wybrać między przystojnym oficerem marynarki, thayleńskim bankierem i królewskim Trefnisiem.

– Chwileczkę. Tym razem jest trzech różnych mężczyzn?

– Dalsze części zawsze muszą być większe. – Oddał jej plik kartek. – Pożyczę ci go.

– Naprawdę? A ile mam zapłacić za ten szlachetny gest, oświecony Urv?

– Pomożesz mi przetłumaczyć szczególnie uparty fragment Pieśni Świtu. Jeden z moich patronów wyznaczył mi wyjątkowo ścisły termin jego dostarczenia.

I-3
RYTM STRATY

Schodząc do rozpadliny, Venli dostroiła się do Rytmu Łaknienia. Ta cudowna nowa forma, burzoforma, dawała jej dłoniom mocny chwyt, dzięki czemu mogła wisieć na wysokości setek stóp i nie bać się upadku.

Chitynowe płyty pod skórą były o wiele lżejsze niż w starej wojnoformie, a jednocześnie niemal równie skuteczne. Podczas przywoływania Wiecznej Burzy ludzki żołnierz uderzył ją prosto w twarz. Jego włócznia rozcięła jej policzek i grzbiet nosa, ale grot zsunął się po chitynowej masce pod skórą.

Wciąż schodziła w dół kamiennej ściany, a za nią podążali Demid, jej dawna para, i grupka lojalnych przyjaciół. W umyśle dostroiła się do Rytmu Rozkazu – podobnego do Rytmu Wdzięczności, ale potężniejszego. Wszyscy z jej ludu słyszeli rytmy – pulsowanie z elementami tonów – ale ona już nie słyszała tych starych, pospolitych. Jedynie te nowe, lepsze.

Pod nią otwierała się rozpadlina, w której woda z arcyburzy wyżłobiła wybrzuszenie. W końcu dotarła na dno, a pozostali opadli obok niej, każdy wylądował z głośnym trzaskiem. Ulim zsuwał się po kamiennej ścianie – spren zwykle ukazywał się w postaci błyskawicy przetaczającej się po powierzchniach.

Na dnie przybrał postać człowieka o dziwnych oczach. Usadowił się na stercie połamanych gałęzi, ręce założył na piersiach, a niewidzialny wiatr poruszał jego długimi włosami. Nie była pewna, dlaczego spren wysłany przez Odium wyglądał jak człowiek.

– Gdzieś tutaj. – Ulim wskazał ręką. – Rozproszcie się i szukajcie.

Venli zacisnęła zęby i zanuciła w Rytmie Furii. Na jej ramionach zafalowały linie mocy.

– Dlaczego wciąż mam być posłuszna twoim rozkazom, sprenie? To ty powinieneś mnie słuchać.

Spren ją zignorował, co jeszcze bardziej podsyciło jej gniew. Demid jednak położył dłoń na jej ramieniu i ścisnął, nucąc w Rytmie Zadowolenia.

– Chodź, razem rozejrzymy się w tamtej okolicy.

Ograniczyła nucenie i za Demidem skierowała się na południe, starannie stawiając stopy wśród szczątków. Warstwa kremu wygładziła dno rozpadliny, ale po burzy zostało dużo odpadków.

Dostroiła się do Rytmu Łaknienia. Szybki, gwałtowny rytm.

– To ja powinnam dowodzić, Demidzie. Nie ten spren.

– Dowodzisz.

– To dlaczego nic nam nie powiedziano? Nasi bogowie powrócili, a jednak prawie ich nie widzieliśmy. Wiele poświęciliśmy dla tych form i by stworzyć wielką, prawdziwą burzę. Utraciliśmy... jak wielu?

Czasami o tym myślała, w tych dziwnych chwilach, gdy miała wrażenie, że nowe rytmy się cofają. Cała jej praca, potajemne spotkania z Ulimem, kierowanie jej ludu w stronę burzoformy. Chodziło o ich ocalenie, prawda? Jednak z dziesiątek tysięcy słuchaczy, którzy walczyli, by przywołać burzę, pozostał jedynie ułamek.

Ona i Demid byli uczonymi. Jednak nawet uczeni ruszyli do walki. Pomacała ranę na twarzy.

– Nasze poświęcenie miało swoją wartość – powiedział jej Demid w Rytmie Pogardy. – Tak, wielu zginęło, ale ludzie próbowali nas wybić. Przynajmniej w ten sposób niektórzy z nas ocaleli, a teraz mamy wielką moc.

Miał rację. A jeśli miała być szczera, zawsze pragnęła formy mocy. I zdobyła ją, w czasie burzy uwięziła w swoim wnętrzu sprena. Nie należał do gatunku Ulima, rzecz jasna – do zmiany formy służyły pomniejsze spreny. Czasem czuła w swoim wnętrzu pulsowanie tego, z którym się związała.

Tak czy inaczej, przemiana dała jej wielką moc. Dobro jej ludu nigdy nie było dla Venli najważniejsze – i za późno już na przypływ wyrzutów sumienia.

Znów zaczęła nucić do Łaknienia. Demid uśmiechnął się i ponownie chwycił ją za ramię. Coś ich kiedyś łączyło, gdy znajdowali się w paroformie. Obecnie nie czuli tych głupich, rozpraszających namiętności, nie były też czymś, czego mógłby pragnąć zdrowy na umyśle słuchacz. Ale wspomnienia i tak ich łączyły.

Kroczyli wśród odpadków, mijając świeże ludzkie trupy wciśnięte w pęknięcie skał. Dobrze je widzieć. Dobrze pamiętać, że jej lud, mimo własnych strat, zabił wielu.

– Venli! Patrz!

Demid przeszedł niezgrabnie nad kłodą z dużego drewnianego mostu, który zaklinował się pośrodku rozpadliny. Podążyła za nim, ciesząc się swoją siłą. Pewnie zawsze będzie pamiętać Demida jako tyczkowatego uczonego, którym był przed tą przemianą, ale wątpiła, by którekolwiek z nich z własnej woli do tego wróciło. Formy mocy były po prostu zbyt upajające.

Kiedy znalazła się po drugiej stronie, zobaczyła, co dostrzegł Demid – postać skulona pod ścianą rozpadliny, ze zwieszoną głową w hełmie. Z ziemi obok niej wznosiło się wbite w kamienne dno Ostrze Odprysku w kształcie zamrożonych płomieni.

– Eshonai! W końcu!

Venli zeskoczyła z kłody i wylądowała obok Demida.

Eshonai wydawała się wyczerpana. Właściwie wcale się nie ruszała.

– Eshonai? – Venli uklękła obok siostry. – Nic ci nie jest? Eshonai?

Chwyciła postać w Pancerzu za ramiona i lekko nią potrząsnęła.

Głowa opadła bezwładnie.

Venli zrobiło się zimno. Demid z powagą zdjął zasłonę Eshonai, ukazując martwe oczy w poszarzałej twarzy.

Eshonai... nie...

– Ach – powiedział Ulim. – Doskonale. – Spren poruszał się po kamiennej ścianie jak błyskawica przecinająca skały. – Demidzie, podaj rękę.

Demid posłusznie uniósł dłoń, spodem do góry, a wtedy Ulim przeskoczył na nią ze ściany i przybrał ludzką postać.

– Hm... Pancerz wydaje się całkowicie wyczerpany. I uszkodzony na plecach. Cóż, podobno odrasta samodzielnie, choć tak dawno temu został oddzielony od swojego pana.

– Pancerz... – Venli czuła się otępiała. – Chodziło ci o Pancerz.

– I Ostrze też, rzecz jasna. A dlaczego inaczej mielibyśmy szukać trupa? Ty... a, myślałaś, że ona żyje?

– Kiedy powiedziałeś, że musimy odnaleźć moją siostrę, sądziłam...

– Wygląda na to, że utonęła w burzowych wodach. – Ulim wydał odgłos przypominający kląśnięcie językiem. – Wbiła miecz w kamień, trzymała go, żeby nie dać się porwać, ale nie mogła oddychać.

Venli dostroiła się do Rytmu Straty.

Był to jeden ze starych, gorszych rytmów. Od czasu przemiany nie umiała ich odnaleźć i nie miała pojęcia, jak na niego natrafiła. Żałobny, poważny ton wydawał jej się odległy.

– Eshonai...? – szepnęła i znów trąciła trupa.

Demid sapnął. Dotykanie ciał zabitych było tabu. Stare pieśni opowiadały o czasach, kiedy ludzie rozrąbywali trupy słuchaczy, szukając serc klejnotów. Pozostawić zmarłych w spokoju, taki był ich zwyczaj.

Venli wpatrywała się w martwe oczy Eshonai. Jesteś głosem rozsądku, pomyślała. To ty się ze mną kłóciłaś. Ty... ty miałaś mnie pilnować.

Co ja bez ciebie zrobię?

– Zdejmujemy Pancerz, dzieciaki – powiedział Ulim.

– Okaż trochę szacunku! – warknęła Venli.

– Szacunku dla czego? Dobrze, że ona zginęła.

– Dobrze? Dobrze?! – Wstała i spojrzała na małego sprena na dłoni Demida. – To moja siostra. Jest jednym z naszych największych wojowników. Męczennikiem i natchnieniem.

Ulim pokręcił głową w przesadzony sposób, jakby zdenerwowany – i znudzony – tą reprymendą. Jak śmiał?! Był tylko sprenem. Miał być jej sługą.

– Twoja siostra nie przeszła przeobrażenia w sposób właściwy. Opierała się i w końcu byśmy ją utracili. Nigdy nie była oddana naszej sprawie.

Venli dostroiła się do Rytmu Furii i mówiła głośno, powoli.

– Nie będziesz mówić takich rzeczy. Jesteś sprenem! Masz służyć.

– I służę.

– W takim razie musisz być mi posłuszny!

– Tobie? – Ulim się roześmiał. – Dziecko, od jak dawna prowadzicie swoją małą wojnę przeciwko ludziom? Trzy, cztery lata?

– Sześć lat, sprenie – poprawił go Demid. – Sześć długich, krwawych lat.

– A chcesz zgadywać, jak długo my walczymy w tej wojnie? Dalej. Zgaduj. Czekam.

Venli aż się zagotowała.

– To bez znaczenia...

– Ależ tak. – Czerwona postać Ulima strzelała iskrami. – Umiesz prowadzić armie, Venli? Prawdziwe armie? Zapewniać zaopatrzenie oddziałom na froncie długim na setki mil? Masz wspomnienia i doświadczenie obejmujące całe epoki?

Spiorunowała go wzrokiem.

– Nasi przywódcy doskonale wiedzą, co robią. Im jestem posłuszny. Ale jestem tym, który uciekł, sprenem wybawienia. Nie muszę cię słuchać.

– Zostanę królową – powiedziała w Rytmie Złośliwości.

– Jeśli przeżyjesz. Może. Ale twoja siostra? Ona i pozostali wysłali tego skrytobójcę, by zabił króla właśnie po to, by powstrzymać nasz powrót. Wasz lud to zdrajcy, choć twoje osobiste wysiłki dobrze o tobie świadczą, Venli. Jeśli będziesz mądra, możesz zostać jeszcze bardziej pobłogosławiona. Tak czy inaczej, zdejmij z siostry zbroję, wylej łzy i przygotuj się do powrotnej wspinaczki. Na tych płaskowyżach kłębią się ludzie śmierdzący Honorem. Musimy się stąd wydostać i zobaczyć, czego oczekują od nas wasi przodkowie.

– Nasi przodkowie? – powtórzył Demid. – A co martwi mają z tym wspólnego?

– Wszystko – odparł Ulim – bo to oni tu rządzą. Zbroja. Natychmiast.

Przeskoczył na ścianę jak błyskawica i odszedł.

Venli dostroiła się do Pogardy z powodu sposobu, w jaki została potraktowana, a później – wbrew tabu – pomogła Demidowi zdjąć Pancerz Odprysku. Ulim wrócił z pozostałymi i polecił im wziąć zbroję.

Odeszli, pozostawiając Venli zabranie Ostrza. Podniosła je z kamienia i pozostała jeszcze przez chwilę, wpatrując się w ciało siostry – które leżało jedynie w przeszywanicy.

Poczuła, że coś się w niej budzi. Znów słyszała odległy Rytm Straty. Żałobny, powolny, z osobnymi uderzeniami.

– Ja... W końcu nie muszę słuchać, jak mówisz, że jestem głupia. Nie muszę się martwić, że staniesz mi na drodze. Mogę robić, co chcę.

To ją przerażało.

Odwróciła się, by odejść, ale wtedy coś zobaczyła. Czym był ten mały spren, który wyślizgnął się spod trupa Eshonai? Wyglądał jak mała kula białego ognia, która wypuszczała z siebie nieduże kręgi światła i ciągnęła za sobą smugę. Jak kometa.

– Czym jesteś? – spytała ze Złośliwością. – Sio!

Odeszła, pozostawiając ciało siostry na dnie rozpadliny, rozebrane i samotne. Pokarm dla przepastnej bestii albo burzy.

CZĘŚĆ DRUGA

NOWE POCZĄTKI ŚPIEWAJĄ

Shallan • Jasnah • Dalinar • Most czwarty

ode wschodu
od zachodu
Miasto jest niewiarygodnie wielkie! Grzbiet przepastnej bestii nie osiągnąłby czwartej kondygnacji.
przekrój
Panatham
Rall Elorim
Shinovar
Akinah
Azimir
Kurth
Vedenar
Kholinar
Narak
Thaylen

Najdroższy Cephandriusie,
Oczywiście dostałam Twoją wiadomość.

Jasnah żyła.

Jasnah Kholin żyła.

Shallan miała wracać do sił po ciężkich przejściach i nieważne, że walką zajmowali się mostowi. Ona jedynie obmacywała niesamowitego sprena. Mimo to następny dzień spędziła zamknięta w swojej komnacie, rysując i rozmyślając.

Powrót Jasnah coś w niej obudził. Niegdyś jej rysunki były bardziej analityczne, dołączała do nich notatki i wyjaśnienia. Ostatnio rysowała jedynie sterty powykręcanych obrazów.

A przecież szkoliła się na uczoną, prawda? Nie powinna jedynie rysować, ale też analizować, snuć przypuszczenia i wyciągać wnioski. Dlatego zajęła się dokumentowaniem swoich doświadczeń z Niestworzoną.

Odwiedzili ją Adolin i Palona, osobno, nawet sam Dalinar do niej zajrzał, a Navani kląsnęła językiem i spytała ją o zdrowie. Shallan zniosła ich obecność, a później z zapałem wróciła do rysunków. Pytań było tak wiele. Dlaczego udało jej się odpędzić tę istotę? Jakie było znaczenie jej stworów?

Jednakże nad jej badaniami wciąż unosił się jeden onieśmielający fakt. Jasnah żyła.

Na burze... Jasnah żyła.

A to zmieniało wszystko.

W końcu nie mogła już dłużej znieść zamknięcia. Choć Navani wspomniała, że Jasnah planowała wieczorem ją odwiedzić, Shallan umyła się i ubrała, a później przerzuciła torbę przez ramię i wyruszyła na poszukiwania kobiety. Musiała się dowiedzieć, jakim sposobem Jasnah przeżyła.

Kiedy Shallan wędrowała korytarzami Urithiru, czuła się coraz bardziej zaniepokojona. Jasnah zawsze twierdziła, że patrzy na wszystko logicznie, ale miała też skłonność do teatralności, której nie powstydziłby się żaden bajarz. Shallan dobrze pamiętała tamtą noc w Kharbranth, kiedy Jasnah celowo przyciągnęła do siebie złodziei, a później zajęła się nimi w zaskakujący – i brutalny – sposób.

Jasnah nie zamierzała jedynie udowodnić, że miała rację. Pragnęła wbić to swoim rozmówcom do głowy, teatralnym gestem i z towarzyszeniem trafnego epigramatu. Dlaczego nie napisała przez łączotrzcinę, by dać wszystkim znać, że przetrwała? Na burze, gdzie się w ogóle podziewała przez ten czas?

Wypytawszy kilka osób, Shallan ponownie udała się do otworu ze spiralnymi schodami. Strażnicy w zadbanych niebieskich mundurach Kholinów potwierdzili, że Jasnah znajdowała się na dole, więc znów zaczęła schodzić po tych stopniach – i z zaskoczeniem stwierdziła, że wcale nie czuje się zaniepokojona. Właściwie... przytłaczające uczucia, które wypełniały ją od czasu przybycia do wieży, zniknęły. Nie odczuwała już strachu ani bezkształtnego wrażenia niewłaściwości. Ich przyczyną był stwór, którego odpędziła. Jakimś sposobem jego aura przenikała całą wieżę.

Na dole natrafiła na kolejnych żołnierzy. Dalinar wyraźnie chciał, by to miejsce było dobrze strzeżone, a ona nie miała nic przeciwko. Ci tutaj pozwolili jej swobodnie przejść, jedynie ukłonili się i szepnęli „jasność Świetlista".

Ruszyła korytarzem z malowidłami na ścianach, latarnie pełne kul sprawiały, że był przyjemnie jasny. Kiedy minęła puste biblioteki po obu stronach, zaczęły ją dobiegać głosy. Wkroczyła do komnaty, w której stawiała czoło Matce Północy, i wreszcie mogła lepiej jej się przyjrzeć – sali w końcu nie wypełniała kłębiąca się ciemność.

Kryształowa kolumna pośrodku robiła naprawdę niewiarygodne wrażenie. Tworzyły ją tysiące złączonych ze sobą klejnotów – szmaragdów, rubinów, topazów, szafirów... Wydawało się, że wszystkie dziesięć rodzajów zostało stopionych razem, tworząc jedną grubą kolumnę wysoką na dwadzieścia stóp. Na burze... jak to by wyglądało, gdyby wszystkie te klejnoty zostały jakimś sposobem napełnione, nie były bure, jak w tej chwili?

Przy barykadzie po drugiej stronie pomieszczenia stała spora grupka strażników wpatrujących się w głąb korytarza, w którym zniknęła Niestworzona. Jasnah okrążała ogromną kolumnę, dłoń opierała na krysztale. Księżniczka włożyła czerwoną suknię, wargi pomalowała na podobny odcień, a jej upięte włosy przebijały szpilki przypominające miecze z rubinami w głowicy.

Na burze. Była doskonała. Kobiece krągłości, śniada alethyjska cera, jasnofioletowe oczy i ani śladu domieszki w czarnych jak sadza włosach. Uczynienie Jasnah Kholin równie piękną, jak inteligentną, było jedną z większych niesprawiedliwości Wszechmocnego.

Shallan zawahała się w wejściu. Czuła się niemal jak wtedy, gdy po raz pierwszy ujrzała Jasnah w Kharbranth. Niepewna, przytłoczona i – jeśli miała być szczera – niewiarygodnie zazdrosna. Choć kobieta musiała wiele przeżyć, nie było tego po niej widać. Było to niezwykłe, jeśli wziąć pod uwagę, że Shallan ostatni raz widziała ją nieprzytomną na podłodze, z nożem wbitym w pierś.

– Moja matka – Jasnah nie zdejmowała dłoni z kolumny i nie patrzyła w stronę Shallan – sądzi, że to musi być jakiś wyjątkowo skomplikowany fabrial. Logiczne założenie, bo zawsze wierzyłyśmy, że starożytni mieli dostęp do wspaniałej i cudownej techniki. Jak inaczej wyjaśnisz Ostrza i Pancerze Odprysku?

– Jasności? – wykrztusiła Shallan. – Ale... Ostrza Odprysku nie są fabrialami, lecz sprenami przeobrażonymi przez więź.

– Fabriale również, w pewnym sensie. Wiesz, jak powstają, prawda?

– Znam tylko ogólne założenia.

Tak miało wyglądać ich ponowne spotkanie? Wykład? To stosowne, pomyślała Shallan.

– Łapie się sprena i więzi go wewnątrz klejnotu przygotowanego do tego celu. Artifabrianki nauczyły się, że określone bodźce wywołują określone reakcje sprenów. Na przykład ogniospreny wydzielają ciepło, a przyciskając metal do rubinu z uwięzionymi ogniosprenami można to ciepło zmniejszyć lub zwiększyć.

– To...

– Niewiarygodne?

– Koszmarne. – Shallan nie była całkowicie nieświadoma, lecz zmuszona do bezpośredniej konfrontacji z tym faktem czuła się przerażona. – Jasności, my więzimy spreny?

– To nie jest gorsze od przywiązania chulla do wozu.

– Pewnie, gdybyśmy tylko więzili chulla przez całą wieczność w skrzyni, chcąc zmusić go do ciągnięcia wozu.

Wzór zabrzęczał cicho na spódnicy, zgadzając się z jej słowami.

Jasnah jedynie uniosła brew.

– Spreny różnią się od siebie, dziecko. – Znów oparła palce na kolumnie. – Narysuj to dla mnie. Upewnij się, że właściwie oddajesz proporcje i kolory.

Beztroska bezczelność tego rozkazu podziałała na Shallan jak policzek. Za kogo ona ją uważała? Za służącą, której można wydawać rozkazy?

„Tak", potwierdził głos w umyśle Shallan. „Dokładnie tym jesteś. Podopieczną Jasnah". Jeśli potraktować prośbę w tym świetle, nie była niczym niezwykłym, ale biorąc pod uwagę to, do jakiego traktowania się przyzwyczaiła...

Cóż, nie miała się o co obrażać i powinna to zaakceptować. Na burze, kiedy zrobiła się taka drażliwa? Wyjęła szkicownik i wzięła się do pracy.

– Uradowało mnie, kiedy się dowiedziałam, że samodzielnie tu dotarłaś. Ja... przepraszam za to, co wydarzyło się na *Radości wiatru*. Moja krótkowzroczność doprowadziła do śmierci wielu ludzi, a ty z pewnością musiałaś dużo wycierpieć, Shallan. Przyjmij proszę, moje wyrazy żalu.

Shallan wzruszyła ramionami, nie przerywając rysowania.

– Bardzo dobrze sobie poradziłaś – mówiła dalej Jasnah. – Wyobraź sobie moje zadziwienie, kiedy dotarłam na Strzaskane Równiny i odkryłam, że obóz już przeniósł się do tej wieży. Osiągnęłaś coś wielkiego, dziecko. Ale później musimy porozmawiać o tej grupie, która ponownie próbowała mnie zamordować. Duchokrwiści z całą pewnością zwrócą teraz uwagę na ciebie, skoro zbliżasz się do ostatnich Ideałów.

– Jesteś pewna, że to Duchokrwiści zaatakowali statek?

– Oczywiście, że tak. – Jasnah spojrzała na Shallan i wygięła wargi w dół. – Jesteś pewna, że czujesz się dość dobrze, by opuścić swoją komnatę, dziecko? Zachowujesz się z nietypową rezerwą.

– Nic mi nie jest.

– Jesteś niezadowolona z powodu tego, co zachowałam w tajemnicy.

– Wszyscy potrzebujemy tajemnic, jasności. Wiem o tym bardzo dobrze. Ale byłoby miło, gdybyś powiadomiła nas, że żyjesz.

Zakładałam, że sama mogę sobie ze wszystkim poradzić – zakładałam, że sama muszę sobie ze wszystkim poradzić. A przez ten cały czas ty byłaś w drodze, by znów wszystko postawić na głowie.

– Miałam tę okazję dopiero po dotarciu do obozów, a tam uznałam, że nie mogę zaryzykować. Byłam zmęczona i niechroniona. Gdyby Duchokrwiści pragnęli mnie wykończyć, mogliby bez trudu tego dokonać. Uznałam, że jeśli wszyscy jeszcze przez kilka dni będą wierzyć w moją śmierć, nie zwiększy to znacząco ich cierpienia.

– Ale jak w ogóle udało ci się przeżyć?

– Dziecko, jestem Przenosicielem.

– Oczywiście. Przenosiciel, jasności. Coś, czego nigdy nie wyjaśniłaś, słowo, którego nie rozpozna nikt poza najbardziej zagorzałymi badaczkami tajemnic! To wszystko wyjaśnia.

Jasnah z jakiegoś powodu się uśmiechnęła.

– Wszyscy Świetliści mają więź z Cieniomorzem. Stamtąd pochodzą nasze spreny, a więź łączy nas z nimi. Ale mój zakon w wyjątkowy sposób panuje nad przechodzeniem między krainami. Udało mi się przenieść do Cieniomorza, by uciec niedoszłym zabójcom.

– I to pomogło na nóż w twojej burzowej piersi?

– Nie. Ale z pewnością do tej pory poznałaś już wartość odrobiny Burzowego Światła, jeśli chodzi o rany?

Oczywiście, że tak, i pewnie mogła się tego domyślić. Ale z jakiegoś powodu nie chciała się z tym pogodzić. Wolała pozostać zła na Jasnah.

– Trudność sprawiła mi nie ucieczka, ale powrót. Moce sprawiają, że łatwo mi się przenieść do Cieniomorza, ale powrót do tej krainy to duże osiągnięcie. Musiałam odnaleźć punkt przejścia... miejsce, w którym stykają się Cieniomorze i nasza kraina... co jest o wiele trudniejsze, niż można by zakładać. Przypomina to... schodzenie w dół w jedną stronę, ale wspinaczkę z powrotem.

Cóż, może jej powrót zmniejszy nieco obciążenie Shallan. Jasnah mogła być „jasnością Świetlistą", a Shallan, cóż...

– Będziemy musiały jeszcze porozmawiać – stwierdziła Jasnah. – Chciałabym usłyszeć dokładną historię odkrycia Urithiru, z twojej perspektywy. I zakładam, że masz rysunki przeobrażonych parshmenów? To nam wiele powie. Wydaje mi się, że kiedyś uważałam twoje zdolności artystyczne za mało użyteczne. Teraz mam powód, by uznać to założenie za głupie.

– Nic się nie stało, jasności. – Shallan westchnęła, ale nie przerywała rysowania kolumny. – Mogę ci to wszystko dostarczyć i rzeczywiście mamy dużo do omówienia.

Ale jak wiele będzie mogła powiedzieć? Na przykład, jak zareagowałaby Jasnah, gdyby się dowiedziała, że Shallan miała kontakty z Duchokrwistymi?

Przecież nie jesteś członkiem ich organizacji, powiedziała sobie Shallan. Jeśli już, wykorzystujesz ich jako źródło informacji. Jasnah mogłaby uznać to za godne podziwu.

I tak nie miała ochoty poruszać tego tematu.

– Czuję się zagubiona... – powiedziała Jasnah.

Shallan podniosła wzrok znad szkicownika i zobaczyła, że kobieta znów patrzy na kolumnę i mówi cicho, jakby do siebie.

– Przez lata szłam na czele tego wszystkiego. Jedno krótkie potknięcie i z trudem utrzymuję się na powierzchni. Te wizje mojego wuja... powrót Świetlistych Rycerzy pod moją nieobecność...

– Ten Wiatrowy. Co o nim sądzisz, Shallan? Jest taki, jak wyobrażałam sobie jego zakon, ale widziałam go tylko raz. Wszystko wydarzyło się tak szybko. Po latach szamotaniny w cieniach wszystko nagle wyszło na jaw, a ja mimo wielu lat badań wiem tak mało.

Shallan wciąż rysowała. Miło było się dowiedzieć, że mimo tak wielu różnic czasami coś jednak łączyło ją z Jasnah.

Szkoda tylko, że pierwsza na liście była niewiedza.

34
OPÓR

Od razu zauważyłam jej przybycie, jak zauważam Twoje liczne wtargnięcia na moje ziemie.

Nadszedł czas, powiedział Ojciec Burz.

Dalinara otoczyła ciemność i po raz pierwszy wkroczył do miejsca między swoim światem a wizjami. Miejsca, w którym nad głową miał czarne niebo, a pod nogami niekończącą się płaszczyznę białych skał. Przez kamień przesączały się dymne kształty, wznosiły się wokół niego i rozpraszały. Zwyczajne rzeczy. Krzesło, wazon, skałopąk. Czasami ludzie.

MAM JĄ. Głos Ojca Burz, odwieczny i ogromny, wstrząsał tym miejscem. THAYLEŃSKĄ KRÓLOWĄ. MOJA BURZA UDERZA TERAZ W JEJ MIASTO.

– Dobrze. Proszę, daj jej wizję.

Fen miała zobaczyć wizję Świetlistych Rycerzy spadających z nieba, by ochronić niewielką wioskę przed dziwaczną i potworną siłą. Dalinar chciał, by na własne oczy zobaczyła Świetlistych Rycerzy, jakimi kiedyś byli. Sprawiedliwych i chroniących ludzi.

GDZIE MAM JĄ UMIEŚCIĆ? – spytał Ojciec Burz.

– W tym samym miejscu, co mnie na początku. W domu. Z rodziną.

A TY?

– Będę obserwował, a później z nią porozmawiam.

MUSISZ BYĆ CZĘŚCIĄ WYDARZEŃ. W głosie Ojca Burz brzmiał upór. MUSISZ PRZYJĄĆ JAKĄŚ ROLĘ. TAK TO DZIAŁA.

– W porządku. Wybierz kogoś. Ale jeśli to możliwe, spraw, by Fen widziała mnie jako i bym ja mógł widzieć ją. – Sięgnął do miecza u pasa. – I czy mógłbym go zachować? Wolałbym nie być znów zmuszony do walki pogrzebaczem.

Ojciec Burz zadudnił z irytacją, ale się nie sprzeciwił. Miejsce niekończących się białych skał zaczęło znikać.

– Co to było za miejsce?

ŻADNE MIEJSCE.

– Ale wszystko inne w tych wizjach jest prawdziwe. Dlaczego więc...?

TO ŻADNE MIEJSCE, powtórzył stanowczo Ojciec Burz.

Dalinar umilkł i pozwolił, by pochłonęła go wizja.

WYOBRAZIŁEM JE SOBIE, powiedział łagodniej Ojciec Burz, jakby przyznawał się do czegoś zawstydzającego. WSZYSTKIE RZECZY MAJĄ DUSZĘ. WAZON, ŚCIANA, KRZESŁO. KIEDY WAZON ZOSTAJE STŁUCZONY, GINIE W KRAINIE MATERII, ALE PRZEZ JAKIŚ CZAS JEGO DUSZA PAMIĘTA, CZYM BYŁ. DLATEGO WSZYSTKIE RZECZY GINĄ DWA RAZY. KIEDY LUDZIE ZAPOMINAJĄ, ŻE BYŁ WAZONEM, I WIDZĄ JUŻ TYLKO ODŁAMKI, WTEDY UMIERA OSTATECZNIE. WYOBRAŻAM SOBIE, ŻE WAZON ODPŁYWA, JEGO FORMA ROZWIEWA SIĘ W NICOŚĆ.

Dalinar nigdy nie słyszał czegoś tak filozoficznego od Ojca Burz. Nie wyobrażał sobie, że spren – nawet potężny spren arcyburz – może śnić w taki sposób.

Poczuł, że mknie w powietrzu.

Zamachał rękami i krzyknął przerażony. Daleko w dole ziemię spowijał fioletowy blask pierwszego księżyca. Dalinar czuł, jak jego żołądek podjeżdża do gardła, a szaty łopoczą na wietrze. Nie przerywał krzyku, aż zorientował się, że wcale nie zbliża się do ziemi.

Nie spadał, ale leciał. Pęd powietrza uderzał o czubek jego głowy, nie o twarz. Zorientował się też, że jego ciało emanuje blaskiem, gdy wypływa z niego Burzowe Światło. Nie miał jednak wrażenia, że trzyma je w sobie – nie szalało w jego żyłach i nie popychało go do działania.

Osłonił twarz przed wiatrem i spojrzał przed siebie. Przed nim leciał Świetlisty, wyglądał wspaniale w niebieskim pancerzu, który również emanował blaskiem, najjaśniejszym na krawędziach i w zagłębieniach. Mężczyzna patrzył na Dalinara, bez wątpienia z powodu jego krzyków.

Dalinar zasalutował mu, żeby pokazać, że nic się nie stało. Mężczyzna w pancerzu przytaknął i znów spojrzał przed siebie.

Jest Wiatrowym, pomyślał Dalinar, składając razem elementy układanki. Zająłem miejsce jego towarzyszki Świetlistej. Widział tych dwoje poprzednim razem, lecieli, by ocalić wioskę. Dalinar nie poruszał się z własnej woli – Wiatrowy Przywiązał Świetlistą do nieba, w taki sam sposób, jak zrobił to z nim Szeth podczas bitwy o Narak.

Trudno było mu uwierzyć, że nie spada, i ciągle czuł ściskanie w żołądku. Próbował skupić się na innych rzeczach. Miał na sobie brązowy mundur, którego nie kojarzył, ale z zadowoleniem stwierdził, że zachował miecz. Dlaczego jednak nie miał Pancerza Odprysku? W jego wizji kobieta nosiła zbroję emanującą bursztynowym blaskiem. Czy to dlatego, że Ojciec Burz chciał, by Fen go rozpoznała?

Dalinar wciąż nie wiedział, dlaczego Pancerz Świetlistych emanował blaskiem, a nowoczesne Pancerze Odprysku nie. Czy ten starożytny Pancerz w jakiś sposób „żył", podobnie jak Ostrza Świetlistych?

Może mógłby się tego dowiedzieć od Świetlistego z przodu? Musiał jednak ostrożnie zadawać pytania. Wszyscy będą postrzegać Dalinara jako Świetlistą, którą zastąpił, a gdyby zaczął zadawać pytania, które do niej nie pasowały, jedynie wywołałby dezorientację rozmówców, zamiast uzyskać odpowiedzi.

– Jak daleko jesteśmy? – spytał Dalinar.

Wiatr zagłuszył jego głos, więc zawołał głośniej, przyciągając uwagę towarzysza.

– Już niedługo! – odkrzyknął mężczyzna, jego głos odbijał się echem wewnątrz hełmu, który emanował niebieskim blaskiem, najsilniejszym na krawędziach i wokół oczu.

– Coś jest chyba nie tak z moim pancerzem! – krzyknął do niego Dalinar. – Mój hełm nie chce się cofnąć!

W odpowiedzi drugi Świetlisty sprawił, że jego hełm zniknął. Dalinar zauważył jedynie chmurę Światła albo mgiełki.

Pod hełmem mężczyzna miał ciemną skórę i kręcone czarne włosy. Jego oczy świeciły niebiesko.

– Cofnąć hełm?! – zawołał. – Nie przywołałeś jeszcze pancerza, odesłałeś go, żebym mógł cię Przywiązać!

Aha, pomyślał Dalinar.

– Chodziło mi o wcześniej. Nie zniknął, kiedy tego chciałem.

– Porozmawiaj z Harkaylainem albo ze swoim sprenem. – Wiatrowy zmarszczył czoło. – Czy to będzie problemem podczas naszej misji?

– Nie wiem. Ale rozproszyło mnie. Mógłbyś mi powtórzyć, dokąd się udajemy i co wiemy o istotach, z którymi będziemy walczyć?

Skrzywił się, słysząc, jak niezręcznie to zabrzmiało.

– Po prostu wesprzyj mnie przeciwko Esencji Północy i użyj Odrodzenia na rannych, jeśli jacyś będą.

– Ale...

Będziesz miał kłopot z uzyskaniem użytecznych odpowiedzi, Synu Honoru, zadudnił Ojciec Burz. *Ci tutaj nie mają duszy ani umysłów. Są rekonstrukcjami stworzonymi wolą Honoru i nie mają wspomnień prawdziwych ludzi.*

– Z pewnością czegoś możemy się dowiedzieć – mruknął Dalinar.

Zostali stworzeni, by przekazać pewne idee. Jeśli będziesz dalej ich naciskać, zobaczysz jedynie, jak krucha jest fasada.

Do Dalinara wróciły wspomnienia fałszywego miasta odwiedzonego w pierwszej wizji, zniszczonego Kholinaru, który był bardziej dekoracją niż rzeczywistością. Ale musiały istnieć rzeczy, których mógł się dowiedzieć, nawet jeśli Honor nie uwzględnił ich celowo i pojawiły się tylko przypadkiem.

Muszę tu wprowadzić Navani i Jasnah, pomyślał. Niech one zajmą się tymi rekonstrukcjami.

Poprzednim razem w tej wizji Dalinar zajął miejsce mężczyzny imieniem Heb – męża i ojca, który bronił rodziny, mając do dyspozycji jedynie pogrzebacz. Pamiętał swoją gorączkową szamotaninę z bestią o oleistej, czarnej jak północ skórze. Walczył, krwawił, cierpiał. Wydawało mu się, że całą wieczność próbował ochronić żonę i córkę – i ostatecznie mu się to nie udało.

Cóż za osobiste wspomnienie. Choć było fałszywe, przeżył je. Sam widok małego miasteczka – wewnątrz laitu utworzonego przez sporą skalną grań – sprawił, że wezbrały w nim uczucia. Cóż za bolesna ironia losu, że to miejsce i ci ludzie wzbudzali w nim tak silne emocje, zaś wspomnienia Evi wciąż pozostawały takie niejasne.

Wiatrowy spowolnił Dalinara, chwytając go za ramię. Zatrzymali się w powietrzu, unosząc się nad skalistą równiną na skraju wioski.

– Tam.

Wiatrowy wskazał na pola wokół osady, gdzie tłoczyły się dziwaczne czarne stwory. Były wielkości ostrogara i miały oleistą skórę, która odbijała blask księżyca. Choć poruszały się na sześciu łapach, nie przypominały żadnego zwyczajnego zwierzęcia. Miały patykowate nogi, jak kraby, a do tego bulwiaste ciało i smukłe łby, pozbawione rysów poza wąską paszczą najeżoną czarnymi zębami.

Głęboko pod Urithiru Shallan stawiła czoła źródłu tych stworów. Od tego czasu Dalinar gorzej sypiał, gdyż dręczyła go świadomość, że jedno z Niestworzonych kryło się w czeluściach wieży. Czy pozostała ósemka również czaiła się w pobliżu?

– Ja zejdę jako pierwszy – powiedział Wiatrowy – i przyciągnę ich uwagę. Ty udaj się do miasteczka i pomóż ludziom. – Mężczyzna przycisnął dłoń do ręki Dalinara. – Zaczniesz spadać za około trzydzieści sekund.

Hełm mężczyzny znów pojawił się na jego głowie, a on sam opadł w stronę potworów. Dalinar pamiętał to z wizji – jak spadająca gwiazda przybyła, by ocalić Dalinara i jego rodzinę.

– Jak – szepnął Dalinar do Ojca Burz. – Jak dostajemy pancerz?

Wypowiedz słowa.

– Które słowa?

Będziesz wiedział albo nie.

Cudownie.

Dalinar nie widział na dole Taffy ani Seeli – rodziny, którą chronił. W jego wersji były w tym miejscu, ale tylko dlatego, że pod jego wpływem uciekły z domu. Nie mógł być pewien, jak tym razem rozegrała się wizja.

Na burze. Nie zaplanował tego zbyt dobrze, prawda? Spodziewał się, że dotrze do Fen i jej pomoże, upewniając się, że królowa nie znajdzie się w zbyt wielkim niebezpieczeństwie.

Głupiec. W kontaktach z Ojcem Burz musiał być bardziej konkretny.

Dalinar zaczął powoli opadać. Miał pewne pojęcie, jak działają Moce Wiatrowych, ale i tak był pod wrażeniem. Kiedy dotknął ziemi, opuściło go wrażenie lekkości, a Burzowe Światło emanujące ze skóry zniknęło. Dzięki temu w ciemnościach był znacznie mniejszym celem niż drugi Świetlisty, który promieniał jaskrawym niebieskim blaskiem i zadawał szerokie ciosy wspaniałym Ostrzem Odprysku, walcząc z Esencją Północy.

Dalinar skradał się przez miasto, jego zwyczajny miecz wydawał się kruchy w porównaniu z Ostrzem Odprysku – ale przynajmniej nie był pogrzebaczem. Kilka stworów szło główną ulicą, ale ukrył się przed nimi za głazem.

Bez trudu rozpoznał właściwy dom, który miał na tyłach niewielką stodołę, opartą o kamienne urwisko osłaniające miasteczko. Podkradł się bliżej i odkrył, że ściana stodoły została wyrwana. Pamiętał, że krył się tam z Seeli, a później uciekł, kiedy potwór zaatakował.

Stodoła była pusta, ruszył więc w stronę domu, który był o wiele porządniejszy – wybudowany z kremowych cegieł i spory, choć wydawało się, że mieszka w nim tylko jedna rodzina. Przy tak dużym domu to by było czymś dziwnym, prawda? W laitach przestrzeń miała wielką wartość.

Wydawało się, że w tej epoce nie obowiązywały niektóre z jego założeń. W Alethkarze elegancka drewniana rezydencja była symbolem zamożności. Tu jednak stało wiele drewnianych budynków.

Dalinar wślizgnął się do domu, a jego niepokój wzrastał. To, co działo się w wizji, nie szkodziło prawdziwemu ciału Fen, jednak wywoływało ból. I nawet jeśli wszelkie rany były złudzeniem, mogły w niej wzbudzić najzupełniej realną złość na Dalinara. Mógł w ten sposób stracić szansę, by go posłuchała.

Ona i tak postanowiła mnie nie słuchać, pocieszył się. Navani się z nim zgadzała – ta wizja nie mogła zmienić niczego na gorsze.

Pomacał kieszeń munduru i z zadowoleniem znalazł w niej klejnoty. Świetlisty musiał mieć Burzowe Światło. Wyjął nieduży diament wielkości kamyka i w jego białym blasku przyjrzał się pomieszczeniu. Stół został przewrócony, krzesła poleciały na boki. Otwarte drzwi skrzypiały cicho na wietrze.

Nigdzie nie widział królowej Fen, ale ciało Taffy leżało w pobliżu paleniska, twarzą do ziemi. Miała na sobie prostą brązową sukienkę, teraz poszarpaną. Dalinar westchnął, schował miecz i ukląkł, by delikatnie dotknąć jej pleców w miejscu nietkniętym potwornymi szponami.

To nie jest prawda, powiedział sobie, *nie teraz. Ta kobieta żyła i umarła przed tysiącami lat.*

Jej widok i tak sprawił mu ból. Podszedł do kołyszących się drzwi i wyszedł w noc. Z miasteczka dobiegały krzyki i wycie.

Pospiesznie ruszył drogą, czując przynaglenie. Nie... nie tylko przynaglenie, ale niecierpliwość. Widok ciała Taffy coś zmienił. Kiedy po raz pierwszy odwiedził to miejsce, był zdezorientowanym człowiekiem, który obawiał się, że został uwięziony w koszmarze. Teraz wszystko wyglądało inaczej. Dlaczego się skradał? Te wizje należały do niego. Nie powinien się bać ich zawartości.

Jeden ze stworów wybiegł z cieni. Kiedy istota skoczyła i ugryzła go w nogę, Dalinar wciągnął Burzowe Światło. Zignorował ból, a rana się zasklepiła. Spojrzał w dół, kiedy stwór znów się na niego rzucił, z podobnym brakiem rezultatów. Istota cofnęła się o kilka kroków, a w jej sylwetce Dalinar wyczuwał dezorientację. Ofiary nie powinny się tak zachowywać.

– Nie jecie trupów – powiedział jej Dalinar. – Zabijacie dla przyjemności, prawda? Często zastanawiam się, jak bardzo ludzie różnią się od sprenów, ale to nas łączy. Oboje umiemy mordować.

Przeklęty stwór znów się na niego rzucił, a wtedy Dalinar złapał go obiema rękami. Ciało wydawało się elastyczne w dotyku, jak bukłak pełen wina. Pomazał wijącego się potwora Burzowym Światłem i rzucił go na pobliski budynek. Istota uderzyła grzbietem w ścianę i zawisła na wysokości kilkunastu stóp, machając łapami.

Dalinar ruszył dalej w drogę. Dwa kolejne atakujące stwory po prostu przeciął na pół. Ich rozerwane ciała drżały, a z ran sączył się czarny dym.

Co to za światło? Tańczyło w mroku przed nim i robiło się coraz silniejsze. Ostre, pomarańczowe, zalewało koniec ulicy.

Z poprzedniego razu nie pamiętał ognia. Czy to płonęły domy? Dalinar podszedł bliżej i ujrzał ognisko z mebli otoczone tańczącymi płomieniosprenami. Otaczały je dziesiątki ludzi trzymających miotły i prymitywne kilofy – mężczyźni i kobiety, uzbrojeni w to, co mieli pod ręką. Nawet pogrzebacze.

Otaczały ich strachospreny, a to wyraźnie świadczyło, że mieszkańcy są przerażeni. Mimo wszystko stali w czymś, co przypominało szyk – z dziećmi w środku, bliżej ognia – i gorączkowo bronili się przed potworami północy. W pobliżu ogniska ktoś stał na skrzyni i wydawał rozkazy. W głosie Fen nie pobrzmiewał żaden akcent. Dalinarowi wydawało się, że krzyczy po alethyjsku, chociaż – jak to się działo w tych wizjach – wszyscy obecni w rzeczywistości mówili i myśleli w starożytnym języku.

Jak jej się to tak szybko udało? – zastanawiał się Dalinar urzeczony widokiem walczących mieszkańców. Niektórzy padali zakrwawieni, ale inni przyszpilali potwory i przebijali ich grzbiety – czasem nawet kuchennymi nożami – by je spłaszczyć.

Dalinar pozostał na skraju bitwy do chwili, gdy na miejscu pojawiła się postać emanująca niebieskim blaskiem. Wiatrowy szybko pozbył się pozostałych stworów.

Na koniec spiorunował Dalinara wzrokiem.

– A ty czemu tutaj stoisz? Dlaczego nie pomagasz?

– Ja...

– Rozmówię się z tobą, kiedy wrócimy! – krzyknął, wskazując na jednego z leżących. – Idź, pomóż rannym!

Dalinar podążył za jego gestem, ale ruszył w stronę Fen, nie rannych. Niektórzy z mieszkańców kulili się i płakali, ale inni radowali się przetrwaniem, wiwatowali i unosili zaimprowizowane bronie. Wcześniej widywał takie skutki walki. Uczucia objawiały się w różny sposób.

Gorąco ogniska sprawiło, że na czole Dalinara pojawił się pot. W powietrzu unosił się dym, przypominając mu miejsce, w którym się znajdował, zanim w pełni wstąpił w tę wizję. Zawsze kochał ciepło prawdziwego ognia, z tańczącymi płomieniosprenami, tak chętnymi, by się wypalić i zginąć.

Fen była o ponad stopę niższa od Dalinara, miała owalną twarz, żółte oczy i białe thayleńskie brwi, które opadały w lokach na jej policzki. Nie zaplatała siwych włosów, jak zrobiłaby Alethyjka, i nosiła je rozpuszczone, opadające na ramiona. Wizja ubrała ją w prostą koszulę i spodnie – ubiór mężczyzny, którego zastąpiła – ale udało jej się znaleźć rękawiczkę na bezpieczną dłoń.

– A teraz pojawia się sam Czarny Cierń? Na Potępienie, dziwny to sen.

– Nie do końca sen, Fen. – Dalinar spojrzał znów na Świetlistego, który natarł na grupkę potworów północy biegnących ulicą. – Nie wiem, czy mam czas wyjaśniać.

– Mogę go spowolnić – powiedział jeden z miejscowych głosem Ojca Burz.

– Poproszę – odparł Dalinar.

Wszystko się zatrzymało. Albo raczej ogromnie spowolniło. Płomienie ogniska migotały jak w letargu, a ludzie wyglądali, jakby pełzali.

Dalinar pozostał niezmieniony, podobnie Fen. Usiadł na skrzyni obok tej, na której stała kobieta, a ona z wahaniem usadowiła się obok.

– Bardzo dziwny sen.

– Ujrzawszy pierwszą wizję, sam zakładałem, że śnię – odparł Dalinar. – Kiedy się powtarzały, musiałem przyznać, że żaden sen nie jest tak wyrazisty, tak logiczny. W żadnym śnie nie moglibyśmy prowadzić tej rozmowy.

– W każdym śnie, którego doświadczyłam, wszystko wydawało mi się naturalne, póki trwał.

– Różnicę dostrzeżesz, kiedy się obudzisz. Mogę ci pokazać więcej tych wizji, Fen. Pozostawiła je nam... istota, która chciała nam pomóc przetrwać Spustoszenie. – Lepiej nie wchodzić teraz w herezję. – Jeśli jedna nie jest dość przekonywująca, rozumiem. Sam jestem na tyle twardogłowy, że nie ufałem im przez całe miesiące.

– Czy wszystkie są tak... inspirujące?

Dalinar się uśmiechnął.

– Dla mnie ta była jedną z najpotężniejszych. – Popatrzył na nią. – Dobrze sobie poradziłaś. Ja martwiłem się jedynie o Taffę i jej córkę, ale w końcu i tak zostały otoczone przez potwory.

– Ja pozwoliłam kobiecie umrzeć – odparła cicho Fen. – Uciekłam z dzieckiem i pozwoliłam, żeby stwór ją zabił. Prawie wykorzystałam ją jako przynętę. – Popatrzyła na Dalinara udręczonym wzrokiem. – Jaki miałeś w tym cel, Kholinie? Sugerujesz, że władasz tymi wizjami. Dlaczego mnie w niej uwięziłeś?

– Jeśli mam być szczery, po prostu chciałem z tobą porozmawiać.

– Wyślij mi burzowy list.

– Osobiście, Fen. – Skinął w stronę zebranych mieszkańców. – Dokonałaś tego, Fen. Zorganizowałaś miasteczko, zwróciłaś ich przeciwko wrogowi. To zadziwiające! A ja mam uwierzyć, że w podobnej chwili konieczności odwrócisz się plecami do świata?

– Nie bądź tępy. Moje królestwo cierpi. Troszczę się o potrzeby swoich poddanych i do nikogo nie odwracam się plecami.

Dalinar popatrzył na nią i zacisnął wargi, ale nic nie powiedział.

– Dobrze – warknęła. – Dobrze, Kholinie. Chcesz naprawdę zagłębić się w ten temat? Powiedz mi więc. Naprawdę spodziewasz się, że uwierzę, iż Świetliści Rycerze powrócili, a Wszechmocny wybrał ciebie, tyrana i mordercę, byś ich poprowadził?

W odpowiedzi Dalinar wstał i wciągnął Burzowe Światło. Z jego skóry zaczął wypływać świetlisty dym.

– Jeśli pragniesz dowodu, mogę cię przekonać. Choć wydaje się to niewiarygodne, Świetliści Rycerze naprawdę powrócili.

– A druga część? Tak, pojawiła się nowa burza i być może nowe manifestacje mocy. W porządku. Nie akceptuję jednak, że to ty, Dalinar Kholin, zostałeś wybrany przez Wszechmocnego, by nas poprowadzić.

– Dostałem polecenie, by jednoczyć.

– Posłannictwo od Boga... ten sam argument, który wykorzystała Hierokracja, by przejąć władzę. A co z Sadeesem, Słonecznym? On też twierdził, że został powołany przez Wszechmocnego. – Wstała i zaczęła kroczyć między mieszkańcami miasteczka, którzy ledwie się poruszali. Odwróciła się i machnęła w stronę Dalinara. – A teraz ty mówisz te same rzeczy w ten sam sposób, nie do końca groźby, ale z wielką natarczywością. Połączmy siły! Jeśli tego nie zrobimy, świat jest skazany na zagładę!

Dalinar poczuł, że traci cierpliwość. Zacisnął zęby, zmusił się do zachowania spokoju i wstał.

– Wasza Wysokość, zachowujecie się irracjonalnie.

– Naprawdę? W takim razie pozwól, że się burzowo zastanowię. Muszę jedynie wpuścić do swojego miasta samego burzowego Czarnego Ciernia, żeby przejął kontrolę nad moimi armiami!

– Czego ode mnie oczekujesz, Fen?! – krzyknął Dalinar. – Chciałabyś, żebym patrzył, jak świat się rozpada?

Jego wybuch sprawił, że przechyliła głowę.

– Może masz rację i jestem tyranem! Może wpuszczenie moich armii do twojego miasta to ogromne ryzyko. Ale może nie masz innego wyboru! Może wszyscy dobrzy ludzie są martwi, więc masz tylko mnie! Plucie w burzę tego nie zmieni, Fen. Możesz zaryzykować, że być może zostaniecie podbici przez Alethyjczyków, albo możesz z całą pewnością paść pod naporem Pustkowców!

Co ciekawe, Fen założyła ręce na piersi i uniosła lewą dłoń do brody, przyglądając się Dalinarowi. Wcale nie wydawała się speszona jego krzykami.

Dalinar minął krępego mężczyznę, który powoli – jakby poruszał się w smole – odwracał się do miejsca, w którym przed chwilą siedzieli.

– Fen. Nie lubisz mnie. W porządku. Ale powiedz mi prosto w twarz, że zaufanie mi jest gorsze od Spustoszenia.

Wpatrywała się w niego z wyraźnym namysłem w starych oczach. Co się stało? Co takiego powiedział?

– Fen – zaczął od nowa – ja...

– Gdzie była wcześniej ta pasja? Dlaczego nie odzywałeś się w taki sposób w swoich listach do mnie?

– Ja... Fen, starałem się być dyplomatyczny.

Parsknęła.

– A przez to miałam wrażenie, że rozmawiam z komitetem. Zresztą zawsze tak zakładam, kiedy komunikuję się przez łączotrzcinę.

– I co z tego?

– W porównaniu z tym dobrze było usłyszeć trochę uczciwych krzyków. – Popatrzyła z ukosa na ludzi, którzy ich otaczali. – A to wygląda wyjątkowo niepokojąco. Możemy sobie pójść?

Dalinar pokiwał głową, zależało mu głównie na zyskaniu czasu. Czyżby królowa sądziła, że jego gniew był... czymś dobrym? Wskazał na przejście wśród tłumu, a Fen dołączyła do niego i razem oddalili się od ogniska.

– Mówisz, że spodziewałaś się, iż przez łączotrzcinę rozmawiasz z komitetem. A co w tym złego? Dlaczego wolałabyś, żebym na ciebie krzyczał?

– Nie chcę, żebyś na mnie krzyczał, Kholinie. Ale na burze, człowieku, nie wiesz, co o tobie mówiono przez te ostatnie miesiące?

– Nie.

– Byłeś najgorętszym tematem w sieciach łączotrzcin! Dalinar Kholin, Czarny Cierń, oszalał! Twierdzi, że zabił Wszechmocnego! Najpierw odmawia walki, a później maszeruje ze swoją armią na szaloną wyprawę w głąb Strzaskanych Równin. Mówi, że zamierza zniewolić Pustkowców!

– Nie powiedziałem...

– Nikt nie oczekuje, że każdy raport jest zgodny z prawdą, Dalinarze, ale jedno z naprawdę dobrych źródeł twierdziło, że oszalałeś. Odtworzenie Świetlistych Rycerzy? Majaczenia o Spustoszeniu? Przejąłeś władzę w Alethkarze we wszystkim poza tytułem, ale odmówiłeś walki z innymi arcyksiążętami, a miast tego wyruszyłeś z armią w Płacz. A później powiedziałeś wszystkim, że nadchodzi nowa burza. To wystarczyło, by mnie przekonać, że naprawdę oszalałeś.

– Ale później burza nadeszła – stwierdził Dalinar.

– Ale później burza nadeszła.

Szli cichą ulicą zalewani światłem padającym z tyłu, które sprawiało, że ich cienie się wydłużały. Po prawej mieli spokojny niebieski blask – Świetlisty, który w zwolnionym czasie walczył z potworami.

Jasnah pewnie mogłaby wyciągnąć jakieś wnioski z tych budynków, ich starej architektury. Tych ludzi w obcych strojach. Spodziewałby się, że w przeszłości wszystko będzie prymitywne, ale rzeczywistość wyglądała inaczej. Drzwi, budynki, ubrania. Były porządne, ale po prostu... brakowało im czegoś, czego nie umiał określić.

– Wieczna Burza udowodniła, że nie oszalałem? – spytał.

– Udowodniła, że coś się rzeczywiście dzieje.

Dalinar zatrzymał się gwałtownie.

– Myślisz, że z nimi współpracuję! Myślisz, że to wyjaśnia moje zachowania, moją wiedzę. Myślisz, że zachowywałem się dziwacznie, bo byłem w kontakcie z Pustkowcami!

– Wiem jedynie, że głos po drugiej stronie łączotrzciny nie był Dalinarem Kholinem, którego się spodziewałam. Słowa były zbyt uprzejme, zbyt spokojne, by im zaufać.

– A teraz?

Fen się odwróciła.

– Teraz... zastanowię się. Mogę zobaczyć resztę? Chciałabym się dowiedzieć, co się stanie z dziewczynką.

Dalinar podążył za jej spojrzeniem i po raz pierwszy zobaczył małą Seeli. Siedziała z innymi dziećmi w pobliżu ognia, a jej oczy były udręczone. Mógł sobie wyobrazić jej przerażenie, kiedy Fen uciekła, a Taffa – matka dziecka – krzyczała, gdy potwór ją rozszarpywał.

Seeli nagle się szarpnęłą i spojrzała niewidzącym wzrokiem na kobietę, która uklękła obok niej i proponowała coś do picia. Ojciec Burz przywrócił normalną prędkość wizji.

Dalinar wycofał się, pozwalając, by Fen dołączyła do ludzi i doświadczyła końca swojej wizji. Kiedy założył ręce na piersi, dostrzegł migotanie powietrza obok.

– Chciałbym posłać jej więcej z nich – powiedział Dalinar do Ojca Burz. – Pomoże nam, jeśli więcej ludzi dowie się, co zostawił po sobie Wszechmocny. Czy możesz wprowadzać tylko jedną osobę podczas jednej burzy, czy możemy to jakoś przyspieszyć? I czy mógłbyś jednocześnie wprowadzić dwóch ludzi do dwóch różnych wizji?

Ojciec Burz zadudnił. *Nie lubię słuchać poleceń.*

– Wolisz więc alternatywę? Pozwolić, by Odium zwyciężył? Do czego popchnie cię twoja duma, Ojcze Burz?

To nie duma. W głosie Ojca Burz brzmiał upór. *Nie jestem człowiekiem. Nie uginam się i nie kulę. Robię to, co w mojej naturze, a sprzeciwianie się temu sprawia ból.*

Świetlisty zabił ostatnie stwory północy, podszedł do zgromadzonych ludzi i spojrzał na Fen.

– Twoje pochodzenie może być skromne, ale talent przywódczy robi wrażenie. Rzadko widywałem mężczyzn, czy to władców, czy dowódców, którzy równie dobrze zorganizowaliby obronę.

Fen przechyliła głowę.

– Jak widzę, nic mi nie powiesz – stwierdził mężczyzna. – Dobrze. Ale gdybyś chciał nauczyć się prawdziwego przywództwa, przybądź do Urithiru.

Dalinar odwrócił się do Ojca Burz.

– Ostatnim razem rycerz powiedział mi niemal dokładnie to samo.

Założenie jest takie, że pewne rzeczy dzieją się w wizjach za każdym razem. Nie znam wszystkich zamiarów Honoru, ale wiem, że chciał, byś porozmawiał ze Świetlistymi i dowiedział się, że ludzie mogli się do nich przyłączyć.

– Potrzebni są wszyscy, którzy stawiają opór – powiedział Świetlisty do Fen. – W rzeczy samej, każdy, kto pragnie walczyć, powinien być zmuszony, by przybyć do

Aletheli. Możemy cię uczyć, pomóc. Jeśli masz duszę wojownika, pasja może cię zniszczyć, jeśli nikt tobą nie pokieruje. Przybądź do nas.

Świetlisty odszedł, a Fen podskoczyła, kiedy Seeli wstała i zaczęła do niej mówić. Głos dziewczynki był za cichy, by Dalinar go usłyszał, ale domyślał się, co się działo. Na końcu każdej wizji sam Wszechmocny odzywał się ustami jednego z ludzi, przekazując swoją mądrość. Dalinar z początku zakładał, że prowadzą rozmowę.

Fen wydawała się zaniepokojona tym, co usłyszała. I powinna. Dalinar pamiętał słowa.

„To ważne", powiedział Wszechmocny. „Nie pozwól, by pochłonęły cię konflikty. Bądź silny. Zachowaj honor, a honor ci pomoże".

Tyle tylko że Honor zginął.

Pod koniec Fen spojrzała na Dalinara, wyraźnie go oceniając.

Ona wciąż ci nie ufa, powiedział Ojciec Burz.

– Zastanawia się, czy stworzyłem tę wizję mocą Pustkowców. Już nie myśli, że oszalałem, ale nadal się zastanawia, czy stanąłem po stronie wroga.

Czyli znów ci się nie udało.

– Nie. Dziś mnie wysłuchała. I sądzę, że w końcu podejmie ryzyko przybycia do Urithiru.

Ojciec Burz zadudnił wyraźnie zdezorientowany. *Dlaczego?*

– Bo teraz już wiem, jak z nią rozmawiać. Ona nie oczekuje uprzejmych słów ani dyplomatycznych fraz. Chce, żebym był sobą. Sądzę, że to oczekiwanie mogę spełnić.

35
PIERWSZY NA NIEBIE

Uważasz się za takiego sprytnego, ale ja nie jestem jakimś szlachetką, którego oszuka sztuczny nos i trochę brudu na policzkach.

Ktoś wpadł na pryczę Sigzila, budząc go ze snu. Ziewnął i wtedy właśnie w sąsiednim pomieszczeniu Skała zaczął dzwonić na śniadanie.

Śnił po azirsku. Był w domu i uczył się do egzaminów służby cywilnej. Gdyby je zdał, mógłby pójść do prawdziwej szkoły i miałby szansę zostać sekretarzem kogoś ważnego. Tyle tylko że we śnie wpadł w panikę, bo uświadomił sobie, że zapomniał, jak się czyta.

Po tak wielu latach poza domem czuł się dziwnie, myśląc o ojczystym języku. Znów ziewnął i usiadł na pryczy zwrócony plecami do ściany. Mieli tu trzy małe sale sypialne, a pośrodku salę wspólną.

Na zewnątrz wszyscy przepychali się do stołu ze śniadaniem. Skała musiał na nich nakrzyczeć – znowu – żeby się ustawili. Spędzili wiele miesięcy w moście czwartym, byli teraz uczniami Świetlistych Rycerzy, a nadal nie potrafili się porządnie ustawić. Nie przeżyliby nawet jednego dnia w Azirze, gdzie stanie w zdyscyplinowanych kolejkach było nie tylko oczekiwane, ale też wręcz stanowiło źródło narodowej dumy.

Sigzil oparł głowę o ścianę i wspominał. W rodzinie był pierwszym od wielu pokoleń, który rzeczywiście miał szansę zdać egzaminy. Głupie marzenie. W Azirze wszyscy powtarzali, że nawet najskromniejszy człowiek mógł zostać Pierwszym, ale syn robotnika miał mało czasu na naukę.

Pokręcił głową i umył się w misce wody, którą przyniósł sobie poprzedniego wieczoru. Rozczesał włosy i przejrzał się w kawałku wypolerowanej stali. Włosy mu za bardzo urosły, ciasne czarne loki zaczynały odstawać.

Wystawił kulę światła, żeby ogolić się w jej świetle – kupił sobie własną brzytwę. Niemal od razu się zaciął. Sapnął z bólu i kula zgasła. Co...

Jego skóra zaczęła błyszczeć, wznosił się z niej świetlisty dym. A, racja. Kaladin wrócił.

Cóż, to miało rozwiązać wiele problemów. Wyjął kolejną kulę i bardzo starał się jej nie pożreć przed końcem golenia. Później przycisnął dłoń do czoła. Kiedyś miał tam piętna niewolnika. Burzowe Światło je uleczyło, ale tatuaż mostu czwartego pozostał.

Wstał i włożył mundur. Niebieski – w barwach Kholinów – zadbany i porządny. Wsunął do kieszeni nowy notes oprawiony w świńską skórę, po czym ruszył w stronę sali głównej – i zatrzymał się gwałtownie, kiedy z góry spojrzał na niego Lopen. Sigzil niemal wpadł na Herdaza, który przykleił się stopami do burzowego sklepienia.

– Hej!

Lopen trzymał przed sobą odwróconą do góry nogami miskę porannej owsianki – to znaczy właściwą stroną do góry, ale odwróconą względem niego samego. Próbował zjeść trochę, ale owsianka spłynęła z łyżki na podłogę.

– Lopen, co ty wyprawiasz?

– Ćwiczę. Muszę im pokazać, jak dobry jestem, hooch. To jak z kobietami, tylko trzeba się przykleić do sufitu i nauczyć, jak nie zrzucać jedzenia na głowę ludziom, których lubię.

– Rusz się, Lopen.

– Ach, ale musisz poprosić we właściwy sposób. Już nie jestem jednoręki! Nie można mną pomiatać. Wiesz, jak zmusić dwurękiego Herdaza, żeby zrobił, co chcesz?

– Gdybym wiedział, nie prowadzilibyśmy tej rozmowy.

– Musisz mu zabrać obie włócznie, rzecz jasna. – Uśmiechnął się szeroko.

Stojący kilka stóp dalej Skała zaśmiał się gromko.

Lopen zamachał palcami przed twarzą Sigzila, jakby z niego drwił, jego paznokcie błyszczały. Jak wszyscy Herdazowie miał paznokcie ciemnobrązowe i twarde jak kryształ. Trochę kojarzyły się ze skorupą.

Na jego głowie wciąż widniał tatuaż. Choć jak na razie tylko kilku z mostu czwartego nauczyło się wciągać Burzowe Światło, wszyscy zachowali tatuaże. Jedynie u Kaladina sprawy miały się inaczej – jego tatuaż rozpływał się w chwili, gdy zaczerpnął Burzowego Światła, za to blizny nie chciały się goić.

– Zapamiętaj to dla mnie, hooch – powiedział Lopen. Nigdy nie wyjaśnił, co znaczyło słowo „hooch" ani dlaczego używał go jedynie wobec Sigzila. – Będę potrzebować mnóstwa nowych dowcipów, pewno. I rękawów. Dwa razy więcej, z wyjątkiem kamizel. Tu nic się nie zmieni.

– Jak w ogóle udało ci się tam wejść, żeby przykleić stopy? Nie, nie mów. Tak naprawdę nie chcę wiedzieć.

Sigzil pochylił się i przeszedł pod Lopenem.

Mężczyźni wciąż przepychali się do jedzenia, śmiali się i krzyczeli. Całkowity chaos. Sigzil podniósł głos, żeby przyciągnąć ich uwagę.

– Nie zapomnijcie! Kapitan chciał, żebyśmy na drugi dzwonek byli gotowi do inspekcji!

Ledwie go było słychać. Gdzie się podział Teft? Jego słuchali, kiedy wydawał rozkazy. Sigzil pokręcił głową i ruszył w stronę drzwi. Wśród swoich rodaków był średniego wzrostu – ale zamieszkał pośród Alethyjczyków, którzy byli właściwie olbrzymami. Zatem tutaj był o kilka cali niższy od większości.

Wyślizgnął się na korytarz. Mostowi zajmowali część dużych koszar na parterze wieży. Most czwarty zyskiwał moce Świetlistych, ale w batalionie były jeszcze setki zwyczajnych żołnierzy piechoty. Może Teft poszedł sprawdzić inne drużyny? Odpowiadał za ich wyszkolenie. Mógł mieć tylko nadzieję, że nie chodziło o to drugie.

Kaladin zamieszkał we własnych komnatach na końcu korytarza. Sigzil ruszył w tamtą stronę, przeglądając zapiski w notatniku. Używał alethyjskich glifów, jak wypadało tutejszym mężczyznom, a poza tym nigdy nie nauczył się prawdziwego pisma. Na burze, wyjechał tak dawno, że sen pewnie się nie mylił. Mógłby mieć problem z pisaniem po azirsku.

Jak wyglądałoby życie, gdyby nie okazał się nieudacznikiem i rozczarowaniem? Gdyby zdał egzaminy, zamiast wpakować się w tarapaty, z których musiał go uratować jego późniejszy mistrz?

Najpierw lista problemów, uznał, kiedy dotarł do drzwi Kaladina. Zapukał.

– Wejść! – dobiegł ze środka głos kapitana.

Sigzil zastał Kaladina przy robieniu porannych pompek. Niebieski płaszcz wisiał na oparciu krzesła.

– Panie.

– Witaj, Sig. – Kaladin nie przerwał ćwiczeń. – Czy ludzie już wstali i są gotowi?

– Owszem, wstali. Kiedy ich opuszczałem, wyglądało na to, że zaraz zaczną obrzucać się jedzeniem, a tylko połowa miała na sobie mundury.

– Będą gotowi. Czegoś chciałeś, Sig?

Sigzil usiadł na krześle obok płaszcza Kaladina i otworzył notatnik.

– Sporo rzeczy, panie. Z których ważniejszą jest to, że powinieneś mieć prawdziwą skrybę, a nie... kimkolwiek jestem.

– Jesteś moim sekretarzem.

– Kiepskim. Mamy cały batalion żołnierzy, a tylko trzech poruczników i żadnych oficjalnych skryb. Jeśli mam być szczery, panie, w drużynach mostowych panuje bałagan. W finansach mamy chaos, formularze zapotrzebowania pojawiają się szybciej, niż Leyten może sobie z nimi poradzić, a do tego mnóstwo problemów wymaga uwagi oficera.

Kaladin chrząknął.

– Najciekawsza część kierowania armią.

– Zgadza się.

– To był sarkazm, Sig. – Kaladin wstał i otarł czoło ręcznikiem. – W porządku. Mów.

– Zaczniemy od czegoś łatwego. Peet jest już oficjalnie zaręczony z kobietą, z którą się spotykał.

– Z Ka? Wspaniale. Może mogłaby ci pomóc w obowiązkach skryby.

– Możliwe. Jak mi się wydaje, zamierzałeś zainteresować się możliwością znalezienia kwater dla żołnierzy, którzy mają rodziny?

– Tak. Ale to było przed tym całym zamieszaniem z Płaczem, wyprawą na Strzaskane Równiny i... I powinienem się zwrócić w tej kwestii do skryb Dalinara, prawda?

– O ile nie spodziewasz się, że małżeństwa będą dzielić prycze we wspólnych salach, to owszem, powinieneś. – Sigzil spojrzał na następną kartkę. – Wydaje mi się, że Bisig też wkrótce się zaręczy.

– Naprawdę? Jest taki cichy. Nigdy nie wiem, co się dzieje w jego głowie.

– Nie wspominając już o Puniu, który, jak niedawno odkryłem, już jest żonaty. Żona przynosi mu jedzenie.

– Myślałem, że to jego siostra!

– Sądzę, że nie chciał się wyróżniać. Jego łamany alethyjski i tak mu to utrudnia. I jest jeszcze sprawa z Drehym...

– Jaka sprawa?

– No cóż, zaleca się do mężczyzny...

Kaladin narzucił płaszcz i zaczął się śmiać.

– O tym wiedziałem. Zauważyłeś dopiero teraz?

Sigzil kiwnął głową.

– Nadal spotyka się z Dru? Z biura kwatermistrza?

– Tak, panie. – Sigzil spuścił wzrok. – Panie. Ja... Tylko że...

– Tak?

– Panie, Drehy nie wypełnił odpowiednich formularzy. Jeśli chce się zalecać do innego mężczyzny, musi wystąpić o nowy przydział społeczny, prawda?

Kaladin przewrócił oczami. Czyli w Alethkarze nie było formularzy.

Nie mógł powiedzieć, że był zaskoczony, bo Alethyjczykom brakowało większości właściwych procedur.

– Jak w takim razie zwracacie się o nowy przydział społeczny?

– Nie robimy tego. – Kaladin zmarszczył czoło. – Czy to dla ciebie naprawdę taki wielki problem, Sig? Może...

– Panie, nie chodzi o tę kwestię. Obecnie w moście czwartym mamy cztery religie.

– Cztery?

– Hobber wyznaje Pasje, panie. Cztery, nawet nie licząc Tefta, co do którego nie jestem pewien. A teraz krążą pogłoski, że oświecony Dalinar ogłosił śmierć Wszechmocnego i... Cóż, czuję się odpowiedzialny, panie.

Kaladin znów zmarszczył czoło.

– Za Dalinara?

– Nie, nie.

Odetchnął głęboko. Musiał istnieć jakiś sposób, żeby to wyjaśnić.

Co by zrobił jego mistrz?

– Wszyscy wiedzą – zaczął Sigzil, gorączkowo szukając pomysłów – że Mishim, trzeci księżyc, jest najsprytniejszym i najbardziej przebiegłym z księżyców.

– W porządku... a to ma jakieś znaczenie?

– Tak, ze względu na opowieść. Cicho. Yyy, to znaczy, proszę mnie wysłuchać, panie. Widzisz, są trzy księżyce, a trzeci jest najsprytniejszy. I nie chce przebywać na niebie. Chce uciec.

– Dlatego pewnej nocy oszukał królową Natanów... to było dawno temu, kiedy wciąż istnieli. To znaczy, nadal istnieją, ale wtedy było ich więcej, panie. W każdym razie księżyc ją oszukał i zamienili się miejscami, aż przestali. A teraz Natanowie mają niebieską skórę. Czy to ma sens?

Kaladin zamrugał.

– Nie mam pojęcia, o czym właściwie mówiłeś.

– No tak. To oczywiście wymysł. Prawdziwy powód, dlaczego Natanowie mają niebieską skórę, jest inny. I, no...

– To miało coś wyjaśnić?

– Mój mistrz zawsze tak postępował. – Sigzil spuścił wzrok. – Za każdym razem, kiedy ktoś był zdezorientowany albo zły na niego, opowiadał historię. I, no, to wszystko zmieniało. Jakoś.

– Być może – powiedział wolno Kaladin – ty czujesz się... jak księżyc.

– Raczej nie.

Chodziło o odpowiedzialność, ale nie wyjaśnił tego właściwie. Na burze. Mistrz Hoid uczynił go pełnym Pieśniarzem Świata, a on nawet nie umiał porządnie opowiedzieć historii.

Kaladin poklepał go po ramieniu.

– Nic się nie stało, Sig.

– Panie. Pozostałym brakuje ukierunkowania. Dałeś im cel, powód, by byli dobrymi ludźmi. Są dobrymi ludźmi. Ale w pewnym sensie, kiedy byliśmy niewolnikami, było łatwiej. Co zrobimy, jeśli nie wszyscy okażą się zdolni wciągać Burzowe Światło? Co z naszym miejscem w armii? Oświecony Kholin zwolnił nas ze służby w straży, bo chciał, żebyśmy ćwiczyli i szkolili się jako Świetliści. Ale kim jest Świetlisty Rycerz?

– Musimy do tego dojść.

– A jeśli potrzebują ukierunkowania? Jeśli potrzebują ośrodka moralności? Ktoś powinien z nimi porozmawiać, kiedy robią coś niewłaściwego, ale żarliwcy nas ignorują, bo kojarzymy się im z rzeczami, które mówi i robi oświecony Dalinar.

– Myślisz, że ty mógłbyś być kimś, kto pokieruje ludźmi?

– Ktoś powinien, panie.

Kaladin gestem wezwał Sigzila, by wyszedł z nim na korytarz. Razem ruszyli w stronę koszar mostu czwartego. Azirczyk trzymał kulę jako źródło światła.

– Nie mam nic przeciwko, jeśli chcesz zostać kimś w rodzaju żarliwca naszego oddziału – stwierdził Kaladin. – Ludzie cię lubią i dużą wagę przykładają do tego, co masz do powiedzenia. Ale powinieneś spróbować zrozumieć, czego oni chcą od życia, i to uszanować, zamiast narzucać im to, czego twoim zdaniem powinni chcieć od życia.

– Ale niektóre rzeczy są po prostu niewłaściwe. Sam wiesz, w co wpakował się Teft, a Huio chodzi do prostytutek.

– To nie jest zabronione. Na burze, niektórzy moi sierżanci sugerowali, że to dobry sposób, by zachować zdrowy umysł w bitwie.

– Ale to niewłaściwe, panie. Udawanie przysięgi bez zaangażowania. Każda ważniejsza religia się z tym zgadza, pewnie poza Reshimi. Ale oni są poganami nawet wśród pogan.

– Mistrz nauczył cię tak łatwo osądzać?

Sigzil zatrzymał się gwałtownie.

– Przepraszam, Sig.

– Nie, on też mi to powtarzał. Cały czas.

– Masz moje pozwolenie, by usiąść z Huio i wyjaśnić mu, co cię niepokoi. Nie zabronię ci głoszenia swojej moralności, nawet cię do tego zachęcam. Po prostu nie przedstawiaj swoich przekonań jako naszego kodeksu. Przedstaw je jako swoje zasady i dobrze je uargumentuj. Może ludzie cię posłuchają.

Sigzil pokiwał głową i przyspieszył kroku, by dogonić Kaladina. Aby ukryć zawstydzenie – wiążące się głównie z tym, że nie udało mu się właściwie opowiedzieć historii – znów sięgnął do notatnika.

– I tu pojawia się kolejna kwestia, panie. W moście czwartym, po stratach poniesionych w trakcie pierwszej Wiecznej Burzy, pozostało dwudziestu ośmiu mężczyzn. Może nadszedł czas na werbunek?

– Werbunek? – Kaladin przechylił głowę.

– Cóż, jeśli kogoś jeszcze stracimy...

– Tak się nie stanie – sprzeciwił się Kaladin. Zawsze tak uważał.

– ...a nawet jeśli nie, to nadal mniej niż trzydziestu pięciu czy czterdziestu mężczyzn w porządnej drużynie mostowej. Może nie musimy zachowywać tej liczby, ale porządna aktywna jednostka zawsze powinna się rozglądać za ludźmi, których mogłaby zwerbować. A jeśli ktoś jeszcze w armii ma właściwe podejście, by zostać Wiatrowym? Albo, co ważniejsze, jeśli nasi ludzie zaczną składać przysięgi i wiązać się z własnymi sprenami? Rozwiążemy most czwarty i pozwolimy, by każdy został samodzielnym Świetlistym?

Wizja rozwiązania mostu czwartego najwyraźniej wzbudzała w Kaladinie równie wielki ból, jak wizja ich śmierci w bitwie. Przez krótki czas szli w milczeniu. Jednak nie kierowali się do koszar mostu czwartego – Kaladin skręcił w głąb wieży. Minęli wóz z wodą ciągnięty przez robotników, dostarczający wodę ze studni do kwater oficerów. Normalnie robiliby to parshmeni.

– Powinniśmy przynajmniej ogłosić, że werbujemy – powiedział w końcu Kaladin – choć jeśli mam być szczery, nie mam pojęcia, jak uda mi się sensownie ograniczyć liczbę chętnych.

– Spróbuję wymyślić jakieś strategie, panie. Jeśli wolno mi spytać, gdzie jesteśmy...

Przerwał, kiedy zobaczył Lyn spieszącą korytarzem w ich stronę. W dłoni niosła diamentowy odłamek jako źródło światła. Ubrana była w niebieski mundur Kholinów, a ciemne alethyjskie włosy związała w kucyk.

Zatrzymała się na widok Kaladina i starannie mu zasalutowała.

– Dokładnie ten, którego szukałam. Kwatermistrz Vevidar przesyła wiadomość, że „twoja niezwykła prośba została spełniona", panie.

Kaladin wpatrywał się w Lyn, kiedy szli.

– To ty pomagałaś moim ludziom, prawda? Masz na imię Lyn?

– Tak, panie!

– Wydaje się, że wręcz szukałaś wymówek, by przynosić wiadomości mostowi czwartemu.

– Yyy, no tak, panie.

– Czyli nie boisz się „Zaginionych Świetlistych"?

– Szczerze mówiąc, panie, po tym, co widziałam na polu bitwy, wolałabym być raczej po waszej stronie niż po stronie przeciwnika.

Kaladin z namysłem pokiwał głową.

– Lyn – powiedział w końcu – czy miałabyś ochotę dołączyć do Wiatrowych?

Kobieta zatrzymała się i otworzyła usta.

– Panie? – Zasalutowała. – Panie, byłabym zachwycona! Na burze!

– Doskonale. Sig, czy możesz przekazać jej nasze księgi i rachunki?

Lyn opuściła rękę.

– Księgi? Rachunki?

– Mężczyźni będą też chcieli pisać listy do rodziny. I powinniśmy pewnie spisać historię mostu czwartego. Ludzie będą ciekawi, a pisemna relacja oszczędzi mi konieczności ciągłego wyjaśniania.

– Aha – mruknęła Lyn. – Skryba.

– Oczywiście. – Kaladin odwrócił się w jej stronę i zmarszczył czoło. – Przecież jesteś kobietą.

– Myślałam, że proponujesz... to znaczy w wizjach arcyksięcia wśród Świetlistych były kobiety, a jasność Shallan... – Zarumieniła się. – Panie, nie zaciągnęłam się do zwiadowców dlatego, że lubię się gapić na księgi rachunkowe. Jeśli to proponujesz, będę musiała odmówić.

Opuściła ramiona i nie patrzyła Kaladinowi w oczy. Sigzil odkrył, że ma dziwną ochotę uderzyć kapitana. Niezbyt mocno, rzecz jasna. Po prostu łagodne uderzenie „na pobudkę". Nie pamiętał, by żywił takie uczucia wobec Kaladina od czasu, kiedy kapitan obudził go tamtego pierwszego ranka, jeszcze w obozie Sadeasa.

– Rozumiem – powiedział Kaladin. – Cóż... zamierzamy przeprowadzić próby dla chętnych, by wstąpić do zakonu. Chyba mógłbym zaprosić cię do udziału. Jeśli miałabyś ochotę.

– Próby? Do prawdziwego zakonu? Nie księgowości? Na burze, wchodzę w to.

– W takim razie porozmawiaj ze swoim przełożonym. Jeszcze nie opracowałem próby, a będziesz musiała ją przejść, żeby do nas wstąpić. Tak czy inaczej, potrzebujesz zezwolenia na zmianę batalionu.

– Tak, panie! – powiedziała Lyn i odbiegła.

Sigzil bez zastanowienia mruknął pod nosem:

– Mistrz nauczył cię takiej niewrażliwości?

Kaladin spojrzał na niego z ukosa.

– Mam propozycję, panie. Spróbuj zrozumieć, czego oni chcą od życia, i to uszanuj, zamiast narzucać im to, czego twoim zdaniem powinni...

– Zamknij się, Sig.

– Tak, panie. Przepraszam, panie.

Ruszyli dalej, a Kaladin odchrząknął.

– Nie musisz się do mnie zwracać w tak oficjalny sposób.

– Wiem, panie. Ale teraz jesteś jasnookim, Odpryskowym i... wydaje mi się to właściwe.

Kaladin zesztywniał, ale nie zaprzeczył. W rzeczywistości jednak Sigzil zawsze czuł się... niezręcznie, kiedy próbował traktować Kaladina jak innych mostowych. Niektórym z pozostałych się udawało – Teftowi i Skale, na swój dziwny sposób również Lopenowi. Ale Sigzil czuł się bardziej komfortowo, kiedy relacja była jasna i przejrzysta. Kapitan i jego sekretarz.

Najbliżej z Kaladinem był Moash, ale jego już nie było w moście czwartym. Kaladin nie zdradził, co zrobił Moash, jedynie że „usunął się z naszego bractwa". I zawsze sztywniał, kiedy ktoś wspominał jego imię.

– Coś jeszcze na tej twojej liście? – spytał Kaladin, kiedy mijali patrol straży. Wszyscy mu salutowali.

Sigzil przejrzał notatnik.

– Rachunki i brak skryb... kodeks moralny dla mężczyzn... werbunek... Aha, wciąż musimy na nowo określić swoje miejsce w armii, skoro nie jesteśmy już osobistymi strażnikami.

– Wciąż jesteśmy osobistymi strażnikami. Po prostu chronimy każdego, kto tego potrzebuje. W tej burzy mamy większe problemy.

Znów nadeszła, po raz trzeci, udowadniając, że była bardziej regularna od arcyburz. Dokładnie co dziewięć dni. Znajdowali się tak wysoko, że dla nich jej przejście było jedynie ciekawostką – ale na świecie każde jej nowe pojawienie się pogarszało i tak trudną sytuację w miastach.

– Jestem tego świadom, panie. Ale nadal musimy się przejmować procedurami. Pozwól, że zapytam. Czy jako Świetliści Rycerze nadal jesteśmy alethyjską organizacją wojskową?

– Nie. Ta wojna jest większa od Alethkaru. Istniejemy dla całej ludzkości.

– Dobrze, w takim razie jaki jest nasz łańcuch dowodzenia? Czy jesteśmy posłuszni królowi Elhokarowi? Czy nadal jesteśmy jego poddanymi? Jakie są nasze dahny lub nahny w społeczeństwie? Ty jesteś Odpryskowym z dworu Dalinara, prawda?

– A kto płaci żołd mostowi czwartemu? Co z innymi drużynami mostowych? Jeśli w Alethkarze dojdzie do konfliktu o ziemie Dalinara, czy mógłby wezwać ciebie... i most czwarty... byś walczył dla niego, czego może wymagać od wasala? A jeśli nie, to czy możemy oczekiwać, że wciąż będzie nam płacił?

– Potępienie – wykrztusił Kaladin.

– Przepraszam, panie. To...

– Nie, to dobre pytania, Sig. Cieszę się, że mam ciebie i że mi je zadajesz. – Zacisnął dłoń na ramieniu Sigzila i zatrzymał się w korytarzu przed biurem kwatermistrza. – Czasem myślę sobie, że marnujesz się w moście czwartym. Powinieneś zostać uczonym.

– Cóż, ten podmuch minął mnie przed laty, panie. Ja... – Odetchnął głęboko. – Nie zdałem egzaminów do szkoły dla przyszłych urzędników cywilnych w Azirze. Nie byłem dość dobry.

– W takim razie egzaminy musiały być głupie. A Azir przegrał, bo przegapił szansę, by cię zachować.

Sigzil się uśmiechnął.

– Cieszę się, że tak się stało. – I, co dziwne, czuł, że mówi prawdę. Wydawało się, że ktoś uniósł z jego pleców bezimienny ciężar. – Jeśli mam być szczery, czuję się jak Lyn. Nie chcę siedzieć pochylony nad księgami rachunkowymi, kiedy most czwarty wznosi się w powietrze. Chcę być pierwszy na niebie.

– Sądzę, że o to wyróżnienie będziesz musiał walczyć z Lopenem – odparł Kaladin ze śmiechem. – Chodź.

Wkroczył do biura kwatermistrza, a grupka oczekujących strażników natychmiast ustąpiła mu miejsca. Stojący za ladą muskularny mężczyzna w mundurze z podwiniętymi rękawami przeglądał skrzynie i pudła, mrucząc coś pod nosem. Krępa kobieta – najpewniej jego żona – sprawdzała formularze zapotrzebowania. Trąciła mężczyznę, wskazując na Kaladina.

– W końcu! – powiedział kwatermistrz. – Nie chcę ich tu dłużej trzymać, przyciągają uwagę wszystkich, a ja się pocę jak szpieg ze zbyt wieloma sprenami.

Przeszedł do dwóch dużych czarnych worków w kącie, które – na ile Sigzil mógł ocenić – wcale nie przyciągały spojrzeń. Uniósł je i spojrzał na skrybę, która po raz kolejny sprawdziła kilka formularzy, po czym pokiwała głową i podała je Kaladinowi, by przyłożył pieczęć kapitana. Po zakończeniu formalności kwatermistrz podał jeden worek Kaladinowi, a drugi Sigzilowi.

Brzęczały, kiedy się nimi poruszyło, i były zadziwiająco ciężkie. Sigzil rozwiązał sznurek i zajrzał do środka.

Zalało go zielone światło, silne jak słoneczny blask. Szmaragdy. Te większe, nie kule, pewnie zostały wycięte z serc klejnotów przepastnych bestii ze Strzaskanych Równin. Wtedy właśnie Sigzil zrozumiał, że strażnicy wypełniający biuro nie przyszli po coś do kwatermistrza. Oni strzegli tego bogactwa.

– Królewska rezerwa szmaragdów – wyjaśnił kwatermistrz. – Trzymana na wypadek, gdyby niezbędne było dodatkowe ziarno, dziś rano odnowiona światłem burzy. Nie pojmuję, jak przekonałeś arcyksięcia, by oddał je tobie.

– Tylko je pożyczamy – wyjaśnił Kaladin. – Oddamy je przed nocą. Choć muszę cię ostrzec, niektóre będą bure. Jutro znów będziemy je musieli wypożyczyć. I pojutrze.

– Mógłbym za to kupić całe księstwo – powiedział kwatermistrz i sapnął. – Na Keleka, do czego ich potrzebujecie?

Sigzil jednak już się domyślił. Uśmiechał się szeroko.

– Będziemy ćwiczyć bycie Świetlistymi.

36 BOHATER

DWADZIEŚCIA CZTERY LATA WCZEŚNIEJ

Dalinar zaklął, kiedy z kominka popłynął dym. Naparł całym ciężarem na dźwignię i udało mu się ją poruszyć, otwierając przewód kominowy. Zakaszlał, cofnął się i machając ręką rozgonił dym sprzed twarzy.

– Musimy go wymienić – powiedziała Evi ze swojego miejsca na kanapie, gdzie zajmowała się robótkami.

– Ano.

Dalinar padł na podłogę przy ogniu.

– Przynajmniej zrobiłeś to szybko. Dziś nie będziemy musieli szorować ścian, a życie będzie białe jak słońce w nocy!

Idiomy ojczystego języka Evi nie zawsze dawały się przetłumaczyć na alethyjski.

Ciepło ognia było przyjemne, bo przez deszcze Dalinar ciągle chodził w wilgotnym ubraniu. Spróbował zignorować nieustanny odgłos Płaczu i wpatrzył się w parę ogniosprenów tańczących na jednej z kłód. Wydawały się prawie ludzkie, choć ich postaci ciągle się zmieniały. Śledził wzrokiem jednego, który skoczył w stronę drugiego.

Usłyszał, że Evi się podnosi, i pomyślał, że znów idzie do wygódki. Ona jednak usiadła obok niego, chwyciła go za rękę i westchnęła z zadowoleniem.

– To nie może być wygodne – zauważył Dalinar.

– A jednak ty to robisz.

– Ja nie jestem... – Spojrzał na jej brzuch, który zaczął się zaokrąglać.

Evi się uśmiechnęła.

– Mój stan nie czyni mnie tak kruchą, że siedząc na podłodze, mogłabym się złamać, ukochany. – Mocniej chwyciła jego rękę. – Popatrz na nich. Bawią się tak radośnie!

– Zupełnie jakby się pojedynkowali. Prawie widzę malutkie ostrza w ich rękach.

– Czy dla ciebie wszystko musi być walką?

Wzruszył ramionami.

Oparła głowę na jego ramieniu.

– Nie możesz po prostu się tym cieszyć, Dalinarze?

– Czym?

– Swoim życiem. Przeszedłeś tak wiele, by stworzyć to królestwo. Nie możesz być zadowolony, skoro zwyciężyłeś?

Wstał, wyrwał rękę z jej uścisku i przeszedł przez komnatę, by nalać sobie wina.

– Nie myśl, że nie zauważyłam, jak się zachowujesz. Nadstawiasz uszu za każdym razem, kiedy król mówi o choćby najmniejszym konflikcie poza naszymi granicami. Każesz skrybom, by czytały ci o wielkich bitwach. Zawsze mówisz o kolejnym pojedynku.

– Już niedługo nie będę ich miał – mruknął Dalinar i pociągnął łyk. – Gavilar mówi mi, że narażanie się to głupota i że ktoś kiedyś z pewnością wykorzysta jeden z tych pojedynków jako element intrygi przeciwko niemu. Będę musiał sobie znaleźć czempiona. – Wpatrzył się w trunek.

Nigdy nie darzył pojedynków wielkim szacunkiem. Były zbyt fałszywe, zbyt ugrzecznione. Ale przynajmniej były czymś.

– Zupełnie jakbyś był martwy – stwierdziła Evi.

Dalinar obrzucił ją spojrzeniem.

– Zupełnie jakbyś żył tylko wtedy, kiedy możesz walczyć. Kiedy możesz zabijać. Jak czerń ze starych opowieści. Żyjesz tylko wtedy, kiedy odbierasz innym życie.

Z tymi jasnymi włosami i złocistą skórą przypominała świetlisty klejnot. Była uroczą, kochającą kobietą, która zasługiwała na lepsze traktowanie. Zmusił się, żeby wrócić i usiąść obok niej.

– Ja wciąż myślę, że ogniospreny się bawią – powiedziała.

– Zawsze się zastanawiałem. Czy są stworzone z ognia? Wygląda, że tak, a jednak co ze sprenami uczuć? Czy w takim razie złościospreny są stworzone ze złości?

Evi pokiwała w zamyśleniu głową.

– A co z chwałosprenami? Stworzone z chwały? Czym jest chwała? Czy chwałospreny mogłyby pojawić się wokół kogoś, kto ma urojenia albo jest bardzo pijany... kto tylko myśli, że osiągnął coś wielkiego, choć wszyscy inni stoją naokoło i szydzą z niego?

– Tajemnica, zesłana przez Shishiego.

– Ale nigdy się nie zastanawiałaś?

– W jakim celu? W końcu się dowiemy, kiedy powrócimy do Jedności. Nie ma sensu zadręczać umysłów rzeczami, których nie możemy pojąć.

Dalinar wpatrzył się zmrużonymi oczami w ogniosprena. Ten naprawdę miał miecz. Miniaturowe Ostrze Odprysku.

– Dlatego tak często się zadręczasz, mężu. Niezdrowo mieć w żołądku kamień, wciąż mokry od mchu.

– Ja... co?

– Nie powinieneś mieć takich dziwacznych myśli. Kto ci je w ogóle włożył do głowy?

Wzruszył ramionami, ale przypomniał sobie o wieczorze dwa dni wcześniej, kiedy siedział do późna i pił wino pod namiotem z Gavilarem i Navani. Ona długo opowiadała o swoich badaniach nad sprenami, a Gavilar po prostu chrząkał, jednocześnie stawiając glify na swoich mapach. Mówiła z taką pasją i ekscytacją, a Gavilar ją ignorował.

– Ciesz się chwilą – powiedziała mu Evi. – Zamknij oczy i rozważaj, co dała ci Jedność. Szukaj spokoju w zapomnieniu i pław się w radości własnych uczuć.

Zamknął oczy, jak zasugerowała, i próbował po prostu cieszyć się byciem z nią.

– Czy człowiek może się zmienić, Evi? Jak te spreny?

– Wszyscy jesteśmy różnymi aspektami Jedności.

– W takim razie czy można przejść z jednego aspektu do innego?

– Oczywiście. Czy nie na tym polega wasza doktryna przeobrażenia? O człowieku Dusznikowanym z prostego do wspaniałego?

– Nie wiem, czy to działa.

– W takim razie zwróć się z prośbą do Jedności – zaproponowała.

– W modlitwie? Przez żarliwców?

– Nie, głuptasie. Sam.

– Osobiście? To znaczy w świątyni?

– Jeśli chcesz osobiście spotkać się z Jednością, musisz udać się do Doliny. Tam możesz porozmawiać z Jednością albo z jego awatarem i dostać...

– Stara Magia – wysyczał Dalinar i otworzył oczy. – Strażniczka Nocy. Evi, nie mów takich rzeczy.

Na burzę, jej pogańskie pochodzenie ujawniało się w zaskakujących momentach. Mówiła o vorińskiej doktrynie, a nagle pojawiało się coś takiego.

Całe szczęście nie odezwała się już więcej na ten temat. Zamknęła oczy i nuciła cicho. W końcu rozległo się pukanie do zewnętrznych drzwi jego komnat.

Wiedział, że otworzy je Hathan, jego zarządca. I w rzeczy samej, usłyszał głos mężczyzny, a później ciche pukanie do drzwi.

– To wasz brat, oświecony – powiedział Hathan zza drzwi.

Dalinar poderwał się, otworzył drzwi i minął niskiego pana-sługę. Evi podążyła za nim, przesuwając dłonią po ścianie, co miała w zwyczaju. Minęli otwarte okna wychodzące na zalany deszczem Kholinar, migoczący blask latarni wskazywał miejsca, w których po ulicach chodzili ludzie.

Gavilar czekał w salonie ubrany w jedną z tych nowych sztywnych kurtek z guzikami z boku piersi. Jego ciemne, kręcone włosy opadały na ramiona, a towarzyszyła im zadbana broda.

Dalinar nie cierpiał bród – zaczepiały o hełm. Nie mógł jednak zaprzeczyć, że brat wyglądał z nią dobrze. Patrząc na Gavilara w wyjściowym stroju, nie widziało się zbira z prowincji – ledwie cywilizowanego watażki, który w drodze do tronu zmiażdżył przeciwników. Nie, ten człowiek był królem.

Gavilar uderzał plikiem papierów o dłoń.

– O co chodzi? – spytał Dalinar.

– Rathalas. – Gavilar wyciągnął rękę z dokumentami w stronę Evi, która właśnie weszła do środka.

– Znowu! – Minęło wiele lat, od kiedy Dalinar po raz ostatni odwiedził Szczelinę, ten wielki rów, w którym zdobył Ostrze Odprysku.

– Żądają, żebyś zwrócił Ostrze. Twierdzą, że powrócił dziedzic Tanalana, który zasługuje na Odprysk, ponieważ nie zdobyłeś go w uczciwym pojedynku.

Dalinarowi zrobiło się zimno.

– Rzecz jasna, to oszustwo, ponieważ kiedy przed laty walczyliśmy w Rathalas, powiedziałeś, że zająłeś się dziedzicem. Zająłeś się dziedzicem, prawda, Dalinarze?

Pamiętam tamten dzień. Pamiętał, jak stał w tamtych drzwiach, a w jego wnętrzu pulsował Dreszcz. Pamiętał zapłakane dziecko trzymające Ostrze Odprysku. Ojca, który leżał martwy za jego plecami. Ten cichy, błagalny głosik.

Dreszcz zniknął w jednej chwili.

– Był dzieckiem, Gavilarze – odparł chrapliwie Dalinar.

– Potępienie! On jest spadkobiercą starego reżimu. To było... na burze, dziesięć lat temu. Jest już dość duży, by stanowić zagrożenie! Całe miasto się zbuntuje, cały region. Jeśli nie podejmiemy działania, całe Ziemie Korony mogą się oderwać.

Dalinar się uśmiechnął. Uczucie go zaskoczyło i szybko zrobił poważną minę. Ale z pewnością... z pewnością ktoś będzie musiał rozgromić buntowników.

Odwrócił się i zobaczył Evi. Uśmiechała się promiennie, choć spodziewał się, że będzie oburzona perspektywą kolejnej wojny. Ona jednak podeszła bliżej i wzięła go za rękę.

– Darowałeś życie dziecku.

– Ja... On z trudem unosił Ostrze. Dałem go matce i powiedziałem, żeby go ukryła.

– Och, Dalinarze!

Evi przyciągnęła go do siebie.

Poczuł nagły przypływ dumy. Absurdalny, rzecz jasna. Zagroził królestwu – jak ludzie by zareagowali, gdyby wiedzieli, że sam Czarny Cierń ugiął się w obliczu wyrzutów sumienia? Zaczęliby się śmiać.

W tej chwili go to nie obchodziło. Jak długo w oczach tej kobiety był bohaterem.

– Cóż, pewnie mogłem spodziewać się buntu. – Gavilar wyglądał przez okno. – Minęły lata od oficjalnego zjednoczenia i ludzie zaczynają się domagać niezależności. – Odwrócił się i uniósł dłoń w stronę Dalinara. – Wiem, czego pragniesz, bracie, ale będziesz musiał się powstrzymać. Nie wysyłam armii.

– Ale...

– Mogę to zdusić w zarodku poprzez politykę. Nie możemy pozwolić, by pokaz siły był naszym jedynym sposobem na zachowanie jedności, bo po mojej śmierci Elhokar całe życie poświęci na gaszenie pożarów. Ludzie muszą zacząć myśleć o Alethkarze jako o zjednoczonym królestwie, nie osobnych regionach, które cały czas próbują zdobyć przewagę kosztem pozostałych.

– Brzmi nieźle.

To się nie uda, nie bez miecza, by im przypomnieć. Ten jeden raz jednak nie przeszkadzało mu, że to nie on zwróci na to uwagę.

37

MASZERUJEMY PO RAZ OSTATNI

Nie martw się Raysem. Szkoda mi Aony i Skaia, ale byli głupi – od samego początku pogwałcili nasz pakt.

Numuhukumakiaki'aialunamor zawsze słyszał, że prowadząc wojnę, przede wszystkim należy poznać wroga. Można by sądzić, że takie mądrości nie miały wielkiego znaczenia w jego obecnym życiu. Na szczęście przygotowanie dobrej potrawki bardzo przypominało wyruszenie na wojnę.

Lunamor – przez przyjaciół zwany Skałą, gdyż grube języki ludzi z nizin nie były zdolne do posługiwania się prawdziwą mową – mieszał w kociołku ogromną drewnianą łyżką rozmiarów miecza. Pod spodem płonął ogień z łusek skałopąków, a rozbawiony wiatrospren poruszał dymem, sprawiając, że zawsze wpadał mu do oczu, niezależnie od tego, gdzie stanął.

Ustawił kociołek na płaskowyżu Strzaskanych Równin i – na piękne światła i upadłe gwiazdy – z zaskoczeniem odkrył, że tęsknił za nimi. Kto by pomyślał, że mógłby polubić te jałowe, smagane wiatrem równiny? Jego ojczyzna była miejscem skrajności: twardego lodu, sypkiego śniegu, upału i błogosławionej wilgoci.

Na dole wszystko było takie... umiarkowane, a już Strzaskane Równiny wydawały się najgorsze. W Jah Keved odnalazł doliny porośnięte pnączami. W Alethkarze mieli pola zbóż, skałopąki rozrastające się bez końca jak bąbelki w kociołku z gotującą się zupą. A później Strzaskane Równiny. Niekończące się puste płaskowyże, na których prawie nic nie rosło. Co dziwne, kochał je.

Lunamor nucił cicho pod nosem. Trzymaną w obu rękach łyżką mieszał potrawkę, żeby się nie przypaliła. Kiedy dym nie leciał mu prosto w twarz – ten przeklęty, zbyt gęsty wiatr miał w sobie za dużo powietrza, żeby zachowywać się właściwie – czuł zapach Strzaskanych Równin. Zapach... otwartych przestrzeni. Woń pustego nieba i rozgrzanych kamieni, ale z nutą życia w rozpadlinach. Jak szczypta soli. Splatające się ze sobą wilgotne, żywe aromaty życia i zgnilizny.

W tych rozpadlinach Lunamor po długim czasie zagubienia znów odnalazł samego siebie. Nowe życie, nowy cel.

I potrawka.

Lunamor spróbował potrawki – czystą łyżką, rzecz jasna, nie był takim barbarzyńcą jak niektórzy kucharze z nizin. Korzenniki musiały się jeszcze pogotować, zanim będzie mógł dodać mięso. Prawdziwe mięso, z krabów, które przez całą noc wyłuskiwał ze skorup. Nie można go było zbyt długo gotować, bo robiło się gumowate.

Reszta mostu czwartego stała na płaskowyżu i słuchała Kaladina. Lunamor ustawił się plecami do Naraku, miasta pośrodku Strzaskanych Równin. Jeden z pobliskich płaskowyżów zamigotał, kiedy Renarin Kholin obsługiwał Bramę Przysięgi. Lunamor starał się, by go to nie rozpraszało. Chciał patrzeć na zachód. W stronę starych obozów.

Już niedługo, pomyślał. *Ale nie skupiaj się na tym. Do potrawki trzeba dodać jeszcze zmiażdżonego limmu.*

– Wielu z was szkoliłem w rozpadlinach – powiedział Kaladin.

Do mostu czwartego dołączyli mężczyźni z innych drużyn mostowych, a nawet kilku żołnierzy, których zaproponował Dalinar. Grupa pięciu zwiadowczyń go zaskoczyła, ale kim był, żeby to oceniać?

– Mogłem was nauczyć, jak walczyć włócznią – mówił dalej – ponieważ mnie samego nauczono, jak walczyć włócznią. Dziś próbujemy osiągnąć coś innego. Ledwie pojmuję, jak nauczyłem się posługiwać Burzowym Światłem. Będziemy musieli przebrnąć przez to razem.

– Nie jest źle, gancho! – zawołał Lopen. – Nauka latania nie może być trudna. Węgorze niebieskie ciągle to robią, a one są brzydkie i głupie. Większość mostowych jest tylko jedną z tych rzeczy.

Kaladin zatrzymał się w szeregu w pobliżu Lopena. Wydawało się, że jest w dobrym nastroju, co Lunamor uznał za swoją zasługę. W końcu to on przygotował Kaladinowi śniadanie.

– Pierwszym krokiem będzie wypowiedzenie Ideału. Przypuszczam, że kilku z was już to zrobiło. Ale co się tyczy pozostałych, jeśli chcecie być giermkami Wiatrowych, musicie złożyć przysięgę.

Zaczęli wykrzykiwać słowa. Wszyscy już je znali. Lunamor wyszeptał Ideał. „Życie ponad śmiercią. Siła ponad słabością. Podróż ponad celem".

Kaladin podał Lopenowi sakiewkę pełną klejnotów.

– Prawdziwą próbą i dowodem, że zostaliście giermkami, będzie nauka wciągania Burzowego Światła. Kilku z was już się tego nauczyło...

Lopen natychmiast zaczął świecić.

– ...i pomogą reszcie. Lopenie, weź pierwszy, drugi i trzeci oddział. Sigzilu, ty masz czwarty, piąty i szósty. Peet, nie myśl, że nie widziałem, jak świecisz. Weź pozostałych mostowych, a ty, Teft, zwiadowczynie i...

Kaladin rozejrzał się dookoła.

– Gdzie jest Teft?

Dopiero się zorientował? Lunamor kochał kapitana, ale on często był taki rozproszony. Może chorował od powietrza?

– Teft nie wrócił na noc do koszar, panie – odpowiedział Leyten z wyraźnym zażenowaniem.

– W porządku. Ja pomogę zwiadowczyniom. Lopen, Sigzil, Peet, opowiedzcie swoim oddziałom, jak wciągać Burzowe Światło. Chcę, żeby przed zmrokiem wszyscy na tym płaskowyżu świecili, jakby połknęli latarnie.

Rozdzielili się wyraźnie przejęci. Ze skał wznosiły się przezroczyste czerwone wstęgi falujące jak na wietrze, jednym końcem przytwierdzone do ziemi. Niecierpliwospreny. Lunamor z szacunkiem uniósł dłoń do ramienia, a później do czoła. Były pomniejszymi bóstwami, ale wciąż świętymi. Widział ich prawdziwe kształty poza wstęgami, słaby cień większej istoty na dnie.

Przekazał mieszanie Dabbidowi. Młody mostowy nie mówił, nie odezwał się ani razu od chwili, kiedy Lunamor pomógł Kaladinowi ściągnąć go z pola bitwy. Ale mógł mieszać i nosić bukłaki z wodą. Stał się swego rodzaju nieoficjalną maskotką drużyny, jako że był pierwszym mostowym, którego ocalił Kaladin. Kiedy mostowi mijali Dabbida, salutowali mu dyskretnie.

Tego dnia Lunamorowi w kuchni pomagał Huio, co zdarzało się coraz częściej. Sam o to prosił, a inni raczej unikali gotowania. Krępy, muskularny Herdaz nucił pod nosem, mieszając shiki, brązowy napój Rogożerców, który Lunamor schłodził przez noc w metalowych wiadrach na płaskowyżu przed Urithiru.

Co zadziwiające, Huio wziął garść lazbo z garnka i wsypał je do płynu.

– Co ty robisz, wariacie?! – ryknął Lunamor i podszedł bliżej. – Lazbo? W napoju? To pikantna przyprawa, ty chory od powietrza człowieku z nizin!

Huio powiedział coś po herdazku.

– Phi! Nie mówię tym zwariowanym językiem, którego ty używasz. Lopen! Chodź tu i porozmawiaj z tym swoim kuzynem! On psuje nasze picie!

Lopen jednak gestykulował gwałtownie, wskazując na niebo, i opowiadał, w jaki sposób przykleił się do sufitu.

Lunamor chrząknął i spojrzał na Huio, który podał mu łyżkę ociekającą napojem.

– Chory od powietrza głupiec. – Pociągnął łyk. – Zepsujesz...

Błogosławieni bogowie morza i skał. Dobre było. Przyprawa sprawiła, że schłodzony napitek stał się bardziej wyrazisty, łącząc smaki w sposób całkowicie niespodziewany, a jednocześnie dziwnie harmonijny.

Huio się uśmiechnął.

– Most czwarty! – powiedział po alethyjsku z ciężkim akcentem.

– Szczęściarz z ciebie. – Lunamor pokazał palcem. – Dziś cię nie zabiję. – Pociągnął kolejny łyk i wskazał łyżką. – Zrób to z innymi wiadrami shiki.

A gdzie się podział Hobber? Chudy, szczerbaty mężczyzna nie mógł być zbyt daleko. Taka była zaleta pomocnika, który nie mógł chodzić – zwykle zostawał tam, gdzie się go posadziło.

– Patrzcie uważnie! – Lopen zwrócił się do swojej grupy, a z jego ust płynęło Burzowe Światło. – Dobrze. Oto jest. Ja, Lopen, polecę. Możecie wyrazić podziw w dowolnie wybrany sposób.

Podskoczył i uderzył z hukiem o płaskowyż.

– Lopen! – zawołał Kaladin. – Masz pomagać innym, a nie się przechwalać!

– Przepraszam, gon!

Lopen drżał na ziemi, z twarzą przyciśniętą do kamienia, i nie podnosił się.

– Czy ty... czy ty właśnie przykleiłeś się do podłoża? – spytał Kaladin.

– To wszystko jest częścią planu, gon! – odkrzyknął Lopen. – Jeśli mam się stać delikatną chmurką na niebie, najpierw muszę przekonać ziemię, że jej nie porzucam. Jak zatroskana kochanka, musi zostać pocieszona i zapewniona, że powrócę do niej po swoim dramatycznym i królewskim wzniesieniu się w niebo.

– Nie jesteś królem, Lopenie – zauważył Drehy. – Już o tym rozmawialiśmy.

– Oczywiście, że nie. Jestem byłym królem. Najwyraźniej jesteś jednym z tych głupich, o których wspomniałem wcześniej.

Lunamor chrząknął z rozbawieniem i obszedł swoje małe stanowisko kuchenne, kierując się w stronę Hobbera, który – jak sobie teraz przypomniał – obierał bulwy z boku płaskowyżu. Lunamor zwolnił. Dlaczego Kaladin klęczał przed zydlem Hobbera i wyciągał przed siebie... klejnot?

Ach...

– Musiałem odetchnąć, żeby je wciągnąć – wyjaśniał cicho Kaladin. – Robiłem to nieświadomie przez wiele tygodni, może miesięcy, zanim Teft wyjaśnił mi, co się dzieje.

– Panie – odparł Hobber. – Nie wiem, czy... to znaczy, panie, nie jestem Świetlistym. Nigdy nie radziłem sobie z włócznią. Kucharzem jestem ledwie znośnym.

„Znośny" było niejaką przesadą. Ale chętnie pomagał w gotowaniu, więc Lunamor cieszył się z jego obecności. Poza tym potrzebował pracy, którą mógł wykonywać na siedząco. Miesiąc wcześniej w królewskim pałacu pojawił się Skrytobójca w Bieli, próbując zabić Elhokara – po tym ataku Hobber stracił władzę w nogach.

Kaladin zacisnął palce Hobbera wokół klejnotu.

– Po prostu spróbuj. W byciu Świetlistym nie liczą się siła i umiejętności, ale serce. A twoje zawsze było najlepsze z nas wszystkich.

Dla wielu osób z zewnątrz kapitan wydawał się przerażający. Na twarzy nieustanna burzowa mina, intensywność, która sprawiała, że ludzie miękli. Ale miał w sobie również zadziwiającą delikatność. Kaladin ścisnął ramię Hobbera, a wyglądał przy tym, jakby miał się zaraz rozpłakać.

Czasami wydawało się, że Kaladina Burzą Błogosławionego nie złamałyby wszystkie kamienie na Rosharze. A później jeden z jego ludzi zostawał ranny, a on pękał.

Kaladin ruszył z powrotem do zwiadowczyń, którym pomagał, a Lunamor podbiegł do niego. Ukłonił się przed małym bogiem, który siedział na ramieniu kapitana, i spytał:

– Myślisz, że Hobberowi uda się to zrobić, Kaladinie?

– Z pewnością. Jestem pewien, że całemu mostowi czwartemu się uda, a może i niektórym z pozostałych.

– Ha! Znalezienie uśmiechu na twojej twarzy, Kaladinie Burzą Błogosławiony, jest jak znalezienie zgubionej kuli w misce zupy. Zaskakujące, owszem, ale i bardzo miłe. Chodź, mam napój, który musisz wypróbować.

– Muszę wracać...

– Chodź! Napój, który musisz wypróbować!

Lunamor zaprowadził go do wielkiego kotła z shiki i nalał mu kubek.

Kaladin wysiorbał zawartość.

– Ej, Skało, to jest naprawdę niezłe.

– Nie mój przepis. Huio go zmienił. Teraz muszę go albo awansować, albo zepchnąć z płaskowyżu.

Kaladin nalał sobie kolejny kubek.

– Awansować? Na kogo?

– Chorego od powietrza człowieka z nizin. Drugiej klasy.

– Chyba trochę za bardzo lubisz to określenie, Skało.

W pobliżu Lopen mówił do ziemi, do której wciąż był przyciśnięty.

– Nie martw się, moja droga. Lopen jest dość wielki, by posiadły go liczne moce, ziemskie i niebiańskie! Muszę wznieść się w powietrze, bo gdybym pozostał tylko na ziemi, moja wzrastająca wielkość z całą pewnością doprowadziłaby do pęknięć gruntu.

Lunamor popatrzył na Kaladina.

– Lubię to określenie, tak. Ale tylko dlatego, że wśród was ma zadziwiająco dużą liczbę zastosowań.

Kaladin uśmiechał się, popijał shiki i obserwował swoich ludzi. Dalej na płaskowyżu Drehy nagle uniósł długie ręce i zawołał:

– Ha!

Emanował blaskiem Burzowego Światła. Następny był Bisig. To powinno uzdrowić jego rękę – on również został raniony przez Skrytobójcę w Bieli.

– Uda się, Skało. Oni byli od miesięcy blisko tej mocy. A kiedy ją zdobędą, będą się uzdrawiać. Nie będę musiał iść do walki, martwiąc się, którego z was stracę.

– Kaladinie – odezwał się łagodnie Lunamor. – To, co zaczęliśmy, nadal jest wojną. Ludzie będą umierać.

– Most czwarty będzie chroniony swoją mocą.

– A wróg? Oni nie będą mieli mocy? – Podszedł bliżej. – Z całą pewnością nie chcę smucić Kaladina Burzą Błogosławionego, kiedy jest w optymistycznym nastroju, ale nikt nigdy nie jest całkowicie bezpieczny. Taka jest smutna prawda, przyjacielu.

– Może – przyznał Kaladin. Jego spojrzenie stało się nieobecne. – Wasz lud pozwala walczyć jedynie młodszym synom, prawda?

– Tylko tuanalikina, czyli czwarty syn i wszyscy kolejni, mogą zmarnować się na wojnie. Pierwszy, drugi i trzeci syn są zbyt cenni.

– Czwarty syn i kolejni. Czyli mało kto.

– Ha! Nie masz pojęcia o wielkości rodzin Rogożerców.

– Ale i tak musi to oznaczać, że mniej mężczyzn ginie w bitwie.

– Szczyty są inne. – Lunamor uśmiechnął się do Sylfreny, która wzniosła się z ramienia Kaladina i zaczęła tańczyć na wietrze. – I to nie tylko dlatego, że mamy właściwą ilość powietrza dla pracy mózgu. Atak na inny szczyt jest kosztowny i trudny, wymaga wielkich przygotowań i czasu. Częściej o tym mówimy, niż robimy.

– Brzmi dobrze.

– Kiedyś mnie odwiedzisz! Ty i cały most czwarty, bo jesteście teraz rodziną.

– Ziemio – upierał się Lopen. – Nadal będę cię kochał. Nikt mnie nie przyciąga tak, jak ty. Kiedy odejdę, zaraz wrócę.

Kaladin spojrzał na Lunamora.

– Może kiedy ten tutaj znajdzie się z dala od trującego powietrza, będzie mniej...

– Lopenem?

– Choć, po zastanowieniu, to by było smutne.

Kaladin zaśmiał się i oddał kubek Lunamorowi. Nachylił się w jego stronę.

– Co się stało z twoim bratem, Skało?

– Moi dwaj bracia mają się dobrze, o ile mi wiadomo.

– A trzeci brat? Ten, który umarł, przez co z czwartego stałeś się trzecim i zamiast żołnierzem zostałeś kucharzem? Nie próbuj zaprzeczać.

– Smutna historia. A dziś nie jest dzień na smutne historie. Dziś jest dzień na śmiech, potrawkę, latanie. Takie rzeczy.

I, jak miał nadzieję... nawet na coś większego.

Kaladin poklepał go po ramieniu.

– Jeśli chciałbyś kiedyś porozmawiać, czekam.

– Dobrze wiedzieć. Choć dziś ktoś inny chciałby porozmawiać. – Lunamor wskazał na postać przechodzącą mostem na ich płaskowyż. Mężczyznę w sztywnym niebieskim mundurze, ze srebrnym diademem na głowie. – Król bardzo chciał z tobą porozmawiać. Ha! Kilka razy pytał nas, czy wiemy, kiedy powrócisz. Jakbyśmy byli stróżami naszego wspaniałego latającego przywódcy.

– Tak. Ostatnio mnie odwiedził.

Kaladin wyraźnie się napiął, zacisnął zęby i podszedł do króla, który właśnie wkroczył na płaskowyż, a za nim podążała gromadka strażników z mostu jedenastego.

Lunamor był zaciekawiony, więc ustawił się przy kociołku z zupą w taki sposób, by móc słuchać.

– Wiatrowy. – Elhokar skinął głową Kaladinowi. – Wydaje się, że masz rację i twoi ludzie odzyskali moce. Kiedy będą gotowi?

– Już są zdolni do walki, Wasza Wysokość. Ale opanowanie mocy... tak naprawdę nie umiem ocenić.

Lunamor wypił trochę zupy i nie odwracał się w stronę króla, ale mieszał i słuchał.

– Czy rozważyłeś moją prośbę? – spytał Elhokar. – Przeniesiesz mnie do Kholinaru, byśmy mogli odzyskać miasto?

– Wypełnię rozkazy swojego dowódcy.

– Nie. Proszę ciebie, osobiście. Zrobisz to? Pomożesz mi odzyskać naszą ojczyznę?

– Tak – odparł cicho Kaladin. – Dajcie mi czas, co najmniej kilka tygodni, bym wyszkolił swoich ludzi. Wolałbym zabrać z nami kilku giermków Wiatrowych, a przy odrobinie szczęścia może pozostawię pełnego Świetlistego na wypadek, gdyby coś mi się stało. Ale tak czy inaczej... tak, Elhokarze. Udam się z wami do Alethkaru.

– Dobrze. Mamy trochę czasu, bo wuj chce podjąć próbę nawiązania kontaktu z ludźmi w Kholinarze poprzez swoje wizje. Może dwadzieścia dni? Czy uda ci się przez ten czas wyszkolić giermków?

– Będę musiał, Wasza Wysokość.

Lunamor spojrzał na króla, który założył ręce na piersi i patrzył na Wiatrowych, potencjalnych i obecnych. Wydawało się, że przyszedł nie tylko porozmawiać z Kaladinem, ale i przyjrzeć się szkoleniu. Kaladin wrócił do zwiadowczyń – jego bóg podążył w powietrzu za nim – więc Lunamor przyniósł królowi coś do picia. Później zawahał się przy moście, przez który Elhokar przeszedł na płaskowyż.

Ich stary most, z czasów wypraw, umożliwiał teraz ludziom przechodzenie między płaskowyżami w pobliżu Naraku. Stałe mosty wciąż odbudowywano. Lunamor poklepał drewno. Myśleli, że go stracili, ale drużyna zbieraczy odnalazła go w pobliskiej rozpadlinie. Na prośbę Tefta Dalinar wyraził zgodę na wyciągnięcie go.

Biorąc pod uwagę, ile przeszedł, stary most był w niezłym stanie. Most czwarty zrobiono z twardego drewna. Lunamor przeniósł wzrok dalej i poczuł niepokój na widok następnego płaskowyżu – a raczej jego ruin. Kikut płaskowyżu, składający się z popękanych skał wznoszących się zaledwie na dwadzieścia stóp ponad dnem rozpadliny. Rlain powiedział, że przed spotkaniem Wiecznej Burzy i arcyburzy w czasie bitwy o Narak to był zwyczajny płaskowyż.

Podczas tego straszliwego kataklizmu, kiedy zderzyły się burze, płaskowyże się rozpadały. Choć Wieczna Burza powróciła już kilka razy, dwie burze już nigdy nie zetknęły się nad zamieszkanymi terenami. Lunamor poklepał stary most, pokręcił głową i wrócił do gotowania.

Pewnie mogli ćwiczyć w Urithiru, ale nikt z mostowych nie narzekał. Strzaskane Równiny były o wiele lepsze niż samotna równina przed wieżą. Ta okolica była równie jałowa, ale należała do nich.

Nie mieli również najmniejszych wątpliwości, kiedy Lunamor postanowił zabrać swoje kociołki i zapasy, żeby przygotować obiad. Owszem, wymagało to wysiłku, ale ciepły posiłek go wynagrodzi – a poza tym istniała niepisana zasada. Choć Lunamor, Dabbid i Hobber nie brali udziału w ćwiczeniach czy pojedynkach, wciąż należeli do mostu czwartego. Szli tam, gdzie szli wszyscy inni.

Kazał Huio dodać mięsa – z wyraźnym poleceniem, by spytał, zanim postanowi dodać inne przyprawy. Dabbid nadal spokojnie mieszał. Wydawał się zadowolony, choć w jego przypadku trudno było powiedzieć. Lunamor umył ręce w kociołku i zajął się chlebem.

Gotowanie przypominało walkę. Trzeba było znać swojego wroga – choć jego „wrogami" w tym współzawodnictwie byli jego przyjaciele. Przychodzili na posiłki, oczekując wielkości, a Lunamor walczył, by za każdym razem potwierdzić swoją wartość. Prowadził wojnę chlebem i zupą, zaspokajając apetyty i napełniając żołądki.

Kiedy wyrabiał chlebowe ciasto, słyszał nucenie matki. Jej staranne instrukcje. Kaladin się mylił – Lunamor nie został kucharzem. Zawsze nim był, od kiedy umiał wspiąć się na stołek przy blacie i zanurzyć palce w lepkim cieście. Tak, kiedyś ćwiczył strzelanie z łuku. Ale żołnierze musieli jeść, a każdy strażnik nuatoma wykonywał kilka prac, nawet strażnicy o jego pochodzeniu i darach.

Zamknął oczy, ugniatał ciasto i nucił piosenkę matki do rytmu, który prawie słyszał.

Po krótkim czasie usłyszał ciche kroki na moście za plecami. Książę Renarin jak na razie skończył pracę przy przenoszeniu ludzi przez Bramę Przysięgi i zatrzymał się przy kociołku. Na płaskowyżu ponad jedna trzecia Mostu Czwartego nauczyła się wciągać Burzowe Światło, ale nie udało się to żadnemu z nowych, mimo pomocy Kaladina.

Renarin przyglądał się z zarumienionymi policzkami. Musiał przybiec tutaj, kiedy został zwolniony z drugiego obowiązku, ale teraz się wahał. Elhokar zajął miejsce w pobliżu skał, a chłopak zrobił krok w jego stronę, jakby siedzenie z boku i obserwowanie było również dla niego.

– Hej! – zawołał Lunamor. – Renarinie!

Chłopak podskoczył. Miał na sobie niebieski mundur mostu czwartego, który jednak wydawał się... porządniejszy od pozostałych.

– Przyda mi się pomoc z tym chlebem.

Renarin natychmiast się uśmiechnął. Pragnął jedynie być traktowany jak wszyscy pozostali. Cóż, taka postawa przynosiła ludziom korzyść. Lunamor zaprzągłby samego arcyksięcia do wyrabiania ciasta, gdyby uszło mu to na sucho. Dalinar wyglądał, jakby dobrze mu zrobiła sesja pieczenia chleba.

Renarin umył ręce, po czym usiadł na ziemi naprzeciwko Lunamora i podążał za jego przykładem. Lunamor oderwał kawał ciasta wielkości dłoni, spłaszczył go i przycisnął do jednego z dużych kamieni, które ustawił przy ogniu, by się rozgrzały. Ciasto przykleiło się do kamienia i będzie się na nim gotować, aż się je odklei.

Nie nakłaniał Renarina do mówienia. Niektórych ludzi chciało się naciskać, ciągnąć za język. Innych lepiej było zostawić, by poruszali się we własnym tempie. Jak różnica między potrawką doprowadzoną do wrzenia i taką gotowaną na wolnym ogniu.

Ale gdzie był jego bóg? Lunamor widział wszystkie spreny. Książę Renarin związał się z jednym, ale Lunamor nigdy go nie dostrzegł. I tak na wszelki wypadek kłaniał się, kiedy Renarin nie patrzył, okazując szacunek ukrytemu bogu.

– Most czwarty radzi sobie dobrze – powiedział w końcu Renarin. – Wkrótce wszyscy będą pić Burzowe Światło.

– Pewnie tak. Ha! Ale minie sporo czasu, zanim dogonią ciebie. Widzący Prawdę! Dobra nazwa. Więcej ludzi powinno widzieć prawdę, a nie kłamstwa.

Renarin się zarumienił.

– Ja... to pewnie oznacza, że nie mogę już być w moście czwartym, prawda?

– Dlaczego nie?

– Jestem w innym zakonie Świetlistych.

Renarin stworzył idealnie okrągły placek z ciasta i starannie umieścił go na kamieniu.

– Masz moc uzdrawiania.

– Moce Rozwoju i Iluminacji. Ale nie umiem skłonić drugiej do działania. Shallan wyjaśniła mi to siedem razy, ale ja nie umiem stworzyć nawet najmniejszej iluzji. Coś jest nie w porządku.

– Na razie i tak tylko uzdrawianie? To się bardzo przyda mostowi czwartemu!

– Nie mogę być już w moście czwartym.

– Bzdura. Most czwarty to nie Wiatrowi.

– W takim razie czym jest?

– To my. To ja, to oni, to ty. – Skinął w stronę Dabbida. – Ten tutaj już nigdy nie weźmie włóczni do ręki. Nie będzie latał, ale jest z mostu czwartego. Mnie nie wolno walczyć, ale jestem z mostu czwartego. A ty, ty możesz mieć swój wspaniały tytuł i inne moce. – Pochylił się. – Ale ja znam most czwarty. A ty, Renarinie Kholinie, jesteś z mostu czwartego.

Renarin uśmiechnął się szeroko.

– Ale Skało, czy ty w ogóle się nie martwisz, że nie jesteś kimś, za kogo cię wszyscy uważają?

– Wszyscy myślą, że jestem hałaśliwy i nieznośny! Bycie kimś innym nie byłoby wcale złe.

Renarin zachichotał.

– Myślisz tak o sobie? – spytał Lunamor.

– Może. – Renarin zrobił kolejny idealnie okrągły placek. – Przez większość czasu nie wiem, kim jestem, Skało, ale jestem w tym wyjątkiem. Od kiedy nauczyłem się chodzić, wszyscy powtarzali „ Patrzcie tylko, jaki on jest mądry. Powinien zostać żarliwcem".

Lunamor chrząknął. Czasem nawet ktoś tak hałaśliwy i nieznośny wiedział, kiedy należy się nie odzywać.

– Wszyscy myślą, że to takie oczywiste. Dobrze radzę sobie z liczbami, prawda? Tak, wstąp do żarliwców. Oczywiście nikt nie mówi, że nie jestem tak męski, jak mój brat, i nikt nie zwraca uwagi, że z pewnością byłoby lepiej dla sukcesji, gdyby chorowity, dziwaczny młodszy brat został bezpiecznie zamknięty w klasztorze.

– Kiedy mówisz te rzeczy, prawie nie jesteś rozgoryczony. Ha! To musiało wymagać długiej praktyki.

– Całe życie.

– Powiedz mi. Dlaczego chcesz być mężczyzną, który walczy, Renarinie Kholinie?

– Bo tego zawsze pragnął mój ojciec – odpowiedział natychmiast Renarin. – Może sobie tego nie uświadamiać, ale taka jest prawda, Skało.

Lunamor chrząknął.

– Może to głupi powód, ale zawsze powód, a ja umiem go uszanować. Ale powiedz mi, dlaczego nie chcesz zostać żarliwcem albo strażnikiem burz?

– Bo wszyscy zakładają, że nim będę! – Renarin rzucił chleb na rozgrzane kamienie. – Jeśli to zrobię, poddam się temu, co mówią wszyscy.

Szukał czegoś, czym mógłby zająć ręce, więc Lunamor rzucił mu kolejną porcję ciasta.

– Myślę, że twój problem jest inny, niż mówisz. Twierdzisz, że nie jesteś człowiekiem, za którego cię wszyscy uważają. Może miast tego martwisz się, że jesteś tym człowiekiem.

– Chorowitym słabeuszem.

– Nie. – Lunamor nachylił się w jego stronę. – Możesz być sobą i to nie będzie nic złego. Możesz przyznać, że zachowujesz się i myślisz inaczej niż twój brat, ale przestać postrzegać to jako wadę. To po prostu Renarin Kholin.

Książę zaczął gorączkowo ugniatać ciasto.

– To dobrze, że uczysz się walczyć. Dobrze, kiedy ludzie zdobywają różne umiejętności. Ale dobrze również, kiedy wykorzystują to, co dali im bogowie. Na Szczytach człowiek może nie mieć takiego wyboru. To przywilej!

– Pewnie tak. Glys mówi... To skomplikowane. Mógłbym porozmawiać z żarliwcami, ale nie wiem, czy odważę się zrobić cokolwiek, co odróżni mnie od pozostałych mostowych, Skało. I tak już jestem najdziwniejszy z tej bandy.

– Naprawdę?

– Nie zaprzeczaj, Skało. Lopen jest... no, Lopenem. A ty jesteś oczywiście... yyy... tobą. Ale to ja jestem dziwny. Zawsze byłem najdziwniejszy.

Lunamor rzucił chleb na kamień i wskazał na Rlaina. Mostowy Parshendi, kiedyś zwany Shenem, siedział na skale w pobliżu swojego oddziału i przyglądał się w milczeniu, jak inni śmieją się z Etha, który przypadkiem przykleił sobie kamyk do ręki. Miał na sobie wojoformę, więc był wyższy i silniejszy niż wcześniej – ale wydawało się, że ludzie zupełnie zapomnieli o jego obecności.

– Och – powiedział Renarin. – Nie wiem, czy on się liczy.

– Wszyscy mu to zawsze mówią. Raz za razem.

Renarin wpatrywał się przez dłuższą chwilę, a Lunamor nadal robił chleb. W końcu książę wstał, otrzepał mundur, przeszedł przez płaskowyż i usiadł obok Rlaina. Renarin kręcił się i nic nie mówił, ale Rlain chyba mimo to doceniał towarzystwo.

Kiedy Lunamor z uśmiechem rzucił na rozgrzane kamienie ostatni chleb, wstał i rozstawił drewniane kubki przy wiadrach z shiki. Napił się, potrząsnął głową i spojrzał na swojego herdazkiego pomocnika, który zbierał chleb. Huio emanował słabym blaskiem – najwyraźniej już się nauczył wciągać Burzowe Światło.

Chory od powietrza Herdaz. Lunamor uniósł rękę, a wtedy Huio rzucił mu podpłomyk, który Lunamor ugryzł. Z namysłem przeżuwał ciepły chleb.

– Więcej soli w kolejnej porcji?

Herdaz nadal zbierał chleb.

– Myślisz, że trzeba więcej soli, prawda?

Huio wzruszył ramionami.

– Dodaj więcej soli do tej porcji, którą zacząłem mieszać. I nie rób takiej zadowolonej z siebie miny. I tak mogę cię zrzucić z płaskowyżu.

Huio tylko się uśmiechnął, nie przerywając pracy.

Mężczyźni wkrótce zaczęli się schodzić, żeby się czegoś napić. Uśmiechali się, klepali Lunamora po plecach i mówili, że jest geniuszem. Ale oczywiście żaden nie pamiętał, że już kiedyś próbował podać im shiki. Wtedy zostawili większość w kociołku i wybrali piwo.

Tamtego dnia nie byli rozgrzani, spoceni i sfrustrowani. Poznaj swojego wroga. Tutaj, z właściwym napitkiem, sam był pewnego rodzaju małym bogiem. Ha! Bogiem zimnego picia i przyjacielskich rad. Każdy kucharz wart swojej chochli uczył się rozmawiać, bo gotowanie było sztuką – a sztuka była subiektywna. Jeden człowiek mógł się zachwycić lodową rzeźbą, a inny uznać ją za nudną. Tak samo było z jedzeniem i piciem. Nie znaczyło to, że coś jest nie w porządku z jedzeniem albo z człowiekiem, jeśli komuś nie odpowiadało.

Porozmawiał z Leytenem, który wciąż był wstrząśnięty po doświadczeniach z czarnym bogiem pod Urithiru. Potężny to był bóg i bardzo mściwy. Na Szczytach opowiadano legendy o takich stworach – praprapradziadek Lunamora spotkał jednego z nich, kiedy wędrował przez trzeci dział. Wspaniała i ważna opowieść, którą Lunamor nie podzielił się tego dnia.

Uspokoił Leytena, współczuł mu. Krępy zbrojmistrz był porządnym człowiekiem i czasami umiał mówić równie głośno, jak Lunamor. Ha! Słyszało się go z odległości dwóch płaskowyżów, co Lunamorowi się podobało. Jaki jest sens cichego głosiku? Czy głosy nie są po to, by je słyszano?

Leyten wrócił do ćwiczeń, ale inni też mieli swoje zmartwienia. Blizna był najlepszym włócznikiem wśród nich – zwłaszcza po odejściu Moasha – ale wstydził się, że nie udało mu się wciągnąć Burzowego Światła. Lunamor poprosił Bliznę, by pokazał mu, czego się nauczył i – kierując się tymi wskazówkami – sam wciągnął odrobinę. Ku swojej wielkiej radości i zaskoczeniu.

Blizna odszedł energicznym krokiem. Inny człowiek mógłby się poczuć gorzej, ale Blizna w duszy był nauczycielem. Niski mężczyzna wciąż miał nadzieję, że Lunamor pewnego dnia postanowi walczyć. Był jedynym z mostowych, który mówił głośno o jego pacyfizmie.

Kiedy mężczyźni się napili, Lunamor odkrył, że patrzy na płaskowyże, szukając jakiegoś śladu poruszenia. Lepiej zająć się posiłkiem. Potrawka wyszła doskonała – ucieszył się, że udało mu się dostać kraby. Większość jedzenia w wieży była Dusznikowanym ziarnem i mięsem, nieszczególnie apetycznym. Podpłomyki już były gotowe, a poprzedniego dnia udało mu się nawet przygotować chutney. Teraz musiał tylko...

Niemal wpadł do własnego kociołka, kiedy zobaczył, co zbiera się na płaskowyżu po lewej. Bogowie! Silni bogowie, jak Sylphrena. Emanowali słabym niebieskim blaskiem i tłoczyli się wokół wysokiej kobiety-sprena, której długie włosy unosiły się na wietrze. Przyjęła ludzką postać naturalnej wielkości i miała na sobie elegancką suknię. Pozostali wirowali w powietrzu, choć wyraźnie skupiali się na ćwiczących mostowych i pełnych nadziei kandydatach.

– Uma'ami tukuma mafah'liki... – zaczął mówić Lunamor i szybko wykonał gesty szacunku.

Później na wszelki wypadek jeszcze ukląkł i złożył ukłon. Nigdy nie widział tak wielu w jednym miejscu. Nawet sporadyczne spotkania z afah'liki na Szczytach nie poruszyły go aż tak mocno.

Jaka była właściwa ofiara? Same ukłony nie wystarczą. Ale chleb i potrawka? Mafah'liki nie będą chciały chleba i potrawki.

Nagle usłyszał dobiegający z boku kobiecy głos.

– Jesteś tak cudownie pełen szacunku, że wręcz śmieszny.

Lunamor odwrócił się i ujrzał Sylphrenę siedzącą na boku kociołka, w postaci drobnej dziewczyny. Założyła nogę na nogę i przewiesiła je przez krawędź.

Znów wykonał gest.

– To twoi krewniacy? Czy ta kobieta z przodu to twoja nuatoma, ali'i'kamura?

– Może trochę tak jakby częściowo. – Przechyliła głowę. – Z trudem przypominam sobie głos... jej głos, Phendorany, besztający mnie. Wpakowałam się w tak wielkie kłopoty, kiedy odnalazłam Kaladina. Ale oto są! Nie chcą ze mną rozmawiać. Pewnie zakładają, że jeśli to zrobią, przyznają się do błędu. – Pochyliła się i uśmiechnęła szeroko. – A naprawdę nie znoszą się mylić.

Lunamor poważnie pokiwał głową.

– Nie jesteś taki brązowy jak wcześniej – zauważyła Sylphrena.

– Tak, moja opalenizna blaknie. Zbyt wiele czasu spędzonego w budynku, mafah'liki.

– Ludzie mogą zmieniać kolor?

– Niektórzy bardziej od innych. – Lunamor uniósł dłoń. – Niektórzy z innych szczytów są bladzi, jak Shinowie, ale mój szczyt zawsze był bardziej brązowy.

– Wyglądasz, jakby ktoś stanowczo za często cię mył. Potraktowali cię szczotką do szorowania i zdarli ci skórę! I dlatego masz czerwone włosy, bo byłeś taki obolały!

– Mądre słowa. – Lunamor nie był jeszcze pewien, w jaki sposób. Musiał je rozważyć.

Sięgnął do kieszeni i wydobył kule, które miał przy sobie, czyli niezbyt wiele. Mimo to umieścił każdą w osobnej miseczce i podszedł do zgromadzonych sprenów. Musiały być ich ze dwa tuziny! Kali'kalin'da!

Inni mostowi, rzecz jasna, nie widzieli bogów. Nie był pewien, co Huio albo Hobber sobie o nim pomyśleli, widząc, jak idzie z szacunkiem przez płaskowyż, a później kłania się i ustawia miski z kulami jako ofiarę. Kiedy podniósł wzrok, ali'i'kamura – najważniejsza z przybyłych bogów – wpatrywała się w niego. Położyła dłoń na jednej z misek i wciągnęła Burzowe Światło. Później odeszła, zmieniła się w świetliste pasmo i odleciała.

Reszta została, barwne zbiorowisko chmur, wstęg, ludzi, kłębów liści i innych przedmiotów. Unosili się w górze i obserwowali ćwiczących mężczyzn i kobiety.

Sylphrena przeszła w powietrzu, by stanąć przy głowie Lunamora.

– Patrzą – szepnął Lunamor. – To się dzieje. Nie tylko mostowi. Nie tylko giermkowie. Świetliści, jak sobie życzy Kaladin.

– Zobaczymy.

Syl parsknęła cicho i sama odleciała w postaci świetlistej wstęgi.

Lunamor zostawił miski na wypadek, gdyby któryś z pozostałych życzył sobie przyjąć jego ofiarę. Następnie ułożył podpłomyki na stercie – zamierzał wręczyć je Hobberowi, by ten rozdał je pozostałym. Tyle tylko że Hobber nie zareagował na jego prośbę. Chudy mężczyzna siedział na zydlu, pochylony, a jego pięść emanowała blaskiem ściśniętego wewnątrz niej klejnotu. Kubki, które wcześniej zmywał, leżały zapomniane na stercie.

Hobber poruszał ustami – szeptał – i wpatrywał się w świecącą pięść, jak człowiek mógłby wpatrywać się w stertę chrustu w bardzo zimną noc, wśród śniegu. Desperacja, determinacja, modlitwa.

Zrób to, Hobberze, pomyślał Lunamor i zrobił krok do przodu. Wypij to. Uczyń swoim. Weź.

Lunamor poczuł energię w powietrzu. Chwilę skupienia. Kilka wiatrosprenów odwróciło się w stronę Hobbera i przez jedno uderzenie serca Lunamor miał wrażenie, że wszystko wokół zniknęło. Hobber stał się samotnym mężczyzną w ciemnym miejscu, ze świecącą pięścią. Wpatrywał się niemrugającymi oczyma w ten znak mocy. Znak wybawienia.

Światło w pięści Hobbera zgasło.

– Ha! – krzyknął Lunamor. – HA!

Hobber podskoczył zdziwiony. Otworzył usta i wpatrywał się w bury klejnot. A później uniósł dłoń i zagapił się na świetlisty dym, który się z niej wznosił.

– Chłopaki?! – zawołał. – Chłopaki, chłopaki!

Lunamor cofnął się, gdy mostowi porzucili swoje stanowiska i podbiegli.

– Dajcie mu swoje klejnoty! – zawołał Kaladin. – Będzie ich potrzebował bardzo dużo! Zróbcie z nich stertę!

Mostowi tłoczyli się, by oddać Hobberowi swoje szmaragdy, a on wciągał coraz więcej Burzowego Światła. Blask nagle przygasł.

– Znów je czuję! – wykrzyknął Hobber. – Znów czuję palce u stóp!

Niepewnie wyciągnął ręce po wsparcie. Z pomocą Drehy'ego z jednej strony, a Peeta z drugiej podniósł się z zydla i wstał. Uśmiechnął się, prezentując braki w uzębieniu, i niemal się przewrócił – jego nogi nie były zbyt silne. Drehy i Peet go przytrzymali, ale on zmusił ich, by się cofnęli, i stanął niepewnie.

Podekscytowani mężczyźni z mostu czwartego zaczęli po krótkiej chwili coś wykrzykiwać. Grupę otoczyły radościospreny, kłąb niebieskich liści. Lopen przecisnął się między nimi i zasalutował gestem mostu czwartego.

W jego wykonaniu było to coś wyjątkowego. Dwie ręce. Chyba pierwszy raz, kiedy Lopen mógł zasalutować. Hobber odpowiedział wyszczerzony jak chłopiec, który właśnie po raz pierwszy trafił w środek tarczy.

Kaladin podszedł do Lunamora, Sylphrena siedziała na jego ramieniu.

– Uda się, Skało. To ich ochroni.

Lunamor pokiwał głową, po czym z przyzwyczajenia spojrzał na zachód, co robił przez cały dzień. Tym razem coś zauważył.

Wyglądało jak chmura dymu.

***

Kaladin poleciał, żeby to sprawdzić. Lunamor podążył za nim wraz z pozostałymi, dźwigając ich most.

Biegł pośrodku z przodu mostu. Pachniało wspomnieniami. Drewno, smoła, którą je zabezpieczano. Odgłosy kilku tuzinów mężczyzn, którzy sapali i dyszeli w ciasnej przestrzeni. Uderzenia stóp o płaskowyż. Mieszanka wyczerpania i przerażenia. Atak. Lecące strzały. Umierający ludzie.

Lunamor wiedział, co może się wydarzyć, kiedy postanowił zejść ze Szczytów z Kef'ha. Żaden nuatoma ze Szczytów nigdy nie zdobył Ostrza ani Pancerza Odprysku od Alethyjczyków czy Vedeńczyków, którym rzucali wyzwanie. Mimo to Kef'ha uznał, że zysk był wart ryzyka. Sądził, że w najgorszym wypadku skończy martwy, a jego rodzina będzie służyć bogatemu człowiekowi z nizin.

Nie spodziewali się okrucieństwa Torola Sadeasa, który zamordował Kef'ha bez stosownego pojedynku, zabił wielu członków rodziny Lunamora, którzy stawiali opór, i przejął jego własność.

Lunamor ryknął i rzucił się do przodu, a wtedy jego skóra zapłonęła blaskiem Burzowego Światła z sakiewki i kul, które zebrał przed wyruszeniem. Czuł się tak, jakby sam niósł most, ciągnąc pozostałych.

Blizna zaczął marszową pieśń, a most czwarty wykrzykiwał słowa. Stali się dość silni, by bez trudu nosić most na duże odległości, ale tego dnia dali z siebie wszystko. Przebiegli całą odległość, wypełnieni Burzowym Światłem, a Lunamor wydawał polecenia, jak to kiedyś robili Kaladin lub Teft. Dotarli do rozpadliny i właściwie przerzucili przez nią most. Kiedy podnieśli go po drugiej stronie, wydawał się lekki jak trzcina.

Wydawało się, że już po krótkiej chwili zbliżyli się do źródła dymu. Otoczona karawana przebywająca równiny. Lunamor naparł na zewnętrzne wsporniki mostu, przerzucając go przez rozpadlinę, po czym pobiegł na drugą stronę. Inni podążyli za nim. Dabbid i Lopen odpinali włócznie i tarcze z boku mostu i rzucali je przebiegającym mostowym. Wszyscy podzielili się na oddziały, a ci, których dowódcą był Teft, stanęli za Lunamorem, choć on – rzecz jasna – nie przyjął włóczni, którą próbował mu rzucić Lopen.

Na wielu wozach znajdowało się drewno z lasów otaczających obozy, choć niektóre wypełniały sterty mebli. Dalinar wspominał o możliwości ponownego zamieszkania w obozie, ale dwaj arcyksiążęta, który pozostali z tyłu, wkraczali na jego terytorium – po cichu jak węgorze. Na razie najlepiej było zabrać, co się dało, i przenieść do Urithiru.

Karawana wykorzystywała należące do Dalinara duże mosty na kołach, by przekraczać rozpadliny. Lunamor minął jeden z nich, leżący na boku, zniszczony. W jego pobliżu płonęły trzy duże wozy z drewnem i powietrze wypełniał gryzący dym.

Kaladin unosił się w górze, trzymając świetlistą Włócznię Odprysku. Lunamor zmrużył oczy, by spojrzeć w stronę, w którą patrzył kapitan, i zobaczył postacie uciekające po niebie.

– Atak Pustkowców – mruknął Drehy. – Mogliśmy się spodziewać, że zaczną napadać na nasze karawany.

Lunamor na razie się tym nie przejmował. Przeciskał się między zmęczonymi strażnikami karawany i przerażonymi kupcami kryjącymi się pod wozami. Wszędzie leżały trupy, Pustkowcy zabili całe ich tuziny. Rozglądał się z drżeniem. Czy ten trup miał czerwone włosy? Nie, to tylko chustka nasiąknięta krwią. A to...

Tamto ciało nie było ludzkie – miało marmurkową skórę. A z jego pleców wystawała biała strzała z pierzyskiem z gęsich piór. Strzała Unkalaków.

Lunamor spojrzał w prawo, gdzie ktoś zrzucił meble na stertę, tworząc swego rodzaju umocnienia. Ktoś zza nich wyjrzał, krępa kobieta o okrągłej twarzy i ciemnoczerwonym warkoczu. Wyprostowała się i uniosła łuk w stronę Lunamora. Zza mebli wyłoniły się inne twarze. Dwoje młodzików, chłopak i dziewczyna, oboje mieli po szesnaście lat. Dalej młodsze twarze. W sumie sześć.

Lunamor rzucił się w ich stronę, a gdy wspinał się po ich prowizorycznych umocnieniach, odkrył, że po policzkach płyną mu łzy.

Jego rodzina w końcu dotarła na Strzaskanie Równiny.

***

– To Pieśń. – Lunamor przyciągnął kobietę do siebie, obejmując ją ramieniem. – Najlepsza kobieta na Szczytach. Ha! Jako dzieci budowaliśmy forty ze śniegu i jej był zawsze najlepszy. Powinienem wiedzieć, że znajdę ją w zamku, choćby ze starych krzeseł!

– Śnieg? – spytał Lopen. – Jak robicie forty ze śniegu? Słyszałem o nim... to coś jak szron, tak?

– Chory od powietrza człowiek z nizin. – Lunamor pokręcił głową i przeszedł do bliźniąt. Oparł ręce na ich ramionach. – Chłopak to Dar. Dziewczyna to Sznur. Ha! Kiedy wyjeżdżałem, Dar był niski jak Blizna. Teraz jest prawie mojego wzrostu!

Starał się, by w jego głosie nie było słychać bólu. Minął prawie rok. Tak długo. Z początku zamierzał ściągnąć ich najszybciej, jak to możliwe, ale wtedy wszystko się popsuło. Sadeas, drużyny mostowych...

– Następny syn to Skała, ale nie taka sama Skała, jak ja. To... no... mniejsza skała. Trzeci syn to Gwiazda. Druga córka to Kuma'tiki... rodzaj muszli, tu ich nie macie. Ostatnia córka to kolejna Pieśń. Piękna Pieśń.

Z uśmiechem pochylił się nad nią. Miała tylko cztery latka i cofnęła się przed nim. Nie pamiętała swojego ojca. Łamało mu to serce.

Pieśń – Tuaka'li'na'calmi'nor – położyła dłonie na jego plecach. Kaladin przedstawiał most czwarty, ale tylko Dar i Sznur uczyli się języków ludzi z nizin, a Sznur mówiła jedynie po vedeńsku. Dar nawet poradził sobie z alethyjskim powitaniem.

Mała Pieśń przytuliła się do nóg matki. Lunamor zamrugał, pozbywając się łez z oczu, choć to nie były całkiem smutne łzy. Jego rodzina tu była. Pierwszy zaoszczędzony żołd poświęcił, by zapłacić za wysłanie wiadomości do stacji łączotrzcin w Szczytach. Ta stacja znajdowała się tydzień drogi od jego domu, a podróż w dół zboczy i przez Alethkar trwały wiele miesięcy.

Wokół nich karawana w końcu zaczęła się ruszać. Lunamor dopiero teraz miał okazję przedstawić rodzinę, bo most czwarty przez ostatnie pół godziny próbował pomóc rannym. I wtedy przybył Renarin z Adolinem i dwiema kompaniami żołnierzy – a choć Renarin tak bardzo martwił się, że jest bezużyteczny, jego uzdrawianie uratowało kilkunastu ludzi.

Tuaka rozmasowała plecy Lunamora, po czym uklękła obok niego, jedną ręką przytuliła córkę, a drugą męża.

– To była długa podróż – powiedziała w języku Unkalaków – a najdłuższa pod koniec, kiedy te stwory spadły z nieba.

– Powinienem przybyć do obozów. Żeby was odeskortować.

– Teraz jesteśmy tutaj. Lunamorze, co się stało? Twoja wiadomość była taka krótka. Kef'ha nie żyje, ale co działo się z tobą? Dlaczego tak długo bez wieści?

Zwiesił głowę. Jak mógł to wyjaśnić? Dźwiganie mostu, pęknięcia w duszy. Jak mógł wyjaśnić, że mężczyzna, którego zawsze uważała za tak silnego, chciał umrzeć? Był tchórzem i pod koniec się poddał?

– A co z Tifi i Sinaku'a? – spytała go.

– Martwi – odparł szeptem. – Sięgnęli po broń, by szukać zemsty.

Uniosła dłoń do warg. Z szacunku dla głupich vorińskich tradycji nosiła rękawiczkę na bezpiecznej dłoni.

– Czyli ty...

– Jestem teraz kucharzem – stwierdził stanowczo Lunamor.

– Ale...

– Gotuję, Tuako. – Znów ją przytulił. – Chodź, zabierzemy dzieci w bezpieczne miejsce. Dotrzemy do wieży, która ci się spodoba... jest prawie jak Szczyty. Opowiem ci historie. Niektóre bolesne.

– Dobrze, Lunamorze. Ja też mam historie. Szczyty, nasz dom... coś jest nie w porządku. Bardzo nie w porządku.

Cofnął się i spojrzał jej w oczy. Tu by ją nazwali ciemnooką, choć on znajdował nieskończoną głębię, piękno i światło w tych zielono-brązowych oczach.

– Wyjaśnię, kiedy będziemy bezpieczni – obiecała, biorąc na ręce małą Piękną Pieśń. – Jesteś mądry, że nas stąd zabierasz. Mądry jak zawsze.

– Nie, miłości moja – szepnął. – Jestem głupcem. Obwiniałbym powietrze, ale na górze też byłem głupcem. Byłem głupcem, że w ogóle pozwoliłem Kef'ha wyruszyć na tę głupią wyprawę.

Przeszła z dziećmi przez most. Patrzył i cieszył się, że znów słyszy język Unkalaków, prawdziwy język. Cieszył się, że inni mężczyźni go nie znali. Bo gdyby tak było, mogliby się zorientować, że czasami ich okłamywał.

Kaladin podszedł do niego i położył mu dłoń na ramieniu.

– Przydzielę twojej rodzinie swoje komnaty, Skało. Za długo zwlekałem ze znalezieniem kwater dla rodzin mostowych. To sprawi, że będę miał dodatkową motywację. Załatwię nam przydział, a do tego czasu będę spał z pozostałymi.

Lunamor już otwierał usta, żeby się sprzeciwić, ale zmienił zdanie. Czasem najbardziej honorowo było przyjąć dar bez słowa skargi.

– Dziękuję. Za komnaty. I za inne rzeczy, mój kapitanie.

– Idź z rodziną, Skało. Dziś poradzimy sobie z mostem bez ciebie. Mamy Burzowe Światło.

Lunamor położył dłoń na gładkim drewnie.

– Nie. To będzie przywilej nieść go po raz ostatni, dla rodziny.

– Po raz ostatni?

– Wznosimy się w niebo, Burzą Błogosławiony. W nadchodzących dniach nie będziemy chodzić. To koniec. – Spojrzał w stronę mostowych, którzy spoważnieli, najwyraźniej wyczuwając, że jego słowa są prawdziwe. – Ha! Nie róbcie takich ponurych min. Bliżej miasta zostawiłem doskonałą potrawkę. Hobber pewnie nie zepsuje jej do naszego powrotu. Chodźcie! Podnieście nasz most. Tym razem maszerujemy nie w stronę śmierci, ale pełnych żołądków i dobrych pieśni!

Mimo jego zachęt most podniosła poważna i pełna szacunku grupka. Już nie byli niewolnikami. Na burze, w kieszeniach nieśli bogactwo! Emanowało ostrym blaskiem i wkrótce ich skóra również zaświeciła.

Kaladin zajął miejsce na przedzie. Razem zanieśli most po raz ostatni – z szacunkiem, jakby to były mary króla niesionego do grobowca na wieczny spoczynek.

38
ZŁAMANI LUDZIE

Twoje umiejętności są godne podziwu, ale jesteś tylko człowiekiem. Miałeś szansę stać się czymś więcej, ale odmówiłeś.

Dalinar wkroczył w następną wizję w trakcie walki.

Odrobił lekcję – nie zamierzał wpakować kolejnej osoby w niespodziewanej walce. Tym razem planował znaleźć bezpieczne miejsce, a dopiero później wprowadzić ludzi do środka.

To oznaczało pojawienie się w takiej postaci, jak przed wieloma miesiącami – z włócznią ściskaną w spoconych dłoniach, na popękanych skałach, w otoczeniu mężczyzn w prymitywnych strojach. Owijali się kawałkami szorstkiej tkaniny z lawisowego włókna, na nogach mieli sandały ze świńskiej skóry, a w rękach trzymali włócznie z grotami z brązu. Tylko oficer miał pancerz – prostą skórzaną kamizelę, nawet nie do końca utwardzoną. Skóra została wyprawiona, a później wycięta na kształt kamizelki. Nie zatrzymałaby ciosu toporem w twarz.

Dalinar ryknął, niewyraźnie przypominając sobie swój pierwszy pobyt w wizji. Była jedną z najwcześniejszych, kiedy wciąż jeszcze ignorował je jako koszmary. Dziś zamierzał wydobyć jej tajemnice.

Rzucił się na wroga, grupę mężczyzn w podobnej prymitywnej odzieży. Towarzysze Dalinara wycofali się na krawędź urwiska. Gdyby teraz nie walczyli, zostaliby zepchnięci na strome zbocze, które wkrótce się kończyło, tworząc pionową ścianę wznoszącą się na pięćdziesiąt, może sześćdziesiąt stóp nad doliną.

Dalinar uderzył w grupę wrogów, próbując odepchnąć swoich ludzi od krawędzi urwiska. Był ubrany tak samo jak pozostali, nosił tę samą broń, ale zabrał ze sobą jedną wyjątkową rzecz – sakiewkę klejnotów u pasa. Wypatroszył włócznią jednego z wrogów i popchnął go w stronę jego towarzyszy – około trzydziestu mężczyzn o rozczochranych brodach i bezwzględnych spojrzeniach. Dwaj potknęli się o umierającego przyjaciela, co przez chwilę chroniło bok Dalinara. Chwycił topór zabitego i przypuścił atak na lewą stronę.

Wróg zawył, stawiając opór. Ci ludzie nie byli wyszkoleni, ale każdy głupiec z ostrzem w ręku mógł być niebezpieczny. Dalinar zataczał szerokie łuki toporem – który był dobrze wyważoną, porządną bronią. Czuł pewność, że uda mu się pokonać tę grupę.

Dwie rzeczy poszły nie tak. Po pierwsze, inni włócznicy go nie wspierali. Nikt nie ruszył za nim, by wróg nie mógł go otoczyć.

Po drugie, dzicy ludzie nawet nie drgnęli.

Dalinar przyzwyczaił się, że kiedy żołnierze widzieli go w walce, zaczynali się cofać. Przyzwyczaił się, że ich dyscyplina zawodziła – nawet kiedy nie był Odpryskowym, liczył, że zajadłość i czysty pęd pomogą mu zwyciężyć.

Jak się okazało, pęd jednego mężczyzny – choćby najlepiej wyszkolonego i najbardziej zdeterminowanego – na niewiele się zdawał, kiedy rozbijał się o kamienny mur. Mężczyźni przed nim nie cofnęli się, nie wpadli w panikę, nawet nie zadrżeli, kiedy zabił czterech z nich. Zaatakowali go z większą gwałtownością. Jeden nawet się roześmiał.

W mgnieniu oka jego ramię zostało odcięte toporem, którego nawet nie dostrzegł, później atakujący go przewrócili. Dalinar uderzył w ziemię i z niedowierzaniem wpatrywał się w kikut lewego przedramienia. Ból wydawał się odległy. Przy jego kolanach pojawił się tylko jeden bólospren, jak dłoń ze ścięgien.

Konfrontacja z własną śmiertelnością sprawiła, że Dalinar poczuł wstrząs, a jednocześnie pokorę. Czy tak się właśnie czuł każdy weteran, kiedy w końcu ginął na polu bitwy? To dziwacznie, nierealne wrażenie jednocześnie niedowierzania i głęboko zakorzenionej rezygnacji?

Dalinar zacisnął zęby i zdrową ręką zdjął rzemień, który służył mu za pas. Trzymając jeden koniec w zębach, owinął nim kikut ręki tuż nad łokciem. Rana jeszcze nie krwawiła zbyt obficie. Przy takich obrażeniach krwotok zaczynał się dopiero po chwili – z początku ciało ograniczało dopływ krwi.

Na burze. Ten cios odrąbał mu rękę. Przypomniał sobie, że to wcale nie jest jego ciało. Że to nie jest jego własna kość wystająca w samym środku, jak w wieprzowym udźcu.

Dlaczego się nie uleczysz jak w czasie wizji z Fen? – spytał Ojciec Burz. *Masz przecież Burzowe Światło.*

– Oszukiwanie – chrząknął Dalinar.

Oszukiwanie? Na Potępienie, dlaczego by to miało być oszukiwanie? Nie złożyłeś przysięgi.

Dalinar uśmiechnął się, słysząc, jak fragment Boga przeklina. Zastanawiał się, czy Ojciec Burz nabierał paskudnych nawyków w kontakcie z nim. Ignorując ból, złapał topór jedną ręką i podniósł się z trudem. Przed nim jego liczący dwunastu mężczyzn oddział desperacko – i niezbyt skutecznie – odpierał gorączkowe natarcie wroga. Dotarli do samej krawędzi urwiska. Otaczające ich wysokie formacje skalne sprawiały, że całość przypominała rozpadlinę, choć było zdecydowanie więcej przestrzeni.

Dalinar zachwiał się i prawie znów upadł. A niech to burza.

Po prostu się uzdrów.

– Kiedyś umiałem ignorować takie rzeczy.

Dalinar spuścił wzrok na kikut ręki. Cóż, może nic aż tak paskudnego.

Jesteś stary, zauważył Ojciec Burz.

– Może. – Dalinar wyprostował się, zaczął widzieć wyraźniej. – Ale oni popełnili błąd.

To znaczy?

– Odwrócili się plecami do mnie.

Dalinar znów ruszył do ataku, trzymając topór jedną ręką. Powalił dwóch wrogów i przebił się do swoich ludzi.

– Na dół! – krzyknął do nich. – Tu nie możemy z nimi walczyć. Ześlizgnijcie się po zboczu na tę półkę! Znajdziemy sposób, by zejść na sam dół!

Zeskoczył z urwiska i uderzył o strome zbocze. Było to lekkomyślne, ale niech to burza, na górze by nie przeżył. Ślizgał się po kamieniu, ale nie stracił równowagi, zbliżając się do krawędzi skalnej ściany. Zatrzymał się gwałtownie na wąskiej kamiennej półce.

Inni mężczyźni ślizgali się obok niego. Upuścił topór i złapał jednego, powstrzymując go przed wypadnięciem za krawędź. Z dwoma kolejnymi mu się nie udało.

W sumie wokół niego zatrzymało się siedmiu mężczyzn. Dalinar sapnął, znów zakręciło mu się w głowie. Spojrzał w dół przez krawędź półki – od dna kanionu dzieliło ich co najmniej pięćdziesiąt stóp.

Jego towarzysze byli złamaną gromadką ludzi, zakrwawionych i przerażonych. Wokół wznosiły się wyczerpaniospreny, jak strumienie kurzu. Na górze tłoczyli się dzicy ludzie i patrzyli w dół z tęsknotą, jak ostrogary wpatrujące się w jedzenie na stole pana.

– Na burze! – Mężczyzna, którego Dalinar uratował, osunął się na ziemię. – Na burzę! Oni nie żyją. Wszyscy nie żyją. – Objął się rękoma.

Rozejrzawszy się dookoła, Dalinar dostrzegł, że tylko jeden mężczyzna poza nim zatrzymał broń. Mimo opatrunku uciskowego z jego rany sączyła się krew.

– Zwyciężamy w tej wojnie – powiedział cicho Dalinar.

Kilku innych popatrzyło na niego.

– Zwyciężamy. Widziałem to. Nasz pluton jest ostatnim, który wciąż walczy. Nawet jeśli zginiemy, wojna została wygrana.

Na górze do dzikich ludzi dołączyła inna postać – stwór wyższy o głowę od pozostałych, o ciele pokrytym przerażającym czarno-czerwonym pancerzem. Jego oczy płonęły szkarłatem.

Tak... Dalinar pamiętał tego stwora. Kiedy poprzednim razem znalazł się w tej wizji, towarzysze zostawili go na śmierć na górze. Postać przeszła obok – jak zakładał, potwór z koszmaru, wygrzebany z jego podświadomości, podobny do istot, z którymi walczyli na Strzaskanych Równinach. Teraz znał prawdę. To był Pustkowiec.

Ale w przeszłości nie było Wiecznej Burzy, Ojciec Burz to potwierdził. Skąd więc się wzięły te stwory w tamtych czasach?

– Ustawcie się w szyku! – polecił Dalinar. – Przygotujcie się!

Dwaj z jego ludzi posłuchali i podeszli do niego. Jeśli miał być szczery, dwóch z siedmiu to i tak więcej, niż się spodziewał.

Ściana urwiska zatrzęsła się, jakby uderzyło w nią coś wielkiego. A później pobliskie skały zaczęły się marszczyć. Dalinar zamrugał. Czyżby upływ krwi sprawił, że wzrok go zawodził? Kamienna ściana migotała i falowała, jak poruszona powierzchnia stawu.

Ktoś chwycił od dołu krawędź ich półki. Po chwili wciągnęła się na nią postać we wspaniałym Pancerzu Odprysku – nawet za dnia każda z jego krawędzi wyraźnie emanowała bursztynowym blaskiem. Imponująca postać wydawała się większa od innych mężczyzn w Pancerzach Odprysku.

– Uciekaj – polecił Odpryskowy. – Zabierz swoich ludzi do uzdrowicieli.

– Jak? – spytał Dalinar. – Urwisko...

Wzdrygnął się. Na skalnej ścianie pojawiły się uchwyty dla rąk.

Odpryskowy przycisnął dłoń do zbocza prowadzącego w stronę Pustkowca, a kamień znów się poruszył. Pojawiły się w nim stopnie, jakby był z płynnego wosku, który dało się kształtować. Odpryskowy wyciągnął rękę w bok, a wtedy pojawił się w niej ogromny świetlisty młot.

Pobiegł w górę w stronę Pustkowca.

Dalinar dotknął kamienia, który wydawał się całkiem solidny. Pokręcił głową i kazał swoim ludziom schodzić.

Ostatni spojrzał na kikut jego ręki.

– Jak zejdziesz za nami, Maladzie?

– Poradzę sobie. Idź.

Mężczyzna odszedł. Dalinarowi coraz bardziej kręciło się w głowie. W końcu poddał się i zaczerpnął trochę Burzowego Światła.

Jego ręka odrosła. Najpierw zagoiła się rana, a później ciało zaczęło wyrastać jak rozwijający się pąk. Po chwili oszołomiony poruszał palcami. Potraktował odrąbaną rękę tak, jakby to był stłuczony palec u nogi. Burzowe Światło oczyściło również jego umysł. Odetchnął głęboko.

Z góry dochodziły odgłosy walki, ale choć wyciągał szyję, niewiele widział – jednak po zboczu potoczyło się ciało, które po chwili wypadło za krawędź półki.

– To ludzie – zauważył Dalinar.

Bez wątpienia.

– Nigdy wcześniej tego nie dostrzegłem. Byli ludzie, którzy walczyli po stronie Pustkowców?

Nieliczni.

– A ten Odpryskowy, którego widziałem? Herold?

Nie. Jedynie Strażnik Kamienia. Ta moc, która zmieniła kamień, jest drugą, której możesz się nauczyć, choć tobie może posłużyć w inny sposób.

Cóż za kontrast. Zwykli żołnierze wyglądali tak prymitywnie, ale ten Odpryskowy...

Dalinar pokręcił głową i zszedł na dół, wykorzystując uchwyty na ścianie urwiska. Zauważył, że jego towarzysze dołączyli do większej grupy żołnierzy w głębi kanionu. Od ścian odbijały się okrzyki i wiwaty. Było dokładnie tak, jak pamiętał – wojna została wygrana. Jedynie niewielkie grupki wroga wciąż stawiały opór. Większa część armii zaczynała już świętować.

– W porządku – stwierdził Dalinar. – Sprowadź Navani i Jasnah. – Planował w swoim czasie pokazać tę wizję młodemu cesarzowi Aziru, ale najpierw chciał się przygotować. – Umieść je gdzieś blisko mnie, proszę. I pozwól im zachować własne ubrania.

W pobliżu dwóch mężczyzn zatrzymało się gwałtownie. Ich postacie zasłoniła chmura Burzowego Światła, a kiedy mgiełka zniknęła, na ich miejscu stały Navani i Jasnah, wciąż w havah.

Dalinar podbiegł do nich.

– Witajcie w moim szaleństwie.

Navani odwróciła się i wyciągnęła szyję, by przyjrzeć się szczytom formacji skalnych. Przeniosła wzrok na grupkę żołnierzy, którzy przekuśtykali obok, jeden z mężczyzn podtrzymywał rannego towarzysza i wołał o Odrodzenie.

– Na burze! – szepnęła Navani. – To wydaje się takie prawdziwe.

– Ostrzegałem was. Mam nadzieję, że w komnatach nie wyglądasz zbyt śmiesznie.

Choć on sam znał wizje na tyle dobrze, że jego ciało już nie odgrywało tego, co w nich robił, w przypadku Jasnah, Navani czy monarchów, których planował wprowadzić, musiało być inaczej.

– Co robi ta kobieta? – spytała z zaciekawieniem Jasnah.

Na spotkanie kuśtykających mężczyzn wyszła młoda kobieta. Świetlista? Takie robiła wrażenie, choć nie miała na sobie zbroi. Bardziej chodziło o otaczającą ją aurę pewności siebie, sposób, w jaki ich uspokoiła i wyjęła z sakiewki coś świecącego.

– Pamiętam – stwierdził Dalinar. – To jedno z tych urządzeń, o których wspominałem w związku z inną wizją. Tych, które zapewniają Odrodzenie, jak oni to nazywają. Uzdrawianie.

Navani otworzyła szerzej oczy i rozpromieniła się jak dziecko, które dostało talerz pełen słodyczy na Święto Przesilenia. Uścisnęła Dalinara i podeszła bliżej, by się przyjrzeć. Podeszła do grupki i niecierpliwie machnęła ręką, dając Świetlistej do zrozumienia, że ma sobie nie przerywać.

Jasnah rozejrzała się po kanionie.

– Nie kojarzę żadnego miejsca z naszych czasów, które pasowałoby do tego opisu, wuju. Te formacje skalne sugerowałyby, że to krainy burz.

– Może to jakaś zapomniana okolica pośród Niczyich Wzgórz?

– Możliwe. Albo minęło tak wiele czasu, że te formacje całkowicie zwietrzały.

Zmrużyła oczy i wpatrzyła się w grupę ludzi, którzy szli przez kanion, niosąc wodę dla żołnierzy. Kiedy poprzednim razem Dalinar zszedł w końcu na dół, natknął się na nich i dostał wodę.

„Jesteś potrzebny na górze", powiedział wtedy jeden z nich, wskazując na łagodne zbocze po stronie doliny przeciwnej do miejsca walk.

– Te ubrania – powiedziała cicho Jasnah. – Te bronie...

– Wróciliśmy do starożytności.

– Tak, wuju. Ale czy nie powiedziałeś mi, że ta wizja pojawia się na zakończenie Spustoszeń?

– Z tego, co pamiętam, owszem.

– Czyli z punktu widzenia chronologii wizja z Esencją Północy działa się wcześniej. Jednak widziałeś w niej stal, a przynajmniej żelazo. Pamiętasz pogrzebacz?

– Raczej go nie zapomnę. – Podrapał się po brodzie. – Owszem, żelazo i stal, a tutaj ludzie posługujący się prymitywną bronią z miedzi i brązu. Jakby nie wiedzieli, jak Dusznikować żelazo, a choćby i je wytapiać, mimo że czasy są późniejsze. Hm... To dziwne.

– To potwierdzenie czegoś, o czym słyszeliśmy, ale w co nie chciałam do końca uwierzyć. Spustoszenia były tak straszliwe, że niszczyły naukę i postęp, pozostawiając po sobie złamanych ludzi.

– Zakony Świetlistych miały to powstrzymać. Dowiedziałem się tego w innej wizji.

– Tak, przeczytałam ją. A właściwie wszystkie.

Wtedy spojrzała na niego i uśmiechnęła się.

Ludzie zawsze wydawali się zaskoczeni, widząc Jasnah okazującą uczucia, ale Dalinar uważał to za niesprawiedliwe. Ona się uśmiechała – tyle tylko, że oszczędzała ten wyraz twarzy na chwile, kiedy był naprawdę szczery.

– Dziękuję, wuju. Dałeś światu wspaniały dar. Człowiek może być dzielny, stawiając czoło setce wrogów, ale wejście w wizje... i zapisywanie ich zamiast ukrywania... to odwaga na zupełnie innym poziomie.

– Jedynie upór. Nie chciałem uwierzyć, że oszalałem.

– W takim razie błogosławię twój upór, wuju. – Jasnah zacisnęła z namysłem wargi, po czym mówiła dalej, już ciszej. – Martwię się o ciebie, wuju. O to, co mówią ludzie.

– Masz na myśli moją herezję?

– Mniej martwi mnie sama herezja, a bardziej sposób, w jaki radzisz sobie z reakcjami na nią.

Przed nimi Navani w jakiś sposób zmusiła Świetlistą, by pozwoliła jej spojrzeć na fabrial. Dzień chylił się ku zachodowi i kanion wypełniały cienie. Ale to była długa wizja, a on mógł poczekać na Navani. Usiadł na kamieniu.

– Nie zaprzeczam istnieniu Boga, Jasnah. Po prostu wierzę, że istota, którą nazywamy Wszechmocnym, nigdy nie była Bogiem.

Jasnah usiadła obok niego.

– Co jest mądrą decyzją, biorąc pod uwagę zapiski z twoich wizji.

– Musisz się cieszyć, że to mówię.

– Cieszę się, że mam z kim porozmawiać, i z całą pewnością cieszę się, że wkroczyłeś na drogę prowadzącą do oświecenia. Ale czy cieszy mnie, że cierpisz? Czy cieszy mnie, że zostałeś zmuszony do porzucenia czegoś, co jest dla ciebie ważne? – Potrząsnęła głową. – Nie przeszkadzają mi ludzie wierzący w coś, co im pomaga, wuju. Wydaje się, że nikt tego nie rozumie... nie obchodzą mnie ich wierzenia. Nie potrzebuję towarzystwa, by być pewną.

– Jak ty to wytrzymujesz, Jasnah? Rzeczy, które ludzie mówią o tobie? Widzę kłamstwa w ich oczach, zanim się odezwą. Albo powtarzają mi, z całkowitą szczerością, rzeczy, które rzekomo powiedziałem... i to mimo że zaprzeczam. Nie chcą uwierzyć w moje własne słowa, wolą pogłoski!

Jasnah wpatrywała się w kanion. Na drugim końcu zebrało się więcej ludzi, słaba, udręczona gromadka, która dopiero się dowiedziała, że zwyciężyli. W pewnej odległości wznosiła się kolumna dymu, choć nie widział jej źródła.

– Żałuję, że nie znam odpowiedzi, wuju – powiedziała cicho Jasnah. – Walka czyni silnym, ale również bezwzględnym. Martwię się, że poznałam zbyt wiele tego drugiego, a zbyt mało tego pierwszego. Ale mogę cię ostrzec.

Spojrzał w jej stronę i uniósł brwi.

– Spróbują cię definiować przez to, czym nie jesteś. Nie pozwól im. Ja mogę być uczoną, kobietą, historyczką, Świetlistą. Ludzie i tak spróbują mnie zaklasyfikować poprzez to, co mnie odróżnia. Jak na ironię, chcą, by podstawowym wyznacznikiem mojej tożsamości było to, czego nie robię albo w co nie wierzę. Zawsze to odrzucałam i nadal zamierzam tak robić.

Położyła swobodną dłoń na jego ramieniu.

– Nie jesteś heretykiem, Dalinarze. Jesteś królem, Świetlistym i ojcem. Jesteś człowiekiem o skomplikowanej wierze, który nie przyjmuje wszystkiego, co mu powiedziano. To ty decydujesz, w jaki sposób jesteś definiowany. Nie oddawaj im tego. Z radością wykorzystają okazję, żeby cię zdefiniować, jeśli tylko im na to pozwolisz.

Dalinar powoli pokiwał głową.

– Tak czy inaczej – Jasnah wstała – to pewnie nie jest najlepsza okazja do takiej rozmowy. Wiem, że możemy tę wizję powtarzać, ile chcemy, ale liczba burz będzie ograniczona. Powinnam zająć się badaniami.

– Ostatnio poszedłem w tamtą stronę. – Dalinar wskazał w górę zbocza. – Chciałbym znów zobaczyć to, co widziałem wtedy.

– Doskonale. Lepiej się rozdzielmy, żeby obejść większy teren. Ja pójdę w drugą stronę, a później się spotkamy i porównamy notatki.

Ruszyła w dół zbocza w stronę największego zgromadzenia mężczyzn.

Dalinar wstał i przeciągnął się, wciąż czuł ciężar wcześniejszego wysiłku. Po krótkim czasie Navani powróciła, mamrocząc pod nosem objaśnienia tego, co widziała. W świecie jawy siedziała z nią Teshav, a Kalami z Jasnah, i zapisywały wszystkie ich słowa – jedyny sposób, by robić notatki w jednej z tych wizji.

Navani wzięła go za rękę i spojrzała na Jasnah, a na wargach miała czuły uśmiech. Nie, nikt by nie uznał Jasnah za pozbawioną uczuć, gdyby tylko zobaczyli wzruszające spotkanie matki i córki.

– Jak ty ją w ogóle wychowywałaś? – spytał Dalinar.

– Przez większość czasu nie pozwalałam, by się zorientowała, że ją wychowuję. – Navani przyciągnęła go do siebie. – Ten fabrial jest cudowny, Dalinarze. Przypomina Dusznik.

– W jaki sposób?

– W taki, że nie mam pojęcia, jak działa! Myślę... myślę, że nasze poglądy na temat starożytnych fabriali są błędne. – Popatrzył na nią, a ona potrząsnęła głową. – Nie umiem jeszcze tego wyjaśnić.

– Navani... – zachęcił ją.

– Nie – powtórzyła z uporem. – Muszę przedstawić swoje pomysły uczonym, zobaczyć, czy to, co myślę, w ogóle ma sens, a później przygotować raport. Tyle w skrócie, Dalinarze Kholinie. Bądź cierpliwy.

– Pewnie i tak nie zrozumiałbym połowy z tego, co mówisz – mruknął.

Nie ruszył od razu w stronę, w którą udał się wcześniej. Poprzednio ktoś go do tego skłonił. Tym razem zachował się inaczej. Czy zachęta znów się pojawi?

Już po krótkiej chwili podbiegł do nich oficer.

– Ty tutaj – powiedział mężczyzna. – Malad-syn-Zenta, tak się nazywasz? Zostałeś awansowany na sierżanta. Ruszaj do bazy numer trzy. – Wskazał w górę zbocza. – Nad tamtym pagórkiem i po drugiej stronie. Szybko!

Zmarszczył czoło na widok Navani – w jego oczach ich dwójce nie pasowała taka bliskość – ale później odbiegł bez słowa.

Dalinar się uśmiechnął.

– O co chodzi? – spytała Navani.

– Honor przygotował dla mnie niezmienne doświadczenia. Choć są w nich pewne elementy swobody, przypuszczam, że niezależnie od tego, co bym zrobił, dostałbym te same informacje.

– Chcesz się sprzeciwić?

Dalinar pokręcił głową.

– Muszę znów zobaczyć pewne rzeczy. Teraz, gdy już rozumiem, że ta wizja jest prawdziwa, lepiej wiem, jakie pytania powinienem zadać.

Trzymając się za ręce, ruszyli w górę zbocza z gładkiego kamienia. Dalinar czuł, że zaczynają się w nim kłębić niespodziewane uczucia, częściowo z powodu słów Jasnah. Ale chodziło o coś głębszego – przypływ wdzięczności, ulgi, nawet miłości.

– Dalinarze? Dobrze się czujesz?

– Po prostu... myślę. – Próbował mówić spokojnym głosem. – Krwi ojców moich... minęło już prawie pół roku, prawda? Od kiedy to wszystko się zaczęło? Przez cały czas wchodziłem w nie sam. Dobrze jest móc się podzielić ciężarem, Navani. Pokazać je tobie i w końcu wiedzieć, z absolutną i niezachwianą pewnością, że to, co widzę, nie jest jedynie wytworem mojego umysłu.

Znów przyciągnęła go do siebie i szła z głową opartą na jego ramieniu. Takie publiczne okazywanie czułości nie było zgodne z alethyjskimi konwenansami – ale czy już dawno ich nie odrzucili? Poza tym nikt ich tu nie widział – to znaczy nikt realny.

Wspięli się na szczyt zbocza i minęli kilka poczerniałych plam. Co mogło tak spalić skały? Inne fragmenty wyglądały, jakby zostały zmiażdżone przez niemożliwy ciężar, a w jeszcze innych wyrwano otwory o dziwacznych kształtach. Navani zatrzymała się przy pewnej szczególnej formacji sięgającej do kolan, gdzie skały falowały w dziwnie symetryczny sposób. Wyglądało to jak zamarznięty płyn.

Krzyki bólu odbijały się echem od ścian kanionów i wznosiły nad skalistą równiną. Spoglądając ponad granią, Dalinar ujrzał główne pole bitwy. Aż po horyzont ścieliły się trupy. Tysiące, niektóre na stertach. Inni zginęli przyciśnięci do kamiennych ścian.

– Ojcze Burz? – Dalinar zwrócił się do sprena. – Rzeczywiście jest tak, jak powiedziałem Jasnah? To Aharietiam. Ostatnie Spustoszenie.

Tak je nazywano.

– Uwzględnij Navani w swoich odpowiedziach – poprosił Dalinar.

ZNÓW STAWIASZ MI ŻĄDANIA. NIE POWINIENEŚ TEGO ROBIĆ. Głos zadudnił w powietrzu, a Navani podskoczyła.

– Aharietiam. Pieśni i obrazy inaczej przedstawiają pokonanie Pustkowców. W nich zawsze jest to wielki konflikt, z ogromnymi potworami atakującymi szeregi dzielnych żołnierzy.

LUDZIE KŁAMIĄ W SWOJEJ POEZJI. Z PEWNOŚCIĄ O TYM WIESZ.

– Po prostu... to tak bardzo przypomina wszystkie inne pola bitwy.

A TA SKAŁA ZA TOBĄ?

Dalinar odwrócił się w jej stronę i sapnął, kiedy uświadomił sobie, że coś, co pomylił z głazem, było w rzeczywistości ogromną szkieletową twarzą. Sterta gruzu, którą mijali po drodze, była tak naprawdę jednym z tych stworów, które widział w innej wizji. Kamiennym potworem, który wydobył się z ziemi.

Navani podeszła do niego.

– Gdzie są parshmeni?

– Wcześniej walczyłem przeciw ludziom.

ZOSTALI ZWERBOWANI PRZEZ DRUGĄ STRONĘ. TAK MYŚLĘ.

– Myślisz? – powtórzył ostro Dalinar.

W TAMTYCH CZASACH HONOR WCIĄŻ ŻYŁ. NIE BYŁEM JESZCZE W PEŁNI SOBĄ. BARDZIEJ BURZĄ. MNIEJ ZAINTERESOWANY LUDŹMI. JEGO ŚMIERĆ MNIE ODMIENIŁA. MOJE WSPOMNIENIA TAMTEGO CZASU TRUDNO WYJAŚNIĆ. ALE JEŚLI CHCECIE ZOBACZYĆ PARSHMENÓW, MUSICIE JEDYNIE SPOJRZEĆ NA TAMTO POLE.

Navani dołączyła do Dalinara na grani i spojrzała na równinę pełną trupów.

– Które? – spytała.

NIE UMIESZ ODRÓŻNIĆ?

– Nie z tej odległości.

JAKAŚ POŁOWA Z NICH TO CI, KTÓRYCH NAZYWALIBYŚCIE PARSHMENAMI.

Dalinar zmrużył oczy, ale nadal nie umiał ocenić, które ciała należały do ludzi, a które nie. Sprowadził Navani w dół zbocza i na równinę. Tutaj trupy się mieszały. Ludzie w prymitywnych ubraniach. Parshmeni z ich pomarańczową krwią. Ostrzeżenie, które powinien był zrozumieć, ale kiedy po raz pierwszy zobaczył tę wizję, nie umiał go pojąć. Sądził, że widzi koszmarną wizję ich walki na Strzaskanych Równinach.

Wiedział, którą ścieżkę wybrać. Tę, która zaprowadziła go wraz z Navani przez pole trupów do zacienionego zagłębienia pod wysoką skalną iglicą. Światło odbijało się tu od skał, co go zaciekawiło. Wcześniej wydawało mu się, że trafił do tego miejsca przypadkiem, ale w rzeczywistości ta chwila była najważniejsza w całej wizji.

Tutaj odnaleźli dziewięć Ostrzy Odprysku wbitych w skałę. Porzuconych. Na ten widok Navani uniosła urękawiczoną bezpieczną dłoń do ust – dziewięć pięknych Ostrzy, każde warte majątek, po prostu porzucone? Jak i dlaczego?

Dalinar przeszedł wśród cieni, okrążając dziewięć Ostrzy. Kolejny obraz, którego nie pojął, kiedy po raz pierwszy przeżył tę wizję. To nie były zwykłe Ostrza Odprysku.

– Na oczy Ash. – Navani pokazała palcem. – Rozpoznaję je, Dalinarze. Ono...

– Ono zabiło Gavilara. – Dalinar stanął przy najprostszym Ostrzu, długim i wąskim. – Broń Skrytobójcy w Bieli. Jest Ostrzem Honoru. Wszystkie są.

– To dzień, w którym Heroldowie ostatecznie wstąpili do Sal Spokoju! By tam prowadzić walkę.

Dalinar odwrócił się w bok, gdyż jego uwagę zwróciło falowanie powietrza. Ojciec Burz.

– Tyle tylko... – odezwała się Navani – że to wcale nie był koniec. Ponieważ wróg powrócił. – Obeszła krąg mieczy i zatrzymała się przy pustym miejscu. – Gdzie jest dziesiąte Ostrze?

– Opowieści są fałszywe, prawda? – spytał Dalinar Ojca Burz. – Nie pokonaliśmy wroga na dobre, jak twierdzili Heroldowie. Oni skłamali.

Navani gwałtownie uniosła głowę i skupiła wzrok na Dalinarze.

PRZEZ DŁUGI CZAS MIAŁEM DO NICH ŻAL O BRAK HONORU. TRUDNO MI... PRZEJŚĆ DO PORZĄDKU DZIENNEGO NAD ZŁAMANYMI PRZYSIĘGAMI. NIENAWIDZIŁEM ICH. TERAZ, IM LEPIEJ POZNAJĘ LUDZI, TYM BARDZIEJ WIDZĘ HONOR W TYCH BIEDNYCH ISTOTACH, KTÓRE NAZYWACIE HEROLDAMI.

– Powiedz mi, co się wydarzyło – poprosił Dalinar. – Co się naprawdę wydarzyło?

JESTEŚ GOTOWY NA TĘ OPOWIEŚĆ? NIEKTÓRE CZĘŚCI CI SIĘ NIE SPODOBAJĄ.

– Jeśli pogodziłem się z tym, że Bóg nie żyje, mogę pogodzić się z upadkiem Heroldów.

Navani usiadła na pobliskiej skale, twarz miała bladą.

ZACZĘŁO SIĘ OD STWORÓW, KTÓRE WY ZWIECIE PUSTKOWCAMI. Głos Ojca Burz był dudniący i niski, odległy. Zamyślony? JAK JUŻ MÓWIŁEM, MÓJ OGLĄD TYCH WYDARZEŃ JEST ZNIEKSZTAŁCONY. PAMIĘTAM, ŻE KIEDYŚ, NA DŁUGO PRZED DNIEM, KTÓRY TERAZ OGLĄDACIE, ISTNIAŁO WIELE DUSZ ISTOT, KTÓRE ZOSTAŁY ZABITE, WŚCIEKŁYCH I PRZERAŻAJĄCYCH. DOSTAŁY WIELKIE MOCE OD WROGA, TEGO, KTÓREGO ZWĄ ODIUM. TO BYŁ POCZĄTEK SPUSTOSZEŃ.

BOWIEM KIEDY ONI UMARLI, ODMÓWILI PÓJŚCIA DALEJ.

– To się dzieje właśnie teraz. Parshmeni są przeobrażani przez te istoty wewnątrz Wielkiej Burzy. One są... – Dalinar przełknął ślinę. – Duszami ich zabitych?

TO SPRENY PARSHMENÓW, KTÓRZY OD DAWNA NIE ŻYJĄ. SĄ ICH KRÓLAMI, ICH JASNOOKIMI, ICH DZIELNYMI ŻOŁNIERZAMI Z BARDZO DAWNYCH CZASÓW. PROCES NIE JEST DLA NICH ŁATWY. NIEKTÓRE Z TYCH SPRENÓW SĄ OBECNIE ZALEDWIE SIŁAMI, FRAGMENTAMI UMYSŁÓW, KTÓRYM ODIUM DAŁ MOC. INNI SĄ BARDZIEJ... PRZEBUDZENI. KAŻDE ODRODZENIE JESZCZE BARDZIEJ USZKADZA ICH UMYSŁY.

ODRADZAJĄ SIĘ Z WYKORZYSTANIEM CIAŁ PARSHMENÓW, BY STAĆ SIĘ STOPIONYMI. A NAWET ZANIM STOPIENI NAUCZYLI SIĘ WŁADAĆ MOCAMI, LUDZIE NIE MOGLI Z NIMI WALCZYĆ. LUDZIE NIE MOGLI ZWYCIĘŻYĆ, JEŚLI ISTOTY, KTÓRE ZABIJALI, ODRADZAŁY SIĘ ZA KAŻDYM RAZEM, KIEDY ZOSTAŁY ZABITE. STĄD PAKT PRZYSIĘGI.

– Dziesięcioro ludzi. Pięciu mężczyzn, pięć kobiet. – Spojrzał na miecze. – Oni to powstrzymali?

ODDALI SAMYCH SIEBIE. PODOBNIE JAK ODIUM ZOSTAŁ UWIĘZIONY PRZEZ MOCE HONORU I PIELĘGNACJI, WASI HEROLDOWIE UWIĘZILI SPRENY UMARŁYCH W MIEJSCU, KTÓRE NAZYWACIE POTĘPIENIEM. HEROLDOWIE UDALI SIĘ DO HONORU, A ON DAŁ IM TO PRAWO, TĘ PRZYSIĘGĘ. MYŚLELI, ŻE TO NA ZAWSZE ZAKOŃCZY WOJNĘ. ALE MYLILI SIĘ. HONOR SIĘ MYLIŁ.

– Sam był jak spren – rzekł Dalinar. – Powiedziałeś mi to wcześniej. Odium też.

HONOR POZWOLIŁ, BY MOC UCZYNIŁA GO ŚLEPYM NA PRAWDĘ – ŻE CHOĆ SPRENY I BOGOWIE NIE MOGĄ ZŁAMAĆ PRZYSIĄG, LUDZIE SĄ DO TEGO ZDOLNI I TO ROBIĄ. DZIESIĘCIORO HEROLDÓW ZAMKNĘŁO POTĘPIENIE, WIĘŻĄC W NIM PUSTKOWCÓW. JEŚLI JEDNAK KTÓRYŚ Z DZIESIĘCIORGA ZGODZIŁ SIĘ NAGIĄĆ PRZYSIĘGĘ I PRZEPUŚCIĆ PUSTKOWCÓW, ZACZYNAŁ SIĘ POTOP. WSZYSCY MOGLI POWRÓCIĆ.

– A to rozpoczynało Spustoszenie.

TO ROZPOCZYNAŁO SPUSTOSZENIE, zgodził się Ojciec Burz.

Przysięga, którą dało się nagiąć, pakt, który można było złamać. Dalinar zrozumiał, co się stało. Wydawało się tak oczywiste.

– Byli torturowani, prawda?

STRASZLIWIE, PRZEZ DUCHY, KTÓRE UWIĘZILI. WIĘŹ POZWALAŁA IM DZIELIĆ SIĘ BÓLEM – ALE W KOŃCU KTOŚ ZAWSZE SIĘ PODDAWAŁ.

KIEDY JEDNO SIĘ ZŁAMAŁO, CAŁA DZIESIĄTKA HEROLDÓW POWRACAŁA NA ROSHAR. WALCZYLI. PROWADZILI LUDZI. ICH PAKT PRZYSIĘGI POWSTRZYMYWAŁ STOPIONYCH PRZED NATYCHMIASTOWYM POWROTEM, ALE ZA KAŻDYM RAZEM PO SPUSTOSZENIU HEROLDOWIE POWRACALI DO POTĘPIENIA, BY ZNÓW UWIĘZIĆ WROGA. BY SIĘ UKRYWAĆ, WALCZYĆ, A W KOŃCU RAZEM WYTRZYMYWAĆ.

CYKL SIĘ POWTARZAŁ. Z POCZĄTKU WYTCHNIENIE MIĘDZY SPUSTOSZENIMI BYŁO DŁUGIE. SETKI LAT. POD KONIEC SPUSTOSZENIA DZIELIŁY MNIEJ NIŻ DZIESIĘCIOLECIA. MIĘDZY OSTATNIMI DWOMA BYŁ MNIEJ NIŻ ROK. DUSZE HEROLDÓW OSŁABŁY. PODDAWALI SIĘ W CHWILI, KIEDY ZOSTALI ZŁAPANI I TORTUROWANI W POTĘPIENIU.

– Co wyjaśnia, dlaczego tym razem sprawy wyglądają tak kiepsko – szepnęła Navani ze swojego miejsca. – Społeczeństwo znosiło Spustoszenie po Spustoszeniu, oddzielone jedynie krótkimi przerwami. Kultura, technika... wszystko zniszczone.

Dalinar ukląkł i pomasował jej ramię.

– Nie jest tak źle, jak się obawiałam. Heroldowie byli honorowi. Może nie aż tak boscy, ale teraz chyba lubię ich nawet bardziej, skoro wiem, że kiedyś byli zwykłymi mężczyznami i kobietami.

BYLI ZŁAMANYMI LUDŹMI. ALE MOGĘ ZACZĄĆ IM WYBACZAĆ, RÓWNIEŻ ZŁAMANE PRZYSIĘGI. TO MA DLA MNIE... WIĘKSZY SENS NIŻ WCZEŚNIEJ. Ojciec Burz wydawał się zaskoczony.

– Pustkowcy, którzy to zrobili – odezwała się Navani. – To ci, którzy teraz powracają. Znowu.

STOPIENI, DUSZE ZMARŁYCH Z DAWNYCH CZASÓW, ONI WAS NIENAWIDZĄ. NIE SĄ ROZUMNI. PRZENIKNĘŁA ICH JEGO ESENCJA, ESENCJA NIENAWIŚCI. DOPROWADZĄ TEN ŚWIAT DO ZNISZCZENIA, BY ZNISZCZYĆ LUDZI. I TAK, POWRÓCILI.

– Aharietiam – powiedział Dalinar – wcale nie było końcem. Jedynie kolejnym Spustoszeniem. Ale dla Heroldów coś się zmieniło. Zostawili swoje miecze?

PO KAŻDYM SPUSTOSZENIU HEROLDOWIE POWRACALI DO POTĘPIENIA. JEŚLI ZGINĘLI W WALCE, UDAWALI SIĘ TAM AUTOMATYCZNIE, A CI, KTÓRZY PRZEŻYLI, POWRACALI PO ZAKOŃCZENIU Z WŁASNEJ WOLI. OSTRZEŻONO ICH, ŻE GDYBY KTÓREŚ POZOSTAŁO, DOPROWADZIŁOBY TO DO KATASTROFY. POZA TYM MUSIELI BYĆ RAZEM, W POTĘPIENIU, BY DZIELIĆ CIĘŻAR UDRĘKI, GDYBY JEDNO Z NICH ZOSTAŁO POCHWYCONE. ALE TYM RAZEM WYDARZYŁO SIĘ COŚ DZIWNEGO. PRZEZ TCHÓRZOSTWO CZY DZIĘKI CZYSTEMU

PRZYPADKOWI, UNIKNĘLI ŚMIERCI. ŻADNE NIE ZGINĘŁO W WALCE – POZA JEDNYM.

Dalinar spojrzał na puste miejsce w kręgu.

DZIEWIĘCIORO UŚWIADOMIŁO SOBIE, ŻE JEDEN Z NICH NIGDY SIĘ NIE ZŁAMAŁ. KAŻDE Z POZOSTAŁYCH W PEWNYM MOMENCIE BYŁO TYM, KTÓRE SIĘ PODDAŁO, ROZPOCZYNAJĄC SPUSTOSZENIE, BY UNIKNĄĆ BÓLU. UZNALI, ŻE BYĆ MOŻE NIE MUSZĄ WRÓCIĆ WSZYSCY.

POSTANOWILI ZOSTAĆ TUTAJ, RYZYKUJĄC NIEKOŃCZĄCE SIĘ SPUSTOSZENIE, ALE MAJĄC NADZIEJĘ, ŻE TEN, KTÓREGO ZOSTAWILI W POTĘPIENIU, WYSTARCZY, BY UTRZYMAĆ WSZYSTKO RAZEM. TEN, KTÓRY Z POCZĄTKU WCALE NIE MIAŁ DO NICH NIE DOŁĄCZYĆ, TEN, KTÓRY NIE BYŁ KRÓLEM, UCZONYM ANI GENERAŁEM.

– Talenelat – powiedział Dalinar.

NIOSĄCY CIERPIENIA. PORZUCONY W POTĘPIENIU. POZOSTAWIONY, BY SAMOTNIE ZNOSIĆ TORTURY.

– Wszechmocny ponad. – Navani westchnęła. – Jak długo to trwało? Ponad tysiąc lat, prawda?

CZTERY I PÓŁ TYSIĄCA LAT. CZTERY I PÓŁ TYSIĄCLECIA TORTUR.

Cisza zapadła w alkowie ozdobionej srebrzystymi Ostrzami i wypełnionej coraz dłuższymi cieniami. Dalinar poczuł się słabo i usiadł na ziemi obok głazu Navani. Wpatrywał się w te ostrza i poczuł nagłą, irracjonalną nienawiść do Heroldów.

To była głupota. Jak mówiła Navani, byli bohaterami. Przez długi czas chronili ludzkość, płacąc za to własnymi umysłami. Mimo to ich nienawidził. Z powodu mężczyzny, którego porzucili.

Mężczyzny...

Dalinar poderwał się na równe nogi.

– To on! – wykrzyknął. – Szaleniec. Naprawdę jest Heroldem!

W KOŃCU SIĘ ZŁAMAŁ. DOŁĄCZYŁ DO DZIEWIĘCIORGA, KTÓRZY WCIĄŻ ŻYJĄ. PRZEZ TE TYSIĄCLECIA ŻADNE Z NICH NIE UMARŁO I NIE POWRÓCIŁO DO POTĘPIENIA, ALE TO JUŻ NIE MA WIĘKSZEGO ZNACZENIA. PAKT PRZYSIĘGI ZOSTAŁ OSŁABIONY TAK, ŻE WŁAŚCIWIE PRZESTAŁ ISTNIEĆ, A ODIUM STWORZYŁ WŁASNĄ BURZĘ. STOPIENI NIE WRACAJĄ DO POTĘPIENIA, KIEDY ZOSTANĄ ZABICI. ODRADZAJĄ SIĘ W KOLEJNEJ WIECZNEJ BURZY.

Na burze. Jak mogli to pokonać? Dalinar znów spojrzał na puste miejsce między mieczami.

– Szaleniec, Herold, przybył do Kholinaru z Ostrzem Odprysku. Czy to nie powinno być jego Ostrze Honoru?

TAK. ALE TO, KTÓRE DOSTARCZONO TOBIE, NIE JEST NIM. NIE WIEM, CO SIĘ STAŁO.

– Muszę z nim porozmawiać. On... był w klasztorze, kiedy wyruszyliśmy. Prawda?

Musiał spytać żarliwców, którzy ewakuowali szaleńców.

– Czy to właśnie doprowadziło do buntu Świetlistych? – spytała Navani. – Czy te tajemnice były bodźcem dla Odstępstwa?

NIE. TO GŁĘBSZA TAJEMNICA, KTÓREJ NIE WYPOWIEM.

– Dlaczego?

BO GDYBYŚ JĄ POZNAŁ, PORZUCIŁBYŚ SWOJE PRZYSIĘGI, JAK TO ZROBILI STAROŻYTNI ŚWIETLIŚCI.

– Nie zrobiłbym tego.

NAPRAWDĘ? spytał Ojciec Burz, a jego głos stał się bardziej donośny. PRZYSIĄGŁBYŚ? PRZYSIĄGŁBYŚ NA NIEZNANE? CI HEROLDOWIE PRZYSIĘGALI, ŻE POWSTRZYMAJĄ PUSTKOWCÓW, I CO SIĘ Z NIMI STAŁO?

NIE MA TAKIEGO CZŁOWIEKA, KTÓRY NIE ZŁAMAŁBY PRZYSIĘGI, DALINARZE KHOLINIE. TWOI NOWI ŚWIETLIŚCI TRZYMAJĄ W DŁONIACH DUSZE I ŻYCIE MOICH DZIECI. NIE. NIE POZWOLĘ WAM POSTĄPIĆ TAK, JAK WASI POPRZEDNICY. ZNASZ WAŻNE CZĘŚCI. RESZTA JEST BEZ ZNACZENIA.

Dalinar odetchnął głęboko, ale zapanował nad złością. W pewnym sensie Ojciec Burz miał rację. Nie mógł wiedzieć, jak ta tajemnica wpłynie na niego i jego Świetlistych.

I tak wolałby wiedzieć. Czuł się, jakby szedł za nim kat gotów w każdej chwili odebrać mu życie.

Westchnął, kiedy Navani wstała i podeszła do niego. Wzięła go za rękę.

– Muszę spróbować narysować z pamięci każde z tych Ostrzy Odprysku... albo lepiej, wysłać Shallan, by to zrobiła. Może uda się nam wykorzystać rysunki, by zlokalizować pozostałe.

W wejściu do alkowy pojawił się cień i po chwili do środka wszedł chwiejnym krokiem młody mężczyzna. Miał bladą skórę, dziwne, szeroko otwarte oczy Shinów i brązowe, kręcone włosy. Wyglądał jak wszyscy Shinowie, których Dalinar widział w życiu – mimo upływu tysiącleci wciąż się wyróżniali.

Mężczyzna padł na kolana przed porzuconymi Ostrzami Honoru. Po chwili jednak spojrzał na Dalinara i odezwał się głosem Wszechmocnego.

– Zjednocz ich.

– Nie mogłeś nic zrobić dla Heroldów? – spytał Dalinar. – Czy ich Bóg nie mógł nic zrobić, żeby temu zapobiec?

Wszechmocny rzecz jasna nie odpowiedział. Zginął, walcząc z tą istotą, której stawiali czoło, siłą zwaną Odium. W pewnym sensie oddał życie dla tej samej sprawy, co Heroldowie.

Wizja się rozpłynęła.

Choć w poprzednich folio twórcy mody z Liaforu
przedstawiali odważniejsze projekty, odkryli, że
nie ma lepszego sposobu, by wpłynąć na alethyjskie
i vedeńskie elity, niż wprowadzanie powolnych zmian
w tradycyjnej vorińskiej havah.

39 NOTATKI

Nic dobrego nie może przyjść z dwóch Odprysków osiedlających się w jednym miejscu. Uzgodniliśmy, że nie będziemy się do siebie wtrącać, i rozczarowuje mnie, że tak niewiele Odprysków dotrzymało pierwotnej umowy.

– Shallan może robić notatki – zaproponowała Jasnah.

Shallan podniosła wzrok znad notatnika. Usiadła na podłodze w swojej niebieskiej havah, oparła się plecami o płytki na ścianie i zamierzała przez całe spotkanie rysować.

Minął ponad tydzień od czasu, gdy odzyskała siły, a później spotkała z Jasnah przy kryształowej kolumnie. Z każdym dniem czuła się coraz lepiej, a jednocześnie coraz mniej sobą. Cóż to było za dziwne doświadczenie, towarzyszenie Jasnah, jakby nic się nie zmieniło.

Dalinar zwołał na ten dzień spotkanie Świetlistych, a Jasnah zaproponowała sale w piwnicy wieży, ze względów bezpieczeństwa. Niewiarygodnie się przejmowała, że ktoś mógłby ją szpiegować.

Z podłogi biblioteki usunięto rzędy kurzu, wcześniej jednak gromadka uczonych Navani starannie skatalogowała każdy fragment. Pustka jedynie podkreślała nieobecność informacji, które mieli nadzieję znaleźć.

Teraz wszyscy patrzyli na nią.

– Notatki? – powtórzyła Shallan. Właściwie nie zwracała uwagi na rozmowę. – Moglibyśmy poprosić jasność Teshav...

Jak na razie grupka była niewielka. Czarny Cierń, Navani i ich najważniejsi Mocowiązcy – Jasnah. Renarin, Shallan i latający mostowy, Kaladin Burzą Błogosławiony.

Adolin i Elhokar odwiedzali Vedenar, oceniając zdolność bitewną armii Taravangiana. Malata obsługiwała dla nich Bramę Przysięgi.

– Nie ma potrzeby wzywać innej skryby – stwierdziła Jasnah. – Twoje szkolenie obejmowało stenografię, Shallan. Chętnie zobaczę, ile udało ci się zapamiętać. Bądź skrupulatna, musimy przekazać nasze ustalenia mojemu bratu.

Pozostali usiedli na krzesłach, z wyjątkiem Kaladina, który stał i opierał się o ścianę. Wznosił się nad nimi jak burzowa chmura. Zabił Helarana, jej brata. Uczucie znów się pojawiło, ale Shallan je stłumiła, zepchnęła w głąb umysłu. Nie mogła mieć pretensji do Kaladina. On jedynie bronił swojego oświeconego.

Wstała, czując się jak złajane dziecko. Ciężar ich spojrzeń sprawił, że podeszła bliżej i zajęła miejsce obok Jasnah, po czym przygotowała notes i ołówek.

Pierwszy odezwał się Kaladin.

– Innymi słowy, zdaniem Ojca Burz Wszechmocny nie tylko nie żyje, ale też skazał dziesięcioro ludzi na wieczną udrękę. Nazywamy ich Heroldami, a oni nie tylko zdradzili swoje przysięgi, ale też najprawdopodobniej są szaleni. Mieliśmy jednego pod opieką, najpewniej najbardziej szalonego z nich wszystkich, ale zgubiliśmy go w zamieszaniu związanym z przenosinami do Urithiru. Krótko mówiąc, wszyscy, którzy mogliby nam pomóc, są szaleńcami, trupami albo zdrajcami, lub też dowolną kombinacją tych trzech cech. – Założył ręce na piersi. – To ma sens.

Jasnah spojrzała na Shallan, która z westchnieniem zapisała podsumowanie jego słów. Choć to już i tak było podsumowanie.

Renarin splótł przed sobą dłonie i pochylił się.

– Co robimy z tą wiedzą?

– Musimy powstrzymać atak Pustkowców – stwierdziła Jasnah. – Nie możemy im pozwolić na zdobycie zbyt wielkiego przyczółka.

– Parshmeni nie są naszymi wrogami – odezwał się cicho Kaladin.

Shallan wpatrzyła się w niego. W falujących ciemnych włosach i tej ponurej minie coś się kryło. Zawsze poważny – i taki napięty. Jakby musiał być surowy względem samego siebie, by zapanować nad uczuciami.

– Oczywiście, że są naszymi wrogami – sprzeciwiła się Jasnah. – Właśnie podbijają świat. Nawet jeśli twój raport wskazuje, że nie są aż tak niszczycielscy, jak się obawialiśmy, nadal stanowią ogromne zagrożenie.

– Pragną jedynie lepszego życia.

– Mogę uwierzyć – przyznała Jasnah – że zwyczajni parshmeni mają takie proste motywy. Ale ich przywódcy? Oni będą dążyć do unicestwienia nas.

– Zgoda – stwierdziła Navani. – Zrodzili się z wypaczonego pragnienia zniszczenia ludzkości.

– Parshmeni są kluczem. – Jasnah przerzuciła notatki. – Jak sugerują twoje odkrycia, wszyscy parshmeni mogą się związać ze zwyczajnym sprenem, co jest częścią ich naturalnego cyklu życiowego. To, co nazywaliśmy „Pustkowcami", jest połączeniem parshmena z jakimś wrogim sprenem czy duchem.

– Stopieni – wtrącił Dalinar.

– Świetnie – stwierdził Kaladin. – W porządku. W takim razie walczmy z nimi. Dlaczego po drodze mają zostać zmiażdżeni również zwykli parshmeni?

– Może powinieneś odwiedzić wizję mojego wuja i zobaczyć konsekwencje miękkiego serca – zaproponowała Jasnah. – Jeśli na własne oczy zobaczysz Spustoszenie, może to zmienić twój punkt widzenia.

– Widziałem wojnę, jasności. Jestem żołnierzem. Cały problem polega na tym, że Ideały zmieniły moje postrzeganie. Nie mogę nie dostrzegać wśród wrogów zwykłych ludzi. Oni nie są potworami.

Dalinar uniósł dłoń, by powstrzymać odpowiedź Jasnah.

– Twoja troska dobrze o tobie świadczy, kapitanie. A twoje raporty nadeszły w samą porę. Czy naprawdę widzisz jakąkolwiek szansę na porozumienie?

– Ja... nie wiem, panie. Nawet zwykli parshmeni są rozwścieczeni tym, co im zrobiono.

– Nie mogę sobie pozwolić na powstrzymanie wojny – stwierdził Dalinar. – Wszystko, co mówisz, jest właściwe, ale też nie jest niczym nowym. W każdej bitwie, w której brałem udział, największy ból musieli znosić jacyś biedni głupcy po obu stronach... mężczyźni, którzy w ogóle nie chcieli się znaleźć w tym miejscu.

– Może więc powinniście się ponownie zastanowić nad tamtymi wojnami, zamiast wykorzystywać je do usprawiedliwienia tej.

Shallan zaparło dech w piersi. To nie brzmiało jak coś, co powinno się mówić Czarnemu Cierniowi.

– Gdyby to tylko było takie proste, kapitanie. – Dalinar westchnął. Shallan wydawał się... znużony. – Powiem tylko tyle: jeśli możemy być czegoś pewni, to tego, że obrona naszej ojczyzny jest godna i moralna. Nie proszę cię, żebyś bezmyślnie wyruszył na wojnę, ale proszę cię, żebyś bronił. Alethkar został oblężony. Ci, którzy to robią, mogą być niewinni, ale ci, którzy nimi kierują, są źli.

Kaladin powoli pokiwał głową.

– Król poprosił mnie o pomoc w otwarciu Bramy Przysięgi. Zgodziłem się jej udzielić.

– Kiedy nasza ojczyzna będzie bezpieczna – mówił dalej Dalinar – obiecuję zrobić coś, o czym nawet nie pomyślałem przed usłyszeniem twoich raportów. Spróbuję negocjować, zobaczę, czy istnieje jakieś wyjście, które nie wymaga zderzenia naszych armii.

– Negocjować? – powtórzyła Jasnah. – Wuju, te istoty są przebiegłe, starożytne i wściekłe. Całe tysiąclecia torturowały Heroldów, by móc powrócić i starać się nas zniszczyć.

– Zobaczymy. Niestety nie udało mi się skontaktować z nikim w mieście poprzez wizje. Ojciec Burz odkrył, że Kholinar jest dla niego „czarną plamą".

Navani przytaknęła.

– Niestety, w tym samym czasie przestały również działać wszystkie łączotrzciny w mieście, co z pewnością nie jest przypadkiem. Raport kapitana Kaladina potwierdza to, co mówiły ostatnie wiadomości z miasta: wróg mobilizuje siły do ataku na stolicę. Nie wiemy, jaka będzie sytuacja w mieście, kiedy na miejsce dotrą nasze siły uderzeniowe. Być może będziecie musieli przeniknąć okupowane miasto, kapitanie.

– Proszę, spraw, by tak nie było – szepnął Renarin ze spuszczonym wzrokiem. – Jak wielu zginęłoby na tych murach, walcząc z koszmarami...

– Potrzebujemy więcej informacji – zauważyła Jasnah. – Kapitanie Kaladinie, jak wielu ludzi możesz zabrać ze sobą do Alethkaru?

– Planuję lecieć na przedzie burzy. Jak to robiłem w drodze powrotnej do Urithiru. Podróż jest niewygodna, ale może udałoby mi się polecieć ponad wiatrami. Muszę sprawdzić. Tak czy inaczej, sądzę, że mógłbym zabrać niewielką grupkę.

– Nie będziesz potrzebował dużych sił – stwierdził Dalinar. – Ty i kilku twoich najlepszych giermków. Posłałbym z tobą również Adolina, żebyś miał na wszelki wypadek drugiego Odpryskowego. Może sześciu? Ty, trzech twoich ludzi, król, Adolin. Omińcie wroga, wślizgnijcie się do pałacu i uruchomcie Wrota Przysięgi.

– Proszę o wybaczenie, jeśli to niestosowne, ale Elhokar tu nie pasuje. Dlaczego nie wysłać mnie i Adolina? Król pewnie będzie nas spowalniał.

– Król musi wyruszyć z przyczyn osobistych. Czy to dla ciebie jakiś problem?

– Postąpię właściwie, niezależnie od własnych uczuć, panie. I... być może i tak zostawiłem je już za sobą.

– To za mało – mruknęła Jasnah.

Shallan wzdrygnęła się i spojrzała na nią.

– Za mało?

– Nasze plany nie są dość ambitne – odezwała się Jasnah bardziej stanowczym głosem. – Zgodnie z wyjaśnieniami Ojca Burz Stopieni są nieśmiertelni. Po klęsce Heroldów nic nie powstrzymuje ich odrodzenia. To jest nasz prawdziwy problem. Nasz wróg ma niemal niekończący się zapas ciał parshmenów, które może zasiedlić, a doświadczenie naszego szlachetnego kapitana wskazuje, że Stopieni mogą korzystać z jakiegoś Wiązania Mocy. Jak będziemy z tym walczyć?

Shallan podniosła wzrok znad notatnika i popatrzyła na pozostałych zgromadzonych. Renarin wciąż trzymał splecione dłonie i pochylał się ze wzrokiem wbitym w ziemię. Navani i Dalinar patrzyli po sobie. Kaladin wciąż opierał się o ścianę z założonymi rękami, ale zmienił postawę i wyraźnie czuł się niezręcznie.

– Cóż – stwierdził w końcu Dalinar – będziemy realizować kolejne cele. Najpierw Kholinar.

– Przepraszam, wuju. Choć zgadzam się z tym pierwszym krokiem, powinniśmy myśleć nie tylko o najbliższej przyszłości. Jeśli mamy uniknąć Spustoszenia, które doprowadza do upadku społeczeństwa, musimy wykorzystać przeszłość jako przewodnika i stworzyć plan.

– Ona ma rację – szepnął Renarin. – Stawiamy czoło czemuś, co zabiło samego Wszechmocnego. Walczymy z grozą, która okalecza umysły ludzi i niszczy ich dusze. Nie możemy się ograniczać. – Przeczesał palcami włosy, w których było mniej żółtych kosmyków niż u brata. – Wszechmocny. Musimy być ambitni... ale jak zdołamy nad tym wszystkim zapanować i nie oszaleć?

Dalinar odetchnął głęboko.

– Jasnah, możesz zaproponować, od czego zacząć ten plan?

– Tak. Odpowiedź jest oczywista. Musimy odnaleźć Heroldów.

Kaladin pokiwał głową.

– Później – dodała Jasnah – musimy ich zabić.

– Co takiego?! – wykrzyknął Kaladin. – Kobieto, czy ty oszalałaś?

– Ojciec Burz nam to wyłożył. – Jasnah nie wydawała się poruszona. – Heroldowie zawarli pakt. Kiedy umierali, ich dusze udawały się do Potępienia i więziły duchy Pustkowców, nie dopuszczając do ich powrotu.

– Ano. A później Heroldowie byli torturowani do chwili, kiedy się złamali.

– Ojciec Burz powiedział, że ich pakt osłabł, ale nie mówił, że został zniszczony. Proponuję, byśmy przynajmniej sprawdzili, czy jedno z nich byłoby gotowe powrócić do Potępienia. Może wciąż mogą nie dopuścić do odrodzenia dusz wrogów. Inaczej zostaje nam tylko wytępić wszystkich parshmenów, żeby wróg nie miał gospodarzy. – Spojrzała Kaladinowi w oczy. – W porównaniu z taką potwornością poświęcenie jednego lub więcej Heroldów wydaje mi się niską ceną.

– Na burze! – Kaladin się wyprostował. – Nie masz współczucia?

– Mam go mnóstwo, mostowy. Całe szczęście panuję nad nim logiką. Może w przyszłości postarałbyś się trochę jej nabyć.

– Posłuchajcie, jasności – zaczął mówić Kaladin. – Ja...

– Dosyć, kapitanie – przerwał mu Dalinar.

Spojrzał na Jasnah. Oboje ucichli, Jasnah nawet nie pisnęła. Shallan nie widziała, by ktokolwiek cieszył się takim szacunkiem kobiety jak Dalinar.

– Jasnah. Nawet jeśli pakt Heroldów wciąż obowiązuje, nie wiemy, czy pozostaną w Potępieniu, nie znamy też mechanizmu, który więzi w nim Pustkowców. Mimo wszystko zlokalizowanie ich wydaje mi się doskonałym pierwszym krokiem. Oni muszą wiedzieć wiele rzeczy, które nam ogromnie pomogą. Zaplanowanie, jak to osiągnąć, pozostawię tobie, Jasnah.

– A co... co z Niestworzonymi? – spytał Renarin. – Będą inni, jak ten stwór, na którego natrafiliśmy tutaj.

– Navani prowadzi badania na ich temat.

– Musimy pójść dalej, wuju – odezwała się Jasnah. – Musimy obserwować poruszenia Pustkowców. Naszą jedyną nadzieją jest tak wielkie zwycięstwo nad ich armiami, że nawet jeśli ich przywódcy będą się nieustannie odradzać, brak im będzie sił, by nas pokonać.

– Ochrona Alethkaru – sprzeciwił się Kaladin – nie musi oznaczać całkowitego zmiażdżenia parshmenów i...

– Jeśli sobie życzysz, kapitanie – warknęła Jasnah – znajdę ci młode norki do głaskania, kiedy dorośli będą tworzyć plany. Nikt z nas nie ma ochoty o tym rozmawiać, co nie zmienia faktu, że to nieuniknione.

– Z przyjemnością – odparł Kaladin. – A ja z kolei załatwię ci parę węgorzy do przytulania. Z pewnością poczujesz się jak w domu.

Co ciekawe, Jasnah się uśmiechnęła.

– Pozwól, że o coś spytam, kapitanie. Czy uważasz, że ignorowanie poruszeń wojsk Pustkowców byłoby mądre?

– Pewnie nie – przyznał.

– A czy sądzisz, że udałoby ci się nauczyć swoich giermków Wiatrowych, jak wznosić się wysoko, by mogli prowadzić dla nas zwiad? Skoro ostatnio nie możemy polegać na łączotrzcinach, będziemy potrzebować innego sposobu, by obserwować wroga. Z przyjemnością przytulę węgorze niebieskie, jeśli twoja drużyna będzie gotowa poświęcić trochę czasu, by je naśladować.

Kaladin spojrzał na Dalinara, który pokiwał głową.

– Doskonale – stwierdziła Jasnah. – Wuju, twoja koalicja monarchów to doskonały pomysł. Musimy otoczyć wroga i powstrzymać go przed opanowaniem całego Rosharu. Jeśli...

Urwała. Shallan przerwała i spojrzała na swoje bazgroły. Właściwie było to coś bardziej skomplikowanego niż bazgroły. Jakby... kompletny rysunek twarzy Kaladina, z tymi pełnymi uczuć oczami i zdeterminowaną miną. Jasnah zauważyła tworzeniosprena w postaci niewielkiego klejnotu, który pojawił się na szczycie kartki, a Shallar zarumieniła się i go odpędziła.

– Może – Jasnah spojrzała na szkicownik Shallan – dobrze by nam zrobiła chwila przerwy, wuju.

– Jeśli sobie życzysz. Ja sam napiłbym się czegoś.

Rozeszli się, Dalinar i Navani rozmawiali cicho, idąc w stronę strażników i służby na głównym korytarzu. Shallan odprowadziła ich tęsknym wzrokiem, czując, że stoi nad nią Jasnah.

– Porozmawiajmy.

Jasnah wskazała na drugi koniec długiego, prostokątnego pomieszczenia.

Shallan westchnęła, zamknęła notatnik i ruszyła za nią. Stanęły w pobliżu wzoru ułożonego z płytek na ścianach. Tak daleko od kul przyniesionych na spotkanie panował półmrok.

– Mogę? – Jasnah wyciągnęła rękę po notatnik Shallan.

Oddała go.

– Doskonały portret młodego kapitana. Widzę... trzy linijki notatek? Po tym, jak dostałaś wyraźne polecenie sporządzenia protokołu.

– Powinniśmy posłać po skrybę.

– Mieliśmy skrybę. Robienie notatek nie jest poślednim zadaniem, Shallan. To usługa, którą możesz zapewnić.

– Skoro to nie jest pośrednie zadanie, może sama powinnaś to robić?

Jasnah zamknęła szkicownik i przeszyła Shallan spokojnym spojrzeniem. Takim, które sprawiało, że dziewczyna zaczynała się wić.

– Pamiętam nerwową, zdesperowaną młodą kobietę – powiedziała Jasnah. – Gorączkowo próbującą zaskarbić sobie moją dobrą wolę.

Shallan nie odpowiedziała.

– Rozumiem, że cieszyłaś się niezależnością. Twoje osiągnięcia są niezwykłe, Shallan. Udało ci się nawet zdobyć zaufanie mojego wuja, co jest wielkim wyzwaniem.

– W takim razie może uznajmy, że nie jestem już twoją podopieczną? To znaczy, jestem już pełną Świetlistą.

– Świetlistą, zgoda. Pełną? A gdzie twoja zbroja?

– Yyy... zbroja?

Jasnah westchnęła cicho i znów otworzyła szkicownik.

– Shallan – powiedziała dziwnie... uspokajającym tonem. – Jestem pod wrażeniem. Naprawdę jestem pod wrażeniem. Ale niepokoi mnie to, co ostatnio o tobie słyszałam. Zaskarbiłaś sobie sympatię mojej rodziny i wciąż pozostajesz zaręczona z Adolinem. Ale twój wzrok nadal krąży, o czym świadczy ten rysunek.

– Ja...

– Nie pojawiasz się na spotkaniach, które zwołuje Dalinar. – Jasnah była łagodna, ale niewzruszona. – Kiedy przychodzisz, siadasz z tyłu i prawie nie słuchasz. Mówił mi, że często znajdujesz usprawiedliwienie, by wymknąć się przed końcem.Zbadałaś obecność Niestworzonej w wieży i odstraszyłaś ją właściwie sama. Jednak nigdy nie wyjaśniłaś, jak ją odnalazłaś, choć nie udało się to żołnierzom Dalinara. – Jasnah spojrzała Shallan w oczy. – Zawsze coś przede mną ukrywałaś. Niektóre z tych tajemnic były bardzo niebezpieczne, a ja nie potrafię uwierzyć, że nie masz innych.

Shallan zagryzła wargi, ale pokiwała głową.

– To było zaproszenie, byś ze mną porozmawiała.

Shallan znów przytaknęła. Przecież ona sama nie współpracowała z Duchokrwistymi. Tylko Woal. A Jasnah nie musiała wiedzieć o Woal. Jasnah nie mogła się dowiedzieć o Woal.

– Dobrze. – Kobieta westchnęła. – Wciąż pozostajesz moją podopieczną i będziesz nią do chwili, kiedy uznam, że spełniasz podstawowe warunki zostania uczoną, na przykład umiejętność prowadzenia notatek w czasie ważnych konferencji. Twoja ścieżka jako Świetlistej to inna kwestia. Nie wiem, czy mogę tobą pokierować, gdyż każdy zakon miał swoje charakterystyczne podejście. Ale podobnie jak młody mężczyzna nie zostałby zwolniony z lekcji geografii tylko dlatego, że nauczył się dobrze posługiwać mieczem, tak i ja nie zwolnię cię z twoich obowiązków tylko dlatego, że odkryłaś moce Świetlistej.

Jasnah oddała jej szkicownik i podeszła do kręgu krzeseł. Usiadła obok Renarina i łagodnie skłoniła go, by z nią porozmawiał. Podniósł wzrok po raz pierwszy od czasu rozpoczęcia spotkania i pokiwał głową, mówiąc coś, czego Shallan nie słyszała.

– Mmm... Ona jest mądra.

– To jest chyba jej najbardziej irytująca cecha. Na burze. Sprawia, że czuję się jak dziecko.

– Mmm.

– Co najgorsze, pewnie ma rację. W jej obecności rzeczywiście zachowuję się bardziej jak dziecko. Jakby część mnie chciała pozwolić, by ona zajęła się wszystkim. I naprawdę, ale to naprawdę nie cierpię tego w sobie.

– Czy istnieje rozwiązanie?

– Nie wiem.

– Może... zachowywać się jak dorosły?

Shallan uniosła dłonie do twarzy, jęknęła cicho i przetarła oczy palcami. Właściwie się o to prosiła, prawda?

– Chodź, czeka nas druga część spotkania – powiedziała. – Choć chciałabym mieć wymówkę, by sobie pójść.

– Mmm... Coś w tej komnacie...

– Co?

– Coś... – zabrzęczał Wzór na swój sposób. – Ona ma wspomnienia, Shallan.

Wspomnienia. Miał na myśli Cieniomorze? Unikała udawania się w to miejsce – była to przynajmniej jedna rada Jasnah, której posłuchała.

Wróciła na miejsce i po chwili zastanowienia napisała krótką wiadomość dla Jasnah. „Wzór mówi, że ta komnata ma wspomnienia. Warto sprawdzić w Cieniomorzu?".

Jasnah spojrzała na kartkę i odpisała:

„Odkryłam, że nie należy ignorować luźnych uwag naszych sprenów. Przyciśnij go, a ja zbadam to miejsce. Dziękuję za sugestię".

Spotkanie znów się zaczęło i tym razem omawiali kolejne królestwa na całym Rosharze. Jasnah bardzo zależało, by dołączyli do nich Shinowie. Na Strzaskanych Równinach leżała Brama Przysięgi położona najdalej na wschód – ona już znajdowała się pod panowaniem Alethyjczyków. Gdyby zyskali dostęp do tej najdalej na zachodzie, mogliby w mgnieniu oka przenosić się przez całą szerokość Rosharu – od miejsca pojawienia się arcyburz do miejsca pojawienia się Wiecznej Burzy.

Nie omawiali zbyt szczegółowo taktyki, to była męska sztuka, a Dalinar wolał by o polach bitwy dyskutowali jego arcyksiążęta i generałowie. Shallan nie przegapiła jednak określeń taktycznych, których od czasu do czasu używała Jasnah.

Takie kwestie sprawiały, że miała problem ze zrozumieniem tej kobiety. W pewnych aspektach Jasnah wydawała się absolutnie męska. Badała wszystkie tematy, które ją interesowały, a o taktyce wypowiadała się równie swobodnie, jak o poezji. Bywała agresywna, nawet beznamiętna – Shallan widziała, jak bez wahania zabiła złodziei, którzy próbowali ją obrabować. Poza tym... cóż, pewnie lepiej nie spekulować na temat rzeczy bez znaczenia, ale ludzie gadali. Jasnah odrzuciła każdego zalotnika, w tym kilku bardzo atrakcyjnych i wpływowych mężczyzn. Ludzie się zastanawiali. Może po prostu nie była zainteresowana?

Efektem tego wszystkiego powinna być osoba zdecydowanie pozbawiona kobiecości. Jednak Jasnah zawsze miała doskonały makijaż i dobrze w nim wyglądała, z cieniami na powiekach i jaskrawoczerwonymi wargami. Zasłaniała bezpieczną dłoń i lubiła skomplikowane, niezwykle piękne warkocze zaplatane przez fryzjera. Jej pisma i umysł czyniły z niej wzór vorińskiej kobiecości.

W porównaniu z Jasnah Shallan czuła się blada, głupia i całkowicie pozbawiona krągłości. Jak to jest być tak pewną siebie? Tak piękną i jednocześnie pozbawioną ograniczeń? Jasnah Kholin z pewnością miała o wiele mniej problemów w życiu niż Shallan. A przynajmniej tworzyła dla siebie mniej problemów niż Shallan.

I wtedy właśnie Shallan zorientowała się, że przegapiła dobre piętnaście minut narady i znów nie prowadziła notatek. Zarumieniła się, skuliła na krześle i bardzo starała się zachować skupienie przez resztę spotkania. Po zakończeniu przedstawiła Jasnah arkusz oficjalnego stenogramu.

Kobieta obejrzała go, po czym uniosła idealną brew na widok linijki na samym środku, w miejscu, gdzie Shallan się rozproszyła. „Dalinar mówił tu różne rzeczy. Były bardzo ważne i przydatne, więc z pewnością nie potrzebujesz notatek, by o nich pamiętać".

Shallan uśmiechnęła się przepraszająco i wzruszyła ramionami.

– Przepisz to na czysto. – Jasnah oddała jej notatki. – Wyślij kopie mojej matce i głównej skrybie mojego brata.

Shallan uznała, że została odprawiona, i odeszła pospiesznie. Czuła się jak uczennica zwolniona właśnie z lekcji, co ją złościło. Jednocześnie chciała pobiec, by natychmiast spełnić prośbę Jasnah, by mistrzyni znów w nią uwierzyła, co rozzłościło ją jeszcze bardziej.

Wybiegła po schodach z piwnicy, wykorzystując Burzowe Światło, by się nie zmęczyć. Różne aspekty jej osobowości zderzały się ze sobą i warczały na siebie. Wyobrażała sobie miesiące spędzone pod uważną opieką Jasnah, by w końcu zostać nieśmiałą skrybą, czego zawsze pragnął jej ojciec.

Pamiętała dni spędzone w Kharbranth, gdy była tak niepewna, tak potulna. Nie mogła do tego wrócić. Nie chciała. Ale co mogła zrobić w zamian?

Kiedy w końcu dotarła do swoich komnat, Wzór brzęczał do niej. Odrzuciła na bok szkicownik i torbę, w zamian wyciągnęła płaszcz i kapelusz Woal. Woal wiedziałaby, co robić.

Jednakże do podszewki płaszcza przypięto kartkę papieru. Shallan znieruchomiała i niepewnie rozejrzała się po komnacie. Z wahaniem odczepiła kartkę i rozłożyła ją.

Na wierzchu znajdowały się następujące słowa:

Wypełniłaś zadanie, które Ci wyznaczyliśmy. Zbadałaś sprawę Niestworzonej i nie tylko dowiedziałaś się czegoś na jej temat, ale też ją odpędziłaś. Zgodnie z obietnicą oto Twoja nagroda.

Poniższy list zdradza prawdę na temat Twojego nieżyjącego brata Nan Helarana, akolity Niebiańskich – zakonu Świetlistych.

40
PYTANIA, PODGLĄDANIE I WNIOSKOWANIE

Co się tyczy Uli Da, od początku było wiadomo, że będzie sprawiała problemy. I wcale mi jej nie szkoda.

Na Rosharze są poza nami przynajmniej dwie duże instytucje, które zapowiedziały powrót Pustkowców i Spustoszeń, brzmiała treść listu.

Znasz jedną z nich, mężczyzn, którzy nazywają siebie Synami Honoru. Ich ekspansją kierował poprzedni król Alethkaru – brat Czarnego Ciernia, Gavilar Kholin. To on wprowadził w ich szeregi Meridasa Amarama.

Jak bez wątpienia odkryłaś, kiedy przeniknęłaś do rezydencji Amarama w obozie, Synowie Honoru otwarcie dążyli do powrotu Spustoszeń. Wierzyli, że jedynie Pustkowcy skłonią Heroldów, by się objawili – i wierzyli, że Spustoszenie przywróci jednocześnie Świetlistych Rycerzy i klasyczną potęgę vorińskiego kościoła. Wysiłki króla Gavilara, by doprowadzić do powrotu Spustoszeń, są prawdopodobną przyczyną zamachu na jego życie. Choć tamtej nocy w pałacu było wielu, którzy mieli powód, by doprowadzić go do śmierci.

Drugą grupą, która wiedziała, że Spustoszenia mogą powrócić, są Niebiańscy. Przewodzi im starożytny Herold Nalan'Elin, często zwany po prostu „Nale". Niebiańscy są jedynym zakonem Świetlistych, którzy nie zdradzili swoich przysiąg w czasie Odstępstwa. Od czasów starożytnych w tajemnicy zachowywali ciągłość działania.

Nale wierzył, że wypowiedzenie przez ludzi Słów innych zakonów przyspieszy powrót Pustkowców. Nie wiemy, jak to jest możliwe, ale jako Herold Nale ma dostęp do wiedzy i pojmowania, które wykraczają poza nasze zdolności.

Powinnaś wiedzieć, że Heroldów nie należy już postrzegać jako sojuszników ludzkości. Ci, którzy nie oszaleli do końca, złamali się. Nale jest bezwzględny, brak mu litości i miłosierdzia. Przez ostatnie dwa dziesięciolecia – może nawet dłużej – zajmował się wszystkimi, którzy byli blisko związania się ze sprenem. Czasami ich werbował, wiązał ich z arcysprenami i czynił Niebiańskimi. Innych eliminował. Jeśli ten ktoś już związał się ze sprenem, Nale zazwyczaj przybywał osobiście, by się ich pozbyć. Jeśli nie, wysyłał sługę.

Sługę takiego jak Twój brat Helaran.

Twoja matka pozostawała w bliskich kontaktach z akolitą Niebiańskich, a Ty znasz skutek tego związku. Twój brat został zwerbowany, ponieważ Nale był pod wrażeniem jego osoby. Nale mógł się również dowiedzieć, nieznanym nam sposobem, że ktoś z Twojej rodziny był bliski związania się ze sprenem. Jeśli to prawda, doszli do wniosku, że chodzi o Helarana. Zwerbowali go, pokazując wielką moc i Odpryski.

Helaran nie okazał się jeszcze godny związania się ze sprenem. Nale jest bardzo wymagający wobec swoich rekrutów. Zabicie Amarama najpewniej miało być próbą dla Helarana – albo sam się tego podjął, by udowodnić, że jest godzien zostać rycerzem.

Jest również możliwe, że Niebiańscy wiedzieli, iż ktoś w armii Amarama jest bliski związania się ze sprenem, bardziej prawdopodobne jednak, że atak na Amarama był ciosem wymierzonym w Synów Honoru. Z naszych obserwacji Niebiańskich wynika, że jedyny członek armii Amarama, który związał się ze sprenem, został wyeliminowany dużo wcześniej.

Na ile umiemy to ocenić, nie wiedzieli o mostowym. Gdyby było inaczej, z pewnością zostałby zabity w czasie, gdy pozostawał niewolnikiem.

I koniec. Shallan siedziała w swojej komnacie oświetlona blaskiem najsłabszej kuli. Helaran Niebiańskim? I król Gavilar, współpracujący z Amaramem, by znów sprowadzić Spustoszenia?

Wzór zabrzęczał z niepokojem na jej spódnicy i przeszedł na kartkę, by przeczytać list. Znów wyszeptała do siebie słowa, by je zapamiętać, bo wiedziała, że nie może zachować wiadomości. Była zbyt niebezpieczna.

– Tajemnice – powiedział Wzór. – W tym liście są kłamstwa.

Tak wiele pytań. Kto jeszcze był obecny tamtej nocy, kiedy zginął Gavilar, jak sugerował list? A co z tą wzmianką o innym Mocowiązcy w armii Amarama?

– Macha mi przed nosem smakowitymi kąskami. Jak ten mężczyzna w dokach, który nauczył kurla, żeby tańczył i machał rękoma, prosząc o rybę.

– Ale... my chcemy tych kąsków, prawda?

– I dlatego to działa.

A niech to burza.

Nie miała czasu się tym zająć. Stworzyła Wspomnienie kartki. Nie była to szczególnie skuteczna metoda w odniesieniu do tekstu, ale w razie konieczności działała. Później wepchnęła list do miski z wodą i zmyła atrament, a następnie porwała go na kawałki i zwinęła w kulkę.

Później włożyła płaszcz, spodnie i kapelusz i wyślizgnęła się z komnat jako Woal.

***

Woal odnalazła Vathaha i część jego ludzi grających w piony w sali wspólnej koszar. Choć była przeznaczona dla żołnierzy Sebariala, widziała również niebieskie mundury – Dalinar rozkazał swoim ludziom spędzać czas z żołnierzami sojuszników, by budować poczucie braterstwa.

Wejście Woal zwróciło uwagę, ale nikt się na nią nie gapił. Kobiety miały prawo wstępu do takich wspólnych sal, choć niewiele rzeczywiście przychodziło. Cóż mogło brzmieć mniej zachęcająco dla kobiety niż propozycja: „Ej, posiedźmy w sali wspólnej koszar i popatrzmy, jak mężczyźni stękają i się drapią".

Podeszła do miejsca, w którym Vathah i jego ludzie siedzieli wokół okrągłego stołu. Zwykli ludzie wreszcie zaczynali mieć dostęp do mebli – Shallan dostała nawet łóżko. Woal usiadła na krześle i odchyliła się do tyłu tak, że oparcie stuknęło o kamienną ścianę. Ta duża sala przypominała jej piwnicę z winem. Ciemna, pozbawiona ozdób, wypełniona różnorodnymi i niezwykłymi odorami.

Vathah skinął jej głową.

– Woal.

Przy tym stole grało ich czterech – Vathah, jednooki Gaz, patykowaty Rudy i Shob. Ten ostatni owinął wokół ręki glif strażniczy i od czasu do czasu pociągał nosem.

Odchyliła głowę do tyłu.

– Naprawdę muszę się napić.

– Został mi jeszcze kufel albo dwa z racji żywnościowej – powiedział wesoło Rudy.

Woal spojrzała na niego z ukosa, żeby sprawdzić, czy znów próbuje ją podrywać. Uśmiechał się, ale poza tym nie wydawał się zainteresowany.

– Jaki miły z ciebie gość, Rudy.

Wygrzebała parę odłamków i rzuciła je mężczyźnie. On z kolei rzucił jej kartkę, mały kawałek metalu z wytłoczonym jego numerem.

Po chwili wróciła na miejsce z kuflem lawisowego piwa.

– Ciężki dzień? – rzucił Vathah, nie przerywając ustawiania pionów.

Małe kamienne cegiełki miały wielkość kciuka, a każdy z mężczyzn miał ich dziesięć i ustawiał je oznaczeniem do dołu. Wkrótce zaczęły się zakłady. Najwyraźniej w tej rundzie Vathah był norką.

– Ano – odparła. – Shallan ostatnio jest jeszcze bardziej męcząca niż zwykle.

Mężczyźni chrząknęli.

– Jakby nie umiała się zdecydować, kim jest, wiecie? Najpierw żartuje sobie, jakby siedziała w kółku robótek ręcznych ze starszymi paniami, a zaraz potem ma takie puste spojrzenie. Wiecie, jakby jej dusza odeszła...

– Ona jest dziwna, ta nasza pani – zgodził się Vathah.

– Sprawia, że ma się ochotę robić rzeczy – dodał Gaz z chrząknięciem. – Rzeczy, których by się człowiek nigdy po sobie nie spodziewał.

– Ano – rzucił Glurv od sąsiedniego stolika. – Dostałem medal. Ja. Za pomoc w znalezieniu tego bajzlu schowanego w piwnicy. Sam stary Kholin mi go wysłał.

Tłusty żołnierz pokręcił z konsternacją głową – ale nosił medal. Przypięty do kołnierza.

– To była dobra zabawa – przyznał Gaz. – Chodziliśmy się zabawić, ale czuliśmy, że coś robimy. To nam obiecała, wiesz? Że znów coś będziemy znaczyć.

– Dla mnie tylko jedno coś znaczy – stwierdził Vathah. – Napełnianie sakiewki. Stawiacie czy nie?

Wszyscy czterej gracze rzucili po parę kul. Pionki były jedną z tych gier, na które Kościół voriński niechętnie pozwalał, bo nie było w niej elementu przypadkowości. Kości, wyciąganie kart z talii, nawet przemieszane piony – zakładanie się o takie rzeczy było jak próba odgadnięcia przyszłości. A to było coś tak niewłaściwego, że Woal przeszedł dreszcz. A w przeciwieństwie do Shallan nie była nawet szczególnie religijna.

W koszarach ludzie nie grali w takie gry. Tu dominowały gry oparte na zgadywaniu. Vathah ułożył dziewięć pionów w trójkącie. Dziesiąty odłożył na bok i odwrócił jako nasiono. Podobnie jak dziewięć pozostałych, zasłoniętych, znaczył go symbol jednego z alethyjskich księstw. W tym przypadku nasionem był chull, symbol Aladara.

Celem było ustawienie swoich dziesięciu pionów w identyczny sposób jak on, mimo że były zasłonięte. Zgadywało się poprzez serie pytań, podglądania i wnioskowania. Gracz mógł zmusić norkę do pokazania pionów tylko sobie albo wszystkim, zgodnie z określonymi zasadami.

W końcu ktoś sprawdzał i wszyscy odwracali swoje piony. Ten, który był najbliżej wzoru norki, zostawał zwycięzcą i zabierał pulę. Norka dostawał procent zależny od określonych czynników, na przykład liczby tur, zanim ktoś w końcu sprawdził.

– Jak myślicie? – Gaz wrzucił kilka odłamków do miski w środku, kupując sobie prawo, by podejrzeć jedną z płytek Vathaha. – Ile tym razem minie czasu, zanim Shallan sobie o nas przypomni?

– Mom nadzieje, że długo – stwierdził Shob. – Myśle, że zachorowałech.

– Czyli wszystko w normie, Shob – mruknął Rudy.

– Teroz to cosik wielkiegoch. Myśle, że zmieniom się w Pustkowca.

– Pustkowca – powtórzyła Woal głosem bez wyrazu.

– Ano, popatrz no na tom wysypke.

Podwinął glif strażniczy, odsłaniając przedramię. Które wyglądało całkiem normalnie.

Vathah parsknął.

– E! Ja umre, sierżancie. Zapamietoj mnie, ja umre. – Przesunął kilka ze swoich płytek. – A jeśli umre, dajta mojo wygrano sierotom.

– Sierotom? – powtórzył Rudy.

– Wiesz no, sierotom. – Shob podrapał się po brodzie. – Bo som sieroty, co? Gdziesik? Sieroty, co potrzebujo jedzenia? Dajta im mojo wygrano.

– Shob – powiedział Vathah – sprawiedliwość na tym świecie działa tak, że przeżyjesz nas wszystkich, mogę ci to zagwarantować.

– Miło – mruknął Shob. – Bardzo miło, sierżancie.

Po zaledwie kilku rundach Shob zaczął przewracać swoje płytki.

– Już!? – warknął Gaz. – Shob, ty kremliku. Nie rób tego jeszcze! Nie mam nawet dwóch linii!

– Za późno.

Rudy i Gaz zaczęli niechętnie odwracać swoje płytki.

– Sadeas – powiedziała z roztargnieniem Shallan. – Bethab, Ruthar, Roion, Thanadal, Kholin, Sebarial, Vamah, Hatham. I Aladar jako nasiono.

Vathah zagapił się na nią, po czym odwrócił płytki wyłożone dokładnie w wymienionej przez nią kolejności.

– I nawet nie podglądałaś... Na burze, kobieto. Przypomnij mi, żebym nigdy nie grał z tobą w piony.

– Bracia zawsze mi to powtarzali.

Vathah podzielił się stawką z Shobem, który miał ułożone dobrze wszystkie piony poza trzema.

– Kolejne rozdanie? – spytał Gaz.

Wszyscy popatrzyli na jego miskę kul, która była prawie pusta.

– Mogę pożyczyć – powiedział szybko. – W straży Dalinara jest paru gości, którzy powiedzieli...

– Gaz – ostrzegł go Vathah.

– Ale...

– Mówię poważnie, Gaz.

Gaz westchnął.

– Pewnie możemy zagrać o pustaki.

Shob skwapliwie wyjął kawałki szkła o kształcie podobnym do kul, ale bez klejnotów w środku. Fałszywe pieniądze do gry bez stawki.

Woal cieszyła się kuflem piwa bardziej, niż się spodziewała. Miło było dla odmiany siedzieć z tymi mężczyznami i nie martwić się wszystkimi problemami Shallan. Czy ta dziewczyna nie mogła się po prostu rozluźnić? Pozwolić, by wszystko przeszło obok?

Do środka weszło kilka praczek i ogłosiło, że za kilka minut będzie zbiórka rzeczy do prania. Vathah i jego ludzie się nie ruszyli – choć, na ile umiała ocenić Woal, ubraniom, które mieli na sobie, przydałoby się porządne wyszorowanie.

Niestety, Woal nie mogła do końca ignorować problemów Shallan. Wiadomość od Mraize'a pokazywała, że mężczyzna może się jej przydać, ale musiała zachować ostrożność. Wyraźnie chciał mieć kreta wśród Świetlistych Rycerzy. *Muszę to odwrócić*, pomyślała. *Dowiedzieć się, co wie on.* Powiedział jej, czym zajmowali się Niebiańscy i Synowie Honoru. Ale co z Mraizem i jego kohortami? Jaki był ich cel?

Na burze, czy odważy się go oszukać? Czy naprawdę była dość doświadczona i wyszkolona, by porwać się na coś takiego?

– Ej, Woal – odezwał się Vathah, gdy przygotowywali kolejną rozgrywkę. – Jak myślisz? Czy jasność znowu o nas zapomniała?

Woal otrząsnęła się z zamyślenia.

– Możliwe. Wydaje się, że nie wie, co zrobić z waszą bandą.

– Nie jest pierwsza. – Rudy, który był kolejną norką, starannie ułożył swoje płytki oznaczeniami do dołu. – To znaczy przecież nie jesteśmy prawdziwymi żołnierzami.

– Nasze zbrodnie zostały nam wybaczone. – Gaz chrząknął i zmrużył jedyne oko, wpatrując się w nasiono, które odwrócił Rudy. – Ale wybaczone nie oznacza zapomniane. Żaden oddział nas nie przyjmie i nie mam im tego za złe. Cieszę się tylko, że ci burzowi mostowi nie wywiesili mnie za nogi na burzy.

– Mostowi? – powtórzyła Woal.

– Mają swoje porachunki – zauważył Vathah.

– Byłem kiedyś ich burzowym sierżantem. Robiłem wszystko, co mogłem, żeby zmusić ich do szybszego biegania z mostami. Ale nikt nie lubi swojego sierżanta.

– Jestem pewien, że byłeś doskonałym sierżantem. – Rudy wyszczerzył zęby. – Założę się, że naprawdę się o nich troszczyłeś, Gaz.

– Zamknij swój otwór na krem – mruknął Gaz. – Ale zastanawiam się. Gdybym był wobec nich trochę łagodniejszy, myślicie, że może byłbym teraz na tamtym płaskowyżu i ćwiczył z całą resztą? Uczył się latać...

– Myślisz, że mógłbyś być Świetlistym Rycerzem, Gaz? – Vathah się roześmiał.

– Nie. Nie, pewnie nie. – Popatrzył na Woal. – Woal, powiedz to jasności. Nie jesteśmy dobrymi ludźmi. Dobrzy ludzie znaleźliby sobie coś pożytecznego do zapełnienia czasu. A my możemy zrobić coś wręcz przeciwnego.

– Przeciwnego?! – zawołał Zendid od sąsiedniego stolika, przy którym wciąż piło kilku pozostałych. – Przeciwnego do pożytecznego? Chyba już doszliśmy do tego punktu, Gaz. I tkwimy w nim od zawsze.

– Ja nie – sprzeciwił się Glurv. – Ja dostałem medal.

– To znaczy – wyjaśnił Gaz – że możemy się wpakować w kłopoty. Podobało mi się, że byłem pożyteczny. Przypomniały mi się czasy, kiedy się zaciągnąłem. Powiedz jej, Woal. Powiedz jej, by dała nam do roboty coś poza graniem i piciem. Bo jeśli mam być szczery, nie jestem dobry ani w jednym, ani w drugim.

Woal powoli pokiwała głową. W pobliżu jedna z praczek bawiła się workiem z praniem. Woal postukała palcem w kufel. Nagle podniosła się, złapała praczkę za sukienkę i szarpnęła ją do tyłu. Kobieta krzyknęła, upuściła stertę ubrań i zatoczyła się do tyłu, prawie upadła.

Woal wepchnęła dłoń we włosy kobiety, odsuwając perukę w brązowo-czarne cętki. Pod spodem włosy kobiety były zupełnie czarne, do tego wtarła popiół w policzki, jakby ciężko pracowała.

– Ty!

To była kobieta z gospody w Ulicy Wszystkiego. Jak ona miała na imię? Ishnah?

Krzyk kobiety sprawił, że kilku żołnierzy poderwało się z zaniepokojonymi minami. Wszyscy są z armii Dalinara, zauważyła Woal, powstrzymując się przed wywróceniem oczami. Wojska Kholinów miały zwyczaj zakładać, że nikt nie poradzi sobie sam.

– Siadaj.

Wskazała na stół, a Rudy pospiesznie przyciągnął kolejne krzesło.

Ishnah usiadła i przycisnęła perukę do piersi. Zarumieniła się, ale zachowała resztki opanowania, patrząc w oczy Vathahowi i jego ludziom.

Woal również usiadła.

– Utrapienie z ciebie, kobieto.

– A dlaczego zakładasz, że jestem tu z twojego powodu? Wyciągasz pochopne wnioski.

– Okazałaś niezdrowe zainteresowanie moimi współpracownikami. A teraz znajduję cię tutaj, przebraną i podsłuchującą moje rozmowy?

Ishnah uniosła brodę.

– Może po prostu chcę ci udowodnić swoją wartość.

– W przebraniu, które przejrzałam w chwili, kiedy na ciebie popatrzyłam?

– Ostatnim razem mnie nie złapałaś.

Ostatnim razem?

– Rozmawialiście o tym, gdzie kupić lager Rogożerców. Rudy upierał się, że jest paskudny. Gaz go uwielbia.

– Na burze. Od jak dawna mnie szpiegujesz?

– Niezbyt długo – odpowiedziała szybko Ishnah, co stało w całkowitej sprzeczności z jej poprzednimi słowami. – Ale mogę cię zapewnić, obiecać ci, że okażę się bardziej wartościowa niż te smrodliwe bufony. Proszę, pozwól mi choć spróbować.

– Bufony? – spytał Gaz.

– Smrodliwe? – powtórzył Shob. – A, to so tylko moje wrzody, panienko.

– Przejdź się ze mną.

Woal wstała i odeszła od stołu. Ishnah podniosła się pospiesznie i ruszyła za nią.

– Wcale nie próbowałam cię szpiegować. Ale jak jeszcze miałam...

– Cicho.

Woal zatrzymała się w wejściu do koszar, dość daleko, by jej ludzie jej nie słyszeli. Założyła ręce na piersi, oparła się o ścianę przy drzwiach i patrzyła na nich.

Shallan brakowało konsekwencji. Miała dobre zamiary i wspaniałe plany, ale zbyt łatwo rozpraszały ją nowe problemy, nowe przygody. Na szczęście Woal mogła się zająć częścią tych luźnych wątków.

Ci mężczyźni udowodnili, że są lojalni, i chcieli być przydatni. To już całkiem sporo.

– Przebranie było niezłe – powiedziała do Ishnah. – Następnym razem bardziej ubrudź swobodną dłoń. Zdradziły cię palce, to nie są palce robotnicy.

Ishnah zarumieniła się i zacisnęła swobodną dłoń w pięść.

– Powiedz mi, co umiesz robić i dlaczego miałoby mnie to obchodzić. Masz dwie minuty.

– Ja... – Ishnah odetchnęła głęboko. – Zostałam wyszkolona jako szpieg dla rodu Hamaradin. Z dworu Vamaha? Znam się na zbieraniu informacji, szyfrowaniu wiadomości, technikach obserwacji i przeszukiwaniu komnat tak, by nikt się nie zorientował, co zrobiłam.

– I? Jeśli jesteś taka przydatna, co się wydarzyło?

– Twoi ludzie. Duchokrwiści. Jasność Hamaradin o nich szeptała. Jakaś weszła im w drogę i... – Wzruszyła ramionami. – Skończyła martwa, a wszyscy myśleli, że mogło to zrobić jedno z nas. Uciekłam i skończyłam w podziemiu, pracując dla bandy złodziei. Ale mogę być kimś więcej. Pozwól, że ci to udowodnię.

Woal założyła ręce na piersi. Szpieg. To by się mogło okazać użyteczne. W rzeczywistości Woal nie była zbyt dobrze wyszkolona – wiedziała jedynie to, co pokazała jej Tyn i czego sama się nauczyła. Jeśli zamierzała tańczyć z Duchokrwistymi, musiała być lepsza. Na razie nie wiedziała nawet, czego właściwie nie wie.

Czy mogła uzyskać część tego od Ishnah? Jakimś sposobem uczyć się, nie zdradzając, że Woal wcale nie jest tak dobra, jak udawała?

W jej głowie pojawił się pomysł. Nie ufała tej kobiecie, ale też wcale nie musiała. A jeśli jej dawna jasność naprawdę została zabita przez Duchokrwistych, może kryła się w tym jakaś tajemnica.

– Mam w planach ważne infiltracje. Misje, w których muszę zebrać poufne informacje.

– Mogę pomóc!

– Tak naprawdę potrzebuję wsparcia, żebym nie musiała wchodzić sama.

– Mogę znaleźć dla ciebie ludzi! Ekspertów.

– Nie mogłabym im zaufać. – Woal pokręciła głową. – Potrzebuję kogoś, o kim wiem, że jest lojalny.

– Kogo?

Woal wskazała na Vathaha i jego ludzi.

Ishnah spochmurniała.

– Chcesz zmienić tych mężczyzn w szpiegów?

– Tak, a poza tym chcę, żebyś udowodniła mi, co potrafisz, pokazując to tym mężczyznom. – A jeśli się uda, sama też się czegoś nauczę. – Nie rób takiej przerażonej miny. Nie muszą być prawdziwymi szpiegami. Wystarczy, że dowiedzą się dosyć o mojej pracy, by zapewnić mi wsparcie i stać na straży.

Ishnah uniosła sceptycznie brwi i spojrzała na mężczyzn. Shob, jakby na zawołanie, zabrał się do dłubania w nosie.

– To trochę jakbyś powiedziała mi, że mam nauczyć wieprze mówić... i obiecała, że będzie łatwiej, bo muszą mówić tylko po alethyjsku, a nie po vedeńsku czy herdazku.

– Daję ci taką szansę. Wykorzystaj ją albo obiecaj, że będziesz się trzymać z dala ode mnie.

Ishnah westchnęła.

– Dobrze. Zobaczymy. Ale nie miej do mnie pretensji, jeśli świnie jednak nie zaczną mówić.

41

NA ZIEMI, PATRZĄC W GÓRĘ

Tak czy inaczej, to nie Twoja sprawa. Odrzuciłeś boskość. Jeśli Rayse stanie się problemem, zajmiemy się nim.

I tobą też.

Teft się obudził. Niestety.

Pierwszym, co poczuł, był ból. Stary, znajomy ból. Ćmienie za oczami, pieczenie spalonych palców, sztywność ciała, które nie było już użyteczne. Na oddech Keleka... czy kiedykolwiek był użyteczny?

Z jękiem przetoczył się na brzuch. Nie miał płaszcza, jedynie dopasowaną koszulę zabrudzoną od leżenia na ziemi. Znajdował się w przejściu między namiotami na Odejściu. Wysokie sklepienie niknęło w ciemności. Od strony wylotu uliczki dobiegały odgłosy rozmów i targowania się.

Teft podniósł się z trudem, oparł o puste skrzynie i zaczął opróżniać pęcherz, zanim właściwie zorientował się, co robi. Tu nie było arcyburz, które zabierały ze sobą nieczystości. Poza tym nie był przecież jakimś pijakiem, który tarzał się w błocie i sikał po uliczkach. Prawda?

Ta myśl natychmiast przypomniała mu o głębszym bólu. Wykraczającym poza ćmienie głowy i łupanie w kościach. On zawsze mu towarzyszył, jak nieustające dzwonienie, przeszywające go aż do szpiku. Ten ból go obudził. Ból potrzeby.

Nie, nie był pijakiem, ale czymś o wiele gorszym.

Wytoczył się z uliczki, próbując wygładzić włosy i brodę. Kobiety, które mijał, unosiły bezpieczne dłonie do ust i nosów i odwracały wzrok, jakby wzbudzał w nich zażenowanie. Może to i dobrze, że zgubił płaszcz – niech go burza chroni, gdyby ktoś go rozpoznał. Zawstydziłby całą drużynę.

Już i tak przynosisz wstyd drużynie i dobrze o tym wiesz, pomyślał. Jesteś bezbożnym marnotrawstwem śliny.

W końcu znalazł drogę do studni, gdzie skulił się w kolejce. Kiedy w końcu przyszła jego kolej, padł na kolana i drżącą dłonią nabrał wody swoim cynowym kubkiem. Gdy tylko poczuł chłodny płyn, jego żołądek natychmiast się ścisnął, odrzucając ją, choć Teft był bardzo spragniony. Tak się zawsze działo po nocy z mchem, więc wiedział, jak znosić mdłości i skurcze. Miał tylko nadzieję, że uda mu się utrzymać wodę.

Osunął się i zacisnął ręce na brzuchu, przerażając ludzi, którzy stali za nim w kolejce. Przez tłum – przy studni zawsze był choćby niewielki tłumek – zaczęli się przeciskać mężczyźni w mundurach. Ciemna zieleń. Ludzie Sadeasa.

Zignorowali kolejki i napełnili wiadra. Kiedy mężczyzna w niebieskim mundurze Kholinów zaczął protestować, żołnierze Sadeasa natychmiast go otoczyli. Żołnierz Kholinów w końcu się cofnął. Dobry chłopak. Nie potrzebowali kolejnej bijatyki między ludźmi Sadeasa a innymi żołnierzami.

Kiedy skurcze ustąpiły, Teft zanurzył kubek po raz kolejny. Studnia wydawała się głęboka. U góry falująca woda, a poniżej głęboka czerń.

Prawie rzucił się do środka. Czy gdyby następnego dnia obudził się w Potępieniu, wciąż czułby tę swędzącą potrzebę? To by była stosowna udręka. Pustkowcy nawet nie musieliby obdzierać jego duszy – wystarczyłoby, żeby powiedzieli mu, że już nigdy więcej nie poczuje się nasycony, a później mogliby tylko patrzeć, jak się wije.

Nad jego ramieniem pojawiła się twarz odbita w wodzie studni. Kobieta o bladej skórze, emanującej słabym blaskiem, i włosach, które unosiły się wokół jej głowy jak chmury.

– Zostaw mnie w spokoju. – Uderzył dłonią w wodę. – Po prostu... znajdź sobie kogoś, kogo to obchodzi.

Podniósł się z trudem i w końcu odszedł od studni, by ktoś inny mógł zająć jego miejsce. Na burze, która godzina? Te kobiety z wiadrami zamierzały nabrać wody na cały dzień. Nocne tłumy pijanych zastąpili przedsiębiorczy i pracowici.

Znów wyszedł na całą noc. Keleku!

Rozsądek kazał mu wracać do koszar. Ale czy mógł stawić im czoło w takim stanie? Ze spuszczonym wzrokiem ruszył przez targowisko.

Jestem w coraz gorszym stanie, uświadomił sobie. Przez pierwszy miesiąc w służbie Dalinara jeszcze się opierał. Ale znów miał pieniądze, po tak długim czasie jako mostowy. A pieniądze były niebezpieczne.

Jakoś sobie radził, od czasu do czasu wieczorami sięgał po mech. Ale później Kaladin odszedł, a ta wieża, gdzie wszystko wydawało się niewłaściwe... Te potwory ciemności, w tym jeden, który wyglądał dokładnie jak on.

Potrzebował mchu, by sobie z tym poradzić. A kto nie? Westchnął. Kiedy podniósł wzrok, zobaczył stojącego przed sobą sprena.

Teft... – szepnęła. *Wypowiedziałeś przysięgi...*

Głupie przysięgi, wypowiedziane, kiedy miał nadzieję, że gdy stanie się Świetlistym, przestanie czuć pragnienie. Odwrócił się od niej i ruszył w stronę namiotu wciśniętego między gospody. One były zamknięte, ale to miejsce – nie miało nazwy i jej nie potrzebowało – pozostało otwarte. Było zawsze otwarte, podobnie jak te w obozie Dalinara i w obozie Sadeasa. W niektórych okolicach trudnej je było odnaleźć niż w innych. Ale zawsze były, bezimienne, jednak dobrze znane.

Siedzący z przodu twardy z wyglądu Herdaz machnął ręką, pozwalając mu wejść. W środku panował półmrok, ale Teft odnalazł drogę do stołu i osunął się przy nim. Kobieta w obcisłym ubraniu i rękawiczce bez palców przyniosła mu małą miseczkę ogniomchu. Nie pytali o zapłatę. Wszyscy wiedzieli, że dziś nie miał przy sobie żadnych kul, nie po szaleństwie ostatniej nocy. Ale dopilnują, żeby w końcu dostać swoje pieniądze.

Teft wpatrywał się w miseczkę, nienawidząc siebie. A jednak zapach sprawił, że jego tęsknota jeszcze się wzmogła. Z cichym jękiem wziął ogniomech i roztarł go między kciukiem a palcem wskazującym. Mech wypuścił niewielką strużkę dymu, a w półmroku jego środek rozjarzył się jak węgielek.

Rzecz jasna, bolało. Poprzedniej nocy przebił się przez zrogowacenia i teraz rozcierał mech otartymi, pokrytymi pęcherzami palcami. Ale to był ostry, tymczasowy ból. Dobry ból. Czysto fizyczny, był oznaką życia.

Minęła minuta, nim poczuł skutki. Znikające bóle, a później silniejsza determinacja. Pamiętał, że dawno temu ogniomech dawał mu więcej – pamiętał euforię, noce spędzone w cudownym oszołomieniu, kiedy wszystko wokół niego miało sens.

Ostatnio potrzebował mchu, by czuć się normalnie. Jak człowiek wspinający się po mokrych skałach, ledwie docierał do miejsca, w którym stali wszyscy pozostali, i już zaczynał powoli ześlizgiwać się z powrotem w dół. Nie pragnął euforii, jedynie zdolności, by funkcjonować.

Mech zdejmował z niego ciężar. Wspomnienia tamtego mrocznego wcielenia jego samego. Wspomnienia, jak zadenuncjował rodzinę jako heretyków, choć od początku mieli rację. Był żałosny i tchórzliwy, nie zasługiwał, by nosić symbol mostu czwartego. Właściwie już zdradził tego sprena. Szkoda, że nie uciekła.

Na chwilę mógł oddać to wszystko ogniomchowi.

Niestety, Teft miał w sobie coś popsutego. Dawno temu spróbował mchu, zachęcany przez innych z oddziału w armii Sadeasa. Rozcierali go i czerpali z tego korzyści, jak mężczyzna, który żuje grzbietokorę, żeby nie zasnąć na warcie. Trochę ogniomchu, chwila rozluźnienia, a później żyli dalej.

Teft tak nie funkcjonował. Odepchnąwszy na bok ciężar, mógłby wstać i wrócić do mostowych. Mógłby zacząć dzień.

Ale na burze, jeszcze kilka minut było tak miłą perspektywą. Nie przestawał. Zużył trzy miseczki, zanim ostre światło sprawiło, że zamrugał. Uniósł głowę znad stołu – ku swojemu zawstydzeniu stwierdził, że zostawił na blacie kałużę śliny. Ile czasu minęło i co to było za straszliwe, koszmarne światło?

– Oto i on – rozległ się głos Kaladina, kiedy Teft zamrugał. Ktoś ukląkł obok niego. – Och, Teft...

– Jest nam winien za trzy miski – powiedział właściciel. – Jeden granatowy broam.

– Ciesz się – warknął ktoś z akcentem – że nie oderwiemy ci kawałków ciała i nie zapłacimy ci nimi.

Na burze. Skała też tu był? Teft jęknął i odwrócił twarz.

– Nie patrz na mnie – wychrypiał. – Nie...

– Nasz lokal jest całkowicie legalny, Rogożerco – odparł właściciel. – Jeśli nas zaatakujecie, bądźcie pewni, że wezwiemy straż, a oni będą nas bronić.

– Masz swoje krwawe pieniądze, ty węgorzu. – Kaladin popchnął światło w ich stronę. – Skało, możesz go wziąć?

Wielkie dłonie chwyciły Tefta, ich dotyk był zaskakująco łagodny. Płakał. Keleku...

– Gdzie twój płaszcz, Teft? – spytał Kaladin z ciemności.

– Sprzedałem go – przyznał Teft i mocno zacisnął powieki, by nie widzieć wstydosprenów, które opadały wokół niego jak płatki kwiatów. – Sprzedałem swój burzowy płaszcz.

Kaladin umilkł, a Teft pozwolił, by Skała wyniósł go z namiotu. W połowie drogi powrotnej udało mu się w końcu zebrać dość godności, by zacząć narzekać na oddech Skały i skłonić ich, by pozwolili mu iść samodzielnie – z pewną pomocą.

***

Teft zazdrościł ludziom, którzy byli lepsi od niego. Nie mieli tego swędzenia, sięgającego tak głęboko, że aż drażniło jego duszę. Było nieustające, zawsze mu towarzyszyło i nie mógł nawet się podrapać. Choć bardzo się starał.

Kaladin i Skała umieścili go w jednym z pomieszczeń w koszarach, samego, owiniętego kocami i z miską potrawki Skały w rękach. Teft wydawał stosowne odgłosy, których oni się spodziewali. Przeprosiny, obietnice, że powie im, jeśli znów poczuje potrzebę. Obietnice, że pozwoli, by mu pomogli. Choć nie mógł zjeść potrawki, jeszcze nie. Dopiero następnego dnia będzie mógł coś w siebie wmusić.

Na burze, dobrzy z nich byli ludzie. Nie zasługiwał na tak dobrych przyjaciół. Wszyscy zmieniali się w coś wielkiego, a Teft... Teft pozostał na ziemi, patrząc w górę.

Zostawili go, żeby odpoczął. Wpatrywał się w potrawkę, czuł znajomą woń, ale wiedział, że nie odważy się jej zjeść. Przed końcem dnia zamierzał wrócić do pracy, szkolenia mostowych z innych drużyn. Mógł funkcjonować. Mógł przez wiele dni udawać, że jest normalny. Na burze, w armii Sadeasa radził sobie przez lata, zanim zrobił o jeden krok za daleko, o jeden raz za dużo nie zgłosił się na służbę i za karę wylądował w drużynach mostowych.

Te miesiące biegania z mostami były jedynym okresem w jego dorosłym życiu, kiedy mech nad nim nie dominował. Ale nawet wtedy, kiedy mógł sobie pozwolić co najwyżej na odrobinę alkoholu, wiedział, że w końcu znajdzie drogę z powrotem. Trunek nigdy nie wystarczał.

Nawet kiedy starał się zapanować nad sobą, by wrócić do pracy, jego umysł wypełniała jedna dręcząca myśl. Zawstydzająca myśl.

Przez jakiś czas nie dostanę więcej mchu, prawda?

Ta ponura świadomość bolała go bardziej niż cokolwiek. Miał przeżyć kilka nieznośnych dni, czując się jak wrak człowieka. Dni, kiedy nie czuł nic poza nienawiścią do samego siebie, dni pełnych wstydu, wspomnień, spojrzeń innych mostowych.

Dni bez żadnej burzowej pomocy.

To go przerażało.

42 KONSEKWENCJE

Cephandriusie, niosący Pierwszy Klejnot,
Nie powinieneś zwracać się do nas, opierając się na dawnym związku.

Wewnątrz coraz bardziej znajomej wizji Dalinar starannie naciągnął łuk i wypuścił strzałę o czarnym pierzysku w plecy dzikiego człowieka. Kakofonia bitwy zagłuszyła wrzask mężczyzny. Przed nim żołnierze walczyli gorączkowo, ale wróg spychał ich w stronę krawędzi urwiska.

Dalinar znów naciągnął łuk i wypuścił strzałę, która wbiła się w ramię mężczyzny. Ten w połowie ciosu opuścił topór, dzięki czemu nie trafił w młodego ciemnoskórego mężczyznę leżącego na ziemi. Chłopak był ledwie nastolatkiem, wciąż niezgrabnym, jego kończyny wydawały się zbyt długie, a twarz zbyt okrągła, zbyt dziecinna. W swojej armii Dalinar mógłby wykorzystywać go jako gońca, ale na pewno nie dałby mu włóczni do ręki.

Mimo tak młodego wieku chłopak został nazwany Pierwszym Aqasiksem, Yanagawnem Pierwszym, władcą Aziru, cesarzem większego Makabaku.

Dalinar stał na skałach z łukiem w ręku. Choć nie zamierzał powtórzyć błędu z królową Fen, którą zmusił, by radziła sobie sama w wizji, nie chciał też, by Yanagawn uniknął wyzwań i niepokoju. Nie bez powodu w tych wizjach Wszechmocny często stawiał Dalinara w niebezpiecznej sytuacji. Musiał dogłębnie zrozumieć, jaka jest stawka.

Powalił kolejnego wroga, który zbliżył się do chłopaka. Zajmował dobrą pozycję w pobliżu pola walki, więc nie było to wielkie wyzwanie. W swoim czasie nauczył się strzelać, choć w ostatnich latach korzystał z tak zwanych Łuków Odprysku –

fabrialowych łuków o tak dużej sile naciągu, że mogli ich używać jedynie ludzie w Pancerzu Odprysku.

Doświadczenie tej bitwy po raz trzeci było dziwne. Choć każde powtórzenie rozgrywało się w odrobinę inny sposób, niektóre szczegóły wyglądały znajomo. Woń dymu i stęchły odór nieludzkiej krwi. Sposób, w jaki mężczyzna poniżej upadł, gdy odrąbano mu rękę, wykrzykując tę samą na wpół modlitwę, na wpół potępienie Wszechmocnego.

Dzięki pomocy Dalinara grupka obrońców stawiała opór wrogowi do chwili, gdy Świetlisty w emanującym blaskiem Pancerzu Odprysku wspiął się przez krawędź urwiska. Cesarz Yanagawn usiadł, gdy inni żołnierze zebrali się wokół Świetlistego i odepchnęli wroga.

Dalinar opuścił łuk, odczytując przerażenie w drżącej sylwetce chłopaka. Inni mężczyźni mówili, że po walce dostawali dreszczy, gdy w końcu docierała do nich jej groza.

Cesarz w końcu podniósł się niezgrabnie, używając włóczni jako laski. Nie zauważył Dalinara, nie zastanawiał się nawet, dlaczego z niektórych ciał wokół niego wystają strzały. Chłopak nie był żołnierzem, Dalinar zresztą wcale się tego nie spodziewał. Doświadczenie podpowiadało mu, że azirscy generałowie byli zbyt pragmatyczni, by pragnąć tronu. Wymagało to zbyt wielu ustępstw wobec biurokratów i najwyraźniej dyktowania esejów.

Chłopak ruszył ścieżką oddalającą się od urwiska, a Dalinar podążył za nim. Aharietiam. Ludzie, którzy to przeżyli, myśleli, że to koniec świata. Z pewnością zakładali, że wkrótce powrócą do Sal Spokoju. Jak zareagowaliby na informację, że – po czterech tysiącleciach – ludzkość wciąż nie może powrócić do niebios?

Chłopak zatrzymał się na końcu wijącej się ścieżki, która prowadziła do doliny między formacjami skalnymi. Patrzył, jak ranni mężczyźni kuśtykają obok wsparci na przyjaciołach. W powietrzu rozlegały się jęki i krzyki. Dalinar zamierzał podejść i zacząć wyjaśniać, czym są wizje, ale chłopiec dołączył do grupki rannych i zaczął z nimi rozmawiać.

Dalinar z zainteresowaniem podążył za nim, dobiegały go fragmenty rozmowy. „Co się tu wydarzyło? Kim jesteście? Dlaczego walczyliście?".

Mężczyźni nie powiedzieli mu wiele. Byli ranni, wyczerpani, ciągnęli za sobą bólospreny. W końcu dotarli do większej grupki w miejscu, do którego Jasnah udała się podczas poprzedniej wizyty Dalinara w tej wizji.

Tłum zebrał się wokół mężczyzny stojącego na dużym głazie. Był po trzydziestce, wysoki i pewny siebie, w biało-niebieskich szatach. Robił wrażenie Alethyjczyka, ale... nie do końca. Jego skóra miała odrobinę ciemniejszy odcień, a rysy wydawały się trochę niewłaściwe.

Jednakże było w nim coś... znajomego.

– Musicie przekazać wiadomość – ogłosił mężczyzna. – Zwyciężyliśmy! W końcu Pustkowcy zostali pokonani. To zwycięstwo nie należy do mnie ani innych Heroldów. Jest waszym zwycięstwem. Wy tego dokonaliście.

Niektórzy zgromadzeni wykrzykiwali triumfalnie. Zbyt wielu pozostałych stało w milczeniu i patrzyło martwymi oczyma.

– Poprowadzę natarcie na Sale Spokoju! – krzyknął mężczyzna. – Już mnie nie zobaczycie, ale nie myślcie o tym teraz! Zdobyliście pokój. Radujcie się nim! Odbudowujcie. Ruszajcie teraz, pomóżcie swoim towarzyszom. Nieście ze sobą blask słów swojego króla Herolda. Po tak długim czasie zwyciężyliśmy zło!

Kolejne krzyki, tym razem bardziej energiczne.

Na burze, pomyślał Dalinar, czując dreszcz. To był sam Jezerezeh'Elin, Herold Królów. Największy spośród nich.

Chwileczkę. Czy król miał ciemne oczy?

Zebrani się rozproszyli, ale młody cesarz pozostał, wpatrując się w miejsce, w którym przed chwilą stał Herold. W końcu szepnął:

– Och, Yaezirze. Królu Heroldów.

Dalinar podszedł do niego.

– Tak. To był on, Wasza Ekscelencjo. Moja bratanica odwiedziła wcześniej tę wizję i napisała, że chyba go dostrzegła.

Yanagawn chwycił Dalinara za ramię.

– Co powiedziałeś? Znasz mnie?

– Jesteście Yanagawnem z Aziru. – Dalinar pochylił głowę w namiastce ukłonu. – Ja jestem Dalinar Kholin i przepraszam, że nasze spotkanie odbywa się w tak nietypowych okolicznościach.

Chłopak otworzył szerzej oczy.

– Najpierw widzę Yaezira we własnej osobie, a teraz swojego wroga.

– Nie jestem waszym wrogiem. – Dalinar westchnął. – A to nie jest zwykły sen, Ekscelencjo. Ja...

– Ależ wiem, że to nie jest sen. Jako że jestem Pierwszym, cudownym sposobem wyniesionym na tron, Heroldowie mogą przemawiać przeze mnie! – Rozejrzał się dookoła. – Ten dzień, który przeżywamy, czy to Dzień Chwały?

– Aharietiam. Owszem.

– Dlaczego umieścili cię tutaj? Co to znaczy?

– Oni nie umieścili mnie tutaj. Wasza Ekscelencjo, to ja przywołałem tę wizję i to ja was do niej wprowadziłem.

Chłopak założył ręce na piersi. Miał skórzaną spódniczkę dostarczoną przez wizję. Włócznię o brązowym grocie zostawił opartą o pobliską skałę.

– Czy powiedziano wam – spytał Dalinar – że uważa się mnie za szaleńca?

– Słyszałem pogłoski.

– Cóż, na tym polegało moje szaleństwo. W czasie burz dręczyły mnie wizje. Chodźcie. Zobaczcie.

Zaprowadził Yanagawna w miejsce, z którego mogli lepiej zobaczyć wielkie pole zabitych, które ciągnęło się od wylotu kanionu. Młody cesarz podążył za nim, na ten widok jego twarz poszarzała. W końcu wyszedł na większe pole bitwy i ruszył pośród trupów, jęków i przekleństw.

Dalinar szedł obok niego. Tak wiele martwych oczu, tak wiele twarzy wykrzywionych w bólu. Jasnoocy i ciemnoocy. Blada skóra jak Shinów i niektórych Rogożerców. Ciemna skóra jak Makabaków. Wielu, którzy mogli być Alethyjczykami, Vedeńczykami albo Herdazami.

Były też inne rzeczy. Olbrzymie kamienne postacie, zdruzgotane. Parshmeni w wojnoformie, z chitynowymi pancerzami i pomarańczową krwią. W jednym miejscu minęli stertę dziwacznych kremlików, spalonych i dymiących. Komu się chciało zebrać razem tysiąc małych skorupiaków?

– Walczyliśmy razem – stwierdził Yanagawn.

– A jak inaczej moglibyśmy stawiać opór? Samotna walka przeciwko Spustoszeniu byłaby szaleństwem.

Yanagawn spojrzał na niego z ukosa.

– Chciałeś porozmawiać ze mną bez wezyrów. Chciałeś, żebym był sam! I możesz po prostu... po prostu pokazać mi cokolwiek, co doda mocy twojej argumentacji!

– Jeśli przyjmujecie, że mam moc pokazać wam te wizje, czy to samo w sobie nie sugeruje, że powinniście mnie posłuchać?

– Alethyjczycy są niebezpieczni. Wiesz, co się wydarzyło, kiedy Alethyjczycy po raz ostatni byli w Azirze?

– Słoneczny władał dawno temu.

– Wezyrowie o tym mówili. Wszystko mi opowiedzieli. Wtedy zaczęło się w taki sam sposób, od watażki jednoczącego alethyjskie plemiona.

– Plemiona? Porównujecie nas do nomadów z Tu Bayla? Alethkar to jedno z najbardziej kulturalnych królestw Rosharu!

– Wasz kodeks ma zaledwie trzydzieści lat!

Dalinar odetchnął głęboko.

– Wasza Ekscelencjo. Wątpię, by ta dygresja była istotna. Rozejrzyjcie się dookoła. Rozejrzyjcie się i zobaczcie, co przyniesie Spustoszenie.

Objął szerokim gestem straszliwy widok, a Yanagawn się uspokoił. Stojąc twarzą w twarz z tak wielką liczbą zabitych, można było czuć jedynie smutek.

W końcu Yanagawn odwrócił się i ruszył w stronę, z której przyszli. Dalinar ruszył za nim z rękami splecionymi za plecami.

– Mówią – szepnął Yanagawn – że kiedy Słoneczny przekroczył przełęcze i wjechał do Aziru, miał jeden niespodziewany problem. Zbyt szybko podbił mój lud i nie wiedział, co zrobić ze wszystkimi jeńcami. Nie mógł pozostawić w miastach ludzi zdolnych do walki. Musiał zamordować tysiące mężczyzn.

– Czasami po prostu dawał zadanie żołnierzom. Każdy mężczyzna miał zabić trzydziestu jeńców, jak dziecko, które musi przynieść naręcze drewna do paleniska, zanim będzie mogło pójść się pobawić. W innych miejscach Słoneczny ogłaszał coś arbitralnego. Na przykład, że każdy mężczyzna o zbyt długich włosach miał zostać zabity.

– Zanim Heroldowie zesłali na niego chorobę, wymordował dziesięć procent mieszkańców Aziru. Mówią, że Zawfix wypełniały kości, które arcyburze nawiały w sterty wysokie jak budynki.

– Nie jestem swoim przodkiem – powiedział łagodnie Dalinar.

– Szanujesz go. Alethyjczycy niemalże oddają cześć Sadeesowi. Nosisz jego burzowe Ostrze Odprysku.

– Oddałem je.

Zatrzymali się na skraju pola bitwy. Cesarzowi nie brakowało charakteru, ale nie miał odpowiedniej postawy. Szedł z opuszczonymi ramionami, a dłońmi ciągle sięgał do kieszeni, których jego starożytnemu strojowi brakowało. Był niskiego stanu – choć w Azirze nie oddawali właściwej czci kolorowi oczu. Navani kiedyś mu powiedziała, że to dlatego, że w Azirze nie mieli dość jasnookich.

Sam Słoneczny wykorzystał to jako usprawiedliwienie, by ich podbić.

– Nie jestem swoim przodkiem – powtórzył Dalinar. – Ale wiele nas łączy. Brutalna młodość. Życie spędzone na wojnie. Jednak mam nad nim przewagę.

– To znaczy?

Dalinar spojrzał chłopakowi w oczy.

– Przeżyłem dość długo, by zobaczyć konsekwencje tego, co zrobiłem.

Yanagawn powoli pokiwał głową.

– Ano – wtrącił ktoś. – Jesteś stary.

Dalinar odwrócił się i zmarszczył czoło. To brzmiało jak głos dziewczynki. Skąd się wzięła dziewczynka na polu bitwy?

– Nie spodziewałam się, że będziesz taki stary. – Dziewczyna siedziała ze skrzyżowanymi nogami na pobliskim głazie. – I wcale nie jesteś taki czarny. Nazywają cię Czarny Cierniem, ale jesteś bardziej... Ciemno-śniadym Cierniem. Gawx jest bardziej czarny od ciebie, a nawet on jest całkiem brązowy.

Młody cesarz, co zadziwiające, uśmiechnął się szeroko.

– Zwinka! Wróciłaś!

Nie zwracając uwagi na poczucie godności, zaczął wdrapywać się na skałę.

– Nie do końca. Coś odwróciło moją uwagę. Ale jestem już blisko.

– Co się wydarzyło w Yeddawie? – spytał Yanagawn z przejęciem. – Nie dostałem od ciebie właściwie żadnych wyjaśnień!

– Ci ludzie kłamią o swoim jedzeniu.

Spojrzała zmrużonymi oczami na Dalinara, gdy młody cesarz ześlizgnął się z głazu i spróbował wspiąć się z drugiej strony.

To niemożliwe, powiedział Ojciec Burz w umyśle Dalinara. *Skąd ona się tu wzięła?*

– Ty jej nie wprowadziłeś? – spytał cicho Dalinar.

Nie. To niemożliwe! Jak...?

Yanagawn w końcu dotarł na szczyt głazu i uścisnął młodszą dziewczynkę. Miała długie ciemne włosy, blade białe oczy i śniadą skórę, choć najpewniej nie była Alethyjką – jej twarz wydawała się zbyt okrągła. Może Reshi?

Yanagawn wskazał na Dalinara.

– On próbuje mnie przekonać, że powinienem mu zaufać.

– Nie rób tego. Ma zbyt ładny tyłek.

Dalinar odchrząknął.

– Co takiego?

– Masz za ładny tyłek. Starzy goście nie powinni mieć jędrnych tyłków. To znaczy, że spędzasz za dużo czasu, machając mieczem albo bijąc ludzi. Powinieneś mieć stary, obwisły tyłek. Wtedy bym ci zaufała.

– Ona... ma coś do tyłków – wyjaśnił Yanagawn.

– Wcale nie. – Dziewczynka przewróciła oczami. – Jeśli ktoś myśli, że jestem dziwna, bo mówię o tyłkach, to zwykle dlatego, że jest zazdrosny, bo ja jako jedyna nie mam nic wbitego w swój. – Znów spojrzała zmrużonymi oczami na Dalinara i wzięła cesarza za rękę. – Chodźmy.

– Ale... – Dalinar uniósł rękę.

– Widzisz, już się uczysz. – Uśmiechnęła się do niego.

Po czym ona i cesarz zniknęli.

Ojciec Burz zadudnił z frustracją. *Ta kobieta! To stworzenie, którego celem jest sprzeciwianie się mojej woli!*

Dalinar pokręcił głową.

– Kobieta?

To dziecko zostało splamione przez Strażniczkę Nocy.

– Formalnie rzecz biorąc, ja też.

To coś innego. To nienaturalne. Posuwa się zbyt daleko.

Ojciec Burz zadudnił z niezadowoleniem i nie chciał już rozmawiać z Dalinarem. Wydawał się szczerze zaniepokojony.

Dalinar był zmuszony siedzieć i czekać na zakończenie wizji. Spędził ten czas, wpatrując się w pole zabitych, dręczony na równi przez przeszłość i przyszłość.

43

WŁÓCZNIK

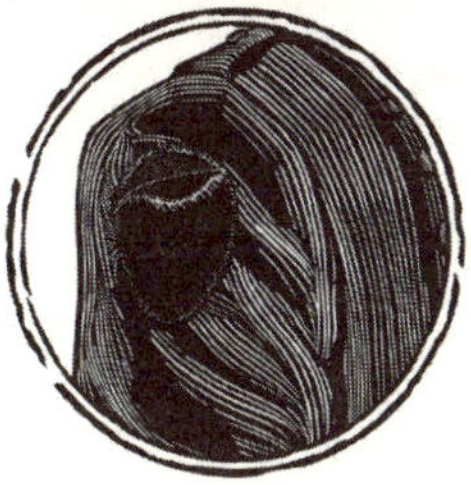

Zwróciłeś się do tego, który nie może odpowiedzieć. Miast tego my przyjmiemy Twoją wiadomość – choć nie wiemy, jak zlokalizowałeś nas na tym świecie.

Moash grzebał w brei, którą Febrth nazywał „potrawką". Smakowała jak krem.

Wpatrywał się w ogniospreny w dużym ognisku do gotowania i próbował się ogrzać, gdy Febrth – Thayleńczyk o uderzających czerwonych włosach Rogożercy – kłócił się z Grobem. Dym z ogniska wznosił się w powietrze, a blask musiał być widoczny przez całe mile Krain Lodu. Grób się nie przejmował – uznał, że nawet jeśli Wieczna Burza nie oczyściła okolicy z bandytów, dwóch Odpryskowych wystarczyłoby, by poradzić sobie z niedobitkami.

Ostrza Odprysku nie zatrzymają strzały w plecy, pomyślał Moash, który czuł się odsłonięty. Pancerz też nie, jeśli nie ma się go na sobie. Jego zbroja, podobnie jak zbroja Grobu, leżała w stercie na wozie.

– Popatrz, to Trojaczki. – Grób machnął ręką w stronę formacji skalnej. – Są dokładnie tu na mapie. Teraz ruszamy na zachód.

– Już tu kiedyś byłem – sprzeciwił się Febrth. – Musimy kierować się dalej na południe, a później na wschód.

– Mapa...

– Nie potrzebuję twoich map. – Febrth założył ręce na piersi. – Pasje mną kierują.

– Pasje? – Grób gwałtownie uniósł ręce. – Pasje? Miałeś porzucić takie przesądy. Teraz należysz do Diagramu!

– Mogę robić obie te rzeczy – odparł poważnie Febrth.

Moash wepchnął kolejną łyżkę „potrawki" do ust. Na burze, nienawidził, kiedy wypadała kolej Febrtha. I kolej Grobu. I kolei Fii. I... cóż, to, co on sam gotował, smakowało jak przyprawione pomyje. Nikt nie dałby burego odłamka za ich umiejętności gotowania. Nie to, co Skała.

Moash upuścił miskę, pozwalając, by breja wychlapała się na zewnątrz. Gwałtownym ruchem zdjął płaszcz z gałęzi drzewa i wyruszył w mrok. Po długim czasie spędzonym przy ogniu dotyk zimnego powietrza na skórze robił dziwne wrażenie. Nie cierpiał tutejszego chłodu. Bezustanna zima.

Całą czwórką znosili burze ukryci w ciasnym, wzmacnianym dnie ich wozu, który przymocowywali łańcuchami do ziemi. Odpędzali zbuntowanych parshmenów Ostrzami Odprysku – okazało się, że nie są aż tak niebezpieczni, jak się obawiał. Ale ta nowa burza...

Moash kopnął kamień, który jednak okazał się przymarznięty do ziemi i tylko stłukł palec u nogi. Zaklął i obejrzał się przez ramię, gdy kłótnia przerodziła się w krzyki. Niegdyś podziwiał wyrafinowanie Grobu. To było, zanim spędził wiele tygodni, wędrując z nim po pustkowiach. Mężczyzna szybko stracił cierpliwość, a jego wyrafinowanie nie miało większego znaczenia, gdy wszyscy jedli pomyje i odlewali się za pagórkami.

– Jak bardzo się zgubiliśmy? – spytał Moash, kiedy Grób dołączył do niego w ciemności poza granicą obozu.

– Wcale nie bylibyśmy zagubieni, gdyby ten idiota chciał choć spojrzeć na mapę. – Popatrzył na Moasha. – Kazałem ci się pozbyć tego płaszcza.

– Co zrobię, kiedy przestaniemy pełzać po zamarzniętym tyłku zimy.

– Przynajmniej zdejmij naszywkę. Może nas zdradzić, jeśli natkniemy się na kogoś z obozów. Zerwij ją.

Grób obrócił się na pięcie i wrócił w stronę obozu.

Moash pomacał naszywkę mostu czwartego na ramieniu. Budziła wspomnienia. Dołączenie do Grobu i jego bandy, którzy planowali zabicie króla Elhokara. Zamach na jego życie, gdy Dalinar wymaszerował w stronę centrum Strzaskanych Równin.

Konfrontacja z Kaladinem, rannym i krwawiącym.

„Nie. Dostaniesz. Go".

Skóra Moasha stała się lepka od zimna. Wysunął nóż z pochwy u pasa – wciąż się nie przyzwyczaił, że może nosić tak długi. Dla ciemnookiego zbyt duży nóż mógł oznaczać tarapaty.

Już nie był ciemnooki. Był jednym z nich.

Na burze, był jednym z nich.

Przeciął szwy na naszywce mostu czwartego. Do góry z jednej strony, w dół z drugiej. Jakie to proste. Trudniej byłoby się pozbyć tatuażu, który zrobił sobie z pozostałymi, ale umieścił go na ramieniu, nie na czole.

Moash uniósł naszywkę, próbując przyjrzeć jej się po raz ostatni w blasku ognia, a później nie mógł się zmusić, by ją wyrzucić. Wrócił i usiadł przy ognisku. Czy pozostali siedzieli gdzieś wokół kociołka z potrawką Skały? Śmiali się, żartowali, zakładali, ile kufli ale zdoła wypić Lopen? Żartowali z Kaladina, próbując skłonić go, żeby się uśmiechnął?

Moash prawie słyszał ich głosy i uśmiechnął się, wyobrażając sobie, że tam jest. A później wyobraził sobie, jak Kaladin opowiada im o tym, co Moash zrobił.

„Próbował mnie zabić", powiedziałby Kaladin. „Zdradził wszystko. Przysięgę, że będzie chronił króla, obowiązek wobec Alethkaru, ale przede wszystkim nas".

Moash skulił się, w palcach wciąż trzymał naszywkę. Powinien wrzucić ją do ognia. Na burze. Sam powinien się rzucić do ognia.

Spojrzał w stronę nieba, zarówno Potępienia, jak i Sal Spokoju. Migotała na nim grupka gwiazdosprenów.

A obok nich coś poruszało się na niebie?

Moash krzyknął i rzucił się do tyłu ze swojego miejsca, gdy na ich mały obóz spadła czwórka Pustkowców. Uderzyli w ziemię, w dłoniach trzymali długie, wijące się klingi. Nie Ostrza Odprysku, lecz broń Parshendich.

Jeden stwór uderzył w miejsce, w którym jeszcze przed chwilą siedział Moash. Inny przebił pierś Grobu, po czym wyrwał ostrze i jednym ciosem obciął mu głowę.

Trup Grobu poleciał na ziemię, a jego Ostrze Odprysku zmaterializowało się w powietrzu i upadło z brzękiem. Febrth i Fia też nie mieli szans. Zabili ich inni Pustkowcy, rozlewając ich krew w tej zimnej, zapomnianej krainie.

Czwarty Pustkowiec ruszył na Moasha, który rzucił się na ziemię i przetoczył. Miecz stwora uderzył w skały obok niego, aż wzbiły się iskry.

Moash poderwał się na równe nogi, a wtedy przejęło nad nim kontrolę szkolenie Kaladina – wiele godzin spędzonych na dnie rozpadliny. Odskoczył i stanął plecami do wozu, a jednocześnie w jego dłoni pojawiło się Ostrze Odprysku.

Pustkowczyni obeszła ognisko, jego blask odbijał się od jej umięśnionego ciała. Ci tutaj nie przypominali Parshendich ze Strzaskanych Równin. Mieli czerwone oczy i czerwono-fioletowy pancerz, który częściowo otaczał ich twarze. Jego przeciwniczka miała wirujące wzory na skórze składające się z trzech połączonych kolorów. Czerwień, biel, czerń.

Otaczał ich ciemny blask, jak przeciwieństwo Burzowego Światła. Grób mówił o tych istotach, twierdził, że ich powrót jest tylko jednym z wielu wydarzeń przewidzianych przez nieprzenikniony „Diagram".

Przeciwniczka Moasha natarła na niego, a on zadał cios Ostrzem, odpędzając ją. Wyglądała, jakby sunęła w powietrzu, jej stopy ledwie dotykały ziemi. Pozostała trójka go zignorowała, zajęła się przeszukiwaniem obozu i trupów. Jeden z wdziękiem wskoczył na wóz i zaczął przeglądać jego zawartość.

Jego przeciwniczka znów spróbowała, zadała szeroki cios swoją długą, falującą klingą. Moash cofnął się, mocno ściskając Ostrze Odprysku w obu dłoniach, i próbował sparować jej uderzenie. Jego ruchy wydawały się niezgrabne w porównaniu z wdziękiem i siłą tej istoty. Prześlizgnęła się w bok, jej ubranie falowało na wietrze, a przed twarzą unosiła się chmura pary. Nie zamierzała ryzykować ciosu Ostrzem Odprysku i nie uderzyła, kiedy Moash się potknął.

Na burze. Ta broń była po prostu zbyt niezgrabna. Sześć stóp długości oznaczało, że trudno ją było ustawić pod właściwym kątem. Owszem, mogła przeciąć wszystko, ale żeby miało to znaczenie, musiał najpierw trafić. O wiele łatwiej było się nią posługiwać, kiedy miał na sobie Pancerz. Bez niego czuł się jak dziecko trzymające broń dorosłego.

Pustkowczyni się uśmiechnęła i z oszałamiającą prędkością zadała cios. Moash cofnął się i zamachnął, zmuszając ją do zawirowania w bok. Rozcięła mu ramię, ale jego ruch sprawił, że przeciwniczce nie udało się go przebić.

Sapnął, czując palący ból ramienia. Pustkowczyni wpatrywała się w niego z dużą pewnością siebie. Był martwy. Może powinien po prostu na to pozwolić.

Pustkowiec na wozie powiedział coś z przejęciem i ekscytacją. Znalazł Pancerz Odprysku. Wydobywając go, rozrzucał inne przedmioty. Z tyłu wozu coś spadło i uderzyło z grzechotem o ziemię. Włócznia.

Moash spojrzał z góry na swoje Ostrze Odprysku, bogactwo narodów, najcenniejszą rzecz, jaką mógł posiadać człowiek.

Kogo ja oszukuję? – pomyślał. Czy w ogóle udało mi się kogoś oszukać?

Kobieta rzuciła się do ataku, ale Moash odesłał Ostrze Odprysku i odbiegł. Napastniczka była tak zaskoczona, że się zawahała, co pozwoliło mu rzucić się w stronę włóczni, przetoczyć i stanąć na równych nogach. Trzymając w dłoni gładkie drewno, znajomy ciężar, bez trudu przyjął postawę. Powietrze nagle zapachniało wilgocią i lekką zgnilizną – przypomniał sobie rozpadliny. Życie i śmierć, pędy i zgnilizna.

Niemal słyszał głos Kaladina. „Nie możecie się bać Ostrza Odprysku. Nie możecie się bać jasnookiego na koniu. Oni wpierw zabijają strachem, a mieczem później. Nie cofajcie się".

Pustkowczyni zaatakowała, a Moash się nie cofnął. Sparował cios, przyjmując ostrze na drzewce włóczni. A gdy spróbowała zadać cios zza głowy, wbił tępy koniec włóczni pod jej pachę.

Przeciwniczka sapnęła zaskoczona, kiedy Moash przeprowadził manewr, który tysiące razy ćwiczył w rozpadlinach. Zamachnął się drzewcem włóczni w stronę jej kostek i podciął jej nogi. Następnie zaczął się obracać, by wbić grot w pierś przeciwniczki.

Niestety, Pustkowczyni nie uderzyła o ziemię. Zatrzymała się w połowie upadku i unosiła w powietrzu, zamiast leżeć. Moash zauważył to w ostatniej chwili i przerwał manewr, by zablokować kolejny cios.

Przeciwniczka cofnęła się, opadła na ziemię i przykucnęła z mieczem wyciągniętym w bok. Nagle skoczyła do przodu i chwyciła za włócznię Moasha, kiedy próbował ją odepchnąć. Na burze! Zwinnie podciągnęła się tak blisko, że nie mógł zadać ciosu. Pachniała wilgotnym ubraniem i tą obcą stęchlizną, którą kojarzył z Parshendimi.

Przycisnęła dłoń do jego piersi i to ciemne światło przeniosło się na niego. Moash poczuł, że robi się lżejszy.

Na szczęście to również ćwiczył z Kaladinem.

Kiedy jego ciało próbowało unieść się w powietrze, jedną ręką złapał Pustkowczynię za luźną koszulę.

Nagłe szarpnięcie wytrąciło ją z równowagi, nawet uniosło na kilka cali. Szarpnął ją w swoją stronę i wbił grot włóczni w skalistą ziemię. Dzięki temu oboje zaczęli wirować w powietrzu.

Krzyknęła w obcym języku. Moash wypuścił włócznię i sięgnął po nóż. Kobieta próbowała go odepchnąć, znów go Przywiązała, tym razem mocniej. Chrząknął, ale nie puszczał, wydobył nóż i wbił go w jej pierś.

Wokół jego dłoni popłynęła pomarańczowa krew, rozlewała się na boki, gdy wirowali w powietrzu. Moash trzymał się mocno i wcisnął nóż jeszcze głębiej.

Nie uzdrowiła się, jak zrobiłby to Kaladin. Jej oczy przestały świecić, a ciemny blask zniknął. Ciało obwisło bezwładnie. Po krótkim czasie siła przytrzymująca Moasha w górze przestała działać. Spadł pięć stóp w dół, a jej ciało złagodziło jego upadek.

Pokrywała go pomarańczowa krew parująca w chłodnym powietrzu. Śliskimi od krwi palcami ścisnął włócznię i wycelował ją w stronę pozostałej trójki Pustkowców, którzy wpatrywali się w niego oszołomieni.

– Most czwarty, wy bydlaki – zawarczał Moash.

Dwóch Pustkowców zwróciło się w stronę trzeciego, również kobiety, która uważnie przyjrzała się Moashowi.

– Pewnie uda się wam mnie zabić. – Moash wytarł rękę o ubranie, by poprawić uchwyt. – Ale zabiorę jedno z was ze sobą. Przynajmniej jedno.

Nie wydawali się wściekli, że zabił ich przyjaciółkę. Ale na burze, czy takie stwory w ogóle miały uczucia? Shen często po prostu siedział i patrzył tępo. Moash spojrzał w oczy kobiecie pośrodku. Jej skóra była biała i czerwona, bez śladu czerni. Bladość tej bieli przypominała mu Shinów, którzy zawsze wydawali mu się chorzy.

– Ty – powiedziała po alethyjsku z ciężkim akcentem – masz pasję.

Jeden z pozostałych podał jej Ostrze Odprysku Grobu. Uniosła je i przyjrzała mu się w blasku ogniska, a później wzniosła w powietrze.

– Możesz wybrać. Zgiń tutaj albo pogódź się z porażką i oddaj broń.

Moash mocno ściskał włócznię w cieniu tej postaci, której ubranie falowało w powietrzu. Myśleli, że naprawdę im zaufa?

Ale też... naprawdę sądził, że stawi czoło całej trójce?

Wzruszywszy ramionami, odrzucił na bok włócznię. Przywołał Ostrze. Przez tyle lat o nim marzył, aż w końcu je dostał. Kaladin mu je dał. I co dobrego z tego przyszło? Najwyraźniej nie można mu było powierzyć takiej broni.

Zacisnąwszy zęby, Moash przycisnął dłoń do klejnotu i zapragnął zerwać więź. Klejnot na głowicy zabłysł i Moash poczuł przeszywający go lodowaty chłód. Wrócił do bycia ciemnookim.

Rzucił Ostrze na ziemię. Jeden z Pustkowców je wziął. Inny odleciał i Moash nie wiedział, co się dzieje. Po krótkim czasie tamten powrócił z szóstką innych. Troje przywiązało sznury do złożonych Pancerzy Odprysku, po czym wzniosło się w powietrze, ciągnąc za sobą ciężkie zbroje. Dlaczego ich nie Przywiązali?

Moash przez chwilę myślał, że go zostawią, ale w końcu dwaj kolejni złapali go za ręce i wznieśli w powietrze.

44 JASNE STRONY

W rzeczy samej, jesteśmy zaintrygowani, bo sądziliśmy, że jest doskonale ukryte. Pozbawione znaczenia wśród naszych licznych krain.

Woal rozsiadła się wygodnie w gospodzie ze swoimi ludźmi. Oparła stopy o blat, odchyliła krzesło do tyłu i słuchała, jak wokół niej kłębi się życie. Ludzie pili i gadali, inni przechodzili dróżką na zewnątrz, krzyczeli i żartowali. Cieszyła się otaczającym ją ciepłem innych ludzi, którzy zmienili ten skalny grobowiec w coś żywego.

Wciąż wolała nie rozważać rozmiaru wieży. Jak ktoś mógł wybudować coś tak wielkiego? Mogłoby pożreć większość miast, które widziała Woal, i to bez konieczności poluzowania paska.

Cóż, lepiej o tym nie myśleć. Trzeba się było prześlizgiwać nisko, poniżej wszystkich pytań, które rozpraszały skryby i uczone. Tylko w ten sposób można było zrobić coś pożytecznego.

Dlatego skupiała się na ludziach. Ich głosy łączyły się ze sobą i wspólnie stawali się tłumem bez twarzy.

Ale wspaniałą cechą ludzi było to, że można się było skupiać na określonych twarzach, naprawdę je widzieć, i odnaleźć bogactwo opowieści. Tak wielu ludzi, tak wiele żywotów, a każdy z osobna był małą tajemnicą. Niekończące się szczegóły, jak Wzór. Jeśli przyjrzeć się uważniej jego fraktalnym liniom, okazywało się, że każda malutka krawędź miała własną architekturę. Jeśli przyjrzeć się uważnie dowolnej osobie, widziało się jej wyjątkowość – widziało się, że nie do końca pasuje do szerokiej kategorii, do której się ją przypisało.

– No tak... – Rudy zwrócił się do Ishnah.

Woal wzięła ze sobą trzech ze swoich ludzi, a szpieg miała ich szkolić. Aby Woal mogła słuchać, uczyć się i próbować ocenić, czy kobieta była godna zaufania – czy też ktoś ją przysłał.

– To jest świetne – mówił dalej Rudy – ale kiedy zaczniemy się uczyć sztuczek z nożami? Nie chodzi o to, że mam ochotę kogokolwiek zabić. Po prostu... no wiesz...

– Co wiem? – spytała Ishnah.

– Noże są deevy – stwierdził Rudy.

– Deevy? – powtórzyła Woal, otwierając oczy.

Rudy przytaknął.

– Deevy. No wiesz. Niewiarygodne albo sprytne, ale w taki głaaaadki sposób.

– Wszyscy wiedzą, że noże są deevy – dodał Gaz.

Ishnah przewróciła oczyma. Niska kobieta miała na sobie havah z osłoniętą dłonią, a tkanina jej sukni była delikatnie haftowana. Jej zachowanie i strój świadczyły o tym, że była ciemnooką o dość wysokiej pozycji społecznej.

Woal bardziej zwracała uwagę na siebie, i to nie tylko z powodu białego płaszcza i kapelusza. To była uwaga mężczyzn zastanawiających się, czy chcą do niej podejść, czego nie robili z Ishnah. Sposób, w jaki się zachowywała, jej sztywna havah, to ich zniechęcało.

Woal z przyjemnością popijała wino.

– Z pewnością słyszeliście barwne opowieści – stwierdziła Ishnah. – Ale w szpiegostwie nie chodzi o noże w ciemnych uliczkach. Sama bym właściwie nie wiedziała, co z nim zrobić, gdybym musiała kogoś dźgnąć.

Trzej mężczyźni oklapli.

– W szpiegostwie – mówiła dalej Ishnah – chodzi o ostrożne zbieranie informacji. Waszym zadaniem jest dostrzegać, ale nie dać się dostrzec. Musicie być na tyle sympatyczni, żeby ludzie chcieli z wami rozmawiać, ale nie na tyle interesujący, by was zapamiętali.

– W takim razie Gaz odpada – stwierdził Rudy.

– Ano – zgodził się Gaz – to przekleństwo być tak interesującym.

– A może byście się tak zamknęli? – Vathah pochylił się, w dłoni trzymał nietknięty kubek taniego wina. – Jak? Ja jestem wysoki. Gaz ma jedno oko. Zostaniemy zapamiętani.

– Musicie się nauczyć skupiać uwagę innych na powierzchownych cechach, które możecie zmienić, a odwracać ją od tych, których nie możecie. Rudy, gdybyś to ty założył przepaskę na oko, ten szczegół zostałby zapamiętany. Vathah, mogę cię nauczyć tak się garbić, żeby twój wzrost nie rzucał się w oczy. A jeśli dołożysz do tego niezwykły akcent, ludzie zapamiętają właśnie to. Gaz, mogłabym cię wysłać do gospody i kazać ci leżeć na stole w udawanym pijackim otępieniu. Nikt nie zauważy opaski, bo zignorują cię jako pijaka.

– Ale to bez znaczenia – mówiła dalej Ishnah. – Musimy zacząć od obserwacji. Jeśli macie się okazać użyteczni, musicie umieć szybko ocenić miejsce, zapamiętać szczegóły i umieć je powtórzyć. A teraz zamknijcie oczy.

Zrobili to niechętnie, Woal dołączyła do nich.

– A teraz – spytała Ishnah – czy ktokolwiek z was może opisać obecnych w gospodzie? Bez podglądania.

– Yyy... – Gaz podrapał przepaskę na oku. – Przy barze jest taka jedna ładniutka. Może być Thaylenką.

– Jaki kolor ma jej bluzka?

– Hm. Na pewno ma duży dekolt, a ona wyhodowała sobie niezłe skałopąki... yyy...

– Jest ten paskudny gość z opaską na oku – powiedział Rudy. – Niski, irytujący typ. Wypija ci wino, kiedy nie patrzysz.

– Vathah? – spytała Ishnah. – Co powiesz?

– Wydaje mi się, że przy barze było paru mężczyzn. W mundurach... Sebariala? I zajęta jest może połowa stolików. Nie umiem powiedzieć, przez kogo.

– Lepiej. Nie spodziewałam się, że uda się wam to zrobić, ignorowanie takich rzeczy leży w ludzkiej naturze. Ale wyszkolę was, więc...

– Chwileczkę – przerwał jej Vathah. – A co z Woal? Co ona pamięta?

– Trzej mężczyźni przy barze – rzuciła z roztargnieniem Woal. – Starszy, siwiejący mężczyzna i dwaj żołnierze, pewnie spokrewnieni, bo mają takie same haczykowate nosy. Młodszy pije wino, a starszy próbuje uwieść kobietę, którą zauważył Gaz. Nie jest Thaylenką, ale ma na sobie thayleński strój, ciemnofioletową bluzkę i ciemnozieloną spódnicę. Nie podoba mi się to połączenie, ale jej najwyraźniej tak. Jest pewna siebie, przyzwyczajona do zainteresowania mężczyzn. Ale myślę, że przyszła tu, szukając kogoś, bo ignoruje żołnierza i co jakiś czas ogląda się przez ramię.

– Barman jest starszym mężczyzną, tak niskim, że musi stać na skrzynkach, kiedy odbiera zamówienia. Założę się, że za barem stoi od niedawna. Waha się, kiedy ktoś składa zamówienie, i musi patrzeć na butelki, odczytywać glify, zanim znajdzie właściwą. Są też trzy barmanki, jedna ma właśnie przerwę, i czternaścioro klientów poza nami. – Otworzyła oczy. – Mogę wam o nich opowiedzieć.

– To nie będzie konieczne – stwierdziła Ishnah, gdy Rudy zaklaskał cicho. – Jestem pod wrażeniem, Woal, choć muszę zauważyć, że innych klientów jest piętnaścioro.

Woal wzdrygnęła się i znów rozejrzała po wnętrzu namiotu, przeliczając obecnych, jak to robiła w głowie jeszcze przed chwilą. Troje przy tym stole... czworo przy tamtym... dwie kobiety stojące razem przy wejściu.

I kobieta, którą przegapiła, skulona na krześle przy niedużym stoliku na tyłach namiotu. Miała na sobie proste ubranie, spódnicę i bluzkę typowe dla alethyjskiej chłopki. Czyżby celowo wybrała ubiór, który stapiał się z bielą namiotu i brązem stołów? I co ona tam robiła?

Notatki, uświadomiła sobie Woal i poczuła ukłucie przerażenia. Kobieta bardzo starannie ukryła na kolanach malutki notatnik.

– Kim ona jest? – Woal się przygarbiła. – Dlaczego nas obserwuje?

– Nie tylko nas – odparła Ishnah. – Takich jak ona są na targowisku dziesiątki, kręcą się jak szczury i zbierają wszelkie możliwe informacje. Może być niezależna i sprzedawać wszystko, czego się dowie, ale najpewniej została zatrudniona przez jednego z arcyksiążąt. Takie było kiedyś moje zadanie. Oceniając po ludziach, których obserwuje, pewnie kazano jej przygotować raport na temat nastrojów wojska.

Woal pokiwała głową i słuchała uważnie, kiedy Ishnah zaczęła uczyć mężczyzn sztuczek pamięciowych. Zasugerowała, że powinni nauczyć się glifów i wykorzystać jakieś metody – na przykład robienie znaków na dłoniach – by zapamiętywać informacje. Woal znała niektóre z tych sztuczek, również tę opisywaną przez Ishnah, tak zwane muzeum umysłu.

Najciekawsze były porady Ishnah, jak ocenić, co warto uwzględnić w raporcie, i jak to odkryć. Opowiadała, jak skupiać się na imionach arcyksiążąt i pospolitych słowach używanych w zastępstwie określeń ważnych kwestii, a także, w jaki sposób zorientować się, że ktoś wypił akurat tyle, by mówić rzeczy, których nie powinien. Jak twierdziła, kluczem był ton. Można było siedzieć pięć stóp od kogoś dzielącego się ważnymi tajemnicami i nie dostrzec tego przez skupienie na kłótni przy następnym stole.

Stan, który opisała, przypominał niemal medytację – siedzenie i pozwalanie, by uszy przyjmowały wszystko, ale umysł skupiał się tylko na pewnych określonych rozmowach. Woal uznała to za fascynujące. Ale po mniej więcej godzinie szkolenia Gaz narzekał, że czuje się, jakby wypił już ze cztery butelki. Rudy potakiwał, a jego zez sprawiał, że robił wrażenie całkowicie przytłoczonego.

Vathah jednak... zamknął oczy i podawał Ishnah opisy wszystkich obecnych na sali. Woal wyszczerzyła zęby. Od kiedy go znała, wypełniał każdy obowiązek, jakby dźwigał głaz na plecach. Zbierał się powoli i szybko znajdował miejsce, by usiąść i odpocząć. Taki entuzjazm z jego strony był zachęcający.

Woal tak się skupiła, że zupełnie nie zwracała uwagi na upływ czasu. Kiedy usłyszała dzwony, zaklęła cicho.

– Jestem burzowym głupcem.

– Woal? – spytał Vathah.

– Muszę lecieć. Shallan jest umówiona.

Kto by pomyślał, że przynależność do starożytnego, boskiego zakonu mocy i honoru będzie się wiązać z tak wieloma spotkaniami?

– A ona nie poradzi sobie bez ciebie? – drążył Vathah.

– Na burze, przyglądałeś się kiedyś tej dziewczynie? Zapomniałaby własnych stóp, gdyby nie były przymocowane na stałe. Ćwiczcie dalej! Spotkam się z wami później.

Założyła kapelusz i ruszyła pospiesznie przez Odejście.

***

Niedługo potem Shallan Davar – z powrotem bezpiecznie otulona niebieską havah – szła korytarzem przez Urithiru. Cieszyła ją praca, którą Woal wykonywała z mężczyznami, ale na burze, czy musiała tyle pić? Żeby oczyścić umysł, Shallan musiała wypalić tyle klejnotów, że kupiłaby za nie całą beczułkę alkoholu.

Odetchnęła głęboko i weszła do dawnej biblioteki. Odkryła, że wewnątrz znajdują się nie tylko Navani, Jasnah i Teshav, ale też cała gromad żarliwców i skryb. May Aladar, Adrotagia z Kharbranthu... byli nawet strażnicy burz, dziwni mężczyźni o długich brodach, którzy lubili przepowiadać pogodę. Shallan słyszała, że czasami wykorzystywali również podmuchy wiatru do przepowiadania przyszłości, choć nigdy otwarcie nie oferowali takich usług.

Przebywanie w ich pobliżu sprawiało, że Shallan brakowało glifów strażniczych. Niestety, Woal nie miała żadnych pod ręką. Była zasadniczo heretyczką i myślała o religii równie często, jak o cenach morskiego jedwabiu w Rall Elorim. Jasnah miała przynajmniej dość odwagi, by wybrać stronę i otwarcie się po niej opowiedzieć – Woal po prostu wzruszyłaby ramionami i zażartowała. To...

– Mmmm... – szepnął Wzór z jej spódnicy. – Shallan?

Racja. Stała w wejściu, prawda? Weszła do środka, niestety, mijając przy okazji Janalę, która pełniła obowiązki asystentki Teshav. Ładna młoda kobieta ciągle zadzierała nosa i była takim rodzajem człowieka, że nawet jej wymowa przyprawiała Shallan o dreszcze.

Shallan nie podobała się arogancja tej kobiety – oczywiście wcale nie chodziło o to, że Adolin zalecał się do Janali niedługo przed spotkaniem Shallan. Przez jakiś czas próbowała unikać dawnych obiektów uczuć Adolina, ale... cóż, przypominało to próbę unikania żołnierzy na polu bitwy. Były właściwie wszędzie.

W pomieszczeniu słychać było zgiełk tuzina rozmów – dyskusja o miarach i wagach, właściwym umiejscowieniu interpunkcji i różnorodności atmosferycznej w wieży. Kiedyś oddałaby wszystko, by znaleźć się w takim miejscu. Teraz ciągle spóźniała się na takie spotkania. Co się zmieniło?

Wiem, jak wielką oszustką jestem, pomyślała, przemykając przy ścianie, mijając ładną młodą żarliwczynię dyskutującą o azirskiej polityce z jednym ze strażników burz. Shallan ledwie przejrzała książki, które przyniósł jej Adolin. Po drugiej stronie Navani rozmawiała o fabrialach z inżynier w jaskrawoczerwonej havah. Kobieta z przejęciem kiwała głową.

– Owszem, ale jak to ustabilizować, jasności? Z żaglami poniżej będzie się chciało przewrócić do góry nogami, czyż nie?

Bliskie kontakty z Navani dawały Shallan dużo okazji do zajmowania się fabrialami. Dlaczego tego nie zrobiła? Kiedy wszystko ją otoczyło – pomysły, pytania, logika – nagle poczuła, że tonie. Była przytłoczona. Wszyscy na tej sali wiedzieli tak wiele, a w porównaniu z nimi czuła się mało ważna.

Potrzebuję kogoś, kto sobie z tym poradzi, pomyślała. Uczonej. Część mnie może stać się uczoną. Nie Woal ani jasność Świetlista. Ale ktoś...

Wzór znów zaczął brzęczeć na jej spódnicy. Shallan cofnęła się do ściany. Nie, to... to była ona, prawda? Shallan zawsze chciała zostać uczoną, czyż nie? Nie potrzebowała innej tożsamości, żeby sobie z tym poradzić. Racja?

...Racja?

Chwila lęku minęła i Shallan wypuściła powietrze z płuc, zmuszając się do uspokojenia. W końcu wyjęła z torby arkusz papieru i węglowy ołówek, po czym odnalazła Jasnah i przywitała się.

Jasnah uniosła brew.

– Znów się spóźniłaś?

– Przepraszam.

– Zamierzałam poprosić cię o pomoc w zrozumieniu tłumaczeń pewnych fragmentów Pieśni Świtu, które otrzymałyśmy, ale nie mamy czasu przed rozpoczęciem spotkania mojej matki.

– Może mogłabym ci pomóc...

– Mam kilka spraw do dokończenia. Porozmawiamy później.

Shallan została szorstko odprawiona, ale też nie spodziewała się niczego więcej. Podeszła do krzesła przy ścianie i usiadła.

– Z całą pewnością – powiedziała cicho – gdyby Jasnah wiedziała, że właśnie stawiłam czoło swojej głęboko zakorzenionej niepewności, okazałaby trochę współczucia. Prawda?

– Jasnah? – odparł Wzór. – Chyba znów nie uważałaś, Shallan. Ona nie ma wiele współczucia.

Shallan westchnęła.

– Ale ty jesteś pełna współczucia!

– A raczej jego godna. – Shallan zebrała się na odwagę. – To jest moje miejsce, prawda, Wzorze?

– Mmm. Tak, oczywiście, że tak. Chciałabyś ich narysować, prawda?

– Klasyczne uczone nie tylko rysowały. Dandos od Olejów znał matematykę, to jego dziełem są badania nad proporcjami w sztuce. Galid była wynalazcą, a jej projekty są po dziś dzień używane w astronomii. Przed pojawieniem się jej zegarów marynarze nie umieli wyznaczać długości na morzu. Jasnah jest historyczką... i nie tylko. Tego właśnie pragnę.

– Jesteś pewna?

– Chyba tak.

Cały problem polegał na tym, że Woal chciała spędzać całe dnie na piciu i żartowaniu z mężczyznami, jednocześnie ucząc się szpiegostwa. Świetlista chciała ćwiczyć posługiwanie się mieczem i spędzać czas z Adolinem. Czego chciała Shallan? I czy to się liczyło?

W końcu Navani ogłosiła rozpoczęcie spotkania i wszyscy zajęli miejsca. Skryby po jednej stronie Navani, żarliwcy z różnych kręgów wyznawców po drugiej – jak najdalej od Jasnah. Kiedy strażnicy burz usiedli dalej wzdłuż kręgu krzeseł, Shallan zauważyła stojącego w wejściu Renarina. Przestąpił z nogi na nogę i zajrzał do środka, ale nie wszedł. Kiedy kilka uczonych odwróciło się w jego stronę, zrobił krok do tyłu, jakby ich spojrzenia fizycznie go odpychały.

– Ja... Ojciec powiedział, że mogę przyjść... może tylko posłuchać.

– Jesteś więcej niż mile widziany, kuzynie – powiedziała Jasnah.

Skinęła na Shallan, by przyniosła mu zydel, więc dziewczyna tak zrobiła – i nawet nie zaprotestowała. Mogła być uczoną. Będzie najlepszą podopieczną w historii.

Renarin ze spuszczoną głową obszedł krąg uczonych, a dłoń tak mocno zaciskał na łańcuszku wystającym z kieszeni, że aż pobielały mu kostki. Kiedy tylko usiadł, zaczął przeciągać łańcuszek między palcami jednej dłoni, a później drugiej.

Shallan bardzo się pilnowała, by robić notatki i nie zacząć przypadkiem rysować ludzi. Na szczęście przebieg spotkania był ciekawszy niż zazwyczaj. Navani posłała większość swoich uczonych obecnych na miejscu do pracy nad zrozumieniem Urithiru. Jako pierwsza sprawozdanie składała Inadara – posiwiała skryba, która przypominała Shallan żarliwców jej ojca. Wyjaśniła, że jej zespół próbował ocenić znaczenie dziwnych kształtów komnat i tuneli w wieży.

Rozwodziła się nad konstrukcjami obronnymi, filtrowaniem powietrza i studniami. Zwróciła uwagę na zgrupowania komnat o niezwykłych kształtach i dziwaczne freski przedstawiające fantastyczne istoty.

Kiedy wreszcie skończyła, Kalami złożyła raport z działań swojego zespołu, który był przekonany, że niektóre elementy ze złota i miedzi zatopione w ścianach były fabrialami, ale nie wydawało się, by cokolwiek robiły, nawet kiedy umieszczono w nich klejnoty. Rozdała rysunki, a później zaczęła opowiadać o wysiłkach – na razie nieudanych – napełnienia kolumny z klejnotów. Jedynymi działającymi fabrialami były windy.

– Sugeruję – przerwał Elthebar, główny strażnik burz – że proporcje przekładni użytych w mechanizmach wind mogą wskazywać na naturę tych, którzy je wybudowali. Rozumiecie, to nauka digitologii. Wiele można powiedzieć o człowieku, jeśli zna się szerokość jego palców.

– A to ma jakiś związek z przekładniami? – spytała Teshav.

– Ogromny! – odparł Elthebar. – Sam fakt, że o tym nie wiecie, wyraźnie wskazuje, że jesteście skrybą. Ślicznie piszecie, jasności. Ale musicie więcej uwagi poświęcać nauce.

Wzór zabrzęczał cicho.

– Nigdy go nie lubiłam – szepnęła Shallan. – W obecności Dalinara zachowuje się miło, ale jest raczej podły.

– To znaczy... który z jego atrybutów podsumowujemy i jaki jest rozmiar próbki? – spytał Wzór.

– Myślicie, że może zadajemy niewłaściwe pytania? – odezwała się Janala.

Shallan zmrużyła oczy, ale zapanowała nad sobą, tłumiąc zazdrość. Nie musiała kogoś nienawidzić tylko dlatego, że kiedyś był blisko z Adolinem.

Tyle tylko że w Janali było coś... nie na miejscu. Jak u wielu kobiet z dworu, jej śmiech wydawał się wyćwiczony, opanowany. Jakby używały go jako przyprawy, zamiast naprawdę go czuć.

– Co masz na myśli, dziecko? – spytała Adrotagia.

– Cóż, jasności, rozmawiamy o windach, tej dziwnej fabrialowej kolumnie, wijących się korytarzach. Próbujemy zrozumieć te rzeczy wyłącznie na podstawie ich projektów. Może powinniśmy najpierw rozważyć potrzeby wieży, a później zastanowić się, jak te rzeczy je zaspokajały.

– Hm... – mruknęła Navani. – Wiemy, że na zewnątrz uprawiali rolę. Czy niektóre z tych fabriali na ścianach zapewniały ciepło?

Renarin coś wymamrotał.

Wszyscy obecni popatrzyli na niego. Sporo wydawało się zaskoczonych, że się odezwał, a on znów się skulił.

– Co powiedziałeś, Renarinie? – spytała Navani.

– To nie tak – odparł cicho. – One nie są fabrialami. Są jednym fabrialem.

Skryby i uczone popatrzyły po sobie. Książę... cóż, często wywoływał takie reakcje. Zakłopotane spojrzenia.

– Oświecony? – spytała Janala. – Może w tajemnicy jesteś artifabrianinem? Nocami uczysz się inżynierii, czytając kobiece pismo?

Kilkoro zebranych się roześmiało. Renarin zaczerwienił się i jeszcze bardziej spuścił wzrok.

Nigdy byście się tak nie śmiały z innego człowieka o jego pozycji, pomyślała Shallan i poczuła, że robi jej się gorąco. Alethyjski dwór bywał surowo uprzejmy – co nie znaczyło, że byli mili. Renarin zawsze był bardziej akceptowalnym celem drwin niż Dalinar czy Adolin.

Gniew Shallan był dziwnym uczuciem. Więcej niż raz uderzyła ją dziwność Renarina. Jego obecność na tym spotkaniu była kolejnym przykładem. Czyżby w końcu zaczął rozważać wstąpienie do żarliwców? I zrobił to, pojawiając się na spotkaniu dla skryb, jakby był jedną z kobiet?

Z drugiej strony, jak Janala śmiała go zawstydzić?

Navani zaczęła coś mówić, ale Shallan się wtrąciła.

– Janalo, z całą pewnością nie próbowałaś właśnie obrazić syna arcyksięcia.

– Co takiego? Nie, oczywiście, że nie.

– Dobrze. Bo jeśli rzeczywiście próbowałaś go obrazić, bardzo, ale to bardzo ci się to nie udało. A słyszałam, że jesteś bardzo bystra. Taka pełna dowcipu, uroku i... w ogóle.

Janala zmarszczyła czoło.

– Czy ty próbujesz się płaszczyć?

– Nie mówiliśmy o twojej piersi, moja droga, ale o twoim umyśle! Twoim wspaniałym, błyskotliwym umyśle, tak przenikliwym, że nigdy nie został wyostrzony! Tak bystrym, że wciąż biegnie, gdy wszyscy już skończyli! Tak olśniewającym, że wszyscy niezawodnie pozostają oszołomieni twoimi słowami. Czyli... no...

Jasnah piorunowała ją wzrokiem.

– Hmm... – Shallan uniosła notes. – Robiłam notatki.

– Moglibyśmy zrobić sobie krótką przerwę, matko? – spytała Jasnah.

– Doskonała propozycja. Piętnaście minut, w czasie których każdy powinien rozważyć listę wymagań, jaka ta wieża powinna spełniać, by być samowystarczalną.

Wstała i spotkanie znów rozdzieliło się na grupki prowadzące niezależne rozmowy.

Jasnah zwróciła się do Shallan.

– Widzę, że znów używasz języka jak pałki zamiast jak noża.

– Ano. Masz jakieś wskazówki?

Jasnah spojrzała na nią z ukosa.

– Słyszałaś, co powiedziała do Renarina, jasności!

– Matka zamierzała z nią o tym porozmawiać, dyskretnie i w przemyślany sposób. A ty rzuciłaś jej słownikiem w głowę.

– Przepraszam. Ona mi działa na nerwy.

– Janala jest głupia, dość bystra, by być dumną z posiadanego rozumu, ale na tyle tępa, by nie dostrzegać, jak bardzo inni ją przewyższają. – Jasnah rozmasowała skronie. – Na burze. Dlatego nigdy nie biorę podopiecznych.

– Bo sprawiają ci tak wiele kłopotów.

– Bo jestem w tym kiepska. Mam na to naukowe dowody, a ty jesteś zaledwie ostatnim eksperymentem.

Jasnah odprawiła ją gestem i nadal masowała skronie.

Zawstydzona Shallan przeszła na bok, gdy inni sięgnęli po napoje i przekąski.

– Mmmm! – powiedział Wzór, kiedy oparła się o ścianę, przyciskając notatnik do piersi. – Jasnah nie wydaje się zła. Dlaczego się smucisz?

– Bo jestem idiotką. I głupcem. I... bo nie wiem, czego chcę.

Czy tydzień albo dwa tygodnie wcześniej nie założyła niewinnie, że już wszystko zrozumiała? Czymkolwiek „to" było?

– Widzę go! – powiedział ktoś z boku.

Shallan podskoczyła. Odwróciła się i zobaczyła, że Renarin wpatruje się w jej spódnicę, a Wzór jest wtopiony w haft. Wyróżniał się, jeśli ktoś wiedział, czego szuka, ale można go było łatwo przegapić.

– On się nie staje niewidzialny? – spytał Renarin.

– Mówi, że nie potrafi.

Renarin pokiwał głową, po czym spojrzał na nią.

– Dziękuję.

– Za co?

– Za obronę mojego honoru. Kiedy Adolin to robi, ktoś zwykle zostaje dźgnięty. Twój sposób jest przyjemniejszy.

– Nikt nie powinien mówić do ciebie takim tonem. Nie odważyliby się na coś takiego wobec Adolina. A poza tym masz rację. To miejsce jest jednym wielkim fabrialem.

– Też to czujesz? Wciąż dyskutują o tym czy o tamtym urządzeniu, ale to błąd, prawda? Jakby rozmawiali o częściach wozu, nie uświadamiając sobie, że to w ogóle wóz.

Shallan pochyliła się w jego stronę.

– Ten stwór, z którym walczyliśmy, Renarinie. Mógł sięgnąć swoimi pędami aż na sam szczyt Urithiru. Czułam jego niewłaściwość, dokądkolwiek się udałam. Ten klejnot w środku wiąże się z wszystkim.

– Tak, to nie jest jedynie zbiór fabriali. To wiele fabriali złożonych, by stworzyć jeden wielki fabrial.

– Ale co on robi? – spytała Shallan.

– Robi bycie miastem. – Zmarszczył czoło. – To znaczy, bytuje miastem... Robi to, czym jest miasto...

Shallan zadrżała.

– A kierowała nim Niestworzona.

– Co pozwoliło nam odkryć tę komnatę i fabrialową kolumnę. Bez niej moglibyśmy tego nie dokonać. Wszystko ma swoje jasne strony, tylko trzeba je dostrzec.

– Logicznie rzecz biorąc, jasna strona jest jedyną, którą możemy dostrzec, bo druga jest ciemna.

Renarin się roześmiał. Shallan przypomniała sobie, jak jej bracia śmiali się z jej słów. Może nie dlatego, że była to najzabawniejsza rzecz, jaką kiedykolwiek wypowiedziano, ale ponieważ dobrze się było śmiać. To jednak przypomniało jej słowa Jasnah i Shallan odkryła, że spogląda w stronę kobiety.

– Wiem, że moja kuzynka jest przerażająca – szepnął Renarin. – Ale ty też jesteś Świetlistą, Shallan. Nie zapominaj o tym. Moglibyśmy się jej przeciwstawić, gdybyśmy chcieli.

– A chcemy?

Renarin się skrzywił.

– Pewnie nie. Ona ma tak często rację, a później człowiek czuje się jak jeden z dziesięciu głupców.

– Prawda, ale... nie wiem, czy zniosę rozstawianie mnie po kątach, jakbym znów była dzieckiem. Zaczynam wariować. Co mam robić?

Renarin wzruszył ramionami.

– Odkryłem, że najlepszym sposobem, by uniknąć wypełniania poleceń Jasnah, jest znajdowanie się gdzie indziej, kiedy szuka kogoś, kim mogłaby komenderować.

Shallan nadstawiła uszu. To miało dużo sensu. Dalinar potrzebował swoich Świetlistych do robienia różnych rzeczy, prawda? Musiała odejść, przynajmniej do czasu, aż wszystko rozgryzie. Udać się gdzieś... jak ta misja do Kholinaru? Nie potrzebowaliby kogoś, kto mógłby wślizgnąć się do pałacu i aktywować urządzenie?

– Renarinie, jesteś geniuszem.

Uśmiechnął się zarumieniony.

Navani znów zwołała spotkanie i zasiedli, by nadal omawiać fabriale. Jasnah postukała palcem w notatnik Shallan, a ona tym razem lepiej poradziła sobie z protokołem, ćwicząc stenografię. Teraz nie było to już tak denerwujące, skoro miała strategię wyjścia. Drogę ucieczki.

Doceniała to, kiedy zauważyła wysoką postać wchodzącą do środka. Dalinar Kholin rzucał cień, nawet kiedy nie stał w świetle. Wszyscy od razu ucichli.

– Przepraszam za spóźnienie. – Spojrzał na nadgarstek i zegarek na przedramieniu, który podarowała mu Navani. – Proszę, nie przerywajcie sobie z mojego powodu.

– Dalinarze? – spytała Navani. – Nigdy wcześniej nie brałeś udziału w spotkaniu skryb.

– Pomyślałem, że powinienem je obserwować. Dowiedzieć się, czym zajmuje się część mojej organizacji.

Usiadł na zydlu poza kręgiem. Wyglądał jak rumak próbujący się zmieścić na podwyższeniu dla kuca.

Znów zaczęli, ale wszyscy byli wyraźnie skrępowani. Spodziewała się, że Dalinar będzie się trzymał z dala od takich spotkań, na których kobiety i skryby...

Przechyliła głowę, kiedy zobaczyła, jak Renarin spogląda na ojca. Dalinar odpowiedział, unosząc pięść.

Przyszedł, żeby Renarin nie czuł się niezręcznie, uświadomiła sobie Shallan. Obecność księcia w tym miejscu nie może być niestosowna ani zniewieściała, skoro sam burzowy Czarny Cierń postanowił wziąć udział.

Od razu zauważyła również, że Renarin w końcu podniósł wzrok, by obejrzeć resztę spotkania.

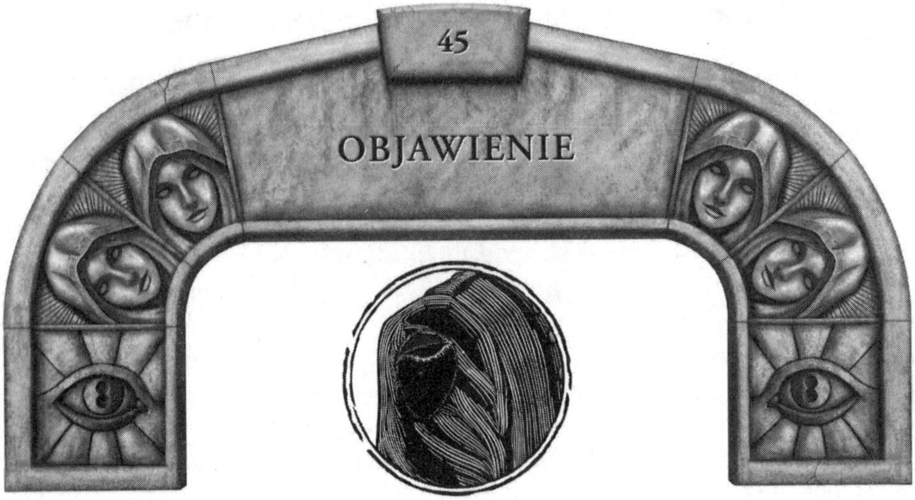

45
OBJAWIENIE

Podobnie jak morskie fale muszą się piętrzyć, tak i my musimy niezachwianie działać dalej.
Samotnie.

Pustkowcy zanieśli Moasha do Revolaru w środkowym Alethkarze. Na miejscu opuścili go na ziemię pod miastem i popchnęli w stronę grupy pomniejszych parshmenów.

Bolały go ręce, za które go nieśli. Dlaczego nie wykorzystali swoich mocy, by Przywiązać go w górę i uczynić lżejszym, jak zrobiłby Kaladin?

Przeciągnął ręce i rozejrzał się dookoła. Wiele razy odwiedzał Revolar wraz z karawaną z Kholinaru. Niestety, to nie znaczyło, że miał okazję obejrzeć miasto. Każda osada tej wielkości miała na przedmieściach garstkę ściśniętych budynków dla ludzi takich jak on – współczesnych nomadów, którzy pracowali przy karawanach albo zajmowali się dostarczaniem przesyłek. Ludzie okapów, jak niektórzy ich nazywali. Mężczyźni i kobiety, którzy trzymali się dość blisko cywilizacji, żeby móc się schronić przed nadejściem paskudnej pogody, ale tak naprawdę nie mieli własnego miejsca.

Oceniając po tym, co widział, Revolar miało teraz całkiem sporą kulturę okapów – aż za dużą. Wydawało się, że Pustkowcy zajęli całe burzowe miasto, wypędzając ludzi na przedmieścia.

Pustkowcy porzucili go bez słowa, choć targali go ze sobą przez całą drogę. Parshmeni, którzy wzięli go pod swoją kuratelę, wyglądali jak hybryda między wojownikami Parshendi a zwyczajnymi, potulnymi parshmenami, których pamiętał z licznych karawan. Posługiwali się doskonałym alethyjskim, kiedy popchnęli go w stronę grupki ludzi w niewielkich zagrodach.

Moash przygotował się na czekanie. Wyglądało na to, że Pustkowcy prowadzili w okolicy patrole, które łapały ludzkich maruderów. W końcu parshmeni zapędzili jego i pozostałych w stronę jednego z dużych burzowych bunkrów pod miastem, wykorzystywanych przez armie lub liczne karawany w czasie arcyburz.

– Nie sprawiajcie kłopotów – powiedziała parshmenka, a patrzyła przy tym na Moasha. – Nie walczcie, bo zostaniecie zabici. Nie uciekajcie, bo zostaniecie pobici. Teraz wy jesteście niewolnikami.

Niektórzy z ludzi – rolnicy, oceniając po ich wyglądzie – zaczęli płakać. Ściskali tobołki, które parshmeni przeszukiwali. Moash mógł wyczytać stratę w ich zaczerwienionych oczach i żałosnym dobytku. Wieczna Burza zniszczyła ich gospodarstwa. Przybyli do dużego miasta, szukając schronienia.

Nie miał przy sobie niczego wartościowego, już nie, więc parshmeni pozwolili mu wejść przed pozostałymi. Wkroczył do bunkra, czując się dziwnie... porzucony? Spędził drogę tutaj, na przemian zakładając, że zostanie stracony lub przesłuchany. A oni zrobili z niego zwyczajnego niewolnika? Nawet w armii Sadeasa nie był, formalnie rzecz biorąc, niewolnikiem. Owszem, wysłali go do mostów. Wysłali na śmierć. Ale nigdy nie miał piętna na czole. Pomacał tatuaż mostu czwartego pod koszulą, na lewym ramieniu.

Ogromny burzowy bunkier miał wysokie sklepienie i kształt wielkiego kamiennego bochna. Moash ruszył w głąb, trzymając ręce w kieszeniach płaszcza. Skulone grupki ludzi patrzyły na niego wrogo, choć przecież był kolejnym uciekinierem.

Zawsze stykał się z wrogością, niezależnie dokąd burzowo się udał. Młodego mężczyznę takiego jak on, zbyt wielkiego i wyraźnie zbyt pewnego siebie jak na ciemnookiego, traktowano jak zagrożenie. Zaczął pracować przy karawanach, żeby mieć coś produktywnego do roboty, do czego zachęcili go dziadkowie. Zostali zamordowani za swoją życzliwość, a Moash... całe życie musiał znosić takie spojrzenia.

Samodzielny mężczyzna, mężczyzna, nad którym nie dało się zapanować, był niebezpieczny. Był z natury przerażający, po prostu z powodu tego, kim był. I nikt nigdy go do siebie nie dopuścił.

Poza mostem czwartym.

Cóż, most czwarty był przypadkiem szczególnym, a on nie przeszedł tej próby. Grób miał rację, kiedy kazał mu odciąć naszywkę. Tym naprawdę był. Mężczyzną, na którego wszyscy patrzyli z nieufnością, mocniej przytulali do siebie dzieci i kiwali głową, żeby poszedł dalej.

Dotarł do środka budowli, która była tak obszerna, że potrzebowała kolumn do podtrzymywania sklepienia. Wznosiły się jak drzewa, Dusznikowane bezpośrednio w skałę u podstawy. Pod ścianami budynków tłoczyli się ludzie, ale środek był pusty i patrolowany przez uzbrojonych parshmenów. Ustawili stanowiska z wozami jako podwyższeniami, z których parshmeni zwracali się do tłumów.

– Na wypadek gdybyśmy kogoś przegapili – krzyczał parshmen – doświadczeni rolnicy mają się zgłosić do Bru z przodu sali. Przydzieli wam ziemię do pracy. Dziś potrzebujemy też robotników do wnoszenia wody do miasta i kolejnych do uprzątania gruzów po ostatniej burzy. Mogę przyjąć po dwudziestu do każdej pracy.

Ludzie zaczęli się zgłaszać, a Moash zmarszczył czoło i pochylił się do najbliższego mężczyzny.

– Proponują nam pracę? Czy nie jesteśmy niewolnikami?

– Ano. Niewolnikami, którzy nie jedzą, jeśli nie pracują. Możemy wybrać, co chcemy robić, choć to nie jest burzowy wybór. Taki lub inny rodzaj harówki.

Moash nagle uświadomił sobie, że mężczyzna miał bladozielone oczy. Mimo wszystko podniósł rękę i zgłosił się do noszenia wody – coś, co kiedyś było zajęciem dla parshmenów. Cóż, taki widok naprawdę mógł poprawić humor. Moash znów wcisnął ręce do kieszeni i ruszył dalej przez salę, sprawdzając wszystkie trzy stanowiska, przy których parshmeni przydzielali pracę.

Coś go niepokoiło w tych parshmenach z ich doskonałą alethyjską wymową. Pustkowcy byli tacy, jak się spodziewał, mieli obcy akcent i malownicze moce. Ale zwyczajni parshmeni – wielu było teraz wyższych i wyglądało jak Parshendi – wydawali się na równi z ludźmi oszołomieni odwróceniem sytuacji.

Każde z trzech stanowisk zajmowało się innym rodzajem pracy. To na przeciwległym końcu szukało rolników, kobiet, które umiały szyć, i szewców. Żywność, mundury, buty. Parshmeni przygotowali się do wojny. Rozpytując się, Moash dowiedział się, że już zabrali kowali, wytwórców strzał i zbrojmistrzów – a gdyby odkryli, że ktoś ukrywa jedną z tych umiejętności, cała jego rodzina miała dostawać połowę racji.

Środkowe stanowisko zajmowało się zwykłą pracą fizyczną. Noszenie wody, sprzątanie, gotowanie. Ostatnie najbardziej zaciekawiło Moasha. Tu przydzielali ciężką pracę.

Trochę się przy nim pokręcił, słuchając, jak parshmen szuka ochotników do ciągnięcia wozów z zapasami armii po jej wymarszu. Najwyraźniej nie mieli dość chulli, by ciągnąć wozy.

Nikt nie podnosił rąk. Praca wydawała się upiornie ciężka, nie wspominając już, że oznaczała marsz w stronę pola bitwy.

Do tego będą musieli brać ludzi siłą, pomyślał Moash. Może zbiorą paru jasnookich i zmuszą ich do wleczenia się po skałach jak zwierzęta pociągowe. Chciałby to zobaczyć.

Opuściwszy ostatnie stanowisko, Moash zauważył kilku ludzi z długimi laskami opierających się o ścianę. Mocne buty, bukłaki z wodą w uprzężach przywiązanych do ud, zestaw podróżny przyszyty do spodni po drugiej stronie. Wiedział z doświadczenia, co znalazłby w środku. Miska, łyżka, kubek, nić, igła, łaty i krzesiwo.

Przewodnicy karawan. Długie laski służyły do uderzania w skorupy chulli, kiedy szli obok nich. Wiele razy nosił taki strój, choć spora część karawan, w których pracował, do ciągnięcia wozów zamiast chulli wykorzystywała parshmenów. Byli szybsi.

– Ej! – odezwał się, podchodząc do mężczyzn. – Guff nadal jest w okolicy?

– Guff? Stary kołodziej? Wysoki na pół trzciny? Nie umie przeklinać?

– Ten sam.

– Powinien być tam. – Młody mężczyzna pokazał laską. – W namiotach. Ale nie ma pracy, przyjacielu.

– Skorupogłowi maszerują. – Moash wskazał kciukiem za plecy. – Będą potrzebować ludzi do prowadzenia karawan.

– Nie ma wolnych miejsc – stwierdził inny z mężczyzn. – Ludzie się o nie bili. Wszyscy pozostali będą ciągnąć wozy. Nie zwracaj na siebie uwagi albo założą ci uprząż. Zapamiętaj moje słowa.

Uśmiechali się przyjaźnie do Moasha, a on odpowiedział im starym pozdrowieniem ludzi z karawan – na tyle przypominającym wulgarny gest, że wszyscy inni za taki go uważali – i ruszył we wskazanym kierunku. Typowe. Pracujący przy karawanach, byli wielką rodziną – i jak każda rodzina często się sprzeczali.

„Namioty" były tak naprawdę kawałkami tkaniny rozciągniętymi od ściany do prętów wbitych w wiadra kamieni, by się nie przewracały. Tworzyły swego rodzaju tunel wzdłuż ściany, a pod nim spora grupa starszych ludzi kaszlała i siąkała nosami. Panował półmrok, jedynym źródłem światła były pojedyncze odłamki na odwróconych skrzynkach.

Rozpoznawał ludzi z karawan po ich akcentach. Spytał o Guffa – jednego z ludzi, których znał w swoim czasie – a wtedy pozwolili mu wejść dalej w głąb ciemnego tunelu. W końcu zobaczył starego Guffa siedzącego na samym środku tunelu, jakby miał powstrzymywać ludzi od wejścia głębiej. Polerował kawałek drewna wyglądający na oś wozu.

Kiedy Moash podszedł bliżej, starszy mężczyzna zmrużył oczy.

– Moash? Naprawdę? Jaka burzowa burza cię tu przyniosła?

Moash kucnął obok niego.

– Nie uwierzyłbyś mi, gdybym ci powiedział.

– Byłeś w karawanie Jama, wyruszyłeś na Strzaskane Równiny. Uznaliśmy cię za martwego. Nie postawiłbym burego odłamka na twój powrót.

– Mądry zakład.

Moash pochylił się i oparł ręce na kolanach. W tym tunelu zgiełk ludzi na zewnątrz wydawał się odległy, choć dzieliła ich tylko tkanina.

– Synu? Dlaczego tu jesteś, chłopcze? Czego chcesz?

– Muszę być tym, kim byłem.

– To ma tyle samo sensu, co burzowy Ojciec Burz grający na flecie, chłopcze. Ale nie byłbyś pierwszym, który udał się na te Równiny i wrócił nie całkiem w porządku. Wcale byś nie był. To prawdziwa burzowa prawda Ojca Burz, niech to burza.

– Próbowali mnie złamać. Na Potępienie, złamali mnie. Ale on stworzył mnie od nowa. – Moash przerwał na chwilę. – Wszystko zmarnowałem.

– Jasne, jasne.

– Zawsze to robię – szepnął Moash. – Dlaczego zawsze bierzemy coś cennego i odkrywamy, że tego nienawidzimy? Jakby swoją czystością przypominało nam, jak mało na to zasługujemy. Trzymałem włócznię i sam się nią dźgnąłem...

– Włócznia? Chłopcze, jesteś burzowym żołnierzem?

Moash wzdrygnął się, po czym wyprostował i przeciągnął, ukazując pozbawiony naszywki płaszcz.

Guff zmrużył oczy w ciemności.

– Chodź ze mną.

Stary kołodziej podniósł się z trudem i odłożył kawałek drewna na swoje krzesło. Niepewnym krokiem zaprowadził Moasha w głąb tkaninowego tunelu, aż dotarli do odgrodzonego kąta wielkiego bunkra, który bardziej przypominał pomieszczenie. W tym miejscu około tuzina ludzi siedziało na krzesłach ustawionych blisko siebie i rozmawiało przyciszonymi głosami.

Mężczyzna przy drzwiach chwycił starego mężczyznę za ramię, kiedy ten wszedł powoli do środka.

– Guff? Miałeś być na straży, głupcze.

– Jestem burzowo na burzowej straży, sikaczu. – Guff wyrwał rękę. – Jasny chciał wiedzieć, czy znaleźliśmy żołnierzy. Ja znalazłem burzowego żołnierza, więc niech cię burza.

Strażnik przeniósł wzrok na Moasha, a później na jego ramię.

– Dezerter?

Moash pokiwał głową. Było to prawdą na wiele różnych sposobów.

– O co chodzi?

Jeden z mężczyzn wstał. Był bardzo wysoki. Coś w jego sylwetce, ta łysa głowa, ten krój ubrania...

– Dezerter, oświecony – stwierdził strażnik.

– Ze Strzaskanych Równin – dodał Guff.

Miejscowy lord, uświadomił sobie Moash. Paladar. Krewniak i regent Vamaha słynący z surowości. W przeszłości prawie doprowadził miasto do upadku, odstraszając wielu ciemnookich, którzy mieli prawo do podróżowania. W każdej karawanie ktoś narzekał na chciwość i korupcję Paladara.

– Ze Strzaskanych Równin, powiadasz? – stwierdził Paladar. – Doskonale. Powiedz mi, dezerterze, jakie masz wieści od arcyksiążąt? Czy wiedzą o moim ciężkim położeniu? Czy mogę spodziewać się wkrótce pomocy?

On tu rządzi, uświadomił sobie Moash, dostrzegając innych jasnookich. Mieli dobre ubrania – rzecz jasna, nie jedwabie, ale zadbane mundury. Wyjątkowe buty. Z boku tego pomieszczenia stały zapasy żywności, choć ci na zewnątrz żebrali i musieli ciężko pracować.

Zaczynał mieć nadzieję... ale oczywiście to głupota. Nadejście Pustkowców nie obaliło jasnookich – ci nieliczni, których widział na zewnątrz, zostali poświęceni. Potwierdzali to uniżeni ciemnoocy na obrzeżach. Żołnierze, strażnicy, kilku faworyzowanych kupców.

Niech ich Potępienie weźmie! Mieli szansę uciec przed jasnookimi, a ona jedynie sprawiła, że bardziej gorliwie im służyli! W tej chwili – otoczony małostkowością ludzi takich jak on sam – Moash miał objawienie.

Nie był złamany. Wszyscy byli złamani. Alethyjskie społeczeństwo – jasnoocy i ciemnoocy. Może cała ludzkość.

– I jak? – spytał ostro regent. – Mów, człowieku!

Przytłoczony Moash zachował milczenie. Niszcząc wszystko, co dostał, wcale nie był wyjątkiem. To ludzie tacy jak Kaladin byli wyjątkiem – i to bardzo, ale to bardzo rzadkim.

Ci ludzie to udowadniali. Nie mieli powodu dochowywać posłuszeństwa jasnookim. Oni nie mieli siły ani władzy. Tymczasem ludzie wzięli szansę i wyrzucili ją do kremu.

– Ja... myślę, że z nim coś jest nie tak, oświecony – powiedział strażnik.

– Ano – dodał Guff. – Może powinienem wspomnieć, że ma teraz burzowo nie po kolei w głowie, burzowy sikacz.

– Ba! – Regent wskazał na Moasha. – Wyrzućcie go. Nie mamy czasu na głupoty, jeśli mamy odzyskać moją pozycję! – Wskazał na Guffa. – A tego pobijcie. I umieść na jego miejscu kogoś kompetentnego, Ked, albo będziesz następny!

Stary Guff krzyczał, kiedy go chwycili. Moash jedynie pokiwał głową. Tak. Oczywiście. Tak właśnie postępowali.

Strażnicy wzięli go za ręce i pociągnęli do ściany namiotu. Rozsunęli materiał i wyprowadzili go na zewnątrz. Minęli wyczerpaną kobietę, która próbowała podzielić jeden podpłomyk między troje zapłakanych małych dzieci. Ich płacz pewnie było słychać w namiocie oświeconego, w którym leżały całe sterty chleba.

Strażnicy wyrzucili go z powrotem na „ulicę" biegnącą środkiem bunkra. Kazali mu się trzymać z dala, ale Moash właściwie ich nie słyszał. Podniósł się, otrzepał i ruszył do trzeciego ze stanowisk – tego oferującego ciężką pracę.

Tam zgłosił się na ochotnika do najcięższego zadania, jakie mieli, ciągnięcia wozów z zapasami dla armii Pustkowców.

46
KIEDY MARZENIE UMIERA

Spodziewałeś się po nas czegoś innego? Nie znosimy obcych ingerencji. Rayse został opanowany, a jego więzienie nas nie obchodzi.

Mostowy Blizna biegł w górę rampy na zewnątrz Urithiru, w zimnym powietrzu wokół jego twarzy unosiła się chmurka oddechu. Bezgłośnie liczył kroki, by zachować skupienie. Powietrze w Urithiru było rzadsze, co utrudniało bieganie, choć dostrzegał to jedynie na zewnątrz.

Miał na sobie pełne wyposażenie marszowe – racje, sprzęt, hełm, kamizelę i tarczę na plecach. W ręku trzymał włócznię, a do tego miał nawet nagolenniki na nogach, utrzymujące się na miejscu dzięki ukształtowaniu metalu. Wszystko to ważyło niemal tyle, co on sam.

W końcu dotarł na szczyt podwyższenia Bramy Przysięgi. Na burze, wydawało mu się, że budynek pośrodku znajduje się dalej, niż pamiętał. Próbował przyspieszyć kroku i biegł ze wszystkich sił, a jego plecak brzęczał. W końcu, spocony i zdyszany, wpadł do budynku. Tam się wreszcie zatrzymał, upuścił włócznię i oparł dłonie na kolanach, z trudem łapiąc oddech.

Większość mostu czwartego już tam czekała, niektórych otaczało Burzowe Światło. Z nich wszystkich tylko Blizna – mimo dwóch tygodni ćwiczeń – nadal nie wiedział, jak je wciągać. To znaczy, jeśli pominąć Dabbida i Rlaina.

Sigzil sprawdził zegar, który przydzieliła im Navani Kholin, urządzenie wielkości niedużego pudełka.

– Około dziesięciu minut. Niecałe.

Blizna pokiwał głową i otarł czoło. Przebiegł ponad milę od środka targowiska, później przebył płaskowyż i pobiegł w górę rampy. Na burze. Tym razem przesadził.

– Ile – wydyszał – ile zajęło to Drehy'emu?

Obaj wyruszyli z jednego miejsca.

Sigzil spojrzał na wysokiego, umięśnionego mostowego, który wciąż emanował resztkami Burzowego Światła.

– Niecałe sześć minut.

Blizna jęknął i usiadł.

– Punkt odniesienia jest równie ważny. – Sigzil zapisał kilka glifów w notatniku. – Musimy znać możliwości zwykłego mężczyzny, by mieć do czego porównywać. Ale nie martw się. Jestem pewien, że wkrótce rozgryziesz, jak działa Burzowe Światło.

Blizna padł na plecy i spojrzał w górę. Lopen spacerował po sklepieniu. Burzowy Herdaz.

Sigzil nadal prowadził notatki.

– Drehy, użyłeś jednej czwartej Podstawowego Wiązania zgodnie z terminologią Kaladina?

– Ano. Ja... znam dokładną ilość, Sig. Dziwne.

– Co, kiedy postawiliśmy cię na wadze w koszarach, uczyniło cię o połowę lżejszym niż zwykle. Ale dlaczego ćwierć wiązania czyni cię o połowę lżejszym? Nie powinno cię czynić lżejszym o dwadzieścia pięć procent?

– A czy to ma w ogóle znaczenie? – spytał Drehy.

Sigzil spojrzał na niego ze zdziwieniem.

– Oczywiście, że tak!

– Następnym razem chciałbym spróbować Wiązania pod kątem – stwierdził Drehy. – Zobaczę, czy dzięki temu będę się czuł, jakbym przez cały czas zbiegał w dół, niezależnie od tego, w którą stronę się udam. Choć może mi się to nie przydać. Trzymanie Burzowego Światła... poczułem się, jakbym mógł biec całą wieczność.

– Cóż, to nowy rekord... – mruknął Sigzil, nie przerywając pisania. – Pokonałeś Lopena.

– A czy pokonał mnie?! – zawołał Leyten z boku niedużego pomieszczenia, gdzie przyglądał się płytkom na podłodze.

– Ty po drodze zatrzymałeś się, żeby kupić coś do jedzenia, Leytenie. Nawet Skała był lepszy, a on ostatnią jedną trzecią przebiegł, podskakując jak mała dziewczynka.

– To był taniec zwycięstwa Rogożerców – sprzeciwił się stojący w pobliżu Leytena Skała. – Bardzo męski.

– Męski czy nie, zepsuł mi wyniki. Dobrze, że choć Blizna zwraca uwagę na procedury.

Blizna pozostał na ziemi, gdy inni rozmawiali – Kaladin miał przybyć i przenieść ich na Strzaskane Równiny, a Sigzil postanowił przeprowadzić kilka prób. Ich dowódca jak zwykle się spóźniał.

Teft usiadł na ziemi obok Blizny i wpatrzył się w niego podkrążonymi ciemnozielonymi oczyma. Kaladin mianował ich obu porucznikami, razem ze Skałą i Sigzilem, ale ich role nigdy do tego nie pasowały. Teft był uosobieniem sierżanta.

– Masz. – Teft podał mu herdazką choutę, klopsy zawinięte w podpłomyk. – Leyten przyniósł jedzenie. Zjedz coś, chłopaku.

Blizna zmusił się, żeby usiąść.

– Nie jestem od ciebie dużo młodszy, Teft. Nie jestem już chłopakiem.

Teft pokiwał głową, żując własną choutę. W końcu Blizna wgryzł się w swoją. Była dobra, nie tak ostra jak większość alethyjskiego jedzenia, ale dobra. Smakowita.

– Wszyscy mi powtarzają, że „wkrótce załapię" – powiedział. – Ale co, jeśli nie? Wśród Wiatrowych nie będzie miejsca dla porucznika, który wszędzie musi chodzić pieszo. Skończę, gotując obiady ze Skałą.

– Wsparcie też jest potrzebne.

– Wybacz mi, sierżancie, ale niech to burza! Wiesz, jak długo czekałem, żeby wziąć włócznię do ręki? – Blizna podniósł włócznię leżącą obok plecaka i położył ją na kolanach. – Jestem w tym dobry. Umiem walczyć. Tylko...

Lopen opuścił sklepienie, przekręcił się nogami w stronę ziemi i łagodnie opadł na dół. Zaczął się śmiać, kiedy Bisig spróbował skierować się w stronę sufitu i uderzył w niego głową. Natychmiast poderwał się na równe nogi i spojrzał na nich z góry wyraźnie zawstydzony. Ale czego miał się wstydzić? Stał na sklepieniu!

– Byłeś wcześniej w wojsku – domyślił się Teft.

– Nie, ale nie dlatego, że nie próbowałem. Słyszałeś o Czarnych Czapkach?

– Osobista straż Aladara.

– Powiedzmy, że nie potraktowali poważnie mojego zgłoszenia.

„Tak, przyjmujemy ciemnookich. Ale nie cherlaków".

Teft chrząknął i przeżuł choutę.

– Powiedzieli, że mogą zmienić zdanie, jeśli się wyposażę – mówił dalej Blizna. – Wiesz, ile kosztuje zbroja? Byłem głupim kamieniarzem z wizjami chwały na polu bitwy.

Kiedyś nie rozmawiali o przeszłości. To się zmieniło, choć Blizna nie umiał określić, kiedy dokładnie. Po prostu samo wyszło, jak część katharsis związanego z tym, że stali się czymś większym.

Teft był uzależniony. Drehy uderzył oficera. Etha przyłapano na planowaniu dezercji razem z bratem. Nawet prostoduszny Hobber brał udział w pijackiej bijatyce. Znając Hobbera, pewnie jedynie towarzyszył reszcie oddziału, ale tamten mężczyzna zginął.

– Można by się spodziewać – powiedział Teft – że nasz wspaniały przywódca w końcu tu dotrze. Przysięgam, Kaladin z każdym dniem zachowuje się coraz bardziej jak jasnooki.

– Nie pozwól, żeby on to usłyszał.

– Będę mówił, co tylko zechcę – rzucił Teft. – Jeśli ten chłopak nie zamierza przyjść, może ja powinienem sobie pójść. Mam co robić.

Blizna spojrzał niepewnie na towarzysza.

– Nie to – warknął Teft. – Od wielu dni prawie nie dotykałem tego świństwa. Można by pomyśleć, że nikt z was nigdy nie zaszalał, tak mnie traktujecie.

– Nic nie mówiłem, Teft.

– Wiele wycierpieliśmy i szaleństwem byłoby się spodziewać, że nie będziemy potrzebować czegoś, co pozwoli nam przeżyć dzień. Mech nie jest problemem. Chodzi o to, że burzowy świat oszalał. To jest problem.

– Jasne.

Teft spojrzał na niego, po czym wpatrzył się uważnie w swoją choutę.

– No tak... od jak dawna wiedzieliście? To znaczy, czy ktoś...

– Od niedawna – odparł szybko Blizna. – Nikt nawet o tym nie myśli.

Teft przytaknął i nie dostrzegł kłamstwa. Tak naprawdę większość zauważyła, że Teft od czasu do czasu się wyślizguje, żeby potrzeć trochę mchu. W armii nikogo to nie dziwiło. Ale to, co zrobił później – niestawienie się na służbę, sprzedanie munduru, zaśnięcie w bocznej uliczce – to coś zupełnie innego. Za coś takiego można było w najlepszym wypadku zostać zwolnionym. A w najgorszym... cóż, wysłanym do mostów.

Problem polegał na tym, że nie byli już zwykłymi żołnierzami. Jasnookimi też nie. Byli czymś dziwnym, czego nikt nie rozumiał.

– Nie chcę o tym rozmawiać – stwierdził Teft. – Posłuchaj, czy nie rozmawialiśmy o tym, jak sprawić, żebyś zaczął świecić? To w tej chwili najważniejsza kwestia.

Zanim zdążył powiedzieć coś więcej, Kaladin Burzą Błogosławiony w końcu raczył się pojawić, prowadząc za sobą zwiadowczynie i członków innych drużyn mostowych, którzy próbowali wciągnąć Burzowe Światło. Jak na razie nie udało się to nikomu poza mostem czwartym – ale wśród nich było kilku, którzy nigdy nie dźwigali mostów: krewniacy Lopena Huio i Punio czy mężczyźni tacy jak Koen z dawnej Kobaltowej Gwardii, którzy zostali zwerbowani do mostu czwartego dopiero przed paroma miesiącami. Wciąż więc pozostawała nadzieja, że innym też się uda.

Kaladin przyprowadził jeszcze trzydziestu ludzi poza tymi, którzy już szkolili się z drużyną. Oceniając po naszywkach, ta trzydziestka pochodziła z innych oddziałów – a niektórzy byli jasnoocy. Kapitan wspominał, że poprosił generała Khala o zebranie najbardziej obiecujących potencjalnych rekrutów z całej alethyjskiej armii.

– Wszyscy na miejscu? – spytał Kaladin. – Dobrze.

Niosąc na ramieniu worek świecących klejnotów, podszedł do ściany pomieszczenia. W jego dłoni pojawiło się wspaniałe Ostrze Odprysku, które wsunął w otwór w ścianie.

Uruchomił starożytny mechanizm, popychając miecz – i całą wewnętrzną ścianę, która się obracała – w stronę punktu oznaczonego freskami. Podłoga zaczęła świecić, a na zewnątrz całe kamienne podwyższenie otoczyło Burzowe Światło.

Zablokował Ostrze na wysokości znaku na posadzce, który symbolizował Strzaskane Równiny. Kiedy blask przygasł, znaleźli się na Naraku.

Sigzil zostawił torbę i zbroję przy ścianie i wyszedł na zewnątrz. Na ile umieli to ocenić, cały kamienny szczyt podwyższenia przybył wraz z nimi, zamieniając się miejscami z tym, który był tu wcześniej.

Grupka ludzi wspinała się po rampie w stronę podwyższenia, idąc im na spotkanie. Niska Alethyjka imieniem Ristina przeliczyła mostowych i żołnierzy, którzy ją mijali, i zapisała to w księdze.

– Zajęło wam to sporo czasu, oświecony – zwróciła się do Kaladina, którego oczy emanowały słabym niebieskim blaskiem. – Kupcy zaczynali się skarżyć.

Urządzenie zużywało Burzowe Światło – niektóre z klejnotów w worku Kaladina zostały opróżnione – ale co ciekawe, wymiana dwóch grup wymagała niewiele więcej energii niż podróż w jedną stronę. Dlatego próbowali uruchamiać Bramy Przysięgi, kiedy po obu stronach byli ludzie, którzy chcieli zamienić się miejscami.

– Kiedy kupcy będą przechodzić po raz kolejny, powiedz im, że Świetliści Rycerze nie są ich odźwiernymi. Powinni się przyzwyczaić do czekania, chyba że sami znajdą sposób, by złożyć przysięgi.

Ristina uśmiechnęła się złośliwie i zapisała jego słowa, jakby zamierzała przekazać wiadomość bez żadnych zmian. Na ten widok Blizna się uśmiechnął. Miło spotkać skrybę z poczuciem humoru.

Kaladin poprowadził ich przez miasto Narak, niegdyś twierdzę Parshendich, teraz odgrywającą coraz większą rolę jako ludzki postój w drodze między obozami a Urithiru. Tutejsze budynki były zaskakująco solidne, porządnie zbudowane z kremu i rzeźbionych pancerzy wielkoskorupów. Blizna zawsze zakładał, że Parshendi przypominają nomadów wędrujących między Azirem a Jah Keved. Wyobrażał sobie, że Parshendi są dzicy i zajadli, pozbawieni cywilizacji, a na czas burz chronią się w jaskiniach.

A jednak oto mieli dobrze zbudowane, starannie zaprojektowane miasto. Znaleźli budynek pełen dzieł sztuki w stylu, który wprawił w osłupienie alethyjskie skryby. Sztuka Parshendich. Malowali, choć prowadzili wojnę. Zupełnie jak... no cóż, zupełnie jak zwykli ludzie.

Spojrzał na Shena – nie, Rlaina, trudno to było zapamiętać – który szedł z włócznią opartą o ramię. Blizna przez większość czasu nie pamiętał o jego obecności, co go zawstydzało. Rlain należał do mostu czwartego tak samo, jak wszyscy pozostali, prawda? Czy on może wolałby malować, zamiast walczyć?

Minęli posterunki straży pełne żołnierzy Dalinara, jak również innych, w czerwono-błękitnych mundurach. Barwy Ruthara. Dalinar wyznaczał zadania pozostałym oddziałom, próbując zapobiec kolejnym spięciom między żołnierzami z różnych księstw. Bez walki na Strzaskanych Równinach, która by ich zajmowała, robili się niespokojni.

Minęli sporą grupę żołnierzy ćwiczących z mostami na pobliskim płaskowyżu. Blizna nie mógł powstrzymać uśmiechu, kiedy zobaczył ich czarne mundury i hełmy. Znów zaczęli ataki na płaskowyże, choć tym razem w sposób bardziej uporządkowany, a łupy dzielono po równo między arcyksiążąt.

Dziś była kolej Czarnych Czapek. Blizna zastanawiał się, czy którykolwiek z nich by go rozpoznał. Pewnie nie, nawet jeśli wywołał wśród nich spore zamieszanie. Tylko w jeden sposób mógł zdobyć wyposażenie, którego potrzebował, by go przyjęli. Ukradł je kwatermistrzowi Czarnych Czapek.

Myślał, że docenią jego pomysłowość. Tak bardzo pragnął zostać Czarną Czapką, że był gotów zrobić bardzo wiele, by do nich dołączyć, prawda?

Nie. Jego nagrodą było piętno niewolnika i w końcu sprzedanie do armii Sadeasa.

Przeciągnął palcami po bliznach na czole. Burzowe Światło wyleczyło piętna pozostałych mężczyzn – i tak zasłonili je tatuażami – ale wydawało mu się to kolejnym małym przytykiem odróżniającym go od pozostałych. W tej chwili był jedynym walczącym mężczyzną w moście czwartym, który wciąż miał piętno niewolnika.

Cóż, on i Kaladin, którego blizny z jakiegoś powodu nie chciały się zagoić.

Dotarli do płaskowyżu, na którym ćwiczyli, przechodząc po starym moście czwartym, zamocowanym na stałe za pomocą pali z Dusznikowanego kamienia. Kaladin zwołał spotkanie oficerów, kiedy kilkoro dzieci Skały rozstawiało stanowisko z wodą. Wysoki Rogożerca nie posiadał się z radości, że pracuje z nim rodzina.

Blizna dołączył do Kaladina, Sigzila, Tefta i Skały. Choć stali blisko siebie, luka w miejscu Moasha wyraźnie rzucała się w oczy. Całkowity brak informacji o jednym z mostu czwartego wydawał się niewłaściwy, a milczenie Kaladina na ten temat wisiało nad nimi jak katowski topór.

– Martwię się – powiedział Kaladin – że nikt ćwiczący z nami nie zaczął oddychać Burzowym Światłem.

– Minęły dopiero dwa tygodnie, panie – zauważył Sigzil.

– Owszem, ale Syl sądzi, że kilkoro „wydaje się odpowiednich", choć nie powie mi, kto, bo mówi, że to by było niewłaściwe. – Wskazał na nowo przybyłych. – Poprosiłem Khala, żeby przysłał mi kolejną grupę potencjalnych kandydatów, bo uznałem, że im więcej ludzi będziemy mieli, tym większe szanse na znalezienie nowych giermków. – Zawahał się. – Nie powiedziałem otwarcie, że nie mogą być jasnoocy. Może powinienem był.

– Nie rozumiem, czemu, panie. – Blizna pokazał palcem. – Tamten to kapitan Colot, dobry człowiek. Pomagał nam w badaniach wieży.

– Po prostu obecność jasnookich w moście czwartym nie wydaje mi się właściwa.

– Poza tobą? – spytał Blizna. – I Renarinem. I, no cóż, wszystkimi, którzy zdobędą własne Ostrza, i może jeszcze Skałą, bo wydaje mi się, że wśród swojego ludu był jasnookim, nawet jeśli ma ciemne...

– W porządku, Blizno. Przyjąłem do wiadomości. Tak czy inaczej, nie mamy dużo czasu, zanim wyruszę z Elhokarem. Chciałbym mocniej nacisnąć rekrutów, zobaczyć, czy w ogóle jest szansa, że złożą przysięgi. Jakieś pomysły?

– Zepchnij ich z krawędzi płaskowyżu – powiedział Skała. – Wpuszczamy tych, którzy polecą.

– Jakieś poważne propozycje? – spytał Kaladin.

– Jeśli pozwolisz, przećwiczę z nimi walkę w różnych szykach – zaproponował Teft.

– Dobry pomysł – zgodził się Kaladin. – Na burzę, chciałbym wiedzieć, jak Świetliści radzili sobie z rozwojem. Czy prowadzili akcję werbunkową, czy po prostu czekali, aż ktoś przyciągnie sprena?

– Ale ktoś taki nie stałby się giermkiem. – Teft podrapał się po brodzie. – Tylko pełnym Świetlistym, prawda?

– Słuszna uwaga – stwierdził Sigzil. – Nie mamy dowodu, że bycie giermkiem jest krokiem w stronę zostania pełnym Świetlistym. Możemy na zawsze pozostać twoim wsparciem, a w takiej sytuacji nie liczą się indywidualne umiejętności, ale twoja decyzja. Może twojego sprena. Ty ich wybierasz, oni służą pod twoim dowództwem, a później zaczynają wciągać Burzowe Światło.

– Ano – mruknął ponuro Blizna.

Wszyscy popatrzyli na niego.

– Pierwszy z was, który powie coś uspokajającego – stwierdził Blizna – dostanie pięścią w twarz. Albo w brzuch, jeśli nie dosięgnę tej twojej burzowej twarzy, Rogożerco.

– Ha! Mógłbyś mnie trafić w twarz, Blizno. Widziałem, jak podskakujesz bardzo wysoko. Kiedy to robisz, wydajesz się prawie tak samo wysoki, jak normalny człowiek.

– Teft – polecił Kaladin – weź tych potencjalnych rekrutów i poćwicz z nimi walkę w szyku. I powiedz reszcie, żeby obserwowali niebo, martwię się kolejnymi atakami na karawany. – Pokręcił głową. – Coś w tych atakach mi się nie podoba. Wedle wszelkich raportów parshmeni z obozów pomaszerowali do Alethkaru. Ale dlaczego ci Stopieni wciąż nas dręczą? Nie mają oddziałów, by wykorzystać ewentualne problemy z zaopatrzeniem, które wywołają.

Blizna wymienił spojrzenia z Sigzilem, który wzruszył ramionami. Kaladin czasami tak mówił, inaczej niż pozostali. Ćwiczył ich w walce w szyku i posługiwaniu się włócznią, i mogli dumnie nazywać się żołnierzami. Ale tak naprawdę walczyli tylko kilka razy. Co oni wiedzieli o takich sprawach jak strategia czy taktyka pola bitwy?

Rozeszli się, Teft odbiegł, by ćwiczyć potencjalnych rekrutów. Kaladin posłał most czwarty do nauki latania. Trenowali lądowanie, a później biegali w powietrzu, fruwali w szyku w jedną i drugą stronę, przyzwyczajając się do błyskawicznych zmian kierunku. Widok tych świetlistych linii pędzących po niebie trochę rozpraszał.

Blizna towarzyszył Kaladinowi, gdy ten oglądał rekrutów ćwiczących walkę w szyku. Jasnoocy ani słowem nie sprzeciwili się ustawieniu w jednym szeregu z ciemnookimi. Kaladin i Teft... właściwie wszyscy... mieli skłonność do zachowywania się, jakby każdy jasnooki był w pewnym sensie królewski. Ale przecież bardzo wielu z nich wykonywało zwyczajne zawody – choć oczywiście dostawali za swoją pracę więcej niż ciemnoocy.

Kaladin przyglądał się rekrutom przez jakiś czas, po czym spojrzał na most czwarty na niebie.

– Zastanawiam się, Blizno, jak ważne będą dla nas szyki w przyszłości? Czy uda nam się wymyślić nowe, do wykorzystania w locie? Wszystko się zmienia, kiedy wróg może zaatakować z każdej strony...

Po godzinie Blizna poszedł po wodę i zniósł trochę dobrodusznego nabijania się ze strony pozostałych, którzy wylądowali, żeby się napić. Nie przeszkadzało mu to. Tak naprawdę trzeba było uważać, kiedy most czwarty przestawał dręczyć.

Pozostali po krótkiej chwili wznieśli się w powietrze, a Blizna odprowadzał ich wzrokiem. Pociągnął długi łyk najnowszego napitku Skały – Rogożerca nazywał go herbatą, choć smakował jak gotowane ziarno – i odkrył, że czuje się bezużyteczny. Czy ci ludzie, ci nowi rekruci, mieli zacząć świecić i zająć jego miejsce w moście czwartym? Czy zostałby przeniesiony do innych obowiązków, a ktoś inny śmiałby się z drużyną i znosił docinki z powodu wzrostu?

A niech to burza. Odrzucił na bok kubek. Nie znoszę użalać się nad sobą. Nie dąsał się, kiedy Czarne Czapki go odrzuciły, i teraz też nie zamierzał.

Szukał w kieszeniach klejnotów zdecydowany jeszcze poćwiczyć, kiedy zauważył siedzącą na pobliskim kamieniu Lyn. Przyglądała się rekrutom. Przygarbiła się, a Blizna odczytał w jej pozie frustrację. Cóż, dobrze znał to uczucie.

Oparł włócznię o ramię i podszedł do kobiety. Pozostałe cztery zwiadowczynie poszły się napić – Skała zaryczał ze śmiechu w odpowiedzi na coś, co powiedziała jedna z nich.

– Nie dołączyłaś do nich? – Blizna skinął na nowych rekrutów, maszerujących przed nimi.

– Nie znam szyków, Blizno. Nigdy nie ćwiczyłam musztry, nawet nie miałam włóczni w ręku. Przenosiłam wiadomości i prowadziłam zwiad na Równinach. – Westchnęła. – Nie podłapałam tego dość szybko, co? Mnie się nie udało, więc przyprowadził sobie nowych ludzi do sprawdzenia.

– Nie bądź głupia. – Blizna usiadł obok niej na dużym głazie. – Nikt cię nie wyrzuca. Kaladin po prostu chce mieć jak najwięcej potencjalnych rekrutów.

Pokręciła głową.

– Wszyscy wiedzą, że żyjemy teraz na nowym świecie, świecie, w którym pozycja i kolor oczu się nie liczą. To coś wspaniałego. – Podniosła wzrok na niebo i mężczyzn, którzy na nim ćwiczyli. – Chcę być częścią tego, Blizno. Tak bardzo.

– Ano.

Spojrzała na niego i pewnie dostrzegła to w jego oczach. To samo uczucie.

– Na burzę. Nawet nie pomyślałam, Blizno. Dla ciebie musi to być jeszcze gorsze.

Wzruszył ramionami i sięgnął do sakiewki, wyjął z niej szmaragd wielkości kciuka, który świecił jasno nawet w mocnym blasku słońca.

– Słyszałaś o tym, jak kapitan Burzą Błogosławiony po raz pierwszy wciągnął Światło?

– Powiedział nam. Tamtego dnia, kiedy dowiedział się, że może to zrobić, bo Teft mu powiedział. I...

– Nie tamtego dnia.

– Chodzi ci o to, kiedy się uzdrawiał. Po arcyburzy, na której go wywiesili.

– I nie tamtego dnia. – Blizna uniósł klejnot. Widział przez niego mężczyzn biegnących w szyku i wyobrażał sobie, że dźwigają most. – Byłem tam, w drugim rzędzie.

Dźwigaliśmy most. Było ciężko. Nacieraliśmy na płaskowyż, na którym czekało wielu Parshendich. Zabili większość z pierwszego rzędu, poza Kaladinem.

– To odsłoniło mnie, tuż obok niego, w drugim rzędzie. W tamtych czasach, jeśli ktoś biegł z przodu, nie miał większych szans. Parshendi chcieli obalić nasz most i strzelali głównie do nas. Do mnie. Wiedziałem, że byłem martwy. Wiedziałem. Zobaczyłem spadające strzały i wyszeptałem ostatnią modlitwę z nadzieją, że następne życie nie będzie takie złe.

– I wtedy... wtedy strzały się poruszyły, Lyn. One burzowo skręciły w stronę Kaladina. – Obrócił szmaragd w palcach i potrząsnął głową. – Jest takie specjalne Wiązanie, które sprawia, że rzeczy skręcają w powietrzu. Kaladin pomalował drewno nad głową Burzowym Światłem i ściągnął strzały do siebie, zamiast do mnie. Wtedy po raz pierwszy zauważyłem, że dzieje się coś niezwykłego. – Opuścił klejnot i wcisnął go w jej dłoń. – Wtedy Kaladin robił to, nie wiedząc nawet, co robi. Może po prostu za bardzo się staramy, wiesz?

– Ale to nie ma sensu! Mówią, że musisz je wciągnąć. Co to w ogóle znaczy?

– Nie mam pojęcia. Każdy opisuje to innaczej, a kiedy próbuję zrozumieć, mózg mi się gotuje. Mówią o gwałtownym wciągnięciu powietrza, ale nie do oddychania.

– Co jest jasne i oczywiste.

– Mnie to mówisz. – Blizna postukał w klejnot w jej dłoni. – Kaladinowi szło najlepiej, kiedy się nie denerwował. Było mu trudniej, kiedy starał się do tego doprowadzić.

– Innymi słowy, mam przypadkowo, ale celowo odetchnąć czymś, nie oddychając, ale za bardzo się nie starać?

– Aż się ma ochotę wywiesić ich wszystkich na burzy, co? Ale nie mamy nic poza ich radami. I dlatego...

Wpatrzyła się w kamień i uniosła go do twarzy – to się wydawało bez znaczenia, ale przecież nie mogło zaszkodzić – i odetchnęła. Nic się nie wydarzyło, więc spróbowała jeszcze raz. I jeszcze raz. Przez dobre dziesięć minut.

W końcu opuściła kamień.

– Nie wiem, Blizno. Ciągle myślę, że może tu nie pasuję. Gdybyś nie zauważył, żadnej z kobiet się to nie udało. W pewien sposób wepchnęłam się między was i nikt nie pytał...

– Przestań. – Wziął szmaragd i znów uniósł go przed nią. – Natychmiast przestań. Chcesz być Wiatrową?

– Pragnę tego bardziej niż czegokolwiek – szepnęła.

– Dlaczego?

– Bo chcę szybować.

– To nie wystarczy. Kaladin nie myślał o tym, że zostanie pominięty albo jak cudownie byłoby latać. Myślał o tym, żeby uratować nas wszystkich. Uratować mnie. Dlaczego chcesz być w Wiatrowych?

– Bo chcę pomóc! Chcę robić coś innego niż tylko stać i czekać, aż wróg do nas przyjdzie!

– Masz szansę, Lyn. Szansę, której nie miał nikt od wieków, jedną na milion. Albo ją wykorzystasz, i jednocześnie uznasz, że jesteś godna, albo odejdziesz i się poddasz. – Wcisnął jej klejnot w dłoń. – Ale jeśli odejdziesz, nie masz prawa narzekać. Dopóki próbujesz, masz szansę. Kiedy się poddasz? Wtedy marzenie umiera.

Spojrzała mu w oczy, zacisnęła klejnot w pięści i odetchnęła gwałtownie.

I zaczęła świecić.

Krzyknęła zaskoczona, a kiedy otworzyła dłoń, zobaczyła bury klejnot. Popatrzyła na niego z podziwem.

– Co zrobiłeś?

– Nic.

I na tym polegał problem. Mimo to odkrył, że nie może się czuć zazdrosny. Może taki był jego los, pomagać innym stawać się Świetlistymi. Nauczyciel, pomocnik?

Teft zobaczył, że Lyn świeci, podbiegł i zaczął przeklinać – ale to były „dobre" przekleństwa Tefta. Chwycił ją za ramię i pociągnął w stronę Kaladina.

Blizna odetchnął głęboko, z satysfakcją. To już dwoje, którym pomógł, włączając w to Skałę. On... mógł z tym żyć, prawda?

Podszedł do stanowiska z napojami i nalał sobie kolejny kubek.

– Co to za ohyda, Skało? Nie pomyliłeś wody do mycia z herbatą, prawda?

– To stary przepis Rogożerców. Dumna tradycja.

– Jak podskakiwanie?

– Jak oficjalny taniec wojenny. I walenie irytujących mostowych po głowie, kiedy nie okazują szacunku.

Blizna odwrócił się i oparł dłoń na stole, obserwując entuzjazm Lyn, kiedy jej oddział zwiadowczyń podbiegł w jej stronę. Czuł się dobrze z tym, co zrobił – dziwnie dobrze. A nawet był podekscytowany.

– Myślę, że będę się musiał przyzwyczaić do smrodliwych Rogożerców, Skało. Zastanawiam się, czy nie dołączyć do twojego oddziału wsparcia.

– Spodziewasz się, że dopuszczę cię w pobliże kociołka?

– Może nigdy nie nauczę się latać. – Zdusił tę część siebie, która miała ochotę zaskomleć na tę myśl. – Muszę się z tym pogodzić. I dlatego muszę znaleźć inny sposób, by pomagać.

– Ha! A fakt, że w tej właśnie chwili świecisz Burzowym Światłem, wcale nie wpływa na twoją decyzję?

Blizna znieruchomiał. Skupił się na dłoni, tuż przy twarzy, trzymającej kubek. Unosiły się z niej niewielkie smużki Burzowego Światła. Z okrzykiem upuścił kubek i wyciągnął z kieszeni parę burych odłamków. Klejnot do ćwiczeń oddał Lyn.

Spojrzał na Skałę i wyszczerzył się głupio.

– Pewnie mógłbym ci pozwolić zmywać naczynia – stwierdził Skała. – Choć ciągle rzucasz moje kubki na ziemię. To brak szacunku...

Urwał, kiedy Blizna go zostawił i krzycząc z ekscytacją pobiegł w stronę pozostałych.

47
TAK WIELE UTRACONO

W rzeczy samej, podziwiamy jego inicjatywę. Może gdybyś zwrócił się ze swoim błaganiem do właściwego z nas, znalazłbyś przychylnych słuchaczy.

Jestem Talenel'Elin, Herold Wojny. Zbliża się czas Powrotu, czas Spustoszenia. Musimy się przygotować. Po zniszczeniach lat poprzednich wiele zapomnieliście.

Kalak nauczy was odlewać brąz, jeśli zapomnieliście, jak to robić. Będziemy wam Dusznikować bloki metalu. Żałuję, że nie mogę nauczyć was stali, ale odlewanie jest szybsze od wykuwania, a wy musicie mieć coś, co uda się szybko stworzyć. Wasze kamienne narzędzia nie poradzą sobie z tym, co nadejdzie.

Vedel może wyszkolić waszych chirurgów, a Jezrien nauczy was przywództwa. Tak wiele ginie między Powrotami. Ja wyszkolę waszych żołnierzy. Powinniśmy mieć czas. Ishar ciągle mówi o sposobie, by uchronić informacje przed zaginięciem w czasie Spustoszeń. I odkryliście coś niespodziewanego. Wykorzystamy to. Mocowiązcy służący jako strażnicy... Rycerze...

Nadchodzące dni będą trudne, ale po wyszkoleniu ludzkość przetrwa. Musicie zaprowadzić mnie do swoich przywódców. Inni Heroldowie wkrótce do nas dołączą.

Myślę, że tym razem się spóźniłem. Myślę... boję się, o Boże, że zawiodłem. Nie. To niewłaściwe, prawda? Ile czasu minęło? Gdzie jestem? Jestem... Talenel'Elin, Herold Wojny. Zbliża się czas Powrotu, czas Spustoszenia...

Jasnah drżała, gdy czytała słowa szaleńca. Przewróciła kartkę i odkryła, że następną wypełniają podobne pomysły powtarzane raz za razem.

To nie mógł być zbieg okoliczności, a sformułowania brzmiały zbyt charakterystycznie. Porzucony Herold przybył do Kholinaru – i został zlekceważony jako szaleniec.

Odchyliła się do tyłu, a Kość Słoniowa – w pełnych rozmiarach, czyli wielkości człowieka – podszedł do stołu. Jak zwykle miał na sobie sztywny oficjalny strój, a ręce trzymał za plecami. Spren był czarny jak węgiel, zarówno jego ubranie, jak i rysy, choć po jego skórze przemykały tęczowe poblaski. Zupełnie jakby idealnie czarny marmur pokryto olejem, który błyszczał ukrytymi barwami. Podrapał się po brodzie, czytając.

Jasnah odrzuciła ładne komnaty z balkonami na obrzeżach Urithiru – zbyt wygodny dostęp dla skrytobójców i szpiegów. Jej mała komnata w samym środku części należącej do Dalinara była o wiele bezpieczniejsza. Zapchała otwory wentylacyjne tkaniną. Dopływ powietrza z korytarza wystarczał, a chciała mieć pewność, że nikt jej nie podsłucha przez szyby.

W kącie jej komnaty bez ustanku pracowały łączotrzciny. Wynajęła je dużym kosztem do czasu, aż uda jej się kupić nowe na własność. Były sparowane z trzcinami w Tashikku, które dostarczono do jednego z najlepszych – i najbardziej godnych zaufania – centrów informacji w księstwie. Tam, w odległości wielu mil, skryba starannie przepisywała kolejne kartki jej notatek, które pierwotnie wysłała do nich na przechowanie.

– Ten ktoś, Jasnah. – Kość Słoniowa postukał w arkusz, który właśnie przeczytała. Mówił zwięźle i rzeczowo. – Ten, kto wypowiedział te słowa. Ta osoba jest Heroldem. Nasze podejrzenia się sprawdziły. Heroldowie są i upadły nadal jest.

– Musimy go odnaleźć.

– Musimy przeszukać Cieniomorze. Na tym świecie ludzie mogą się łatwo ukryć, ale ich dusze świecą dla nas po drugiej stronie.

– Chyba że ktoś wie, jak je ukryć.

Kość Słoniowa spojrzał na rosnącą stertę notatek w kącie – jedno z piór przestało pisać. Jasnah wstała, by zmienić papier. Shallan uratowała jedną skrzynię jej notatek, ale dwie pozostałe poszły na dno ze statkiem. Na szczęście Jasnah wcześniej wysłała te kopie.

Ale czy to miało znaczenie? Ten arkusz, zakodowany jej szyfrem, zawierał informacje łączące parshmenów z Pustkowcami. W swoim czasie męczyła się nad każdym z tych fragmentów, wydobywając je z historii. Teraz ich zawartość była powszechnie znana. Całe jej znawstwo zostało w jednej chwili wymazane.

– Straciliśmy tak wiele czasu – stwierdziła Jasnah.

– Tak. Musimy dogonić, co utraciliśmy. Musimy.

– Wróg?

– Porusza się. Złości. – Kość Słoniowa pokręcił głową i ukląkł obok niej, kiedy zmieniała arkusze papieru. – W jego obliczu jesteśmy niczym, Jasnah. On chce zniszczyć mój gatunek i twój.

Łączotrzcina skończyła, a inna zaczęła pisać pierwsze linijki jej pamiętników, nad którymi pracowała z przerwami przez całe życie. Odrzuciła kilkanaście prób, a kiedy czytała tę najnowszą, odkryła, że też się jej nie podoba.

– Co myślisz o Shallan? – spytała sprena, kręcąc głową. – Osobie, którą się stała.

Kość Słoniowa zmarszczył czoło i zacisnął wargi. Jego wyraziste rysy, zbyt ostre, by należeć do człowieka, przypominały rozpoczętą rzeźbę, którą artysta zapomniał wygładzić.

– Jest... niepokojąca.

– To nic nowego.

– Nie jest stabilna.

– Ty myślisz, że wszyscy ludzie są niestabilni.

– Nie ty. – Kość Słoniowa podniósł brodę. – Ty jesteś jak spren. Myślisz faktami. Nie zmieniasz się pod wpływem kaprysu. Jesteś, jaka jesteś.

Popatrzyła na niego beznamiętnie.

– Przeważnie – dodał. – Przeważnie. Ale tak jest, Jasnah. W porównaniu z innymi ludźmi jesteś właściwie skałą!

Westchnęła, podniosła się i ocierając się o niego wróciła do biurka. Patrzyły na nią majaczenia Herolda. Usiadła, czując zmęczenie.

– Jasnah? – spytał Kość Słoniowa. – Czy jestem... w błędzie?

– Nie jestem taką skałą, jak sądzisz. Czasami tego żałuję.

– Te słowa cię niepokoją. – Znów do niej podszedł i oparł czarne palce na papierze. – Dlaczego? Czytałaś wiele niepokojących rzeczy.

Jasnah usiadła wygodniej, słuchając trzech łączotrzcin skrobiących papier i zapisujących notatki, które – jak się obawiała – w większości będą bez znaczenia. Coś się obudziło głęboko w jej wnętrzu. Ślady wspomnień z ciemnej komnaty i krzyku aż do zdarcia gardła. Choroba w dzieciństwie, która wydawała się zapomniana przez wszystkich, choć tak wiele w niej zmieniła.

Nauczyła ją, że ludzie, których kochała, wciąż mogli zrobić jej krzywdę.

– Zastanawiałeś się kiedykolwiek, jak by to było, stracić rozum?

Kość Słoniowa pokiwał głową.

– Zastanawiałem się. Jakbym mógł tego nie robić? Jeśli wziąć pod uwagę, czym są starożytni ojcowie.

– Nazywasz mnie logiczną – szepnęła Jasnah. – To nieprawda, gdyż jak inni pozwalam, by rządziły mną pasje. Ale w chwilach spokoju mój umysł zawsze był jedyną rzeczą, na której mogłam polegać.

Z wyjątkiem jednego razu.

Pokręciła głową i znów podniosła papier.

– Boję się, że to stracę. To mnie przeraża. Jakie by to było uczucie, być jednym z tych Heroldów. Czuć, jak umysł powoli staje się niegodny zaufania? Czy odeszli już zbyt daleko, żeby to wiedzieć? A może mają chwile świadomości, kiedy wysilają się i przeglądają wspomnienia... próbując gorączkowo zdecydować, które są wiarygodne, a które zmyślone...

Zadrżała.

– Starożytni – powtórzył Kość Słoniowa i pokiwał głową.

Nieczęsto mówił o sprenach utraconych podczas Odstępstwa. Kość Słoniowa i jego towarzysze byli w tym czasie dziećmi – cóż, ich odpowiednikiem wśród sprenów. Przez lata, stulecia, nie mieli starszych sprenów, którzy czuwaliby nad nimi i nimi kierowali. Atramentospreny dopiero zaczynały odzyskiwać kulturę i społeczeństwo, które utraciły, kiedy ludzie porzucili przysięgi.

– Twoja podopieczna – powiedział Kość Słoniowa. – Jej spren. Zagadkowy.

– Co jest złe?

Kość Słoniowa pokiwał głową. Wolał proste, jednoznaczne gesty. Nigdy nie wzruszał ramionami.

– Zagadkowi oznaczają kłopoty. Lubią kłamstwa, Jasnah. Karmią się nimi. Wypowiedz jedno fałszywe słowo na zgromadzeniu, a otoczy cię siedmiu. Ich brzęczenie wypełnia uszy.

– Prowadziliście z nimi wojny?

– Z Zagadkowymi nie prowadzi się wojny, jak z honorsprenami. Zagadkowi mają tylko jedno miasto i nie pragną więcej. Chcą tylko słuchać. – Postukał w stół. – Może ten jest lepszy, dzięki więzi.

Kość Słoniowa był jedynym atramentosprenem z nowego pokolenia, który stworzył więź Świetlistego. Niektórzy z jego towarzyszy woleliby raczej zabić Jasnah niż pozwolić mu zaryzykować to, co zrobił.

Sprena otaczała szlachetna aura, był sztywno wyprostowany i władczy. Mógł do woli zmieniać rozmiar, ale nie kształt, chyba że w pełni znalazł się w tej krainie w postaci Ostrza Odprysku. Przyjął imię Kość Słoniowa jako symbol wyzwania. Nie był tym, za kogo uważali go jego krewniacy, i nie zamierzał w milczeniu cierpieć losu.

Różnica między wyższym sprenem takim jak on, a zwyczajnym sprenem uczuć kryła się w ich zdolności do podejmowania decyzji, co robić. Żyjąca sprzeczność. Jak istoty ludzkie.

– Shallan już nie chce mnie słuchać – powiedziała Jasnah. – Buntuje się przeciwko każdemu drobiazgowi, o którym jej mówię. Kilka ostatnich miesięcy, kiedy była sama, zmieniło to dziecko.

– Ona nigdy nie była bardzo posłuszna, Jasnah. Taka już jest.

– W przeszłości przynajmniej udawała, że obchodzą ją moje nauki.

– Ale jak sama powiedziałaś, więcej ludzi powinno kwestionować swoje miejsce w życiu. Czy nie mówisz, że za często traktują uznane prawdy jako fakt?

Postukała w stół.

– Oczywiście masz rację. Czy nie wolałabym, żeby sprawdzała swoje granice, zamiast szczęśliwie żyć wewnątrz nich? Nie ma większego znaczenia, czy będzie mi posłuszna. Ale martwię się, czy będzie zdolna zapanować nad swoją sytuacją, zamiast pozwalać, by panowały nad nią impulsy.

– Jeśli to prawda, jak to zmienisz?

Doskonałe pytanie. Jasnah przejrzała papiery na stole. Zbierała raporty od informatorów z obozów – tych, którzy przeżyli – o Shallan. Naprawdę dobrze sobie radziła pod nieobecność Jasnah. Może dziecko potrzebowało nie więcej uporządkowania, ale więcej wyzwań.

– Wszystkie dziesięć zakonów znów istnieje – powiedział Kość Słoniowa zza jej pleców.

Przez lata było tylko ich dwoje, Jasnah i Kość Słoniowa. Spren unikał odpowiedzi na pytanie, jakie są szanse, że inne rozumne spreny odtworzą swoje zakony.

Jednakże zawsze był przekonany, że honorspreny – a wobec tego Wiatrowi – nigdy nie powrócą. Ich próby rządzenia Cieniomorzem nie zaskarbiły im sympatii innych ras.

– Dziesięć zakonów – stwierdziła Jasnah. – Wszystkie skończyły się śmiercią.

– Wszystkie poza jednym – zgodził się Kość Słoniowa. – Oni żyli w śmierci.

Odwróciła się, a on spojrzał jej w oczy. Nie miał źrenic, jedynie olej migoczący nad czymś głęboko czarnym.

– Musimy powiedzieć pozostałym, czego dowiedzieliśmy się od Trefnisia. W końcu ta tajemnica musi wyjść na jaw.

– Jasnah, nie. To byłby koniec. Kolejne Odstępstwo.

– Prawda mnie nie zniszczyła.

– Ty jesteś wyjątkowa. Żadna wiedza, która istnieje, nie może cię zniszczyć. Ale pozostali...

Wytrzymała jego spojrzenie i zebrała zgromadzone kartki.

– Zobaczymy – powiedziała.

Zaniosła kartki do stołu, żeby oprawić je w książkę.

48

RYTM PRACY

Ale stoimy w morzu, zadowoleni z naszych krain.

Moash sapnął. Szedł po nierównym terenie, przez ramię miał przerzucony długi sznur z węzłami. Jak się okazało, Pustkowcom zabrakło wozów. Zbyt wiele zapasów do zabrania, a zbyt mało pojazdów.

A przynajmniej pojazdów z kołami.

Moasha wyznaczono do sań – wozu z połamanymi kołami, który wyposażono w parę długich, stalowych płóz. Ustawili go jako pierwszego w szeregu ciągnących za linę. Nadzorcy parshmeni uważali go za najbardziej entuzjastycznego.

A dlaczego miałby taki nie być? Karawana poruszała się w rytm powolnych kroków chulli, które ciągnęły około połowy zwykłych wozów. Miał porządne buty, a nawet rękawice. W porównaniu z mostami to był raj.

Nie wspominając już o krajobrazie. Środkowy Alethkar był o wiele żyźniejszy niż Strzaskane Równiny i z ziemi wyrastały skałopąki i powyginane korzenie drzew. Sanie je miażdżyły lub podskakiwały, ale przynajmniej nie musiał dźwigać ich na ramionach.

Wokół niego setki mężczyzn ciągnęły wozy lub sanie wypełnione żywnością, świeżym drewnem albo skórą wieprzy i węgorzy. Niektórzy z robotników upadli bez sił już pierwszego dnia po opuszczeniu Revolaru. Pustkowcy podzielili ich na dwie grupy. Ci, którzy się starali, ale byli rzeczywiście zbyt słabi, zostali odesłani z powrotem do miasta. Nieliczni, którzy udawali, zostali wybatożeni i przeniesieni z wozów do sań.

Surowe, ale sprawiedliwe. Właściwie Moash był wręcz zaskoczony, jak dobrze traktowano ludzkich robotników. Choć Pustkowcy byli surowi i bezwzględni, rozumieli, że przy tak ciężkiej pracy niewolnicy potrzebowali porządnych racji żywnościowych i dużo odpoczynku każdej nocy. Nie byli nawet skuci łańcuchami. Ucieczka nie miała sensu pod czujną strażą Stopionych, którzy umieli latać.

Moash odkrył, że te tygodnie marszu i ciągnięcia sań sprawiają mu przyjemność. Wyczerpywały jego ciało, uciszały myśli i pozwalały mu wpaść w spokojny rytm. Z pewnością było to lepsze niż dni, które przeżył jako jasnooki, kiedy bezustannie przejmował się spiskiem przeciwko królowi.

Dobrze się czuł, kiedy po prostu dostawał polecenia, co ma robić.

To, co się stało na Strzaskanych Równinach, nie było moją winą, myślał, ciągnąc sanie. Zostałem do tego popchnięty. Nie można mnie winić. Te myśli go uspokajały.

Niestety nie mógł ignorować ich oczywistego celu. Dziesiątki razy szedł tą drogą, jeszcze jako młody chłopak, prowadząc karawany razem z wujem. Na drugą stronę rzeki i prosto na południowy wschód. Przez Pole Ishara i obok miasteczka Kałamarz.

Pustkowcy maszerowali na Kholinar. W karawanie szły dziesiątki tysięcy parshmenów uzbrojonych w topory lub włócznie. Nosili coś, co, jak się dowiedział, nazywano wojnoformą – mocna budowa ciała i pancerze. Nie byli doświadczeni – obserwując ich conocne ćwiczenia, domyślił się, że zasadniczo są odpowiednikiem ciemnookich zebranych po wioskach i siłą wcielonych do wojska.

Ale się uczyli i mieli dostęp do Stopionych. Ci unosili się w powietrzu albo kroczyli obok wozów, potężni i władczy – i otoczeni mroczną energią. Wydawało się, że są ich różne rodzaje, ale każdy był groźny.

Wszyscy dążyli do stolicy. Czy powinno mu to przeszkadzać? W końcu, co Kholinar zrobił dla niego? To tam jego dziadków pozostawiono na śmierć, samotnych i zmarzniętych w celi. To tam przeklęty król Elhokar tańczył i spiskował, gdy dobrzy ludzie gnili.

Czy ludzkość w ogóle zasługiwała na to królestwo?

W młodości słuchał wędrownych żarliwców, którzy towarzyszyli karawanom. Wiedział, że przed wielu laty ludzkość zwyciężyła. Aharietiam, ostatnie starcie z Pustkowcami, które wydarzyło się przed tysiącami lat.

Co zrobili z tym zwycięstwem? Ustanowili fałszywych bogów w postaci ludzi, których oczy przypominały im Świetlistych Rycerzy. Życie ludzi przez tysiąclecia było jednym długim ciągiem morderstw, wojen i kradzieży.

Pustkowcy najwyraźniej powrócili, bo ludzie udowodnili, że nie potrafią sami się rządzić. Dlatego Wszechmocny zesłał tę plagę.

W rzeczy samej, im dłużej maszerowali, tym bardziej Moash podziwiał Pustkowców. Ich armia była skuteczna, a oddziały szybko się uczyły. Karawany były dobrze zaopatrzone – kiedy nadzorca dostrzegł, że buty Moasha wyglądają na zniszczone, wieczorem wręczył mu nową parę.

Każdy wóz lub sanie miały dwoje parshmeńskich nadzorców, ale kazano im oszczędnie używać bata. Byli cicho szkoleni do tego zadania, a Moash od czasu do czas słyszał rozmowy między nadzorcą – niegdyś niewolnikiem – a niewidzialnym sprenem, który udzielał im wskazówek.

Pustkowcy byli bystrzy, zdeterminowani i skuteczni. Gdyby Kholinar upadł pod ich naporem, nie byłoby to niczym, na co ludzkość nie zasłużyła. Tak... być może czas jego rodaków przeminął. Moash zawiódł Kaladina i pozostałych – ale tak właśnie zachowywali się ludzie w tej podłej epoce. Nikt nie mógł go winić. Był tworem swojej kultury.

Tylko jedna osobliwość psuła jego obserwacje. Pustkowcy wydawali się o wiele lepsi od ludzkich armii, których był częścią... z wyjątkiem jednego.

Grupy parshmeńskich niewolników.

Ciągnęli jedne z sań i zawsze szli z dala od ludzi. Nosili pracoformę, nie wojnoformę – choć poza tym wyglądali dokładnie tak samo, jak pozostali parshmeni, mieli tę samą marmurkową skórę. Dlaczego ta grupa ciągnęła sanie?

Z początku, kiedy Moash wlókł się po niekończących się równinach środkowego Alethkaru, ich widok dodawał mu otuchy. Sugerował, że Pustkowcy mogli być egalitarni. Może po prostu brakowało ludzi do ciągnięcia tych sań?

A jeśli tak było, to dlaczego parshmenów ciągnących sanie traktowano tak źle? Nadzorcy nie ukrywali swojego obrzydzenia i mogli bez ograniczeń batożyć biedaków. Ile razy Moash patrzył w ich stronę, jedno z nich znosiło bicie, krzyki albo maltretowanie.

Ten widok sprawiał, że Moashowi ściskało się serce. Wszyscy inni tak dobrze współpracowali, wszystko inne w armii wydawało się tak doskonałe. Poza tym.

Kim byli ci biedacy?

***

Nadzorca ogłosił przerwę, więc Moash upuścił sznur i pociągnął długi łyk z bukłaka. To był dwudziesty pierwszy dzień ich marszu, co wiedział tylko dlatego, że niektórzy inni niewolnicy liczyli. Oceniał, że znajdują się kilka dni od Kałamarza, na ostatnim odcinku prowadzącym do Kholinaru.

Zignorował innych niewolników i usiadł w cieniu załadowanych drewnem sań. Za ich plecami płonęła wioska. Nikogo w niej nie było, gdyż ich nadejście poprzedzały wieści o tym. Dlaczego Pustkowcy spalili ją, ale nie inne, które mijali? Może chcieli przekazać wiadomość – ten dym wyglądał złowrogo. A może chcieli jedynie uniemożliwić potencjalnym armiom zachodzącym ich z flanki wykorzystanie tej wioski.

Kiedy jego drużyna czekała – Moash nie znał ich imion i nawet nie zamierzał pytać – obok przeszła drużyna parshmenów, zakrwawiona i pobita, a nadzorcy wciąż ich poganiali. Zostawali z tyłu. Nieustanne okrutne traktowanie prowadziło do zmęczenia, co z kolei oznaczało, że musieli maszerować, żeby dogonić resztę, kiedy wszyscy inni mieli przerwę, żeby się napić. To oczywiście tylko ich wyczerpywało i doprowadzało do urazów – które sprawiały, że zostawali jeszcze dalej z tyłu, przez co byli batożeni...

To się działo z mostem czwartym, w czasach przed Kaladinem, pomyślał Moash. Wszyscy mówili, że mamy pecha, ale to była samonapędzająca się spirala ciągnąca w dół.

Kiedy ta drużyna przeszła, ciągnąc za sobą kilka wyczerpaniosprenów, jedna z nadzorców Moasha kazała im chwycić sznury i znowu ruszać. Nadzorczyni była młodą parshmenką o ciemnoczerwonej skórze z nielicznymi śladami bieli. Nosiła havah. Choć suknia nie wydawała się odpowiednia do marszu, kobieta dobrze w niej wyglądała. Nawet zapięła rękaw, by osłonić bezpieczną dłoń.

– Co oni w ogóle zrobili? – spytał, sięgając po sznur.

– O co chodzi? – spytała, odwracając się do niego.

A niech to burza. Pomijając tę skórę i dziwnie śpiewny głos, mogła być ładną dziewczyną Makabaków idącą z karawaną.

– Ta drużyna parshmenów. Co zrobili, że zasłużyli na tak surowe traktowanie?

Nie spodziewał się odpowiedzi. Ale parshmenka podążyła za jego spojrzeniem i pokręciła głową.

– Przyjęli fałszywego boga. Sprowadzili go pomiędzy nas.

– Wszechmocnego?

Roześmiała się.

– Prawdziwego fałszywego boga, żyjącego. Jak nasi żyjący bogowie.

Podniosła wzrok, kiedy przeleciał nad nimi jeden ze Stopionych.

– Wielu myśli, że Wszechmocny jest prawdziwy – stwierdził Moash.

– Jeśli tak jest, dlaczego to ty ciągniesz sanie?

Pstryknęła palcami i wskazała na niego.

Moash podniósł sznur i dołączył do pozostałych w podwójnym szeregu. Wtopili się w olbrzymią kolumnę maszerujących stóp, zgrzytających sań i grzechocących kół. Parshendi chcieli dotrzeć do następnego miasteczka przed nadchodzącą burzą. Oba typy – arcyburzę i Wieczną Burzę – spędzali, chroniąc się w wioskach po drodze.

Moash wszedł w spokojny rytm pracy. Wkrótce zaczął się pocić. Przyzwyczaił się do chłodniejszej pogody na wschodzie, blisko Krain Lodu. Dziwnie się czuł w miejscu, gdzie słońce paliło jego skórę, a pogoda wyraźnie świadczyła o nadejściu lata.

Jego sanie wkrótce dogoniły drużynę parshmenów. Dwie pary sań przez jakiś czas podążały obok siebie, a Moash pomyślał, że dotrzymywanie kroku jego drużynie może zmotywować biednych parshmenów. I wtedy jeden z nich poślizgnął się i upadł, a wtedy wszyscy zatrzymali się gwałtownie.

Zaczęło się batożenie. Krzyki, trzask rzemienia na skórze.

Dosyć.

Moash upuścił sznur i wyszedł z szeregu. Wstrząśnięci nadzorcy wołali za nim, ale go nie gonili. Może byli zbyt zaskoczeni.

Podszedł do sań parshmenów, gdzie niewolnicy próbowali się podnieść i znów ruszyć. Niektórzy mieli zakrwawione twarze i plecy. Duży parshmen, który się poślizgnął, leżał zwinięty na ziemi. Jego stopy krwawiły – nic dziwnego, że miał problem z chodzeniem.

Dwaj nadzorcy go batożyli. Moash chwycił jednego za ramię i odepchnął go.

– Przestań! – warknął i odepchnął drugiego nadzorcę. – Nie widzicie, co robicie? Stajecie się tacy jak my.

Nadzorcy patrzyli na niego z konsternacją.

– Nie możecie dręczyć się nawzajem. Nie możecie!

Moash odwrócił się do leżącego parshmena i wyciągnął dłoń, by pomóc mu się podnieść, ale kątem oka zobaczył, że jeden z nadzorców podnosi rękę.

Odwrócił się i złapał bat, który trzasnął w jego stronę, chwycił go w powietrzu i owinął wokół nadgarstka, by zyskać oparcie. I szarpnął – ciągnąc nadzorcę w swoją stronę. Uderzył parshmena pięścią w twarz, rzucając go na ziemię.

Na burze, to bolało. Potrząsnął ręką, która – kiedy trafił w cel – prześlizgnęła się po skorupie z boku twarzy. Spiorunował wzrokiem drugiego nadzorcę, a ten krzyknął, rzucił bat i odskoczył do tyłu.

Moash kiwnął głową, po czym wziął leżącego niewolnika za ramię i podniósł go.

– Jedź na saniach. Niech ci się wygoją stopy.

Zajął miejsce parshmena w szeregu i mocno naciągnął sznur na ramieniu.

Jego nadzorcy w końcu się pozbierali i pobiegli za nim. Naradzili się z tą dwójką, której się przeciwstawił – jeden miał rozciętą skórę nad okiem. Ich rozmowa była przyciszona, pełna nacisku i przerywana rzucanymi w jego stronę przestraszonymi spojrzeniami.

W końcu postanowili dać mu spokój. Moash ciągnął sanie z parshmenami, a oni znaleźli kogoś, kto go zastąpił przy drugich saniach. Przez chwilę myślał, że to jeszcze nie koniec – widział nawet, że jeden z nadzorców naradza się ze Stopionym. Ale nie ukarali go.

Do końca marszu nikt już nie odważył się podnieść bata na drużynę parshmenów.

DWADZIEŚCIA TRZY LATA WCZEŚNIEJ

Dalinar ścisnął palce i potarł je, miażdżąc suchy czerwono-brązowy mech. Skrzypiący odgłos nieprzyjemnie przypominał nóż prześlizgujący się po kości.

Natychmiast poczuł ciepło, jak węgielka. Spomiędzy jego pokrytych odciskami palców wzniosła się wąska strużka dymu, uderzyła go pod nosem i rozstąpiła się wokół twarzy.

Wszystko przyblakło – zgiełk zbyt wielu mężczyzn w jednym pomieszczeniu, piżmowy zapach ich ściśniętych ciał. Wypełniła go euforia jak nagły promień słońca w pochmurny dzień. Wypuścił powietrze. Nie przeszkadzało mu nawet, kiedy Bashin przypadkiem trącił go łokciem.

W większości miejsc bycie arcyksięciem oznaczałoby, że otoczy go bańka przestrzeni, ale kiedy siedział przy zaplamionym drewnianym stole w tym słabo oświetlonym lokalu, jego pozycja społeczna się nie liczyła. Tu, z dobrym trunkiem i małym pomocnikiem ściśniętym między palcami, mógł się w końcu rozluźnić. Tu nikogo nie obchodziło, czy wygląda przyzwoicie i czy za dużo wypił.

Tu nie musiał słuchać raportów o buncie i wyobrażać sobie, że stoi na tych polach i rozwiązuje problemy bezpośrednio. Z mieczem w dłoni i Dreszczem w sercu...

Mocniej potarł mech. Nie myśl o wojnie. Żyj chwilą, jak zawsze powtarzała Evi.

Havar wrócił z trunkiem. Szczupły, brodaty mężczyzna przyjrzał się zatłoczonej ławie, po czym postawił kubki i odsunął na bok ledwie przytomnego pijaka. Wcisnął się obok Bashina. Havar był jasnooki, i to z dobrej rodziny. Należał do elitarnych oddziałów Dalinara w czasach, kiedy jeszcze się to liczyło, choć teraz miał własną ziemię i wysoką pozycję. Był jednym z niewielu, którzy nie salutowali Dalinarowi tak mocno, że aż było słychać.

Bashin jednak... Bashin był dziwny. Krępy mężczyzna, ciemnooki z pierwszego nahnu, zwiedził pół świata i zachęcał Dalinara, by udał się wraz z nim zobaczyć drugie pół. Wciąż nosił ten głupi kapelusz z szerokim, obwisłym rondem.

Havar chrząknął i rozdał trunki.

– Przeciśnięcie się obok ciebie, Bashinie, byłoby o wiele łatwiejsze, gdybyś nie miał brzucha, który sięga aż do przyszłego tygodnia.

– Próbuję jedynie wypełniać swój obowiązek, oświecony.

– Obowiązek?

– Jasnoocy potrzebują ludzi, którzy im służą, prawda? Upewniam się, że masz wielu, którzy ci służą, przynajmniej wagowo.

Dalinar wziął kubek, ale nie pił. Jak na razie ogniomech spełniał swoje zadanie. Jego smużka dymu nie była jedyną w półmroku kamiennej komnaty.

Gavilar nie znosił mchu. Ale też Gavilar lubił teraz swoje życie.

Pośrodku ciemnej sali para parshmenów zsunęła stoły na bok i zaczęła stawiać na podłodze diamentowe odłamki. Mężczyźni cofnęli się, robiąc miejsce dla dużego kręgu światła. Przez tłum przecisnęła się para nagich od pasa w górę mężczyzn. Niezręczne rozmowy przeszły w podekscytowane ryki.

– To co, zakładamy się? – spytał Havar.

– Pewnie – odparł Bashin. – Stawiam trzy granatowe marki na tego niższego.

– Przyjmuję zakład – stwierdził Havar – ale nie za pieniądze. Jeśli wygram, chcę twój kapelusz.

– Umowa stoi! Ha! W końcu przyznajesz, że jest wyszukany?

– Wyszukany? Na burze, Bashinie, zamierzam ci wyświadczyć przysługę i go spalić.

Dalinar odchylił się do tyłu, czując, jak ogniomech zaćmiewa jego umysł.

– Spalić mój kapelusz? Na burze, Havarze. To brutalne. Tylko dlatego, że zazdrościsz mi wyszukanego profilu?

– Ten kapelusz można nazwać wyszukanym jedynie w tym sensie, że na jego widok kobiety szukają drogi ucieczki.

– Jest egzotyczny. Z zachodu. Wszyscy wiedzą, że moda przychodzi z zachodu.

– Ano, z Liaforu i Yezieru. Skąd właściwie masz ten kapelusz?

– Z Czystego Jeziora.

– Ach, ta ostoja kultury i mody! Może później wybierzesz się na zakupy do Bavlandu?

– Barmanki i tak się nie poznają – mruknął Bashin. – Tak czy inaczej, możemy po prostu obejrzeć walkę? Nie mogę się doczekać, aż wygram od ciebie te marki.

Pociągnął łyk trunku, ale też z niepokojem pomacał kapelusz.

Dalinar zamknął oczy. Czuł, że odpływa, może udałoby mu się zdrzemnąć, nie martwiąc się o Evi i nie śniąc o wojnie...

W kręgu świateł ciała zderzyły się ze sobą.

Ten dźwięk – sapanie z wysiłku, gdy zapaśnicy próbowali wypchnąć się nawzajem z kręgu – przypominał mu bitwę. Dalinar otworzył oczy, upuścił mech i pochylił się.

Niższy zapaśnik zwinnie wyślizgnął się z uchwytu drugiego. Krążyli wokół siebie pochyleni, z rękami w gotowości. Kiedy znów się zwarli, niższy mężczyzna wytrącił przeciwnika z równowagi. Lepsza postawa, pomyślał Dalinar. Trzymał się nisko. Wyższy zbyt długo korzystał z przewagi wzrostu i masy. Ma koszmarną postawę.

Dwaj zapaśnicy wytężali siły, cofając się do krawędzi kręgu, aż wyższemu mężczyźnie udało się przewrócić ich obu. Dalinar wstał, gdy pozostali, stojący przed nim, unieśli ręce i zaczęli wiwatować.

Współzawodnictwo. Walka.

Które prawie doprowadziły mnie do zabicia Gavilara.

Dalinar znów usiadł.

Niższy mężczyzna zwyciężył. Havar westchnął, ale potoczył kilka świecących kul do Bashina.

– Na następną walkę podwójna stawka czy nie?

– Nie. – Bashin wziął marki w dłoń. – To powinno wystarczyć.

– Na co?

– Żeby przekupić kilku wpływowych młodych fircyków, namówić ich do noszenia takich kapeluszy, jak mój. Mówię ci, kiedy wieści się rozejdą, wszyscy będą je nosić.

– Jesteś idiotą.

– To mi nie przeszkadza, dopóki jestem modny.

Dalinar pochylił się i podniósł ogniomech. Rzucił go na stół i wpatrzył się weń, po czym pociągnął długi łyk wina. Zaczął się następny pojedynek, Dalinar skrzywił się, gdy zawodnicy się zderzyli. Na burze. Dlaczego ciągle się pakował w takie sytuacje?

– Dalinarze – odezwał się Havar. – Jakieś wieści, kiedy wyruszymy do Szczeliny?

– Szczelina? – powtórzył Bashin. – Co z nią?

– Tępy jesteś? – spytał Havar.

– Nie, ale mogę być pijany. Co ze Szczeliną?

– Wedle pogłosek chcą ustanowić własnego arcyksięcia. Syna tego starego, jak mu tam...

– Tanalana – podpowiedział Dalinar. – Ale nie będziemy odwiedzać Szczeliny, Havarze.

– Z pewnością król nie może...

– My się tam nie udamy. Ty masz żołnierzy do wyszkolenia. A ja... – Dalinar pociągnął łyk wina. – Ja wkrótce zostanę ojcem. Mój brat załatwi sprawę Szczeliny za pomocą dyplomacji.

Havar odchylił się do tyłu i od niechcenia postawił kufel na stole.

– Król nic nie poradzi polityką na otwarty bunt, Dalinarze.

Dalinar zacisnął pięść na ogniomchu, ale nie roztarł go. Ile z jego zainteresowania Szczeliną wynikało z obowiązku ochrony królestwa Gavilara, a ile z pragnienia, by znów poczuć Dreszcz?

Niech to Potępienie. Ostatnio czuł się niepełny.

Jeden z zapaśników wypchnął drugiego z kręgu, naruszając linię świateł. Ogłoszono przegranego, a jeden z parshmenów poprawił linię kręgu. Kiedy to robił, do stołu Dalinara podszedł pan-sługa.

– Proszę o wybaczenie, oświecony – szepnął. – Ale powinniście wiedzieć. Główny pojedynek musi zostać odwołany.

– Co takiego? – spytał Bashin. – Co się stało? Makh nie zamierza walczyć?

– Proszę o wybaczenie – powtórzył pan-sługa. – Ale jego przeciwnik ma problemy z żołądkiem. Pojedynek musi zostać odwołany.

Wieści wyraźnie rozchodziły się po sali. Tłum wyrażał swoją dezaprobatę gwizdami i przekleństwami, krzykami i rozlewaniem napitków. Z boku kręgu stał wysoki, łysy mężczyzna z odsłoniętym torsem. Kłócił się z jasnookimi organizatorami, wskazywał na krąg, a na podłodze wokół niego wrzały złościospreny.

Dla Dalinara ten zgiełk brzmiał jak wezwanie do bitwy. Zamknął oczy i odetchnął, odnajdując euforię znacznie lepszą od ogniomchu. Na burze. Powinien bardziej się upić. Zaraz się potknie.

W takim razie równie dobrze może się pospieszyć. Odrzucił ogniomech na bok, wstał i zdjął koszulę.

– Dalinarze! – spytał Havar. – Co ty wyprawiasz?

– Gavilar mówi, że powinienem bardziej się przejmować troskami naszych poddanych. – Dalinar wszedł na stół. – Wygląda na to, że ta sala jest pełna trosk.

Havar gapił się na niego z otwartymi ustami.

– Postaw na mnie. W imię starych czasów. – Dalinar zeskoczył ze stołu po drugiej stronie i przecisnął się przez tłum. – Niech ktoś mu powie, że ma rywala!

Cisza rozpływała się wokół niego jak paskudny odór. Dalinar odkrył, że stoi na skraju kręgu w całkowicie cichej sali, jeszcze przed chwilą pełnej hałaśliwych mężczyzn, jasnookich i ciemnookich. Zapaśnik – Makh – cofnął się, szeroko otwierając ciemnozielone oczy, a złościospreny zniknęły. Był potężnie zbudowany, mięśnie jego ramion wybrzuszały się, jakby zostały przesadnie wypchane. Mówiono, że nigdy nie został pokonany.

– I co? Chciałeś walczyć, a ja muszę poćwiczyć.

– Oświecony – powiedział mężczyzna. – To miała być walka bez zasad, wszystkie chwyty dozwolone.

– Doskonale. O co chodzi? Martwisz się, że zrobisz krzywdę swojemu arcyksięciu? Obiecuję ci ułaskawienie za cokolwiek, co mi zrobisz.

– Zrobić krzywdę wam? Na burze, nie tego się boję.

Wyraźnie zadrżał, a stojąca obok Thaylenka – może jego opiekunka – uderzyła go w ramię. Myślała, że zachował się niegrzecznie. Zapaśnik jedynie się ukłonił i wycofał.

Dalinar obrócił się i stanął twarzą w twarz z tłumem ludzi, którzy nagle wydawali się skrępowani. Złamał jakąś zasadę obowiązującą w tym miejscu.

Zgromadzenie się rozproszyło, parshmeni zebrali kule z podłogi. Najwyraźniej Dalinar zbyt pochopnie uznał, że pozycja się tu nie liczyła. Tolerowali go jako obserwatora, ale nie mógł uczestniczyć.

Na Potępienie. Zawarczał cicho, wracając na miejsce, złościospreny pełzały za nim po podłodze. Gwałtownym gestem wziął koszulę z rąk Bashina. Swego czasu każdy z jego elitarnych oddziałów – od najpośledniejszego włócznika do najwyższych rangą kapitanów – walczył z nim mieczem albo wręcz. Na burze, kilka razy zwarł się nawet z kucharzem, ku wielkiemu rozbawieniu wszystkich zainteresowanych.

Usiadł i naciągnął koszulę, gotując się w duchu. Zdejmował ją tak pospiesznie, że zerwał guziki. W sali zapadła cisza, gdy kolejni obecni wychodzili, a Dalinar siedział na swoim miejscu, pełen napięcia – jego ciało wciąż spodziewało się walki, do której nie miało dojść. Żadnego Dreszczu. Nic, co by go wypełniło.

Wkrótce pozostał sam z przyjaciółmi, rozglądając się po pustych stołach, porzuconych kubkach i rozlanych trunkach. Jakimś sposobem na sali śmierdziało jeszcze gorzej, niż gdy wypełniał ją tłum mężczyzn.

– Pewnie tak jest najlepiej, oświecony – stwierdził Havar.

– Chcę znowu znaleźć się wśród żołnierzy, Havarze – szepnął Dalinar. – Chcę znów maszerować. Po długim marszu najlepiej się śpi. I, na Potępienie, chcę walczyć. Chcę stawiać czoło komuś, kto nie będzie się powstrzymywać, bo jestem arcyksięciem.

– W takim razie znajdźmy taką walkę, Dalinarze! – zaproponował Havar. – Król z pewnością pozwoli nam wyruszyć. Jeśli nie do Szczeliny, to do Herdazu albo na jedną z wysp. Możemy mu przynieść ziemię, chwałę, honor!

– Ten zapaśnik. Coś w jego słowach... Był pewien, że zrobię mu krzywdę. – Dalinar postukał palcami w stół. – Bał się z powodu mojej ogólnej reputacji czy chodzi o coś konkretnego?

Bashin i Havar popatrzyli po sobie.

– Kiedy? – spytał Dalinar.

– Bijatyka w gospodzie – powiedział Havar. – Dwa tygodnie temu? Pamiętasz?

Dalinar przypomniał sobie mgiełkę monotonii przerwaną przez światło, wybuch barw w jego życiu. Uczucie. Wypuścił powietrze.

– Powiedziałeś mi, że nikomu nic się nie stało.

– Przeżyli – zgodził się Havar.

– Jeden... z tych, z którymi walczyłeś, już nigdy nie będzie chodził – dodał Bashir. – Innemu musieli odjąć rękę. Trzeci bełkocze jak dziecko. Jego mózg przestał działać.

– Ja bym nie powiedział, że nic się nie stało – warknął Dalinar.

– Wybacz mi, Dalinarze – stwierdził Havar – ale kiedy stawia się czoło Czarnemu Cierniowi, to najlepsze, czego się można spodziewać.

Dalinar oparł skrzyżowane ręce na stole i zazgrzytał zębami. Ogniomech nie działał. Owszem, zapewniał szybki przypływ euforii, ale to jedynie sprawiało, że pragnął większego uniesienia Dreszczu. Nawet teraz czuł się spięty – pragnął zmiażdżyć ten stół i wszystko na sali. Był tak gotów do walki – poddał się pokusie, ale ukradziono mu przyjemność.

Czuł cały wstyd z powodu utraty panowania nad sobą, ale żadnej satysfakcji z udziału w walce.

Chwycił kubek, ale był pusty. Ojcze Burz! Rzucił go i wstał, miał ochotę zacząć krzyczeć.

Na szczęście jego uwagę odwróciło otwierające się powoli tylne wejście, w którym ukazała się znajoma blada twarz. Toh nosił teraz alethyjski strój, jeden z tych nowych zestawów, które preferował Gavilar, ale nie wyglądał w nim dobrze. Był zbyt patykowaty. Nikt nigdy nie pomyliłby Toha – z jego zbyt ostrożnym krokiem i niewinnymi, szeroko otwartymi oczyma – z żołnierzem.

– Dalinarze? – Toh obrzucił spojrzeniem rozlane napitki i zamykane na klucz lampy na kule na ścianach. – Strażnicy powiedzieli, że cię tu znajdę. Yyy... czy to było przyjęcie?

– Ach, Tohu. – Havar usadowił się wygodniej. – Żadne przyjęcie nie może się odbyć bez ciebie.

Toh przeniósł wzrok na kawałek ogniomchu na podłodze.

– Nigdy nie zrozumiem, co widzisz w tych miejscach, Dalinarze.

– On po prostu poznaje zwykłych ludzi, oświecony. – Bashin schował ogniomech do kieszeni. – Wiesz przecież, jacy jesteśmy, my, ciemnoocy, ciągle pławimy się w rozpuście. Potrzebujemy dobrych wzorców, by...

Przerwał, kiedy Dalinar uniósł rękę. Nie potrzebował, by podwładni go kryli.

– O co chodzi, Tohu?

– Och. Zamierzali posłać kogoś, ale chciałem sam przekazać wiadomość. Chodzi o moją siostrę. To jeszcze trochę za wcześnie, ale akuszerki nie są zaskoczone. Mówią, że to naturalne, kiedy...

Dalinar sapnął, jakby ktoś uderzył go w brzuch. Wcześnie. Akuszerki. Siostra. Pobiegł w stronę drzwi i nie słyszał dalszych słów Toha.

***

Evi wyglądała jak po bitwie.

Wiele razy widział ten wyraz twarzy u żołnierzy – spocone czoło, na wpół oszołomione, senne spojrzenie. Wyczerpaniospreny, jak strumienie w powietrzu. Tak wyglądał ktoś, kto został zmuszony do wyjścia poza to, co uważał za granice swoich możliwości.

Na jej twarzy malował się uśmiech spokojnego zadowolenia. Triumf. Dalinar przecisnął się obok chirurgów i akuszerek i podszedł do łóżka żony. Wyciągnęła bezwładną dłoń. Lewą, owiniętą tylko cieniutką tkaniną, która kończyła się na nadgarstku. Dla Alethyjki byłaby to oznaka bliskości. Ale Evi wolała tę dłoń.

– Dziecko? – szepnął, biorąc ją za rękę.

– Syn. Zdrowy i silny.

– Syn. Ja... ja mam syna? – Dalinar padł na kolana obok łóżka. – Gdzie on jest?

– Myją go, panie – wyjaśniła jedna z akuszerek. – Wkrótce wróci.

– Zerwane guziki – szepnęła Evi. – Znów walczyłeś, Dalinarze?

– Odrobina rozrywki.

– Zawsze tak mówisz.

Dalinar ścisnął dłoń przez materiał, zbyt rozradowany, by reprymenda go złościła.

– Ty i Toh przybyliście do Alethkaru, bo chcieliście znaleźć kogoś, kto was ochroni. I znalazłaś wojownika, Evi.

Ścisnęła jego dłoń. Podeszła do nich akuszerka z tobołkiem w ramionach. Dalinar podniósł wzrok, ale był tak oszołomiony, że nie miał siły wstać.

– Wielu mężczyzn ma z początku obawy, kiedy... – zaczęła mówić kobieta.

Przerwała, gdy Dalinar odnalazł w sobie siłę i wziął dziecko z jej rąk. Uniósł chłopca wysoko obiema rękami, roześmiał się na całe gardło, a wokół niego pojawiły się złote kule chwałosprenów.

– Mój syn!

– Panie! – powiedziała akuszerka. – Bądźcie ostrożni!

– To Kholin. – Dalinar przytulił noworodka. – Jest zrobiony z twardego materiału.

Spojrzał z góry na chłopca, który – czerwony na twarzy – wił się i machał malutkimi piąstkami. Miał zaskakująco gęste włosy, czarne i blond. Dobre kolory. Wyraziste.

Obyś miał siłę swojego ojca, pomyślał Dalinar, głaszcząc twarz dziecka palcem, i przynajmniej odrobinę współczucia swojej matki, maleńki.

Wpatrując się w tę twarz, przepełniony radością Dalinar w końcu zrozumiał. To dlatego Gavilar tak wiele myślał o przyszłości, o Alethkarze, o stworzeniu królestwa, które przetrwa. Życie Dalinara jak na razie splamiło go szkarłatem i zmasakrowało mu duszę. Jego serce pokrywała tak gruba warstwa kremu, że równie dobrze mogło być z kamienia.

Ale ten chłopiec... mógł władać księstwem, wspierać swojego kuzyna króla i żyć z honorem.

– Jego imię, oświecony? – spytał Ishal, starszy żarliwiec z Kręgu Czystości. – Spalę właściwe glify strażnicze, jeśli sobie życzycie.

– Imię... Adoda.

Światło. Dalinar spojrzał w stronę Evi, która przytaknęła.

– Bez przyrostka, panie? Adodan? Adodal?

– Lin – szepnął Dalinar. Zrodzony do. – Adolin.

Dobre imię, tradycyjne, pełne znaczenia.

Dalinar z żalem oddał dziecko niańkom, które przekazały je matce, wyjaśniając, że jest bardzo ważne, by noworodek jak najszybciej nauczył się ssać. Większość obecnych zaczęła wychodzić, by zapewnić prywatność młodej matce, a wtedy Dalinar dostrzegł stojącą na tyłach władczą postać. Jak mógł przegapić Gavilara?

Kiedy wychodzili, brat wziął go za ramię i mocno klepnął po plecach. Dalinar był tak oszołomiony, że ledwie to poczuł. Musiał świętować – postawić kufel każdemu żołnierzowi, ogłosić święto albo po prostu biegać po mieście, krzycząc z radości. Został ojcem!

– Doskonały dzień – stwierdził Gavilar. – Naprawdę doskonały dzień.

– Jak ty to mieścisz? – spytał Dalinar. – Tę ekscytację?

Gavilar uśmiechnął się szeroko.

– Pozwalam, by uczucie było moją nagrodą za wykonaną pracę.

Dalinar przytaknął i przyjrzał się bratu.

– O co chodzi? Coś jest nie tak.

– Nic.

– Nie okłamuj mnie, bracie.

– Nie chcę zepsuć twojego cudownego dnia.

– Zastanawianie się zepsuje go bardziej niż cokolwiek, co mógłbyś powiedzieć, Gavilarze. Gadaj.

Król zastanawiał się przez chwilę, po czym skinął w stronę komnaty Dalinara. Przeszli przez salon, mijając meble, które były zbyt ostentacyjne – kolorowe, w kwiatowe wzory, z miękkimi poduszkami. Częściowo mógł winić gust Evi, jak również... życie, ostatnimi czasy. Jego życie było miękkie.

Własna komnata bardziej mu odpowiadała. Kilka krzeseł, kominek, prosty dywan. Kredens z rozmaitymi egzotycznymi i mocnymi winami, każde w charakterystycznej butelce. Taki typ trunku wręcz szkoda było wypić, żeby nie popsuć wystawy.

– Chodzi o twoją córkę – domyślił się Dalinar. – Jej szaleństwo.

– Jasnah czuje się dobrze i wraca do zdrowia. Nie o to chodzi.

Gavilar zmarszczył czoło, co robiło niebezpieczne wrażenie. Po długich debatach zgodził się na koronę – Słoneczny jej nie nosił, wedle opowieści Jezerezeh'Elin również jej odmówił. Ale ludzie kochali symbole, a większość królów na zachodzie nosiła korony. Gavilar ostatecznie zdecydował się na diadem z czarnego żelaza, a im bardziej siwiały jego włosy, tym lepiej było widać koronę.

Służący rozpalił ogień na kominku, ale bardzo niewielki i wśród węgielków pełzał tylko jeden ogniospren.

– Przegrywam – powiedział Gavilar.

– Co takiego?

– Rathalas. Szczelina.

– Ale myślałem...

– Propaganda. Mająca na celu uciszenie krytycznych głosów w Kholinarze. Tanalan gromadzi armię i przygotowuje umocnienia. Co gorsza, sądzę, że inni arcyksiążęta go zachęcają. Chcą zobaczyć, jak sobie z tym poradzę. – Prychnął. – Mówi się, że przez lata zmiękłem.

– Mylą się.

Dalinar to widział, przez te miesiące, w czasie których mieszkał z Gavilarem. Jego brat nie zmiękł. Wciąż był równie chętny do podboju, jak w przeszłości, ale podchodził do niego z innej strony. Zderzenie słów, popychanie księstw na pozycje, na których były zmuszone zachować posłuszeństwo.

Węgielki na kominku pulsowały, przywodząc na myśl serce.

– Czy kiedykolwiek zastanawiałeś się nad czasem, kiedy to królestwo było naprawdę wielkie, Dalinarze? Kiedy ludzie traktowali Alethyjczyków jako wzór. Kiedy królowie prosili ich o rady. Kiedy byliśmy... Świetliści.

– Zdrajcy – stwierdził Dalinar.

– Czy czyn jednego pokolenia neguje wiele pokoleń dominacji? Oddajemy cześć Słonecznemu, choć jego rządy trwały zaledwie mgnienie oka... a jednocześnie ignorujemy stulecia, w czasie których Świetliści przewodzili. Przez ile Spustoszeń bronili ludzkości?

– Yyy... – Żarliwcy mówili o tym w swoich modlitwach, prawda? Próbował zgadywać. – Dziesięć?

– Liczba bez znaczenia. – Gavilar pomachał palcami. – Historia mówi o „dziesięciu", bo ta liczba wydaje się znacząca. Tak czy inaczej, moje wysiłki w dyplomacji zawiodły. – Odwrócił się do Dalinara. – Czas pokazać królestwu, że nie jesteśmy miękcy, bracie.

O nie. Jeszcze przed kilkoma godzinami skakałby z radości. Ale kiedy zobaczył to dziecko...

Za kilka dni znów wypełni cię niepokój, powiedział sobie Dalinar. Człowiek nie zmienia się tak szybko.

– Gavilarze – szepnął. – Martwię się.

– Nadal jesteś Czarnym Cierniem.

– Nie martwię się, czy uda mi się zwyciężyć w bitwie. – Dalinar wstał tak gwałtownie, że przewrócił krzesło. Zaczął krążyć po komnacie. – Jestem jak zwierzę, Gavilarze. Słyszałeś o tej bójce w barze? Na burze. Nie można mi ufać w obecności ludzi.

– Jesteś tym, czym stworzył cię Wszechmocny.

– Mówię ci, że jestem niebezpieczny. Pewnie, mogę zmiażdżyć ten bunt, skąpać Dawcę Przysięgi we krwi. Wspaniale. Cudownie. I co dalej? Wracam tutaj i znów zamykam się w klatce?

– Ja... mogę mieć coś, co ci pomoże.

– Phi. Próbowałem spokojnego życia. W przeciwieństwie do ciebie nie umiem znieść niekończącej się polityki. Potrzebuję czegoś więcej niż słowa!

– Próbowałeś jedynie się ograniczyć... próbowałeś wyrzucić z siebie żądzę krwi, ale nie zastąpiłeś jej niczym innym. Wypełnij moje rozkazy, później wróć i znów porozmawiamy.

Dalinar zatrzymał się przy bracie, po czym z rozmysłem zrobił krok, by znaleźć się w jego cieniu. Pamiętaj o tym. Pamiętaj, że mu służysz. Nigdy nie powróci do tamtego miejsca, które prawie doprowadziło go do ataku na tego mężczyznę.

– Kiedy wyruszam do Szczeliny? – spytał Dalinar.

– Nie wyruszasz.

– Ale właśnie powiedziałeś...

– Wysyłam cię do walki, ale nie przeciwko Szczelinie. Nasze królestwo jest atakowane z zewnątrz. W Herdazie zdobył władzę ród Reshich, a ich nowa dynastia nam zagraża. A Vedeńczycy napadają Alethkar na południowym zachodzie. Rzekomo to bandyci, ale są zbyt dobrze zorganizowani. To próba, by sprawdzić, jak zareagujemy.

Dalinar powoli pokiwał głową.

– Chcesz, żebym walczył na naszych granicach. Przypomniał wszystkim, że wciąż jesteśmy zdolni sięgnąć po miecz.

– Zgadza się. To dla nas niebezpieczny czas, bracie. Arcyksiążęta zadają sobie pytanie. Czy zjednoczony Alethkar wart jest wysiłków? Po co kłaniać się królowi? Tanalan jest przejawem ich wątpliwości, ale bardzo się pilnuje, by nie wkroczyć na drogę otwartego buntu. Jeśli go zaatakujesz, inni arcyksiążęta mogą się zjednoczyć w poparciu dla buntowników. Możemy zniszczyć królestwo i znów będziemy musieli zaczynać od początku.

– Nie pozwolę na to – mówił dalej Gavilar. – Zjednoczę Alethkar. Nawet jeśli będę musiał uderzyć arcyksiążąt tak mocno, że żar tego ciosu zmusi ich, by się stopili. Muszą o tym pamiętać. Najpierw udaj się do Herdazu, a później Jah Keved. Przypomnij wszystkim, dlaczego się ciebie boją.

Gavilar spojrzał Dalinarowi w oczy. Nie... nie był miękki. Myślał teraz jak król. Dalekosiężnie, ale był przy tym zdeterminowany jak nigdy.

– Tak zrobię – stwierdził Dalinar.

Na burze, ten dzień był kłębowiskiem uczuć. Ruszył w stronę drzwi. Chciał znów zobaczyć dziecko.

– Bracie? – odezwał się Gavilar.

Dalinar odwrócił się i spojrzał na brata skąpanego w krwawym blasku dogasającego ognia.

– Słowa są ważne. Znacznie ważniejsze, niż ci się wydaje.

– Może. Ale gdyby były wszechpotężne, nie potrzebowałbyś mojego miecza, prawda?

– Może. Nie mogę pozbyć się uczucia, że słowa by wystarczyły, gdybym tylko znał właściwe.

50
SHASH TRZYDZIEŚCI SIEDEM

Radzimy Ci również, byś nie wracał na Obrodai. Rościmy sobie prawo do tego świata i zaczął się na nim objawiać nasz nowy awatar.

Jest jeszcze młoda, a do tego – na wszelki wypadek – napełniliśmy ją ogromną i przemożną niechęcią do Ciebie.

Dalinarowi latanie kojarzyło się z pływaniem na statku.

Unoszenie się na oceanie, na łasce wiatrów i prądów, robiło głęboko niepokojące wrażenie. Ludzie nie panowali nad falami, jedynie wypływali i modlili się, by ocean nie postanowił ich pochłonąć.

Lot u boku kapitana Kaladina wzbudzał w Dalinarze podobne uczucia. Z jednej strony widok na Strzaskane Równiny był wspaniały. Czuł, że niemal dostrzega wzór, o którym wspomniała Shallan.

Z drugiej strony ten sposób podróżowania był głęboko sprzeczny z naturą. Uderzały w nich wiatry, a jeśli ktoś poruszył rękami albo wygiął plecy w nieodpowiedni sposób, natychmiast kierował się w inną stronę niż pozostali. Kaladin musiał ciągle latać w tę i z powrotem, prostując tych, którzy dali się zwiać z kursu. A jeśli spojrzało się w dół i poświęciło chwilę na zastanowienie nad tym, jak wysoko się znaleźli...

Cóż, Dalinar nie był trwożliwym człowiekiem, ale i tak cieszył się, że trzyma za rękę Navani.

Po jego drugiej stronie leciał Elhokar, a za nim Kadash i jedna z uczonych Navani, śliczna młoda żarliwczyni. Ich piątkę eskortował Kaladin i dziesięciu jego giermków. Wiatrowi ćwiczyli regularnie od trzech tygodni i Kaladin w końcu – po tym, jak przećwiczył przenoszenie grup żołnierzy do obozów i z powrotem – zgodził się zafundować podobną wycieczkę Dalinarowi i królowi.

To przypomina pływanie na statku, pomyślał Dalinar. Jak by się czuł, gdyby znalazł się tutaj w czasie arcyburzy? Tak Kaladin planował zanieść oddział Elhokara do Kholinaru – lecieć z nimi na skraju burzy, by móc ciągle odnawiać Burzowe Światło.

Myślisz o mnie, wysłał Ojciec Burz. *Czuję to.*

– Myślę o tym, jak traktujesz statki – szepnął Dalinar.

Wiatr pochłonął jego fizyczny głos – a jednak znaczenie bez przeszkód dotarło do Ojca Burz.

Ludzie nie powinni przebywać na wodzie w czasie burzy. Ludzie nie są stworzeni do fal.

– A niebo? Czy ludzie są stworzeni do nieba?

Niektórzy, przyznał niechętnie.

Dalinar mógł sobie jedynie wyobrażać, jak strasznie jest na morzu w czasie burzy. On sam odbywał jedynie krótkie rejsy wzdłuż wybrzeża.

Nie, chwileczkę, pomyślał. Oczywiście był ten jeden. Wyprawa do Doliny...

Ledwie pamiętał ów rejs, choć nie mógł o to obwiniać jedynie Strażniczki Nocy.

Kapitan Kaladin zanurkował z góry. Wydawał się jedynym, który naprawdę panował nad lotem. Nawet jego ludzie latali bardziej jak upuszczone kamienie niż węgorze niebieskie. Brakowało im jego finezji, opanowania. Choć pozostali mogliby pomóc, gdyby coś poszło nie tak, Kaladin jako jedyny przywiązywał Dalinara i pozostałych. Powiedział, że chce poćwiczyć przed lotem do Kholinaru.

Kaladin dotknął Elhokara i król zaczął zwalniać. Następnie kapitan przepłynął wzdłuż szeregu, spowalniając wszystkich po kolei. Później przyciągnął ich do siebie tak, że znaleźli się w zasięgu jego głosu. Żołnierze unosili się w pobliżu.

– Co się stało? – Dalinar próbował nie myśleć, że wisi w powietrzu setki stóp nad ziemią.

Kaladin w odpowiedzi pokazał palcem.

– Nic się nie stało.

Wiatr w oczach sprawił, że Dalinar wcześniej nie dostrzegł obozów – dziesięciu przypominających kratery kręgów wzdłuż północno-zachodniego skraju Strzaskanych Równin. Z tego miejsca od razu dostrzegał, że niegdyś były kopułami. Sposób, w jaki ich ściany się wyginały, jak palce obejmujące coś od dołu.

Dwa z obozów wciąż były w pełni zamieszkane, a Sebarial wysłał żołnierzy, by zająć pobliski las. W obozie Dalinara nie pozostało tak wielu ludzi, ale przebywało w nim kilka plutonów żołnierzy i trochę robotników.

– Dotarliśmy tak szybko! – zauważyła Navani.

Jej włosy były rozczochrane, gdyż większość wysunęła się ze starannie zaplecionego warkocza. Elhokar nie wyglądał o wiele lepiej – włosy otaczały jego twarz jak nawoskowane thayleńskie brwi. Dwoje żarliwców, rzecz jasna, było łysych i nie miało takich problemów.

– W rzeczy samej, szybko. – Elhokar poprawił kilka guzików munduru. – To dobrze wróży naszej misji.

– Ano – mruknął Kaladin. – Chciałbym jeszcze poćwiczyć latanie przed burzą.

Kaladin wziął króla za ramię i Elhokar zaczął powoli opadać.

Kapitan ściągnął ich po kolei na ziemię, a kiedy Dalinar wreszcie postawił stopy na skałach, westchnął z ulgą. Znajdowali się zaledwie płaskowyż od obozu, a żołnierz ze strażnicy przywitał ich podekscytowanym, przesadzonym machaniem. Po kilku chwilach otoczył ich oddział w barwach Kholinów.

– Wejdźmy za mury, oświecony – powiedział ich kapitan, trzymając dłoń na głowicy miecza. – Skorupogłowi są tu cały czas aktywni.

– Atakowali tak blisko obozów? – spytał zaskoczony Elhokar.

– Nie, ale to nie znaczy, że tego nie zrobią, Wasza Wysokość.

Dalinar aż tak bardzo się nie przejmował, ale nic nie powiedział, gdy żołnierze poprowadzili ich do obozu, gdzie czekała na nich jasność Jasalai – wysoka, dostojna kobieta, której Dalinar powierzył zarządzanie obozem.

Po tak długim czasie spędzonym w obcych korytarzach Urithiru chodzenie po tym miejscu – które przez pięć lat było jego domem – uspokajało Dalinara. Również dlatego, że obóz okazał się w większości nietknięty – dobrze zniósł Wieczną Burzę. Większość budowli była kamiennymi bunkrami, a zachodnia ściana dawnej kopuły stanowiła doskonałą osłonę przed wiatrem.

– Martwię się jedynie – powiedział Jasalai po krótkim spacerze – o logistykę. Znajdujemy się w odległości długiego marszu od Naraku i Bramy Przysięgi. Obawiam się, że dzieląc nasze siły między Narak, obóz i Urithiru, zwiększamy naszą podatność na ataki.

– To prawda, oświecony – przyznała kobieta. – Ja jedynie staram się przedstawić możliwości.

Niestety, najpewniej potrzebowali tego miejsca do uprawy roli, nie wspominając o drewnie. Polowania na serca klejnotów nie mogły bez końca zapewniać utrzymania mieszkańcom miasta w wieży, zwłaszcza że zgodnie z oceną Shallan prawie już wytępili przepastne bestie.

Dalinar spojrzał na Navani. Sądziła, że powinni założyć tu nowe królestwo, na Strzaskanych Równinach i wokół nich. Sprowadzić rolników, przenieść starszych żołnierzy w stan spoczynku, zacząć uprawę na większą skalę, niż próbowali wcześniej.

Inni się nie zgadzali. Nie bez powodu Niczyje Wzgórza nie były gęsto zamieszkane. Życie w tych okolicach było surowe – skałopąki tak nie wyrastały, uprawy dawałyby mniejszy plon. A założenie nowego królestwa w czasie Spustoszenia? Lepiej chronić to, co mieli. Alethkar pewnie mógłby wykarmić Urithiru – ale tylko jeśli Kaladin i Elhokar odzyskają stolicę.

Ich wycieczka skończyła się posiłkiem w bunkrze Dalinara, w jego dawnym salonie, który wydawał się pusty po przeniesieniu większości mebli i kobierców do Urithiru.

Po posiłku odkrył, że stoi przy oknie i czuje się dziwnie nieswojo. Opuścił ten obóz przed zaledwie dziesięcioma tygodniami, ale to miejsce wydawało się jednocześnie całkiem znajome i już nienależące do niego.

Za jego plecami Navani i jej skryba jadły owoce i rozmawiały cicho nad kilkoma szkicami Navani.

– Och, sądzę, że inni muszą tego doświadczyć, jasności! – powiedziała skryba. – Lot był niezwykły. Jak myślisz, jak szybko lecieliśmy? Wierzę, że osiągnęliśmy prędkość niedostępną dla ludzi od czasu Odstępstwa. Pomyśl tylko o tym, Navani! Z pewnością byliśmy szybsi od najszybszych koni czy statków.

– Skup się, Rushu. Mój rysunek.

– Wydaje mi się, że te wyliczenia nie są poprawne, jasności. Nie, ten żagiel nie utrzyma się pionowo.

– Nie miał być całkowicie precyzyjny. To jedynie koncepcja. Pytanie brzmi: czy to może zadziałać?

– Potrzebujemy dodatkowego wzmocnienia. Tak, zdecydowanie dodatkowe wzmocnienie. I jeszcze mechanizm sterujący... z całą pewnością trzeba nad nim popracować. Ale to sprytny pomysł, jasności. Falilar musi go zobaczyć, on oceni, czy da się to skonstruować.

Dalinar odwrócił się od okna i napotkał spojrzenie Navani. Zawsze utrzymywała, że nie jest uczoną, jedynie patronką uczonych. Mówiła, że jej rolą było zachęcać prawdziwych uczonych i nimi kierować. Każdy, kto widział blask w jej oczach, kiedy wyjmowała kolejny arkusz i dalej opracowywała swój pomysł, wiedział, że była zbyt skromna.

Zaczęła kolejny rysunek, ale nagle zatrzymała się i spojrzała w bok, gdzie ustawiła łączotrzcinę. Rubin migał.

Fen! – pomyślał Dalinar. Królowa Thaylenah poprosiła go, by podczas arcyburzy tego ranka wysłał ją do wizji Aharietiam, o której wiedziała z opublikowanych relacji. Niechętnie posłał ją tam samą, bez nadzoru.

Czekali, aż opowie o swoich doświadczeniach, cokolwiek. Jednakże rano nie zareagowała na prośby o nawiązanie rozmowy.

Navani przygotowała łączotrzcinę i ustawiła ją do pisania. Narzędzie poruszało się jedynie przez chwilę.

– Coś krótko – powiedział Dalinar, podchodząc do niej.

– Tylko jedno słowo. – Navani uniosła wzrok. – Tak.

Dalinar odetchnął głęboko. Była skłonna odwiedzić Urithiru. W końcu!

– Powiedz jej, że przyślemy do niej Świetlistego.

Odszedł od okna i patrzył, jak Navani odpisuje. W jej szkicowniku dostrzegł urządzenie przypominające statek, ale z żaglem na dnie. Co to miało być?

Fen po tych słowach zakończyła rozmowę, a Navani wróciła do dyskusji o inżynierii, więc Dalinar wyślizgnął się z komnaty. Przeszedł przez swój bunkier, który wydawał się pusty. Jak skórka owocu, z której wydobyto miąższ. Żadnych kręcących się służących, żadnych żołnierzy. Kaladin i jego ludzie gdzieś zniknęli, a Kadash pewnie poszedł do klasztoru. Bardzo chciał się tam dostać, a Dalinara ucieszyła jego gotowość do lotu z Kaladinem.

Niewiele rozmawiali od czasu konfrontacji w sali ćwiczeń. Cóż, może bezpośredni kontakt z mocą Wiatrowych poprawi opinię Kadasha o Świetlistych.

Dalinar był zaskoczony – i w głębi duszy zadowolony – że przed tylnym wejściem do bunkra nie umieszczono strażników. Wyślizgnął się i ruszył w stronę klasztoru. Nie szukał Kadasha, miał inny cel.

Wkrótce dotarł do klasztoru, który przypominał większość obozu – zbiorowisko budynków o tej samej gładkiej, zaokrąglonej konstrukcji. Stworzone z powietrza przez alethyjskich Duszników. W okolicy znajdowało się kilka niedużych obiektów, wybudowanych ludzkimi rękami z kamiennych bloków, ale one bardziej przypominały bunkry niż miejsca kultu. Dalinar nie chciał, by jego ludzie kiedykolwiek zapomnieli, że są na wojnie.

Ruszył przez kompleks i odkrył, że bez przewodnika nie umie znaleźć drogi między niemal identycznymi budowlami. Zatrzymał się na dziedzińcu. Powietrze pachniało mokrym kamieniem po arcyburzy, a po jego prawej wznosiła się grupka rzeźb z łupkokory w kształcie stert kwadratowych talerzy. Jedynym odgłosem było kapanie wody spadającej z okapów.

Na burze. Powinien umieć znaleźć drogę we własnym klasztorze, prawda? A jak często rzeczywiście tu przychodziłem, przez te wszystkie lata w obozie? – pomyślał. Zamierzał pojawiać się częściej i rozmawiać z żarliwcami w swoim wybranym kręgu wyznawców. Ale zawsze było coś pilniejszego, a poza tym żarliwcy podkreślali, że nie musi przychodzić. Modlili się i palili glify strażnicze w jego imieniu – po to panowie mieli żarliwców.

Nawet w czasie najczarniejszych dni wojny zapewniali go, że wypełniając swoje Powołanie – poprzez przewodzenie armiom – służy Wszechmocnemu.

Dalinar pochylił się i wszedł do budynku podzielonego na wiele małych pomieszczeń przeznaczonych do modlitwy. Przemierzył korytarz i wszedł przez burzowe wrota do atrium, które wciąż lekko pachniało kadzidłem. Wydawało mu się szaleństwem, że żarliwcy są teraz na niego wściekli, choć przez całe życie szkolili go, by robił, co tylko zechce. Ale zakłócił równowagę. Zakołysał łodzią.

Szedł wzdłuż piecyków wypełnionych mokrym popiołem. Wszystkim podobał się ten system. Jasnoocy mogli żyć bez winy i bez obciążenia, przez cały czas przekonani, że byli żyjącym objawieniem woli Boga. Ciemnoocy mieli dostęp do darmowej nauki licznych umiejętności. Żarliwcy mogli zajmować się nauką. Najlepsi z nich poświęcali życie służbie. Najgorsi gnuśnieli – ale co innego miały zrobić ważne rody jasnookich z dziećmi, którym nic się nie chciało?

Jego uwagę przyciągnął hałas, więc opuścił dziedziniec i spojrzał na ciemny korytarz. Z pomieszczenia na drugim końcu wylewało się światło i Dalinara wcale nie zaskoczyło, że w środku znalazł Kadasha. Żarliwiec przenosił rejestry i księgi z sejfu w ścianie do torby na podłodze. Na pobliskim biurku pisała łączotrzcina.

Dalinar wszedł do środka. Pobliźniony żarliwiec podskoczył, ale na widok arcyksięcia się rozluźnił.

– Znów musimy prowadzić tę rozmowę, Dalinarze?

Kadash wrócił do pakowania.

– Nie. Nie ciebie szukam. Chciałem znaleźć człowieka, który tu mieszkał. Szaleńca, który twierdził, że jest jednym z Heroldów.

Żarliwiec przechylił głowę.

– Ach tak. Ten, który miał Ostrze Odprysku?

– Wszyscy inni pacjenci z klasztoru są bezpieczni w Urithiru, ale on zniknął. Miałem nadzieję zobaczyć jego komnatę i sprawdzić, czy nie ma w niej żadnych wskazówek, co się z nim stało.

Kadash przyjrzał mu się uważnie, oceniając jego szczerość, po czym westchnął i wstał.

– To nie mój krąg wyznawców, ale mam tu rejestry mieszkańców. Najpewniej będę ci mógł powiedzieć, w której komnacie przebywał.

– Dziękuję.

Żarliwiec przejrzał stertę rejestrów.

– Budynek shash. – Z roztargnieniem wskazał za okno. – Ten tuż obok. Komnata trzydzieści siedem. Obiektem kierowała Insah i to w jej dokumentacji znajdziesz szczegóły leczenia szaleńca. Jeśli opuściła obóz w podobnym pośpiechu, jak ja, z pewnością zostawiła tu większość papierów. – Wskazał na sejf i torbę.

– Dziękuję.

Dalinar odwrócił się, by odejść.

– Ty... sądzisz, że szaleniec naprawdę był Heroldem, prawda?

– Myślę, że to prawdopodobne.

– Mówił z akcentem alethyjskiego wieśniaka.

– A wyglądał jak Makabak. To już samo w sobie jest osobliwe.

– Rodziny emigrantów nie są tak rzadkie.

– Z Ostrzami Odprysku?

Kadash wzruszył ramionami.

– Powiedzmy, że udałoby mi się znaleźć jednego z Heroldów – zaproponował Dalinar. – Powiedzmy, że potwierdziłbym jego tożsamość, a ty zaakceptowałbyś mój dowód. Czy uwierzyłbyś mu, gdyby powiedział ci to samo, co ja?

Kadash westchnął.

– Z pewnością chciałbyś wiedzieć, gdyby Wszechmocny nie żył, Kadashu. – Dalinar wrócił do środka. – Powiedz mi, że nie.

– Wiesz, co by to znaczyło? Że nie ma duchowego fundamentu dla twoich rządów.

– Wiem.

– A rzeczy, które robiłeś w czasie podboju Alethkaru? Żadnego boskiego mandatu, Dalinarze. Wszyscy akceptują to, co zrobiłeś, bo twoje zwycięstwa były dowodem łaski Wszechmocnego. Bez niego... kim jesteś?

– Powiedz mi, Kadashu. Naprawdę wolałbyś nie wiedzieć?

Żarliwiec spojrzał na łączotrzcinę, która przestała pisać. Pokręcił głową.

– Nie wiem, Dalinarze. Z pewnością byłoby łatwiej.

– Czy właśnie na tym nie polega problem? Czego to wszystko wymagało od ludzi takich jak ja? Czego to wymagało od nas wszystkich?

– Wymagało, byś był tym, kim jesteś.

– Co jest samospełniającą się przepowiednią. Jesteś szermierzem, Kadashu. Czy stałbyś się lepszy bez przeciwników, którym mógłbyś stawić czoło? Czy stałbyś się silniejszy bez ciężarów do podnoszenia? Cóż, w vorinizmie przez stulecia unikaliśmy przeciwników i ciężarów.

Kadash znów spojrzał na łączotrzcinę.

– O co chodzi? – spytał Dalinar.

– Zostawiłem większość łączotrzcin – wyjaśnił Kadash – kiedy wyruszyłem z tobą ku środkowi Strzaskanych Równin. Zabrałem tylko łączotrzcinę sparowaną ze stacją żarliwców w Kholinarze. Myślałem, że to wystarczy, ale przestała działać. Byłem zmuszony korzystać z pośredników w Tashikku.

Kadash postawił jedną ze skrzynek na biurku i otworzył ją. Wewnątrz znajdowało się sześć kolejnych łączotrzcin, z migającymi rubinami, co wskazywało, że ktoś próbował nawiązać kontakt.

– One łączą z przywódcami vorinizmu w Jah Keved, Herdazie, Kharbranth, Thaylenah i Nowym Natananie. – Kadash pokazał na nie palcem. – Dziś odbyli spotkanie przez trzciny, omawiając naturę Spustoszenia i Wiecznej Burzy. I może ciebie. Wspomniałem, że dziś odzyskam swoje łączotrzciny. Najwyraźniej spotkanie sprawiło, że wszyscy bardzo chcą mnie przepytać.

Pozwolił, by między nimi zawisła cisza, odmierzana pięcioma migającymi światełkami.

– A co z tą, która pisze? – spytał Dalinar.

– Połączenie z Palanaeum i obecnymi tam najważniejszymi badaczami vorinizmu. Pracowali nad Pieśnią Świtu, wykorzystując wskazówki z twoich wizji, które przekazała im jasność Navani. Przysyłają mi istotne fragmenty tłumaczeń, nad którymi obecnie pracują.

– Dowód. Chciałeś dowodu, że to, co widzę, jest prawdą. – Zrobił krok do przodu i chwycił Kadasha za ramiona. – Czekałeś na tę trzcinę, zamiast odpowiedzieć przywódcom vorinizmu?

– Chciałem znać wszystkie fakty.

– Czyli wiesz, że wizje są prawdziwe!

– Już dawno uwierzyłem, że nie oszalałeś. Obecnie większym pytaniem jest, kto może na ciebie wpływać.

– Dlaczego Pustkowcy mieliby dać mi te wizje? Dlaczego daliby nam wielkie moce, jak ta, dzięki której tu przylecieliśmy? To nieracjonalne, Kadashu.

– To, co mówisz o Wszechmocnym, też nie jest. – Żarliwiec uniósł dłoń, by przerwać Dalinarowi. – Nie chcę znów prowadzić tej kłótni. Wcześniej pytałeś mnie o dowód, że kierujemy się zasadami Wszechmocnego, prawda?

– Prosiłem jedynie o prawdę i tylko jej pragnę.

– Już ją mamy. Pokażę ci.

– Nie mogę się doczekać. – Dalinar podszedł do drzwi. – Ale jeszcze jedno, Kadashu? Bolesne doświadczenie podpowiada mi, że choć prawda bywa prosta, rzadko jest łatwa.

Dalinar przeszedł do sąsiedniego budynku i odliczył komnaty. Na burze, budowla przypominała więzienie. Większość drzwi była otwarta, ukazując jednakowe pomieszczenia – jedno malutkie okno, kamienna płyta zamiast łóżka i grube drewniane drzwi. Żarliwcy wiedzieli, co jest najlepsze dla chorych – mieli dostęp do najnowszych badań we wszystkich dziedzinach – ale czy zamykanie szaleńców naprawdę było konieczne?

Numer trzydziesty siódmy był zamknięty. Dalinar szarpnął drzwi, a później naparł na nie ramieniem. Na burze, były grube. Bez namysłu wyciągnął rękę w bok i próbował przywołać Ostrze Odprysku. Nic się nie stało.

Co ty robisz? – spytał Ojciec Burz.

– Przepraszam. – Dalinar potrząsnął dłonią. – Przyzwyczajenie.

Kucnął i próbował spojrzeć pod drzwiami, a później zawołał, nagle bowiem przeraziła go myśl, że żarliwcy mogli po prostu zostawić mężczyznę, by umarł z głodu. Ale do tego by nie doszło, prawda?

– Moje moce. – Dalinar wstał. – Czy mogę je wykorzystać?

Wiązanie rzeczy? Jak to by otworzyło drzwi? Jesteś Kowalem Więzi, łączysz rzeczy, a nie dzielisz je.

– A moja druga Moc? Tamten Świetlisty w wizji sprawił, że kamień się odkształcił i falował.

Nie jesteś gotów. Poza tym ta Moc dla ciebie działa inaczej niż dla Strażnika Kamienia.

Cóż, z tego, co Dalinar widział pod drzwiami, w środku było jasno. Może komnata miała jakieś okno, które mógłby wykorzystać.

Po drodze do wyjścia zaglądał do komnat żarliwców, aż natrafił na biuro podobne do tego, w którym spotkał Kadasha. Nie znalazł żadnych kluczy, choć na biurku wciąż stały pióra i kałamarze. Uciekali w pośpiechu, więc istniała spora szansa, że w sejfie wciąż kryły się rejestry – ale Dalinar, rzecz jasna, nie mógł się dostać do środka. Na burze. Brakowało mu Ostrza Odprysku.

Obszedł budynek dookoła, żeby sprawdzić okno, i natychmiast zrobiło mu się głupio, że tak dużo czasu poświęcił, próbując dostać się przez drzwi. Ktoś inny już wyciął otwór w kamieniu, pozostawiając charakterystyczne gładkie ślady cięcia Ostrzem Odprysku.

Dalinar wszedł do środka, obchodząc gruz pozostały ze ściany – wpadł do środka, co oznaczało, że Odpryskowy ciął z zewnątrz. Szaleńca nie znalazł. Żarliwcy pewnie zobaczyli otwór i kontynuowali ewakuację. Wieści o dziwnej dziurze najwyraźniej nie dotarły do ich przywódców.

Nie znalazł niczego, co dałoby mu jakiekolwiek wskazówki, dokąd udał się Herold, ale przynajmniej wiedział, że w sprawę był zamieszany Odpryskowy. Ktoś potężny pragnął dostać się do tej komnaty, co jeszcze zwiększało prawdopodobieństwo, że szaleniec rzeczywiście był Heroldem.

W takim razie kto go zabrał? A może coś mu zrobili? Co się działo z ciałem Herolda po jego śmierci? Czy ktoś jeszcze mógł dojść do takich samych wniosków, jak Jasnah?

Kiedy miał już wychodzić, zauważył coś na podłodze przy łóżku. Ukląkł, odpędził kremlika i podniósł nieduży przedmiot. Strzałka, zielona, owinięta żółtym sznurkiem. Zmarszczył czoło, obracając ją w palcach. I wtedy usłyszał, jak ktoś woła go po imieniu. Podniósł wzrok.

Kaladin stał na dziedzińcu klasztoru i go wołał. Dalinar wręczył mu strzałkę.

– Widziałeś kiedyś coś takiego, kapitanie?

Kaladin pokręcił głową. Powąchał ostrze i uniósł brwi.

– Na końcu jest trucizna. Pochodna czarnozguby.

Dalinar wziął od niego strzałkę.

– Jesteś pewien?

– Całkowicie. Gdzie ją znaleźliście?

– W komnacie, w której umieszczono Herolda.

Kaladin chrząknął.

– Potrzebujecie więcej czasu na poszukiwania?

– Nie bardzo. Choć dobrze by było, gdybyś przywołał Ostrze Odprysku...

Po krótkim czasie Dalinar podał Navani rejestry, które zabrał z sejfu żarliwczyni. Wrzucił strzałkę do woreczka i ją również oddał, ostrzegając o truciźnie.

Kaladin wysyłał ich jedno po drugim w niebo, gdzie łapali ich jego mostowi i stabilizowali za pomocą Burzowego Światła. Dalinar był ostatni, a kiedy Kaladin wyciągnął do niego rękę, złapał kapitana za ramię.

– Chcesz poćwiczyć latanie przed burzą. Czy mógłbyś się dostać do Thaylenah?

– Pewnie tak. Gdybym Przywiązał się na południe najszybciej, jak się da.

– W takim razie udaj się tam. Jeśli chcesz, weź kogoś ze sobą, żeby poćwiczyć przenoszenie innej osoby przed burzą, ale udaj się do Thaylen. Królowa Fen jest skłonna się do nas przyłączyć, a ja potrzebuję aktywnej Bramy Przysięgi. Świat obraca się na naszych oczach, kapitanie. Bogowie i Heroldowie prowadzą wojny, a my za bardzo się skupialiśmy na naszych drobnych problemach, by to w ogóle dostrzec.

– Polecę podczas następnej arcyburzy – obiecał Kaladin i posłał Dalinara w niebo.

51
PEŁEN KRĄG

Tyle mamy do powiedzenia. Jeśli pragniesz więcej, osobiście odwiedź te wody i pokonaj próby, które stworzyliśmy.
Jedynie w ten sposób zyskasz nasz szacunek.

Parshmeni z nowej drużyny Moasha go nie lubili. Wcale mu to nie przeszkadzało. Ostatnio nie lubił sam siebie.

Nie spodziewał się i nie potrzebował ich podziwu. Wiedział, jakie to uczucie być zgnębionym i pogardzanym. Ktoś, kto był traktowany w taki sposób jak oni, nie ufał komuś w rodzaju Moasha. Zawsze zadawał sobie pytanie, co ta osoba pragnęła uzyskać.

Po kilku dniach krajobraz zaczął się zmieniać. Otwarte równiny zmieniły się w uprawne wzgórza. Mijali ogromne ściany ochronne – sztuczne kamienne granie, które tworzono, stawiając solidne drewniane barykady, by w czasie arcyburz zbierały krem. Krem twardniał, a po nawietrznej powoli powstawał kopiec. Po kilku latach barykadę się podnosiło.

Mijały pokolenia, zanim ściany osiągnęły użyteczną wysokość, ale tutaj – wokół najstarszych, najgęściej zaludnionych ośrodków Alethkaru – widywało się je często. Wyglądały jak zamarznięte kamienne fale, proste i sztywne od zachodu, pochyłe i gładkie po drugiej stronie. W ich cieniu wyrastały w rzędach sady, większość drzew formowano tak, by nie były wyższe od mężczyzny.

Zachodni skraj tych sadów wypełniały połamane drzewa. Teraz trzeba będzie wznieść bariery również od zachodu.

Spodziewał się, że Stopieni spalą sady, ale tego nie zrobili. W czasie przerwy na wodę Moash przyjrzał się jednemu z nich – wysokiej kobiecie, która unosiła się kilkanaście stóp nad ziemią, z palcami stóp zwróconymi w stronę ziemi. Miała ostrzejsze rysy twarzy niż parshmeni. Wisząc w powietrzu, przypominała sprena, a wrażenie to jeszcze podkreślało jej falujące na wietrze ubranie.

Moash oparł się o sanie i pociągnął łyk wody z bukłaka. Stojąca w pobliżu nadzorczyni obserwowała jego i parshmenów. Była nowa – zastąpiła tego, którego uderzył pięścią w twarz. Kilkoro Stopionych przejechało obok na koniach, kłusowali, jakby robili to od dawna.

Ten rodzaj nie lata, pomyślał. Mogą otoczyć się ciemnym światłem, ale ono nie daje im Wiązań. Tylko coś innego. Spojrzał na tę, która była najbliżej i unosiła się w powietrzu. Ale ten typ prawie wcale nie chodzi. To oni mnie złapali.

Kaladin nie mógłby się unosić przez tak długi czas. Skończyłoby mu się Burzowe Światło.

Ona wpatruje się w te sady, pomyślał Moash. Wydaje się, że jest pod wrażeniem.

Kobieta obróciła się w powietrzu i odleciała, ciągnąc za sobą falującą tkaninę. Ta przesadnie długa szata byłaby niepraktyczna dla większości osób, ale w przypadku istoty, która prawie nie dotykała ziemi, robiła oszałamiające wrażenie.

– To nie tak miało być – mruknął Moash.

W pobliżu jeden z parshmenów chrząknął.

– Co ty nie powiesz, człowieku.

Moash spojrzał na mężczyznę, który usiadł w cieniu ich załadowanych drewnem sań. Parshmen był wysoki, miał szorstkie ręce i ciemną skórę przetykaną pojedynczymi czerwonymi liniami. Inni wołali na niego „Sah", co było prostym imieniem alethyjskiego ciemnookiego.

Moash wskazał brodą na Pustkowców.

– Mieli atakować niepowstrzymanie, niszcząc wszystko na swojej drodze. Są dosłownie wcieleniem zniszczenia.

– I co? – spytał Sah.

– A ta tutaj – Moash wskazał na latającą Pustkowczynię – cieszy się z widoku tych sadów. Spalili jedynie kilka miasteczek. Wydają się zdecydowani zatrzymać Revolar i wykorzystywać jego mieszkańców do pracy. – Pokręcił głową. – To miała być apokalipsa, ale apokalipsy przecież się nie uprawia.

Sah znów chrząknął. Nie wyglądało na to, że wie o tym więcej od Moasha, ale też dlaczego miałby? Wychował się w alethyjskiej wiosce. Wszystko, co wiedział o historii i religii, usłyszał przefiltrowane przez ludzką perspektywę.

– Nie powinieneś mówić tak swobodnie o Stopionych. – Sah wstał. – Są niebezpieczni.

– Nie byłbym taki pewien – stwierdził Moash, kiedy dwoje kolejnych przeleciało im nad głowami. – Ta, którą zabiłem, zginęła szybko, choć chyba nie spodziewała się, że będę zdolny się bronić.

Oddał bukłak nadzorczyni, kiedy po nie przyszła, a później spojrzał na Saha, który gapił się na niego z otwartymi ustami.

Pewnie nie powinienem wspominać, że zabiłem jednego z ich bogów, pomyślał Moash i podszedł do swojego miejsca przy sznurze – ostatniego, najbliżej sań, więc przez cały dzień wpatrywał się w spocony parshmeński grzbiet.

Znów ruszyli, Moash spodziewał się kolejnego długiego dnia pracy. Te sady oznaczały, że od Kholinaru dzieli ich trochę ponad dzień drogi spokojnym marszem. Uznał, że Pustkowcy będą ich poganiać, by dotrzeć do stolicy przed zachodem słońca.

Dlatego był zaskoczony, kiedy armia zeszła z drogi prowadzącej bezpośrednio do miasta. Krążyli między wzgórzami, aż dotarli do miasteczka, jednego z licznych przedmieść Kholinaru. Nie umiał sobie przypomnieć nazwy. Ale gospoda była przyjemna i chętnie przyjmowała karawany.

Najwyraźniej przez Alethkar maszerowały inne armie Pustkowców, gdyż to miasto musieli zdobyć przed wieloma dniami, jeśli nie tygodniami. Patrolowali je parshmeni, a jedyni ludzie, których widział, już pracowali w polu.

Po przybyciu na miejsce Pustkowcy znów zaskoczyli Moasha, wybierając niektórych z ciągnących wozy i uwalniając ich. Byli to słabeusze, ci, którzy najgorzej radzili sobie w marszu. Nadzorcy posłali ich w stronę Kholinaru, który wciąż znajdował się poza zasięgiem wzroku.

Próbują obciążyć miasto uchodźcami, pomyślał Moash. *Takimi, którzy nie są już zdolni pracować ani walczyć.*

Większość armii wprowadziła się do dużych burzowych bunkrów na przedmieściach. Nie zamierzali natychmiast atakować miasta. Pustkowcy chcieli dać armiom odpocząć, przygotować się i zacząć oblężenie.

W młodości zastanawiał się, dlaczego żadne przedmieścia nie znajdowały się bliżej niż dzień marszu od Kholinaru. Właściwie między tym miasteczkiem a murami nie było nic poza pustą równiną – nawet wzgórza zostały zrównane przed wiekami jako źródło kamienia. Teraz cel był dla niego oczywisty. Jeśli ktoś chciał oblegać Kholinar, mógł się zbliżyć do miasta jedynie na taką odległość. Nie mógł rozbić obozu w cieniu murów, gdyż zostałby porwany przez pierwszą burzę.

W mieście sanie z zapasami zostały rozdzielone, niektóre skierowano jedną ulicą – która w jego oczach wydawała się niepokojąco pusta –jego zaś drugą. Jak się okazało, mijali nawet jego ulubioną gospodę, Powaloną Wieżę – dostrzegł glif wykuty po zawietrznej.

Wreszcie kazano im się zatrzymać. Wypuścił sznur, przeciągnął się i odetchnął z ulgą. Znaleźli się na dużej otwartej przestrzeni w pobliżu magazynów, gdzie parshmeni cięli drewno.

Tartak? – pomyślał i od razu poczuł się głupio. Ciągnęli drewno z tak daleka – czego jeszcze mógł się spodziewać?

Mimo to... tartak. Jak w obozie. Zaczął się śmiać.

– Nie bądź taki radosny, człowieku – rzucił jeden z nadzorców. – Następne kilka tygodni spędzisz tutaj, budując machiny oblężnicze. A kiedy dojdzie do ataku, ty będziesz na przedzie, biegnąc z drabiną w stronę osławionych murów Kholinaru.

Moash roześmiał się jeszcze głośniej. Śmiech pochłonął go, wstrząsał nim, nie mógł się powstrzymać. Śmiał się bezradnie, aż zdyszany osunął się na kamienie, a po bokach jego twarzy płynęły łzy.

Sprawdziliśmy tę kobietę, pisał Mraize w najnowszym liście do Shallan.

Ishnah rozdmuchała swoją rolę. Rzeczywiście brała udział w działaniach szpiegowskich rodu Hamaradin, jak Ci mówiła, ale była jedynie pomocnicą prawdziwych szpiegów.

Oceniamy, że możemy bezpiecznie pozwolić, by zbliżyła się do Ciebie, jednak nie należy zbytnio ufać jej lojalności. Jeśli ją wyeliminujesz, na Twoją prośbę zatuszujemy jej zniknięcie. Ale nie mamy nic przeciwko temu, byś nadal korzystała z jej usług.

Shallan westchnęła i oparła się wygodniej na krześle przed salą audiencyjną króla Elhokara. Niespodziewanie znalazła ten papier w swojej torbie.

Tyle z nadziei, że Ishnah miała jakieś informacje na temat Duchokrwistych, które mogłaby wykorzystać. List właściwie kipiał od zaborczości. „Pozwolą", by Ishnah się do niej zbliżyła? Na burze, zachowywali się, jakby już do nich należała.

Pokręciła głową i sięgnęła w głąb torby, by wyjąć niewielką sakiewkę na kule. Dla każdego, kto by na nią spojrzał, wyglądałaby zupełnie zwyczajnie – gdyż nie wiedziałby, że Shallan przeobraziła ją za pomocą niewielkiej, ale bardzo prostej iluzji. Choć sakiewka wydawała się fioletowa, w rzeczywistości była biała.

Interesująca nie była sama iluzja, ale sposób, w jaki ją utrzymywała. Już wcześniej ćwiczyła mocowanie iluzji do Wzoru albo miejsca, ale zawsze musiała utrzymywać ją własnym Burzowym Światłem. Tę jednak połączyła z kulą wewnątrz sakiewki.

Tkanie Światła utrzymywało się już od czterech godzin bez dodatkowego Burzowego Światła z jej strony. Musiała jedynie stworzyć iluzję i przymocować ją do kuli. Światło powoli wypływało z szafirowej marki – przypominało to fabrial opróżniający klejnot. Zostawiła nawet sakiewkę w komnacie, kiedy wychodziła, a kiedy wróciła, iluzja wciąż była na swoim miejscu.

Wszystko zaczęło się jako eksperyment, w jaki sposób mogłaby pomóc Dalinarowi tworzyć iluzoryczne mapy świata, a później pozostawiać je dla niego, by móc samej opuścić spotkanie. Teraz jednak widziała mnóstwo możliwych zastosowań.

Kiedy drzwi się otworzyły, wrzuciła sakiewkę z powrotem do torby. Pan-sługa wyprowadził kilku kupców, a później ukłonił się Shallan i zaprosił ją do środka. Z wahaniem wkroczyła do sali audiencyjnej – pełnej mebli komnaty z eleganckim niebiesko-zielonym dywanem. W lampach świeciły diamenty, a Elhokar kazał też pomalować ściany, zasłaniając warstwy.

Sam król, w niebieskim mundurze Kholinów, rozwijał mapę na stole z boku komnaty.

– Ktoś jeszcze, Helt? – spytał pana-sługę. – Myślałem, że to już koniec na... – Odwrócił się i urwał. – Jasność Shallan! Czekałaś na zewnątrz? Mogłaś się od razu ze mną zobaczyć.

– Nie chciałam sprawiać kłopotów.

Shallan podeszła do króla, a pan-sługa zajął się przygotowywaniem napojów.

Mapa na stole przedstawiała Kholinar, wspaniałe miasto, które wydawało się równie imponujące jak Vedenar. Leżące obok papiery wyglądały na ostatnie raporty z łączotrzcin w mieście, a obok nich siedział pomarszczony żarliwiec, gotów czytać dla króla lub na jego prośbę robić notatki.

Król dostrzegł jej zainteresowanie.

– Sądzę, że jesteśmy już prawie gotowi. Opóźnienie było niemal nieznośne, ale z całą pewnością konieczne. Kapitan Kaladin chciał poćwiczyć przenoszenie innych ludzi, nim zabierze moją królewską osobę. Szanuję to.

– Poprosił mnie, żebym poleciała z nim ponad burzą do Thaylen, by otworzyć tam Bramę Przysięgi. Przesadnie się obawia, że kogoś upuści... ale jeśli zrobi to ze mną, ja mam własne Burzowe Światło i powinnam przeżyć upadek.

– Doskonale. Tak, to dobre rozwiązanie. Ale też nie przyszłaś tu, żeby o tym porozmawiać. O co chcesz mnie prosić?

– Właściwie... czy moglibyśmy porozmawiać przez chwilę w cztery oczy, Wasza Wysokość?

Elhokar zmarszczył czoło, ale polecił swoim ludziom wyjść na korytarz. Kiedy dwaj strażnicy z mostu trzynastego się zawahali, król był stanowczy.

– Ona jest Świetlistym Rycerzem. Czego się obawiacie?

Wyszli pojedynczo, pozostawiając ich dwoje przy stole Elhokara. Shallan odetchnęła głęboko.

I zmieniła twarz.

Nie na Woal czy Świetlistą – nie na jedną ze swoich tajemnic – ale na iluzję Adolina. Wciąż czuła się zaskakująco niezręcznie, robiąc to przed kimś. Wciąż powtarzała większości ludzi, że należy do Przenosicieli, jak Jasnah, by nie wiedzieli o jej zdolności stawania się kimś innym.

Elhokar aż podskoczył.

– Ach! Ach, racja!

– Wasza Wysokość. – Shallan zmieniła twarz i ciało, by wyglądać jak sprzątaczka, którą niedawno narysowała – martwię się, że wasza misja nie będzie tak prosta, jak się spodziewacie.

Listy z Kholinaru – ostatnie, które otrzymali – były pełne niepokoju i przerażenia. Mówiły o zamieszkach, ciemności, sprenach przybierających postać i krzywdzących ludzi.

Shallan przyjęła twarz żołnierza.

– Przygotowywałam oddział szpiegów – wyjaśniła. – Specjalizujący się w infiltracji i zbieraniu informacji. Z oczywistych przyczyn się tym nie afiszowałam. Chciałabym zaproponować swoje usługi na czas tej misji.

– Nie jestem pewien – odparł z wahaniem Elhokar – czy Dalinar chciałby, żebym zabrał mu dwoje z jego Świetlistych.

– Niewiele dla niego osiągnę, siedząc tutaj. – Shallan wciąż miała twarz żołnierza. – Poza tym... Czy to jego misja? Czy wasza?

– Moja. – Król się zawahał. – Ale nie oszukujmy się. Jeśli on nie zechce, żebyś odeszła...

– Nie jestem jego poddaną. Ani waszą, przynajmniej na razie. Jestem wolna. Powiedzcie mi. Co się stanie, jeśli dotrzecie do Kholinaru i okaże się, że Brama Przysięgi jest w rękach wroga? Zamierzacie pozwolić mostowemu, by przebił się do środka? A może jest lepsze rozwiązanie?

Przybrała twarz parshmenki z jednego ze starszych szkiców.

Elhokar pokiwał głową i obszedł ją dookoła.

– Oddział, mówisz? Szpiegów? Interesujące...

***

Niedługo potem Shallan opuściła komnatę, niosąc – w bezpiecznej sakiewce – oficjalną królewską prośbę do Dalinara o pomoc Shallan w misji. Kaladin powiedział, że mógłby spokojnie zabrać sześciu ludzi, poza paroma mostowymi, którzy mogli lecieć samodzielnie.

Po uwzględnieniu Adolina i Elhokara pozostawało miejsce dla czworga innych. Wcisnęła prośbę Elhokara do bezpiecznej sakiewki, obok listu od Mraize'a.

Muszę się wydostać z tego miejsca, pomyślała Shallan. Muszę się znaleźć z dala od nich i od Jasnah, przynajmniej do chwili, gdy zrozumiem, czego chcę.

W głębi duszy wiedziała, co robi. Teraz, gdy wypowiedziała Ideały, coraz trudniej było jej ukrywać rzeczy z tyłu głowy i je ignorować. Miast tego uciekała.

Ale naprawdę mogła pomóc grupie udającej się do Kholinaru. A wizja udania się do miasta i odkrycia jego tajemnic napełniała ją ekscytacją. Nie tylko uciekała. Prócz tego zamierzała pomóc Adolinowi w odzyskaniu domu.

Wzór brzęczał na jej spódnicy, a ona zanuciła razem z nim.

OSIEMNAŚCIE I PÓŁ ROKU WCZEŚNIEJ

Dalinar powlókł się z powrotem do obozu, tak zmęczony, że chyba tylko energia Pancerza pomagała mu zachować równowagę. Każdy oddech sprawiał, że na metalu jego hełmu – który, jak zawsze po opuszczeniu zasłony, stał się przezroczysty – pojawiała się mgiełka.

Zmiażdżył Herdazów – doprowadził ich do wojny domowej, zabezpieczył alethyjskie ziemie na północy i zdobył wyspę Akak. Teraz przeniósł się na południe, by zetrzeć się z Vedeńczykami na granicy. Herdaz zajął Dalinarowi znacznie więcej czasu, niż się spodziewał. Kampania trwała w sumie cztery lata.

Cztery wspaniałe lata.

Dalinar ruszył prosto do namiotu zbrojmistrzów, po drodze zbierając asystentów i posłańców. Kiedy ignorował ich pytania, podążali za nim jak kremliki za zdobyczą wielkoskorupa, czekając na właściwą chwilę, by odgryźć kęs.

W namiocie wyciągnął ręce na boki i pozwolił, by zbrojmistrzowie zaczęli zdejmować kolejne elementy. Hełm, później ręce, odsłaniając przeszywanicę, którą nosił pod spodem. Usunięcie hełmu wystawiło jego spoconą, lepką skórę na powietrze, które wydawało się zbyt zimne. Napierśnik był popękany z lewej strony, a zbrojmistrzowie naradzali się nad naprawą. Jakby musieli zrobić cokolwiek poza zapewnieniem Pancerzowi Burzowego Światła i zaczekaniem, aż odrośnie.

W końcu pozostały tylko trzewiki, z których wyszedł, jedynie nadludzkim wysiłkiem woli zachowując wyprostowaną sylwetkę. Kiedy utracił wsparcie Pancerza, zaczęły go otaczać wyczerpaniospreny jak strumienie pyłu. Podszedł do sterty poduszek i usiadł, opierając się o nie. Z westchnieniem zamknął oczy.

– Oświecony? – odezwał się jeden ze zbrojmistrzów. – No... to tutaj odstawiamy...

– Teraz to mój namiot audiencyjny. – Dalinar nawet nie otworzył oczu. – Zabierzcie niezbędne rzeczy i zostawcie mnie.

Brzęk pancerza ucichł, gdy robotnicy przetrawiali jego słowa. Odeszli w pośpiechu i nikt inny nie przeszkadzał mu przez cudowne pięć minut – aż w pobliżu rozległ się odgłos kroków.

– Mamy końcowy raport z bitwy.

Głos Kadasha. Oczywiście, że to musiał być jeden z jego burzowych oficerów. Zbyt dobrze ich wyszkolił.

Dalinar otworzył oczy.

– Mów.

Kadash, który był starszy od Dalinara o dwa, może trzy lata, osiągnął już wiek średni. Cios włócznią pozostawił na jego twarzy i głowie wijącą się bliznę.

– Całkowicie ich rozgromiliśmy, oświecony. Nasi łucznicy i lekka piechota jeszcze przez jakiś czas ich nękali. Zgodnie z szacunkami zabiliśmy dwa tysiące... prawie połowę. Moglibyśmy więcej, gdybyśmy otoczyli ich od południa.

– Nigdy nie otaczaj wroga, Kadashu. Lepiej, żeby mogli się wycofać, bo inaczej będą bardziej zajadle walczyć. Ucieczka posłuży nam lepiej niż wybicie ich do nogi. Ilu ludzi straciliśmy?

– Ledwie dwie setki.

Dalinar pokiwał głową. Minimalne straty, a zadali niszczycielski cios.

– Panie – stwierdził Kadash. – Powiedziałbym, że ta grupa bandytów jest już skończona.

– Wciąż pozostało ich jeszcze wiele. To potrwa lata.

– Chyba że Vedeńczycy wyślą całą armię, żeby się z nami zetrzeć.

– Nie zrobią tego. – Dalinar pomasował czoło. – Ich król jest zbyt przebiegły. Nie pragnie wojny, chciał jedynie sprawdzić, czy jakieś sporne ziemie nie przestaną nagle być sporne.

– Tak, oświecony.

– Dziękuję za raport. A teraz wynoś się stąd i postaw burzowych strażników przed wejściem, żebym mógł odpocząć. Nie wpuszczaj do środka nikogo, nawet samej Strażniczki Nocy.

– Tak, panie. – Kadash podszedł do klapy namiotu. – Yyy... panie, byliście tam niewiarygodni. Jak nawałnica.

Dalinar jedynie zamknął oczy i oparł się wygodniej, w pełni zdecydowany zasnąć w ubraniu.

Niestety, sen nie chciał przyjść. Raport sprawił, że jego umysł zaczął rozważać implikacje.

Jego armia miała tylko jednego Dusznika, na wszelki wypadek, co oznaczało konieczność zapewnienia zaopatrzenia. Tereny graniczne były rozległe i górzyste, a Vedeńczycy mieli lepszych generałów niż Herdazowie. W takich warunkach pokonanie ruchliwego wroga musiało być trudne, co udowodniła już pierwsza bitwa. Zmuszenie różnych grup Vedeńczyków, by stanęły do bitwy, wymagało planowania, manewrowania i nieustannych potyczek.

Tęsknił za tymi wczesnymi dniami, kiedy bitwy były bardziej chaotyczne, mniej skoordynowane. Cóż, nie był już młodzikiem, a w Herdazie nauczył się, że nie ma już Gavilara, by zajął się trudniejszymi zadaniami. Dalinar miał obozy do zaopatrzenia, ludzi do wykarmienia i logistykę do opanowania. Co było niemal równie nieprzyjemne, jak przebywanie w mieście i słuchanie skryb dyskutujących o pozbywaniu się odpadków.

Poza jedną różnicą – tu miał nagrodę. Po zakończeniu całego planowania, strategii i debat z generałami nadchodził Dreszcz.

Właściwie, mimo wyczerpania, z zaskoczeniem odkrył, że wciąż go wyczuwa. Daleko w głębi, jak ciepło kamienia, który niedawno zaznał ognia. Cieszył się, że walki trwały przez tyle lat. Cieszył się, że Herdazowie próbowali zdobyć te ziemie, a teraz chcieli go sprawdzić Vedeńczycy. Cieszył się, że inni arcyksiążęta nie przysyłali pomocy, ale czekali, żeby zobaczyć, co mógł osiągnąć samotnie.

Co najważniejsze, cieszył się, że – mimo dzisiejszej ważnej bitwy – konflikt się nie skończył. Na burze, uwielbiał to uczucie. Dziś setki próbowały go powalić, a on pozostawił ich bladych i połamanych.

Na zewnątrz ludzie domagający się jego uwagi byli odprawiani jeden po drugim. Próbował nie czuć za każdym razem zadowolenia. Zamierzał w końcu odpowiedzieć na ich pytania. Tyle że... nie teraz.

Myśli w końcu uwolniły jego mózg i zapadł w drzemkę. Aż jeden niespodziewany głos wyrwał go z niej i sprawił, że usiadł wyprostowany.

To była Evi.

Poderwał się na równe nogi. Znów wypełnił go Dreszcz, obudzony z własnej drzemki. Dalinar gwałtownie otworzył klapy namiotu i wpatrzył się w stojącą na zewnątrz jasnowłosą kobietę, ubraną w vorińską havah – spod której wystawały jednak ciężkie buty.

– Ach! Mężu... – Evi obrzuciła go uważnym spojrzeniem. Skrzywiła się, wydymając wargi. – Czy nikt nie uznał za stosowne, by przygotować mu kąpiel? Gdzie się podziali jego giermkowie, by pomóc mu się rozebrać?

– Dlaczego tu jesteś? – spytał ostro Dalinar.

Nie zamierzał wykrzyczeć tych słów, ale był tak zmęczony, tak wstrząśnięty...

Evi aż się cofnęła i otworzyła szerzej oczy.

Poczuł krótkie ukłucie wstydu. Ale właściwie dlaczego miałby go czuć? To był jego obóz – tu był Czarnym Cierniem. W tym miejscu domowe życie nie powinno mieć do niego dostępu! Jej przybycie było jak inwazja.

– Ja... Ja... W obozie są inne kobiety. Inne żony. Kobiety często udają się na wojnę...

– Alethyjki – warknął Dalinar – szkolone od dziecka i znające wojenne zwyczaje. Rozmawialiśmy o tym, Evi...

Przerwał i spojrzał na strażników, którzy czuli się wyraźnie niezręcznie.

– Wejdź do środka, Evi. Porozmawiajmy o tym w cztery oczy.

– Dobrze. A dzieci?

– Zabrałaś dzieci na linię frontu?!

Na burze, nie miała nawet dość zdrowego rozsądku, by zostawić je w miasteczku, które armia wykorzystywała jako centrum dowodzenia?

– Ja...

Dalinar wskazał na namiot.

– Wchodź.

Evi pospiesznie wypełniła jego rozkaz, a kiedy go mijała, skuliła się. Dlaczego przybyła? Przecież niedawno odwiedzał Kholinar? To było... ostatnio, był pewien...

A może nie tak ostatnio. Dostał kilka listów od Evi, które przeczytała mu żona Teleba, i kilka kolejnych, które czekały na przeczytanie. Opuścił klapę namiotu i odwrócił się w stronę żony zdecydowany nie pozwolić, by zapanowała nad nim niecierpliwość.

– Navani powiedziała, że powinnam przyjechać. Mówiła, że to wstyd, że tak rzadko nas odwiedzasz. Adolin od ponad roku cię nie widział, Dalinarze. A mały Renarin nie miał nawet okazji poznać swojego ojca.

– Renarin? – Dalinar próbował zrozumieć imię. Nie dosłyszał go. – Rekher... nie, Re...

– Re. Z mojego języka. Nar, po ojcu. In, zrodzony do.

Ojcze Burz, to było kaleczenie języka. Dalinar próbował je zrozumieć. Nar oznaczało „podobny do". Podrapał się po twarzy.

– Co oznacza „Re" w twoim języku?

– Nie ma znaczenia. To po prostu imię. Oznacza imię naszego syna albo jego samego.

Dalinar jęknął cicho. Czyli imię dziecka brzmiało „jak ten, który zrodził się do siebie samego". Cudownie.

– Nie odpowiedziałeś – zauważyła Evi – kiedy przez łączotrzcinę spytałam cię o imię.

Jak Navani i Ialai pozwoliły na to pośmiewisko z imienia? Na burze, znając tę dwójkę, pewnie do niego zachęcały. Zawsze próbowały skłonić Evi, by była bardziej stanowcza. Ruszył po coś do picia, ale wtedy przypomniał sobie, że to jednak nie jest jego namiot. Mógł się co najwyżej napić oliwy do pancerza.

– Nie powinnaś przyjeżdżać. Tu jest niebezpiecznie.

– Chcę być bardziej jak alethyjska żona. Chcę, żebyś chciał, bym ci towarzyszyła.

Skrzywił się.

– Nadal nie powinnaś zabierać dzieci. – Dalinar osunął się na poduszki. – Są dziedzicami księstwa, zakładając, że plan Gavilara dotyczący Ziemi Korony i jego własnego tronu się powiedzie. Muszą pozostać bezpieczni w Kholinarze.

– Pomyślałam, że chciałbyś ich zobaczyć.

Evi podeszła do niego. Mimo ostrych słów, które jej powiedział, rozpięła jego przeszywanicę, by wsunąć pod nią dłonie i zaczęła masować mu ramiona.

To było wspaniałe uczucie. Pozwolił, by jego złość zniknęła. Dobrze by było mieć przy sobie żonę, by pełniła obowiązki skryby. Żałował tylko, że na jej widok czuje się tak winny. Nie był mężczyzną, jakiego pragnęła.

– Słyszałam, że odniosłeś dziś wielkie zwycięstwo – powiedziała cicho Evi. – Dobrze posłużyłeś królowi.

– Nie spodobałoby ci się, Evi. Zabiłem setki ludzi. Jeśli zostaniesz, będziesz musiała słuchać raportów. Informacji o zabitych, wielu przeze mnie.

Milczała przez chwilę.

– Czy nie mógłbyś... pozwolić, żeby ci się poddali?

– Vedeńczycy nie przybyli tu, by się poddać. Chcą sprawdzić nas na polu bitwy.

– A pojedynczy żołnierze? Czy ich obchodzi takie założenie, kiedy giną?

– Co takiego? Chciałabyś, żebym zatrzymywał się i prosił każdego żołnierza, by się poddał, gdy przygotowuję się do zadania ciosu?

– Czy to...?

– Nie, Evi. Nie udałoby się.

– Och!

Wyprostował się, czując nagłą niepewność.

– Chodźmy zobaczyć chłopców.

Wyjście z namiotu i przebycie obozu było mordęgą, miał wrażenie, jakby jego stopy otaczały bloczki kremu. Nie ważył się przygarbić – w obecności mężczyzn i kobiet z armii zawsze starał się emanować siłą – ale nic nie mógł poradzić na to, że przeszywanica była pomięta i poplamiona potem.

W porównaniu z Kholinarem okolice były żyzne. Wśród gęstej trawy wyrastały mocne kępy drzew, a zachodnie zbocza urwisk porastała gęstwina pnączy. Głębiej w Jah Keved były miejsca, gdzie nie można było postawić stopy, by nie spłoszyć pędu.

Chłopcy znajdowali się przy wozach Evi. Mały Adolin terroryzował jednego z chulli, siedział na szczycie jego skorupy i machał drewnianym mieczem, przechwalając się przed strażnikami – którzy posłusznie chwalili jego ciosy. Jakimś cudem zrobił sobie zbroję ze sznurka i kawałków skorupy skałopąka.

Na burze, wyrósł, pomyślał Dalinar. Kiedy ostatnio widział Adolina, chłopiec dopiero zaczynał mówić. Niewiele ponad rok później mówił już wyraźnie – i z emfazą – opisując powalonych wrogów. Wydawało się, że były nimi złe latające chulle.

Przerwał, kiedy zobaczył Dalinara, i spojrzał na Evi. Kobieta pokiwała głową, a wtedy dzieciak zsunął się z chulla – Dalinar był pewien, że spadnie, i to co najmniej trzy razy. On jednak bezpiecznie dotarł na ziemię i podszedł bliżej.

I zasalutował.

Evi uśmiechnęła się promiennie.

– Spytał, jak najlepiej z tobą rozmawiać – szepnęła. – Powiedziałam mu, że jesteś generałem, przywódcą wszystkich żołnierzy. Sam to wymyślił.

Dalinar przykucnął. Mały Adolin natychmiast się cofnął i złapał matkę za spódnicę.

– Boisz się mnie? Rozsądnie. Jestem niebezpieczny.

– Tatuś?

Chłopiec mocno zaciskał jedną rękę na spódnicy matki – ale się za nią nie chował.

– Tak. Nie pamiętasz mnie?

Chłopiec o różnobarwnej czuprynie przytaknął z wahaniem.

– Pamiętam cię. Mówimy o tobie każdego wieczoru, kiedy palimy modlitwy. Żebyś był bezpieczny. Walcząc ze złymi ludźmi.

– Wolałbym być chroniony również przed dobrymi. Choć przyjmę wszystko, co mogę dostać.

Wstał, czując... co? Wstyd, że nie widywał tego chłopca tak często, jak powinien? Dumę z tego, jak urósł? Dreszcz, wciąż kłębiący się w głębi. Jak to możliwe, że od bitwy jeszcze się nie rozproszył?

– Gdzie twój brat, Adolinie? – spytał Dalinar.

Chłopiec wskazał na niańkę, która niosła mniejsze dziecko. Dalinar spodziewał się niemowlaka, ale to dziecko już prawie umiało chodzić. Niańka postawiła je na ziemi i patrzyła z czułością, jak robi kilka niepewnych kroków, a później siada i próbuje złapać cofające się źdźbła trawy.

Dziecko nie wydawało żadnych dźwięków. Po prostu spoglądało z powagą, próbując złapać kolejne źdźbła. Dalinar czekał na ekscytację, którą czuł wcześniej, gdy po raz pierwszy zobaczył Adolina... ale, na burze, był taki zmęczony.

– Mogę zobaczyć twój miecz? – spytał Adolin.

Dalinar marzył o tym, żeby się położyć, ale i tak przywołał Ostrze i wbił je w ziemię zwrócone płazem w stronę Adolina. Chłopiec wpatrywał się w nie szeroko otwartymi oczami.

– Mama mówi, że nie mogę jeszcze dostać mojego Pancerza.

– Teleb go potrzebuje. Dostaniesz go, kiedy dorośniesz.

– Dobrze. Będę go potrzebował, żeby zdobyć Ostrze.

Evi cicho cmoknęła językiem i pokręciła głową.

Dalinar uśmiechnął się, ukląkł obok Ostrza i położył dłoń na ramieniu chłopca.

– Zdobędę je dla ciebie na wojnie, synu.

– Nie. – Adolin wysoko uniósł brodę. – Chcę sam je zdobyć. Jak ty.

– Godny cel. Ale żołnierz musi być gotów przyjąć pomoc. Nie wolno być twardogłowym, duma nie pomaga zwyciężyć.

Chłopiec przechylił głowę i zmarszczył czoło.

– Twoja głowa nie jest twarda? – Postukał palcami we własną.

Dalinar uśmiechnął się, wstał i odesłał Dawcę Przysięgi. Ostatnie węgielki Dreszczu w końcu przygasły.

– To był długi dzień – powiedział Evi. – Muszę odpocząć. Później omówimy twoją rolę tutaj.

Evi zaprowadziła go do łóżka w jednym ze swoich burzowych wozów. Później Dalinar w końcu zasnął.

Przyjaciółko,

Tajemnice odkryte po przeniknięciu do Gildii Kaligrafów okazały się bardziej przyziemne niż oczekiwałem. Wolę plamy krwi od plam atramentu, więc następnym razem wyślij mnie gdzieś, gdzie mam większe szanse zginąć od ran niż od przykurczu palców. Na Oko Czystości, jeśli każesz mi narysować jeszcze jeden glif...

Najmroczniejszą tajemnicą gildii jest to, że czasami da się odcyfrować fonemy wewnątrz glifu. (Przepraszam, że niweczę twoje teorie o mrocznych rytuałach i starożytnych tańcach w blasku księżyca). Ale glifów się nie wymawia ani nie czyta. Są zapamiętywane i zmieniają się w czasie, aż pierwotny zbiór fonogramów staje się niemal nierozpoznawalny. Weźmy na przykład glif oznaczający „burzę”.

Pary glifów są nieco częstsze od pojedynczych glifów. 3 glify po kolei są używane rzadziej.

Glify mają uproszczoną wersję pomniejszoną.

Porównaj „zeras” z glifem, który dopiero powstał: „zatalef”, nazwa podobnego do nietoperza głowonoga, na którego Alethyjczycy natknęli się niedawno, gdy podbili Akak.

Fonemy glifu są widoczne, podobnie jak jego podobieństwo do stwora.

Nawet starsze niż „zeras” są glify używane w Pierwszej Przysiędze Świetlistych Rycerzy. Bardziej przypominają skomplikowane, nieczytelne glify oznaczające zakony rycerzy niż średnie lub współczesne alethyjskie glify.

Podejrzewam, że zostały zapożyczone z wcześniejszego źródła i włączone do rozwijającego się alethyjskiego leksykonu glifów.

Są też dowodem na poparcie tezy, że alethyjskie glify wywodzą się ze starszego pisma, najpewniej pochodzącego od Pieśni Świtu, i mogą wyjaśniać dwa rodzaje fonemów wykorzystywanych w tworzeniu glifów: standardowe i kaligraficzne

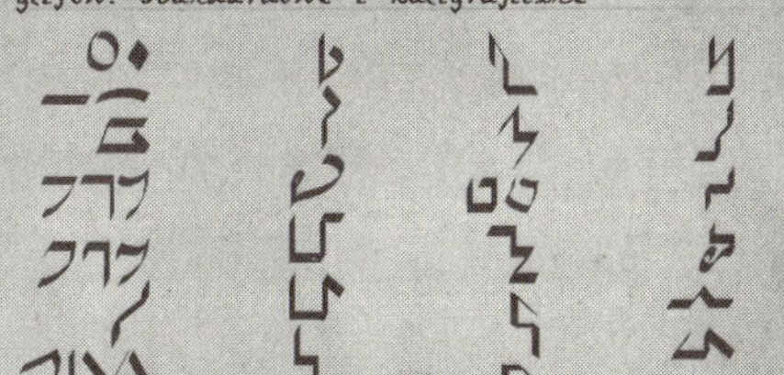

Twórcy glifów używają obu zestawów, przekręcają, odwracają i zniekształcają fonemy, by pasowały do ich wizji. Na odwrocie: fonemy kaligraficzne.

53
TAKI DZIWACZNY SZLIF

Przyjacielu
Twój list jest wyjątkowo interesujący, a nawet odkrywczy.

Starożytna dynastia Siln w Jah Keved została założona po śmierci króla NanKheta. Nie przetrwały żadne współczesne relacje, najlepsze, jakie mieli, powstały dwa stulecia później. Autorka tekstu – Natata Ved, przez współczesnych często zwana Oliwooką – utrzymywała, że jej metodologia była rygorystyczna, choć w porównaniu ze współczesnymi standardami badania historyczne były wówczas w powijakach.

Jasnah od dawna interesowała śmierć NanKheta, ponieważ rządził przez zaledwie trzy miesiące. Zasiadł na tronie, kiedy poprzedni król, jego brat NanHar, zachorował i umarł w czasie kampanii na terenach obecnego Triaxu.

Co zadziwiające, w czasie swoich krótkich rządów NanKhet przeżył sześć zamachów na jego życie. Pierwszy przeprowadziła jego siostra, która chciała posadzić na tronie swojego męża. NanKhet przeżył otrucie i skazał ich oboje na śmierć. Niedługo później ich syn próbował zabić go we śnie. NanKhet najwyraźniej miał lekki sen, bo powalił siostrzeńca jego własnym mieczem.

Następny w kolejności był kuzyn NanKheta – w wyniku tego ataku król oślepł na jedno oko – a później kolejny brat, wuj i w końcu rodzony syn. Po trzech nieznośnych miesiącach wedle słów Oliwookiej „Wielki, lecz zmęczony NanKhet zwołał spotkanie wszystkich swoich domowników. Zebrał ich na wspaniałej uczcie, obiecując smakołyki z odległej Aimii. Tymczasem jednak, kiedy wszyscy się zgromadzili, NanKhet kazał ich stracić, jedno po drugim. Ich ciała spalono na wielkim stosie, na którym upieczono mięsiwo na ucztę, którą spożył sam, przy stole zastawionym dla dwóch setek".

Natata Oliwooka znana była ze skłonności do dramatyzmu. W jej tekście pobrzmiewał niemal zachwyt, kiedy wyjaśniała, jak król umarł, podczas tej samej uczty zadławił się jedzeniem, a że był sam, nikt nie mógł mu pomóc.

Podobne historie powtarzały się przez całą długą historię vorińskich ziem. Królowie ginęli, a ich bracia lub synowie zasiadali na tronie. Nawet pretendent pozbawiony rzeczywistego prawa zwykle utrzymywał, że jest krewnym poprzez skomplikowaną i kreatywną interpretację genealogii.

Jasnah była jednocześnie zafascynowana i zmartwiona tymi relacjami. Rozmyślania na ich temat wyjątkowo wypełniały jej umysł, kiedy ruszyła do piwnicy Urithiru. Coś w lekturach poprzedniego wieczoru sprawiło, że ta szczególna historia utkwiła jej w głowie.

Wkrótce zajrzała do dawnej biblioteki pod Urithiru. Dwie komnaty po obu stronach korytarza prowadzącego do kryształowej kolumny wypełniały teraz uczone, zajmujące stoły wniesione przez oddziały żołnierzy. Dalinar wysłał wyprawy w głąb tunelu, którym uciekła Niestworzona. Zwiadowcy donosili o długiej sieci jaskiń.

Podążając za strumieniem, maszerowali przez wiele dni i w końcu zlokalizowali wyjście u podnóża gór w Tu Fallia. Dobrze było wiedzieć, że w razie konieczności istniała inna możliwość opuszczenia Urithiru – i potencjalnie zaopatrzenia – niż przez Bramy Przysięgi.

Ustawili strażników w wyższych tunelach, a piwnica jak na razie wydawała się bezpieczna. Dlatego też Navani przeobraziła okolicę w instytut uczonych, który miał rozwiązywać problemy Dalinara i zapewniać im przewagę w informacji, technice i badaniach. W powietrzu nad ich głowami falowały skupieniospreny – rzadkość w Alethkarze, ale tu powszechne – a logikospreny przepływały między nimi jak malutkie burzowe chmury.

Jasnah nie mogła powstrzymać uśmiechu. Od ponad dekady marzyła o zjednoczeniu największych umysłów królestwa we wspólnym wysiłku. Została zignorowana, wszyscy chcieli rozmawiać jedynie o jej braku wiary w ich boga. Cóż, teraz byli skupieni. Okazało się, że musiało najpierw rzeczywiście dojść do końca świata, zanim ludzie zaczęli go traktować poważnie.

Renarin stał w kącie i przyglądał się pracy. Dość regularnie dołączał do uczonych, ale wciąż nosił mundur z naszywką mostu czwartego.

Nie możesz przez cały czas unosić się między światami, kuzynie, pomyślała. W końcu będziesz musiał zadecydować, gdzie jest twoje miejsce. Życie było o wiele trudniejsze, ale też potencjalnie o wiele bardziej satysfakcjonujące, gdy znalazło się w sobie odwagę, by dokonać wyboru.

Historia starego vedeńskiego króla, NanKheta, nauczyła Jasnah czegoś niepokojącego. Często największym zagrożeniem dla sprawującej władzę rodziny byli jej członkowie. Dlaczego tak wiele ze starych dynastii królewskich było kłębowiskiem morderstw, chciwości i konfliktów wewnętrznych? I co odróżniało te nieliczne wyjątki?

Nauczyła się chronić rodzinę przed niebezpieczeństwem z zewnątrz, starannie pozbywając się wszystkich niedoszłych zamachowców. Ale co mogła zrobić, by chronić ją od środka? Pod jej nieobecność monarchia się zachwiała. Jej brat i wuj – choć wiedziała, że bardzo się kochali – ścierali się ze sobą jak dwa niedopasowane koła zębate.

Nie zamierzała pozwolić, by rodzina się rozpadła. Jeśli Alethkar miał przetrwać Spustoszenie, potrzebowali zdecydowanego przywództwa. Stabilnej władzy.

Weszła do biblioteki i podeszła do swojego biurka. Znajdowało się w miejscu, z którego mogła obserwować pozostałych i stać plecami do ściany.

Rozpakowała torbę i ustawiła dwie łączotrzciny na podkładkach. Jedna z trzcin już migała, więc Jasnah przekręciła rubin, sygnalizując, że jest gotowa. W odpowiedzi nadeszła wiadomość „Zaczynamy za pięć minut".

Spędziła ten czas, przyglądając się różnym grupkom zebranym na sali, czytając z ust tych, których widziała, w zamyśleniu robiąc stenograficzne notatki. Przechodziła od rozmowy do rozmowy, wyłapywała po trochu z każdej i notowała imiona ludzi, którzy mówili.

„...testy potwierdzają, że tu jest inaczej. Na pobliskich szczytach o podobnej wysokości temperatury są wyraźnie niższe"...

„...musimy założyć, że oświecony Kholin nie zamierza powrócić do wiary. Co wtedy?..."

„..nie wiem. Może gdyby udało się nam znaleźć sposób sparowania fabriali, moglibyśmy naśladować ten efekt..."

„...chłopak mógłby bardzo wzmocnić nasze szeregi. Okazuje zainteresowanie numerologią i spytał mnie, czy naprawdę możemy przewidywać na jej podstawie wydarzenia. Znów z nim porozmawiam..."

Ostatnie słowa wypowiedział strażnik burz. Jasnah mocno zacisnęła wargi.

– Kość Słoniowa? – szepnęła.

– Będę ich obserwował.

Opuścił jej bok, zmniejszywszy się wcześniej do rozmiaru pyłku kurzu. Jasnah postanowiła porozmawiać z Renarinem – nie chciała, by marnował czas z bandą głupców, którzy wierzyli, że mogą przewidzieć przyszłość na podstawie kształtu dymu ze zgaszonej świecy.

W końcu jej łączotrzcina się obudziła.

„Mam połączenie z Jochi z Thaylenah i Ethid z Aziru, jasności. Oto ich kody. Dalsze wpisy będą wyłącznie ich wiadomościami".

„Doskonale", odpisała Jasnah i potwierdziła oba kody. Utrata łączotrzcin, które zatonęły wraz z *Radością Wiatru*, była znaczącą komplikacją. Nie mogła się już bezpośrednio kontaktować z ważnymi współpracownicami lub informatorami. Na szczęście Tashikk był przygotowany do radzenia sobie z takimi sytuacjami. Zawsze można było kupić nowe trzciny połączone z osławionymi ośrodkami informacyjnymi księstwa.

W praktyce można było się skontaktować z każdym, jak długo ufało się pośrednikowi. Jasnah wybrała jedną z tych, z którymi osobiście rozmawiała – i którym dobrze płaciła – by zapewnić sobie poufność. Pośredniczka miała później spalić swoje kopie tej rozmowy. Jasnah zabezpieczyła się najlepiej, jak mogła, jeśli wziąć pod uwagę sytuację.

Do pośredniczki Jasnah w Tashikku dołączyły teraz dwie inne. Otaczało je sześć łączotrzcin na podkładkach – każda z pośredniczek miała jedną służącą do przyjmowania wiadomości od swojego zleceniodawcy i jedną do odsyłania całej rozmowy w czasie rzeczywistym, włączając w to komentarze pozostałej dwójki. W ten sposób każdy z rozmówców widział ciągły strumień wiadomości i nie musiał przerywać i czekać na odpowiedź.

Navani mówiła o sposobach ulepszenia tej metody – o łączotrzcinach, które można by nastawić, by łączyły się z różnymi ludźmi. Jasnah nie miała jednak czasu, by zajmować się tym obszarem nauki.

Jej podkładkę na wiadomości przychodzące zaczęły wypełniać słowa dwójki współpracowników.

„Jasnah, ty żyjesz!", napisał Jochi. „Wróciłaś z martwych. Niewiarygodne!".

„Nie wierzę, że w ogóle mogłeś uwierzyć w jej śmierć", odpisała Ethid. „Jasnah Kholin? Zaginiona na morzu? Prędzej moglibyśmy się spodziewać śmierci Ojca Burz".

„Twoja pewność siebie jest pocieszająca, Ethid", napisała Jasnah na podkładce do wysyłania. Chwilę później skryba skopiowała jej wypowiedź do wspólnej rozmowy.

„Jesteś w Urithiru?" – spytał Jochi. „Kiedy mogę cię odwiedzić?".

„Jak tylko będziesz gotów zdradzić wszystkim, że nie jesteś kobietą", odpisała Jasnah. Jochi – znana światu jako dynamiczna kobieta o zdecydowanych poglądach filozoficznych – była pseudonimem korpulentnego mężczyzny po sześćdziesiątce, który prowadził w Thaylen sklep z pasztecikami.

„Och, jestem pewien, że wasze cudowne miasto potrzebuje pasztecików", odpisał Jochi.

„Możemy zostawić te głupoty na później?" – napisała Ethid. „Mam wieści". Była potomkiem – członkiem pewnego rodzaju religijnego zakonu skryb – w azirskim pałacu.

„W takim razie nie marnuj czasu!" – odpisał Jochi. „Kocham wieści. Doskonale pasują do pączka z nadzieniem... nie, puszystej drożdżowej bułeczki".

„Wieści?" – napisała Jasnah z uśmiechem. Tych dwoje uczyło się razem z nią pod okiem tej samej mistrzyni – byli czystej krwi Veristitalianami, niezależnie od wrażenia, jakie robił Jochi.

„Śledziłam mężczyznę, który – czego jesteśmy coraz bardziej pewni – jest Heroldem Nakku, Sędzią", odpisała Ethid. „Wy mówicie na niego Nalan".

„Będziemy się teraz wymieniać bajeczkami?" – spytał Jochi. „Heroldowie? Poważnie, Ethid?".

„Jeśli nie zauważyłeś", napisała Ethid. „Pustkowcy powrócili. Warto się przyjrzeć ponownie opowieściom, które kiedyś ignorowano".

„Zgoda", napisała Jasnah. „Ale dlaczego sądzisz, że odnalazłaś jednego z Heroldów?".

„Poprzez połączenie kilku różnych elementów. Ten mężczyzna zaatakował nasz pałac, Jasnah. Próbował zabić paru złodziei – nasz nowy Pierwszy jest jednym z nich, ale zatrzymaj to w rękawie. Robimy, co możemy, by podkreślić jego pospolite pochodzenie, ignorując fakt, że zamierzał nas obrabować".

„Heroldowie żyją i próbują zabijać ludzi”, napisał Jochi. „A ja myślałem, że moje wieści o spotkaniu z Axiesem Zbieraczem są interesujące”.

„To jeszcze nie koniec”, napisała Ethid. „Jasnah, mamy tu Świetlistą. Tancerkę Krawędzi. A raczej... mieliśmy”.

„Mieliście?” – napisał Jochi. „Zgubiliście ją?”.

„Uciekła. To dzieciak, Jasnah. Reshi, wychowana na ulicach”.

„Myślę, że mogliśmy ją spotkać. Mój wuj natknął się na kogoś interesującego w jednej ze swoich ostatnich wizji. Zaskoczyło mnie, że pozwoliliście jej odejść”.

„Próbowałaś kiedyś przytrzymać Tancerza Krawędzi? Pogoniła za Heroldem do Tashikku, ale Pierwszy twierdzi, że wróciła – i mnie unika. Tak czy inaczej, z tym mężczyzną, którego uważam za Nalana, coś jest nie tak, Jasnah. Wątpię, by Heroldowie mogli nam pomóc”.

„Dostarczę ci portrety Heroldów”, zaproponowała Jasnah. „Mam szkice ich prawdziwych twarzy pochodzące z niespodziewanego źródła. Ethid, masz rację. Nie pomogą nam, są okaleczeni. Czytałaś relacje z wizji mojego wuja?”.

„Mam gdzieś kopię. Są prawdziwe? Większość źródeł zgadza się, że on jest... niezdrowy”.

„Jest całkiem zdrowy, mogę cię o tym zapewnić”, napisała Jasnah. „Wizje mają związek z jego zakonem Świetlistych. Przyślę ci kilka ostatnich, wiążą się z Heroldami”.

„Na burze”, odpisała Ethid. „Czarny Cierń naprawdę jest Świetlistym? Lata suszy, a teraz wyrastają jak skałopąki”.

Ethid nie miała dobrego mniemania o ludziach, którzy zdobywali reputację poprzez podboje, choć poświęciła się badaniom nad nimi.

Rozmowa trwała przez jakiś czas. Jochi, który wyjątkowo jak na siebie spoważniał, opisał bezpośrednio sytuację w Thaylenah. Powracająca Wieczna Burza ciężko je doświadczyła, całe dzielnice Thaylen legły w gruzach.

Jasnah najbardziej interesowali thayleńscy parshmeni, którzy ukradli wszystkie statki, jakie przetrwały burzę. Ich odejście – w połączeniu z relacjami Kaladina Burzą Błogosławionego z kontaktów z parshmenami w Alethkarze – przedstawiało Pustkowców w zupełnie nowym świetle.

Następnie Ethid przepisała interesującą relację, którą znalazła w starej księdze poświęconej Spustoszeniom. Później przeszli do tłumaczeń Pieśni Świtu, szczególnie tych autorstwa żarliwców z Jah Keved, którzy zaszli dalej niż uczone z Kharbranthu.

Jasnah rozejrzała się po bibliotece w poszukiwaniu matki, która siedziała obok Shallan i omawiała przygotowania do ślubu. Renarin wciąż krył się w kącie sali i mruczał coś do siebie. Albo do swojego sprena? W roztargnieniu zaczęła czytać z ruchu jego warg.

„...pochodzi stąd. Gdzieś w tej komnacie...”

Jasnah zmrużyła oczy.

„Ethid”, napisała „czy nie zamierzałaś stworzyć portretów sprenów powiązanych z każdym zakonem Świetlistych?”.

„Udało mi się całkiem sporo zrobić. Osobiście widziałam sprena Tancerki Krawędzi, po tym, jak zażądałam, żeby mi się ukazał".

„A co z Widzącymi Prawdę?", spytała Jasnah.

„Ach! Ja znalazłem wzmiankę na ich temat", wtrącił Jochi. „Spren podobno wyglądał jak blask na powierzchni po tym, jak odbił się od czegoś krystalicznego".

Jasnah zastanawiała się przez chwilę, po czym przeprosiła swoich rozmówców. Jochi stwierdził, że i tak musi udać się do wygódki. Jasnah zsunęła się z krzesła i przeszła na drugą stronę sali, mijając Navani i Shallan.

– Nie chcę na ciebie naciskać, kochanie – mówiła Navani. – Ale w tych niepewnych czasach bez wątpienia pragniesz stabilności.

Jasnah zatrzymała się, opierając swobodną dłoń na ramieniu Shallan. Młodsza kobieta podniosła wzrok i podążyła za spojrzeniem swojej mentorki w stronę Renarina.

– O co chodzi? – szepnęła Shallan.

– Nie wiem. Coś dziwnego...

Coś w sposobie, w jaki młodzieniec stał, słowach, które wypowiedział. Wciąż miała wrażenie, że bez okularów wygląda dziwnie. Jak zupełnie inny człowiek.

– Jasnah! – Shallan wyraźnie się spięła. – Drzwi. Patrz!

Ton głosu dziewczyny sprawił, że Jasnah wciągnęła Burzowe Światło i odwróciła się od Renarina w stronę wejścia. Otwór przesłaniał wysoki mężczyzna o kwadratowej szczęce. Nosił barwy Sadeasa, ciemną zieleń i biel. W rzeczy samej był obecnie Sadeasem, a w każdym razie jego regentem.

Dla Jasnah zawsze był Meridasem Amaramem.

– Co on tutaj robi? – syknęła Shallan.

– Jest arcyksięciem – wyjaśniła Navani. – Żołnierze nie zabronią mu przejścia bez wyraźnego rozkazu.

Amaram przeszył Jasnah spojrzeniem władczych beżowych oczu. Ruszył w jej stronę, emanując pewnością siebie, a może zarozumiałością?

– Jasnah – odezwał się, kiedy podszedł bliżej. – Powiedziano mi, że cię tu znajdę.

– Przypomnij mi, że mam odnaleźć tego, kto ci to powiedział, i kazać go powiesić.

Amaram zesztywniał.

– Czy moglibyśmy porozmawiać w cztery oczy, przez chwilę?

– Wątpię.

– Musimy porozmawiać o twoim wuju. Rozdźwięk między naszymi rodami nikomu nie służy. Chciałbym przerzucić most nad tą rozpadliną, a Dalinar cię słucha. Proszę, Jasnah. Ty możesz nim odpowiednio pokierować.

– Mój wuj ma własne zdanie w tych kwestiach i nie potrzebuje, bym nim „kierowała".

– Przecież już to robiłaś, Jasnah. Wszyscy widzą, że zaczął podzielać twoje przekonania religijne.

– Co by było niewiarygodne, jako że nie mam przekonań religijnych.

Amaram westchnął i rozejrzał się dookoła.

– W cztery oczy. Proszę.

– Nie ma szans, Meridasie. Odejdź.

– Kiedyś byliśmy blisko.

– Mój ojciec pragnął, byśmy byli blisko. Nie myl jego życzeń z rzeczywistością.

– Jasnah...

– Naprawdę powinieneś odejść, zanim komuś stanie się krzywda.

Zignorował jej sugestię, spojrzał na Navani i Shallan, a później podszedł bliżej.

– Myśleliśmy, że jesteś martwa. Musiałem na własne oczy zobaczyć, że nic ci nie jest.

– Zobaczyłeś. A teraz wyjdź.

On jednak chwycił ją za przedramię.

– Dlaczego, Jasnah? Dlaczego zawsze mi odmawiałaś?

– Poza tym, że jesteś obmierzłym błaznem, który osiąga jedynie najniższy poziom przeciętności, gdyż twój ograniczony umysł nie umie sobie wyobrazić niczego większego? Nie umiem znaleźć żadnego powodu.

– Przeciętny? – warknął Amaram. – Ubliżasz mojej matce, Jasnah. Wiesz, jak ciężko pracowała, by wychować mnie na najlepszego żołnierza, jakiego znało to królestwo.

– Tak, o ile mi wiadomo, siedem miesięcy, w czasie których nosiła dziecko, spędziła, zabawiając każdego wojskowego, na jakiego natrafiła, z nadzieją, że coś z tego przyklei się do ciebie.

Meridas otworzył szerzej oczy, a jego twarz pokrył głęboki rumieniec. Shallan głośno sapnęła.

– Ty bezbożna dziwko – syknął Amaram, puszczając ją. – Gdybyś nie była kobietą...

– Gdybym nie była kobietą, podejrzewam, że nie prowadzilibyśmy tej rozmowy. Chyba że byłabym świnią. Wtedy byłbyś podwójnie zainteresowany.

Wyciągnął rękę w bok i cofnął się, przygotowując się do przywołania Ostrza.

Jasnah tylko się uśmiechnęła, wyciągnęła do niego swobodną dłoń i pozwoliła, by wzniosło się z niej Burzowe Światło.

– Bardzo proszę, Meridasie. Daj mi usprawiedliwienie. Dalej, spróbuj.

Wpatrywał się w jej dłoń. Oczywiście w całej sali zapadła cisza. Zmusił ją, by zrobiła scenę. Podniósł wzrok, by spojrzeć jej w oczy, po czym obrócił się na pięcie i wyszedł pochylony, jakby próbował zrzucić z siebie spojrzenia – i uśmieszki – uczonych.

Będzie sprawiał problemy, pomyślała Jasnah. *Jeszcze większe niż kiedyś*. Amaram szczerze wierzył, że jest jedyną nadzieją i wybawieniem Alethkaru, i gorąco pragnął to udowodnić. Pozostawiony sam sobie doprowadziłby do rozpadu armii, byle tylko uzasadnić swoje wysokie mniemanie na własny temat.

Postanowiła porozmawiać z Dalinarem. Może razem uda im się wymyślić coś, co zajmie Amarama. A jeśli to się nie uda, nie porozmawia z Dalinarem o drugim środku zapobiegawczym, po jaki zamierzała sięgnąć. Przez długi czas nie miała kontaktów, ale była przekonana, że w mieście są skrytobójcy do wynajęcia, którzy znali jej reputację jako osoby dyskretnej i świetnie płacącej.

Z boku dobiegł ją wysoki dźwięk. Jasnah spojrzała w tę stronę i zobaczyła Shallan siedzącą prosto na krześle, wydającą podekscytowane odgłosy i klaszczącą szybko w dłonie – jednak tkanina na bezpiecznej dłoni tłumiła ten odgłos.

Cudownie.

– Matko, czy mogę porozmawiać przez chwilę z moją podopieczną?

Navani pokiwała głową, nie odrywając wzroku od drzwi, przez które wyszedł Amaram. W swoim czasie naciskała na małżeństwo między nimi. Jasnah nie miała do niej pretensji, prawda na temat Amarama nie była widoczna na pierwszy rzut oka, a tym bardziej w przeszłości, gdy był blisko ojca Jasnah.

Navani odeszła, zostawiając Shallan samą przy stole zasypanym raportami.

– Jasności! – powiedziała dziewczyna, gdy Jasnah usiadła. – To było niewiarygodne!

– Dałam się sprowokować do wybuchu emocji.

– Byłaś taka błyskotliwa!

– Jednak moja pierwsza obelga nie dotyczyła jego samego, tylko prowadzenia się jego krewnej. Błyskotliwe? A może po prostu użyłam oczywistej pałki?

– Och. No... Tak...

– Tak czy inaczej – przerwała jej Jasnah, chcąc uniknąć dalszej rozmowy o Amaramie – myślałam o twoim szkoleniu.

Shallan natychmiast zesztywniała.

– Byłam bardzo zajęta, jasności. Jednak jestem pewna, że wkrótce uda mi się zająć tymi księgami, które mi poleciłaś.

Jasnah rozmasowała czoło. Ta dziewczyna...

– Jasności, chyba będę musiała prosić o zwolnienie z obowiązków. – Shallan mówiła tak szybko, że słowa zderzały się ze sobą. – Jego Wysokość mówi, że potrzebuje mnie podczas wyprawy do Kholinaru.

Jasnah zmarszczyła czoło.

– Nonsens. Mają ze sobą Wiatrowego. Do czego potrzebowaliby ciebie?

– Król obawia się, że będą musieli się wślizgnąć do miasta. Albo nawet przekradać przez miasto, jeśli jest okupowane. Nie wiemy, jak wygląda teraz oblężenie. Jeśli Elhokar ma dotrzeć do Bramy Przysięgi nierozpoznany, moje iluzje będą bezcenne. Muszę iść. To takie kłopotliwe. Przepraszam.

Odetchnęła głęboko i patrzyła na nią z szeroko otwartymi oczyma, jakby się bała, że Jasnah na nią nakrzyczy.

Ta dziewczyna.

– Porozmawiam z Elhokarem. Wydaje mi się, że to lekka przesada. Na razie chciałabym, żebyś narysowała spreny Renarina i Kaladina, do celów naukowych. Przynieś je do mnie do... – Jasnah urwała. – Co on wyprawia?

Renarin stał przy ścianie, którą pokrywały płytki wielkości dłoni. Postukał w jedną z nich i jakimś sposobem sprawił, że się wysunęła jak szuflada.

Jasnah wstała, wywracając krzesło. Ruszyła przez salę, Shallan truchtała za nią.

Renarin spojrzał na nie i uniósł to, co znalazł w szufladce. Rubin długości kciuka Jasnah, dziwnie oszlifowany i z wywierconymi otworami. Co, do...? Wzięła go i uniosła.

– Co to? – Navani przecisnęła się obok niej. – Fabrial? Żadnych metalowych części. Co to za kształt?

Jasnah niechętnie oddała go swojej matce.

– Tak wiele niedoskonałości w szlifie – stwierdziła Navani. – Będzie szybko tracił Burzowe Światło. Założę się, że nie utrzyma go nawet przez cały dzień. I będzie gwałtownie wibrował.

Interesujące. Jasnah dotknęła klejnotu, napełniając go Burzowym Światłem. Zaczął świecić, ale nie tak jasno, jak powinien. Navani oczywiście miała rację. Kiedy wypływały z niego strużki Światła, wibrował. Dlaczego ktoś miałby popsuć klejnot takim dziwacznym szlifem i dlaczego go ukrył? Szufladka miała zatrzask ze sprężyną, ale Jasnah nie widziała, jak Renarin go otworzył.

– Na burze – szepnęła Shallan, gdy inne uczone tłoczyły się wokół. – To wzór.

– Wzór?

– Brzęczenie w określonej sekwencji... Mój spren mówi, że jego zdaniem to szyfr. Litery?

– Muzyka języka – szepnął Renarin.

Wciągnął Burzowe Światło z kul w kieszeni, odwrócił się i przycisnął dłonie do ściany, posyłając falę Światła, która wypływała z jego dłoni jak bliźniacze zmarszczki na powierzchni stawu.

Zza każdej z białych płytek wysunęła się szuflada. Sto, dwieście... a każda zawierała klejnot.

Biblioteka zbutwiała, ale starożytni Świetliści najwyraźniej to przewidzieli.

Znaleźli inny sposób, by przekazać swoją wiedzę.

54
IMIĘ STAROŻYTNEGO PIEŚNIARZA

Przed osiągnięciem obecnej pozycji mógłbym sądzić, że bóstwo nie może zostać zaskoczone.

Najwyraźniej nie jest to prawdą. Mogę być zaskoczony. A nawet naiwny, jak sądzę.

– Ja tylko pytam – mruknęła Khen – dlaczego to miałoby być lepsze. Byliśmy niewolnikami Alethyjczyków. Teraz jesteśmy niewolnikami Stopionych. Cudownie. Jakże dobrze się czuję ze świadomością, że obecnie cierpię z rąk naszych rodaków.

Parshmenka odłożyła z głośnym trzaskiem swoją wiązkę.

– Jeśli będziesz tak gadać, znów wpakujesz nas w tarapaty. – Sah opuścił wiązkę drewnianych prętów i ruszył w przeciwną stronę.

Marsh szedł za nim, mijając rzędy ludzi i parshmenów zmieniających pręty w drabiny. Podobnie jak Sah i reszta jego drużyny, oni również będą nieść te drabiny na pole bitwy, pod gradem strzał.

Cóż za dziwne echo miesięcy spędzonych w obozie Sadeasa. Tyle tylko że tu dostał grube rękawice, mocne buty i trzy porządne posiłki dziennie. Z całą tą sytuacją miał tylko jeden problem – jeśli pominąć fakt, że wraz z pozostałymi miał wkrótce nacierać na umocnioną pozycję – to znaczy za dużo wolnego.

Robotnicy przenosili sterty drewna z jednej części tartaku do drugiej, czasem też kazano im piłować albo rąbać. Ale pracy było zbyt mało, by ich zająć. Jak się dowiedział na Strzaskanych Równinach, to bardzo źle. Jeśli dać skazanym zbyt dużo czasu, zaczną zadawać pytania.

– Posłuchaj – Khen szła obok Saha, tuż przed Moashem – powiedz mi chociaż, że jesteś zły, Sah. Nie mów mi, że twoim zdaniem na to zasłużyliśmy.

– Ukrywaliśmy szpiega – mruknął Sah.

Szpiega, którym, jak się szybko dowiedział Moash, był sam Kaladin Burzą Błogosławiony.

– A banda niewolników powinna umieć rozpoznać szpiega? – spytała Khen. – Naprawdę? Czy to nie spren powinien go dostrzec? Zupełnie jakby chcieli nas o coś obwinić. Jakby nas... nas...

– Jakby was wrobili? – podpowiedział z tyłu Moash.

– Tak, wrobili – zgodziła się Khen.

Często im się zdarzało, że zapominali słów. A może po prostu po raz pierwszy wypróbowywali nowe słowa.

Ich akcent był tak podobny do wielu mostowych, z którymi kiedyś się przyjaźnił.

Zapomnij, Moashu, szeptało coś w jego głębi. Zapomnij o bólu. Nic się nie stało. To, co zrobiłeś, było naturalne.

Nikt nie może mieć do ciebie pretensji. Przestań dźwigać ten ciężar.

Zapomnij.

Każde z nich podniosło kolejną wiązkę i ruszyli z powrotem. Minęli cieślów, którzy przygotowywali pręty na drabiny. Większość z nich była parshmenami, a między nimi kroczył Stopiony. Był wyższy o głowę od parshmenów i należał do podgatunku, którego ciało porastały duże fragmenty skorupy o paskudnych kształtach.

Stopiony przystanął i wyjaśnił coś jednemu z pracujących parshmenów. Zacisnął dłoń w pięść, a wtedy jego ramię otoczyła ciemnofioletowa energia. Pancerz wyrastający w tym miejscu miał kształt piły. Stopiony piłował, jednocześnie starannie objaśniając, co robi. Niektóre z tych potworów z pustki rodem były cieślami.

Za tartakiem oddziały parshmenów ćwiczyły musztrę i podstawy walki z bronią. Wedle pogłosek armia miała zaatakować Kholinar w ciągu kilku tygodni. Ambitny projekt, ale nie mieli czasu na długie oblężenie. W Kholinarze mieli Duszniki do wytwarzania żywności, a rozwinięcie uprawy ziemi na terenie zdobytym przez Pustkowców musiało zająć wiele miesięcy. Tej armii Pustkowców wkrótce skończą się zapasy i wtedy musieliby się rozproszyć w poszukiwaniu żywności. Lepiej zaatakować, wykorzystać przewagę liczebną i zdobyć Duszniki.

Każda armia potrzebowała kogoś, kto biegłby przodem i ściągał na siebie strzały. Nawet jeśli Pustkowcy byli doskonale zorganizowani i łaskawi, nie mogli tego uniknąć. Grupa Moasha nie mogła liczyć na szkolenie – czekali jedynie na początek ataku, by pobiec przed cenniejszymi oddziałami.

– Zostaliśmy wrobieni – powtórzyła Khen. – Wiedzieli, że mają zbyt mało ludzi dość silnych, by pobiec w pierwszym ataku. Potrzebowali też części z nas, więc wymyślili powód, by posłać nas na śmierć.

Sah chrząknął.

– Nic więcej nie powiesz? – spytała ostro Khen. – Nie obchodzi cię, co robią z nami nasi bogowie?

Sah rzucił wiązkę na ziemię.

– Tak, obchodzi mnie – warknął. – Myślisz, że nie zadawałem sobie tego samego pytania? Na burze! Zabrali mi córkę, Khen! Wyrwali mi ją, a mnie wysłali na śmierć.

– To co robimy? – Głos Khen przycichł. – Co robimy?

Sah rozejrzał się dookoła, spojrzał na armię przygotowującą się do wojny. Przytłaczającą, wszechogarniającą, jak burza – w ruchu i niepowstrzymana. Coś takiego chwytało człowieka i niosło go za sobą.

– Nie wiem – szepnął Sah. – Na burze, Khen. Nic nie wiem.

Ja wiem, pomyślał Moash. Ale nie znalazł w sobie dość silnej woli, by im powiedzieć. Odkrył za to, że jest zirytowany, a wokół niego gotują się złościospreny. Czuł się sfrustrowany jednocześnie samym sobą i Pustkowcami. Rzucił wiązkę na ziemię, ale później odszedł i opuścił tartak.

Nadzorczyni krzyknęła głośno i ruszyła za nim – ale nie powstrzymała go, nie zrobił tego również żaden z mijanych strażników. Miał reputację.

Moash kroczył przez miasto, z nadzorczynią depczącą mu po piętach, szukając jednego z latających Stopionych. Wydawało się, że rządzą, nawet innymi Stopionymi.

Nie udało mu się go znaleźć, więc zdecydował się podejść do przedstawiciela innego podgatunku – mężczyzny, który siedział w pobliżu cysterny zbierającej deszczówkę. Stwór był ciężko opancerzony i pozbawiony włosów, a skorupa pokrywała również jego policzki.

Moash zbliżył się bez wahania.

– Muszę porozmawiać z kimś, kto tu rządzi.

Z tyłu nadzorczyni sapnęła – może dopiero teraz zorientowała się, że cokolwiek planował Moash, mógł wpakować ją w poważne tarapaty.

Stopiony popatrzył na niego i wyszczerzył zęby.

– Ktoś, kto tu rządzi – powtórzył Moash.

Pustkowiec roześmiał się, odchylił do tyłu i wpadł do cysterny. Unosił się na powierzchni wody, wpatrując się w niebo.

Cudownie, pomyślał Moash. Jeden z szalonych. Było ich wielu.

Ruszył dalej, ale nie zaszedł zbyt daleko w głąb miasteczka, kiedy coś opadło z nieba. Tkanina łopotała w powietrzu, a w jej środku unosiła się istota o skórze pasującej do czarno-czerwonej tkaniny. Nie umiał nawet ocenić jej płci.

– Człowieczku – powiedział stwór z obcym akcentem – jesteś pełen pasji i interesujący.

Moash oblizał wargi.

– Muszę porozmawiać z kimś, kto tu rządzi.

– Nie musisz robić niczego poza tym, co ci rozkażemy. Ale twoje pragnienie zostanie spełnione. Lady Leshwi cię przyjmie.

– Doskonale. Gdzie mogę ją znaleźć?

Stopiony przycisnął dłonie do jego piersi i uśmiechnął się. Czarne Pustkowe Światło przepłynęło na ciało Moasha. Wznieśli się w niebo.

Przerażony Moash mocno złapał Stopionego. Czy udałoby mu się go udusić? I co wtedy? Gdyby go zabił na takiej wysokości, sam nie przeżyłby upadku.

Wznosili się, aż miasto zaczęło wyglądać jak malutki model – tartak i plac defilad po jednej stronie, samotna główna ulica w środku. Po prawej stworzona ludzkimi rękami ściana chroniła przed arcyburzami, osłaniając drzewa i rezydencję pana miasta.

Wznieśli się jeszcze wyżej, luźne szaty Stopionego łopotały na wietrze. Choć na poziomie ziemi powietrze było ciepłe, tu zrobiło się całkiem chłodno, a Moash miał też dziwne wrażenie, jakby ktoś zapchał mu uszy watą.

W końcu Stopiony zwolnił i zatrzymał się w powietrzu. Choć Moash próbował go nie wypuszczać, został odepchnięty na bok, a Stopiony odleciał z łopotem szat.

Moash dryfował samotnie wysoko nad ziemią. Serce zabiło mu szybciej, a kiedy wpatrywał się w dół, coś sobie uświadomił. Nie chciał umrzeć.

Obrócił się z trudem i rozejrzał dookoła. Poczuł przypływ nadziei, kiedy zorientował się, że dryfuje w stronę innego Stopionego. Kobiety unoszącej się na niebie w szatach, które musiały być za długie o co najmniej dziesięć stóp i wyglądały jak plama czerwonej farby. Moash przepłynął obok niej i znalazł się tak blisko, że mogła zatrzymać go wyciągniętą ręką.

Powstrzymał pokusę, by mocno ścisnąć tę rękę i nie puszczać. Jego umysł zaczynał rozumieć, co się dzieje – chciała się z nim spotkać, ale w krainie, w której ona czuła się swobodnie, a on nie. Postanowił zapanować nad strachem.

– Moash – powiedziała Stopiona.

Leshwi, tak ją nazwał ten drugi. Miała twarz w trzech barwach Parshendich – biel, czerwień i czerń – wyglądających, jakby ktoś zmieszał farby. Wcześniej nie spotkał wielu parshmenów o skórze we wszystkich trzech kolorach, a ten wzór był jednym z najbardziej urzekających, jakie widział, robił wrażenie niemal płynnego, jej oczy były jak sadzawki, wokół których przepływały barwy.

– Skąd wiesz, jak się nazywam?

– Twoja nadzorczyni mi powiedziała. – Leshwi unosiła się ze stopami zwróconymi w dół i emanowała spokojem. Wiatr szarpał jej wstążkami, marszcząc je niedbale. Co dziwne, w okolicy nie dostrzegł żadnych wiatrosprenów. – Skąd wziąłeś to imię?

– Dziadek mi je nadał.

Moash zmarszczył czoło. Nie spodziewał się takiego przebiegu rozmowy.

– Ciekawe. Wiesz, że to jedno z naszych imion?

– Naprawdę?

Przytaknęła.

– Jak długo unosiło się na prądach czasu, przechodząc z ust pieśniarzy do ludzi i z powrotem, by skończyć tutaj, na głowie ludzkiego niewolnika?

– Posłuchaj, jesteś jedną z przywódców?

– Jestem jedną ze Stopionych, którzy są zdrowi na umyśle – odparła, jakby to było jedno i to samo.

– W takim razie muszę...

– Jesteś odważny. – Leshwi patrzyła przed siebie. – Wielu pieśniarzy, których tu zostawiliśmy, nie jest. Jesteśmy zdania, że są zadziwiający, jeśli wziąć pod uwagę, jak długo dręczyli ich twoi rodacy. Ale mimo wszystko nie są dość odważni.

Spojrzała na niego po raz pierwszy w czasie tej rozmowy. Miała twarz o ostrych rysach i długie falujące parshmeńskie włosy – czarne i szkarłatne, grubsze od ludzkich. Prawie jak wąskie trzciny albo źdźbła trawy. Jej oczy były ciemnoczerwone jak kałuże migoczącej krwi.

– Gdzie nauczyłeś się Mocy, człowieku? – spytała.

– Mocy?

– Kiedy mnie zabiłeś, byłeś Przywiązany do nieba... ale zareagowałeś szybko, jakbyś miał już doświadczenie. Powiem szczerze, byłam wściekła, że dałam się tak złapać.

– Chwileczkę. – Moashowi zrobiło się zimno. – Kiedy cię zabiłem?

Patrzyła na niego rubinowymi oczyma i nie mrugała.

– Jesteś tą samą?

Wzór skóry... uświadomił sobie. Taki sam, jak u tej, z którą walczył. Ale rysy twarzy miała inne.

– To nowe ciało, które dano mi w ofierze. Bym się z nim związała i uczyniła je swoim, gdyż nie mam własnego.

– Jesteś sprenem?

Zamrugała, ale nie odpowiedziała.

Moash zaczął spadać. Poczuł to w swoim ubraniu, które jako pierwsze straciło zdolność latania. Krzyknął i wyciągnął rękę w stronę Stopionej, a ona chwyciła go za nadgarstek i ponownie napełniła Pustkowym Światłem. Wypełniło jego ciało i znów zawisł w powietrzu. Fioletowa ciemność cofnęła się, była widoczna jedynie jako słabe chwilowe błyski na jej ciele.

– Moi towarzysze cię uratowali – powiedziała mu. – Sprowadzili cię tutaj, do tych krain, gdyż sądzili, że po odrodzeniu mogłabym sobie życzyć osobistej zemsty. Tak nie jest. Dlaczego miałabym zniszczyć kogoś obdarzonego taką pasją? Obserwowałam cię więc ciekawa, co robisz. Widziałam, jak pomagasz tym pieśniarzom, którzy ciągnęli sanie.

Moash odetchnął głęboko.

– Możesz mi w takim razie powiedzieć, dlaczego tak źle traktujecie swoich?

– Źle? – Wydawała się rozbawiona. – Są nakarmieni, ubrani i wyszkoleni.

– Nie wszyscy. Ci biedni parshmeni pracowali jako niewolnicy, jak ludzie. A teraz zamierzacie ich rzucić na mury miasta.

– Ofiara. Myślisz, że imperium da się zbudować bez ofiar?

Szerokim gestem objęła krajobraz, który rozciągał się przed nimi.

Moash poczuł, że żołądek podjeżdża mu do gardła. Przez chwilę skupiał się tylko na niej i zdołał zapomnieć, jak wysoko się znalazł. Na burzę... te ziemie były wielkie. Wszędzie dookoła rozciągały się rozległe wzgórza, równiny, trawy, drzewa i skały.

A kierunek, który wskazała, ciemna linia na horyzoncie. Kholinar?

– Oddycham ponownie dzięki ich ofiarom. A ten świat będzie nasz, dzięki ofierze. Ci, którzy zginą, będą opiewani w pieśniach, ale mamy prawo zażądać ich krwi. Jeśli przeżyją atak, jeśli udowodnią swoją wartość, zostaną docenieni. – Znów spojrzała na niego. – Walczyłeś w ich imieniu w drodze tutaj.

– Szczerze mówiąc, spodziewałem się, że mnie za to zabijecie.

– Jeśli nie zostałeś zabity za powalenie jednego ze Stopionych, dlaczego miałbyś zostać zabity za uderzenie jednego z mniej ważnych? W obu przypadkach udowodniłeś swoją pasję i zasłużyłeś na prawo do zwycięstwa. A później ugiąłeś się przed władzą i zasłużyłeś na prawo do dalszego życia. Powiedz mi. Dlaczego broniłeś tych niewolników?

– Bo musicie być zjednoczeni. – Moash przełknął ślinę. – Moi rodacy nie zasługują na tę ziemię. Jesteśmy zepsuci, skończeni. Nieudolni.

Przechyliła głowę. Chłodny wiatr bawił się jej szatą.

– I nie jesteś zły, że zabraliśmy twoje Odpryski?

– Dostałem je od człowieka, którego zdradziłem. Ja... nie zasługuję na nie.

Nie. Nie ty. To nie twoja wina.

– Nie jesteś zły, że was podbijamy?

– Nie.

– W takim razie co cię złości? Co jest twoją pasją i furią, Moashu, człowieku noszący imię starożytnego pieśniarza?

Tak, wciąż tam było. Wciąż płonęło. W głębi duszy.

Niech to burza, Kaladin chronił mordercę.

– Zemsta – szepnął.

– Tak, rozumiem. – Popatrzyła na niego i uśmiechnęła się w sposób, który wydawał mu się zdecydowanie złowrogi. – Czy wiesz, dlaczego my walczymy? Pozwól, że ci opowiem...

***

Pół godziny później, gdy nadchodził już wieczór, Moash szedł ulicami podbitego miasteczka. Sam. Lady Leshwi poleciła, by zostawić go w spokoju, uwolnić.

Szedł z rękami w kieszeniach płaszcza Mostu Czwartego, wspominając lodowate powietrze na górze. Wciąż czuł się przemarznięty, choć tu na dole było parno i ciepło.

Miasteczko było ładne. Malownicze. Małe kamienne domki, na tyłach każdego ogródek. Oznaczało to, że po lewej miał uprawiane skałopąki i krzewy, które wyrastały bujnie wokół drzwi – po prawej jednak, zwróconej w stronę burz, tylko gładkie kamienne ściany. I nawet jednego okna.

Dla niego rośliny pachniały cywilizacją. Rodzaj miejskiego aromatu, który nie pojawiał się w dziczy. Ledwie drżały, kiedy przechodził, choć życiospreny podskakiwały w jego obecności. Rośliny były przyzwyczajone do ludzi na ulicach.

W końcu zatrzymał się przy niskim płocie otaczającym zagrody dla koni złapanych przez Pustkowców. Zwierzęta przeżuwały ściętą trawę, którą rzucili im parshmeni.

Cóż za dziwaczne zwierzęta. Trudne i drogie w utrzymaniu. Odwrócił się od koni i spojrzał ponad polami w stronę Kholinaru. Powiedziała, że może odejść. Dołączyć do uchodźców kierujących się w stronę stolicy. Bronić miasta.

„Co jest twoją pasją i furią?".

Tysiące lat odradzania się. Jak by to było? Tysiące lat i nigdy się nie poddali.

„Udowodnij swoją wartość...".

Odwrócił się i ruszył z powrotem do tartaku. Robotnicy właśnie się zbierali po zakończeniu dnia pracy. Na tę noc nie zapowiadano burzy i nie musieli wszystkiego zabezpieczać, więc pracowali rozluźnieni, prawie weseli. Wszyscy poza jego drużyną, która jak zawsze zebrała się osobno odrzucona przez pozostałych.

Moash zdjął ze sterty wiązkę prętów. Robotnicy odwrócili się, by zaprotestować, ale na jego widok powstrzymali się. Rozwiązał wiązkę, a kiedy dotarł do nieszczęsnych parshmenów, rzucił każdemu kawałek drewna.

Sah złapał swój i wstał, marszcząc czoło. Pozostali go naśladowali.

– Mogę was nauczyć, jak się nimi posługiwać – powiedział Moash.

– Kijami? – spytała Khen.

– Włóczniami. Mogę was nauczyć, jak być żołnierzami. Pewnie i tak umrzemy. Na burze, pewnie nie dotrzemy nawet na szczyt murów. Ale to już coś.

Parshmeni popatrzyli po sobie, trzymając pręty, które mogły udawać włócznie.

– Zrobię to – stwierdziła Khen.

Inni również zaczęli powoli potakiwać.

55

SAMOTNI RAZEM

Spośród wszystkich najmniej mogę Ci pomóc w tym przedsięwzięciu. Jak odkryłem, moce, które mam, pozostają w tak wielkim konflikcie, że utrudniają nawet najprostsze działania.

Rlain siedział samotnie na Strzaskanych Równinach i słuchał rytmów.

Zniewoleni parshmeni, pozbawieni prawdziwych form, nie słyszeli rytmów. Przez te lata, które spędził jako szpieg w tępoformie, słyszał je słabo. Ciężko znosił oddzielenie od nich.

Nie były do końca prawdziwymi pieśniami, lecz rytmami ze śladem tonalności i harmonii. Mógł się dostroić do kilkudziesięciu, by pasowały do jego nastroju albo wręcz przeciwnie, pomogły mu zmienić nastrój.

Jego rodacy zawsze zakładali, że ludzie są głusi na rytmy, ale on nie był przekonany. Może tylko sobie wyobrażał, ale czasami wydawało się, że reagowali na pewne rytmy. Podnosili wzrok w chwili gorączkowego dudnienia, a ich spojrzenia stawały się nieobecne. Wzburzeni przez moment krzyczeli w Rytmie Irytacji albo wiwatowali dokładnie w Rytmie Radości.

Pocieszała go myśl, że pewnego dnia mogliby się nauczyć, jak słyszeć rytmy. Może wtedy nie czułby się taki samotny.

W tej chwili dostroił się do Rytmu Straty, cichego, ale gwałtownego rytmu z ostrymi pojedynczymi nutami. Dostrajał się do niego, by upamiętnić zabitych, co wydawało się właściwe, kiedy siedział przed Narakiem, patrząc, jak ludzie zmieniają w twierdzę miejsce, które kiedyś było jego domem. Umieścili strażników na szczycie centralnej iglicy, gdzie kiedyś spotykała się Piątka, by omówić przyszłość jego ludu. Zmienili domy w koszary.

Nie czuł się oburzony – jego rodacy zmienili ruiny Miejsca Burz w Narak. Bez wątpienia te dostojne ruiny przetrwają alethyjską okupację tak samo, jak przetrwały słuchaczy. Wiedza ta jednak nie chroniła go przed żałobą. Jego rodacy odeszli. Tak, parshmeni się przebudzili, ale nie byli słuchaczami. Nie bardziej niż Alethyjczycy i Vedeńczycy byli tym samym narodem tylko dlatego, że mieli podobny odcień skóry.

Rodacy Rlaina odeszli. Zginęli pod ciosami alethyjskich mieczy albo zostali pochłonięci przez Wieczną Burzę, przeobrażeni w inkarnacje starych bogów słuchaczy. Na ile mógł to ocenić, był ostatni.

Westchnął i podniósł się. Zarzucił włócznię na ramię, włócznię, którą pozwolili mu nosić. Kochał mężczyzn z mostu czwartego, ale był osobliwością, nawet dla nich – parshmen, któremu pozwolili nosić broń. Potencjalny Pustkowiec, któremu postanowili zaufać i czyż nie był szczęściarzem.

Przeszedł przez płaskowyż do miejsca, gdzie jedna z grup ćwiczyła pod czujnym okiem Tefta. Nie pomachali do niego. Często wydawali się zaskoczeni jego widokiem, jakby zapomnieli o jego obecności. Ale kiedy Teft go zauważył, jego uśmiech był szczery. Byli jego przyjaciółmi. Po prostu...

Jak mógł darzyć tak wielką sympatią tych ludzi, a jednocześnie czuć przemożne pragnienie, by ich spoliczkować?

Kiedy on i Blizna byli jedynymi dwoma, którzy nie mogli zaczerpnąć Burzowego Światła, Bliznę zachęcali. Dodawali mu otuchy, powtarzali, że ma próbować. Wierzyli w niego. Rlain jednak... cóż, kto mógł przewidzieć, co by się stało, gdyby mógł używać Burzowego Światła? Może to byłby pierwszy krok do przemiany potwora?

A przecież powtarzał im, że aby przyjąć formę, trzeba się było na nią otworzyć. Nieważne, że miał możliwość sam dokonać wyboru. Choć nigdy nie mówili na głos, widział prawdę w ich reakcjach. Podobnie jak w przypadku Dabbida, uważali, że lepiej, by Rlain został pozbawiony Burzowego Światła.

Parshmen i szaleniec. Ci, którym nie można było zaufać jako Wiatrowym.

W powietrze wzniosło się pięciu mostowych, Świetlistych i emanujących blaskiem. Niektórzy z drużyny ćwiczyli, a inna grupka prowadziła patrole z Kaladinem, chroniąc karawany. Trzecia grupka – dziesięcioro nowych, którzy nauczyli się czerpać Burzowe Światło – szkoliła się pod okiem Peeta kilka płaskowyżów dalej. Wśród nich była Lyn z czterema pozostałymi zwiadowczyniami, czterej mężczyźni z innych drużyn mostowych i jedyny jasnooki oficer – kapitan łuczników Colot.

Lyn bez trudu dołączyła do mostu czwartego, podobnie jak paru mostowych. Rlain próbował nie czuć zazdrości, że bardziej niż on sam wydawali się częścią drużyny.

Teft trenował z czterema mostowymi zmianę szyku w powietrzu, w tym czasie czterej inni podeszli do Skały, by się napić. Rlain dołączył do nich, a Yake poklepał go po plecach, wskazując na sąsiedni płaskowyż, gdzie ćwiczyła większość nowych.

– Ta gromadka ledwie sobie radzi z utrzymaniem włóczni – zauważył Yake. – Powinieneś pójść i pokazać im, jak prawdziwy mostowy wykonuje kata, nie, Rlain?

– Kalak niech ma nad nimi litość, jeśli będą musieli walczyć z tymi skorupogłowymi – dodał Eth, przyjmując picie od Skały. – No, bez urazy, Rlain.

Rlain dotknął głowy, którą pokrywał pancerz ze skorupy – gruby i silny, gdyż przyjął wojnoformę. Rozciągnął jego tatuaż mostu czwartego, który przeniósł się na skorupę. Wojnoforma oznaczała też wyrostki na rękach i nogach, ludzie zawsze chcieli je pomacać. Nie mogli uwierzyć, że wyrastały ze skóry, i jakimś sposobem uważali za stosowne próby zajrzenia pod spód.

– Rlain – odezwał się Skała. – W Etha można rzucać różnymi rzeczami. On też ma twardą głowę, prawie jakby miał skorupę.

– Nic się nie stało – powiedział Rlain, bo tego od niego oczekiwali. Przypadkiem jednak dostroił się do Irytacji i ten rytm przenikał jego słowa.

Aby ukryć zażenowanie, dostroił się do Ciekawości i wypróbował nowy napój Skały.

– Smaczne! Co to?

– Ha! Woda, w której ugotowałem kremliki, zanim podałem je wczoraj wieczorem.

Eth wypluł łyk napoju i z przerażeniem wpatrzył się w kubek.

– Co? – spytał Skała. – Przecież jadłeś kremliki!

– Ale to jest... jak ich woda z kąpieli – jęknął Eth.

– Schłodzona i przyprawiona. To dobry smak.

– To woda z kąpieli – stwierdził Eth, naśladując akcent Rogożercy.

Mostowi prowadzeni przez Tefta przelecieli nad ich głowami jak fala światła. Rlain podniósł wzrok i odkrył, że dostraja się do Tęsknoty. Zdusił to i w zamian dostroił się do Pokoju. Pokój, tak. Mógł być spokojny.

– To nie działa – stwierdził Drehy. – Nie możemy patrolować całych burzowych Strzaskanych Równin. Kolejne karawany zostaną zaatakowane, jak ta poprzedniej nocy.

– Kapitan mówi, że takie ataki Pustkowców są dziwne – zauważył Eth.

– Powiedz to prowadzącym tamtą karawanę.

Yake wzruszył ramionami.

– Nawet niewiele spalili, dotarliśmy na miejsce, zanim Pustkowcy zdążyli zrobić coś poza przestraszeniem wszystkich. Zgadzam się z kapitanem. To dziwne.

– Może sprawdzają nasze umiejętności – zaproponował Eth. – Chcą zobaczyć, do czego jest zdolny most czwarty.

Spojrzeli pytająco na Rlaina.

– Czy ja... powinienem znać odpowiedź?

– No – powiedział Eth. – To znaczy... na burze, Rlain. Są twoimi rodakami. Z pewnością coś o nich wiesz.

– A przynajmniej możesz zgadywać, nie? – dodał Yake.

Córka Skały znów napełniła jego kubek. Rlain wpatrzył się w przezroczysty płyn. Nie miej do nich pretensji, pomyślał. Nie wiedzą. Nie rozumieją.

– Eth, Yake – odezwał się ostrożnie – moi rodacy zrobili wszystko, co mogli, by oddzielić się od tych istot. Przed wielu laty się ukryliśmy i przysięgaliśmy, że nigdy więcej nie przyjmiemy form mocy.

– Nie wiem, co się zmieniło. Moi rodacy musieli zostać oszukani. Tak czy inaczej, Stopieni są moimi wrogami tak samo, jak waszymi... a nawet bardziej. I nie, nie umiem powiedzieć, co zrobią. Całe życie próbowałem unikać myślenia o nich.

Grupka Tefta opadła z trzaskiem na płaskowyż. Mimo wcześniejszych trudności Blizna szybko nauczył się latać. Wylądował z największym wdziękiem z całej grupy. Hobber uderzył z taką siłą, że aż jęknął.

Podbiegli do stanowiska Skały, a wtedy dwójka jego najstarszych dzieci zaczęła podawać im napoje. Rlainowi było ich żal – słabo mówili po alethyjsku, choć syn, co dziwne, wyznawał vorinizm. Najwyraźniej mnisi z Jah Keved przybyli, by nauczać Rogożerców o Wszechmocnym, a Skała pozwolił swoim dzieciom wybrać wiarę. I tak oto młody, jasnoskóry Rogożerca nosił glif strażniczy na ramieniu i palił modlitwy dla vorińskiego Wszechmocnego, zamiast składać ofiary sprenom Rogożerców.

Rlain popijał z kubka i żałował, że nie ma z nimi Renarina – cichy jasnooki zwykle starał się z nim rozmawiać. Inni gadali podekscytowani, ale nawet nie pomyśleli, by go włączyć. Parshmeni byli dla nich niewidzialni – tak ich wychowano.

A jednak kochał ich, bo próbowali. Kiedy Blizna wpadł na niego – i w ten sposób przypomniał sobie o jego obecności – zamrugał i stwierdził:

– A może powinniśmy spytać Rlaina.

Pozostali natychmiast się wtrącili i powiedzieli, że nie chciał o tym rozmawiać, przytaczając swego rodzaju alethyjską wersję jego wcześniejszych słów.

To było jego miejsce, a most czwarty był jego rodziną po odejściu tych z Naraku. Eshonai, Varanis, Thude...

Dostroił się do Rytmu Straty i zwiesił głowę. Musiał wierzyć, że jego przyjaciele z mostu czwartego wyczuwali ślady rytmu, bo inaczej nie umieliby opłakiwać z prawdziwym cierpieniem duszy.

Teft przygotowywał się do zabrania drugiego oddziału w powietrze, kiedy kilka plamek na niebie zapowiedziało nadejście Kaladina Burzą Błogosławionego. Wylądował ze swoim oddziałem, w tym z Lopenem, który żonglował nieoszlifowanym klejnotem wielkości głowy dorosłego mężczyzny. Musieli znaleźć poczwarkę bestii z rozpadlin.

– Ani śladu Pustkowców. – Leyten odwrócił jedno z wiader Skały, by na nim usiąść. – Ale na burzę... Równiny wydają się mniejsze, kiedy się tam jest.

– Ano – zgodził się Lopen. – I większe.

– Mniejsze i większe? – spytał Blizna.

– Mniejsze – wyjaśnił Leyten – bo możemy tak szybko je przebyć. Pamiętam, kiedy wydawało się, że przebycie płaskowyżów trwa całe lata. Teraz mijamy je w mgnieniu oka.

– Ale później wznosimy się tak wysoko – dodał Lopen – i uświadamiamy sobie, jak szerokie są... i pewnie, jak dużej części nigdy nie zbadaliśmy... i wydają się po prostu... duże.

Inni z zapałem potakiwali. Trzeba było odczytywać uczucia w ich twarzach i sposobie poruszania, nie w głosach. Może dlatego spreny uczuć tak często przybywały do ludzi, o wiele częściej niż do słuchaczy. Bez rytmów ludzie potrzebowali pomocy, by zrozumieć siebie nawzajem.

– Kto będzie w kolejnym patrolu? – spytał Blizna.

– Dzisiaj już nikt – odparł Kaladin. – Mam spotkanie z Dalinarem. Zostawimy oddział na Naraku, ale...

Wkrótce po jego przejściu przez Bramę Przysięgi wszyscy zaczynali z wolna tracić moce, które całkowicie zanikały po godzinie albo dwóch. Kaladin musiał być względnie blisko – Sigzil oceniał maksymalną odległość od niego na około pięćdziesiąt mil, choć ich umiejętności zaczynały słabnąć w okolicy trzydziestu mil.

– W porządku – stwierdził Blizna. – I tak miałem ochotę napić się jeszcze soku z kremlików.

– Soku z kremlików? – Sigzil zatrzymał kubek w połowie drogi do ust.

Pomijając Rlaina, ciemnobrązowa skóra Sigzila najbardziej go wyróżniała wśród drużyny – choć mostowych właściwie nie obchodził kolor skóry. Dla nich liczyły się tylko oczy. Rlaina zawsze to dziwiło, gdyż wśród słuchaczy wzór na skórze miał czasami duże znaczenie.

– No to... – zaczął Blizna. – Porozmawiamy o Renarinie?

Dwudziestu ośmiu mężczyzn popatrzyło po sobie, wielu usiadło wokół beczki z piciem, jak kiedyś siadali wokół kuchennego ogniska Skały. W okolicy stało podejrzanie dużo wiader, które mogli wykorzystać jako zydle, jakby Rogożerca to zaplanował. On sam stał ze ścierką do naczyń przerzuconą przez ramię i opierał się o stół, na którym stały kubki.

Kaladin zmarszczył czoło i rozejrzał się dookoła.

– Co z nim?

– Ostatnio spędza sporo czasu ze skrybami badającymi wieżę – stwierdził Natam.

– Parę dni temu – dodał Blizna – opowiadał o tym, co tam robi. Brzmiało to zupełnie tak, jakby uczył się czytać.

Mężczyźni poruszyli się niepewnie.

– I co z tego? – spytał Kaladin. – Na czym polega problem? Sigzil umie czytać w swoim języku. Na burze, ja umiem czytać glify.

– To nie to samo – stwierdził Blizna.

– To kobiece – dodał Drehy.

– Drehy – zauważył Kaladin – ty się przecież zalecasz do mężczyzny.

– I co z tego? – spytał Drehy.

– No właśnie, o co ci chodzi, Kal? – warknął Blizna.

– Nic takiego! Po prostu pomyślałem, że Drehy mógłby lepiej rozumieć...

– To niesprawiedliwe – powiedział Drehy.

– Ano – dodał Lopen. – Drehy lubi innych mężczyzn. To zupełnie jakby... chciał spędzać jeszcze mniej czasu z kobietami niż my wszyscy. To przeciwieństwo kobiecości. On jest, można by powiedzieć, wyjątkowo męski.

– Ano – zgodził się Drehy.

Kaladin rozmasował czoło, a Rlain mu współczuł. Smuciło go, że ludzie byli tak obciążeni ciągłym przebywaniem w paroformie. Bez ustanku rozpraszały ich emocje i namiętności parzenia się, a nie dotarli jeszcze do miejsca, w którym mogliby odłożyć je na bok.

Czuł się również zażenowany z ich powodu – po prostu za bardzo się przejmowali tym, co ktoś powinien robić, a czego nie. A wszystko dlatego, że nie mogli przybierać form. Jeśli Renarin chciał zostać uczonym, niech zostanie uczonym.

– Przepraszam. – Kaladin wyciągnął rękę, by uspokoić swoich ludzi. – Nie zamierzałem obrazić Drehy'ego. Ale, na burze, wiemy, że wszystko się zmienia. Popatrzcie na nas. Jesteśmy już prawie jasnoocy! Pozwoliliśmy pięciu kobietom wstąpić do mostu czwartego, a one wkrótce będą walczyć włóczniami. Wszystko wywraca się do góry nogami, a my jesteśmy tego przyczyną. Dajmy Renarinowi trochę swobody, dobrze?

Rlain pokiwał głową. Kaladin był dobrym człowiekiem. Mimo wszelkich wad starał się nawet bardziej niż pozostali.

– Mam coś do powiedzenia – dodał Skała. – Przez ostatnie kilka tygodni, ilu z was przyszło do mnie i mówiło, że chyba nie pasuje teraz do mostu czwartego?

Zapadła cisza. W końcu Sigzil podniósł rękę. Później Blizna. I kilkunastu innych, w tym Hobber.

– Hobber, ty do mnie nie przyszedłeś – zauważył Skała.

– Aha. Ale miałem ochotę, Skało. – Spuścił wzrok. – Wszystko się zmienia. Nie wiem, czy uda mi się dotrzymać kroku.

– Nadal mam koszmary – powiedział cicho Leyten – o tym, co zobaczyliśmy we wnętrznościach Urithiru. Ktoś jeszcze?

– Ja mam kłopot alethyjski – stwierdził Huio. – Robi mnie... żenujący. Samotny.

– Boję się wysokości – dodał Torfin. – Latanie tam na górę mnie przeraża.

Kilku spojrzało na Tefta.

– Że co? Spodziewacie się, że nagle wszyscy będziemy się dzielić uczuciami, bo burzowy Rogożerca spojrzał na was krzywo? Niech was burza. To cud, że nie palę całymi dniami mchu, choć muszę się zajmować waszą bandą.

Natam poklepał go po ramieniu.

– A ja nie będę walczyć – stwierdził Skała. – Wiem, że niektórym z was się to nie podoba. On sprawia, że czuję się inny. Nie tylko dlatego, że jako jedyny mam porządną brodę. – Pochylił się. – Życie się zmienia. Wszyscy będziemy się czuli samotni z tego powodu, tak? Ha! Może moglibyśmy czuć się samotni razem.

Wszyscy wyraźnie uznali to za pocieszające. Cóż, poza Lopenem, który opuścił pozostałych i z jakiegoś powodu podnosił kamienie po drugiej stronie płaskowyżu, żeby pod nie zajrzeć. Nawet wśród ludzi on był dziwny.

Mężczyźni rozluźnili się i zaczęli rozmawiać. Hobber poklepał Rlaina po ramieniu, ale poza tym nikt nawet nie spytał, jak on się czuje. Czy jego frustracja była dziecinna? Wszyscy myśleli, że są sami, czyż nie? Że nie pasują? Czy wiedzieli, jak to jest należeć do zupełnie innego gatunku? Gatunku, z którym obecnie prowadzili wojnę – gatunku, którego wszyscy przedstawiciele zostali albo zamordowani, albo skażeni?

Ludzie w wieży patrzyli na niego z jawną nienawiścią. Przyjaciele nie, ale z pewnością lubili sobie gratulować z tego powodu. „Rozumiemy, że nie jesteś jak inni, Rlain. Nie możesz nic poradzić na swój wygląd".

Dostroił się do Rozdrażnienia i siedział tak, aż Kaladin odesłał pozostałych do szkolenia potencjalnych Wiatrowych. Rozmawiał przyciszonym głosem ze Skałą, a później odwrócił się i zawahał na widok Rlaina siedzącego na wiadrze.

– Rlain – zaproponował – może zrobisz sobie wolne do końca dnia?

A jeśli nie potrzebuję szczególnego traktowania tylko dlatego, że jest ci mnie żal?

Kaladin kucnął obok niego.

– Hej. Słyszałeś, co powiedział Skała. Wiem, jak się czujesz. Możemy ci pomóc to dźwigać.

– Naprawdę? Naprawdę wiesz, jak się czuję, Kaladinie Burzą Błogosławiony? A może to po prostu coś, co mówią ludzie?

– Pewnie to coś, co mówią ludzie – przyznał Kaladin i przyciągnął odwrócone wiadro. – Możesz mi powiedzieć, jakie to uczucie?

Naprawdę chciał wiedzieć? Po chwili zastanowienia Rlain dostroił się do Zdecydowania.

– Mogę spróbować.

56
ZAWSZE Z TOBĄ

Ponadto Twój podstęp wywołuje moją niepewność. Dlaczego wcześniej mi się nie pokazałeś? Jak to możliwe, że się ukrywasz? Kim naprawdę jesteś i skąd wiesz tak wiele o Adonalsium?

Dalinar pojawił się na dziedzińcu dziwnej fortecy z jedną masywną ścianą z kamieni czerwonych jak krew, która zamykała duży wyłom między górami.

Wokół niego ludzie przenosili zapasy albo zajmowali się innymi pracami, krążąc wśród budynków opartych o naturalne skalne ściany. Zimowe powietrze sprawiało, że przed twarzą Dalinara unosiła się chmurka oddechu.

Trzymał swobodną dłoń Navani na swojej lewej dłoni, a Jasnah na prawej. Udało się. Coraz lepiej panował nad wizjami, nawet Ojciec Burz się tego nie spodziewał. Tego dnia, trzymając Navani i Jasnah za ręce, wprowadził je do środka bez arcyburzy.

– Cudownie! – Navani ścisnęła jego dłoń. – Mur jest rzeczywiście imponujący. I ci ludzie. Znów broń z brązu, bardzo mało stali.

– Ten pancerz jest Dusznikowany. – Jasnah puściła jego dłoń. – Popatrz na odciski palców na metalu. To wypolerowane żelazo, nie prawdziwa stal, Dusznikowane z gliny w tym kształcie. Zastanawiam się... czy dostęp do Duszników sprawił, że nie mieli potrzeby uczyć się wytopu? Praca ze stalą jest trudna. Nie można jej tak po prostu stopić nad ogniem, jak brązu.

– Czyli... – spytał Dalinar – kiedy jesteśmy?

– Jakieś dwa tysiące lat temu – odparła Jasnah. – To miecze Haravingiana, a te sklepione przejścia? Późnoklasyczna architektura, ale płaszcze są sprane, do ich farbowania nie użyto prawdziwego niebieskiego barwnika. I jeszcze język, którym się posługiwałeś, a który moja matka zapisała ostatnim razem. Tak, jestem całkiem pewna. – Spojrzała na mijających ją żołnierzy. – Wielonarodowa koalicja, jak w czasie Spustoszeń... ale jeśli się nie mylę, to ponad dwa tysiące lat po Aharietiam.

– Oni z kimś walczą – stwierdził Dalinar. – Świetliści wycofują się po bitwie, a później porzucają swoje bronie na tamtym polu.

– Co umiejscawia Odstępstwo nieco bliżej chwili obecnej, niż zapisała to Masha-córka-Shaliv w swojej historii. – Jasnah myślała na głos. – Z zapisów twoich wizji wynika, że ta jest ostatnią chronologicznie, choć trudno umiejscowić tę, w której patrzysz na zniszczony Kholinar.

– Z kim mogli walczyć? – spytała Navani, kiedy żołnierze na szczycie muru wszczęli alarm. Z twierdzy wyjechali konni, by ocenić, co się dzieje. – To długo po odejściu Pustkowców.

– Może to Fałszywe Spustoszenie – stwierdziła Jasnah.

Dalinar i Navani popatrzyli na nią.

– Legenda. Uważana za pseudohistoryczną. Dovcanti jakieś piętnaście stuleci temu stworzyła epickie dzieło na jej temat. Podobno niektórzy Pustkowcy przeżyli Aharietiam i później ludzie jeszcze wiele razy się z nimi ścierali. Źródło uważa się za niepewne, ale głównie dlatego, że wielu późniejszych żarliwców twierdziło stanowczo, iż żadni Pustkowcy nie mogli przeżyć. Jestem skłonna założyć, że to starcie z parshmenami, zanim jakimś sposobem pozbawiono ich zdolności zmiany formy.

Popatrzyła na Dalinara błyszczącymi oczyma, a on pokiwał głową. Ruszyła, by zebrać wszystkie dostępne okruchy wiedzy historycznej.

Navani wyjęła z torby jakieś instrumenty.

– Tak czy inaczej, zamierzam się zorientować, gdzie jest ta Forteca Rozpalonego Kamienia, nawet jeśli będę musiała zastraszyć tych ludzi, by narysowali mi mapę. Może moglibyśmy wysłać uczone w to miejsce i znaleźć jakieś wskazówki na temat Odstępstwa?

Dalinar ruszył do podstawy muru. Konstrukcja była naprawdę imponująca i przedstawiała kontrast typowy dla tych wizji – ludzie z epoki klasycznej, pozbawieni fabriali, a nawet porządnej metalurgii, którym towarzyszą cuda.

Grupa mężczyzn tłoczyła się na schodach prowadzących w dół muru. Za nimi wlókł się Jego Ekscelencja Yanagawn Pierwszy, Pierwszy Aqasix Aziru. Choć Dalinar wprowadził Navani i Jasnah, trzymając je za ręce, o sprowadzenie Yanagawna poprosił Ojca Burz. Arcyburza szalała właśnie nad Azirem.

Młodzik zobaczył Dalinara i zatrzymał się.

– Czy dziś muszę walczyć, Czarny Cierniu?

– Nie dzisiaj, Wasza Ekscelencjo.

Yanagawn zszedł po kilku ostatnich stopniach.

– Te wizje zaczynają mnie naprawdę męczyć.

– To znużenie nigdy nie znika, Ekscelencjo. Właściwie jeszcze wzrosło od czasu, kiedy zacząłem pojmować wagę tego, co zobaczyłem w wizji, i ciężar, jaki na mnie spoczywa.

– Nie to znaczenie „męczyć" miałem na myśli.

Dalinar nie odpowiedział, jedynie splótł ręce za plecami. Razem ruszyli w stronę furtki w murze, przez którą Yanagawn obserwował wydarzenia rozgrywające się na zewnątrz. Świetliści maszerowali przez równinę albo opadali z powietrza. Przywołali swoje Ostrza, wywołując zaniepokojenie obserwujących ich żołnierzy.

Rycerze wbili broń w ziemię i porzucili ją. Zostawili również zbroje. Odpryski o nieocenionej wartości, odrzucone.

W przeciwieństwie do Dalinara w czasie pierwszych odwiedzin w tej wizji młody cesarz nie spieszył się, by stanąć z nimi twarzą w twarz. Dlatego Dalinar chwycił go za ramię i wyprowadził na zewnątrz, gdy pierwsi żołnierze otworzyli wrota. Nie chciał, by cesarz został pochłonięty przez zamęt, do którego wkrótce dojdzie, gdy mężczyźni pobiegną po Ostrza, a później zaczną się o nie zabijać.

Jak wcześniej w tej wizji, Dalinar miał wrażenie, że słyszy krzyki umierających sprenów, czuje przerażający smutek tego pola. Prawie go przytłoczył.

– Dlaczego? – spytał Yanagawn. – Dlaczego po prostu... się poddali?

– Nie wiemy, Wasza Ekscelencjo. Ta scena mnie dręczy. Tak wiele nie rozumiem. Niewiedza stała się motywem przewodnim moich rządów.

Yanagawn rozejrzał się dookoła i wspinał się na wysoki głaz, z którego lepiej widział Świetlistych. Wydawał się o wiele bardziej poruszony niż innymi wizjami. Dalinar to szanował. Wojna jak wojna... ale takich rzeczy się nie widywało. Ludzie z własnej woli oddający Odpryski?

I ten ból. Przenikał powietrze jak straszliwy odór.

Yanagawn usiadł na głazie.

– Dlaczego mi to pokazujesz? Nie wiesz nawet, co to znaczy.

– Jeśli nie zamierzacie dołączyć do mojej koalicji, uznałem, że i tak powinniście dowiedzieć się jak najwięcej. Może my upadniemy, a wy przetrwacie. Może wasi uczeni rozwiążą te zagadki, których my nie umiemy. I może to wy jesteście przywódcą, którego Roshar potrzebuje, ja zaś jestem tylko wysłannikiem.

– Nie wierzysz w to.

– Nie. Ale i tak chcę, żebyście mieli te wizje, na wszelki wypadek.

Yanagawn bawił się frędzlami swojego skórzanego napierśnika.

– Ja... nie jestem aż tak ważny, jak ci się wydaje.

– Proszę o wybaczenie, Wasza Ekscelencjo, ale nie doceniacie swojej roli. Brama Przysięgi w Azirze będzie niezmiernie ważna, a wasze królestwo jest najsilniejsze na zachodzie. Jeśli Azir stanie po naszej stronie, dołączy do nas wiele innych krajów.

– Chciałem powiedzieć, że to ja osobiście się nie liczę. Azir oczywiście tak. Ale ja jestem tylko dzieciakiem, którego posadzili na tronie, bo bali się, że skrytobójca powróci.

– A ten cud, o którym piszą? Dowód od Heroldów, że zostałeś wybrany?

– To była Zwinka, nie ja. – Yanagawn spuścił wzrok na stopy, którymi machał. – Szkolą mnie, żebym zachowywał się jak ktoś ważny, Kholinie, ale taki nie jestem. Jeszcze nie. Może nigdy.

To było nowe oblicze Yanagawna. Dzisiejsza wizja nim wstrząsnęła, ale nie w sposób, którego się spodziewał. Jest młodzikiem, przypomniał sobie Dalinar. Życie w jego wieku było i tak wyzwaniem, nawet bez dodatkowego obciążenia niespodziewanym objęciem władzy.

– Niezależnie od przyczyny – powiedział młodemu cesarzowi – jesteście Pierwszym. Wezyrowie przedstawili opinii publicznej wasze cudowne wyniesienie. Macie pewien autorytet.

Chłopak wzruszył ramionami.

– Wezyrowie nie są złymi ludźmi. Czują się winni, że postawili mnie w tej sytuacji. Zapewniają mi wykształcenie, właściwie wpychają mi je na siłę, i oczekują, że będę brał udział. Ale nie władam cesarstwem.

– Oni się ciebie boją – mówił dalej Yanagawn. – Bardzo boją. Bardziej niż skrytobójcy. On wypalił oczy cesarzy, ale cesarzy da się zastąpić. Ty uosabiasz coś o wiele bardziej przerażającego. Myślą, że możesz zniszczyć całą naszą kulturę.

– Żaden Alethyjczyk nie musi postawić stopy na ziemi Aziru – obiecał Dalinar. – Ale przybądźcie do mnie, Wasza Ekscelencjo. Powiedzcie im, że widzieliście wizje, że Heroldowie chcą, byście przynajmniej odwiedzili Urithiru. Powiedzcie im, że otwarcie Bramy Przysięgi to wielka szansa, znacznie większa od niebezpieczeństwa, jakie się z tym wiąże.

– A jeśli to się powtórzy?

Yanagawn skinął głową w stronę pola Ostrzy Odprysku. Całe setki wyrastały z ziemi, srebrzyste, odbijające blask słońca. Z twierdzy wybiegali ludzie, w stronę broni kierował się wielki tłum.

– Dopilnujemy, żeby tak się nie stało. Jakoś. – Dalinar zmrużył oczy. – Nie wiem, co doprowadziło do Odstępstwa, ale mogę się domyślać. Utracili wizję, Wasza Ekscelencjo. Uwikłali się w politykę i pozwolili, by pojawił się między nimi rozdźwięk. Zapomnieli o swoim celu: chronieniu Rosharu dla jego mieszkańców.

Yanagawn spojrzał na niego ze zmarszczonym czołem.

– Ostre słowa. Wcześniej wydawało się, że darzysz Świetlistych wielkim szacunkiem.

– Szanuję tych, którzy walczyli w Spustoszeniach. Ci tutaj? Mogę im współczuć. Mnie również czasem rozprasza małostkowość. Ale szacunek? Nie. – Zadrżał. – Zabili swoje spreny. Zdradzili przysięgi! Może nie są łotrami, jak przedstawia się ich w historii, ale w tej chwili zawiedli wszystko, co właściwe i sprawiedliwe. Zawiedli Roshar.

Ojciec Burz zadudnił, zgadzając się z jego uczuciami.

Yanagawn przechylił głowę.

– O co chodzi? – spytał Dalinar.

– Zwinka ci nie ufa.

Dalinar rozejrzał się w poszukiwaniu dziewczynki, która pojawiła się w dwóch poprzednich wizjach przeznaczonych dla Yanagawna. Ale tym razem nigdzie nie widział małej Reshi, którą Ojciec Burz darzył taką niechęcią.

– To dlatego – mówił dalej Yanagawn – że udajesz takiego prawego. Ona mówi, że każdy, kto zachowuje się tak jak ty, ma coś do ukrycia.

Do Yanagawna podszedł żołnierz i odezwał się głosem Wszechmocnego.

– Oni są pierwsi.

Dalinar cofnął się i pozwolił, by młody cesarz wysłuchał krótkiego przemówienia Wszechmocnego w tej wizji. „Te wydarzenia zapiszą się w historii. Staną się niesławne. Będziecie mieli wiele nazw na to, co się tu wydarzyło...".

Wszechmocny wypowiedział te same słowa do Dalinara.

„Nadejdzie Noc Smutków i Prawdziwe Spustoszenie. Wieczna Burza".

Mężczyźni na polu pełnym Odprysków zaczęli walczyć o broń. Po raz pierwszy w historii ludzie zaczęli zabijać siebie nawzajem martwymi sprenami. W końcu Yanagawn rozpłynął się i zniknął z wizji. Dalinar zamknął oczy, czując, jak Ojciec Burz się wycofuje. Wszystko się roztopiło...

Tyle tylko że tak się nie stało.

Dalinar otworzył oczy. Wciąż stał na polu przed wysokim, czerwonym jak krew murem Fortecy Rozpalonego Kamienia. Mężczyźni walczyli o Ostrza Odprysku, ale rozlegały się też głosy wzywające do zachowania cierpliwości.

Ci, którzy tego dnia zdobyli Odpryski, mieli zostać władcami. Dalinara niepokoiło, że najlepsi ludzie, wzywający do zachowania spokoju lub wyrażający obawy, byli wśród nich tak nieliczni. Nie byli dość agresywni, by zdobyć przewagę.

Dlaczego wciąż tu był? Ostatnim razem wizja skończyła się wcześniej.

– Ojcze Burz?

Żadnej odpowiedzi. Dalinar się odwrócił.

Stał tam mężczyzna w bieli i złocie.

Dalinar podskoczył i cofnął się. Mężczyzna był stary, miał szeroką, pomarszczoną twarz i białe jak kość włosy, które unosiły się za jego głową, jakby na podmuchu wiatru. Grube wąsy ze śladem czerni łączyły się z krótką białą brodą. Wydawało się, że jest Shinem, jeśli oceniać po skórze i oczach, a na jego kruchych włosach spoczywała złota korona.

Te oczy... były starożytne, skóra wokół nich głęboko pomarszczona. Pojawił się w nich błysk radości, gdy mężczyzna uśmiechnął się do Dalinara i oparł złote berło na jego ramieniu.

Dalinar poczuł się nagle przytłoczony i padł na kolana.

– Znam cię – szepnął. – Jesteś... jesteś Nim. Bogiem.

– Tak.

– Gdzie byłeś?

– Zawsze tu byłem – odparł Bóg. – Zawsze z tobą, Dalinarze. Och, obserwowałem cię od bardzo dawna.

– Tutaj? Jesteś... nie Wszechmocnym, prawda?

– Honorem? Nie, on naprawdę jest martwy, jak ci powiedziano. – Uśmiech starca, szczery i życzliwy, stał się jeszcze szerszy. – Jestem tym drugim, Dalinarze. Zwą mnie Odium.

57 PASJA

Jeśli chcesz dalej ze mną rozmawiać, oczekuję pełnej uczciwości. Powróć na moje ziemie, zwróć się do moich sług, a ja spróbuję pomóc Ci w Twojej misji.

Odium.

Dalinar podniósł się z trudem, rzucił do tyłu i próbował sięgnąć po broń, której nie miał.

Odium. Stojący przed nim.

Ojciec Burz stał się odległy, niemal zniknął – ale Dalinar słabo wyczuwał jego uczucia. Jęk, jakby napierał na coś bardzo ciężkiego?

Nie. To był skowyt.

Odium oparł złote berło o drugą dłoń i odwrócił się do mężczyzn walczących o Ostrza Odprysku.

– Pamiętam ten dzień. Cóż za pasja. I jaka strata. Straszliwa dla wielu, lecz dla innych cudowna. Myliłeś się co do przyczyn upadku Świetlistych, Dalinarze. Byli uczciwymi mężczyznami i kobietami, czasem mieli różne zdania, ale jednoczyło ich pragnienie postępowania jak najlepiej.

– Czego ode mnie chcesz?

Dalinar uniósł rękę do piersi i oddychał szybko. Na burze. Nie był gotów.

Czy w ogóle mógł być gotów na tę chwilę?

Odium podszedł do niewielkiego głazu i usiadł na nim. Westchnął z ulgą, jak człowiek odkładający wielki ciężar, po czym wskazał na miejsce obok.

Dalinar się nie ruszył.

– Znalazłeś się w trudnej sytuacji, mój synu. Jesteś pierwszym, który związał się z Ojcem Burz w jego obecnym stanie. Wiedziałeś o tym? Łączy cię głęboka więź z pozostałościami boga.

– Którego zabiłeś.

– Tak, tę drugą też w końcu zabiję. Gdzieś się ukryła, a ja jestem zbyt... spętany.

– Jesteś potworem.

– Och, Dalinarze. I ty to mówisz? Powiedz mi, że nigdy nie znalazłeś się w konflikcie z kimś, kogo szanowałeś. Powiedz mi, że nigdy nie zabiłeś człowieka, bo musiałeś, nawet jeśli, w lepszym świecie, nie powinien na to zasłużyć?

Dalinar stłumił odpowiedź. Tak, zrobił to. Zbyt wiele razy.

– Znam cię, Dalinarze. – Odium znów uśmiechnął się ojcowsko. – Usiądź. Nie pożrę cię ani nie spalę swoim dotykiem.

Dalinar się zawahał. Musisz wysłuchać, co ma ci do powiedzenia, pomyślał. Nawet kłamstwa tego stwora powiedzą ci więcej niż ogrom pospolitych prawd.

Podszedł i usiadł sztywno.

– Co wiesz o naszej trójce? – spytał Odium.

– Szczerze mówiąc, nie miałem nawet pojęcia, że było was troje.

– A nawet więcej – rzucił od niechcenia Odium. – Ale tylko troje ma dla ciebie znaczenie. Ja. Honor. Pielęgnacja. Mówicie o niej, prawda?

– Pewnie tak. Niektórzy utożsamiają ją z Rosharem, jako sprena całego świata.

– To by się jej spodobało. Żałuję, że nie mogę po prostu oddać jej tego miejsca.

– Zrób to więc. Zostaw nas w spokoju. Odejdź.

Odium odwrócił się tak gwałtownie, że Dalinar aż podskoczył.

– Czy to – powiedział cicho Odium – propozycja, by wyzwolić mnie z więzów, padająca z ust mężczyzny, który panuje nad resztkami imienia i mocy Honoru?

Dalinar zaczął się jąkać. Głupcze. Nie jesteś świeżym rekrutem. Weź się w garść.

– Nie – powiedział stanowczo.

– Ach, w porządku. – Odium się uśmiechnął, a w jego oczach pojawił się błysk. – Nie przejmuj się tak. Te rzeczy trzeba zrobić we właściwy sposób. Jeśli mnie wyzwolisz, odejdę, ale tylko, jeśli zrobisz to z Intencją.

– A jakie byłyby konsekwencje, gdybym cię wyzwolił?

– Cóż, najpierw doprowadziłbym do śmierci Pielęgnacji. Byłyby też... inne konsekwencje, jak je nazywasz.

Mężczyźni machali Ostrzami Odprysku, zabijając innych, którzy ledwie przed chwilą byli ich towarzyszami, z płonących oczu płynął dym. Była to gorączkowa, szaleńcza bijatyka o władzę.

– I nie możesz tak po prostu... odejść? Nie zabijając nikogo?

– Pozwól, że odpowiem pytaniem na pytanie. Dlaczego odebrałeś biednemu Elhokarowi władzę nad Alethkarem?

– Ja... – Nie odpowiadaj. Nie dawaj mu amunicji.

– Wiedziałeś, że tak będzie najlepiej. Wiedziałeś, że Elhokar był słaby, a bez silnego przywódcy królestwo ucierpi. Przejąłeś władzę dla większego dobra, co posłużyło Rosharowi.

Spomiędzy walczących wyszedł, kuśtykając, mężczyzna i zatoczył się w ich stronę. Jego oczy zapłonęły, gdy plecy przebiło mu na wylot Ostrze Odprysku. Padł do przodu, a z jego oczu płynęły bliźniacze smużki dymu.

– Człowiek nie może służyć dwóm bogom jednocześnie, Dalinarze. I dlatego nie mogę jej zostawić. W rzeczy samej, nie mogę też zostawić Drzazg Honoru, co kiedyś wydawało mi się możliwe. Już widzę, co mogłoby pójść nie tak. Kiedy mnie wyzwolisz, ta kraina ulegnie znaczącemu przeobrażeniu.

– Myślisz, że tobie pójdzie lepiej? – Dalinar zwilżył usta, które wyschły. – Poradzisz sobie lepiej niż inni, dla dobra tej ziemi? Ty, uosobienie nienawiści i bólu?

– Zwą mnie Odium – powiedział starzec. – Dobre imię. Ma w sobie pewną siłę. Ale to słowo jest zbyt ograniczone, by mnie opisać, i powinieneś wiedzieć, że to nie wszystko, co uosabiam.

– To znaczy?

Odwrócił się do Dalinara.

– Pasję, Dalinarze. Jestem wcieleniem emocji. Jestem duszą sprenów i ludzi. Jestem pożądaniem, radością, nienawiścią, złością i uniesieniem. Jestem chwałą i jestem występkiem. Jestem tym, co czyni ludzi ludźmi. Honor przejmował się jedynie więziami. Nie znaczeniem więzi i przysiąg, jedynie ich dotrzymaniem. Pielęgnacja pragnie jedynie widzieć przeobrażenie. Wzrost. Może być dobry albo zły, jej to nie obchodzi. Za nic ma cierpienie ludzi. Tylko ja je rozumiem. Tylko ja się przejmuję, Dalinarze.

Nie wierzę w to, pomyślał Dalinar. Nie mogę w to uwierzyć.

Starzec westchnął i podniósł się z trudem.

– Gdybyś widział skutki wpływu Honoru, nie nazywałbyś mnie od razu bogiem złości. Jeśli odebrać ludziom uczucia, otrzymuje się istoty w rodzaju Nale'a i jego Niebiańskich. To chciałby dać wam Honor.

Dalinar skinął w stronę straszliwej walki na polu przed nimi.

– Powiedziałeś mi, że mylę się co do powodu, który skłonił Świetlistych do porzucenia przysiąg. W takim razie co nim naprawdę było?

Odium się uśmiechnął.

– Pasja. Wspaniała, cudowna pasja. Emocje. To właśnie definiuje ludzi, choć jak na ironię jesteście dla nich kiepskim naczyniem. Wypełniają was i niszczą, chyba że znajdziecie kogoś, z kim możecie się nimi podzielić. – Spojrzał w stronę umierających. – Ale czy możesz sobie wyobrazić świat bez nich? Nie. A w każdym razie nie taki, w którym chciałbym żyć. Spytaj o to Pielęgnację, kiedy znów ją spotkasz. Spytaj ją, czego by pragnęła dla Rosharu. Sądzę, że wtedy uznasz mnie za lepszy wybór.

– Znów? Nigdy jej nie widziałem.

– Oczywiście, że tak. – Odium odwrócił się i zaczął odchodzić. – Po prostu okradła cię z tego wspomnienia. Ja bym ci nie pomógł w taki sposób. Jej dotyk ukradł część ciebie i pozostawił cię jak ślepca, który nie pamięta, że kiedyś widział.

Dalinar wstał.

– Proponuję ci pojedynek czempionów. Z warunkami do ustalenia. Przyjmiesz go?

Odium zatrzymał się i odwrócił powoli.

– Czy wypowiadasz się w imieniu świata, Dalinarze Kholinie? Czy zaproponujesz to w imieniu całego Rosharu?

Na burze. Czy mógł to zrobić?

– Ja...

– Tak czy inaczej, nie przyjmuję. – Odium wyprostował się i uśmiechnął w irytująco wyrozumiały sposób. – Nie muszę podejmować takiego ryzyka, bo wiem, Dalinarze Kholinie, że podejmiesz właściwą decyzję. Uwolnisz mnie.

– Nie. Nie powinieneś się odsłonić, Odium. Kiedyś się ciebie bałem, ale łatwiej się bać czegoś, czego się nie rozumie. Widziałem cię i mogę z tobą walczyć.

– Widziałeś mnie, tak? Ciekawe.

Odium znów się uśmiechnął.

I wszystko stało się białe. Dalinar odkrył, że stoi na pyłku nicości, który był całym światłem, i wpatruje się w wieczny, wszechogarniający płomień. Rozciągał się we wszystkie strony, z początku czerwony, później przechodzący w pomarańcz i zmieniający się w płonącą biel.

I nagle wydawało się, że płomienie jakimś sposobem wypaliły się w głęboką czerń, miejscami fioletową i rozwścieczoną.

Było to coś tak straszliwego, że pochłaniało nawet światło. Było gorące. Nieopisana światłość, przenikliwe gorąco i czarny ogień, od zewnątrz podbarwiony fioletem.

Płonący.

Przytłaczający.

Moc.

Był to krzyk tysiąca wojowników na polu bitwy.

Chwila najbardziej zmysłowego dotyku i uniesienia.

Smutek straty, radość zwycięstwa.

I nienawiść. Głęboka, pulsująca nienawiść, której ciśnienie mogło stopić wszystko. Gorąco tysiąca słońc, błogość każdego pocałunku, życia wszystkich ludzi złożone w jedno, zdefiniowane przez wszystko, co czuli.

Nawet niewielki fragment tej całości przerażał Dalinara. Sprawiał, że czuł się malutki i kruchy. Wiedział, że gdyby napił się tego surowego, skoncentrowanego, płynnego czarnego ognia, w jednej chwili stałby się niczym. Cała planeta Roshar zniknęłaby, znacząca tyle, co wijący się dym ze zgaszonej świecy.

Wszystko zniknęło i Dalinar odkrył, że leży na skałach pod Fortecą Rozpalonego Kamienia i patrzy w górę. Słońce nad nim wydawało się blade i chłodne. W porównaniu z tamtym wszystko wydawało się lodowate.

Odium ukląkł obok niego i pomógł mu usiąść.

– Już dobrze. To było odrobinkę za dużo, co? Zapomniałem, jak bardzo to może przytłoczyć. Masz, napij się.

Podał Dalinarowi bukłak.

Dalinar wpatrzył się w niego z konsternacją, a później przeniósł wzrok na starca. W oczach Odium widział ten fioletowo-czarny ogień. Daleko w głębi. Postać, z którą rozmawiał Dalinar, nie była bogiem, jedynie twarzą, maską.

Gdyby Dalinar miał stanąć twarzą w twarz z prawdziwą mocą kryjącą się za tymi śmiejącymi się oczyma, oszalałby.

Odium poklepał go po ramieniu.

– Daj sobie chwilę, Dalinarze. Zostawię cię tutaj. Rozluźnij się. To...

Przerwał, zmarszczył czoło i obrócił się na pięcie. Rozejrzał się wśród skał.

– O co chodzi? – spytał Dalinar.

– Nic takiego. Jedynie umysł starca płata mu figle. – Znów poklepał go po ramieniu. – Jeszcze porozmawiamy, obiecuję.

Zniknął w mgnieniu oka.

Dalinar osunął się do tyłu wyczerpany. Na burze. Tylko... Na burze.

– Ten gość – zabrzmiał dziewczęcy głos – przyprawia mnie o dreszcze.

Dalinar przekręcił się i usiadł z trudem. Spomiędzy pobliskich skał wyłoniła się głowa. Śniada skóra, blade oczy, długie ciemne włosy, delikatne dziewczęce rysy.

– To znaczy wszyscy staruszkowie przyprawiają o dreszcze – stwierdziła Zwinka. – Poważnie. Są cali pomarszczeni i mówią „Chcesz ciastko?" i „Posłuchaj tej nudnej historii". Już ja ich znam. Mogą być mili, ale nikt nie mógłby przeżyć tak długo, nie niszcząc życia mnóstwu innych ludzi.

Wspięła się po skałach. Miała na sobie elegancki azirski strój, nie zaś proste spodnie i koszulę jak poprzednim razem. Kolorowe, wzorzyste szaty, gruby płaszcz i czapka.

– Ale nawet jak na staruszków, ten był wyjątkowy – powiedziała cicho. – Co to było, jędrny tyłku? Nie pachniał jak prawdziwy człowiek.

Dalinar czuł się wyczerpany.

– Zwą go Odium. I to przeciwko niemu walczymy.

– Aha. W porównaniu z tym czymś jesteś niczym.

– Dziękuję?

Pokiwała głową, jakby to miał być komplement.

– Porozmawiam z Gawxem. Macie dobre jedzenie w tej waszej wieży?

– Możemy coś dla ciebie przygotować.

– Nie interesuje mnie, co przygotujecie, ale co wy jecie. Dobre jest?

– Tak...

– Żadne wojskowe racje ani nic w tym rodzaju, tak?

– Zazwyczaj nie.

– Cudownie. – Spojrzała na miejsce, w którym zniknął Odium, i wyraźnie zadrżała. – Odwiedzimy was. – Trąciła go w ramię. – Nie mów Gawxowi o tym Odium, dobrze? I tak musi się już martwić zbyt wieloma starymi ludźmi.

Dalinar pokiwał głową.

Dziwaczna dziewczynka zniknęła, a po chwili wizja w końcu zaczęła się rozpływać.

INTERLUDIA

Kaza • Taravangian

Statek *Pierwsze marzenia* uderzył w falę, zmuszając Kazę, by mocniej chwyciła olinowanie. Jej okryte rękawicami ręce już ją bolały i z każdą kolejną falą była przekonana, że wyleci za burtę.

Odmówiła zejścia pod pokład. To było jej przeznaczenie. Nie była przedmiotem przewożonym z miejsca na miejsce, już nie. Poza tym to ciemne niebo – które nagle poczerniało, choć jeszcze przed godziną płynęli spokojnie – nie było bardziej niepokojące od jej wizji.

Kolejna fala sprawiła, że woda zalała pokład. Marynarze szamotali się i wrzeszczeli. Większość została zatrudniona w Steenie, bo żadna rozsądna załoga nie chciała się podjąć tej wyprawy. Kapitan Vazrmeb kroczył między nimi, wykrzykując rozkazy, a Droz – sternik – utrzymywał ich na kursie. W sztorm. Prosto. W. Sztorm.

Kaza trzymała się mocno, jednak jej ramiona słabły i coraz bardziej czuła swój wiek. Zalała ją lodowata woda, odsuwając kaptur, odsłaniając twarz – i jej wypaczoną naturę. Większość marynarzy była zbyt zajęta, choć jej krzyk przyciągnął uwagę Vazrmeba.

Kapitan, jedyny Thayleńczyk na pokładzie, zupełnie nie odpowiadał jej wyobrażeniu tej nacji. Dla niej Thayleńczycy byli drobnymi, krępymi ludźmi w kamizelkach – kupcami o starannie ufryzowanych włosach, którzy targowali się o każdą kulę. Vazrmeb jednak dorównywał wzrostem Alethyjczykom, dłonie miał tak wielkie, że mógłby objąć nimi głazy, a przedramiona tak masywne, że mógłby je podnieść.

Wrzasnął ponad hukiem fal:

– Niech ktoś zabierze tego Dusznika pod pokład!

– Nie! – odkrzyknęła. – Zostanę.

Kapitan podszedł do niej.

– Nie zapłaciłem za ciebie książęcego okupu tylko po to, żebyś wypadła za burtę.

– Nie jestem przedmiotem, żeby...

– Kapitanie! – krzyknął jeden z marynarzy. – Kapitanie!

Oboje podnieśli wzrok w chwili, gdy statek wspiął się na grzbiet wielkiej fali, zakołysał się i właściwie spadł po drugiej stronie. Na burze! Kaza poczuła, że żołądek podjeżdża jej do gardła, a palce ślizgały się po linach.

Vazrmeb chwycił ją za szatę i trzymał mocno, gdy wpadli w wodę za falą. Przez krótką, przerażającą chwilę wydawali się pogrzebani w lodowatej wodzie. Jakby cały statek zatonął.

Fala przeszła, a Kaza odkryła, że leży przemoczona na pokładzie, przytrzymywana przez kapitana.

– Burzowa idiotka – powiedział do niej. – Jesteś moją tajną bronią. Możesz się utopić, kiedy nie będę ci płacił, rozumiesz?

Pokiwała słabo głową. I nagle uświadomiła sobie z ogromnym zaskoczeniem, że bez trudu go słyszała. Sztorm...

Zniknął?

Vazrmeb wyprostował się i uśmiechnął szeroko, jego białe brwi znikały w długiej, ociekającej wodą czuprynie. Na całym pokładzie ci marynarze, którzy przeżyli sztorm, podnosili się na równe nogi, przemoczeni, i wpatrywali się w niebo. Wciąż było ponure i zachmurzone – ale wiatr całkowicie ucichł.

Vazrmeb roześmiał się na całe gardło i odsunął z twarzy długie kręcone włosy.

– I co ja wam mówiłem! Ten nowy sztorm pochodził z Aimii! Teraz odszedł, pozostawiając do splądrowania bogactwa swojej ojczyzny!

Wszyscy wiedzieli, że nie należy zbyt długo przebywać w okolicach Aimii, choć wyjaśnienia się różniły. Krążyły pogłoski o mściwym sztormie, który wyszukiwał i niszczył zbliżające się statki. Ten dziwny wiatr, który napotkali – niepasujący czasem ani do arcyburzy, ani do Wiecznej Burzy – jakby to potwierdzał.

Kapitan zaczął wykrzykiwać rozkazy, marynarze wracali na miejsca. Nie płynęli długo, przebyli jedynie niewielką odległość z Liaforu wzdłuż wybrzeży Shinovaru, a później skierowali się na zachód w stronę północnej części Aimii. Wkrótce dostrzegli dużą główną wyspę, ale jej nie odwiedzili. Wszyscy wiedzieli, że była jałowa, pozbawiona życia. Skarby znajdowały się na ukrytych wyspach, podobno tylko czekały, by wzbogacić ludzi gotowych stawić czoło wiatrowi i zdradzieckim cieśninom.

To jej zbytnio nie obchodziło – czymże były dla niej bogactwa? Przybyła z powodu innej pogłoski, o której szeptali jedynie tacy jak ona. Może tutaj w końcu odnajdzie lekarstwo na swój stan.

Prostując się, sięgnęła do sakiewki, by poszukać pocieszającego dotyku swojego Dusznika. Należał do niej, niezależnie od tego, co twierdzili władcy Liaforu. Czy oni poświęcili młodość, pieszcząc go, poznając jego tajemnice? Czy spędzili wiek średni na służbie, z każdym użyciem coraz bardziej zbliżając się do unicestwienia?

Zwykli marynarze obchodzili Kazę szerokim łukiem i nie patrzyli jej w oczy. Założyła kaptur, gdyż nie była przyzwyczajona do spojrzeń zwykłych ludzi. Osiągnęła stadium, w którym jej... zniekształcenia rzucały się w oczy.

Kaza powoli zmieniała się w dym.

Vazrmeb sam stanął za sterem, zmieniając Droza. Tyczkowaty mężczyzna zszedł z rufówki i dostrzegł ją przy burcie. Uśmiechnął się do niej, co uznała za dziwne. Nawet z nim nie rozmawiała. Teraz podszedł do niej, jakby zamierzał prowadzić uprzejme pogaduszki.

– No... – powiedział. – Na pokładzie? W czasie czegoś takiego? Masz odwagę.

Zawahała się, rozważając tę dziwną istotę, po czym zdjęła kaptur.

Nie wzdrygnął się, choć jej włosy, uszy, a teraz również części twarzy się rozpadały. W policzku miała otwór, przez który można było zobaczyć jej szczękę i zęby. Otaczały go smużki dymu – ciało wyglądało, jakby się tliło. Kiedy mówiła, przez otwór przepływało powietrze, zniekształcając jej głos, i musiała mocno odchylać głowę do tyłu, żeby czegokolwiek się napić. Nawet wtedy trochę się wylewało.

Proces był powolny. Pozostało jej jeszcze kilka lat, zanim Dusznikowanie ją zabije.

Droz wydawał się zdecydowany udawać, że wszystko jest w porządku.

– Nie wierzę, że przedostaliśmy się przez ten sztorm. Myślisz, że poluje na statki, jak utrzymują opowieści?

Był Liaforczykiem, podobnie jak ona, miał brązową skórę i ciemnobrązowe oczy. Czego chciał? Próbowała sobie przypomnieć zwyczajne namiętności ludzkiego życia, o których zaczynała już zapominać.

– Pragniesz seksu?... Nie, jesteś dużo młodszy ode mnie. Hm... – Ciekawe. – Boisz się i pragniesz pocieszenia?

Zaczął się kręcić, bawić końcem przywiązanej liny.

– Yyy... no, to znaczy, książę cię przysłał, prawda?

– Ach. – Czyli wiedział, że była krewniaczką księcia. – Chcesz nawiązać kontakt z rządzącą dynastią. Cóż, przybyłam z własnej woli.

– Z pewnością on cię puścił.

– Oczywiście, że nie. Nie zrobiłby tego, jeśli nie ze względu na moje bezpieczeństwo, to z powodu urządzenia. – Należało do niej. Spojrzała na zbyt nieruchomy ocean. – Każdego dnia zamykali mnie na klucz, zapewniali mi wygody, które ich zdaniem powinny mnie uszczęśliwiać. Byli świadomi, że w każdej chwili mogłabym dosłownie zmienić mury i więzy w dym.

– Czy to... boli?

– Jest błogie. Powoli łączę się z urządzeniem, a przez nie z Rosharem. Aż do dnia, gdy w pełni przyjmie mnie w swoje objęcia. – Uniosła dłoń i zdjęła czarną rękawiczkę, po jednym palcu, ukazując rozpadającą się rękę. Pięć linii ciemności, każda wznosząca się z czubka jednego z palców. Uniosła dłoń w jego stronę. – Mogłabym ci pokazać. Poczuj mój dotyk, a się dowiesz. Jedna chwila, a później stopisz się z powietrzem.

Uciekł. Doskonale.

Kapitan skierował ich w stronę małej wyspy wystającej ze spokojnego oceanu dokładnie w miejscu, w którym znajdowała się na kapitańskiej mapie. Miała dziesiątki imion. Skała Tajemnic. Dziedziniec Pustki. Jakże melodramatyczne. Wolała starą nazwę tego miejsca – Akinah.

Podobno kiedyś było tam wspaniałe miasto. Ale kto wybudowałby miasto na wyspie, do której nie dało się dotrzeć? Gdyż w tym miejscu z oceanu wystawały dziwaczne formacje skalne. Otaczały całą wyspę jak mur, niektóre wysokie na czterdzieści stóp, przypominające groty włóczni. Kiedy podpłynęli bliżej, morze znów się wzburzyło, wywołując u niej atak mdłości. Podobało jej się to. Było ludzkim uczuciem.

Znów sięgnęła dłonią do Dusznika.

Mdłości mieszały się z lekkim wrażeniem głodu. Jedzenie było czymś, o czym ostatnio często zapominała, gdyż jej ciało potrzebowało go coraz mniej. Ze względu na otwór w policzku żucie było irytujące. Mimo to podobał jej się aromat tego, co kuk gotowała pod pokładem. Może uspokoi marynarzy, którzy wydawali się poruszeni zbliżaniem się do wyspy.

Kaza przeszła na rufówkę, w pobliże kapitana.

– Teraz możesz zarobić na swoje utrzymanie, Duszniku. A ja będę miał uzasadnienie, dlaczego cię tu zaciągnąłem.

– Nie jestem przedmiotem – rzuciła z roztargnieniem – który można wykorzystać. Jestem człowiekiem. Te iglice... zostały tu Dusznikowane.

Ogromne kamienne iglice tworzyły zbyt równy krąg wokół wyspy. Oceniając po prądach, niektóre kryły się również pod wodą, by rozerwać kadłuby zbliżających się statków.

– Czy możesz zniszczyć jedną z nich? – spytał ją kapitan.

– Nie. Są o wiele większe, niż mówiłeś.

– Ale...

– Mogę zrobić w nich otwór, kapitanie. Łatwiej jest Dusznikować cały przedmiot, ale ja nie jestem zwyczajnym Dusznikiem. Zaczęłam widzieć ciemne niebo i drugie słońce, istoty, które kryją się wokół miast ludzi.

Wyraźnie zadrżał. Dlaczego go to przeraziło? Jedynie stwierdziła fakty.

– Musisz dla nas przeobrazić czubki kilku poniżej poziomu fal. A później zrobić otwór na tyle duży, by przynajmniej szalupy mogły dopłynąć do wyspy.

– Dotrzymam słowa, ale musisz pamiętać. Nie służę ci. Jestem tu ze swoich własnych powodów.

Dopłynęli najdalej, jak się odważyli, i rzucili kotwice. Z bliska iglice były jeszcze bardziej onieśmielające – i wyraźniej Dusznikowane. Każda musiała wymagać kilkunastu współpracujących Duszników, pomyślała, stojąc na dziobie, kiedy marynarze pospiesznie zjadali potrawkę.

Kukiem była kobieta, z wyglądu Reshi, z tatuażami pokrywającymi całą twarz. Zmusiła kapitana do jedzenia, twierdząc, że jeśli wyruszy głodny, będzie rozproszony. Nawet Kaza trochę zjadła, choć jej język już nie czuł smaku. Dla niej wszystko było taką samą papką, a jedząc, przyciskała serwetkę do policzka.

Kapitan przyciągał do siebie niecierpliwospreny – wstęgi, które falowały na wietrze – a Kaza widziała bestie poza, istoty towarzyszące sprenom.

Cztery szalupy były zatłoczone, wioślarze i oficerowie mieszali się ze sobą, ale zrobili dla niej miejsce z przodu jednej z nich. Założyła kaptur, który wciąż nie wysechł, i usiadła na ławce. Co zamierzał zrobić kapitan, gdyby sztorm nie ucichł? Naprawdę próbowałby wykorzystać ją i szalupę, by usunąć te włócznie w trakcie nawałnicy?

Dotarli do pierwszej iglicy i Kaza ostrożnie rozwinęła Dusznik, wypuszczając strumień światła. Trzy duże klejnoty połączone łańcuszkami, z pętlami na jej palce. Założyła je, układając klejnoty na grzbiecie dłoni. Westchnęła cicho, gdy znów poczuła metal na skórze. Ciepły, przyjemny, część niej.

Włożyła rękę do chłodnej wody i przycisnęła dłoń do czubka kamiennej włóczni, wygładzonej po latach w oceanie. Blask klejnotów podświetlał wodę, refleksy tańczyły na jej szacie. Zamknęła oczy i poczuła znajome wrażenie wciągania do innego świata. Innej woli wzmacniającej jej własną, czegoś władczego i potężnego, przyciągniętego przez jej prośbę o pomoc.

Kamień nie chciał się zmieniać. Długa drzemka w oceanie sprawiała mu przyjemność. Ale... tak, tak, pamiętał. Kiedyś był powietrzem, aż ktoś zamknął go w tym kształcie. Nie mogą znów uczynić go powietrzem – jej Dusznik miał tylko jeden sposób działania, nie wszystkie trzy. Nie wiedziała dlaczego.

Dym, szeptała do kamienia. Wolność w powietrzu. Pamiętasz? Kusiła go, sięgając po jego wspomnienia swobodnego tańca.

Tak... wolność.

Sama prawie się poddała. Czyż nie byłoby cudownie już nie czuć strachu? Wznosić się w nieskończoność w powietrzu? Być wolną od śmiertelnych cierpień?

Czubek kamienia zmienił się w dym, szalupę otoczyła chmura baniek. Kaza powróciła do prawdziwego świata, a część jej wnętrza zadrżała. Była przerażona. Tym razem prawie odeszła.

Bańki dymu wstrząsnęły szalupą, która prawie się wywróciła. Powinna była ich ostrzec. Marynarze mamrotali, ale w sąsiedniej szalupie kapitan ją wychwalał.

Usunęła spod powierzchni dwa kolejne czubki włóczni, zanim w końcu dotarła do muru. Iglice wyrastały tutaj tak blisko, że dzieliła je zaledwie szerokość dłoni. Dopiero po trzech próbach szalupa znalazła się dostatecznie blisko – kiedy tylko znajdowali się w dogodnej pozycji, jakieś poruszenie fal znów ich odciągało.

W końcu marynarzom udało się ustabilizować szalupę. Kaza wyciągnęła rękę z Dusznikiem – dwa z trzech klejnotów zużyły już prawie całe Burzowe Światło i emanowały jedynie słabym blaskiem. Powinna mieć dosyć.

Przycisnęła dłoń do iglicy i przekonała ją, by stała się dymem. Tym razem było... łatwo. Poczuła wybuch wiatru następujący po przeobrażeniu, a jej dusza łkała z rozkoszy w dymie, gęstym i słodkim. Wdychała go przez otwór w policzku, gdy marynarze kaszleli. Spojrzała na odpływający dym. Jakże cudownie by było...

Nie.

Za otworem wyłaniała się wyspa. Była ciemna, jakby jej skały również zostały splamione dymem, z wysokimi formacjami skalnymi pośrodku. Wyglądały niemal jak mury miasta.

Szalupa kapitana podpłynęła bliżej, a sam kapitan przeniósł się do jej łódki. Jego zaczęła płynąć w stronę statku.

– Co się stało? – spytała. – Dlaczego twoja szalupa wraca?

– Twierdzą, że nie czują się dobrze – odparł kapitan. Czy nie był nienaturalnie blady? – Tchórze. Nie zdobędą żadnego łupu.

– Tam klejnoty leżą na wyciągnięcie ręki – dodał Droz. – Umierały tu całe pokolenia wielkoskorupów, pozostawiając swoje serca. Będziemy bardzo, bardzo bogaci.

Najważniejsze, by była tam również tajemnica.

Usiadła wygodniej na dziobie łodzi, gdy marynarze przeprowadzali trzy szalupy przez otwór. Aimianie wiedzieli o Dusznikach. W dawnych czasach trzeba było udać się do tego miejsca, żeby zdobyć urządzenie. Przybyć na starożytną wyspę Akinah.

Jeśli gdzieś mogła poznać tajemnicę, jak uniknąć śmierci z powodu urządzenia, które kochała, to jedynie tutaj.

Kiedy marynarze wiosłowali, Kaza znów poczuła, że żołądek podjeżdża jej do gardła. Wytrzymała to, choć miała wrażenie, jakby ześlizgiwała się do drugiego świata. Pod nogami miała nie ocean, ale głębokie czarne szkło. I dwa słońca na niebie, jedno, które przyciągało jej duszę. Jej cień, rozciągający się w niewłaściwą stronę...

Chlup!

Wzdrygnęła się. Jeden z marynarzy ześlizgnął się z łodzi do wody. Patrzyła z otwartymi ustami, gdy inny osunął się na bok, a wiosło wypadło z jego rąk.

– Kapitanie?

Mężczyźnie zamykały się oczy. Zwiotczał i przewrócił się do tyłu, nieprzytomny, a do tego jeszcze uderzył głową o ławkę z tyłu.

Reszta marynarzy nie radziła sobie o wiele lepiej. Dwie pozostałe szalupy dryfowały bez celu. Żaden marynarz nie wydawał się przytomny.

Moje przeznaczenie, pomyślała Kaza. Mój wybór.

Nie przedmiot, który można przenosić z miejsca na miejsce i wydawać mu polecenie Dusznikowania. Nie narzędzie. Człowiek.

Odepchnęła na bok nieprzytomnego marynarza i sama sięgnęła po wiosła. Okazało się to trudnym zadaniem. Nie była przyzwyczajona do pracy fizycznej, miała też problem z zaciśnięciem palców. Rozpływały się coraz bardziej. Może oczekiwanie, że przeżyje jeszcze rok albo dwa, było przesadnym optymizmem.

Mimo to wiosłowała. Walczyła z falami, aż w końcu zbliżyła się na tyle, że mogła wskoczyć do wody i poczuć skały pod stopami. Szaty unosiły się wokół niej. W końcu przyszło jej na myśl, by sprawdzić, czy Vazrmeb żyje.

Żaden z marynarzy w jej szalupie nie oddychał, więc pozwoliła, by łódka zaczęła dryfować na falach. Samotnie walczyła z przybojem i w końcu na czworakach wypełzła na skały wyspy.

Tam osunęła się na ziemię, na wpół przytomna. Dlaczego była taka senna?

Kiedy się obudziła, pierwszą rzeczą, jaką zobaczyła, był kremlik biegający po pobliskich kamieniach. Miał dziwny kształt, duże skrzydła i głowę przypominającą ostrogara. Jego skorupa opalizowała dziesiątkami odcieni.

Kaza pamiętała czas, kiedy zbierała kremliki, przyszpilała je do desek i wszystkim powtarzała, że zajmie się historią naturalną. Co się stało z tą dziewczynką?

Została przeobrażona przez konieczność. Dostała Dusznik, który miał na zawsze pozostać w rękach rodziny królewskiej. Dostała zadanie.

I wyrok śmierci.

Poruszyła się, a wtedy kremlik uciekł. Zakaszlała i zaczęła pełznąć w stronę tych formacji skalnych. Tego miasta? Ciemnego miasta ze skały? Z trudem zbierała myśli, choć zwróciła uwagę na klejnot, kiedy go mijała – duże, nieoszlifowane serce klejnotu pośród zbielałych pozostałości pancerza wielkoskorupa. Vazrmeb miał rację.

W pobliżu skał znów osunęła się na ziemię. Wyglądały jak wielkie, zdobione budynki pokryte warstwą kremu.

– Ach... – powiedział ktoś za jej plecami. – Powinnam się domyślić, że narkotyk na ciebie nie podziała tak szybko. Niewiele już w tobie z człowieka.

Kaza przewróciła się na plecy i zobaczyła, jak ktoś podchodzi, cicho, na bosaka. Kuk? Tak, to była ona, z tą wytatuowaną twarzą.

– Ty... – wychrypiała Kaza – nas otrułaś.

– Po wielu ostrzeżeniach, by nie przybywać do tego miejsca. Rzadko muszę strzec w tak... agresywny sposób. Ludziom nie wolno ponownie odkryć tego miejsca.

– Klejnoty? – Kaza czuła, że robi się coraz bardziej senna. – Albo... coś jeszcze... coś... więcej.

– Nie mogę odpowiedzieć, nawet, by spełnić prośbę umierającego. Są tacy, którzy mogliby wydobyć tajemnice z twojej duszy, a ceną byłby koniec światów. Śpij, Duszniku. To najbardziej miłosierny koniec, jaki mogłam ci dać.

Kuk zaczęła nucić. Kawałki jej ciała odpadały. Zmieniła się w stertę malutkich, rozćwierkanych kremlików, które wyszły z jej ubrania, pozostawiając je na stercie.

Halucynacja? – zastanawiała się Kaza, zapadając w sen.

Umierała. Cóż, to nic nowego.

Kremliki zaczęły skubać jej dłoń, zdejmując Dusznik. Nie... miała ostatnią rzecz do zrobienia.

Z wyzywającym okrzykiem przycisnęła dłoń do skalistej ziemi i zażądała, by się zmieniła. Kiedy kamień stał się dymem, odeszła razem z nim.

Jej wybór.

Jej przeznaczenie.

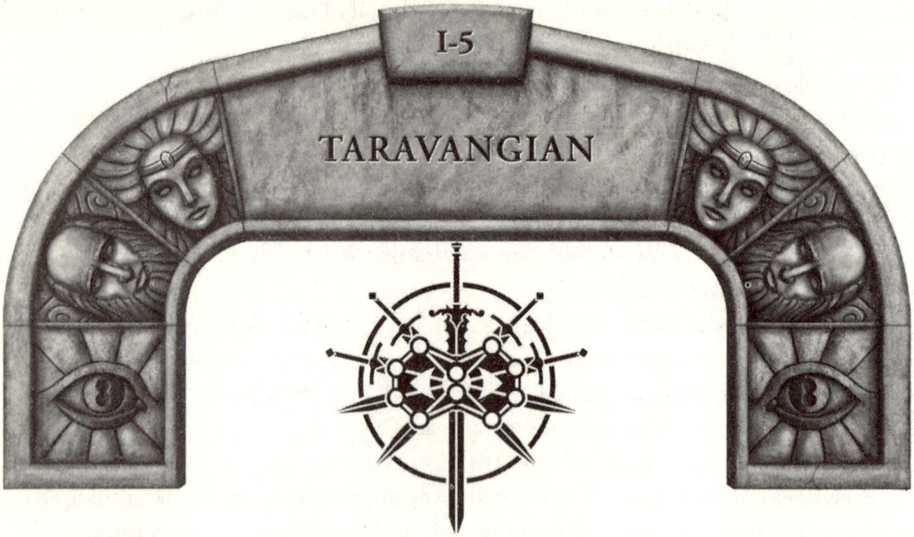

I-5

TARAVANGIAN

Taravangian chodził po swoich komnatach w Urithiru, gdy dwaj służący z Diagramu przygotowywali stół, a nerwowy Dukar – przywódca Królewskich Inspektorów, którzy nosili absurdalne szaty strażników burz z glifami wzdłuż wszystkich szwów – rozkładał testy, choć nie musieli zadawać sobie trudu.

Dziś Taravangian był burzowym geniuszem.

Sposób w jaki myślał, oddychał, nawet się poruszał, pośrednio wskazywał, że nadszedł dzień inteligencji – może nie był tak błyskotliwy jak tamtego niezrównanego dnia, kiedy stworzył Diagram, ale w końcu czuł się sobą po tak długim czasie uwięzienia w mauzoleum własnego ciała, gdy jego umysł był jak doskonały malarz, któremu pozwalano jedynie bielić ściany.

Po przygotowaniu stołu Taravangian odepchnął bezimiennego sługę na bok, chwycił pióro i rzucił się do rozwiązywania zadań – zaczynając od drugiej strony, gdyż pierwsza była za prosta – i ochlapał Dukara atramentem, kiedy ten idiota zaczął narzekać.

– Następna kartka – rzucił. – Szybko, szybko. Nie zmarnujmy tego, Dukarze.

– Nadal musicie...

– Tak, tak. Udowodnić, że nie jestem idiotą. Tego jednego dnia, kiedy się nie ślinię i nie leżę we własnych odchodach, obciążacie mnie tym idiotyzmem.

– To wy to...

– Opracowaliście. Tak, a cała ironia polega na tym, że pozwalacie, by zakazy ustanowione przez moje idiotyczne wcielenie panowały nad moją prawdziwą osobą, kiedy w końcu ma się okazję wyłonić.

– Nie byliście idiotą, kiedy...

– Masz. – Taravangian podał mu kartkę zadań matematycznych. – Gotowe.

– Wszystkie poza ostatnim na tej stronie. – Dukar ostrożnie wziął arkusz. – Czy chcecie spróbować, czy...

– Nie ma takiej potrzeby. Wiem, że go nie rozwiążę, co za pech. Pospieszcie się z wymaganymi formalnościami. Mam co robić.

Adrotagia weszła do środka z Malatą, Pyłowcem; spędzały ze sobą coraz więcej czasu, gdy Adrotagia starała się nawiązać więź emocjonalną z tym pomniejszym członkiem Diagramu, który nagle znalazł się na najwyższych szczeblach, co zostało przewidziane przez Diagram – który wyjaśniał, że Pustkowcy są tą grupą Świetlistych, która z największym prawdopodobieństwem poprze ich sprawę – a Taravangian czuł się z tego dumny, bo wcale nie było gwarancji, że znajdą wśród swoich szeregów kogoś, kto mógł związać się ze sprenem.

– Jest bystry – powiedział Dukar do Mralla.

Osobisty strażnik był ostatecznym arbitrem codziennych zdolności Taravangiana – irytujące ograniczenie konieczne, by powstrzymać jego głupie wcielenie od popsucia czegokolwiek, ale jedynie niewielki kłopot, gdy Taravangian był w takim stanie.

Pełen energii.

Przebudzony.

Błyskotliwy.

– Prawie osiągnął granicę niebezpieczeństwa – stwierdził Dukar.

– Widzę – zauważyła Adrotagia. – Vargo, czy jesteś...?

– Czuję się doskonale. Możemy już dać sobie spokój? Mogę kontaktować się z ludźmi, podejmować decyzje polityczne i nie potrzebuję ograniczeń.

Dukar niechętnie przytaknął. Mrall się zgodził. W końcu!

– Przynieście mi kopię Diagramu. – Taravangian przecisnął się obok Adrotagii. – I potrzebuję muzyki, czegoś uspokajającego, ale niezbyt wolnego. Opróżnijcie komnaty z osób, które nie są niezbędne, wynieście meble z sypialni i nie przeszkadzajcie mi.

Zajęło im to frustrująco dużo czasu, prawie pół godziny, które spędził na balkonie, wpatrując się w dużą przestrzeń przeznaczoną na ogród i zastanawiając się nad jej rozmiarem. Potrzebował wyników pomiarów...

– Wasza komnata jest gotowa, Wasza Wysokość – powiedział Mrall.

– Dziękuję ci, o uskrytyczny, za pozwolenie wejścia do mojej własnej sypialni. Piłeś sól?

– ...że co?

Taravangian przeszedł przez niewielką komnatę obok balkonu i znalazł się w sypialni, odetchnął głęboko i z zadowoleniem stwierdził, że rzeczywiście opróżniono ją z mebli – jedynie cztery gładkie kamienne ściany, żadnych okien, choć wzdłuż przeciwległej ściany znajdował się dziwny prostokątny występ, jak wysoki stopień, który Maben właśnie odkurzała.

Taravangian wziął pokojówkę za ramię i wyprowadził ją na zewnątrz, a w wejściu spotkał się z Adrotagią, która niosła grubą księgę oprawioną w świńską skórę. Kopia Diagramu. Doskonale.

– Zmierz obszar przeznaczony na ogród na kamiennym polu pod moim balkonem i zdaj mi raport.

Wniósł Diagram do komnaty, a następnie zamknął się w błogim własnym towarzystwie, w którym ustawił po diamencie w każdym rogu – światło mające towarzyszyć jego własnej iskrze, która świeciła wprawdzie tam, dokąd inni nie mogli się udać – a kiedy skończył, zgodnie z jego prośbą niewielki dziecięcy chór zaczął śpiewać za drzwiami voryńskie hymny.

Odetchnął głęboko, skąpany w blasku i zachęcany pieśnią, i wyciągnął ręce na boki. Był zdolny do wszystkiego i pochłaniało go zadowolenie z własnego działającego umysłu, niezablokowanego i płynącego swobodnie po raz pierwszy od – jak mu się zdawało – wieków.

Otworzył Diagram. W nim Taravangian w końcu znalazł coś większego od siebie – inną wersję samego siebie.

Diagram – nazwa tej księgi i organizacji, która ją badała – nie został pierwotnie napisany tylko na papierze, bo tamtego dnia wspaniałych możliwości Taravangian zaanektował wszystkie powierzchnie, by pomieściły jego geniusz – od mebli po ściany – a w trakcie wymyślał nowe języki, by lepiej wyrazić idee, które z konieczności musiały zostać zapisane w medium mniej doskonałym od myśli. Nawet w jego dzisiejszym stanie intelektu ten widok zmuszał do pokory – przerzucał kartki zapisane malutkimi bazgrołami, skopiowanymi, łącznie z kleksami i zadrapaniami, z pierwotnej komnaty Diagramu, stworzonej w – jak się mu zdawało – innym życiu, które teraz było dla niego równie obce, jak ten śliniący się idiota, którym czasami się stawał.

Bardziej obce. Głupotę rozumieli wszyscy.

Ignorując ból ciała, ukląkł na kamieniach i z szacunkiem przerzucał kartki. Następnie wyciągnął zza paska nóż i zaczął je wycinać.

Diagram nie został zapisany na papierze, a interakcja z jego transkrypcją oprawioną w formę księgi musiała z konieczności wpłynąć na sposób ich myślenia, więc aby zyskać właściwą perspektywę – uznał w tej chwili – potrzebował elastyczności, jaką umożliwiało zobaczenie fragmentów i ułożenie ich w nowy sposób, gdyż tamtego dnia jego myśli nie były zamknięte i teraz również nie powinien postrzegać ich w taki sposób.

Nie był aż tak błyskotliwy jak tamtego dnia, ale nie musiał. Tamtego dnia był Bogiem. Dziś może być prorokiem Boga.

Ułożył wycięte kartki i znalazł liczne nowe związki wyłącznie poprzez ułożenie arkuszy obok siebie – w rzeczy samej, ta kartka tutaj naprawdę łączyła się z tą kartką tutaj... tak. Taravangian przeciął je obie w środku, dzieląc zdania. Kiedy ułożył połowy różnych kartek obok siebie, tworzyły bardziej kompletną całość. Idee, które wcześniej przegapił, wznosiły się ze stron jak spreny.

Taravangian nie wierzył w żadną religię, bo były niewydolnymi narzędziami, stworzonymi, by wypełnić luki w ludzkim pojmowaniu nonsensownymi wyjaśnieniami, co pozwalało ludziom spokojnie przesypiać noce, zapewniało im fałszywe poczucie komfortu i panowania nad sytuacją i nie pozwalało im sięgnąć dalej w stronę prawdziwego zrozumienia, jednak w Diagramie było coś dziwnie świętego, moc surowej inteligencji, jedynej rzeczy na świecie, której człowiek powinien oddawać cześć, och, a jak mało rozumiała ją większość – jak mało na nią zasługiwali – dotykając czystości i kalając ją spaczonym pojmowaniem i bezmyślnymi przesądami. Czy istniał jakiś sposób, by mógł uniemożliwić wszystkim poza najinteligentniejszymi naukę czytania? To by przyniosło tak wiele korzyści – wydawało się szaleństwem, że nikt wcześniej nie wprowadził w życie takiego zakazu, bo choć vorinizm zabraniał mężczyznom czytać, to jedynie uniemożliwiało arbitralnie wybranej połowie społeczeństwa posługiwanie się informacją, choć powinno się tego zakazać głupcom.

Chodził po komnacie, kiedy nagle zauważył kartkę papieru wsuniętą pod drzwi – odpowiedź na jego pytanie o rozmiar platformy do uprawy roślin. Spojrzał na obliczenia, jednocześnie odruchowo słuchając głosów na zewnątrz, niemal zagłuszonych przez śpiewające dzieci.

– Uskrytyczny – powiedziała Adrotagia – wydaje się odnosić do Uscri, postaci z poematu tragicznego napisanego przed siedemnastoma stuleciami. Utopiła się, kiedy usłyszała, że jej kochanek utonął, choć on tak naprawdę wcale nie umarł, tylko ona źle zrozumiała raport na jego temat.

– Aha... – mruknął Mrall.

– W następnych stuleciach służyła jako przykład działania na podstawie niekompletnych informacji, choć później określenie zaczęło znaczyć po prostu „głupi". Sól wydaje się nawiązaniem do faktu, że utopiła się w morzu.

– Czyli to była obelga?

– Z użyciem mało znanego nawiązania literackiego, owszem.

Niemal słyszał westchnienie Adrotagii. Lepiej przerwać, nim zacznie się dłużej nad tym zastanawiać.

Taravangian gwałtownie otworzył drzwi.

– Pasta gumowa do przyklejania papieru do ścian. Przynieś ją dla mnie, Adrotagio.

Przy drzwiach czekała na niego sterta papieru, o którą ich nawet nie poprosił, co go zaskoczyło, bo zwykle musiał im wydawać polecenia. Zamknął drzwi, ukląkł i zrobił kilka obliczeń odnoszących się do rozmiarów miasta wieży. Hmm...

Była to przyjemna odmiana, ale wkrótce znów przyciągnęło go prawdziwe dzieło, nad którym pracę przerwało jedynie przybycie pasty gumowej, za pomocą której zaczął przyklejać fragmenty Diagramu do ścian.

To, pomyślał, układając kartki z liczbami rozrzuconymi wśród tekstu, kartki, w których nigdy nie umieli odnaleźć sensu. To lista czego? Nie szyfr, jak inne liczby. Chyba że... czy to może być stenograficzny zapis słów?

Tak... tak, był zbyt niecierpliwy, by zapisywać słowa. Ponumerował je w głowie – może alfabetycznie – by móc zapisywać je szybciej. Jaki był klucz?

To wzmocnienie, pomyślał w czasie pracy, paradygmatu Dalinara! Jego dłonie drżały z ekscytacji, gdy zapisywał możliwe wyjaśnienia. Tak... Zabić Dalinara albo będzie stawiał opór twoim próbom przejęcia Alethkaru. Dlatego Taravangian posłał Skrytobójcę w Bieli, który – co niewiarygodne – zawiódł.

Na szczęście istniały plany awaryjne. Tutaj, pomyślał Taravangian, podnosząc kolejny fragment Diagramu i przyklejając go na ścianie obok pozostałych. Początkowe wyjaśnienie paradygmatu Dalinara, z katechizmu na odwrocie wezgłowia, trzeci kwadrant. Został zapisany w metrum, jako poemat, i przepowiadał, że Dalinar spróbuje zjednoczyć świat.

Czyli gdyby spojrzał na drugi plan awaryjny...

Taravangian pisał gorączkowo, widząc słowa zamiast liczb i – pełen energii – na chwilę zapomniał o swoim wieku, bólach, palcach, które drżały – czasami – nawet kiedy nie był tak podekscytowany.

Diagram nie dostrzegł wpływu drugiego syna, Renarina – on był zupełnie nieprzewidywalnym elementem. Taravangian z dumą zakończył notatki i podszedł w stronę drzwi, które otworzył, nawet nie podnosząc wzroku.

– Przynieście mi kopię słów chirurga po moich narodzinach – powiedział do tych, którzy stali na zewnątrz. – Aha, i zabijcie te dzieci.

Muzyka ucichła, gdyż dzieci usłyszały jego słowa. Muzykospreny zaczęły odfruwać.

– Chciałeś powiedzieć, że mamy uciszyć ich śpiew – stwierdził Mrall.

– Nieważne. Denerwują mnie vorińskie hymny jako przypomnienie historycznego religijnego ucisku idei i myśli.

Taravangian powrócił do pracy, ale już wkrótce rozległo się pukanie do drzwi. Otworzył je gwałtownie.

– Miano mi nie...

– Przeszkadzać. – Adrotagia podała mu kartkę papieru. – Słowa chirurga, o które prosiłeś. Mamy je pod ręką, bo tak często o nie prosisz.

– Doskonale.

– Musimy porozmawiać, Vargo.

– Nie...

I tak weszła do środka, zaraz jednak zatrzymała się, wpatrując się w pocięte kawałki Diagramu. Rozglądała się dookoła, a jej oczy robiły się coraz większe.

– Czy jesteś...

– Nie. Nie stałem się znowu nim. Ale jestem sobą, po raz pierwszy od wielu tygodni.

– To nie jesteś ty. To potwór, którym czasami się stajesz.

– Nie jestem dość bystry, by znaleźć się w strefie niebezpieczeństwa.

Strefie, w której – ku jego irytacji – utrzymywali, że jest zbyt bystry, by pozwolić mu podejmować decyzje. Jakby inteligencja była w jakiś sposób obciążeniem!

Rozłożyła kartkę papieru, którą wyjęła z kieszeni spódnicy.

– Tak, twój codzienny test. Zatrzymałeś się na tej kartce, twierdząc, że nie umiesz odpowiedzieć na następne pytanie.

Niech to Potępienie. Przejrzała go.

– Gdybyś odpowiedział – stwierdziła – udowodniłbyś, że jesteś dość inteligentny, by być niebezpiecznym. Uznałeś więc, że sobie nie poradzisz. Luka, którą powinniśmy byli wziąć pod uwagę. Wiedziałeś, że gdybyś odpowiedział na to pytanie, tego dnia ograniczylibyśmy twoje prawo do podejmowania decyzji.

Przecisnął się obok niej i wziął jedną z kartek, które zapisał wcześniej.

– Słyszałaś o wzroście z Burzowym Światłem?

– Vargo...

– Obliczywszy całą powierzchnię przeznaczoną pod uprawy w Urithiru i porównawszy ją z szacowaną liczbą pomieszczeń dostępnych do zamieszkania, ustaliłem, że nawet gdyby żywność rosła tu naturalnie, to znaczy w temperaturach przeciętnej żyznej równiny, nie wystarczyłoby jej, by wyżywić całą wieżę.

– Handel – powiedziała.

– Trudno mi uwierzyć, że Świetliści Rycerze, ciągle zagrożeni wojną, wybudowaliby taką fortecę i nie uczyniliby jej samowystarczalną. Czytałaś Golombi?

– Oczywiście, że tak, i ty o tym wiesz. Sądzisz, że wspomagali wzrost za pomocą klejnotów napełnionych Burzowym Światłem, zapewniających oświetlenie zacienionym miejscom?

– Nic innego nie ma sensu, nieprawdaż?

– Testy nie przyniosły jednoznacznego wyniku. Owszem, blask kul umożliwia wzrost, w przeciwieństwie do świecy, ale Golombi utrzymuje, że wyniki mogły zostać zafałszowane, a skuteczność jest... Ech! Próbujesz odwrócić moją uwagę, Vargo. Rozmawialiśmy o tym, co zrobiłeś, by obejść zasady, które sam ustanowiłeś!

– Kiedy byłem głupi.

– Kiedy byłeś normalny.

– Normalny jest głupi, Adro. – Chwycił ją za ramiona i stanowczo wypchnął z komnaty. – Nie będę podejmował decyzji politycznych i nie zażądam zamordowania kolejnych grup muzykalnych dzieci. Dobrze? W porządku? A teraz zostaw mnie samego. Zasmradzasz to miejsce aurą zadowolonej z siebie głupoty.

Zamknął drzwi i w głębi duszy poczuł ukłucie wstydu. Czyżby właśnie nazwał, kogo jak kogo, ale Adrotagię – głupią?

Cóż. Nic na to teraz nie poradzi. Ona zrozumie.

Znów zabrał się do pracy, wycinając więcej kart Diagramu, układając je, szukając wzmianek na temat Czarnego Ciernia, bo w księdze było zbyt wiele materiału do zbadania, a on musiał skupić się na ich obecnym problemie.

Dalinar żył. Tworzył koalicję. Co miał teraz zrobić Taravangian? Kolejny skrytobójca?

Jaka jest tajemnica? – pomyślał, unosząc karty Diagramu, aż znalazł jedną, na której widział przez papier słowa po drugiej stronie. Czy to mogło być celowe? Co powinienem zrobić? Proszę. Wskaż mi drogę.

Napisał słowa na kartce. Światło. Inteligencja. Znaczenie. Zawiesił je na ścianie, by go natchnęły, ale nie mógł powstrzymać się przed przeczytaniem słów chirurga – mistrza uzdrowiciela, który wydobył Taravangiana przez rozcięcie w brzuchu jego matki.

„Miał pępowinę owiniętą wokół szyi", powiedział chirurg. „Królowa będzie wiedziała najlepiej, ale z przykrością informuję ją, że choć wasz syn żyje, może mieć ograniczone zdolności. Może należy go trzymać w odległych posiadłościach, a wybrać raczej innych dziedziców".

Te „ograniczone zdolności" się nie ujawniły, ale opinia towarzyszyła Taravangianowi od dzieciństwa, tak zdominowała umysły ludzi, że nikt nie przejrzał głupoty, którą ostatnio udawał, a którą przypisywali udarowi albo po prostu starości. Albo może, jak mówili niektórzy, taki był od zawsze.

Przezwyciężył tę opinię na wiele wspaniałych sposobów. A teraz ocali świat. W każdym razie tę część świata, która się liczyła.

Pracował całymi godzinami, przypinając kolejne fragmenty Diagramu, a później bazgrząc na nich, gdy przychodziły mu do głowy związki, wykorzystując piękno i światło, by odpędziły cienie tępoty i ignorancji, dając mu odpowiedzi – były tam, musiał je jedynie zinterpretować.

W końcu przerwała mu pokojówka – irytująca kobieta zawsze kręciła się dookoła, próbowała go zmusić do tego czy owego, jakby nie miał ważniejszych spraw od moczenia nóg.

– Idiotka! – krzyknął.

Nie wzdrygnęła się nawet, ale podeszła i postawiła obok niego tacę z jedzeniem.

– Nie widzisz, że moja praca jest ważna? – spytał ostro. – Nie mam czasu na jedzenie.

Nalała mu coś do picia, a później, co go niezmiernie zirytowało, poklepała go po ramieniu. Kiedy wyszła, zauważył, że Adrotagia i Mrall stoją tuż na zewnątrz.

– Nie przypuszczam – zwrócił się do Mralla – że straciłbyś pokojówkę, gdybym tego zażądał.

– Uznaliśmy – odparł jego osobisty strażnik – że nie wolno ci podejmować dziś takich decyzji.

– W takim razie do Potępienia z tobą. I tak już prawie mam odpowiedzi. Nie wolno zamordować Dalinara Kholina. Czas na to minął. Teraz musimy wspierać koalicję. A później zmusimy go do ustąpienia, bym mógł zająć jego miejsce na czele monarchów.

Adrotagia weszła do środka i przyjrzała się jego pracy.

– Wątpię, by Dalinar po prostu oddał ci przywództwo koalicji.

Taravangian postukał w serię kartek przyklejonych do ściany.

– Popatrz tutaj. Powinno być jasne, nawet dla ciebie. Przewidziałem to.

– Wprowadziłeś zmiany – powiedział Mrall z przerażeniem w głosie. – W Diagramie.

– Tylko malutkie. Popatrz, widzisz tam oryginalny zapis? Nie zmieniłem go, a jest jasny. Naszym obecnym zadaniem jest zmuszenie Dalinara do wycofania się z przywództwa i zajęcie jego miejsca.

– Nie zabijamy go? – spytał Mrall.

Taravangian spojrzał na niego z ukosa, po czym odwrócił się i machnięciem ręki wskazał na przeciwległą ścianę, na której przykleił jeszcze więcej papierów.

– Zabicie go teraz jedynie wzbudziłoby podejrzenia.

– Tak – stwierdziła Adrotagia – widzę tę interpretację wezgłowia... musimy naciskać Czarnego Ciernia tak mocno, aż upadnie. Ale będziemy potrzebowali tajemnic, by wykorzystać je przeciwko niemu.

– To proste. – Taravangian popchnął ją w stronę kolejnych notatek na ścianie. – Poślemy sprena Pyłowca na przeszpiegi. Dalinar Kholin aż śmierdzi tajemnicami. Możemy go złamać, a ja mogę zająć jego miejsce, gdyż koalicja będzie mnie postrzegać jako niegroźnego, a wtedy znajdziemy się na pozycji, która umożliwi negocjacje z Odium, który zgodnie z prawami sprenów i bogów będzie związany umową, jaką zawrze.

– Nie możemy... pokonać Odium? – spytał Mrall.

Umięśniony idiota. Taravangian przewrócił oczami, ale Adrotagia – bardziej sentymentalna od niego – odwróciła się i wyjaśniła.

– Diagram mówi jasno, Mrallu. Taki jest cel jego stworzenia. Nie możemy pokonać wroga, więc ratujemy, co się da.

– To jedyny sposób – zgodził się Taravangian.

Dalinar nigdy by tego nie zaakceptował. Tylko jeden człowiek był dość silny do takiego poświęcenia.

Taravangian poczuł ślad... czegoś. Wspomnienia.

„Daj mi zdolność, by nas ocalić".

– Weź to – zwrócił się do Adrotagii, zdejmując kartkę, którą pokrył notatkami. – To zadziała.

Pokiwała głową i wyprowadziła Mralla z komnaty, Taravangian zaś ukląkł przed zniszczonymi, porwanymi, pociętymi resztkami Diagramu.

Światło i prawda. Ocalić, co się da.

Porzucić resztę.

Na szczęście otrzymał tę zdolność.

ELANTRIS

Brandon Sanderson

ELANTRIS – gigantyczne, piękne, dosłownie promienne miasto, zamieszkałe przez dobrotliwe istoty, wykorzystujące swoje potężne zdolności magiczne, aby pomagać ludowi Arelonu. Każda z tych boskich istot była jednak kiedyś zwykłym człowiekiem, dopóki nie dotknęła jej tajemnicza, odmieniająca moc Shaod. A potem, dziesięć lat temu, magia zawiodła. Elantrianie stali się zniszczonymi, słabymi, podobnymi do trędowatych istotami, a sam Elantris okrył się mrokiem, brudem i popadł w ruinę. Shaod stała się przekleństwem.

Nowa stolica Arelonu, Kae, przycupnęła w cieniu Elantris, a jej mieszkańcy starali się jak mogli, aby je ignorować. Księżniczka Sarene z Teod przybywa do Kae, aby zawrzeć polityczne małżeństwo z księciem korony Raodenem. Sądząc z korespondencji, mogła spodziewać się również, że odnajdzie miłość. Dowiaduje się jednak, że Raoden nie żyje, a ona uważana jest za wdowę po nim. Zarówno Teod, jak i Arelon są pod presją zagrożenia jako ostatnie bastiony sprzeciwiające się imperialnym zakusom fanatyków religijnych z Fjordell. Sarene postanawia wykorzystać jak najlepiej swoją smutną sytuację i użyć wpływów, aby ukrócić machinacje Hrathena, fjordelskiego kapłana, który przybył do Arelonu, aby go nawrócić i podporządkować swemu panu i swemu bogu.

Ani Sarene, ani Hrathen nie podejrzewali nawet prawdy o zniknięciu księcia Raodena, który padł ofiarą dziwnej choroby, uderzającej upadłych bogów Elantris i został zamknięty w mrocznym mieście. Jego próby stworzenia z nędzników zamkniętych wraz z nim rozpoczęło serię zdarzeń, które przyniosą nadzieję Arelonowi i być może nawet odkryją sekret samego Elantris.

„Elantris” to pogodna, wesoła powieść, pełna niespodzianek i bohaterów, do których się przywiązujemy. Jak powiew świeżego powietrza, nie stanowi powtórzenia i przeróbek wyeksploatowanych schematów, lecz jest kompletną i dobrą powieścią jednotomową. Jest to również wspaniały debiut nowej, mile widzianej gwiazdy na firmamencie fantasy.

ROZJEMCA

Brandon Sanderson

„Rozjemca" to opowieść o dwóch siostrach, które urodziły się księżniczkami, o Królu-Bogu, który ma poślubić jedną z nich, pomniejszym bóstwie, które nie wierzy w siebie, i o nieśmiertelnym człowieku, starającym się naprawić błędy, jakich dopuścił się setki lat temu.

W ich świecie ci, którzy zginęli w chwalebny sposób powracają jako bogowie i żyją w zamknięciu w stolicy Hallandren. W tym samym świecie o potędze magii stanowi moc zwana BioChromą, oparta na Oddechach, które można zbierać jedynie pojedynczo od konkretnych osób.

Dzięki Oddechom i czerpaniu koloru z nieożywionych przedmiotów Rozbudzający są w stanie zarówno dopuszczać się nikczemności, jak i tworzyć cuda. Siri i Vivenna, księżniczki Idris; Dar Pieśni, zniechęcony bóg odwagi, Król-Bóg Susebron i tajemniczy Vasher – Siewca Wojny, zetkną się z jednymi i drugimi.

Z MGŁY ZRODZONY

Brandon Sanderson

„Z mgły zrodzony" wykorzystuje doskonale pomyślany system magii. Obsadzony jest wspaniałymi, wiarygodnymi postaciami. Opisuje prawdopodobny świat, intrygujący system polityczny, a pomimo faktu, że jest to pierwsza księga „Ostatniego Imperium", posiada satysfakcjonujące zakończenie. Czytelnicy Elantris sądzili, że odkryli w Brandonie Sandersonie coś szczególnego. „Z mgły zrodzony" udowadnia, że mieli rację.

Przez tysiąc lat popiół zasypywał kraj, nie kwitły kwiaty. Przez tysiąc lat skaa wiedli niewolnicze życie w nędzy i strachu. Przez tysiąc lat Ostatni Imperator, „Skrawek Nieskończoności" rządził władzą absolutną i ostatecznym terrorem, niezwyciężony jak bóg. A kiedy nadzieja została porzucona już tak dawno, że nie pozostały z niej nawet wspomnienia, pokryty bliznami pół-skaa ze złamanym sercem odkrywa ją na nowo w piekielnym więzieniu Ostatniego Imperatora. Tam poznaje moce Zrodzonego z Mgły. Znakomity złodziejaszek i urodzony przywódca, wykorzystuje swoje talenty w intrydze, która ma pozbawić tronu i władzy samego Ostatniego Imperatora.

BEZKRES MAGII

Brandon Sanderson

„Tancerka Ostrza", zupełnie nowa mikropowieść ze świata Archiwum Burzowego Światła jest ukoronowaniem *Bezkresu magii*, pierwszego zbioru opowiadań Brandona Sandersona. Obowiązkowa lektura dla fanów.

Zbiór zawiera ponadto osiem innych tekstów:

„Nadzieja Elantris" (Elantris)

„Jedenasty metal" (Z Mgły Zrodzony)

„Dusza cesarza" (Elantris)

„Allomanta Jak i Czeluście Eltanii, odcinki od 28 do 30" (Z Mgły Zrodzony)

„Biały piasek" (fragment, Taldain)

„Cienie dla Ciszy w lasach Piekła" (Tren)

„Szósty ze Zmierzchu" (Pierwsza od Słońca)

„Z Mgły Zrodzony: Tajna Historia" (Z Mgły Zrodzony)

Te wspaniałe utwory ukazują ogrom cosmere i opowiadają ekscytujące historie. Wśród nich znajduje się nagrodzona Hugo mikropowieść „Dusza cesarza" i fragment powieści graficznej „Biały piasek".

Ponadto zbiór zawiera komentarze i ilustracje przedstawiające różne układy planetarne, w których rozgrywa się akcja opowiadań.